Romy könnte eine große Schauspielerin sein, aber niemand sieht sie, denn sie ist nur die Souffleuse. Aber auch das nicht lange, denn nach einem harmlosen Flirt mit Hauptdarsteller Ben, dessen einzige schauspielerische Glanzleistung sein Auftritt als »Frischedoktor« in einem Waschmittelspot ist, wird sie gefeuert. Und Ben kurz nach ihr.

Romy kehrt zurück in ihr winziges Dorf, um dort ihr Erbe anzutreten. Hier leben nur noch Alte. Und die haben sich in den Kopf gesetzt, rasch das Zeitliche zu segnen, denn auf dem Friedhof sind nur noch zwei Plätze frei. Wer da zu spät kommt, muss auf den Friedhof im Nachbardorf. Und da liegen – wie jeder weiß – nur Idioten.

Romy schmiedet einen tollkühnen Plan: Sie will mit den Alten ein elisabethanisches Theater bauen. Aus der gammeligen Scheune hinter ihrem Hof. Und mit ihnen *Romeo und Julia* auf die Bühne bringen. Sie haben kein Geld, keine Erfahrung, aber einen Star: Der »Frischedoktor« soll Regie führen! Ben ist begeistert: Regisseur! Das könnte unter Umständen der erste Job werden, den er nicht voll gegen die Wand fährt ...

Andreas Izquierdo, geboren 1968, ist Schriftsteller und Drehbuchautor. Er veröffentlichte u.a. den Roman *König von Albanien* (2007), der mit dem Sir-Walter-Scott-Preis für den besten historischen Roman des Jahres ausgezeichnet wurde, sowie den Roman *Apocalypsia* (2010), der den Lovelybooks-Leserpreis in Silber für das beste Buch 2010 erhielt und zum Buch des Jahres bei Vorablesen.de gewählt wurde. Zuletzt erschienen von ihm die Bestseller *Das Glücksbüro* (2013) und *Der Club der Traumtänzer* (2014).

insel taschenbuch 4575

Andreas Izquierdo

Romeo & Romy

Andreas Izquierdo

Romeo & Romy

Roman

Insel Verlag

Erste Auflage 2017
insel taschenbuch 4575

Vertrieb durch den Suhrkamp Taschenbuch Verlag
Umschlag: Designbüro Lübbeke, Naumann, Thoben, Köln
Umschlagabbildungen: Fotolia, Berlin
Druck: CPI – Ebner & Spiegel, Ulm
Printed in Germany
ISBN 978-3-458-36275-3

ROMEO & ROMY

FÜR LUIS

VORSPIEL

1.

Es würde Tote geben, so viel stand fest.

Vier wenigstens, nein, fünf tatsächlich, aber erinnern würde man sich allenfalls an vier. Denn einer war so blass, so unwichtig, dass einen fast schon Mitleid überkam, weil sich bereits zu seinen Lebzeiten niemand für ihn interessiert hatte, er somit wenigstens im Tod eine Erwähnung verdient gehabt hätte. Die Wahrheit aber war, dass sich niemand an ihn erinnern würde, nicht einmal daran, dass er gestorben war. Gerecht war das nicht, aber es lag nun mal in der Natur des Menschen, sich dem Dramatischen zuzuwenden, dem Feuerwerk, dem Spektakel, dem lauten Geräusch.

Es würde also Tote geben.

Doch wie? Wie starb man richtig? Sodass der eigene Tod auch die Menschen erreichte? Es war bereits später Vormittag, und sie lag immer noch im Bett und dachte über nichts anderes nach: Wie starb man richtig? Es musste *echt* sein, unausweichlich, geplant, aber als Plan nicht bemerkt. In seinen Facetten ausgeleuchtet, in seiner Wirkung von größtmöglicher Strahlkraft. Aber wie? Laut? Leise? Deutlich? Subtil? Sowas durfte man nicht dem Zufall überlassen, und doch durfte unter keinen Umständen etwas Mechanisches durchschimmern. Die Kleinigkeiten waren entscheidend, die Details, die … nein, das Herz war entscheidend! Es musste das Herz berühren, sonst würde aus der Supernova des Schmerzes allenfalls ein Ladykracher.

Endlich stand sie auf und betrachtete sich im Spiegel: diese Haare! Mit dieser Wirrnis hatte sie den Tod verdient. Und keiner würde fragen, ob es richtig oder falsch wäre. Außerdem fand sie, dass ihre Oberschenkel zu dick und ihr Busen zu klein, ihre Nase zu groß und ihre Augenbrauen zu voll waren. Sah so jemand aus, dessen Name gleißend hell am Firmament erstrahlen würde? Dessen Tod Bedeutung haben würde und damit auch sein Leben zuvor? Die Beine zu kurz, der Hintern zu breit und ein Kleid, das sie wie eine aussehen ließ, die sich vor den Augen aller einen Dolch durch die Brust jagen konnte – allein man würde über ihren zuckenden Leib steigen und zusehen, dass man kein Blut auf die Schuhe bekam. Ausgerechnet heute, an einem so wichtigen Tag, war ihr, als würde unter ihren Füßen viel zu dünnes Eis ächzen und knacken und als würde sie im nächsten Moment ins Wasser schießen und nie wieder auftauchen. Keine Supernova, kein Spektakel, nur ein leises *Platsch,* und sie wäre weg, und niemand könnte sagen, wann und wo er sie das letzte Mal gesehen hätte. Oder wie sie überhaupt hieß.

Draußen trieb der Frühling frische Düfte durch die Straßen, die Sonne malte viele schöne Schatten auf den Asphalt, und sogar die als mürrisch geltenden Einwohner der kleinen Stadt tief im Westen der Republik schauten ganz freundlich drein. Romy jedoch dachte nur daran, dass es zu warm sei, zu freundlich, zu blühend. Wetter, das die falsche Stimmung beschwor: nicht unheilvoll stürmend, sondern sommernachtsträumend beschwingt. Furchtbar!

Ganz in Gedanken überquerte sie die Straße und übersah einen Wagen: Reifen quietschten, es roch nach verbranntem Gummi, dann tippte die Stoßstange sanft an ihr Knie.

Sie lebte!

Sie starrte den Fahrer durch die Windschutzscheibe an, der bleich die Hände um das Lenkrad krallte, und war dankbar. Um ein Haar wäre sie vorzeitig gestorben! Unter einem VW Polo. Und das in *diesem* Kleid!

Sie bog in die Fußgängerzone, spürte plötzlich Zuversicht, ja geradezu Lust am Atmen und freute sich mit einem Mal über die Sonnenstrahlen, die ihr auf der Nase herumtanzten. Jemand rief ihren Namen und drückte ihr pantomimisch die

Daumen, und sie winkte zurück mit einem breiten Lächeln. Plötzlich waren alle düsteren Gedanken verflogen, sie nahm Fahrt auf und steuerte durch die Straßen und Gassen der kleinen Stadt auf ihr Ziel zu.

Das war ein toller Tag heute.

Ein perfekter Tag zu sterben!

Sie würden die Herzen aller berühren, und nichts Mechanisches wäre daran. Sie würden dahingehen in einem Feuerwerk der Leidenschaft. Alle fünf. Und sogar an den einen würde man sich erinnern, was ihn sicher freute, denn der arme Teufel neigte ohnehin zu Schwermut. Aber heute nicht! Er würde auftrumpfen, und niemand würde ihn vergessen.

Da kam er schon, der arme Tropf.

Wie er ihr winkte!

Und sie ihm.

Wie er ihr entgegenlief!

Und sie ihm.

Wie sie einander entgegenliefen!

Und als sie sich erreicht hatten, als er ihr in die Arme fiel und sie ihm, da sagte er nur unter Tränen: »Er hat mich aus dem fünften Akt gestrichen!«

Also doch nur vier Tote.

2.

Nicht nur der Tod konnte grausam sein, das Kürzen von Rollen auch. Genau genommen war es noch schlimmer als der Tod, jedenfalls für einen Schauspieler von Rang. Oder ohne. Noch gestern bei der Generalprobe hatte er wie ein Löwe gekämpft, hatte seinen Text zum Leuchten gebracht, hatte sie alle erreicht und war dramatisch dahingegangen. Und heute? Heute strich man ihn aus dem letzten Akt. Weil der Regisseur gesagt hatte, dass es die Dramaturgie stören würde. Weil er gesagt hatte, dass es vom eigentlichen Showdown ablenken würde. Und weil er gesagt hatte, dass er sich ernsthaft fragen würde, was Shakespeare nur geritten habe, diese Figur in den letzten Akt einzuweben.

»Shakespeare!«, rief Graf Paris empört. Und noch empörter: »Shakespeare!«

Graf Paris hieß eigentlich Ralf, aber jetzt, im Kostüm und in der Hitze der Leidenschaft, war er ein toller Paris.

Romy versuchte alles, den Untröstlichen zu trösten: »Ich finde, er hätte werkgetreu bleiben müssen!«

Paris nickte heftig: »Nicht wahr?!«

»Ein herber Verlust für den fünften Akt!«

Noch heftiger: »Nicht wahr?!«

»Es tut mir so leid!«

Er fiel ihr erneut in die Arme: »Ach, Romy ... du bist die Seele dieses Ensembles. Du hältst alles zusammen, ohne dich wären wir alle verloren.«

Das war ein kleines bisschen übertrieben, aber es freute sie doch. Sie nahm ihn in den Arm und betrat mit ihm durch den Bühneneingang das Theater.

In den Umkleideräumen, den Gängen, auf den Treppen, Aufgängen und Stegen hoch über ihren Köpfen herrschte aufgeregtes Treiben. Hier huschte eine Darstellerin vorbei, halb bekleidet, an ihrem Rockzipfel die Garderobiere, die gerne geflucht hätte, aber sie hatte Nadeln zwischen die Lippen geklemmt, mit denen sie den Saum zu kürzen suchte. Dort rezitierte ein Darsteller lautstark seinen Text, offenbar unzufrieden mit der Intonation seiner Worte. Im Gegensatz zum Beleuchtungsmeister am Boden, der mit dem Beleuchter unter dem Dach über die Ausrichtung der Scheinwerfer stritt. In einer Ecke standen die Bühnentechniker bei ihrer gewerkschaftlich garantierten Pause, wobei es eigentlich immer so aussah, als wären sie in der Pause, wenn der Bühnenmeister nicht da war.

Romy zog Paris mittlerweile wie ein Kind hinter sich her, vorbei an einer Gruppe Komparsen und der Maske, in der zwei Visagistinnen Schauspieler schminkten und Smalltalk hielten. Sie stiegen eine kurze Treppe hinab und erreichten einen langen Gang, an dessen Ende Regisseur Peter von Teune gerade ein Zimmer verließ. Mit wehendem Schal und gereizter Miene.

Ein enger Flur, flackerndes Neonlicht, weiße Wände.

Ein kurzes Zögern.

Dann nahmen sie Fahrt auf und hielten wie Ritter beim Lanzengang aufeinander zu.

»Und du glaubst, du kannst ihn umstimmen?«, flüsterte Paris mit bebender Stimme.

»Aber bestimmt!«, flüsterte Romy über die Schulter zurück.

»Er sieht wütend aus!«

»Er sieht immer wütend aus!«

»Vielleicht war ich nicht gut genug?!«, zischte Paris ängstlich.

»Du warst grandios!«, zischte Romy zurück.

»Nicht wahr!«, rief Paris leise. »Nicht wahr?!«

Ein paar Meter noch, und Romy dachte plötzlich: Gott, wieso ist der nur so groß jetzt?! Riesig geradezu.

»Siehst toll aus, Romy!«, donnerte von Teune freundlich.

Für einen Moment war sie aus dem Konzept, und schon rauschte er an ihnen vorbei. Völlig ungebremst, mit flatterndem Schal und einem Hauch Dior in seinem Windschatten.

Sie sahen ihm nach.

»Ensemblebesprechung in fünf Minuten!«

Weg war er.

Da standen sie nun.

Paris, immer noch an Romys Hand, ließ den Kopf sinken, bevor es förmlich aus ihm herausbrach: »Wenn ihr uns stecht, bluten wir nicht? Wenn ihr uns kitzelt, lachen wir nicht? Wenn ihr uns vergiftet, sterben wir nicht?«

Romy legte ihm tröstend die Hand an die Wange: »Du wärest ein toller Shylock!«

Paris' Lippen bebten: »Aber ich bin Paris. Und man lässt mich nicht sterben!«

Dann lief auch er davon.

3.

Der Rest war Schmollen.

Nicht wie das Kind, das zu Unrecht bestraft worden war, sondern wie der Mann, der die Last der Welt auf seinen Schultern trug, und niemand da, der es bemerkte. Zudem dieser Mann einfach nicht glauben konnte, wie ungerecht, wie gedankenlos, ja, wie egomanisch die Welt war, genauer gesagt: die Kollegen. Alle standen sie auf der Bühne und lauschten gerade den Worten des großen Meisters, aber niemand sah *ihn*. Romy schenkte ihm ein Lächeln, aber er wollte es nicht. Niemand sollte ihm mehr zulächeln. Nie wieder. Er würde einfach stillstehen und wie ein Geist verblassen.

Die anderen hingegen konnten kaum stillhalten. Sie barsten förmlich vor Aufregung, vor Lampenfieber und der Lust zu spielen. Nur mit Mühe konnten sie von Teunes Worten folgen; sie gingen in Gedanken ihre Texte durch, zappelten herum, traten von einem Fuß auf den anderen oder suchten heimlich die Blicke derer, die sie mochten. So wie Romy Romeo anblickte. Und Romeo Romy. Mal schelmisch, mal verstohlen.

Er sah so gut aus!

Endlich entließ sie von Teune, und sie stoben auseinander wie ein Schwarm pickender Hühner, in den man übermütig hineingesprungen war. Romy hielt Ausschau nach Romeo, doch sie fand ihn nicht, ahnte aber, dass er sie nicht aus den Augen gelassen hatte, und so schlich sie am Vorhang entlang von der Bühne, stieg eine kurze Treppe hinab, stieß mit einer hübschen, blonden Schauspielerin zusammen, die sie anfunkelte, bevor sie den Kopf hob und an ihr vorbeistolzierte, den Saum ihres Kostüms hebend, damit sie nicht drauftrat.

Schon im nächsten Moment spürte Romy, wie jemand nach ihr griff und sie am Arm in eine Nische zog.

»Romeo!«, lachte Romy. »Wer hat dich hergeführt an diesen Platz?«

»Die Liebe, die mich trieb, dir nachzuforschen. Sie lieh mir Rat, und ich ihr Augen.«

Wie schön das klang! Shakespeare.

Er sah sie an.

Und sie ihn.

»Du hängst!«

Er seufzte: »Scheiße! Immer diese blöde Stelle!«

»Seefahrer bin ich nicht …«, half Romy.

Er nickte: »… doch wärst du fern, wie ferner Strand …«

Dann näherte er sich ihr zum Kuss: »Beweg dich nicht, ich hol mir selbst den Segen. Dein Mund nimmt meine Sünde mit sich fort!«

Sie wehrte ihn kichernd ab. »Heb dir das für die Bühne auf!« Sie machte sich von ihm frei, beugte sich über seine linke Schulter und flüsterte: »Toi, toi, toi, mein schöner Romeo!«

Ein langer Blick, eine zärtliche Geste mit der Hand, schon eilte sie davon.

»So ungetröstet lässt du mich hier stehn?«, rief er schmachtend.

Romy drehte sich um: »Ja, was für Trost soll denn heut Nacht geschehn?«

»Für meinen Liebestreueschwur den deinen!«

Sie lachte: »Siehst du, es geht doch! Aber warte, ich habe etwas vergessen …«

Sie kam zu ihm zurück.

»Umdrehen!«, befahl sie.

Er gehorchte.

Dann trat sie ihm in den Hintern.

»Au! Das war ganz schön fest!«, maulte er.

»Es ist deine Premiere auf der Bühne. Das bringt Glück!«

Er rieb sich den Po und lächelte schief: »Ich weiß. Spuckst du mir bitte noch einmal über die Schulter?«

Wieder beugte sie sich über seine linke Schulter und sagte: »Toi, toi, toi!«

Dann lief sie erneut davon: »Wir sehen uns auf der Bühne, Romeo!«

»Julia?!«

Sie drehte sich fragend zu ihm um.

»Was Liebe kann, wird Liebe immer wagen!«

Sie lächelte und warf ihm eine Kusshand zu.

Diese Minuten vor der Premiere.

Die Anspannung, das nervöse Gelächter, das sanfte Gemurmel eines sich füllenden Saals hinter dem Vorhang. Kostüme wurden gerichtet, Schweiß getupft, letzte Stimmübungen gemacht. Dann, kurz bevor der Vorhang sich hob, kam von Teune zu ihnen, und auch er wünschte ihnen allen *Hals- und Beinbruch*. Vielleicht wäre ja alles gut geworden, wenn er es einfach dabei belassen hätte. Vielleicht hätte er einfach mit einem symbolischen Daumendrücken abtreten sollen. Aber er tat es nicht, vielmehr, er drehte sich noch einmal zu seinen Schauspielern um und sagte: »Und bitte vergesst nicht.

Fünfter Akt, dritte Szene, Einstieg nach Graf Paris' Tod! Also dann: Toi, toi, toi!«

Es war, als hätte er sich hinterrücks an den armen Paris angeschlichen und ihm die Klinge in den Rücken gestoßen. Ihm, den niemand getröstet, den niemand verteidigt hatte, der achtlos wie ein gebrauchtes Taschentuch auf den Boden geworfen worden war. Nun auch das. Eine letzte Demütigung.

Zu viel!

Wie der letzte Laut eines Sterbenden kam Paris über die Lippen, was keinem Schauspieler innerhalb eines Theaters je über die Lippen kommen durfte! Leise zwar, aber laut genug, dass Romeo es hören konnte. Er sah Paris entsetzt an, der selbst schockiert über das, was er gesagt hatte, die Hand vor den Mund hob und mit schlechtem Gewissen davonpreschte.

Romeo sah sich um: Was sollte er jetzt tun? Die Kollegen hatten es nicht gehört, starrten vom Bühneneingang auf die Bühne und den Vorhang, der sich gleich heben würde. Wieso war denn niemand in der Nähe, der ihm helfen konnte? Der einen Rat hatte? Er tat, was ihm gerade einfiel, und das war nicht sehr viel: drehte sich nach links um die eigene Achse, klopfte dreimal auf Holz und spürte, dass es nicht genug sein würde. Er war verflucht!

Wenn doch wenigstens Romy bei ihm wäre! Sie hätte gewusst, was in solchen Situationen zu tun gewesen wäre. Sie hätte ihm helfen können! Sie war immer für ihn da, unter ihrer Obhut erwuchs die Seele seines Spiels. Es waren ihre Augen, ihr sanftes Flüstern, das ihm die Welt bedeutete. Sie war doch seine Julia, ohne sie konnte er niemals Romeo sein!

Da war sie! Am Bühnenaufgang!

Sie umarmte jeden und flüsterte *Toitoitoi*. So wie alle Romy umarmten und ihr *Toitoitoi* wünschten. Sie winkte ihm zu, drückte noch einmal pantomimisch die Daumen, dann stieg sie hinab, eilte unter der Bühne hindurch zu einem winzigen Raum, in dem nur ein Stuhl stand, ein Textbrett und ein Licht.

Seine Julia.

Die Souffleuse.

Der Vorhang hob sich – das Spiel begann.

4.

Zu wissen, dass man ein Fiasko nicht würde aufhalten können, war ein bisschen zu viel für einen, dessen Premiere der Beginn einer großen Karriere hätte sein sollen. Und so schmolz vom ersten Satz an alles, was in ihm je Romeo gewesen war, dahin, sodass dort bald schon nicht mehr ein liebeskranker Montague aus Verona auf der Bühne stand, sondern nur Ben Rogotzki aus Oer-Erkenschwick, dessen größter Erfolg ein beliebter Werbespot für Waschmittel war. Der ihm ganz nebenbei zu diesem Engagement in der Provinz verholfen hatte, denn hier schätzte man mehr das Berühmte als das Talentierte. Zusammen mit einer hübschen, blonden Julia, die immer mal wieder im Fernsehen zu sehen war, eine, deren Gesicht einem irgendwie bekannt vorkam, aber deren Namen man nicht einordnen konnte. Diese beiden sollten *Romeo und Julia* zu einem Publikumsmagneten machen. Und zumindest für die Premiere war dieser Plan aufgegangen: Das Haus war ausverkauft.

Doch schon in der ersten Szene des ersten Aktes, gleich nach der Rauferei der Montagues mit den Capulets, suchte Ben unentwegt Romys Blick, und sie versuchte ihn aufzunehmen, ihm den Boden für Hingabe und Glück zu bereiten.

Aber ohne Erfolg. Seine Sätze waren ohne Leben, ja, man konnte sagen: papieren. So blieben sie getrennt voneinander, ganz gleich, wie sie ihn mit Blicken lockte.

Und wie hatten sie harmoniert!

In der Generalprobe hatte es nur sie beide gegeben! Sie hatte sich praktisch aus dem winzigen, gerade mal fünfundzwanzig Zentimeter hohen Souffleurkasten nur mit der Kraft ihrer leisen Stimme befreit, war emporgeschossen zu Julia Capulet aus Verona, die jeden, der ihre Augen gesehen hatte, zum Gefangenen ihrer Leidenschaft machte. Sie hatte geweint, gelacht und gelitten wie keine vor ihr. Eine Gigantin des Theaterspiels – und niemand, der den Blick von ihr hatte abwenden können, am wenigsten Romeo.

Der hatte ihre Liebe, ihren Schmerz, ihre Sehnsucht, ihre Verzweiflung, ihr Hoffen, Ringen und Bangen mit allen Sinnen gespürt, obwohl er von der Bühne aus nur ihre Augen sehen konnte. Aber das hatte gereicht, sein Spiel zu beflügeln, weil sie an seiner Seite war. Da war plötzlich ein Band zwischen ihnen, das nur noch der Tod trennen konnte. Und als es dann so weit war, starb Ben den Bühnentod vollkommen erfüllt vor lauter Liebe.

Genau wie Romy.

Während der Generalprobe war dort unten, im Maschinenraum des Theaters, das Leben explodiert, während es auf der Bühne verkümmert war. Dort unten hatte jenes Herz geschlagen, war jener Konflikt entbrannt, der Menschen über die Jahrhunderte zu Tränen gerührt hatte.

Heute hingegen saß das Premierenpublikum völlig ungerührt da, weil es weder Liebe noch Verzweiflung spürte. Was es aber spürte, war eine minütlich zunehmende Entfremdung Bens von der Bühnen-Julia. Der war das Geturtel mit der Schlange im Bretterkasten schon während der Generalprobe gewaltig auf die Nerven gegangen. Schlimmer jedoch als das war, dass Ben seit gestern wie ein Idiot mit ihr poussierte, tändelte und balzte und nicht einmal bemerkte, wie sehr sein albernes Werben sie, die *echte* Julia, verletzte. Und jetzt ging das Seufzen und Gurren im Souffleurkasten schon wieder los, nur dass Ben seine Einsätze verpasste und spielte, als käme er gerade von einer Kegeltour.

Deswegen entwickelte ihr Spiel schnell Hitze, ja fast schon Raserei, sodass der erste Kuss im ersten Akt nicht das Los zweier Liebenden besiegelte, sondern wirkte, als könnte es Julia gar nicht abwarten, ihrem Romeo bei erster Gelegenheit einen Dolch durchs Ohr zu rammen.

Ein Desaster war das noch nicht, aber es stand kurz bevor. Ob es am Fluch lag? Oder an einer Verkettung unglücklicher Umstände? Jedenfalls steckte jemand einem Bühnenarbeiter, der gerade seine Mails auf Facebook checkte, einen gefalteten Zettel mit der Bitte zu, ihn Romy *nach* der Vorstellung zu geben. Alles, was er jedoch verstand, war, die Nachricht an Romy weiterzuleiten, und so reichte er den Zettel durch die Tür in die winzige Souffleusenkammer, als Romeo und Julia gerade die erste Balkonszene hatten.

Julia: »Wie kommst du her, sag mir, und sag warum? Die Mauern sind doch hoch und schwer zu klettern …«

Romy hielt den kleinen Zettel in der Hand und fragte sich, was es gerade so Wichtiges geben würde, dass sie jetzt Anweisung von der Regie bekam? Hatte sie zu laut gesprochen? Oder zu leise? Üblich war es nicht, dass einem während der Vorstellung eine Nachricht zugestellt wurde. Sie blickte zur Bühne hinauf und sah einen sehr fahrigen Ben.

Romeo: »Ich trag den Mantel Nacht, der mich verbirgt. Du liebe mich, sonst soll'n sie mich hier finden …«

Sie entfaltete den Zettel und las:

OMA LENE IST GESTORBEN.
BITTE KOMM SOFORT NACH HAUSE!
ANTON

Sie starrte auf die Zeilen, nicht sicher, ob sie den Sinn der beiden Sätze verstanden hatte, doch dann detonierte die Gewissheit mit einem grellen Blitz durch ihren Verstand, und in der Stille nach der Explosion rollte der Schmerz mit dumpfem, immer lauter werdendem Grollen an sie heran.

Julia: »Wer hat dich hergeführt an diesen Platz?«

Romeo: »Die Liebe, die mich trieb, dir nachzuforschen. Sie lieh mir Rat, und ich ihr Augen …«

Er stockte, blickte unauffällig zum Souffleurkasten, suchte verzweifelt die ihm vertrauten Augen, aber die waren nicht zu sehen. Und zu hören war auch nichts. Kein Flüstern. Kein Text.

Romeo hing.

Sekunden vergingen, in denen nichts passierte.

Julia zischte leise: »Seefahrer bin ich nicht …«

Doch Ben hörte sie nicht.

Sein Blick klebte förmlich am Souffleurkasten, was auch auf den Sitzen und Rängen nicht unbemerkt geblieben war: Hier und dort hörte man ein erstes Kichern über den Hänger und eine wutentbrannte Julia, die ihrem Romeo den Text mittlerweile so laut zuflüsterte, dass es die ersten Reihen mitsprechen konnten. Nur Ben offenbar nicht.

Romys Hände hingegen zitterten, sie hatte nicht bemerkt, dass sie gar nicht mehr atmete, und so entlud sich das Entsetzen in einer Mischung aus Fassungslosigkeit und purer Luftnot: »NEIN!!!«

Sie weinte.

Romeo und Julia starrten auf den Souffleurkasten.

Das Bild zu einem Stillleben erstarrt.

Romy fand nicht mehr zu ihrer Aufgabe zurück, Ben nicht mehr zur Szene, und Julia verließ nach einer gefühlten Ewigkeit wütenden Schritts die Bühne.

Vorhang.

5.

Natürlich hob sich der Vorhang wieder nach ein paar Minuten, aber die Vorstellung war unwiderruflich ruiniert. Schlimmer noch: Der Vorfall schien das ganze Ensemble angesteckt zu haben. Niemand konnte eine akzeptable Leistung abliefern, außer Paris vielleicht, der sich sehr wacker schlug, auch ohne Bühnentod. Nach der Darbietung war er jedoch schnell verschwunden, ohne mit den Kollegen die missratene Aufführung in Sekt zu ertränken.

Ben war auch nicht nach Feiern, obwohl ihm sonst immer nach Feiern zumute war. Er hatte seinen Romeo derart zu Ende gequält, dass das Publikum letztlich froh war, als er endlich tot war und sie und auch sich selbst erlöste. Anschließend hatte ihn noch Julia in der Garderobe fünf Minuten angeschrien und war dann türeschlagend aus dem Theater gestürmt.

Immerhin hatte niemand gebuht, es gab sogar Applaus, wenn auch sehr verhalten. Fast hatte es den Anschein, als ließe man die Schauspieler auf der Bühne einfach stehen, während man sich Richtung Ausgang begab und hoffte, zum Abendkrimi rechtzeitig zu Hause zu sein.

Am nächsten Tag jedoch wurden eine wieder gefasste Romy, Ben, von Teune und die Bühnen-Julia zur Stadtverwaltung zitiert und trafen dort auf einen ziemlich angespannten Veranstaltungsmeister, Herrn Schubert, der demonstrativ in der einzigen Tageszeitung der Gegend blätterte. Es gab darin kein

Feuilleton, sodass alle kulturellen Veranstaltungen im Regionalteil behandelt wurden. Und ein Blick auf die Überschrift, die irgendetwas mit »Eklat« enthielt, verriet, dass die Besprechung der Premiere wohl nicht sehr freundlich ausgefallen war.

»Ich denke, wir sollten uns über das, was gestern passiert ist, unterhalten«, sagte Herr Schubert und faltete die Zeitung sorgfältig zusammen. »Als wir, Herr von Teune, darüber gesprochen haben, was wir unserem Publikum hier anbieten können, kamen wir darin überein, dass es etwas sehr Bekanntes, sehr Großes sein müsste. Und ich denke, mit *Romeo und Julia* haben wir das größte und bekannteste Werk der Theatergeschichte an den Start gebracht. Sehe ich das richtig?«

Von Teune nickte zögerlich: »Richtig.«

»Ein Stück, das so berühmt ist, dass es nicht nur das Publikum, sondern auch alle Schauspieler kennen sollten, richtig?«

»Richtig.«

Herr Schubert starrte von Teune wütend an: »Und warum kennen Ihre Schauspieler es dann nicht?!«

Von Teune räusperte sich: »Sehen Sie, Herr Schubert, ich kann verstehen, dass Sie aufgebracht sind wegen dem, was gestern passiert ist, aber ich …«

Herr Schubert las ungerührt aus der Besprechung vor: »Ben Rogotzki, auch bekannt als der *Frischedoktor* aus der Waschmittelwerbung, spielte wie ein Schankwirt in einer Hobbit-Kneipe und behandelte Shakespeares Textvorlage wie ein Baby seine Windeln. Der einzige Trost dürfte da sein, dass ihm seine Kenntnisse als *Frischedoktor* bei der Reinigung von großer Hilfe sein werden.«

Julia konnte sich ein kurzes, amüsiertes Lächeln nicht verkneifen. Von Teune schwieg, und Ben haderte: »Mann, sind die aber bissig hier auf dem Land!«

Herr Schubert ignorierte ihn: »Die Rolle der Julia hingegen

hätte ein empathisches, ja flirrendes Spiel verlangt. Bekommen hat sie Constanze Strasser, auch bekannt aus der Vorabendserie *Alle meine Kinder*, die feinnervig wie eine Cruise Missile durch das Drama fetzte, und zum ersten Mal in der Theatergeschichte hätte es um ein Haar Szenenapplaus vom strapazierten Publikum gegeben, als sie am Schluss des Stückes die Güte hatte, sich endlich selbst zu entleiben.«

Constanzes Blicke schnitten Herrn Schubert in hauchdünnes Carpaccio. Und mit ihm die Zeitung, die er immer noch in Händen hielt.

Herr Schubert blieb völlig ungerührt: »Und sind Sie immer noch der Meinung, Herr von Teune, dass Ihre Schauspieler dasselbe Stück gespielt haben, das William Shakespeare 1597 einst erdacht hatte?«

Von Teune schwieg.

»Wollen Sie mir die Freundlichkeit erweisen zu erklären, wie es zu diesem Desaster gestern kommen konnte?!«, fragte Herr Schubert.

»Ich kann mir das nicht erklären, Herr Schubert. Noch in der Generalprobe lief alles wie am Schnürchen.«

Constanze schnaubte verächtlich.

»Ja? Frau Strasser?«, hakte Herr Schubert nach.

Constanze verschränkte die Arme vor der Brust und antwortete schnippisch: »Warum fragen Sie da nicht einfach mal die Souffleuse?!«

Romy spürte die Blicke, die sie von allen Seiten zu durchlöchern schienen, und bekam vor Scham und Schrecken einen roten Kopf. Eigentlich war sie nicht auf den Mund gefallen, aber vor allem Constanzes Ego, das ihr wie eine Bugwelle vorauseilte, spülte ihr bisschen Selbstvertrauen förmlich aus ihr heraus.

»Es gab da leider ein schreckliches Missverständnis mit einem Bühnenarbeiter …«, half von Teune.

Herr Schubert nickte nachsichtig. Dass Romys Oma gestorben war, hatte er also schon erfahren.

»Das meine ich nicht!«, schimpfte Constanze.

»Was meinen Sie dann, Frau Strasser?«, fragte Herr Schubert.

»Dass sie nicht weiß, wo ihr Platz ist. Das meine ich!«

Romy senkte den Kopf und versuchte, unsichtbar zu werden.

»Constanze!«, mahnte von Teune beruhigend.

»Hast du das wirklich nicht gemerkt, Peter?!«, fauchte Constanze wütend. »Am liebsten wäre sie die Julia gewesen!« Sie drehte sich zu Romy herum: »Aber ich bin die Julia! Ich! Verstehst du?!«

»Frau Strasser!«, mahnte Herr Schubert. »Es geht hier nicht um Eifersüchteleien …«

»Ich eifersüchtig? Ich?! Ich bin nicht eifersüchtig. Warum sollte ich eifersüchtig sein? Auf die?«

»Natürlich bist du eifersüchtig!«, maulte Ben. »Weil Romy die viel bessere Julia ist!«

»Sie ist die Souffleuse, du Hobbit! Die Souffleuse! Und leider hat sie dir deinen Verstand durch die Waschtrommel gedreht!«

»Oh, ja, klar, jetzt kommt die Nummer! Das ist ja sooo billig!«

Constanze lächelte böse und nickte Romy zu: »Billig? Hey, da stehst du doch drauf!«

»Du bist sowas von unprofessionell!«

»*Du* bist unprofessionell!«

»Nein, du!«

Constanze drehte sich wieder zu Herrn Schubert und blies sich wütend eine Strähne aus dem Pony: »Ich sag Ihnen was: Ich bin die einzige Professionelle in diesem Ensemble!«

»Schön zu hören. Gestern hätten wir eine Schauspielerin gebraucht …«, antwortete Herr Schubert.

Blicke wie Laser – Scheibchen in Laborqualität.

»Könnten wir vielleicht zu den Vorfällen auf der Bühne zurückkommen?«

Ben verschränkte die Arme vor der Brust: »Das war der Fluch.«

Jetzt ruhten alle Blicke auf ihm.

»Was für ein Fluch?«, fragte Herr Schubert.

»Na, der schottische Fluch!«, antwortete Ben.

Herr Schubert seufzte. »Sehen Sie, Herr Rogotzki. Hier in der Gegend gibt es keine Flüche. Es gibt Kühe. Schlechtes Wetter, zuweilen Starrsinn. Aber keine Flüche.«

Von Teune antwortete: »Das ist etwas sehr Theaterspezifisches, Herr Schubert. Wie Sie wissen, gibt es unter Theaterleuten einen gewissen Aberglauben, mal mehr, mal weniger stark ausgeprägt.«

»Und?«

»Dazu gehört eben auch, dass es ein paar Dinge gibt, die man vor einer Vorstellung auf keinen Fall tun sollte. Pfeifen, zum Beispiel.«

»Hat jemand gepfiffen?«, fragte Herr Schubert.

»Nein.«

»Herr von Teune …«

Peter von Teune machte eine abwehrende Handbewegung und sagte: »Es gibt etwas Schlimmeres als Pfeifen. Jedenfalls unter Theaterleuten.«

»Und das wäre?«

»Macbeth.«

Herr Schubert sah verwundert vom einen zum anderen. Nur Ben nickte eifrig.

»Was ist damit?«

»Man darf diesen Namen nicht aussprechen!«

Von Teunes Gesicht war anzusehen, dass er mit dieser Erklärung selbst nicht wirklich glücklich war.

»Wir reden von Shakespeares Macbeth?«

»Ja.«

Herr Schubert lehnte sich in seinen Stuhl zurück: »Und es bringt Unglück, wenn man das ausspricht?«

»Allerdings!«, rief Ben.

»Idiot!«, zischte Constanze leise.

Ben drehte sich zu ihr: »Gegen dich ist Yoko Ono wie Mutter Teresa!«

»Oh, vor ein paar Tagen hat dir das aber noch ziemlich gefallen!«

»Da war ich betrunken.«

Plötzlich spürte er Romys Blick im Nacken und wagte nicht, sich umzudrehen.

»Könnten wir diese Kindereien lassen?«, fragte Herr Schubert. »Und zu den anderen Kindereien kommen? Macbeth?«

Ben antwortete: »Graf Paris hat es mir zugeflüstert. Unmittelbar vor der Vorstellung.«

»Und das hat gereicht?«, fragte Herr Schubert ungläubig.

»Da braucht es nicht viel!«, schnippte Constanze.

»Genau wie bei dir …«, konterte Ben.

Und wieder fühlte er Romys Blick im Nacken – wie unangenehm. Dass Constanze ihn böse anfunkelte war ihm hingegen egal.

»Da können wir ja von Glück sagen, dass wir *Romeo und Julia* ausgesucht haben. Stellen Sie sich mal vor, wir hätten *Macbeth* gespielt?!«

Herr Schubert hatte sich in Sarkasmus geflüchtet. In seinen Augen die einzige Chance dieses Gespräch geistig unbeschadet zu überstehen. Mittlerweile hatte ihn das Gefühl beschlichen, dass es doch einen Fluch geben könnte, nämlich mit Schauspielern in einen Raum eingesperrt zu sein, ohne die Möglichkeit zu haben, sie umzubringen. Oder sich selbst.

Von Teune sagte: »Theaterspieler sprechen dann immer nur vom *schottischen Stück*. Oder vom *schottischen König* ... hören Sie, ich weiß, wie das im Moment in Ihren Ohren klingen muss ...«

»Sie haben keine Ahnung, wie das in meinen Ohren klingt ...«, gab Herr Schubert bissig zurück.

»Ich verspreche Ihnen, dass wir das ab jetzt im Griff haben. Gestern kam vieles zusammen, heute werden wir durchstarten und das Stück zu einem großen Erfolg ...«

»Aber ohne die Souffleuse!«, fiel ihm Constanze ins Wort.

»Yoko!«, bellte Ben.

»Das ist mein Ernst! Ohne die Souffleuse.«

Von Teune versuchte zu schlichten: »Constanze, wir sollten das weniger emotional angehen ...«

»Ich bin da ganz sachlich«, beschied Constanze, »aber Tatsache ist: Ich wurde hier als Julia eingekauft! Mich wollen die Leute sehen. Wenn ihr da anderer Meinung seid ... bitte!« Sie stand auf und ging zur Tür: »Bei diesem Stück wird es nur eine Julia geben. Mich oder sie! Mehr habe ich dazu nicht zu sagen.«

Sie verließ den Raum – diesmal ohne Türknallen.

Einen Moment wusste niemand etwas zu sagen.

Dann räusperte sich Herr Schubert: »Wenn Sie uns dann bitte alleine lassen würden?«

Von Teune nickte kurz und stand auf.

»Aber es gibt doch bestimmt eine andere Lösung ...«, schlug Ben halbherzig vor.

Herr Schubert antwortete: »Wir könnten den Romeo tauschen? Das könnte vielleicht ein Kompromiss sein?«

Ben schluckte, dann verließ er mit gesenktem Kopf den Raum. Romy wagte er immer noch nicht anzusehen.

Sie waren alleine.

»Was würden Sie an meiner Stelle tun, Romy?«, fragte Herr Schubert mild.

Romy spürte, wie ihr die Tränen in die Augen stiegen.

»Das mit Ihrer Großmutter tut mir sehr leid. Aber wie Sie gerade eben gehört haben, geht es nicht um diesen kleinen Zwischenfall.«

Sie nickte.

»Wie lange sind Sie jetzt bei uns?«, fragte Herr Schubert.

»Knapp zwei Jahre«, antwortete Romy erstickt.

»Und Sie waren nicht immer die Souffleuse, richtig?«

Romy schüttelte den Kopf: »Nein.«

Herr Schubert schwieg.

Dann sagte er: »Ihr Vertrag mit uns läuft nur noch bis Ende der Spielzeit …«

Sie weinte und nickte gleichzeitig.

»Das Einzige, was ich für Sie tun kann, ist, Sie freizustellen. So lange werden Sie noch Ihr Gehalt beziehen. Wie gesagt: Es tut mir sehr leid. Sie sind ein netter Mensch.«

Romy stand auf und wischte sich die Tränen aus den Augen.

Er schüttelte ihre Hand: »Sie werden einmal eine tolle Julia sein. Aber leider nicht hier.«

Dann verließ Romy sein Büro.

Und das Theater.

DREI GRÄBER

6.

Dass die Großzerlitscher in letzter Zeit immer öfter über den Tod nachdachten, lag nicht daran, dass sie ihr kleines Dorf nicht mehr mochten, sondern ganz im Gegenteil: Es lag daran, dass sie ihr Dörfchen viel zu sehr mochten! Dabei war der Stolz auf die eigene Heimat im Prinzip auch gerechtfertigt, denn Großzerlitsch war ein hübscher Flecken Erde mit mittelalterlichen Häuschen in idyllischer Umgebung, mitten im tiefsten Erzgebirge, nahe der tschechischen Grenze. Aber es war auch schwer zu erreichen und lag sehr abgeschieden. So verwaist, dass die jungen Leute das Dorf schon lange verlassen hatten. Zurückgeblieben waren nur die Alten. Das war aber nicht der Grund, warum sie es sich in den Kopf gesetzt hatten, möglichst bald zu sterben. Es waren die schöne Heimat, auch wenn man tot davon gar nichts mehr haben würde, und eine gewisse Verstocktheit der städtischen Verwaltung von Kleinzerlitsch, die die Großzerlitscher nach einem frühen Grab schielen ließ. Oma Lenes Tod hatte diesen Umstand da nur noch befeuert.

Romy wusste von alldem nichts, als sie mit zwei großen Koffern am Bahnhof von Kleinzerlitsch ausstieg. Sie schleppte ihr Gepäck zum kleinen Bahnhofsvorplatz, bevor ihr ein junger Mann beim Tragen half und sie zum *Roten Hirsch* begleitete, der weit und breit das beste Essen zubereitete. In Großzerlitsch gab es das *Muschebubu*, aber da war die Auswahl nicht besonders.

Sie bekam einen Platz am Fenster und konnte so hinaus auf die Hauptstraße sehen, auf den Bahnhof und die fahrenden Autos. Es hatte sich seit ihrem letzten Besuch wieder viel verändert. Hier und da waren Fassaden erneuert worden, da und dort hatten neue Geschäfte eröffnet, und vom Zug aus hatte sie auch ein paar neue Häuser entdeckt. Kleinzerlitsch war wieder ein Stück gewachsen, der Tourismus hatte ein wenig Geld in die Gegend gebracht und auch bescheidenen Wohlstand. Es hatte ein schönes Nussknackermuseum, einige Geschäfte mit Erzgebirger Volkskunst, ein paar Gaststuben, meist Teil eines Hotels oder einer Pension. Lebensmittel- und Bekleidungsgeschäfte. Und natürlich die Hauptstraße, auf der immer Verkehr herrschte. Die Lebensader von Kleinzerlitsch.

Hier war was los!

Vor etwa vierhundert Jahren hatte Großzerlitsch an einer Handelsroute gelegen. Heute war es Kleinzerlitsch. Und so kam es auch, dass Kleinzerlitsch nicht nur viel größer als Großzerlitsch war, sondern auch Stadtrecht genoss und damit Verwaltungshoheit. Das alles hatte die Kleinzerlitscher aufgeschlossener, geschäftstüchtiger und optimistischer gemacht. Für die Großzerlitscher hingegen hatten die Kleinzerlitscher ihre Heimat schlicht verkauft. Und darum war denen auch egal, wo sie einst beerdigt werden würden. Den Großzerlitschern war es jedenfalls nicht egal.

Romy stieg in den Bus, der zweimal am Tag nach Großzerlitsch ging, ließ die Betriebsamkeit hinter sich und fuhr bald schon in einen Finsterwald mit hohen Fichten, die bei Regen und Kälte oft ein wenig nebelverhangen beieinanderstanden, sodass die Bäume aussahen wie riesige Soldaten, die sich dicht an dicht vor dem schlechten Wetter duckten und rauchten. Bald fuhr man einen steilen Berg erst hinauf, dann wieder hinab, über einen schmalen asphaltierten Weg, und hoffte, dass man keinen Gegenverkehr bekam, denn dann glich das zwei Ameisen, die sich auf der Kante eines Lineals begegneten.

Der Blick ins Großzerlitscher Tal versöhnte mit der etwas beschwerlichen Anreise. Es war lieblich und grün, von Wald und Wiesen umrandet. Fast sah es so aus, als hätte Gott hier einige Handvoll Häuser in die steilen Flanken hineingewürfelt und den Rest an der Straße verteilt, wo sie still aufgereiht warteten, dass der Tag vorüberging. Die meisten waren mit Holz oder Schiefer verkleidet, mit Sprossenfenstern und Schornsteinen auf dem Dach.

In der Dorfmitte ruhte ein von einem Bächlein gespeister Teich, früher mal der Löschteich des Dorfes, aber gebrannt hatte es seit Ewigkeiten nicht mehr, und einen Hydranten gab es mittlerweile auch. Von hier aus schlängelten sich wie Adern schmale, zumeist gepflasterte Wege und Sträßchen in alle Richtungen, vorbei an den Gebäuden im Zentrum, hinauf zu den Häusern an den Hängen.

Kurz hinter Großzerlitsch endete der asphaltierte Weg. Sackgasse. Mit Wendemöglichkeit für den Bus.

Romy stieg aus und winkte dem Busfahrer noch einmal zu, der ihr beim Heraustragen der Koffer geholfen hatte. Da sie der einzige Fahrgast gewesen war, hatte es ihn ermutigt, den Kavalier zu geben.

Sie atmete ein.

Sie atmete aus.

Es war nicht nur die klare, frische Luft, die so vertraut die Haut streichelte, es war, als spürte sie neben den Häuschen, Sträßchen und Gärten auch die, die hier schon immer gewohnt hatten. Sie hörte ihre Stimmen, ihr Gelächter, ihr Gemecker und ihr Seufzen wie ein immerwährendes Flüstern alter Geschichten, die das Laub rascheln ließen oder wie Pollen im Sonnenlicht tanzten. Erinnerungen. Wie die Farbe, die auf den Fassaden langsam verblasste.

Heimat war nicht das, was man sah, sondern das, was andere niemals sehen würden.

Ein Blick auf die Uhr verriet, dass sie spät dran war, daher stellte sie ihre Koffer schlicht an die Bushaltestelle und eilte los. Sorgen über ihr Hab und Gut musste sie sich nicht machen. Hier fuhr selten jemand vorbei und wenn, dann stahl er keine Koffer.

Eine weitere Besonderheit von Großzerlitsch war der Friedhof. Eingekeilt inmitten schöner historischer Friedhofsmauern, lag er zwischen verschiedenen Grundstücken, sodass man tatsächlich sagen konnte, dass er ein zentraler Teil des Dorfes war, und es gab keine Kirche. Die stand in Kleinzerlitsch. Die Großzerlitscher vermissten sie nicht, denn sie waren nie besonders gläubig gewesen.

Schon aus der Entfernung konnte sie die einleitenden Worte des Pfarrers hören und sah bald darauf die Großzerlitscher wie eine schwarze Traube um einen Sarg gruppiert. Anton bemerkte sie zuerst und winkte unauffällig: Er hatte ihr einen Platz frei gehalten. Erst dort, neben ihm und mit Blick auf den einfachen Eichensarg, wurde ihr Herz erneut schwer, und so weinte sie während der gesamten Beisetzung. Anton hielt sie tröstend im Arm, andere versuchten, ihr wenigstens ermutigende Blicke zuzuwerfen.

Der Sarg wurde hinabgelassen, ein Schäufelchen Erde von jedem Anwesenden setzte den Schlusspunkt. Die Großzerlitscher wandten sich nach und nach dem Ausgang zu, nur Romy blieb noch einen Moment an Antons Seite und starrte auf das herzlose Loch im Boden, das gleich von zwei städtischen Angestellten zugeworfen werden würde.

Oma Lene war nicht mehr da.

Der Gedanke war für Romy nur schwer greifbar, denn sie war immer für sie da gewesen. Selbst als sie in die Fremde gezogen war, hatte Romy immer das Gefühl gehabt, sie an ihrer Seite zu haben. Und jetzt war sie tot.

»Gut, dass du da bist!«, sagte Anton und strich ihr sanft ein paar Tränen von den Wangen.

»Ich kann gar nicht glauben, dass sie nicht mehr lebt«, antwortete Romy.

»Kommst du noch mit ins *Muschebubu*?«

»Ja.«

Sie wandten sich dem Ausgang zu. Wie dicht gedrängt hier Grab an Grab stand! Wie nah die Grundstücke und Häuser an den Friedhof stießen. Romy wusste, dass viele der Anrainer ganz gerne vom Fenster auf den Friedhof blickten, weil es so still war, so beruhigend.

»Es waren alle da«, sagte Romy.

Anton nickte: »Ja, außer Theo. Er musste sich um den Leichenschmaus kümmern. Und seine Mutter natürlich.«

Sie erreichten das kleine Eingangstor.

»Es ist so schnell gegangen«, begann Romy. »War sie krank? Sie hat nie etwas gesagt.«

Anton drehte sich zu ihr.

Er schien nach einer Antwort zu suchen, aber keine zu finden. So sagte er nur: »Nein, sie war nicht krank.«

Er wollte weiter, aber Romy hielt ihn am Ärmel fest: »Was ist passiert, Anton?«

»Ist doch nicht mehr so wichtig, Romy.«

»Doch, Anton, es ist wichtig. Für mich!«

Er sah sie an. Wieder dieses Suchen. Dann schien er aufzugeben und antwortete knapp: »Sie hat sich umgebracht, Romy.«

Er sah ihren Blick und wusste, dass er dem nicht lange standhalten konnte. Da drehte er sich schnell um und ging.

7.

Das *Muschebubu* hielt nur zum Teil, was es von außen versprach. Wilder Wein rankte sich an einem sehr hübschen Fachwerkhaus in die Höhe, rote Balken, weiße Lehmfelder, schwarzes Schieferdach versprachen dem müden Wanderer heimelige Rast. Doch schon dem Schankraum fehlte die

Patina der Jahrhunderte, die Einrichtung stammte aus den Sechzigern, und der Boden war praktischerweise gefliest, leider nicht sehr schön. Die Fenster ließen wenig Sonne hinein. Vermutlich hatte das schummerige Licht dem Gast- und Wirtshaus einst den Namen gegeben, aber genau wusste das niemand mehr.

Theo schenkte Bier und Vogelbeerschnaps aus, er hatte ein paar Kleinigkeiten zu essen zubereitet, die nicht gerade reißenden Absatz fanden: Seit seine Mutter den Verstand verloren hatte, kochte er selbst. Jedenfalls war das *Muschebubu* voll, was selten genug vorkam. An allen Tischen und an der Theke saßen die Alten von Großzerlitsch und murmelten vor sich hin. In einer Ecke hing ein Fernseher unter der Decke, der immer lief, heute aber aus Pietätsgründen auf lautlos gestellt worden war.

Romy hatte Anton noch vor dem Eingang eingeholt und bestand auf einer Erklärung, aber Anton hatte abgewiegelt und gesagt, dass Romy sich keine Vorwürfe machen sollte. Lene hatte einen schönen Tod gehabt. Nicht gelitten, und man hatte sie auch in keiner unwürdigen Stellung gefunden. Sie hatte im Bett gelegen, als ob sie einfach eingeschlafen wäre. Und wahrscheinlich war sie das auch.

Romy zog Anton in eine Nische nahe am Tresen: »Anton! Sag mir sofort, was passiert ist!«

Anton bestellte ein Bier und bekam eins.

»Romy!«

Theo lächelte. Was wirklich nicht oft vorkam. Meist fluchte er. Und wenn er nicht fluchte, schimpfte er, und wenn er nicht schimpfte, war er mürrisch.

Romy umarmte ihn.

»Und? Bleibst du bei uns? Oder bist du nur auf der Durchreise?«, fragte Theo.

»Ich bleibe erstmal«, antwortete Romy.

Anton nickte stolz: »So berühmt, wie sie ist!«

»Anton! Bitte!«

Anton schüttelte den Kopf: »Nein, nein, ist doch so! Aus dir ist etwas geworden! Eine berühmte Schauspielerin!«

Theo stimmte zu: »Ja, wir sind alle sehr stolz auf dich, Romy! Wirklich!«

Sie wollte es korrigieren, aber sie sah Theos Gesicht und Antons Gesicht und brachte es nicht fertig, sie zu enttäuschen.

Und so sagte sie nur: »Ihr macht mich ganz verlegen …«

»Ach was!«, winkte Theo ab. »Solange du noch mit uns kleinen Leuten redest, kannst du ruhig noch berühmter werden.«

Irgendwo im Raum ging klirrend ein Glas zu Bruch.

Theos gute Laune raste wie das Beil einen Guillotine zu Boden: »Scheiße! Karl! Gläser sind teuer! … Du kannst nix dafür? Oh, 'tschuldige, war's zu kühl? Mein Fehler!«

Er verschwand mit Kehrblech und Schaufel.

Romy sah ihm nach und wandte sich dann Anton zu: »Was ist mit Oma Lene passiert?«

Anton seufzte: »Der Friedhof ist das Problem.«

»Der Friedhof?«

Anton nippte an seinem Bier: »Er ist zu klein.«

»Das weiß ich, Anton. Er war immer klein, na und?«

»Es gibt nur noch drei Plätze … nein, warte: zwei. Einen hat Lene jetzt.«

Romy starrte ihn an: »Wovon zum Teufel redest du da?«

»Ich rede davon, dass der Friedhof zu klein ist. Und die Kleinzerlitscher wollen keinen neuen bauen, weil in Kleinzerlitsch noch jede Menge frei ist. Und erweitert werden kann er auch nicht, weil die Mauern unter Denkmalschutz stehen.«

»Und was hat das mit Oma Lene zu tun?«

Anton seufzte wieder, so als ob Romy eine Sache, die völlig klar war, einfach nicht verstehen wollte.

»Lene wollte hier sterben. Wir alle wollen hier sterben. Und es gibt nur noch zwei Plätze.«

Romy holte tief Luft: »Du verarschst mich gerade, oder?«

Anton schüttelte den Kopf: »Die meisten sind ehrlich gesagt ein bisschen sauer auf Lene.«

»WAS?!«

Ein paar der Alten guckten neugierig zu ihnen, doch als Anton eine beschwichtigende Geste machte, wandten sie sich wieder ab.

»Jetzt reg dich doch nicht auf, Mädchen. So sauer nu auch wieder nicht. Ich glaube, da ist nur ein bisschen Neid im Spiel.«

»WAS?!«

Anton runzelte die Stirn: »Romy, die Leute gucken schon. Wäre schön, wenn du mal was anderes sagen könntest …«

Eine Weile konnte Romy gar nichts sagen. Sie bestellte einen Vogelbeerschnaps und ein Bier, kippte den einen und spülte mit dem anderen nach. Da fühlte sie ein sanftes, schwummriges Gefühl, das half, ihre Zunge wieder zu lösen: »Du versuchst mir doch nicht gerade zu erzählen, dass ihr alle auf den Friedhof wollt?«

»Warum nicht? Ist doch schön hier!«

»Ihr habt sie doch nicht alle, Anton!«

Anton zuckte ungerührt mit den Schultern: »Die meisten von uns sind hier geboren. Da kann man doch verstehen, dass sie auch hier sterben möchten.«

»Schon, aber …«

Anton schüttelte den Kopf: »Kein *Aber*. Die Alternative wäre der Friedhof von Kleinzerlitsch. Und wie du weißt, liegen da nur Idioten!«

Jemand tippte Romy an: Hilde. Sie lächelte freundlich und nahm Romy zur Begrüßung in den Arm: »Meine Kleine, wie schön, dass du wieder bei uns bist!«

»Ich freue mich auch!«

»Wann sehen wir dich denn mal im Fernsehen?«

Romy lächelte gequält: »Ich weiß nicht. Vielleicht gar nicht.«

Hilde schüttelte den Kopf: »Ach was! So hübsch, wie du bist! Warst du immer schon! Du wirst sehen, bald bist du im Fernsehen. Und wir gucken dir dann alle zu!«

»Mal sehen …«, seufzte Romy.

»Ich sag dann der Zeitung Bescheid, dass die das ankündigen. Die Kleinzerlitscher sollen nur wissen, dass du eine von uns bist!«

Romy wünschte sich ein anderes Thema, aber sie sah auch die glänzenden Augen, den unbändigen Stolz. Wie sollte sie ihnen nur klarmachen, dass es nicht besonders gut gelaufen war? Wie sollte sie ihnen je klarmachen, dass sie es nicht geschafft hatte?

Hilde seufzte: »Sie hatte ein erfülltes Leben! Und die Beerdigung war wirklich schön!«

»Ja, war sie.«

»Ich hoffe, meine wird auch so schön!«

»Du bist doch nicht krank, Hilde?«, fragte Romy vorsichtig. Sie war klein, grau, sah aber kerngesund aus. Nichts deutete darauf hin, dass ihr Ableben bevorstehen könnte.

»Aber nein, meine Süße. Genauso wenig wie Lene.«

Was sollte denn das schon wieder heißen? Bevor Romy fragen konnte, kniff Hilde ihr mütterlich in die Wange: »Wie hübsch du bist! Ich bin froh, dass du wieder da bist!«

Dann drehte sie sich um und ging zurück an ihren Tisch. Romy sah ihr nach, und es blieb ihr nicht verborgen, dass sie ganz bewusst in eine andere Richtung blickte, als sie den Tisch von Bertha passierte. Genau wie Bertha. Erst als Hilde hinter ihr Platz genommen hatte, sah Bertha wieder nach vorne und lächelte Romy zu. Romy nickte und winkte ihr kurz zu.

Dann wandte sie sich wieder Anton zu: »Reden die immer noch nicht miteinander?«

Anton schüttelte den Kopf: »Nein. Seit vierzig Jahren nicht.«

Romy seufzte: »Hier hat sich wirklich nichts geändert.«

»Was sollte sich auch ändern, Romy?«

Romy nippte an ihrem Bier und antwortete: »Was ist mit Lene passiert?«

»Na ja, du weißt, dass sie sehr schlechte Cholesterinwerte hatte und deswegen Diät leben musste?«

»Natürlich weiß ich das.«

»Sie hat sich ein Erzgebirger Neunerlei bestellt! Bratwurst, Klöße, Schweinebraten, Linsen, Sauerkraut, Pilze, Soße, dazu noch Mandeln und Kompott. Die doppelte Portion!«

Romy runzelte die Stirn: »Ein Neunerlei? Jetzt?«

Anton nickte empört: »Ja, jetzt. Ein Weihnachtsessen. Und wo hat sie es bestellt?! Im *Roten Hirsch*, in Kleinzerlitsch!«

Romy wiegelte ab: »Das ist doch egal, woher sie das hat. Sie hätte das nie essen dürfen. Was ist denn nur in sie gefahren?«

Anton schien gar nicht zugehört zu haben: »Ausgerechnet bei dem! Dieser Angeber! Als ob der nicht schon reich genug wäre!«

Romy hielt es für klug, nicht zu erwähnen, wo sie ihr Mittagessen zu sich genommen hatte, und antwortete: »Und davon ist sie gestorben?«

Anton zuckte mit den Schultern: »Ich weiß es nicht. Aber es passt zu denen! Sie bauen keinen neuen Friedhof, und gleichzeitig bringen sie uns mit ihrem Essen um. Das ist so typisch!«

»Hat sie denn vorher etwas gesagt? Etwas angedeutet?«, fragte Romy.

»Nein. Sie hat das Essen bestellt, ist danach ins Bett gegangen und nicht wieder aufgewacht. Und jetzt sind es nur noch zwei Gräber. Das war wirklich nicht nett von ihr.«

»Anton!«, schimpfte Romy.

Er winkte verärgert ab: »Wir sind alle alt hier, Romy. Alle! Und wir werden alle sterben. Aber sie hat geschummelt!«

Romy wusste nicht, was sie darauf antworten sollte. Er war wirklich sauer, fast schon gekränkt, wobei gar nicht klar war, was ihm am meisten zusetzte: Lenes Tod an sich oder dass sie mit Kleinzerlitscher »Hilfe« gegangen war oder dass sie den natürlichen Gang der Dinge abgekürzt hatte. Alles berührte die Werte des Dorfes: Zusammenhalt, Integrität, Redlichkeit.

Lene hatte daran gekratzt. Und es spielte überhaupt keine Rolle, dass sie es mit dem höchstmöglichen Einsatz getan hatte. Sie hatte mit ihrer Entscheidung eine letzte Geschichte ins Buch der Großzerlitscher Erinnerungen geschrieben, die wie ein Schatten auf allem liegen würde, was sie zuvor beigetragen hatte. Auch wenn die Großzerlitscher ihr nicht lange grollen würden, es blieb ein gewisser Missklang. Eine gewisse Enttäuschung. Sie hatte sich von den anderen in einem Moment abgewandt, wo sie es am wenigsten hätte tun dürfen.

Anton hatte ein Weile in sein Bier gestarrt, als er aufblickte, lächelte er Romy an: »Na, komm, Mädchen. Wir trinken auf sie! Und dann bring ich dich zu ihrem Hof. Er gehört jetzt dir.«

8.

Kurz vor dem Wendehammer für den Bus lag Lenes Hof. Die Flanken des Tals liefen hier zu einer weiten Ebene aus, sodass sich hinter dem Haupthaus saftige flache Wiesen bis zum Waldrand streckten. Mittendrin, ziemlich verloren und ramponiert, eine große Scheune, ein quadratischer Fachwerkbau, in dessen Dach ein paar hässliche Löcher klafften und dessen breites Haupttor windschief in den Angeln hing.

Weiter vorne, in die Ausläufer des Hanges geschmiegt, das Wohnhaus, mit weißen Sprossenfenstern, einem etwa drei Meter hohen lehmverputzten Sockel und darüber ein Obergeschoss aus dunkel gebeizten Eichenbrettern, die sich zu einem spitzen Satteldach verjüngten. Schräg gegenüber stand noch der ehemalige Hühner- und Ziegenstall, in dem aber schon lange keine Tiere mehr gehalten wurden. Er sah dem Haupthaus äußerlich sehr ähnlich, war aber um ein Mehrfaches kleiner. Dazwischen ein angedeuteter Hof, obwohl es keine Mauern oder Eingrenzungen gab.

Das Haus selbst hätte genug Platz für eine Großfamilie geboten, darin gelebt hatte in den letzten Jahren nur Oma Lene. Romy merkte, wie sich beim bloßen Anblick ihr schlechtes Gewissen regte. Anton hatte ihr die Schlüssel in die Hand gedrückt und war dann gegangen. Romy stand noch eine Weile zwischen ihren Koffern da und stellte fest, dass zwar alles in die Jahre gekommen war, aber nichts, bis auf die Scheune, verwahrlost wirkte. Im Gegenteil: Alles sah so gepflegt aus, als wäre Oma Lene nur mal eben bei einem Nachbarn zu Besuch. In den Fenstern hingen Blumenkästen, und zwischen dem groben Pflaster wuchs weder Gras noch Unkraut. Gleich würde sie in den Hof einbiegen und entzückt Romys Namen rufen. Und sie würde ihr entgegenlaufen und sie an sich drücken und nie wieder loslassen.

Aber nichts dergleichen geschah, sosehr sie auch hoffte.

Sie machte Licht in der guten Stube. Auch hier war alles penibel sauber, sehr ordentlich und noch sehr lebendig. Draußen warf die herannahende Nacht ihr dunkles Kleid über das kleine Tal, und mit dem schwindenden Licht kroch eine empfindliche Kälte aus dem Wald, schlich durch die Gässchen und Sträßchen von Großzerlitsch und legte sich dort wie ein großer grauer Wolf nieder. Am Morgen, wenn die ersten Sonnenstrahlen den Buckel des Nachtwolfs kitzeln und ihn zurück in den Wald scheuchen, würde es überall dort, wo er gelegen hatte, eisig glitzern. Die Luft wäre rein und klar, und die Häuschen würden langsam wieder aus der Starre erwachen.

Romy feuerte den Kachelofen an, schritt durch alle Zimmer und machte Licht. Lene hatte in Romys Zimmer nichts verändert, seit diese in die weite Welt hinausgezogen war. Nicht einmal die Poster hatte sie abgenommen. Das Bett war frisch bezogen, was Romy schaudern ließ: Lene hatte das Haus auf Vordermann gebracht, alle Zimmer hergerichtet und wohl gehofft, dass ihr kleiner, verwegener Plan funktionieren würde.

Sie räumte ihre Kleidung in den großen Kleiderschrank und die Kommoden, richtete das Bad ein. Wie still es hier war! Romy schaltete den Fernseher ein und gleich wieder aus, als sie in der Werbung Bens grinsendes Gesicht als *Frischedoktor* sah. Sie hörte etwas Radio und beschloss, früh ins Bett zu gehen. Es gab nichts, wofür es gelohnt hätte, wach zu bleiben, und so löschte sie Zimmer für Zimmer das Licht, erledigte sorgfältig die Abendtoilette und trat schließlich in Lenes Zimmer. Auch hier war alles so, wie sie es in Erinnerung hatte. Sie kroch unter das große Plumeau und fühlte, dass sie zu Hause war. Alles war so vertraut. Das Kissen roch nach ihr, und bald schon wurde es warm, sodass sie sich beschützt vorkam und ohne Angst. Eingemummelt fiel sie in einen tiefen Schlaf.

Sie träumte.

Und als sie aufwachte, spürte sie, dass sie geweint hatte. Was sie geträumt hatte, wusste sie nicht mehr, aber ihr war, als streichelte jemand ihre Wange. Mit einem Lächeln schlief sie wieder ein.

9.

Sie erwachte erfrischt mit der Morgendämmerung, öffnete die Vorhänge und blickte in ein frostiges Tal, in dem die Kamine zu rauchen begannen und friedlich die Küchenlichter leuchteten. Fenster wurden geöffnet oder Vorhänge zurückgezogen, es war, als blinzelte das Dorf verschlafen dem neuen Tag entgegen.

Oma Lene hatte ihr etwas Geld hinterlassen und ihr Testament sowie eine Übersicht ihres Besitzes förmlich zurechtgelegt, sodass Romy es am Abend noch gefunden hatte. Es war nicht allzu viel, erst recht nicht, wenn man bedachte, dass sie es ein ganzes Leben zusammengespart hatte. Sagte das etwas über ein Leben aus? Wie viel man zum Schluss besaß?

Romy rief einen Notar an und vereinbarte einen Termin. Die Erbangelegenheiten bis zur Erbscheinausstellung waren nicht kompliziert, alle Unterlagen dazu lagen Romy vor. Bald schon würde sie die offizielle Rechtsnachfolgerin Oma Lenes sein, und Oma Lene würde langsam in einen tiefen Schatten zurücktreten und für immer darin verschwinden. So als ob es sie nie gegeben hätte.

Später trat Romy vor die Tür in den Hof und atmete die würzige, kalte Luft ein: Wie sehr sie das alles vermisst hatte! Es war alles so heimelig, dass sie davon eine Gänsehaut bekam. Sie sah sich um: Das Haus könnte einen Anstrich gebrauchen. Vielleicht ließe sich auch der Hof ein wenig mit Pflanzen, Hecken und Bäumchen herrichten.

Auf der Straße hörte sie das Geräusch eines Motors, knatternd und scheppernd, so vertraut klang es, dass Romy bereits breit grinste, als ein uralter, himmelblauer Mercedes-Transporter auf den Hof einbog und stotternd und hustend stehen blieb. Aus dem Führerhaus sprang ein dürrer Mann mit eingefallenen Wangen, einem dichten, dunkelblonden Schnauzbart und strahlend blauen Augen.

»Romy!«

Sie lief ihm entgegen und umarmte ihn: »Emil! Du bist ja immer noch hier!«

»Aber natürlich. Wo sollte ich sonst sein?«

Man hörte einen deutlichen tschechischen Akzent. Emil, der fliegende Händler. Seit ihrer Kindheit versorgte er das Dorf mit Waren. Immer unterwegs, immer da. Ein ewiger Wanderer.

»Du brauchst bestimmt was, oder?«

Er lief um den Wagen und öffnete die große Seitenklappe: Die Ladefläche war zu einem kleinen Supermarkt umgebaut worden. Im Prinzip gab es nichts, was Emil nicht führte oder für wenig Geld besorgen konnte. Romy kaufte ein paar Lebensmittel ein, Milch, Butter, Wasser.

»Ich habe gehört, du warst am Theater?«, fragte Emil. »Lene hat immer geschwärmt, dass du bald ein großer Star werden würdest.«

Romy lächelte gequält: »Ich glaube, Oma Lene hat ein bisschen übertrieben …«

»Nicht so bescheiden, Romy. Sie hat uns mal alte Videoaufnahmen gezeigt. Da warst du noch ein halbes Kind. Ich glaube, es war so eine Schultheatersache?«

Romy nickte schwach: Ja, sie erinnerte sich. Alle hatten ihr geraten, Schauspielerin zu werden. Die Kameraden, die Lehrer, einfach alle. Ihr Talent hatte die Herzen der Anwesenden entflammt. Der Raum hatte lichterloh vor Leidenschaft gebrannt. Vor Liebe.

Julia Capulet.

Sie hatte eine Tür aufgestoßen und allen einen Blick in ihr Innerstes erlaubt. Sie hatte sich ihren Leuten anvertraut, und die hatten ihr Herz vorsichtig in den Händen gehalten und darüber gewacht. Und je mehr sie ihnen vertraute, desto achtsamer wurden sie, denn erst in ihrem Spiel entdeckten sie plötzlich, was sie selbst in ihren Leben verloren hatten. Dieses junge Mädchen beschenkte alle überreich, und sie konnten nichts tun, als sie zu beschützen.

Und das taten sie.

»Ach das!«, wiegelte Romy ab. »Meine erste Aufführung.«

Emil schüttelte den Kopf: »Ach das?! Ich habe geweint, Romy!«

Sie kicherte verlegen: »Jetzt hör schon auf …«

»Ich gehe oft ins Theater. Und ich habe noch nie geweint!«

Romy seufzte: Zum Glück hatte er nicht ihre letzte Aufführung gesehen. Grund für Tränen hätte es da genug gegeben. Es war mal wieder Zeit, das Thema zu wechseln.

»Fährst du zurück ins Dorf?«, fragte sie schnell.

Er nickte: »Spring rein!«

Emil schloss den kleinen Supermarkt und startete den Transporter. Knatternd und scheppernd bog er zurück ins Dorf, beschleunigte, näherte sich einer scharfen Linkskurve, die zum Löschteich und damit zum angestammten Verkaufsplatz führte. Selbst wenn die Großzerlitscher ohnehin nicht alle Frühaufsteher gewesen wären, hätte Emils himmelblauer Supermarktbomber auch den faulsten Langschläfer aus dem Bett gescheucht. Was nicht nur am lärmenden Transporter, sondern auch an der Fanfare lag, mit der Emil sein Kommen ankündigte.

Emil fragte gerade: »Wie lange bleibst du denn?«

Doch bevor Romy antworten konnte, stieg er mit beiden Füßen in die Eisen und brachte sein blaues Mobil mit quietschenden Reifen zum Stehen. Die Auslage im Verkaufsraum fiel klirrend und polternd zu Boden, während Romy und Emil einen gemeinsamen bremsbedingten Diener machten und dann aufblickten: Direkt vor ihnen stand ein freundlicher alter Herr, brauner Anzug, dicke Hornbrille, zusammengekniffene Augen, beide Hände auf die Ohren gepresst, als ob er jede Sekunde den Einschlag einer Bombe erwartete. Dann öffnete er vorsichtig ein Auge und schielte ins Führerhaus, aus dem ihn Romy und Emil entsetzt anstarrten.

Er straffte sich und winkte den beiden zu: »Guten Morgen, Romy! Guten Morgen, Emil!«

Sie kurbelten beide die Seitenfenster herab.

»Alles in Ordnung, Bertram?«, rief Romy.

»Oh, jaja, alles in Ordnung. Nichts passiert.«

»Ist eine gefährliche Stelle hier, Bertram!«, mahnte Romy.

»Hast du Milch?«, fragte Bertram Emil.

»Hast du einen Kehrbesen und eine Schaufel?!«, maulte Emil zurück.

Bertram lächelte unsicher und schob seine dicke Hornbrille ein Stück die Nase hoch: »Tut mir leid, Emil.«

»Es gibt nur eine Kurve, Bertram! Nur eine!«

Bertram nickte ergeben: »Brauchst du einen Müllsack?«

»Ich habe Müllsäcke, Bertram! Ich habe so viele Müllsäcke, dass ich sie sogar verkaufe!«

»Und was ist mit Milch?«, fragte Bertram.

Emil kniff wütend die Augen zusammen.

Romy legte ihm beruhigend eine Hand auf den Unterarm: »Sei nicht so streng, Emil. Ich zahle den Bruch.«

Emil startete seinen rollenden Supermarkt und fuhr langsam an Bertram vorbei, der mürrisch seine Hände in den Hosentaschen vergrub und zurück nach Hause stapfte. Zweimal ließ Emil die Fanfare jubeln, dann stieg er aus, öffnete die Ladeklappe und begann, seufzend die Regale wieder einzuräumen.

Romy spazierte am Löschteich vorbei, bachaufwärts, bis sie an ein mit dunklen Eichenbrettern verkleidetes Haus kam und dort klopfte. Anton öffnete und führte sie ins Wohnzimmer, in dem er und seine Frau Margot gerade frühstückten und dabei Fernsehen schauten. Margot holte ein weiteres Kaffeetassenset aus dem Wohnzimmerschrank und bot Romy Platz auf der Couch an.

Überall im Raum sah sie Selbstgemachtes von Anton: Schwibbögen, kunstvoll geschnitzte Lichtbögen mit weihnachtlichen Themen, einer sogar mit Bergbauminiaturen im ausgehöhlten Holzsockel, oder Pyramiden, aufgetürmte Naturmotive, an deren Spitze ein Propeller von brennenden Teelichtern im Fundament angetrieben wurde. Aber auch Tier- oder Heimatabbildungen, alle mit unendlichem Sinn für Details aus weicher Linde geschnitzt. Romy nahm eine gedrechselte winzige Tanne und fuhr versonnen über die helle Oberfläche: Sie war weich und warm, und wahrscheinlich gab es kein Kind mehr, das mit den kleinen Figuren noch spielen wollte, so hoffnungslos analog, wie sie waren.

»Könntest du mir einen Gefallen tun?«, fragte Anton.

»Gerne.«

»Bella hat einen Termin beim Arzt. Kannst du sie fahren?«

»Na klar.«

»Danke. Ich fahr nicht mehr so gerne mit dem Auto. Und Karl fühlt sich grad nicht wohl. Was kann ich denn für dich tun?«

»Ich dachte, wenn ich erst mal für eine Weile hierbleibe, könnte ich Lenes Hof vielleicht ein bisschen renovieren?«

»Wieso, der ist doch noch gut in Schuss?«

»Schon, aber man könnte hier und da noch was machen.«

»Was willst du denn machen?«

»Vielleicht die Fassade streichen. Oder die Scheune reparieren?«

Anton hob verwundert die Augenbrauen: »Die Scheune?«

»Die ist ziemlich kaputt, findest du nicht auch?«

»Ja, ist sie. Aber das stört doch niemanden, Romy.«

»Mich stört es.«

Für einen Moment sagte niemand etwas – Anton sah seine Frau an, die ein wenig ratlos den Blick erwiderte und sich dann wieder dem Fernsehprogramm zuwandte.

»Ich will nicht indiskret sein, aber hat Lene dir denn so viel Geld hinterlassen?«

Romy schüttelte den Kopf: »Nein, ein paar Tausend. Nicht mehr.«

»Warum willst du das dann in die Scheune stecken?«

»Wenn ich nichts mache, wird sie irgendwann zusammenbrechen.«

Anton zuckte mit den Schultern: »Dann lass sie doch zusammenbrechen, Romy. Niemand braucht sie.«

»Ich weiß nicht …«

Anton erhob sich aus seinem Sessel, nahm eine besonders schöne Pyramide von einer Anrichte und stellte sie auf den Wohnzimmertisch vor Romy. Eine Felsenformation, geschnitzt aus einem einzigen Stück Lindenholz. Tannen, Rehe, Hirsche, Wildschweine, alle sehr fein bis ins kleinste Segment ausgearbeitet.

»Wie findest du das?«, fragte Anton.

»Es ist herrlich, Anton!«

Anton nickte lächelnd und sagte: »So etwas wird kaum noch gemacht. Es hat … wie sagt man … kein Design. Es hat seinen Wert, aber es bringt keine Rendite. Es ist ein bisschen wie unser Dorf: aus der Zeit gefallen. Und alles, was dem Lauf der Dinge nicht mehr folgen kann oder will, bleibt zurück und verschwindet.«

»Es wird immer Menschen geben, die das mögen!«, protestierte Romy.

»Lass die Scheune, Romy. Selbst wenn sie repariert ist, wird es nur eine Scheune sein, die niemand mehr braucht. Es gibt hier keine Landwirtschaft mehr, verstehst du mich?«

»Ich dachte nur, weil du doch Schreiner bist …

Er streichelte väterlich ihre Wange: »Ich *war* mal Schreiner, meine Kleine. Jetzt bin ich Rentner.«

Romy nickte traurig.

Eine Weile saßen sie zusammen und tranken Kaffee. Dann verabschiedete sich Romy und ging. Im Ohr Antons Stimme: *Ich* war *mal Schreiner. Jetzt bin ich Rentner.*

Sie blickte zurück zu dem Häuschen, in dem bereits zum Frühstück der Fernseher lief. Wie in den meisten anderen Häusern auch.

Ich war mal Schreiner.

Jetzt bin ich nichts mehr.

Das hatte er eigentlich gesagt.

10.

Antonia, die alle nur Bella nannten, wohnte in einem bemerkenswerten Haus. Weniger äußerlich, denn da sah es mehr oder minder so aus wie alle anderen Häuser von Großzerlitsch, im Inneren jedoch tat sich eine faszinierende Welt auf. Oder eine verstörende, je nachdem, von welcher Warte man es sah.

Romy klopfte an ihre Tür und trat ein, denn tagsüber war sie immer offen. Schon im Flur erwartete sie ein ihr vertrautes, aber für Fremde verwirrendes Bild, das sich in der restlichen Wohnung fortsetzte: Bella gestaltete Alltagsgegenstände um.

Da stand beispielsweise im Eingang immer noch das Telefontischchen, das Romy von Kindheit an kannte. Obwohl es eigentlich nichts anderes war als ein Telefontischchen, irritierte es jeden, der es zum ersten Mal sah. Denn blickte man etwas genauer hin, bemerkte man, dass aus den Fußenden Ziegenhufe geworden waren. Je länger man den Tisch betrachtete, desto mehr hatte man das Gefühl, er könnte gleich aus dem Haus galoppieren.

Einen alten Ölschinken mit Tier- und Naturmotiven an der Wand hatte sie mit entsprechendem Plastikspielzeug beklebt, was einen gewissen 3D-Effekt bewirkte. Und da war noch ein alter Schirmständer, auf dessen Rand eine Miniaturausgabe des Manneken Pis balancierte und munter in die Öffnung schiffte.

Die gute Stube war geradezu vollgestopft mit den unterschiedlichsten Gegenständen. Ein knallbuntes Sammelsurium, das keiner Idee, keiner Linie, keinem System folgte und doch so aussah, als gehörte jedes Objekt genau an diesen einen Platz, den Bella für es bestimmt hatte. Hier und dort hingen Bilder des sozialistischen Realismus, die Bella wie das Bild im Flur beklebt hatte, was der wackeren Arbeiter- und Bauernkunst einen kuriosen, manchmal sogar grotesken Anstrich verlieh.

Da stand ein Esstisch, voll eingedeckt, mit Gläsern, Messern und Gabeln, allesamt auf dem Tisch festgeklebt. Den Stühlen hatte sie weiße Felle über die Sitzfläche gezogen und Schwänze beigegeben, sodass sie wie die Hintern von Pyrenäenberghunden wirkten. Eine Stehlampe war mit dem Oberkörper einer Ballerina vergrößert und der Lampenschirm ihr Tutu. Vor allem wenn die Lampe abends brannte ein reizender Anblick. Auf eine Anrichte hatte Bella alte Schuhe gestellt, aus denen jetzt Gräser und Blümchen wuchsen. Daneben stand ein dreiarmiger Leuchter, dessen gelbe Kerzen schwungvoll gebogen und miteinander verschmolzen waren. Bei näherer Betrachtung konnte man daraus das M von McDonalds herauslesen.

Überall gab es Dinge zu entdecken; je aufmerksamer man war, desto amüsanter wurden die kleinen Modifikationen: die Mini-Hochseilartisten, die ihre Seile zwischen die Kronleuchterarme gespannt hatten. Oder die Schnecke im Bad, deren Körper eine Zahnpastatube war, mit Fühlern aus zwei halben gebrauchten Zahnbürsten und einem Häuschen aus einer leeren gerollten Tube. Oder die weißen, gerippten Heizkörper, die an Schafe erinnerten. Unzählige winzige Veränderungen, die alles eines gemeinsam hatten: Sie erweckten ganz normale Alltagsgegenstände zum Leben. Gaben ihnen Persönlichkeiten.

Romy fand Bella auf ihrem Sofa sitzend, dem sie auf der Rückseite zwei riesige Flügel anmontiert hatte. Sie selbst war so zierlich, so klein, dass man sich kaum wundern würde, wenn das Sofa auf einmal mit ihr davonflöge. Da saß sie nun, geradeso als hätte sie die ganze Zeit auf sie gewartet, und lächelte sie an, die Hände ganz brav auf die Knie gelegt. Ihre Kleidung war vollkommen schlicht, sie trug kaum Schmuck und hatte die Haare dunkel gefärbt. Wer sie so sah, hätte in ihr eine pensionierte Buchhalterin vermutet, aber sicher nicht jemanden, der seine Wohnung derart kreativ gestaltet hatte.

»Romy, Schatz!«, rief sie erfreut.

Sie umarmten einander.

»Ist es was Ernstes?«, fragte Romy.

Bella schüttelte den Kopf: »Das Übliche. Routine.«

Sie klopfte mit der flachen Hand auf den Platz neben sich – Romy setzte sich. Bella langte über die Sofalehne, angelte eine Flasche mit klarem Alkohol, zwei Schnapsgläser und goss ein.

»Auf uns! Meine Hübsche!«

»Ich muss fahren, Bella«, mahnte Romy.

»Oh, ja, richtig …«

Sie kippte beide Schnäpse hinunter, ohne mit der Wimper zu zucken.

»Hast du keine Angst, dass der Doktor die Fahne riechen könnte?«

»Was für ein Doktor?«

»Wir fahren zum Doktor. Du hast einen Termin.«

Bella winkte spöttisch ab: »Ach der! Was weiß der schon? Der Quacksalber. Ständig höre ich: Bella, basteln Sie aus Ihren Pillen keine Perlenketten, und bitte schreiben Sie nicht in meinem Namen Beschwerdebriefe an meinen Frisör …«

Romy grinste: »Das hast du gemacht?«

»Er sah einfach unmöglich aus!«

Romy kicherte.

Dann fragte sie: »Also ist deine Leber wieder okay?«

»Ach, Kindchen, wie kann die denn okay sein, wenn ich Schnaps trinke?«

»Aber Bella, du kannst hier doch nicht rumsitzen und dich betrinken, wenn deine Leber nicht in Ordnung ist!«

Bella goss sich noch ein Gläschen ein und wechselte das Thema: »Ich habe gehört, aus dir ist eine große Schauspielerin geworden?«

»Nein, bestimmt nicht.«

»Aber natürlich! Du warst schon immer eine große Schauspielerin. Sowas verlernt man doch nicht!«

»Vielleicht doch?«

»Ach, Mädchen, warum bist du nur so bescheiden? Warst du schon immer. Man macht dir ein Kompliment, und dann willst du es gar nicht hören.«

Romy schwieg. War das so? Männer hatten ihr Komplimente gemacht. Kollegen auch. Hatte sie immer abgewehrt? Oder nur, wenn es um die Schauspielerei ging?

»Jedenfalls war Lene furchtbar stolz auf dich. Und wenn deine Mutter noch leben würde, wäre sie auch sehr stolz auf dich.«

Romy seufzte: »Mama …«

»Schade, dass sie es nicht mehr erlebt hat«, sagte Bella leise und leerte ihr Glas. »Sie war meine beste Freundin.«

»Ich vermisse sie so.«

Bella ergriff ihre Hand und drückte sie: »Das ist jetzt schon so lange her, aber sie ist immer noch hier, weißt du? Ich sehe sie manchmal.«

Romy lächelte schwach: »Sowas solltest du beim Arzt aber nicht sagen, Bella.«

»Ach was, er wird denken, ich bin betrunken.«

»Nicht, dass er irgendwann mal der Meinung ist, dass du nicht mehr alleine leben kannst.«

»Wenn er was Sinnvolles hätte machen wollen, dann hätte er ja lernen können, wie man Mütter rettet, damit sechsjährige Mädchen nicht bei ihrer Oma aufwachsen müssen. Solange er das nicht kann, so lange kann er sich um seine Frisur kümmern. Ich bin jedenfalls vollkommen gesund.«

Romy stand auf und sagte: »Dann los. Zeigen wir's ihm!«

»Genau, zeigen wir's ihm!«

Da sie sich jedoch nicht rührte, fragte Romy: »Was denn?«

Und Bella nickte: »Ich muss mich nur gerade verabschieden …«

Romy runzelte die Stirn: »Von wem?«

Geschlagene zwanzig Minuten später wusste Romy, von wem sich Bella verabschieden musste: von so ziemlich allem, was in diesem Haus existierte. Denn sie personalisierte nicht nur Gegenstände, sie betrachtete sie tatsächlich als lebendig. Und so lief sie durch die ganze Wohnung und sagte: »Gute Nacht, liebe Ballerina! Gute Nacht, liebe Schafe, gute Nacht, liebe Hunde, gute Nacht, liebe Schuhe, gute Nacht, liebe Seiltänzer …«

Und als sie das Wohnzimmer durchhatte, ging sie durch die anderen Räume, während Romy es sich derweil wieder auf dem Sofa bequem machte. Sollte man seltsam finden, dass sie mit ihren Sachen sprach? Oder nur, dass sie ihnen *Gute Nacht* wünschte, genau so wie sie ihnen *Guten Morgen* wünschte, wenn sie wieder von draußen zurückkehrte? Völlig unabhängig von der Tages- oder Nachtzeit. War das vollkommen gesund? Oder ein bisschen verrückt? Wobei sich Romy fragte, ob ein *bisschen verrückt* nicht viel besser als *vollkommen gesund* war.

Bellas Welt funktionierte jedenfalls. Wenigstens für sie. Ihre Freunde schliefen in ihrer Abwesenheit und erwachten, wenn sie zurückkehrte. Sie war so etwas wie das Missing Link zwischen Wachen und Träumen. Eine kleine Brücke, die beide Welten verband. Was, wenn Bella eines Tages nicht mehr zurückkehren würde? Würden ihre Freunde sich auch von jemand anderem wecken lassen? Oder würden sie verschwinden? So wie alles in Großzerlitsch verschwinden würde, weil es niemanden mehr geben würde, der den Dingen einen Namen gab.

Damit sie wieder träumen konnten.

11.

Romy musste feststellen, dass es in Großzerlitsch zwei Dinge in Hülle und Fülle gab: Fichten und Zeit. Das kannte sie selbstverständlich aus ihrer Jugend, aber als Kind nahm man weder Fichten noch Zeit zur Kenntnis. Kinder hatten immer Zeit, weil sie Zeit nicht zählten. Weder Minuten noch Stunden noch Tage noch Monate noch Jahre. Im Gegensatz zu Erwachsenen, die nie Zeit hatten und immer zählten und deswegen Kalender und Planer brauchten.

Romy hatte Zeit. Jede Menge Zeit.

Zeit, zur Ruhe zu kommen.

Zeit, ihre Wunden zu lecken.

Zeit, die Zeit zu genießen.

Zeit, durchs Dorf zu spazieren und einen Handyempfang

und damit auch einen Zugang zum Internet zu suchen, denn selbst Zeit im Übermaß bedeutete, dass sie sie noch immer zählte. Und sich im Gegensatz zu Kindern ständig fragte, ob sie sie auch sinnvoll genutzt hatte.

Noch fiel die Gleichung günstig aus für Romy, noch genoss sie die friedenschaffende Vertrautheit des Dorfes. Sie hatte das alles sehr vermisst, genau wie die Alten, und freute sich, wenn sie jemanden auf der Straße traf, mit dem sie plaudern konnte.

Hilde etwa, die sie gut fünf Meter über ihrem Kopf sah, mit einem Fensterleder an einem Dachfenster herumwienernd. So weit herausgebeugt, dass Romy rief: »Hilde! Vorsicht!«

Sie zuckte zusammen, schien für einen Moment die Balance zu verlieren, hatte sich dann aber wieder unter Kontrolle: »Täubchen! Hast du mich erschreckt! Wie geht's denn so?«

»Gut, soll ich dir helfen?«

»Ach nein, ist schon fertig!« Sie sprang zurück ins Zimmer und lächelte ihr noch einmal zu. Dann schloss sie das Fenster. Als Romy weiterging, bemerkte sie, dass das Glas blitzblank war.

Oder Bertram.

Meist hörte sie zuerst das Kreischen von Bremsen. Gefolgt von wilden Schimpf- und Fluchtiraden Emils. Dabei fand sie anfangs noch amüsant, dass Bertram ständig hinter der Kurve stand, wenn Emil seinen Supermarktbomber durchs Dorf steuerte. Meist hörte sie Emil etwas in der Art kreischen: »Geh woanders über die Straße ... Milch?! Ich geb' dir gleich Milch!!! ... Was? ... Ja, hol die verdammte Kehrschaufel!«

Romy kicherte darüber – entspannt, wie sie war.

Sie traf auch Luise.

Sie hatte einen solchen Hustenanfall, dass Romy dachte, einer ihrer Lungenflügel würde gleich auf dem Kopfsteinpflaster landen. Sie klopfte ihr den Rücken, hielt ihr den Kopf, und als sie sich beruhigt hatte, nahm sie ihr die Zigarre weg, die sie gerade rauchte.

»Hast du nicht Asthma?«, fragte Romy sie.

Luise hatte nur gelächelt und geantwortet: »Ach, früher mal … als Kind.«

Abends war sie ins *Muschebubu* zum Abendessen gegangen und an Elisabeths Haus vorbeigekommen. Im Gegensatz zu den anderen, in denen meist nur die Fernseher bläulich schimmerten, war es hell erleuchtet. Romy konnte nicht anders, als neugierig hineinzuschauen. Ein seltsames Bild eröffnete sich ihr: Sie sah einen großen gedeckten Tisch mit vier Tellern, Kaffeetassen mit Untersetzern, Kaffee in einer Thermoskanne, Obstsaft in Flaschen, Gläsern und zwei selbst gebackenen Kuchen. Daran saßen Elisabeth, die hier wohnte, und Theos Mutter, die mit Appetit ein Stückchen von einem der Kuchen aß.

Der Rest war vollkommen unberührt.

Und je länger Romy in Elisabeths gute Stube starrte, desto trauriger wurde das Bild. Elisabeth hatte einen verheirateten Sohn und ein Enkelkind, die sie ganz offensichtlich heute zu Besuch erwartet hatte. Es brauchte keine größeren detektivischen Fähigkeiten, um zu erkennen, dass sie einfach nicht erschienen waren.

Theos Mutter hatte den Kuchen verputzt. Elisabeth stellte den Teller zurück auf den Tisch, als sie Romy vor dem Fenster entdeckte. Sie fühlten sich beide ertappt, lächelten verlegen, dann öffnete Elisabeth das Fenster: »Hallo, mein Täubchen!«

»Hallo, Elisabeth … ich … ich wollte gar nicht stören …«

Sie schüttelte den Kopf: »Du störst doch nicht. Ich freue mich immer über Besuch.«

Romy nickte.

»Möchtest du ein Stück Kuchen?«

»Ich bin auf dem Weg ins *Muschebubu*.«

»Richtig, ist ja schon Abend.«

»Ja …«

Sie schwiegen einen Moment.

»Ich könnte dir etwas einpacken?«, fragte sie erneut.

»Gerne. Soll ich Theos Mutter mitnehmen?«

»Wenn sie möchte?«

Romy rief an Elisabeth vorbei: »Weißt du noch, wer ich bin?«

Theos Mutter schien irritiert, dann nickte sie.

»Sollen wir nach Hause gehen?«

Sie nickte.

»Dann komm!«

An der Haustür reichte Romy Theos Mutter die Hand.

»Bis gleich«, nickte sie Elisabeth zu.

»Ja«, antwortete Elisabeth.

Es klang so weit entfernt, dass Romy nicht sicher war, ob sie sie überhaupt verstanden hatte.

Die Tür fiel ins Schloss.

Theos Mutter vertraute Romy wie ein Kind, trottete brav neben ihr her, blickte in den dunklen Abendhimmel und schien in Gedanken die Mondsichel herunterzurutschen. Sie betraten das *Muschebubu*, in dem nur wenige Gäste am Tresen saßen, Bier tranken und rauchten. Weit entfernt von allen zu leben bedeutete auch, weit entfernt vom Rauchverbot in Gaststätten zu sein.

»Schau mal, wen ich gefunden habe!«, rief Romy mit einem Grinsen.

Theo fluchte: »Verdammte Kacke! Ständig schleicht sie sich raus!«

Dann nahm er ihre Hand und sagte ruhiger: »Na, komm, Mutter, setz dich mal hier ins Eckchen, damit ich dich im Auge habe.«

Sie gehorchte und bekam eine Limonade.

Romy bestellte sich zu essen und setzte sich zu Bertha an den Tisch, mit der sie eine Weile angeregt über alles Mögliche plauderte, nur über eine Sache nicht: warum sie seit vierzig Jahren nicht mehr mit Hilde sprach. Es gab Gerüchte im Dorf, die aber so widersprüchlich waren, dass nur die beiden sie hätten aufklären können, aber das taten sie nicht. Und irgendwann hatten die Großzerlitscher auch aufgehört, neugierig zu sein. Die beiden hatten ihre Gründe, das musste man respektieren.

Irgendwann sah Bertha hoch zum Fernseher und lächelte versonnen. Romy folgte ihrem Blick und sah Ben, den *Frischedoktor*.

»Sieht der nicht gut aus?«, fragte Bertha.

Romy seufzte leise und antwortete nach kurzem Zögern: »Ja.«

»Ich hab mir extra wegen ihm das Waschmittel gekauft.«

»Aha.«

Sie grinste sie an und flüsterte verschwörerisch: »Die anderen auch!«

»Welche anderen?«

Sie kicherte wie ein Teenager: »Na ja, alle Frauen in Großzerlitsch.« Sie wandte sich wieder der Werbung und Bens umwerfendem *Frischedoktor*-Lächeln zu: »So ein hübscher Kerl. Der wäre was für dich, Romy!«

Sie sah nicht, wie Romy die Augen verdrehte.

Der Spot zog vorüber, Romy beendete ihr Abendessen und verabschiedete sich. Sie ging den Weg zurück zu Elisabeths Haus, doch dort war jetzt alles dunkel. Romy blickte durchs Wohnzimmerfenster: Der gedeckte Tisch schimmerte still im fahlen Mondlicht.

12.

Zeit verging.

Verging.

Verging.

Dann erwachte sie an einem Morgen vom Vogelgezwitscher und öffnete die Fenster: Wieder lag das Dorf verschlafen vor ihr, wieder rauchten die Kamine, wieder zwitscherten die Vögelchen, und die Küchenfenster sendeten wie üblich sanfte Positionslichter in den anbrechenden Tag. Zum ersten Mal hatte sie das vage Gefühl, seit Wochen denselben Tag wiederholen zu müssen: Fichten. Dorf. Vogelgezwitscher. Kamine. Lichter. Dabei waren gerade mal ein paar Tage vorübergezogen, die sich aber wie ein Monat anfühlten.

Jeder Morgen gleich.

Jeder Tag gleich.

Und abends das *Muschebubu*. Auch gleich.

Warum nur hatte sie hier keinen Handyempfang? Irgendwo musste es doch einen geben! Wie sollte sie sonst prüfen, ob die Welt aufgehört hatte, sich zu drehen?

Sie hatten in den Nachrichten schlechtes Wetter angekündigt, zu sehen war davon nichts, also machte sie sich auf den Weg durchs Dorf, entschlossen, auch den verstecktesten Winkel auf Empfangstauglichkeit zu prüfen.

Eine Stunde später, bereits erschöpft von dem Auf und Ab durchs Dorf, hatte sie eine letzte Idee, in die sie all ihre Hoffnung setzte. Forsch marschierte sie aus dem Tal den Berg hinauf, suchte oben auf dem Gipfel mit erhobenem Arm nach einer klitzekleinen digitalen Informationsader und fand sie tatsächlich auf einem umgeknickten Baum, den sie so weit nach oben kletterte, wie sie musste, um einen Balken auf dem Display aufblitzen zu sehen.

Der Himmel hatte sich mittlerweile bedrohlich zugezogen,

Wind war aufgefrischt, und es roch nach Regen. Viel Regen. Romy hielt ihr Handy in die Höhe und wartete darauf, dass sich das Internet aufbaute, was es mit unendlicher Langsamkeit tat. Und gerade als sie ihre Mails hätte abrufen können, klingelte es. Erfreut über das Signal aus einer anderen Welt hob sie ab.

Es war Ben.

Der *Frischedoktor*.

»*Hallo, Romy!*«, grüßte er freundlich.

»Oh, nein!«

»*Wie charmant*«, antwortete Ben angesäuert.

»Ben, ich habe gerade keine Zeit, weißt du.«

»*Was machst du denn?*«

»Ich stehe auf einem Baum!«

»*Echt? Ist das so 'ne Art Kunst-Performance?*«

»Wenn ich hier runterfalle, ist es eine Art Notaufnahme-Performance.«

Über ihrem Kopf begann ein leichtes Trommeln, das schnell heftiger und lauter wurde. Erste Regentropfen klatschten ihr ins Gesicht. Sie musste wirklich runter von dem Baum, fühlte sich aber wie eine dieser Hauskatzen, die von der Feuerwehr gerettet werden mussten.

»*Ich dachte, ich melde mich mal und frage, wie es dir geht.*«

»Ben, was ist los?«

»*Nichts, ich dachte nur, wir könnten uns vielleicht mal sehen?*«

Der Stamm wurde glatt, Romy hockte sich ab und umklammerte ihn, während sie gleichzeitig versuchte zu telefonieren.

»Ich habe zu tun, Ben.«

»*Na ja, ich könnte doch trotzdem kommen?*«

»Bist du gefeuert worden?«

»*Neeeiiin. Die Spielzeit ist vorbei …*«

»Wieso ist die Spielzeit vorbei? Die sollte doch noch zwei Monate dauern.«

»Ach, weißt du, das war doch nichts hier in der Provinz! Ich suche lieber eine neue Herausforderung!«

»Hier? Im Erzgebirge?«

»Das Herz will, was das Herz will!«

»Hast du getrunken?«

»Ein bisschen.«

»Ich leg jetzt auf, Ben.«

»Warte!«

»Was?«

»Seefahrer bin ich nicht, doch wärst du fern wie ferner Strand, den fernste Meere spülen – für solche Ware würd ich alles wagen!«

Der vergessene Text der verpatzten Aufführung.

»Idiot!«

Romy kochte.

Sie legte so heftig auf, dass sie ins Wanken geriet und zu stürzen drohte. Blitzschnell umklammerte sie den Stamm, wobei ihr Handy auf den Boden fiel. Von hier oben konnte sie sehen, wie es zur Hälfte im Matsch steckte.

Was machte sie hier nur?!

Saß auf einem Baum fest, nass bis auf die Unterwäsche, ihr war kalt, und sie merkte, wie ihr langsam die Tränen in die Augen schossen. Nicht nur wegen der misslichen Lage, sondern auch, weil Ben tatsächlich gedacht hatte, er könnte einfach vorbeikommen. Und das Schlimmste war: Etwas in ihr hatte das sogar gewollt! Etwas in ihr hätte sich darüber gefreut! Obwohl er sie mit Sicherheit ein zweites Mal im Stich gelassen hätte, wenn er genug von der Einöde und ihr gehabt hätte.

Sie rutschte vorsichtig den Stamm hinab, riss sich die Beine an der Rinde auf, trat mit einem Fuß ins Leere, drehte sich wie ein Gardinenring um den Stamm und stürzte ab. Immerhin landete sie sanft – die Erde war völlig aufgeweicht.

Sie stand auf und fühlte sich wie ein Troll. Hob das Handy auf: Wasserschaden.

Jetzt heulte sie wirklich.

Vor Wut!

Vor Schmerz, weil ihre Beine und Hände aufgeschrammt waren!

Vor Selbstdemütigung!

Es donnerte, als hätte Gott beschlossen, ihrer Vorstellung einen Tusch folgen zu lassen. Schwer geschlagen lief sie die Straße hinab nach Großzerlitsch, die hohen Fichten meidend, so gut es ging.

Zu ihrem Erstaunen entdeckte sie Elisabeth im Taleingang auf der ersten Wiese unter dem höchsten Baum. Dort stand sie ganz ruhig und blickte zwischen den Ästen zum Himmel hinauf.

Romy lief zu ihr und nahm ihre Hand: »Auch überrascht worden?«

»Oh, ähm, ja.«

»Was machst du hier auf der Wiese?«

Sie sah ganz verlegen aus: »Ich hab' einen Spaziergang gemacht und dachte, ich finde hier ein paar Kräuter.«

»Du hast doch einen Garten?«

»Wildkräuter!«

Offenkundig nicht ganz glücklich mit ihrer Antwort.

»Komm, wir sollten nicht hier sein. Nicht bei einem Gewitter!«

Elisabeth hatte hinauf in die Baumkrone geblickt, als erwartete sie jeden Moment einen Blitzeinschlag: »Ja …«

Dann ließ sie sich fortziehen, durch den Regen nach Hause.

Romy stellte sich unter die Dusche und spürte, dass sie Fieber bekam. Sie musste ins Bett.

Fest entschlossen, es nie wieder zu verlassen.

13.

Es klingelte an der Tür.

Für einen Moment machte Romy Anstalten, sich zu erheben, aber sie schaffte es einfach nicht aus dem Bett. Vollkommen erschlafft fiel sie zurück in die Kissen. Seit einer Woche brachte sie es einfach nicht mehr fertig, aufzustehen. Dabei war sie davon nur zwei Tage leicht erkältet gewesen, den Rest hatte sie einfach drangehängt.

Es war bereits nach fünfzehn Uhr und der Tag wunderschön! Sonnenstrahlen streckten sich durch das Fenster und ließen alles leuchten, was sie mit schlanken Fingern antippten. Draußen zwitscherten die verdammten Vögel, die so gut wie nie ihren Schnabel halten konnten, vor allem in den frühen Morgenstunden nicht, und die Luft war so rein, dass man damit Lungenkranke im Endstadium hätte behandeln können. Auch der Blick aus dem Fenster wäre immer noch märchenhaft, die Kamine würden rauchen und die Lichter funkeln. Und wenn die Vögel tatsächlich einmal Pause machten und kein Lüftchen den Wald rauschen ließ, verdichtete sich die Stille zu einer großen Wand, in die man einen Nagel hätte einschlagen können.

Geräusch oder kein Geräusch, das war hier nicht einmal die Frage, denn man wusste wirklich nicht, was schlimmer war in diesem Stillleben von einem Dorf am Rande des Universums. Wie ein Ölbild auf einem Speicher unter einer Schicht Staub. Eines, in das man versehentlich hineintrat, um dann wie ein Trottel mit einem Bild am Fuß über den Dachboden zu stolpern. Es war doch erst eine Woche vergangen, aber Romy hatte einen Grad innerer und äußerer Verwahrlosung erreicht, der es verdient gehabt hätte, in schulmedizinischen Büchern besprochen zu werden.

Sie hörte, wie unten im Haus die Tür geöffnet wurde, und

fragte sich, ob sich da gerade Einbrecher ans Werk machten, verwarf dann aber den Gedanken: Es gab kein Verbrechen in Großzerlitsch. Nicht mal das.

Jemand rief ihren Namen.

Sie hatte keine Lust zu antworten und presste ihr Gesicht in das Kissen. Vielleicht gab der Besuch ja auf und verschwand einfach wieder. Eine Weile lauschte sie, dann hörte sie Schritte und das Öffnen ihrer Zimmertür.

»Romy?«

Anton.

Er setzte sich zu ihr ans Bett und stupste sie an der Schulter: »Jetzt sag nicht, du liegst hier schon die ganze Woche?«

»Ich bin krank«, jammerte sie.

Sie war noch nie eine besonders geschickte Lügnerin gewesen, und an Antons Grinsen konnte sie ablesen, dass er ihr nicht glaubte.

»Ich mach dir mal einen Kaffee.«

Er stand auf und kehrte ein paar Minuten später mit einem so starken Kaffee zurück, dass Romy für einen Moment einen Infarkt befürchtete.

»Was ist los, Mädchen?«, fragte er.

»Ich weiß nicht …«, seufzte Romy.

»Was hast du denn nur gemacht in der Woche?«

Romy dachte nach und sagte: »Also, am ersten Tag hatte ich eine Erkältung.«

»Und?«

»Ich habe Fernsehen geguckt.«

»Den ganzen Tag?«

»Neeeeiiin …«

»Nein?«

Zerknirscht gab sie zu: »Erst am zweiten Tag. Aber da hatte ich auch noch eine Erkältung.«

»Und was noch?«, fragte Anton.

»Ich hab Schokolade gegessen. Und Eis.«

»Und dann?«

»Am vierten Tag wollte ich …«

»Was ist denn aus dem dritten Tag geworden?«

»Was für ein dritter Tag?«

Anton winkte ab: »Gut, lassen wir den. Was war am vierten Tag?«

»Da war ich deprimiert!«

»Aha.«

»Ich bin auf die Waage gestiegen und hab gesehen, dass ich drei Kilo zugenommen habe.«

»Und dann?«

Romy warf sich verzweifelt in die Kissen: »Hab ich Schokolade gegessen. Und Eis!«

Anton lächelte und strich ihr besänftigend über das Haar. Romy lag auf dem Bauch, das Gesicht ins Kissen gedrückt, ihr Arm hing kraftlos über der Kante.

»Und dann?«

»Iff binn ein Feldhamfter!«

»Sprich nicht ins Kissen, Täubchen.«

Sie richtete sich auf und sagte verzweifelt: »Ich habe Fernsehen geguckt. Den ganzen Tag! Weißt du, was die da am Nachmittag laufen lassen?!«

»Natürlich weiß ich das. Meine Frau guckt jeden Tag.«

»Das ist so ein Mist! Und ich fand es auch noch gut! Und das Schlimmste ist, dass ich einmal eingeschlafen bin und bei einer anderen Sendung wieder aufgewacht und hab das bis zum Abspann nicht mal gemerkt. Ich dachte, die Geschichte hätte eine überraschende Wendung genommen!«

Sie war wirklich verzweifelt. Und badete dabei förmlich in wohliger, warmer, süßer Wehleidigkeit.

Anton seufzte und tätschelte ihre Schulter: »Na, komm, steh mal auf!«

»Ich kann nicht!«

»Warum nicht?«

»Ich kann nur noch liegen!«

»Komm, ich helf dir!«

Er reichte ihr die Hände, sie griff danach und klagte jämmerlich: »Ich ... ich ... bin ein fetter Feldhamster!«

Anton zog sie auf die Füße und rümpfte die Nase: »Du solltest duschen!«

Das war Wasser auf die Selbstmitleidsmühle: »Ein stinkender, fetter Feldhamster!«

»Warum fährst du nicht nach Kleinzerlitsch und machst dir einen schönen Tag?«, lockte Anton.

Romy dachte einen Moment nach und maulte dann: »Okay ...«

»Ich mach dir noch einen Kaffee!«

Romy schüttelte den Kopf: »Bitte nicht. Ich komm ja schon!«

Ihr war schwindelig, aber sie stand.

Und nach der Dusche ging es ihr tatsächlich besser.

Wie hatte sie sich nur in so kurzer Zeit von einer lebendigen, jungen Frau zu einem Wachkomapatienten entwickeln können? Die Antwort darauf war ebenso ernüchternd wie niederschmetternd: Es gab einfach keinen Grund, aufzustehen – diese Idylle machte einen fertig.

14.

Emils Supermarktbomber hatte vor ihrem Haus die Fanfare jubeln lassen, sie eilte nach draußen, immer noch wütend auf sich selbst: Das konnte einfach nicht so weitergehen! Sie konnte hier nicht rumsitzen und dabei zusehen, wie ihre Lebenszeit in langen Schlieren von der Wand herablief, um anschließend in träge schimmernden Pfützen zu verdunsten.

»Fährst du heute nach Kleinzerlitsch, Emil?«

»Wenn ich hier wieder raus will: ja!«, grinste Emil.

»Nimmst du mich mit?«

»Klar.«

Sie bogen auf die Hauptstraße, beschleunigten, bis Emil deutlich vor der Kurve wieder vom Gas ging und bis auf Schrittgeschwindigkeit abbremste. Und da war er auch schon: Bertram. Stand mitten auf der Straße, als ob er kein Wässerchen trüben könnte.

Romy kurbelte die Scheibe runter: »Morgen, Bertram!«

»Morgen, Romy!« Und mit einem kurzen Nicken: »Emil!«

»Hast ein neues Lieblingsplätzchen gefunden, was?«

»Du meinst hier? Ist nur ein Zufall!«

Emil hatte sein Fenster ebenfalls herabgedreht und zischte sauer: »Zufall?! Fünfzehnmal hintereinander?«

»Ist das wahr, Bertram?«, fragte Romy.

»Ich geh halt gern spazieren …«

»Warum lässt du dich nicht vom Bus überfahren?!«, rief Emil sauer.

Bertram stemmte die Arme in die Hüften: »Was redest du denn da?«

»Nimm den verdammten Bus, Bertram! Der ist größer und leistet erstklassige Arbeit!«

»Ich weiß überhaupt nicht, wovon du redest!«, behauptete Bertram. Seine dicke Hornbrille rutschte, und er fuhr sie mit dem Zeigefinder wieder die Nase hoch.

Emil drehte sich wütend Romy zu: »Seit zwei Wochen versucht er, sich von mir überfahren zu lassen!«

»Stimmt gar nicht!«, rief Bertram von draußen.

Emil wirbelte wieder herum: »Natürlich stimmt das! Aber ich überfahr dich nicht, klar?!«

Bertram verschränkte die Arme vor der Brust: »Warum nicht? Denkst wohl, du bist was Besseres?«

»Nein, ich denke, ich überfahre einfach keine Leute!«

»Probier's doch einfach mal! Ich wäre auch nicht sauer auf dich!«

»Nimm den blöden Bus!«

»Ich nehm aber nicht den Bus!«, bellte Bertram zurück.

»Und warum nicht?!«

»Weil ich den Fahrer nicht kenne.«

Emil schüttelte sich wie ein Hund, der mit kaltem Wasser übergossen wurde: »Was soll denn das schon wieder heißen?«

»Du bist mein Freund, Emil. Von dir lasse ich mich überfahren. Aber nicht von einem, den ich nicht kenne.«

Emil war sprachlos.

Und auch Romy fiel dazu nichts mehr ein.

Was hätte man darauf erwidern können? Außer, dass ihr klar wurde, was in ihrem Dorf gerade vor sich ging: Bertram, Hilde, Elisabeth, Luise, Bella. Und dass sie Bertrams irrwitzigen Plan sogar verstand, weil er zwar sterben wollte, aber seine letzten Momente einem Vertrauten gehören sollten. Einem Freund. Weil es beängstigend war, diesen bedeutenden Schritt alleine zu tun. Wir betraten diese Welt nicht alleine. War es da nicht verständlich, dass wir sie auch nicht alleine verlassen wollten? War die Geburt für das Baby nicht ebenso furchteinflößend und verwirrend wie für den Alten der Tod? Trost und Zuneigung in den ersten sowie den letzten Atemzügen zu erfahren, anstatt in das Gesicht eines völlig Fremden zu starren oder dessen Stimme zu hören … Romy schien das mit einem Mal nicht besonders exzentrisch zu sein.

»Bertram?«, fragte Romy.

»Ja?«

»Ich möchte heute Abend mit euch sprechen. Mit euch allen. Sagen wir um acht im *Muschebubu*?«

Bertram nickte: »In Ordnung, Mädchen. Ich sag allen Bescheid.«

»Und solange lässt du Emil in Ruhe?«
»Bis heute Abend? Kein Problem.«
»Auch sonst, bitte!«, maulte Emil.
Romy legte ihm beschwichtigend eine Hand auf den Arm: »Das wird er. Ich sorge dafür.«

15.

Noch deutlich vor der Zeit betrat Romy das *Muschebubu*, und es war tatsächlich so voll wie zur Beerdigung Lenes. Soweit sie es überblicken konnte, waren alle gekommen. Theo hatte ordentlich zu tun und freute sich sichtbar über den unerwarteten Umsatz, was bei ihm bedeutete, dass er niemanden anmeckerte. Seiner Mutter hatte er ein Küchentuch gegeben, damit sie ein paar Gläser polierte und damit beschäftigt war, aber sie räumte die Gläser in den Kühlschrank und stellte den Inhalt des Kühlschranks in die Regale. Am Ende des Abends würde Theo alles wieder zusammensuchen, die Taschen seiner Mutter leeren, weil sie dort alles verstaute, was ihr in die Hände fiel, ihre bevorzugten Verstecke kontrollieren und alles wieder dorthin packen, wo es hingehörte.

Karl saß dort, wo er immer saß, und aß, was er immer aß, jedenfalls dienstags, donnerstags und sonntags, ganz gleich, wie erkältet er war oder ob draußen gerade die Welt unterging. Romy wunderte sich jedes Mal, wie geometrisch er sein Essen herrichtete, bevor er es verspeiste. Das Schnitzel in schöne mundfertige, eckige Bissen geschnitten, die Kartoffeln in Reih und Glied und das Gemüse zu einem Kreis geschichtet. Sollte er einst an einem Dienstag, Donnerstag oder Sonntag sterben, Theo würde es als Erster wissen.

Anton und Bertram waren ebenfalls da, Bertha und Hilde hatten sich wie üblich den Rücken zugekehrt. Bella bestellte ein Bier und einen Vogelbeerschnaps und prostete Romy fröhlich zu. Romy grüßte sie und auch alle anderen Anwesenden, sah in allen Gesichtern gespannte Neugier und hörte an ihrem angeregten Gemurmel, dass sie diese außerplanmäßige Versammlung als willkommene Abwechslung im täglichen Einerlei empfanden.

Gegen acht Uhr nahm sich Romy einen Bierkelch und tippte mit einem Löffel dagegen. Die Gespräche verstummten, und man sah sie erwartungsvoll an.

»Ihr wart sicher alle überrascht, dass ich euch hierhergebeten habe, aber es gibt da etwas, das mir auf dem Herzen liegt …«

Erwartungsvolle Stille.

»Ich weiß, dass der eine oder andere nicht besonders glücklich über die Art und Weise war, wie Lene gestorben ist. Und ich weiß auch, dass ihr unser Dorf liebt und hierbleiben wollt. Für immer.«

Allgemeines Nicken.

»Und ich weiß, dass unser Friedhof nur noch zwei Plätze hat und nicht erweitert werden kann. Das bedeutet aber nicht, dass jetzt ein Wettrennen um die letzten beiden Plätze begonnen hat. Und weil ich euch alle sehr lieb habe, habe ich etwas unternommen, damit das ein für alle Mal aufhört.«

Überall fragende Blicke.

»Ich habe mit dem Pfarrer der Gemeinde St. Marien in Kleinzerlitsch gesprochen. Die sind für unseren Friedhof zuständig.«

»Kriegen wir einen neuen Friedhof?«, fragte Bertram.

»Nein.«

»Und was ist jetzt die gute Nachricht?«

»Die gute Nachricht ist, dass ihr ab sofort damit aufhört, euch umbringen zu wollen.«

»Das will doch gar keiner«, antwortete Bertram unschuldig.

Wieder rutschte seine Hornbrille ein Stückchen herab, sodass Romy der Verdacht beschlich, seine Brille würde jedes Mal rutschen, wenn er schwindelte. Das war nicht gerade unauffällig.

»Wie bitte?!«, brauste Theo auf. »Du versuchst das doch jeden Tag!«

»Und deine Mutter?! Die hat's auch versucht!«, verteidigte sich Bertram.

»Das stimmt doch gar nicht!«

»Und was war das mit der Leiter die Tage? Sie hat ganz oben gestanden?!«

Theo schrie: »Du weißt ganz genau, dass meine Mutter sie nicht mehr alle hat! Ich meine, du hast sie auch nicht mehr alle, aber im Gegensatz zu ihr, weißt du, was du tust!«

Anton mischte sich ein: »Das sehe ich auch so.«

»Was hackt ihr denn jetzt alle auf mir rum?!«, rief Bertram. »Bella säuft, Luise qualmt wie ein Schlot, und Hilde hab ich letztens die Fenster putzen sehen. Da hat sie sich so weit rausgelehnt, dass ich gerufen habe, kurz bevor sie aus dem zweiten Stock gefallen wäre!«

»Das ist doch Quatsch!«, wehrte sich Hilde nicht besonders überzeugend.

»Ich habe es auch gesehen«, antwortete Romy.

»Ich habe nur versucht, einen Fleck wegzukriegen!«

»Die Scheibe ist blitzeblank, du Heuchlerin!«, klagte Bertram sauer.

Hilde wurde wütend: »Frag doch mal Bertha, warum sie abends mit kurzem Arm im Garten steht! Bei der Kälte holt man sich schnell eine Lungenentzündung.«

Bertha funkelte Hilde an: »Ich seh's wie Bertram: Heuchlerin!«

»Schlange!«

»Hexe!«

»Leute, jetzt beruhigt euch bitte!«, mahnte Anton.

Aber Bertram dachte gar nicht daran: »Und was ist mit Luise? Die hat letztens zu Elisabeth gesagt, dass sie dem Rettungswagen eine falsche Adresse geben würde, sollte mal was passieren!«

»Woher willst du das denn wissen?«, rief Luise sauer.

»Weil Elisabeth es Bella erzählt hat und die dann mir!«

»Bella!«, rief Luise wütend und bekam einen kurzen Hustenanfall.

Bella zuckte gleichgültig mit den Schultern und trank einen Schnaps.

Romy war der Diskussion ein wenig fassungslos gefolgt, denn die Situation war beunruhigender, als sie gedacht hatte. Das waren keine Schrulligkeiten oder Versehen, sondern sie dachten wirklich darüber nach! Dass sie dabei reichlich dilettantisch in ihrem Bemühen vorgingen, ihren Suizid ganz natürlich aussehen zu lassen, um die anderen nicht auch noch post mortem gegen sich aufzubringen, war auf verschrobene Art geradezu goldig. Wie ein Betrüger, der nicht wollte, dass man ihn als Betrüger entlarvte, weil ihm sein tadelloser Leumund sehr wichtig war. Sie achteten einander, und Gaunereien passten weder in ihr eigenes noch in das Wertesystem des Dorfes.

»Ihr Lieben!«, rief Romy und zog wieder die Aufmerksamkeit auf sich. »Hört bitte auf! Was geschehen ist, ist geschehen. Aber jetzt ist es genug. Eure …« Sie suchte nach einer passenden Umschreibung. » … Spielchen sind nun vorbei. Wie gesagt: Ich habe mit dem Pfarrer gesprochen, und ich möchte euch jetzt ausrichten, was er euch mitzuteilen hat!«

»Nu mach's nicht so spannend«, maulte Bertram.

»Jeder, der auf, sagen wir, seltsame Art und Weise ein vorzeitiges Ableben findet, wird nicht auf dem Friedhof von Großzerlitsch beerdigt. St. Marien ist katholisch, und der Pfarrer ist noch einer vom alten Schlag: Selbstmörder werden nicht auf seinem Friedhof unter die Erde gebracht. Sie landen ganz automatisch auf dem städtischen Friedhof in Kleinzerlitsch!«

Stille.

Das hatte gesessen.

Romy konnte es von den Gesichtern förmlich ablesen.

»Und wenn ich da nicht liegen will?«, fragte Bertram.

»Dann solltest du dich nicht überfahren lassen. Das gilt im Übrigen auch für Fensterputzen in luftiger Höhe, unter Bäumen Stehen bei Gewitter, übermäßigen Alkoholgenuss bei Leberschäden, Rauchen bei Lungenkrankheiten, leichter Kleidung bei Kälte oder falschen Adressen. Das alles bedeutet ganz automatisch: Kleinzerlitsch. Verstanden?«

Sie starrten Romy entgeistert an.

»Ob ihr das verstanden habt?«, hakte Romy nach.

Zögernd nickten die Ersten.

Sie hatten verstanden.

Romy lächelte zufrieden.

Bertram verschränkte wütend die Hände vor der Brust.

Dann fiel sein Blick zufällig auf den Fernseher. Und auf das Kabel, das an ihm herabhing und dessen Stecker in einer Dose steckte. Von Heimwerkern hatte Romy nichts gesagt, dachte er. Heimwerkern. Interessanter Gedanke.

Und schon rutschte ihm die Brille ein Stück die Nase herab.

16.

Sie hatte noch etwas gegessen und sich mit dem einen oder anderen unterhalten, wenn auch nicht über *diese* Sache. Die Alten schienen das Thema zu meiden, vielleicht weil es ihnen jetzt peinlich war, vielleicht aber auch nur, weil die Aussprache es wie ein Soufflé in sich hatte zusammenfallen lassen.

Möglicherweise war ihnen bewusst geworden, wie aberwitzig ihre Pläne gewesen waren, aber da sie nicht darüber sprechen wollten, ließ sich das nur schwer einschätzen.

Irgendwann verabschiedete Romy sich und verließ das *Muschebubu.*

Draußen auf einer kleinen Bank, nahe am Löschteich, sah sie Bella sitzen und in den Nachthimmel starren. Sie folgte ihrem Blick, entdeckte aber nichts als einen perfekten Sternenhimmel. Als sie näher kam hörte Romy sie verträumt murmeln: »Bleich und müde. Schmieg und weich. Sterne purzeln … in den Teich!«

Bella hatte früher schon zu Romys Erstaunen blitzschnell zwischen *völlig entrückt* und *sehr klar* wechseln können. Wenn es auch nicht so oft vorgekommen war. Jetzt war es, als legte sie nach dem einen oder anderen Schnaps einen Schalter um, um zwischen weltverloren und gegenwärtig wie ein Kind beim Gummitwist herumzuspringen. Vielleicht trank sie deswegen gerne: Verträumt wirkte sie glücklicher.

Romy ging zu ihr und bot ihr die Hand: »Komm, ich bring dich nach Hause!«

»Gerne, Kindchen.«

Während sie zurück zu Bellas Haus spazierten, sprachen sie nicht, aber an der Haustür drehte Bella sich zu Romy und lächelte keck: »Wir trinken noch einen!«

»Bella, was habe ich eben gesagt?!«, mahnte Romy.

»Na los, du wirst vielleicht einen brauchen …«

Damit schloss sie die Haustür, auf und schon begann die Begrüßungsorgie: »Guten Morgen, Telefontischchen, guten Morgen, Manneken Pis, guten Morgen, seltsames Bild, guten Morgen, Schafe, guten Morgen, Hunde …«

Romy folgte ihr ins Wohnzimmer, setzte sich aufs Sofa, wartete ab, bis Bella alle ihre Lieblinge begrüßt hatte, und fragte sich, was sie wohl im Schilde führte. Schließlich beendete Bella ihre Runde und setzte sich zu Romy, nicht ohne vorher einen kleinen Schnaps einzugießen.

»Auf dich, mein Täubchen!«, sagte sie und trank.

»Bella«, begann Romy, »ich möchte wirklich nicht, dass du trinkst.«

»Es war mein letzter, versprochen.«

»Wirklich?«

»Nein.«

»Bella!«

»Na gut. Geburtstage und Weihnachten sind aber noch drin, oder?«

Romy lächelte: »Ja, sind noch drin.«

»Beerdigungen?«

»Bella!«

Sie legte ihre Hand auf die Romys: »Schon gut, ich hör gleich auf.«

Es kehrte Stille ein.

Bella schien plötzlich mit ihren Gedanken weit weg zu sein. Sie summte eine seltsame kleine Melodie, die Romy noch nie gehört hatte. Dann wandte sie sich plötzlich Romy zu: »Was machst du hier, Romy?«

»Wie meinst du das?«

»Hier in Großzerlitsch.«

Romy lächelte: »Ich wohne hier, Bella.«

»Das weiß ich, mein Täubchen, aber …«

»Aber was?«

Bella atmete tief durch und antwortete: »Du gehörst hier nicht hin.«

Romy sah sie vollkommen erstaunt an: »Was meinst du damit? Ich bin hier geboren!«

Bella sah sie unverwandt an.

Ihre Augen schimmerten.

Sie fragte: »Was siehst du, wenn du hier bist?«

»Meine Heimat.«

»Was siehst du noch?«

»Ich sehe euch!«

»Was noch?«

Romy zuckte mit den Schultern: »Ich weiß nicht, was du meinst, Bella.«

Sie seufzte und streichelte ihre Hand: »Das ist ein Dorf der Toten. Wir sterben, Romy. Und das Dorf stirbt mit uns. Du aber lebst, Kindchen. Du darfst nicht hierbleiben!«

Romy schluckte hart: »Aber Bella …«

»Kein Aber, meine Schöne. Lass uns hier, behalt uns im Herzen, genau wie wir dich immer im Herzen behalten. Aber du musst fortgehen. Lene hat das gewusst. Und die anderen wissen das auch.«

Romy schwieg.

Dann fragte sie: »Ich verstehe euch nicht. Warum unternehmt ihr denn nichts? Du bist nicht alt, Bella. Viele der anderen sind es auch noch nicht. Und alles, was ihr macht, ist, in euren Häusern zu hocken und nichts zu tun.«

Bella nickte: »Weißt du, die Zeit verbraucht nicht nur den Körper. Sie verbraucht auch den Geist. Für dich gibt es noch viel zu erleben, für uns nicht mehr.«

»Woher weißt du, dass du genug erlebt hast?«

»Es gibt nichts Neues mehr, Liebes. Und das Alte wiederholt sich.«

Romy schüttelte den Kopf: »Es kann doch nicht euer einziges Lebensziel sein, *hier* beerdigt zu werden. Das ist doch traurig!«

»Nein, ist es nicht. Du bist jung, du hast viele Wünsche. Mit den Jahren erfüllen die sich, oder man gibt sie auf. Jedenfalls werden es immer weniger. Und ganz zum Schluss hat man keine mehr. Oder nur noch einen: da zu bleiben, wo man einmal glücklich gewesen ist. Ist das so schwer zu verstehen?«

Natürlich verstand sie das.

Viel besser, als sie es sich eingestehen wollte, aber es fiel ihr schwer, das zu akzeptieren. Sie fühlte, dass Bella recht hatte, sie spürte, wie es sie selbst in die Ferne zog, aber sie wusste auch, dass es dort schwer für sie war. Dort draußen gab es niemanden, der ihr helfen würde. Der sich ihr anvertraute oder dem sie sich anvertrauen konnte. Dort draußen war sie niemandes Täubchen, Liebes oder Blume. Dort draußen wartete die Furcht, hier drinnen der Niedergang.

Was sollte sie nur tun?

Bella schien ihre Gedanken gelesen zu haben: »Ach, meine Kleine. Ich wünschte, du hättest ein kleines bisschen mehr von deinem Vater.«

»Meinem Vater?«, fragte Romy überrascht.

»Ein Taugenichts, charmant zwar, aber als Vater völlig unbrauchbar. Es zog ihn immer schon in die weite Welt, er wollte alles wissen, alles sehen. Den Kopf voller verrückter Ideen, aber völlig unfähig, Verantwortung zu übernehmen. Heute hier, morgen da. Wenn du nur ein kleines bisschen von ihm hättest, dann würde dir die Welt offenstehen.«

»Mama hat kaum über ihn gesprochen …«

»Da gibt es nicht viel zu sagen. Artjom war Soldat bei der russischen Armee. Als die Mauer fiel und deine Mutter mit dir schwanger war, musste er mit seiner Einheit zurück nach Russland. Uns war allen klar, dass er nicht zurückkommen würde.«

»Und Mama?«

Bella winkte ab: »Sie hat ihn sehr geliebt. Aber sie wusste auch, wie er war. Sie hat's ihm nicht übel genommen.«

»Hat er von mir gewusst?«, fragte Romy.

»Ja, er wusste von dir.«

Wieder schwiegen sie.

Ihr Vater war selten Thema gewesen, sie hatte selten über

ihn nachgedacht und war froh darum, dass sie nie Sehnsucht gehabt hatte, ihn kennenzulernen. Dass er sich aber *nie* nach ihr erkundigt hatte, einfach davon war, ohne ein einziges Wort des Bedauerns, ohne jedes Interesse an seiner Tochter … sie spürte einen Stich im Herzen. Und das tat weh. Höllisch weh.

Romy nahm sich ihr Glas mit Schnaps und stürzte es hinunter.

»Ich muss jetzt los«, sagte sie.

Bella nickte und begleitete sie zur Tür: »Verlass das Dorf, meine Blume.«

Sie umarmte sie, Romy gab ihr einen Kuss auf die Wange.

Bella lief wieder zurück in ihr Haus, nicht ohne dem Telefontischchen, dem Manneken Pis, dem seltsamen Bild und all den anderen Dingen in ihrer Wohnung eine *Gute Nacht* zu wünschen.

Und da gestand sich Romy ein, warum Bella all diese toten Dinge zum Leben erweckt hatte: Sie war einsam. Alle im Dorf waren das.

Sie waren gemeinsam einsam.

17.

Sie hatte geträumt, doch was es auch gewesen war, es zerstob im Moment des Augenaufschlagens, geradeso als hätten spitze Wimpern das zarte Bild wie einen Ballon platzen lassen. Millionen von Pixeln sanken auf ihr Gesicht herab, und mit einem Mal wusste sie, dass sie das Dorf verlassen würde. Schon sehr bald.

Sie stand auf und schmeckte den schalen Verrat auf der Zunge; sie würde die Alten sich selbst überlassen. Und da tröstete es wenig, dass sie ihr eigenes Leben in den Griff bekommen musste und dass ihr deswegen niemand einen Vorwurf machen würde.

Später am Vormittag lieh sie sich Karls Auto und fuhr damit nach Kleinzerlitsch, nicht nur, um ein neues Handy zu kaufen, sondern auch, um in einem Internetcafé nach Vorsprechen zu suchen, die sie vielleicht wahrnehmen konnte. Sie tat dies mit hochgezogenen Schultern, als fürchtete sie, dass jeden Moment jemand aus Großzerlitsch eintreten und sie entdecken könnte. Lange durchforstete sie die Ankündigungen nicht, denn es gab keine offenen Vorsprechen, mit einer Ausnahme: Dresden. Sie blinkte ihr förmlich entgegen. Vielleicht war es ja ein Zeichen? Schicksal gar? Denn ohne das Gespräch mit Bella würde sie jetzt hier nicht sitzen.

Romy notierte die Telefonnummer, rief an und hatte fünf Minuten später alle Informationen, die sie benötigte: In drei Tagen war das Casting. Keine Vorgaben. Sie durfte vorsprechen, was sie wollte, und hatte damit die Chance, wieder Teil eines neuen Ensembles zu werden. Keine großen Rollen, miserable Bezahlung, aber es wäre ein Neuanfang. Sie musste nur überzeugen und dachte sofort an Shakespeare.

Oder sollte sie lieber etwas anderes wählen? Etwas Modernes, das ihr Interesse am Aktuellen unterstrich? Das sie als Schauspielerin auswies, die mit der Zeit ging, die Mut zum Risiko hatte? Die wandlungsfähig war, expressionistisch, avantgardistisch, ja vielleicht sogar radikal? Oder war avantgardistisch schon wieder out? Radikal langweilig? Zeitgenössisch opportunistisch und expressionistisch vulgär?

Langsam begannen sich die Möglichkeiten, Eventualitäten und Optionen in konzentrischen Kreisen zu drehen, stachen tief hinab zu einem Strudel, der alles mit sich reißen und nichts zurücklassen würde. Schnell unterbrach Romy die an sich selbst gestellten Fragen, verweigerte die an sich selbst gegebenen Antworten und entschied sich für Shakespeare.

Mochten Stücke altmodisch werden, Motive änderten sich nie. Und das wichtigste aller Themen war: die Liebe.

Julia Capulet.

Sie hatte das Herz, das Talent und die Seele. Was für eine Rolle spielte es, welche Rolle man spielte? Wer die Herzen anderer berühren konnte, dem stand die Theaterwelt offen. Sie musste nur das abrufen, was sie schon *unter* der Bühne gezeigt hatte …

Sie seufzte schwer.

Stützte ihr Gesicht deprimiert in beide Hände.

Gab es einen noch niederschmetternderen Gedanken als diesen?

In gewisser Weise schon, denn auf dem Handydisplay flammte eine rote *1* auf dem WhatsApp-Icon auf. Sie öffnete das Programm und las gleich oben *Ben*, daneben ein zugegeben hübsches Foto von ihm. Wieso sah der nur so gut aus?

In der Sprechblase stand: »Bist du online?«

Leugnen nutzte wenig, denn er konnte auf seinem Smartphone die beiden blauen Häkchen sehen, die verrieten, dass sie die Nachricht geöffnet hatte.

Ja.

> Wir sind das letzte Mal unterbrochen worden. Bist du vom Baum gefallen?

Ja.

> Harharhar, der war gut!

War kein Witz …

> Schluck. Was gebrochen?

Nur das Herz. Was willst du, Ben?

> Ich hab da was an der Angel. Da dachte ich, du bist vielleicht interessiert?

Romy runzelte die Stirn: Jetzt also etwas Berufliches? Oder es war nur der Vorwand, sie privat zu treffen. Wahrscheinlich.

Ich habe hier selbst gerade was am Laufen.

Echt?

Ja, ziemlich großes Ding.

Pure Angeberei! Sie wand sich vor Unwohlsein, aber wenn sie ihm nicht klarmachte, dass es vorbei war, auf welcher Ebene auch immer, würde er nie Ruhe geben.

Was ist es denn?

Kann ich noch nicht drüber reden.

Verstehe. Bringt Unglück.

Damit kennst du dich ja aus ...

Klingt aber spannend!

Ich dachte, du hättest selbst was am Start?

Schon ... aber wenn es so ein großes Ding ist ... Braucht ihr da nicht noch jemanden?

Kann ich nicht entscheiden, Ben.

Kein Problem. Ich mach das schon. Wo bist du denn gerade?

Nicht mehr da.

Sie schloss die App und atmete durch.

Irgendwann musste er mal aufgeben. Der würde es noch fertig bringen, in Großzerlitsch aufzutauchen. Spätestens dann würde jedem das berufliche Niveau klar werden, auf dem sie beide sich bewegt hatten: er die *Hauptrolle* und sie die *Souffleuse*. In der Provinz. Wo ihre Leute sie ohnehin schon fälschlicherweise für eine große Schauspielerin hielten! Das konnte sie nicht zulassen!

Am Nachmittag kehrte sie zurück nach Großzerlitsch und

begann, das Haus zu putzen. Sie wollte alles herrichten, alles schön machen. Es sollte blitzen und blinken, wenn sie den Hof verließ, denn es würde für lange Zeit sein. Sie hatte eine Bekannte in Dresden, könnte, ganz gleich, wie das Vorsprechen lief, ein oder zwei Wochen bei ihr wohnen und sich dann vielleicht ein Zimmer suchen. Die Theaterszene war bei weitem nicht so groß wie in Berlin, aber es gab eine, und mit etwas Glück kam sie irgendwo unter. Oder wartete vor Ort auf ihre Chance. So oder so: Großzerlitsch passte nicht in diese Pläne.

Sie packte.

Sehr sorgfältig.

Faltete mit Bedacht jede Bluse, verstaute vorsichtig jede Hose und spürte eine leise Vorfreude auf das, was vor ihr liegen würde. Und ließ so gut wie nichts in den Schränken. Sie war mit zwei großen Koffern gekommen, sie würde mit zwei großen Koffern gehen.

Am nächsten Morgen stand sie früh auf und fühlte sich erfrischt. Der Tag draußen war herrlich, der Blick auf das Dorf friedlich, und der Gesang der Vögel einfach wunderbar. Da lag es nun, ihr Großzerlitsch, still und heimelig, und auch wenn sie es verließ: Es würde immer der Ort sein, an den sie sich zurücksehnte.

Emil bog knatternd und scheppernd auf den Hof.

Sie ging ihm entgegen.

»Hallo, Romy! Gut siehst du aus!«

»Alter Schmeichler!«

Er schüttelte den Kopf: »Nein, wirklich. Du wirkst irgendwie anders. So erholt.«

Romy zuckte gut gelaunt mit den Schultern: »Fühl mich auch gut.«

»Was brauchst du? Ich hab billig Milch bekommen. Und Brot auch?«

Sie schüttelte den Kopf: »Danke, Emil. Ich brauche nichts.«

Er sah sie grinsend an: »Machst du eine Diät?«

»Nein, ich werde die nächste Zeit ...«, sie zögerte, »... nicht hier sein.«

»Hm, okay.«

Stille trat ein.

Romy wusste nicht, warum sie ihm nicht einfach sagte, dass sie plante, Großzerlitsch zu verlassen, vielleicht auch, weil er irgendwie ein wenig enttäuscht aussah. Sie blickten einander stumm an, keine dieser peinlichen Pausen, sondern nur eine, die wortlos erklärte, dass sich ihre Wege trennen würden. Und je länger sie nichts sagten, desto deutlicher wurde die Botschaft.

Unangenehm.

Für beide.

Emil schien erleichtert, als Romy das Thema wechselte, und fragte: »Hast du heute Bertram getroffen?«

Emil lächelte: »Nein. Was hast du ihm gesagt?«

»Mein Geheimnis!«, raunte Romy. »Aber ich glaube, es ist überwunden. Obwohl man Bertram nicht über den Weg trauen sollte.«

»Ich pass schon auf.«

Einen Moment stand er unschlüssig da.

Dann breitete er die Arme aus: »Ich wünsche dir alles Glück, Romy!«

Sie drückte ihn an sich.

»Ich bin doch nicht aus der Welt!«, antwortete sie ruhig.

»Aus dieser hier schon.«

Er nickte ihr zum Abschied zu, fuhr davon und ließ noch einmal die Fanfare ertönen. Romy sah ihm seufzend nach und fühlte sich mies.

Es sollte nicht der einzige Abschied werden.

Die Nachricht von Romys Aufbruch verbreitete sich schnell.

Sprang von Dach zu Dach, schlich wie eine Katze in offene Fenster, huschte durch angelehnte Türen oder wälzte sich genüsslich auf der Friedhofsmauer in der Sonne, wenn die Alten die Gräber ihrer Lieben pflegten. Es dauerte nicht lange, und jeder war ihr begegnet, und es gab niemand, der dafür kein Verständnis hatte, aber auch niemand, dem es nicht leidtat.

Romy traf Bertram auf der Straße, der ihr zuwinkte, dabei aber wenig schelmisch, sondern eher traurig aussah. Da war Bertha, die schief lächelte und Romys Blick zu meiden schien. Hilde, die heimlich seufzte. Der mürrische Karl, der noch eine Spur mürrischer als üblich zu sein schien. Oder Theo, der vermied zu toben, wenn sie im *Muschebubu* etwas aß, als fürchtete er, sie könne ihn deswegen in schlechter Erinnerung behalten.

Nur Bella grinste frech, wenn sie sich über den Weg liefen.

Alle anderen verhielten sich befangen, unfrei, als vernähmen sie ein leises Lied in der Ferne, das immer lauter wurde, aber dessen Melodie sie nicht hören wollten.

Am Abend vor ihrer Abreise klopfte es an Romys Haustür, als sie gerade den zweiten Koffer verschlossen hatte und sich ein wenig niedergeschlagen im Wohnzimmer umblickte: Alles blitzte und blinkte. Wie vor einer großen Party, ehe die ersten Gäste kamen.

Sie öffnete die Haustür: Anton.

»Darf ich reinkommen?«, fragte er.

»Aber natürlich!«

Sie folgte ihm ins Wohnzimmer, in dem auch die gepackten Koffer standen, was beide ein wenig verlegen machte.

»Ich würde dir gerne etwas anbieten, aber … ich habe im Moment nichts im Haus«, begann Romy.

»Verstehe …«

»Tja …«

Anton räusperte sich: »Wann gehst du?«

»Morgen.«

»Schon?«

»Ich habe ein Vorsprechen. In Dresden.«

»Oh, Dresden«, lächelte Anton. »Das ist ja nicht so weit.«

Romy lächelte zurück: »Nein, ist nicht weit.«

»Und wann kommst du wieder zurück?«, fragte er schnell.

Romy zögerte mit der Antwort.

Einen Moment zu lang.

Anton verstand sofort und hob beschwichtigend die Hand: »Schon gut, meine Kleine. Ich freue mich ja für dich! Wirklich!«

»Anton, ich …«

»Nicht, Romy. Du musst gehen, ich verstehe das. Wir alle verstehen das. Es wird nur so … anders sein, ohne dich. Die letzten Wochen waren etwas Besonderes für uns. So wie früher, als du noch klein warst. Du warst nicht nur Lenes kleines Mädchen, du warst *unser aller* kleines Mädchen. Jeder hat mit dir Zeit verbracht, du warst in jedem Heim zu Hause. Irgendwie haben wir dich alle zusammen großgezogen, weißt du noch?«

Romy nickte und schluckte hart: Bitte nicht weinen, dachte sie.

Anton seufzte: »Aber, was erzähl ich da. Alte Männer erzählen ständig alte Geschichten. Ich bin eigentlich nur gekommen, um mich zu verabschieden. Und … weil ich … ich hab da noch etwas für dich …«

Er griff in seine Hosentasche und gab es ihr. Es war in ein sauberes Taschentuch gewickelt, und als Romy es öffnete, war darin ein kleines Schnitzwerk, die filigrane Miniatur des kleinen Platzes mit einem Teil des Löschteichs. Darauf ein kleiner Supermarktbomber. Davor eine ganze Reihe kleiner Figuren, die man, mit etwas Fantasie, sogar als Großzerlitscher erkennen konnte.

Anton zeigte auf einen und sagte: »Den kann man am besten erkennen …«

Romy sah genau hin und sah einen alten Herrn mit dicker Hornbrille: Bertram.

Sie prustete los.

Brach in Tränen aus.

Umarmte Anton.

»Aber, aber, meine Hübsche, so schlecht ist es nun wirklich nicht geschnitzt!«

Sie lachte.

Weinte.

Wusste nicht, was sie sagen sollte.

Nach einer Weile strich ihr Anton über den Kopf: »Stell es irgendwo in dein Zimmer, und immer wenn du dich nicht gut fühlst, siehst du drauf und denkst an uns. Und wir denken dann an dich!«

Romy heulte, nutzte das Taschentuch, um sich zu schnäuzen.

»Und wenn du irgendwann mal in Hollywood angekommen bist, dann erzähl denen da drüben von uns, ja?«

»Ach, Anton …«

»Du wirst noch mal richtig berühmt. Wirst schon sehen!«

Sie schluckte und dachte an ihre Zeit als Souffleuse. Ihre Zeit *unter* der Bühne statt auf ihr. An Oma Lene, die allen erzählt hatte, dass sie es geschafft hatte. Und an die Scham, dass sie das nie korrigiert hatte, weil sie ihre Leute nicht enttäuschen wollte.

»Anton … ich muss dir was sagen …«

»Nee, meine Süße. Ist jetzt genug gesagt. Ich geh jetzt! Und du gehst morgen und eroberst die Welt für uns!«

Er küsste sie auf die Wange.

Dann verließ er sie.

Sie blieb zurück und dachte lange nach.

Sie würde gehen.

Dieses Dorf hatte Besseres verdient, als stolz zu sein auf eine Lügnerin.

18.

Überbordend, protzig, detailverliebt.

Sie stand auf der Augustusbrücke zwischen ihren Koffern und blickte auf das Barockspektakel vor sich: Brühl'sche Terrasse, Festungsanlage, Hofkirche, daneben der Theaterplatz und die Semperoper. Etwas versteckt Stallhof und Fürstenzug.

Dresden.

Autos jagten an ihr vorbei. Was für ein Lärm! Zumindest verglichen mit Großzerlitsch, denn in Wirklichkeit fuhren gar nicht so viele Autos über die Brücke, aber am Elbufer gab es eine Menge Verkehr, dazu Schiffe, Taxis und Passanten.

Sie zog ihre Koffer hinter sich her und freute sich über den Blick ins Elbtal, die Aufgeregtheit, die Atmosphäre einer richtigen Stadt. Überall gab es etwas zu sehen, überall war Bewegung, nichts stand still. In der Augustustraße schob sich ein träger Menschenstrom durch die enge Gasse, babylonisches Stimmengewirr, Restaurants und Cafés.

Der Neumarkt, auf dem eine herrliche, fast weiße Frauenkirche wie eine barock verästelte Pfeilspitze in den Himmel stach. Und Menschen! Überall Menschen! Sie saßen in Cafés oder fotografierten. Schlenderten, eilten, flanierten, irrten in alle Himmelsrichtungen. Studierten Stadtpläne oder standen Schlange. Telefonierten mit Handys oder starrten darauf, was Romy bei all den Sehenswürdigkeiten vollkommen absurd vorkam.

Nur ein paar Meter weiter die Gartenanlagen des Zwingers, das Kronentor, die Pavillons, die Bogengalerien an den Flanken der Festungsmauern. Gewaltig, verspielt, trotz der Wucht durchlässig.

Dem Zwinger nachempfunden das Ziel ihrer Reise: das Schauspielhaus. Ein mächtiger Jugendstilbau mit neobarocken Elementen und einer Bogengalerie in seiner Front als architektonische Verbeugung vor dem Zwinger.

Romy kannte die Stadt und auch das Schauspielhaus, und doch stand sie staunend, ja ehrfürchtig davor. Nach Großzerlitsch schien alles noch einmal um ein Vielfaches gewachsen zu sein, wirkte prächtiger, aber auch einschüchternder. Sie suchte den Künstlereingang und meldete sich beim Portier für das Vorsprechen an.

Sie war nicht alleine, natürlich nicht, aber mit einem Mal fühlte sie sich so. Der Raum irgendwo hinter der Hauptbühne war voll von jungen Menschen, großen Träumen und bangen Hoffnungen. Nervosität ließ alle Stimmen lauter klingen oder ganz verstummen, und überall Angst, wie ein unsichtbarer Begleiter, der gleich hinter dir stand und nur darauf wartete, mit kalter Hand an dein Herz zu klopfen.

Romy entdeckte ihre Bekannte und winkte ihr zu.

»Ein Glück, dass du da bist, Anna!«, flüsterte sie ihr zu.

»Wird schon schiefgehen«, antwortete Anna gut gelaunt.

»Du hast leicht reden. Du hast ja schon ein Engagement.«

»Und du wirst auch eines bekommen! Dann können wir vielleicht mal zusammen spielen! Hier oder im Kleinen Haus. Ganz egal!«

Romy nickte und atmete tief durch.

»Was hast du vorbereitet?«, fragte Anna.

»Julia Capulet.«

»Oh, ganz klassisch.«

»Ja.«

»Also, pass auf: Ich warte am Bühnenaufgang und seh' dir zu. Hab keine Angst. Die sind ganz nett da drinnen.«

»Hoffentlich.«

Sie umarmte sie, spuckte ihr über die linke Schulter und flüsterte: »Toi, toi, toi!«

Damit verschwand sie aus dem Warteraum.

Romy sah sich um. Versuchte hier und da ein Lächeln und erntete da und dort eines. Die waren auch aufgeregt. Die hatten auch Furcht ... sie stutzte: Was hatte Anna mit: *Oh, ganz klassisch!* gemeint? War das nicht gefragt in diesem Haus? Wollten die Dramaturgen, Regisseure und Direktoren etwas ganz anderes? Romy sah sich hektisch um und lauschte einzelnen Satzfetzen von leisen Rezitationen, letzten Übungen vor dem Auftritt: Da war kein Shakespeare dabei! Sie vernahm nicht einmal etwas Klassisches! Moderne Texte, weit entfernt vom Üblichen. Hatte Anna das gemeint? Dass sie hier mit Shakespeare auflief, obwohl er möglicherweise hinter vorgehaltener Hand verpönt war?

Und schon spürte sie den inneren Wirbel, der ihr bisschen Selbstvertrauen gurgelnd im Abfluss verschwinden ließ. Hatte sie noch etwas anderes außer Julia Capulet im Repertoire? Etwas, das sie aus dem Stand sicher vortragen konnte?

Jemand rief laut ihren Namen.

Sie zuckte zusammen und wandte sich mechanisch dem jungen Mann zu, der sie gerufen hatte und der sie jetzt auf die Bühne führen würde. Vor das Erschießungskommando ... ruhig, Romy, beruhige dich! Spiel Julia. Sei Julia! Nichts wird passieren. Ihr Magen revoltierte, ihr wurde schlecht. Sie fühlte sich wie in einem Traum, den sie einmal als Kind gehabt hatte: als Einzige nackt zur Schule zu kommen.

Die Bühne gab ihr den Rest.

Sie blickte in die Tiefe des Zuschauerraums, in das Halbrund der Ränge und Oberränge, auf die herrlichen Säulen, Deckenmalereien, den gewaltigen Kronleuchter. Sie blickte in ein Theater, das mehr als tausend Menschen Platz bot und jetzt, da es so gut wie leer war, wie das Maul eines Wals wirkte.

Die Spielfläche war kalt erleuchtet, das Licht so gnadenlos wie in der Umkleide einer H&M-Filiale. Was immer sie hier oben tat, es würde nicht unbemerkt bleiben. Nichts würde unbemerkt bleiben: schlechtes Make-up, wirres Haar, Hautunreinheiten oder Panikattacken. Und je länger sie hier stand, desto größer schien alles zu werden! Zwanzig, dreißig Meter in jede Richtung: nichts. Totale Leere. Nur sie. Wie die Erbse auf einem Himmelbett.

Das Parkett lag im Halbdunkel, sodass man die wenigen, die dort saßen und sie beurteilen würden, nur schemenhaft erkennen konnte. Statt Gesichter sah sie helle Flecken, der Rest war eins mit den Sesseln, in denen sie saßen. Jemand sprach sie an, begrüßte sie, wer von ihnen es war, konnte Romy nicht sehen.

»Was wollen Sie für uns spielen?«, fragte die Stimme freundlich.

»Julia Capulet.«

»Bitte?«, fragte die Stimme.

Zu leise.

Romy hatte die pure Größe des Saals unterschätzt.

»Julia Capulet!«, sagte sie deutlich lauter.

Schweigen.

War das gut? Schlecht? Rollten die gerade mit den Augen?

»Bitte!«, rief die Stimme.

Diesmal als Aufforderung.

Romy nickte und sagte laut: »Vierter Akt, dritte Szene. Julia nimmt das Gift Lorenzos, um ihren Tod vorzutäuschen.«

Wieder Schweigen.

Sie sammelte sich, suchte nach Julia Capulet und fand sie nicht. Sie kannte die Emotion, aber es gelang ihr nicht, sich zu öffnen, um sich Julias Schmerz auszuliefern. Sie hatte Angst.

Angst vor der Bühne und dem Licht, das ihr Innerstes für jeden sichtbar machen würde. Sie hatte Angst davor, ungeschützt zu sein, und vertraute weder sich noch denen, die sie gerade begafften. Die sie mit ihren Blicken betatschten. Die schamlos alles anfassten und es dem anderen zeigten.

»Leb wohl. Gott weiß, wann wir uns wiedersehn.
Mir fröstelt kalte Angst durch alle Adern,
dass mir die Lebenswärme fast erfriert …«

Sie hörte ihre Stimme, aber sie fühlte nichts.

Außer Angst.

Es gab keine weitere Emotion.

Kein Verlangen.

Keine Verzweiflung.

Es gab kein Drama – außer jenes, das sich gerade in ihr abspielte, denn sie spürte, dass sie keinerlei Kontakt zu ihrer Rolle hatte, dass ihre Sätzen leblos und stumpf waren. Und je stärker ihr das bewusst wurde, desto schlechter wurde sie, denn jetzt kreisten ihre Gedanken nicht einmal mehr um den Text, sondern nur noch darum, was die da unten wohl gerade dachten. Die Pomeranze vom Land, die zum Theater will? Die Kleine, die hier mit einem Uralt-Text erschienen ist, weil sie all die modernen schicken Stücke gar nicht kannte? Und seht nur, wie sie den schönen Text verhunzt! Ihn aufsagt wie eine Schülerin, die Augen zur Decke gedreht, weil sie die Blicke der Mitschüler nicht erträgt. Schnell, schnell, kommt alle her! Seht euch mal die Kleine da an! Kommt aus dem Erzgebirge und will Schauspielerin werden! Ist sie nicht komisch? Ist sie nicht saukomisch?!

»Ja, beim Erwachen wird ich da nicht irr,
umringt von all den schauerlichen Gräueln …«

Hohl, tönern, leer.

Es wurde immer schlimmer – Romy erfüllte die Bühne nicht mit ihrem Spiel, sie wollte nur noch von ihr runter.

Und zu ihrer heimlichen Erleichterung tat man ihr den Gefallen.

Jemand rief: »Danke!«

Der Monolog, ohnehin nicht sehr lang, wurde gewaltsam unterbrochen.

Höchststrafe.

»Vielen Dank fürs Kommen. Wir melden uns dann!«

Sie stand da wie gelähmt.

Beschämt. Niedergeschlagen. Gedemütigt.

Sie blickte nach links zum Bühnenaufgang und sah dort ihre Bekannte Anna. Die wagte kaum, sie anzusehen, fühlte sich durch Romys Vortrag offenbar genauso beschämt wie Romy selbst. Hatte sie ihr eben nicht noch versprochen, dass sie vielleicht einmal zusammen spielen würden? Romy konnte ihr förmlich ansehen, wie sie hoffte, dass Romy dieses Thema nie wieder zur Sprache bringen würde! Wie sie hoffte, dass sie heute Abend bei einem Wein nicht über dieses Vorsprechen reden würden! Wie sie sich davor fürchtete, Romy Mut zu machen und ihr zu versichern, dass sie gar nicht so schlecht war und dass die anderen ihr Talent einfach nicht würdigen konnten. Sie konnte förmlich sehen, wie sie das Wort *Talent* wie eine Vogelmutter hervorwürgen würde, um Romy damit zu füttern. Wie hätte sie jetzt noch bei ihr übernachten können? Wie konnte sie ihr noch unter die Augen treten, nachdem sie sich so lächerlich gemacht hatte.

Ihr, der Schauspielerin mit Engagement.

Sie, die Trutsche aus der Provinz.

Romy schlich von der Bühne und war froh, Anna nicht im Aufenthaltsraum zu begegnen. Sie musste raus hier. Raus aus der Stadt. Zurück an den Ort, der ihr Trost und Sicherheit war. Der sie immer mit offenen Armen empfangen würde.

Sie wollte nur noch nach Hause.

19.

Schon am Abend kündeten verräterische Lichter auf Lenes Hof von Romys Anwesenheit. Sie war in aller Heimlichkeit zurückgekehrt, hatte niemanden begrüßt, hatte jedes Wort vermeiden wollen. Die Türen verschlossen, die Schluchzer sehr leise, bis sie irgendwann erschöpft eingeschlafen war.

Gegen zehn klopfte es leise an ihrer Haustür.

Sie war wach und hatte wenig Lust zu öffnen, aber der Besucher schien hartnäckig, und so raffte sie sich auf und stapfte nach unten. Bella stand vor der Tür, in der Hand eine Flasche Vogelbeerschnaps.

»Guten Abend, mein Täubchen. Ich hab Licht gesehen und dachte, du könntest vielleicht etwas zu trinken gebrauchen!«

Sprach's mit schwerer Zunge, hielt sich nicht weiter mit Förmlichkeiten auf, drängte schwankend an Romy vorbei in die gute Stube, in der immer noch die nicht ausgepackten Koffer standen, und setzte sich aufs Sofa.

»Hat jemand Geburtstag?«, seufzte Romy.

»Irgendjemand hat immer Geburtstag«, nuschelte Bella. »Bring Gläser mit, ja?«

Sie hatte nicht die Kraft, es ihr auszureden, und tatsächlich das strenge Bedürfnis, sich zu betrinken. Wenigstens ein bisschen. So kehrte sie mit Gläsern zurück, die Bella füllte und dann mit ihr in einem Zug austrank.

»Grauenvolles Zeug!«, sagte sie und goss gleich noch einmal nach.

Wieder tranken sie.

»So, meine Blume. Jetzt sag mir, was passiert ist.«

Romy sank in sich zusammen, dann berichtete sie vom Vorsprechen, nicht ohne sich vorher noch mal nachzuschenken.

Als sie geendet hatte, sagte Bella: »Ach, mein Täubchen. Ich wünschte, es gäbe eine Lösung für dich, aber ich sehe keine.«

Romy seufzte deprimiert: Ein wenig Trost wäre ihr lieber gewesen, aber letztlich half nur die ungeschminkte Wahrheit: Sie war gescheitert. Wie viel Sinn machte es noch, an einem Traum festzuhalten, der sich niemals erfüllen würde? Sie war jung genug, um noch einmal von vorne anzufangen. Vielleicht konnte sie beim Theater bleiben? Vielleicht einen Bürojob oder einen Lehrberuf beginnen: Bühnentechniker, Beleuchter, Requisite. Es gab viele Möglichkeiten, aber die, die sie wirklich wollte, gab es für sie nicht: Schauspielerin.

Sie blickte rüber zu Bella, die in Gedanken versunken leise vor sich hin brummelte: »Kannst nicht hier sein, kannst nicht da sein, kannst nicht groß sein, kannst nicht klein sein, kannst nicht fliegen, kannst nicht liegen, kannst nur lieb sein in dein'm Häuslein …«

Romy seufzte: »Sag mal, wie viel hast du heute schon getrunken?«

»Nur an Geburtstagen. Hast aber nicht gesagt, welche Geburtstage«, lallte Bella abwesend.

»Bella, so geht das nicht!«

»Das Täubchen hat Sorgen. Es muss im Himmel segeln, aber es hat seine Flügel verloren …«

»Komm, ich bring dich nach Hause! Und die Flasche bleibt hier.«

Sie half Bella auf und brachte sie zur Tür.

»Ich hab eine Idee!«, rief Bella erfreut und reckte den Zeigefinger in die Luft.

»Ja?«

»Nein, doch nicht.«

Sie nahm den Finger wieder herab.

»Komm, ab nach Hause! Und über den Schnaps reden wir morgen noch mal!«

Bella hakte sich bei Romy ein und ließ sich von ihr mit deutlicher Schlagseite mehr ziehen als führen. Irgendwann standen sie endlich vor ihrem Haus und öffneten die Tür.

»Jetzt weiß ich wieder!«

»Was denn?«

»Meine Idee!«

»Aha.«

Sie stand vor ihr, sagte aber nichts weiter.

»Ja?«, hakte Romy nach.

»Was denn?«

»Deine Idee, Bella.«

»Welche Idee?«

Romy seufzte, dann gab sie Bella einen Kuss auf die Wange: »Gute Nacht, Bella!«

Bella umarmte sie, dann flüsterte sie ihr etwas ins Ohr. Für einen Moment glaubte Romy sich verhört zu haben, doch bevor sie nachfragen konnte, hatte Bella sich schon wieder umgedreht und begrüßte das Telefontischchen, das seltsame Bild und das Manneken Pis.

Dann fiel die Tür auch schon ins Schloss.

Romy ging stirnrunzelnd zurück.

Bau es!, hatte sie gesagt.

Was zum Teufel sollte das schon wieder heißen?

20.

Sie erwachte am Morgen und fühlte sich wie eine Raupe in einem Kokon aus Blei. Und je länger sie über das Dresdner Desaster nachdachte, desto schwerer fühlte sie sich. Was nur sollte sie den Alten sagen? Niederlagen waren nie leicht einzugestehen, aber es wurde ja immer schlimmer! Nach dem Souffleusen-Fiasko jetzt auch das hier … das war ein berufliches Waterloo. Jedenfalls Grund genug, das Haus bei Licht nicht zu verlassen.

So lag sie nur da und dachte darüber nach, was sie in Zukunft machen könnte. Kauffrau? Einzelhandel? Dienstleistung? Die Vorstellung war wenig verlockend, aber in Lenes Hof hocken und auf das Dorf starren kam noch weniger in Frage.

Gegen Abend, nachdem sie den ganzen Tag gehadert, unruhig geschlummert und sich ausreichend selbst bemitleidet hatte, stand sie endlich auf. Sie hatte Hunger, was sie als gutes Zeichen wertete, und beschloss, sich den Großzerlitschern zu stellen und ins *Muschebubu* zu gehen. Möglicherweise hatte Bella per Dorffunk schon dafür gesorgt, dass alle Bescheid wussten, aber sie wollte es hinter sich bringen: je schneller, desto besser.

Sie nahm eine Dusche und verließ das Haus.

Die wenigen Laternen im Dorf warfen gelbe Kegel auf den Asphalt. Mit dem schwindenden Tageslicht war es wieder empfindlich kühl geworden, Atemwölkchen kondensierten vor ihrem Mund und lösten sich auf. Sie erreichte die scharfe Linkskurve, hinter der Bertram mal wieder mitten auf der Straße stand.

»Von der Straße runter!«, schimpfte Romy.

»Emil kommt heute nicht!«, protestierte Bertram.

»Von der Straße runter, aber dalli!«

»Was ist denn los?«

Hatte sie noch den ganzen Tag den Bleikokon gespürt, schmolz der jetzt unter ihrem Temperament zusammen. Ja, sie wurde richtig wütend auf Bertram, weil er sich stur wie ein Muli verhielt und sich einfach nicht an Absprachen halten wollte.

»Du weißt genau, was los ist! Worüber haben wir denn letztes Mal geredet?!«

»Du meinst über den Friedhof?«, fragte Bertram unschuldig.

»Ja, ich meine den verdammten Friedhof. Und du kommst da auf keinen Fall drauf!«

Bertram verschränkte die Arme vor der Brust: »Nur wenn ich mich überfahren lasse!«

»Und was machst du hier gerade?«

»Ich wollte nur ein bisschen frische Luft schnappen!«

»Aha!«

»Nichts: Aha. Um diese Zeit fährt hier keiner mehr durch!«

Romys Augen wurden zu Schlitzen: »Und falls doch, wäre es das perfekte Alibi, nicht? Denn da würde ja jeder sagen: Um diese Uhrzeit gibt es keinen Verkehr, also muss es ein Unfall gewesen sein!«

»Alibi? Was soll denn das für ein Alibi sein?«

»Du weißt genau, was ich meine!«

»Weiß ich nicht!«

»Nein? Dann sag ich's dir: Du kommst auf keinen Fall auf unseren Friedhof. Wenn ich dich die nächsten Tage hier irgendwo rumliegen sehe, dann schwöre ich bei Gott, ich lass eine Obduktion bei dir machen. Und wenn die irgendetwas Komisches finden, liegst du in Kleinzerlitsch. Jedenfalls das Meiste von dir …«

»Das würdest du doch nicht tun?!«, rief Bertram entsetzt.

»Und ob ich das tun würde!«

»Was bist du denn so biestig heute?«

»Weil ich nicht will, dass ihr euch etwas antut!«

»Wir tun uns nichts an!«

Sie sah ihn scharf an: Seine Brille rutschte keinen Millimeter.

Da atmete sie durch und sagte friedlicher: »Na gut… ich glaube dir für's Erste … Danke.«

Bertram nickte zufrieden: »Bitte, bitte, mein Täubchen. Du wirst sehen: Wir werden alle brav sein und darauf warten, bis wir an der Reihe sind.«

»Keine Tricks mehr?«

Bertram schüttelte den Kopf und hob drei Finger zum Schwur: »Keine Tricks! Soll der Blitz in mich einschlagen, wenn ich schwindele …«

Es blitzte.

Tatsächlich.

Dann hörten sie einen kurzen Schrei.

Und schon fiel das Licht auf der Straße aus.

Sie standen im Dunkeln.

»Was ist passiert?!«, rief Romy erschrocken.

Bertram zeigte einen kleinen Seitenweg hinauf und antwortete: »Das kam aus Karls Haus!«

Sie eilten los und erreichten das Haus nach einer guten Minute. Die Tür war nicht verschlossen, Romy öffnete und rief in den Flur Karls Namen.

Keine Antwort.

Der Lichtschalter funktionierte nicht.

»Ich schalte die Sicherung wieder ein!«, sagte Bertram und klappte den Sicherungskasten im Flur auf.

Einen Moment später gingen die Lichter im Haus wieder an.

Romy rief wieder Karls Namen, bekam aber immer noch keine Antwort. Sie warf einen Blick in die gute Stube: niemand. Dann ging sie weiter in die Küche und fand ihn dort auf dem Boden liegend ohne Bewusstsein.

»KARL!«

Sie stürzte zu ihm und drehte ihn auf den Rücken: Er lebte. Sie schlug mit der flachen Hand gegen seine Wangen, bis seine Augenlider zu flattern begannen und er langsam stöhnend zu sich kam.

»Wir brauchen einen Krankenwagen!«, rief Romy hektisch.

Bertram stapfte zurück in den Flur und wählte die Notrufnummer. Zwei Minuten später kehrte er zurück und fand Karl bei Bewusstsein, mit wirrem Haar und desorientiertem Blick.

»Was ist passiert?«, fragte Romy ihn.

Karl antwortete nicht. Er gehörte nicht zu den Männern, die viele Worte machten, mit oder ohne Stromschlag. Es schien, als wäre ihm das Reden im Allgemeinen ziemlich lästig, sodass er es weitestgehend vermied. Die Großzerlitscher hatten sich schon so daran gewöhnt, dass sie aus Gestik und Mimik die Antworten auf ihre Fragen herauslesen konnten.

Bertram tippte Romy gegen die Schulter und zeigte auf den von der Wand weggerückten Herd. Und auf einen auf dem Boden liegenden Schraubenzieher, dessen Spitze verkohlt war.

Romy blickte wieder zu Karl, auf dessen Gesicht sich jetzt tatsächlich so etwas wie ein schlechtes Gewissen spiegelte. Aus dem Flur waren Schritte zu hören, und schon betraten die ersten Nachbarn Karls Haus: Hilde und Anton. Ein paar Momente später kamen noch Bertha, Elisabeth und Bella dazu.

»Karl!«, sagte Bertram feierlich. »Du bist ein Arsch!«

»Bertram!«, mahnte Romy. »Du siehst doch, dass es ihm nicht gut geht!«

»Klar, geht's ihm nicht gut! Das sind 380 Volt auf dem Herd! Na, Karl? Haben wir *vergessen*, die Sicherung rauszudrehen?«

Sie standen alle um den am Boden liegenden Karl herum und sagten nichts. Plötzlich war da etwas Fremdes unter ihnen. Sie hoben ahnend die Köpfe, spürten förmlich seinen kalten Atem, als hätte es Karl grinsend beide Hände auf die Schulter gelegt. Es flüsterte: *Der hier gehört mir.*

Da war es also:

Verrat.

Wortbruch.

Zweifel.

Neu für das Dorf, doch das Gift wirkte rasch. Alle im Raum dachten dasselbe. Waren vielleicht schon mit einem nagenden Verdacht hergekommen und fanden ihn jetzt bestätigt: Sie konnten einander nicht mehr trauen.

Romy seufzte leise.

In der Ferne das Geheul eines Martinshorns.

»Bleib liegen, Karl. Gleich kommt Hilfe«, flüsterte sie ihm beruhigend zu.

Er nickte.

Und weinte still.

21.

Der Befund im Krankenhaus blieb ohne Auffälligkeiten – offenbar hatte Karl den elektrischen Schlag gut weggesteckt. Zwar wollten sie ihn zur Beobachtung im Krankenhaus behalten, aber Karl bestand darauf, nach Hause zu fahren. So kehrte sie noch am späten Abend mit ihm zurück nach Großzerlitsch, und weil Dienstag war, wollte Karl ins *Muschebubu* Schnitzel essen.

An diesem Abend gab es mehr Betrieb als üblich. Offenbar war Karls *Unfall* Thema einer regen Diskussion, die in dem Moment verstummte, als Romy und er den Gastraum betraten.

»Wie geht's, Karl?«, fragte Anton.

Er nickte ihm zu als Zeichen dafür, dass alles wieder in Ordnung war.

Bertram rief: »Saubere Arbeit! Hast die ganze Straße lahmgelegt. Aber was immer du da auch veranstaltet hast: Ich hab dich seit Jahren nicht mehr so dynamisch gesehen wie heute!«

Er hatte die Lacher auf seiner Seite, und es führte auch dazu, dass sich die Stimmung löste. Karl schien sich wenig darum zu kümmern, sondern setzte sich an seinen angestammten Platz, während Theo ihm Bier hinstellte und sich anschließend in die Küche machte, um ein Schnitzel zu braten.

Obwohl alle sehr erleichtert schienen und sich auch munter mit Romy unterhielten, wurde für sie mehr und mehr spürbar, dass hinter all der Heiterkeit und auch dem stillen Zorn auf Karls Alleingang noch etwas in der Luft schwang, das umso klarer wurde, je stärker die Alten vermieden, darüber zu sprechen, nämlich, warum Romy wieder da war. Sie konnte es in ihren Augen lesen und die Antwort gleich dazu: Sie war gescheitert.

Für Romy wurde die Rücksichtnahme, ja das heimliche Mitleid, zunehmend unerträglich. Eines Tages musste sie ihnen die Wahrheit sagen. Eines Tages musste sie ihnen mitteilen, dass sie keinen Grund hatten, auf sie stolz zu sein, weil Romy sie zum Narren gehalten hatte. Und selbst wenn sie es nicht tat: Sie ahnten es jetzt schon. Worte waren dazu gar nicht nötig.

Und doch, zu gehen im Wissen, dass es zwei Gräber gab, die den einen oder anderen wie die Tore zum Paradies lockten, ohne wenigstens versucht zu haben, sie von Dummheiten abzuhalten, erschien ihr, dem Täubchen, dem Blümchen, dem Herzblatt aller, nicht nur undankbar, sondern geradezu niederträchtig. Was würde wohl geschehen, wenn der Friedhof voll besetzt sein würde? Was geschah mit einem Menschen, dessen einziger verbliebener Wunsch unter knapp vier Kubikmetern Erde begraben wurde?

Romy stand auf und ging nach Hause.

Sie setzte sich auf die Couch und schaltete den Fernseher an – wie die anderen, dachte sie seufzend. Es flimmerte bläulich im Raum, da sie kein Licht gemacht hatte, und was immer da gerade lief, sie folgte ihm nicht, sondern zappte gelangweilt durch die Kanäle.

Werbung.

Nicht irgendeine Werbung: Ben, der *Frischedoktor*. Das, was ihr noch gefehlt hatte. Sie klickte weiter und landete schließlich bei Shakespeare. Genauer gesagt, bei einer Dokumentation über das elisabethanische Theater, das William Shakespeare und Christopher Marlowe so geprägt hatten. Sie zeigten das Globe Theatre in London und das Royal Shakespeare Theatre in Stratford-upon-Avon. Ein hübscher Flecken Erde, dieses Stratford, mit mittelalterlichen Häuschen irgendwo im Nirgendwo. Zwei Millionen Touristen lockte es Jahr für Jahr an. Zwei Millionen! Dabei war nicht einmal gesichert, dass es wirklich Shakespeares Geburtsstadt war, sondern nur, dass dort *ein* William Shakespeare geboren wurde. Seit Jahrzehnten wucherten die Gerüchte, dass Shakespeare nur das Pseudonym eines Genies war, dessen Identität bis heute nicht geklärt werden konnte. Spekulationen, über die man in Stratford verständlicherweise wenig amüsiert war.

Romy hatte sich aufgerichtet und starrte auf die Mattscheibe. Sie zeigten gerade das Globe Theatre: den runden Fachwerkbau, weiß mit dunklen Balken, die herrlichen Logen, den Zuschauerraum, in dem man traditionellerweise nur stehen konnte. Die Bühne, die Säulen, den Baldachin. Fast alles war aus Holz. Einfach herrlich anzuschauen.

Bau es!

Fast wäre sie herumgewirbelt, weil sie es so deutlich gehört hatte, aber es war niemand da außer ihr. Ihr Herz raste vor Schreck, aber auch weil eine Idee durch ihren Körper geblitzt war, die ihr einen kurzen Blick auf etwas erlaubt hatte, was sie alle retten konnte. Sie stand auf, eilte in die Küche, fand dort eine Taschenlampe und verließ das Haus.

Draußen war es mittlerweile stockfinster.

Sie erreichte die Scheune, der Lichtkegel fiel auf das marode, viereckige Fachwerk: weiß mit schwarzen Balken. Sie öffnete vorsichtig das windschiefe Tor und schlich wie eine Diebin hinein.

Hier drinnen gab es viel Gerümpel. Dinge, die man im Laufe der Jahrzehnte untergestellt und dann vergessen hatte. Alte Möbel, rostige Gerätschaften, Schrott. Festgetretene Erde in einer Grundfläche von etwa fünfzehn mal fünfzehn Metern als Boden. Stützbalken, die in etwa sechs Meter Höhe auf Querbalken trafen und somit Dach und Wände stützten. Möglicherweise war die Scheune einmal doppelstöckig gewesen, einen weiteren Boden hätte man durchaus einziehen können. Jetzt war davon nichts mehr zu sehen.

Mit gut acht Metern war die Scheune ziemlich hoch, das Dach mit alten Schindeln eingedeckt, in erbärmlichem Zustand, soweit überhaupt noch vorhanden. Bei genauerer Betrachtung allerdings machte das Gebäude nicht den Eindruck, einsturzgefährdet zu sein: Alle wichtigen Balken und Wände wirkten sehr robust.

Bau es!

Wenn sie nicht hinauskonnte in die Welt, dann könnte die Welt doch zu ihr kommen? Sie hatten alles, was sie brauchten: ein kleines, schönes Dorf, mittelalterliches Flair, eine schöne Umgebung. Alles, was sie jetzt noch benötigten, war ein Theater. Nicht irgendein Theater. Ein elisabethanisches Theater! Sie hob die Taschenlampe empor, und alles, was der Lichtkegel traf, verwandelte sich: Der Schrott wich einer Bühne, an den Seitenwänden wuchsen Logen in die Höhe und umschlossen das Parkett in der Mitte. Treppen, Säulen, Baldachin. Farben und Licht! Theaterlicht!

Bau es!

Und die Menschen werden kommen! Sie werden nach Großzerlitsch kommen und sehen wollen, wie es vor vielen hundert Jahren einmal ausgesehen hat. Da draußen mochte es eine große Welt geben und in Großzerlitsch nur eine sehr kleine … warum sie nicht hierher einladen? Wenn sie Furcht vor denen da draußen hatte, warum sie nicht hierherbringen, wo sie keine Angst hatte?

Warum nicht hier beginnen, um alles zu verändern? Sie könnten etwas schaffen, was die Welt noch nicht gesehen hat: ein viereckiges elisabethanisches Theater!

Sie hätten eine Aufgabe, müssten sich neu erfinden oder vielmehr wieder das werden, was sie einmal waren. Und sie könnte eine Schauspielerin sein.

Sie könnte Julia Capulet sein!

Die beste Julia, die das Theater je gesehen hat.

DER MANN AUF DEM DACH

22.

Wer im Morgengrauen um Häuser schlich, hatte meist wenig Gutes im Sinn, war betrunken oder der festen Überzeugung, dass eine gute Idee eine gute Idee war, wenn sie eine aufgeregte Nacht des Nachdenkens und der Schlaflosigkeit unbeschadet überstanden hatte. Romy hatte es noch vor Sonnenaufgang nach draußen getrieben, und so stapfte sie mit dem ersten Licht über die große Wiese rund um die Scheune, einen Claim absteckend und Quadratmeter addierend. Sie maß einen möglichen Parkplatz für Besucher ab, denn im Dorf war das Parken für mehr als ein Dutzend Autos schwer möglich, ohne die einzige Straße vollkommen zu verstopfen. Zu ihrem heimlichen Entzücken war die Wiese mehr als groß genug, selbst wenn jeder einzelne Theaterbesucher mit dem eigenen Auto anreisen würde. Und das Beste an allem war: Das Land gehörte ihr. Wie die Scheune. Sie musste niemand um Erlaubnis fragen.

Dachte sie jedenfalls.

Was sie nicht bedachte, war, dass Ideen, gleich ob gute oder schlechte, immer Konsequenzen nach sich zogen. Und je ungewöhnlicher sie waren, desto größer das, was daraus folgen würde. Und ihre Idee war ziemlich ungewöhnlich. Genau genommen würde sie bald schon das kleine Großzerlitsch in seinen Grundfesten erschüttern.

Aber noch war es nicht so weit. Noch genoss sie das eifrige Planen und die berauschende Verliebtheit in die eigenen Träumereien. Sie ließ Einfälle wie flache Steine über Wasser tanzen, und je öfter sie auftippten und weitersprangen, desto besser waren sie und wurden damit Teil eines fantastischen Luftschlosses. Großzerlitsch würde eine Zukunft haben, die Welt würde sich weiterdrehen, aber ihr Dorf nicht zurücklassen. Und das war doch eine gute Sache!

Sie war so euphorisch, dass nicht einmal die realistische Einschätzung der Arbeit, die vor ihr lag, und der Kosten, die das Projekt verschlingen würde, ihre Stimmung trüben konnte. Sie mussten nur einig sein, zusammen anpacken, dann konnte sie nichts aufhalten. Sie war vollkommen davon überzeugt, dass auch die anderen ihre Vision teilen würden und die Chance erkannten, ihrem Leben eine neue Richtung zu geben. Und so besuchte sie noch am Vormittag Anton und bat ihn, die Alten von Großzerlitsch ins *Muschebubu* zu bestellen.

Und tatsächlich kamen sie auch.

Romy war so nervös, als stünde eine Premiere im Theater bevor. Sie rieb sich die kalten Hände, atmete tief und konzentrierte sich auf das, was sie ihrem Publikum vortragen wollte. Dann stellte sie sich vor die Theke und klopfte mit einem Löffel gegen ein leeres Bierglas.

Die Geräusche verstummten, alle sahen sie an.

»Ihr wisst, dass ich nicht glücklich bin, wie die Dinge hier in letzter Zeit laufen. Und ich bin sicher, dass ihr auch nicht besonders glücklich darüber seid ...«

Sie suchte in den Gesichtern der Alten Zustimmung und fand darin zumindest keine Ablehnung.

»Ich weiß auch, wie sehr ihr eure Heimat liebt und wie wichtig es euch ist, für immer hierbleiben zu können. Auch wenn das, so wie es aussieht, nicht für alle möglich sein wird. Aber ich werde nicht tatenlos zusehen, wie ihr euch umzubringen versucht. Ihr seid meine Leute, ich bin bei euch allen aufgewachsen, ihr wart für mich da, als ich ganz alleine war. Ich bin euer aller Mädchen, und ihr habt mir alles beigebracht, was man wissen muss, um *anständig* durchs Leben zu gehen.«

Das war viel offensiver formuliert, als sie vorgehabt hatte zu sprechen, aber offenbar hatte sie den richtigen Ton angeschlagen, denn die meisten Alten senkten beschämt die Blicke.

»Aber das, was da in letzter Zeit passiert ist, das habt ihr mir nicht beigebracht. Ich erkenne euch gar nicht wieder! Das seid doch gar nicht ihr!«

Sie schwiegen bedrückt.

»Passt auf: Ich möchte mit euch heute einen Schlussstrich ziehen. Was geschehen ist, ist geschehen. Vergessen wir das also. Stattdessen habe ich da einen Vorschlag …«

Sie blickten sie neugierig an.

»Ich möchte mit euch etwas bauen …«

Fragende Gesichter.

Stille fiel über sie wie ein großes weißes Tuch.

Romy atmete tief durch und sagte: »Ich möchte mit euch ein Theater bauen!«

Sie starrten sie an.

»Genauer gesagt: ein elisabethanisches Theater.«

Sie starrten sie immer noch an.

Romy kramte eine Mappe heraus und entnahm ihr einen Stapel Ausdrucke. Das Rascheln des Papiers erschien ihr ohrenbetäubend. Sie reichte es an die Alten weiter, die direkt vor ihr standen.

»Bitte gebt einmal die Bilder durch. Das, was ihr darauf seht, ist das Globe Theatre in London. Es ist der Nachbau eines elisabethanischen Theaters. Und genau so eines möchte ich mit euch aus der alten Scheune machen.«

Die Ausdrucke wanderten von Hand zu Hand.

Immer noch sagte niemand ein Wort.

Sie starrten auf das Papier und dann wieder zu Romy.

Nach einer Weile fragte Romy nervös: »Und? Was denkt ihr?«

Sie blickten einander an, auf der Suche nach dem, der ihr zuerst antworten sollte. Aber offenbar fand sich kein Freiwilliger.

Plötzlich klatschte jemand in die Hände.

Erst zaghaft.

Dann mutiger.

Die Alten drehten sich um, dem Beifall auf der Spur. Das Geräusch kam ganz von hinten, vom Ende des Schankraumes, und als die, die dem Applaus am nächsten standen, einen Schritt zur Seite traten, konnten sie alle sehen, wer dort klatschte: Theos Mutter.

Offenbar gefiel ihr das Theater, das als Ausdruck vor ihr lag. Dann gefiel ihr aber auch, aus dem Theater ein Schiffchen zu basteln. Dass sie alle ansahen, nahm sie gar nicht wahr.

Romy seufzte.

Immerhin schien sie die anderen aus ihrer Erstarrung geweckt zu haben. Sie wandten sich Romy wieder zu, und Anton fragte: »Ein Theater? Sind wir nicht ein bisschen weit weg von allem für ein Theater?«

»Wir sind genau richtig«, antwortete Romy. »Seht euch nur unser Dorf an! Hier sieht es aus, als hätte sich seit dreihundert Jahren nichts mehr verändert!«

»Hier *hat* sich seit dreihundert Jahren nichts mehr verändert!«, maulte Bertram.

»Aber das ist doch genau der Punkt! So etwas gibt es nicht oft! Das interessiert die Leute!«

»Was hat sie bisher aufgehalten?«, fragte Theo. »Ich bin schon mein ganzes Leben hier, genau wie alle anderen auch. Allzu viele waren in dieser Zeit nicht da!«

»Wir müssen ihnen schon etwas bieten! Von alleine kommen sie nicht!«

»Und du meinst, ein Theater wäre das Richtige?«, fragte Hilde skeptisch.

»Ja.«

»Wir könnten doch was mit Nussknackern machen?«, fragte Anton. »Das passt doch gut zum Erzgebirge.«

»Kleinzerlitsch hat Nussknacker«, antwortete Bertram. »Die haben ein Museum, die haben Geschäfte für Schnitzkunst, die haben Nussknacker ohne Ende. Die machen uns fertig mit ihren Nussknackern!«

»Vor allem haben sie die Hauptstraße, die Angeber«, rief Bertha. »Es gibt nicht mal ein Schild nach Großzerlitsch. Das haben die abmontiert, die Verbrecher!«

Anton fragte vorsichtig: »Bist du da sicher mit dem Theater, Romy? Weißt du, wir sind ein kleines Dorf. Hier gab es noch nie ein Theater. Es gab auch noch nie in Kleinzerlitsch ein Theater, und die haben viel mehr Publikum als wir. Theater ist doch eher was für die große Stadt. Dresden oder Leipzig.«

Romy schüttelte den Kopf: »Stratford war auch ein kleines Kaff. Jetzt haben sie zwei Millionen Besucher im Jahr!«

»Was ist denn in diesem Stratford?«, fragte Hilde.

»Shakespeare ist da geboren. Und sie haben alles auf Shakespeare ausgerichtet. Darum geht es ihnen richtig gut!«

»Also, bei uns war Shakespeare nicht, so viel ist mal sicher. Kein Dichter war hier. Nicht mal Honecker …«, grinste Bertram.

Ein Kichern ging durch die Reihen.

Dann warf er plötzlich ein: »Theo hat mal bei der Bezirksspartakiadc im Schwimmen gewonnen. Und dann hat er sich mit einem Funktionär angelegt und ist aus dem Kader geflogen. Da haben die Leute lange drüber gesprochen … Zählt das als berühmt?«

»Halt die Klappe, Bertram!«, fauchte Theo.

»Hättest du mal besser gemacht, dann wärst du heute vielleicht wirklich berühmt!«, meckerte Bertram zurück

Theo polierte leise fluchend ein Glas.

Romy rief: »Es geht doch nicht darum, wo Shakespeare geboren wurde. Es zählt doch nur, was die daraus gemacht haben! Stellt es euch doch nur mal vor: unser wunderbares mittelalterliches Dorf. Dazu das Theater. Wir könnten Jahrmärkte machen. Oder Schnitzkunst anbieten, aber keine Nussknacker, sondern vielleicht das Theater als Motiv oder was anderes aus der Epoche. Wir könnten sogar in Kostümen rumlaufen und so tun, als wäre bei uns die Zeit stehengeblieben?!«

Sie starrten Romy an, als wäre ihr Verstand das Einzige, was gerade stehengeblieben war.

Theo hatte aufgehört zu polieren.

»Ich zieh bestimmt kein Kostüm für Touristen an!«, polterte er.

»Es war doch nur ein Beispiel!«, verteidigte sich Romy.

»Ich mach mich doch hier nicht zum Affen, Romy!«

»Es ist nur Theater, Theo. Ein Spiel, nicht mehr!«

»Ist aber nicht mein Spiel!«

Romy ärgerte Theos Haltung, aber sie versuchte, ruhig zu bleiben: »Was ist denn dein Spiel, Theo?«

»Jedenfalls nicht, im Kostüm rumzulaufen!«

»Dann mach du doch mal einen Vorschlag, was wir aus Großzerlitsch machen könnten.«

»Wenn wir die Hauptstraße hätten, bräuchten wir gar nichts machen. Dann würde alles von alleine laufen.«

»Wir haben die Hauptstraße aber nicht!«

»Dann gibt es auch nichts, was wir machen können«, schloss Theo ungerührt.

»Dann soll alles so bleiben, wie es ist?«, fragte Romy gereizt.

»Warum nicht?«

»Weil hier alle versuchen, auf den Friedhof zu kommen, falls dir das nicht aufgefallen ist!«

Theo zuckte mit den Schultern: »Wir sind bisher klargekommen, wir werden auch in Zukunft klarkommen.«

»Wir kommen hier aber nicht mehr klar, Theo!«

»Woher willste das denn wissen? Du warst doch gar nicht hier in den letzten Jahren?«

»Aber jetzt bin ich hier!«

Theos Halsadern schwollen an: »Ach ja, richtig! Jetzt biste wieder hier! Bist schön in den goldenen Westen gegangen und hast uns zurückgelassen. Hast dich jahrelang nicht für uns interessiert, aber jetzt biste ja wieder da. Und siehst ganz genau, was schiefläuft. Und hast auch schon 'ne Idee, wie man das alles in den Griff kriegt.

Soll ich dir sagen, was schiefläuft, Romy? Es gibt zu viele, die ganz genau wissen, was schiefläuft! Es gibt zu viele, die ganz genau wissen, wie man was in den Griff kriegt! Und weißte, was noch? Es gibt zu viele, die gar nichts in den Griff kriegen! Weil vielleicht die Mutter krank ist. Oder das Geld fehlt. Weil man im Leben nicht einfach abhauen kann, auch wenn man schon oft dran gedacht hat!«

Die Alten glotzten ihn förmlich an.

Wütend war Theo meistens, aber niemand hatte je gefragt, warum er das war.

Jetzt wussten sie es.

Und er war noch nicht fertig. Wütend donnerte er: »Aber jetzt biste ja wieder da! Auch wenn du eigentlich gleich wieder wegwolltest. Warum biste denn wieder da, wenn ich fragen darf?«

Romy spürte einen Schlag in der Magengrube. Da war sie also: die Frage. Und es war genauso schlimm, wie sie es sich vorgestellt hatte. Mit einem Mal stand sie ganz alleine da, fühlte sich ängstlich und verletzt.

»Darauf haste jetzt keine Antwort, ja? Kommst zurück und hast jede Menge Ideen. Aber warum biste denn wiedergekommen, Romy? Wenn deine Ideen so gut sind, warum kommste dann zurück?«

Romy stand wie gelähmt da.

Und die Alten neben ihr auch.

»Ich sag dir, warum du wieder da bist, Romy! Die wollten

dich nicht! So ist es doch, oder? Die wollten dich nicht. Und ich bin sicher, du hast alles versucht. Und was haste erreicht? Nichts haste erreicht. Bist wieder hier! Bei uns. Weißte, kann sein, dass es nicht besonders schlau ist, nichts zu tun, aber es ist immer noch besser, als einen Narren aus sich zu machen.«

Niemand sagte etwas.

Romy stiegen Tränen in die Augen.

Für einen Moment sah es aus, als ob Theo noch etwas anfügen wollte, doch Romy lief bereits nach draußen: weg, nur weg. Er sah ihr nach, schluckte und begann, verlegen ein Glas zu polieren, während ihn die Alten diesmal wütend anstarrten. Was Theo sichtbar verunsicherte, doch dann blaffte er beinahe reflexhaft: »Was?!«

Anton sprach aus, was ohnehin alle dachten.

»Idiot!«

23.

Der Mond schimmerte bleich auf den kleinen Friedhof.

Die alten Mauern warfen lange Schatten, auf den Gräbern flackerten rote Grablichter. Um die Mauer wachte das Dorf, die stillen Häuser, die dunklen Fenster, hier und da der schwache Schein einer Straßenlaterne.

Romy stand an Lenes Grab.

Gedemütigt von Theos Wutanfall, aber noch viel reuevoller darüber, dass sie in der Zeit, in der sie jetzt schon in Großzerlitsch war, keine Zeit gefunden hatte, ihr Grab zu besuchen. Keine Zeit? Ein Hohn! Sogar jetzt suchte sie noch nach Ausreden und begann, erneut zu weinen. Nicht Rastlosigkeit hatte sie den Friedhof meiden lassen, sondern Scham. Dass sie ihre geliebte Oma im Unklaren darüber gelassen hatte, wie ihre Karriere verlaufen war. Dass sie sie hatte glauben lassen, auf dem Weg nach ganz oben statt ganz nach unten zu sein. Dass sie sie hatte durchs Dorf laufen lassen, jedem stolz berichtend, was ihre Enkelin bereits alles erreicht hatte.

Dass sie gestorben war, ohne die Wahrheit zu kennen.

Sie schluchzte.

Hatte sie an Romy gedacht in ihren letzten Momenten? Natürlich hatte sie das. Aber Romy hatte nicht an sie gedacht. Sie hatte nichts über ihre Sorgen und Nöte und ihren Wunsch gewusst, aus dem Leben zu scheiden. Vielleicht hätte sie ihr helfen können? Vielleicht hatte Lene nur jemanden gebraucht, um den sie sich kümmern konnte? Der ihr das Gefühl vermittelt hätte, noch gebraucht zu werden.

Warum hatte Romy nichts bemerkt?

Der Gedanke war wie ein Splitter in ihrem Kopf.

Sie suchte nach einem Taschentuch und war überrascht, als sie jemand antippte und ihr eines reichte: Anton.

»Danke.«

»Tut mir leid, meine Kleine«, antwortete Anton.

»Mir tut es leid, Anton!«

»Na, komm, du kennst doch Theo. Immer 'ne große Klappe!«

»Kein Wunder, dass er immer wütend ist …«

Anton nickte: »Ist sicher nicht leicht mit seiner Mutter. Aber er versteckt sich auch hinter ihr. Wenn er wirklich gewollt hätte, hätte er sich jederzeit draußen einen Job suchen können. Ein ganz normales Leben führen.«

»Und seine Mutter?«

»Es gibt genug Einrichtungen. Und wenn er gefragt hätte: Wir hätten auch auf sie aufgepasst, wenn er tagsüber irgendwo gearbeitet hätte. Sie ist zwar meschugge, aber nicht schwierig.«

»Und ich komme und gehe, wie es mir passt.«

»Die Wahrheit ist, dass er Angst hat, draußen zu versagen. Dass er es sich mit anderen wieder verscherzt, weil er seinen

Mund nicht halten kann. Solange er in Großzerlitsch ist, hat er immer eine Ausrede, warum er etwas *nicht* machen kann.«

»Trotzdem hat er recht, Anton ...« Sie zögerte, dann schluchzte sie: »Ich habe euch alle angeschwindelt ...«

»Mein Täubchen, was redest du denn da?«

»Ich bin keine große Schauspielerin geworden, Anton! Ihr wart alle so stolz auf mich, da habe ich mich nicht getraut, euch die Wahrheit zu sagen ...«

»Romy, hör mal ...«

»Nein, jetzt hör du mal! Weißt du, was ich zuletzt gemacht habe am Theater? Ich war die Souffleuse! Verstehst du? Die Souffleuse! Und jetzt komme ich zurück, und Oma Lene ist tot und vermacht mir den Hof und alles, woran ich denken kann, ist, ein Theater zu bauen, damit ihr euch nichts antut, aber die Wahrheit ist, dass ich es nur für mich baue, weil ich ein egozentrisches Miststück bin, das euch alle angelogen hat und das bereit ist, für seinen Traum all das Geld zu verjuxen, das jemand anders zeit seines Lebens gespart hat, weil ich immer nur an mich denke und nie an andere!«

Sie hatte es förmlich hochgewürgt und ausgespuckt. Froh darüber, dass es endlich heraus war.

»Fertig?«, fragte Anton ungerührt.

»Ich hab bestimmt noch was vergessen«, heulte sie verzweifelt und warf sich Anton um den Hals.

Er lächelte.

Hielt sie im Arm, bis sie sich einigermaßen beruhigt hatte.

»Wie kommst du nur darauf, dass du uns angelogen hast?«, fragte Anton ruhig.

Romy schnäuzte sich und antwortete kleinlaut: »Ich hab euch jedenfalls nicht alles gesagt.«

»Na und? Wer sagt schon gerne Sachen, die einem peinlich sind?«

»Aber doch nicht vor euch! Ihr seid meine Familie!«

Anton zuckte mit den Schultern: »Glaubst du, ich habe meinen Kindern immer alles gesagt? Oder meiner Frau?«

Romy runzelte die Stirn: »Was hast du ihnen denn verschwiegen?«

»Netter Versuch, Romy … was ich damit sagen wollte: Natürlich sind wir deine Familie. Und du wirst immer unsere Tochter sein. Und wenn du nicht immer alles haarklein berichten willst, dann geht das schon in Ordnung.«

»Aber nicht, wenn ich Oma Lenes Erbe in eine verrückte Idee stecken will!«

»Es ist dein Erbe, Romy. Du kannst damit machen, was du willst.«

»Aber vielleicht hätte es Lene nicht gewollt? Wenn sie alles von mir gewusst hätte, dann hätte sie bestimmt nicht gewollt, dass ich hier alles aufs Spiel setze!«

»Glaubst du wirklich, sie wäre nur stolz auf dich gewesen, wenn du berühmt geworden wärest?«

»Vielleicht nicht, aber …«

Anton unterbrach: »Sieh mich mal an, meine Kleine!«

Sie blickte zu ihm auf.

»Lene hat zu jeder Zeit gewusst, was du so machst. Auch, dass du die Souffleuse bist. Sie wusste das alles.«

Romy wurde bleich: »Was?«

Anton grinste: »Wir leben zwar weit weg von allem, mein Täubchen, aber hinterm Mond leben wir nicht. Immer wenn Lene zum Arzt ist, ist sie auch in ein Internetcafé gegangen und hat im Netz nach dir geschaut. Sie hat immer nach dir gesehen, und ich kann dir versichern: Sie war immer stolz auf dich!«

»Und ich war nicht für sie da, als sie starb!« Romy begann erneut zu weinen. »Ich schäm mich so!«

»Romy, was sie getan hat, war einzig und alleine ihre Entscheidung. Sie war müde und wollte einfach gehen.«

»Trotzdem, ich hätte was merken müssen …«

»Nein, und jetzt hör auf damit. Lene hatte immer großes Vertrauen in dich. Und dass wir hier ein bisschen frischen Wind gebrauchen könnten, weiß wirklich jeder im Dorf. Selbst Theo.«

»Meinst du?«

»Ja, meine ich. Das mit dem Theater war natürlich ziemlich überraschend. Und ich weiß auch nicht, ob da alle von begeistert sind, aber lass ihnen ein bisschen Zeit. Das sind alles alte Leute – die müssen sich an Neues erst gewöhnen.«

Romy lächelte schwach: »Ach, Anton.«

»So, jetzt komm mal runter vom Friedhof. Der ist nichts für junge Leute.«

Er nahm sie in den Arm.

Sie gingen zum Ausgang.

Öffneten den schmiedeeisernen Eingang und verließen die Toten.

Leise quietschend fiel hinter ihnen das kleine Tor ins Schloss.

24.

Ein strahlend schöner Tag ließ das Dorf in der Morgensonne förmlich glitzern. Romy war ohne Trübsal aufgewacht und sah in dem schönen Morgen ein Fanal, das sie in eine neue Zeit führen sollte. Antons Worte waren nicht nur Trost, sondern auch Ansporn gewesen, ihre Ziele weiter zu verfolgen, nicht aufzugeben, und jetzt fühlte sie sich gerade so beschwingt, als stünde sie nach wochenlanger Diät in einem neuem Cocktailkleid.

Sie hatten einen langen Weg vor sich, und vieles würde sicher schwerfallen, aber am Ende würden sie alle erkennen, dass der einzige Unterschied zwischen Traum und Wirklichkeit Mut war. Es war wie eine Wette: Ihre Überzeugung würde ein Theater erschaffen, wo noch nie eines stand, die Skepsis der Zweifler würde es einzureißen versuchen, um den Zustand gewohnter Ordnung wieder herzustellen. Sie musste länger durchhalten als die anderen, denn die würden sogar dann noch da sein, wenn das Haus längst fertig war. Selbst wenn das Theater Erfolg hätte, würden sie geduldig auf den Tag warten, an dem ihre Bedenken endlich Früchte trügen und sie zu guter Letzt mit erhobenem Zeigefinger sagen könnten, dass sie es schon immer gewusst hätten.

Sie trank in der Küche Kaffee und wartete ungeduldig.

Es gab so viel zu tun, und doch musste sie Schritt für Schritt vorgehen, selbst wenn sie eine Million davon tun musste. Diesmal würde sie geduldig sein.

Und mutig.

Endlich hörte sie ein Motorengeräusch auf der Straße, und noch bevor Emil seine Fanfare schmettern lassen konnte, riss sie die Haustür auf und lief ihm entgegen.

»Romy!«, rief er erfreut aus dem Führerhaus. »Hab schon gehört, dass du wieder da bist! Was kann ich für dich tun?«

Er stieg aus, während Romy ihn an der Hand packte und mit sich zerrte: »Komm, ich muss dir was zeigen!«

Sie liefen über die Wiese zur alten Scheune.

»Ja?«, fragte Emil unsicher.

»Ich brauche deine Hilfe, Emil!«, sagte Romy und blickte auf die baufällige Scheune.

»Ja?«

»Ich will ein Theater bauen!«

Emil nickte: »Verstehe … und die Scheune steht im Weg.«

Romy schüttelte den Kopf: »Nein, ich baue aus der Scheune ein Theater. Genauer gesagt: ein elisabethanisches Theater.«

Sie blickte Emil an.

Der lächelte amüsiert, was sich jedoch verlor, als er bemerkte, dass Romy das vollkommen ernst meinte.

»Ein elisabethanisches Theater?«, fragte er erstaunt.

»Was brauche ich dafür?«, fragte Romy entschlossen zurück.

»Die Kronjuwelen aus dem Tower. Und jemanden, der dir einen guten Preis dafür macht. Und natürlich Zeit, denn du kriegst bestimmt dreißig Jahre dafür, dass du sie klaust.«

»Ja, ja, schon gut. Ich weiß, dass es nicht billig wird ...«

Emil runzelte die Stirn: »Du willst ein elisabethanisches Theater bauen, Romy! Und alles, was du hast, ist eine Scheune!«

»Ich weiß. Trotzdem baue ich es. Wir werden Holz brauchen. Balken. Farbe. Dachziegel ...«

»Strom, Kanalisation, sanitäre Anlagen, Wasser, Licht ...«

»Schon klar. Was, glaubst du, wird am teuersten?«

»Das Theater.«

»Ich meinte, auf was könnten wir am ehesten verzichten?«

»Das Theater.«

»Emil!«

Er seufzte kurz, dann sah er sich die Scheune von außen an, öffnete das windschiefe Tor, warf einen Blick auf das Gerümpel drinnen, Wände und Dachkonstruktion und kehrte zurück.

»Elisabethanisch sagst du?«, fragte er und rieb sich das Kinn.

»Ja.«

»Na ja, Strom hatten die damals nicht. Auch keine Scheinwerfer. Da könnte man sparen ...«

Romy nickte erfreut: »Das ist gut, Emil! Das ist gut!«

»Du musst nur das Dach abnehmen, damit Licht reinkommt.«

»Du bist keine Hilfe, Emil.«

Emil blickte wieder zur Scheune: »Du brauchst Licht, Bretter, Balken, Tribünen, Logen, Sitzgelegenheiten, Treppen. Bühne. Dach. Tor. Fenster. Notausgänge. Farbe. Stoff. Umkleiden ... das ist nicht gerade wenig.«

»Kannst du das besorgen?«

Emil zuckte mit den Schultern: »Ich kann alles besorgen, Romy. Aber bist du sicher, dass du das machen möchtest?«

»Ja.«

Sie schwiegen einen Moment.

Dann fragte Romy: »Jetzt mal ehrlich, Emil. Glaubst du, ich bin verrückt geworden?«

»Ja.«

Romy nickte enttäuscht: »Dann findest du also auch, dass es eine schlechte Idee ist …«

Emil sah zur Scheune und antwortete: »Ich finde die Idee … einfach … großartig!«

Romy sah ihn überrascht an: »Wirklich?«

Emil war entzückt: »Ich liebe Theater! Und ein elisabethanisches in diesem schönen Dorf ist einfach perfekt!«

Romy umarmte ihn: »Danke! Das tut so gut!«

Emil klopfte ihr sanft zustimmend auf den Rücken: »Genug geschmust, fangen wir an!«

Romy sah ihn überrascht an: »Musst du nicht mit deinem Supermarkt los? Geld verdienen?«

Emil lächelte: »Glaubst du wirklich, dass ich bei meinen Preisen viel an den alten Herrschaften verdiene? Die können ruhig warten.«

Romy zögerte: »Du weißt, dass ich dich nicht bezahlen kann, Emil …«

Er winkte großzügig ab: »Vergiss das mal. Wenn es fertig ist, dann bekomme ich für jede Vorstellung eine Freikarte!«

Sie umarmte ihn wieder: »Ach, Emil. Du bist so eine treue Seele.«

»Ich weiß.«

Romy dachte daran, dass der einzige Großzerlitscher, der spontan mit ihr den Sprung ins Ungewisse wagen wollte, gar kein Großzerlitscher war.

Erstaunlich.

25.

Selbst gut gelaunt und hochmotiviert fürchtete man eigentlich nichts mehr als den *Start* einer schweren Arbeit oder eines harten Wettkampfes. Und genau so ging es auch Romy und Emil, als sie das Tor der Scheune sperrangelweit öffneten und zum ersten Mal bei Licht betrachteten, was sie in ihrer Vorstellung bereits fertig gestellt hatten.

Die Scheune war wie das, was Menschen bei ihren Umzügen am allermeisten fürchteten: der Keller. Mit all den Dingen, die man nicht weggeworfen hatte, weil man sie ja bestimmt noch einmal gebrauchen konnte. Die Couch, die man einmal todschick gefunden hatte, das Trimm-dich-Rad und der Bauch-weg-Trainer oder die alten Schallplatten und Kassetten, für die man weder Schallplattenspieler noch Kassettendeck besaß. Und vieles mehr, das teuer bezahlt worden war und daher zu schade, um es wegzuschmeißen. Dort unten im Keller lauerten all die Errungenschaften auf den Tag, an dem sie sich für die Jahre in Dunkelheit und Staub an ihren Besitzern rächen konnten. Der Tag, an dem man die Tür öffnete und nur noch *Ach, du Scheiße* sagen konnte. Und dann war da ja auch noch die Waschmaschine …

Die Scheune jedenfalls hatte viel Zeit gehabt, sich all diese Dinge einzuverleiben, die bei Romy und Emil nur noch für tiefe Seufzer sorgten. Denn hinter den vielen großen Gerätschaften standen ja noch die unzähligen kleinen, die man alle, alle, alle hinaustragen musste.

Sie arbeiteten den ganzen Vormittag ohne Unterlass und trugen das, was sie anzuheben im Stande waren, nach draußen. Am Vormittag besuchte sie Theos Mutter, die offenbar wieder einmal ausgebüxt war. Romy konnte sie mit diversen Utensilien aus der Scheune beschäftigen, sodass sie fast wie ein Kind damit herumspielte. Später kam der eine oder andere Großzerlitscher und fragte bei Emil nach, ob er heute seinen Supermarkt öffnen würde, was Emil versprach. Allerdings erst am Nachmittag.

Sie blieben noch eine Weile stehen und sahen Romy und Emil bei der Arbeit zu, offensichtlich unschlüssig, wie sie sich verhalten sollten. Helfen? Zusehen? Weggehen? Sie entschieden sich nach einer Weile für Letzteres. Romy meinte es offenbar ernst mit diesem Theater, aber es war ihren Gesichtern anzusehen, dass sie sich ernsthaft fragten: Warum?

Am Nachmittag schaute auch Theo vorbei, um seine Mutter wieder einzusammeln, doch obwohl Romy ihn freundlich grüßte, brachte er es kaum fertig, zurückzugrüßen. Entschuldigungen waren seine Sache nicht, ganz gleich, ob er bei einer Auseinandersetzung im Recht war oder nicht. Das und der Umstand seines sehr hitzigen Temperaments hatten ihm im Leben viele Türen verschlossen, und obwohl ihm das völlig klar war, brachte er es nicht fertig, sich zu ändern.

Am späten Nachmittag machten Romy und Emil Feierabend.

Sie hatten viel geschafft, aber die großen Teile standen noch alle in der Scheune.

»Wir brauchen einen Trecker«, sagte Emil.

Sie klopfte ihm auf die Schulter: »Komm, ich lade dich zum Essen ein!«

Emil deutete mit ein paar Gesten auf sich und fragte: »So?«

»Du kannst bei mir duschen.«

»Okay, ich habe noch ein frisches Hemd im Supermarkt.«

»Es gibt nichts, was du nicht hast, was?«, fragte Romy lächelnd.

»Ich bin in einem Taxi geboren worden. Ich finde nie nach Hause zurück …«

Romy lächelte schief: »Ja, vielleicht.«

Am Abend gingen sie frisch geduscht ins *Muschebubu*, und

weil Donnerstag war, trafen sie dort auch Karl und schlossen sich seinem Essenswunsch an: Schnitzel. Theo nahm ihre Bestellungen auf und schien froh zu sein, in der Küche verschwinden zu können, während sich Romy und Emil mit einem Bier zuprosteten.

»Wie geht's, Karl?«, fragte Romy.

Der zuckte mit den Schultern als Zeichen dafür, dass mit ihm alles in Ordnung war. Dabei schnitt er sein Schnitzel in fast gleiche, bissfertige Quadrate und ordnete die Beilagen.

»Du warst doch mal Bauzeichner?«, fragte Romy.

Karl nickte.

»Ich dachte, du könntest mir vielleicht helfen? Mit dem Theater?«

Karl runzelte die Stirn.

»Emil und ich räumen die Scheune gerade aus, und wenn das fertig ist, bräuchten wir einen Plan, wie was gebaut werden muss. Mit Maßen, Berechnungen und Konstruktionen.«

Karl seufzte und steckte sich ein Stück Fleisch in den Mund. So antwortend, war er noch schwerer als sonst zu verstehen. Romy nahm an, dass es so viel wie: *Sowas kann ich nicht* geheißen hatte.

»Warum nicht? Das hast du doch dein ganzes Leben gemacht?«

Karl schüttelte wieder den Kopf und antwortete schwer verständlich.

»Einen Architekten? Wir brauchen einen Architekten? Kennst du einen? Von früher?«

Karl zuckte wieder mit den Schultern, was in diesem Fall so viel hieß wie: *nicht mehr*.

»Trotzdem könntest du dir doch mal ein paar Gedanken machen? So ganz unverbindlich?«

Karl seufzte.

»Na, komm, ich bin sicher, du kannst das!«, munterte Romy ihn auf.

Er schüttelte den Kopf und nuschelte eine Antwort.

»Niemand hat Erfahrung mit so etwas, Karl. Solche Theater werden heute nicht mehr gebaut.«

Er schüttelte wieder den Kopf.

»Was soll schon passieren? Du machst eine hübsche Zeichnung, und dann können wir dementsprechend Baumaterial kaufen.«

Er schüttelte energisch den Kopf.

Romy und Emil sahen sich an und dachten beide dasselbe. Es war nicht so, dass er nicht helfen wollte, er hatte nur Angst, einen Fehler zu machen. Alles an seinen Gesten drückte Unsicherheit aus. Er war schon in den letzten Berufsjahren hoffnungslos ins Hintertreffen geraten, weil er den Computer im Allgemeinen und das CAD-Programm im Besonderen nicht mehr verstand. Da sein ehemaliger Chef ihn mochte und er auf dem Amt auch ziemlich unkündbar war, fertigte er in der Zeit bis zu seiner Pensionierung nur noch einfache Pläne und Konstruktionen an beziehungsweise zeichnete sie ins Reine. Als er dann endlich in Rente ging, schien er darüber sehr erleichtert zu sein.

Seit dieser Zeit hatte er weder Zeichenplatte noch Bleistift noch Tusche angerührt.

Theo servierte den beiden ebenfalls Schnitzel, das sie mit großem Appetit aßen. Es hatte keinen Sinn, Karl mit ihrer Bitte weiter unter Druck zu setzen.

Trotzdem hatten sie einen Anfang gemacht.

26.

Der nächste Morgen brachte mieses Wetter: grau, kalt, regnerisch. Dennoch tauchte Emil pünktlich auf und fragte: »Hast du einen Trecker gefunden?«

Romy schüttelte den Kopf: »Nein, warum?«

»Weil der Kram von gestern weg ist!«

»Was?«

»Alles rausgeräumt. Bis auf ein Treckerwrack. Wahrscheinlich haben sie das nicht ziehen können.«

»Du verarschst mich gerade, oder?«

»Nein, sieh es dir an.«

Emil hatte recht: An der Stelle, an der gestern noch das Gerümpel aus der Scheune gestanden hatte, fanden sie nur noch wenige Reste: Holzsplitter, ein paar alte Banderolen, ein leere Dose. Sonst nichts. Bis auf den rostigen, räderlosen Trecker im Innern.

»Wie kann das denn sein?«, fragte Romy.

Emil zuckte mit den Achseln: »Egal. Weg ist weg! Feierabend!«

Romy lächelte still in sich hinein: Sie konnten wunderbar *gegen* etwas sein, die Großzerlitscher, vor allem, wenn sie es nicht kannten. Sie konnten meckern, mit den Füßen aufstampfen, die Arme verschränken und bockig sein. Was sie aber scheinbar nicht konnten, war, einen der ihren im Stich zu lassen. Und solange sie sich nicht trauten, Romys Idee offen zu unterstützen, machten sie es eben heimlich. So wie sie still versuchten, sich eines der beiden verbliebenen Gräber zu sichern.

Romy jedenfalls war zufrieden: Sie hatte einen ersten Großzerlitscher gefunden! Auch wenn sie nicht wusste, wer es war.

Zusammen mit Emil lief sie um die Scheune, wobei Emil aufzählte, was gemacht werden musste.

»Wir müssten die Scheune komplett einrüsten!«

Romy schüttelte den Kopf: »Zu teuer.«

»Dann müssen wir ein kleines Gerüst bauen oder leihen und es immer Stück für Stück verschieben, denn du brauchst in jedem Fall Fenster.«

»O.k. Was noch?«

»Das Dach ist undicht. Und besser wäre es, wenn man es dämmen würde.«

»Geht das denn so einfach?«

»Das Dach zu decken ist nicht so wild, aber es zu dämmen … wo soll man stehen? Es gibt keinen Dachboden.«

»Dann dämmen wir nicht.«

Emil schüttelte den Kopf: »Die Winter sind hart im Erzgebirge. Wir müssten alles einlagern, damit nichts kaputtgeht.«

»Können wir nicht einen provisorischen Boden legen?«

Sie betraten die Scheune und blickten hinauf zur Decke. Es gab stabile Balken, die das Dach trugen, aber Bodenbretter konnte man nicht von Wand zu Wand legen, weil der Weg zu weit war und es zudem nichts gab, was sie in der Mitte hätte stützen können.

Emil überlegte: »Wenn wir die Balken für die Tribünen und Logen im Boden verankern, gewinnen wir auf jeder Seite sagen wir vier, vielleicht fünf Meter. Dann könnten wir die Mitte mit stabilen Brettern überbrücken und provisorisch stützen. Von dort bis zum Giebel ist es nicht mehr weit, das könnte man mit einer Stehleiter schaffen. Stück für Stück. Mit Rigips abschließen und verspachteln. Die langen Bretter in der Mitte nehmen wir dann für die Tribünenböden. Die muss man nur auf Länge sägen. Ist alles harte Arbeit, aber das könnte gehen.«

»Was ist mit Strom?«

Emil seufzte: »Lass uns nicht über Strom reden, Romy. Das wird ein großes Problem.«

»O.k.«

Das Scheunentor schwang auf und warf einen hellen Fleck ins Innere. Das Treckerwrack in der Ecke schälte sich aus dem Zwielicht und sah für einen Moment wie etwas aus, das Neil Armstrong auf dem Mond vergessen hatte.

Karl war eingetreten, grüßte mit einem Kopfnicken und zückte erst ein Laser-Messgerät, dann einen Notizblock mit angehängtem Bleistift. Ihn mit einem so modernen Gerät zu sehen überraschte Romy, aber Karl schien geübt, nahm sehr schnell die Maße der Scheune auf und notierte sie auf seinem Block. Dazu zeichnete er aus der Hand einen Grundriss der Scheune und verschwand anschließend ebenso schweigsam, wie er gekommen war.

»Er redet wirklich nicht gerne, was?«, fragte Emil.

Romy seufzte: »Du solltest mal mit ihm telefonieren …«

Trotzdem grinste sie: Nummer zwei!

Zu Hause griff Romy zum Telefonbuch und rief diverse Baumärkte und Schreinereien an, um sich wenigstens grob über die Kosten zu informieren, die auf sie zukommen würden: Glaswolle, Rigips, massive Stützbalken aus Eiche oder Buche, massive Bretter für Böden, Baustützen. Sie schluckte, denn nur für das Gröbste wurden bereits Tausende von Euro fällig, darin enthalten waren nicht: ein neues Dach, Fenster, allein dieser Posten überschritt ihre Mittel bei weitem, und Strom für Licht. Sanitäre Anlagen waren undenkbar, aber vielleicht, dachte sie, ließe sich da etwas mit den vorhandenen ihres Hofes machen.

Sie legte auf und hatte das erste Mal ernste Sorgen, dass das Projekt einfach viel zu groß für sie alle war. Und dass große Träume nur Menschen mit großen Möglichkeiten vorbehalten waren. Und dass kleine Leute besser klein träumen sollten. Oder gar nicht.

Es klopfte an die Haustür.

Romy war sich sicher, dass Karl etwas vergessen hatte, so schnell, wie er sich durch die Scheune gemessen hatte. Doch als sie die Tür öffnete, stand dort nicht Karl, sondern ein Fremder. Ein wenig verwahrlost mit einem Dreitagebart, der zwischen dunklen Stellen grau schimmerte. Die Klamotten abgenutzt, aber sauber, einen Seesack geschultert, schien er jemand zu sein, der einen langen Weg hinter sich hatte. Nur die Augen strahlten hellblau und wirkten putzmunter.

»Hallo, bist du Romy?«, fragte er.

»Ja, warum?«

»Ich bin Artjom. Dein Vater.«

27.

Sie saßen einander gegenüber, vor sich eine Tasse Kaffee, die langsam kalt wurde, und wussten nicht, was sie sagen sollten. Vielmehr Romy wusste es nicht. Artjom sah sie neugierig an, mit einem belustigten Zug um den Mund, den sich Romy vielleicht aber auch nur einbildete.

Ihr Herz schlug immer noch so laut, dass sie glaubte, man müsse es im ganzen Raum hören. Ein Leben lang hatte sie sich gefragt, wer ihr Vater war und warum er sich nicht für sie interessiert hatte, und dann tauchte er aus dem Nichts auf und saß plötzlich vor ihr auf dem Sofa.

Sie hatte sich seinen Ausweis zeigen lassen: Artjom Gulev, sechsundvierzig Jahre alt. Geboren in Sankt Petersburg. Was mit dem übereinstimmte, was sie von Oma Lene wusste. Und das Foto im Pass war so alt, dass sie ihn darauf wiedererkannte. Es gab ein Bild von ihm als Soldat mit ihrer Mutter, das Romy in ein Wohnzimmerregal gestellt hatte, zusammen mit weiteren Fotos ihrer Mutter und Oma Lene, mal mit ihr, Romy, mal mit Oma Lene oder ein paar anderen

Großzerlitschern, die mit der Kleinen ins Objektiv gegrinst hatten.

»Tja …«, sagte Romy.

Wieder Schweigen.

»Ist ein bisschen überraschend, nehme ich an?«, fragte Artjom zurück.

Sein russischer Akzent war deutlich vernehmbar, dennoch sprach er ausgezeichnet Deutsch. Romy hatte es bereits bei den ersten nervösen Sätzen vor ihrem Kaffee bemerkt.

»Allerdings.«

Romy wusste nicht, wie sie sich verhalten sollte. Sie starrte Artjom an und versuchte zu erraten, wer er war und was ihn bewogen hatte, sie zu besuchen. Er wirkte ein wenig abgerissen, aber sympathisch, obwohl sie dieses Gefühl nicht zulassen wollte. Wie konnte jemand sympathisch sein, nach allem, was geschehen war? Wie konnte er überhaupt so frech sein, sich einfach hierhin zu setzen und sie anzulächeln?

Am liebsten hätte sie ihn angeschrien.

Oder in den Arm genommen.

Oder beides.

Schließlich fragte sie nur: »Warum bist du hier?«

»Ich wollte meine Tochter kennenlernen … dich!«

»Du hast dir lange Zeit gelassen.«

»Ja, ich weiß. Das war nicht gut.«

Romy nickte: »Warum jetzt? Nach fünfundzwanzig Jahren?«

»Ich war lange Zeit fort, Romy. Und ich habe lange Zeit gebraucht, wieder zurückzufinden.«

Romy runzelte die Stirn: »Was heißt das?«

»Ich werde dir alles erklären, aber lass mir ein bisschen Zeit!«

Romy schnaubte verächtlich.

Zeit.

Wie viel Zeit brauchte er denn noch? Waren fünfundzwanzig Jahre nicht lange genug, um sich ein paar Erklärungen zurechtzulegen? Sich zu entschuldigen? Oder wenigstens ein paar Blumen mitzubringen? Romy rieb sich die Stirn: Sie wurde langsam wirr.

Sie schwiegen.

»Dafür, dass du so lange weg warst, sprichst du verdammt gut Deutsch, Artjom.«

Sie zuckte ein wenig zusammen. Gott, wen interessierte denn so etwas? Was käme als Nächstes? Ob er gerne Fußball sah? Oder deutsches Bier mochte?

Er nickte: »Ich war drei Jahre hier stationiert, und mir hat die Sprache immer gut gefallen.«

»Du hättest mit *mir* sprechen können!«

Er nickte: »Ja, ich weiß.«

Romy schüttelte den Kopf: »Nichts weißt du, Artjom! Gar nichts!«

»Du bist wütend. Und du hast allen Grund dazu …«

Romy antwortete ruhig: »Ich bin nicht wütend. Nur enttäuscht.«

Artjom nickte: »Ich kann es dir nicht verdenken.«

Wieder Schweigen.

Was auch immer schalkhaft gewesen war bei Artjom, war aus seinem Gesicht verschwunden. Er knetete nervös seine Finger.

»Ich habe mit Lene gesprochen, vor ihrem Tod. Habe sie gefragt, wie ich mich verhalten soll.«

»Und was hat sie gesagt?«

Er zuckte mit den Schultern: »Anfangs war sie nicht begeistert, von mir zu hören, dann aber hat sie sich gefreut. Sie hat gesagt, dass es eine gute Sache wäre, wenn wir uns kennenlernen.«

»Und warum bist du nicht früher gekommen? Als sie noch lebte?«

»Ich habe gespart, damit ich die Reise bezahlen kann.«

Romy zischte: »Noch eine, deren Tod du verpasst hast!«

»Ich konnte doch nicht wissen, dass sie so etwas vorhat.«

»Vielleicht nicht, aber du konntest eine ganze Menge anderer Sachen wissen, Artjom. Aber es hat dich einfach einen Scheiß interessiert! Und jetzt kommst du mal eben vorbei, sagst: Hallo, Romy! Ich bin dein Vater! Hey, wollen wir zusammen Eis essen gehen?«

Sie war zunehmend heftig geworden und funkelte Artjom jetzt zornig an.

»Bist ja doch wütend.«

»Natürlich bin ich wütend!«

»Kannst du dir denn nicht vorstellen, dass es mir leidtut, Romy?«

Romy verschränkte die Arme vor der Brust: »Was tut dir leid, Artjom? Dass du Mama sitzen gelassen hast? Dass du nicht für sie da warst, als sie krank wurde? Dass du nicht einmal auf ihrer Beerdigung warst? Dass du nicht ein einziges Mal gefragt hast, wie es mir geht? Was ich so mache? Oder ob ich vielleicht einen Vater gebraucht hätte?!«

Er blickte auf seine Füße, dann sagte er: »Es tut mir sehr leid, Romy.«

»Tatsächlich? Nicht einmal ein Foto hast du von mir!«

»Ich weiß, dass ich vieles erklären muss. Und einiges nicht erklären kann. Aber vielleicht gibst du mir die Chanc dir zu zeigen, dass ich kein schlechter Mensch bin?«

»Oh, da bin ich aber gespannt!«

Artjom lächelte schwach: »Mein Güte, du hast das Temperament deiner Mutter!«

Romy war irritiert.

Sie wusste wenig über ihre Mutter, hatte kaum aktive Erinnerungen. Sie war sechs Jahre gewesen, als sie starb ... warum nur konnte sie sich nicht mehr ihre Stimme ins Gedächtnis rufen? Oder ihr Lächeln? Oder ihr Temperament? Es gab nur Fragmente, Schlaglichter, bruchstückhafte Situationen. Nichts Zusammenhängendes. Als wären alle Geschichten und Momente in einer Kugel aus Zuckerglas zu Boden gegangen und in tausend Teile zersprungen. Und auf tausend Teilen liefen die Filme weiter, in endlosen kleinen Wiederholungen, darauf wartend, dass man sie eines Tages wieder zusammenfügte, um die ganze Geschichte zu sehen.

Artjom schien ihre Gedanken erraten zu haben: »Du erinnerst dich nicht an sie, nicht?«

Romy schwieg.

Dann antwortete sie trotzig: »Was willst du?«

»Ich will nichts von dir, Romy. Aber vielleicht kann ich dir helfen, dich wieder an sie zu erinnern? Lass mich eine Weile in deiner Nähe sein. Ich weiß, dass ich viel falsch gemacht habe. Ich möchte es besser machen. Ich möchte nicht, dass du mich als Scheißkerl in Erinnerung hast!«

Hatte nicht jeder eine zweite Chance verdient? Kinder wie Eltern? Bevor es zu spät war und man nicht mehr sagen konnte, was man versäumt hatte zu sagen?

Romy wankte.

»Und wie hast du dir das vorgestellt?«

»Na ja, ich bleibe hier in Großzerlitsch. Der Hof ist sehr groß, da könnte …«

»Nein!«

»Nein?«

»Du glaubst doch nicht, dass du nach all den Jahren einfach zurückkommst und dich als Erstes bei mir einquartierst? Du spinnst doch wohl?!«

Artjom sah sie an, dann nickte er: »Du hast recht. Das war nicht sehr sensibel, was?«

Romy antwortete: »Du kannst dir im *Muschebubu* ein Zimmer nehmen. Theo vermietet ein paar.«

»In Ordnung.«

Romy stand auf und machte somit klar, dass ihr Gespräch beendet war. Artjom tat es ihr nach und folgte ihr zur Haustür.

»Ich hoffe, dass du mir eines Tages vertraust, Romy. Wirklich.«

Romy nickte: »Vielleicht, Artjom. Ich weiß es nicht.«

Die Verabschiedung fiel kühl aus. Keine Umarmung, kein Handschlag, nichts. Artjom hatte seinen Seesack geschultert und stapfte in Richtung Dorf davon. Als ob er Romy gerade ein weiteres Mal verlassen hätte.

28.

Seine Rückkehr verwirrte nicht nur Romy, sondern auch die Alten im Dorf, die jedoch froh darüber waren, dass es in letzter Zeit so viel neuen Gesprächsstoff gab. Neuerdings war mehr passiert als alles, was sich in den Jahren zuvor zugetragen oder vielmehr nicht zugetragen hatte, zusammen. Und da Artjom sich bei Theo einquartiert hatte, durfte man getrost davon ausgehen, dass die letzte Neuigkeit noch nicht erzählt war.

Romy jedenfalls verbrachte einen untätigen Nachmittag, weil sie sich nicht darüber klar wurde, ob sie Artjom mehr hätte entgegenkommen oder ihn schlicht und einfach zum Teufel schicken sollen. Fragen kreisten wie Motten um das Licht: Wie verhielt man sich in einer Situation wie der ihren? Was musste sie jetzt tun, was nicht? Durfte sie ihm wirklich trauen? Warum nur war sie in wirklich wichtigen Belangen so unsicher?

Am Abend verließ sie den Hof und ging ins *Muschebubu*.

Es war voller als sonst, überall war angeregtes Gemurmel zu hören, das mit Romys Eintreten verstummte, kurz darauf aber wieder ansprang. Sie wusste, dass Artjom Thema war und dass sie alle darauf warteten, ihre eigene Einschätzung darüber kundzutun.

Sie bestellte bei Theo ein Wasser an der Theke und setzte sich auf einen Hocker.

»Ist er hier?«, fragte sie, als Theo ihr das Wasser servierte.

»Ja.«

»Hat er gesagt, wie lange?«

Theo schüttelte den Kopf: »Nein.«

Es dauerte nicht lange, da näherten sich die Alten aus allen Richtungen der Kneipe und nahmen nacheinander die freien Plätze an der Theke ein: Anton, Hilde, Bertha, Luise und Elisabeth.

Schließlich fragte Anton vorsichtig: »Du hast Besuch bekommen?«

Romy nickte.

Bertha fragte: »Traust du ihm?«

»Ich weiß es nicht.«

Hilde rief: »Trau ihm bloß nicht!«

»Er ist ihr Vater!«, mahnte Bertha, nur um eine andere Position als Hilde einzunehmen, denn ihrem Gesicht war anzusehen, dass sie eigentlich Hildes Meinung teilte.

»Das hat ihn bisher auch nicht interessiert«, mahnte Theo. »Aber kaum ist Lene tot, kaum gibt es was zu erben, taucht er wie aus dem Nichts auf. Ist doch komisch!«

Romy gefiel die Andeutung nicht, aber sie war auch nicht von der Hand zu weisen.

»So viel gibt es ja nicht zu erben«, erinnerte Anton.

»Das weiß er doch nicht«, beharrte Theo und wandte sich dann Romy zu: »Trau ihm nicht, Romy! Artjom ist nichts wert!«

»Woher willst du das wissen?«, fragte Romy gereizt.

»Er hat deine Mutter mies behandelt. Und dich auch!«

Anton winkte ab: »Hör nicht auf ihn, Romy. Ingrid hat Theo damals auch gut gefallen, aber sie hat sich für Artjom entschieden!«

»Und was hat ihr das gebracht?«, rief Theo wütend.

»Romy«, antwortete Anton ruhig.

Theo stutzte einen Moment, dann sagte er: »Ich hätte deine Mutter nie verlassen, Romy. Ich wäre nicht einfach abgehauen!«

Romy nickte.

Hilde sagte: »Ich hab gehört, er hat im Gefängnis gesessen. Ziemlich lange sogar …«

»Woher hast du das gehört?«, fragte Anton.

»Ich glaube, Lene hat es mal erwähnt.«

»Lene?«, fragte Anton verwundert. »Lene hatte keinen Kontakt zu Artjom. Niemand hatte das.«

Hilde zuckte mit den Schultern: »Vielleicht auch von jemand anderem. Jedenfalls kann man einem Russki nicht trauen.«

Bertha antwortete: »Man kann auch so manchem Deutschen nicht trauen …«

»Dich hat keiner um deine Meinung gebeten!«, zischte Hilde.

Elisabeth mischte sich ein: »Ich habe auch gehört, dass er gesessen hat. Wegen Mord.«

Sie blickten alle zu ihr herüber.

Sie räusperte sich verlegen: »Vielleicht war es auch was anderes …«

Luise brachte sich ein: »Ich dachte, es wäre wegen Schmuggel gewesen?«

»Schmuggel, richtig! Das war es!«, antwortete Elisabeth.

»Erst Mord, dann Schmuggel?«, fragte Anton skeptisch.

»Vielleicht ein Mord wegen Schmuggel?«, spekulierte Luise.

»Ist bei denen da drüben alles eins …«, knurrte Theo.

»Schluss jetzt!«, befahl Romy.

Sie wusste nicht, was sie mehr ärgerte: dass offenkundig die wildesten Gerüchte gestreut wurden oder dass sie mehr und mehr das Gefühl hatte, ihren Vater dagegen verteidigen zu müssen.

»Ich will davon nichts mehr hören. Keiner weiß, was passiert ist, und es ist nicht gerade hilfreich, wenn ihr hier Klatsch verbreitet!«

Sie schwiegen einen Moment, dann sagte Theo: »Romy, sei auf der Hut! Er hat fünfundzwanzig Jahre Zeit gehabt, sich hier blicken zu lassen. Dass er ausgerechnet jetzt zurück ist, wo es was zu holen gibt, ist schon sehr seltsam. Und das ist kein Gerücht!«

Sie schwiegen.

Theo hatte recht.

Ganz gleich, ob er in Romys Mutter mal verliebt gewesen war oder die anderen munter Vorurteile gegen Russen pflegten: Da war was faul im Staate Dänemark.

29.

Der neue Tag brachte strahlenden Sonnenschein. Artjom war spät aufgestanden und hatte an Romys Hof geklopft, sie dort aber nicht angetroffen. Er entdeckte sie bei der Scheune.

»Guten Morgen, Romy!«, grüßte er freundlich.

Romy nickte ihm zu: »Morgen!«

Er hatte die Hände in die Hosentaschen gesteckt und sah zu, wie Romy versuchte, einzelne Teile vom Treckerwrack zu lösen. Offenbar wollte sie das Ding in seine Einzelteile zerlegen, wenn sich schon kein Bagger oder Trecker fand, es hinauszuziehen.

»Hab schon gehört, was du vorhast«, begann er erneut das Gespräch.

»Und?«

»Na ja, ich versteh nichts von Theatern.«

Romy nickte und ruckelte ohne Erfolg an einem Metallteil des Treckers. Es wollte einfach nicht abfallen. Artjom stand immer noch da, hob den Kopf genießerisch gen Himmel und ließ sich von der Sonne die Nase kitzeln.

»Was für ein schöner Tag, nicht?«, fragte er.

»Ja, Artjom, ein schöner Tag«, antwortete Romy genervt.

Er schien nicht mal auf den Gedanken zu kommen, ihr zu helfen.

Sie hörte Emils Fanfare, und schon bog der Supermarktbomber auf die Wiese und fuhr schaukelnd vor. Emil stieg aus und begrüßte Romy mit einer kurzen Umarmung: »Ich habe leider immer noch keinen Trecker auftreiben können. Es gibt ein paar in Tschechien, aber die wollen alle richtig Kasse machen!«

Romy nickte: »Emil, darf ich vorstellen? Das ist Artjom.«

Keine weitere Erklärung.

Sie schüttelten Hände.

Emil wandte sich wieder Romy zu: »Wir können vielleicht etwas versuchen …«

»Was denn?«

»Möglicherweise ist mein Supermarkt stark genug!«

Romy sah ein wenig skeptisch aus, dann lächelte sie: »O.k., warum nicht? Versuchen wir es!«

Emil setzte seinen Supermarkt rückwärts in die Scheune und verband das Treckerwrack mit einem Abschlepphaken unter der Stoßstange. Dann ging er wieder ins Führerhaus und startete den Motor.

»Das wird nicht funktionieren«, sagte Artjom ruhig.

Romy funkelte ihn an: »Warum gehst du nicht etwas spazieren? Ist doch so ein schöner Tag heute!«

Artjom verzog den Mund, stapfte dann nach draußen, die Hände immer noch in den Taschen vergraben. Und zu Romys großem Ärger behielt er auch noch recht. Für einen Moment sah es so aus, als könnte Emil das Schrottmonster aus der Scheune ziehen, wenig später aber bohrte sich der Trecker förmlich in die Erde, pflügte sie ein Stück auf und blieb stecken.

Die Situation war schlimmer als vorher.

Romy hatte keine Lust, in Artjoms besserwisserisches Gesicht zu sehen, und als sie schließlich doch noch in seine Richtung blickte, saß er gegen eine Wand des Hofes gelehnt, hatte sich das Hemd aufgeknöpft und genoss sichtlich die Sonne.

Emil fragte: »Wer ist denn das?«

Romy seufzte: »Mein Vater.«

»Kein Scheiß?«

»Nein, leider nicht.«

Sie blickten beide zu ihm hinüber.

»Was will er hier?«, fragte Emil.

»Das weiß ich nicht«, antwortete Romy.

»Jedenfalls hat er die Ruhe weg …«

Sie nickte.

Und ärgerte sich maßlos über Artjom. Vielleicht durfte sie nicht erwarten, dass er ihr half, aber in der Sonne zu liegen, während sie schuftete, schien ihr doch ziemlich provokant.

Sie half Emil dabei, den Trecker wieder vom Supermarkt zu lösen, als draußen plötzlich lautes Motorengeräusch zu hören war. Neugierig verließen sie die Scheune und blickten auf einen großen Bagger und einen Kipplaster.

Drei Männer kamen auf sie zu.

Ziemlich schmutzig. Ziemlich grob. Alles andere als vertrauenerweckend. Instinktiv machte Emil einen Schritt vor und stellte sich schützend vor Romy.

»Bist du Romy?«, fragte einer der Männer.

Starker russischer Akzent.

Sie nickte.

»Wir nehmen den alten Trecker mit.«

»Was?«

»Frag deinen Vater.«

Dann machten sie sich ans Werk.

Routiniert.

Sehr fix.

Sie zogen das Wrack mühelos aus der Scheune und hoben es auf den Kipplaster.

»Do Svidaniya.«

Romy nickte verwirrt.

Und schon verschwanden sie ebenso schnell, wie sie aufgetaucht waren. Sie blickten ihnen verdattert nach, während Bella sich mit forschen Schritten näherte und Romy zuwinkte.

»Habt ihr Hunger?«, fragte sie und hob zwei Taschen an, die sie mit sich trug.

»Und wie!«, rief Romy.

Sie hatte alles für ein kleines Picknick dabei: Decke, Besteck, Geschirr, Gläser, Essen und Wein. Romy hielt die Flasche mit strafendem Blick hoch, was Bella nicht sehr beeindruckte. Stattdessen öffnete sie ihre künstlerisch verzierte Tupperware, sodass ihnen verführerischer Duft feuerwerksartig in die Nase schoss: Braten, Rotkohl, Klöße und Quarkkäulchen als Nachtisch. Bellas Alkoholverbot war von einer Sekunde auf die nächste vollkommen vergessen.

Sie deckten schnell ein, während Bella den Rotwein öffnete, sich zufrieden ein Gläschen einschüttete und genießerisch trank.

»Wollen wir deinen Vater dazubitten?«, fragte Emil.

»Ja, du hast recht …« Sie wandte sich der Stelle zu, an der Artjom die Sonne genossen hatte, und fand sie leer vor.

Er kam und ging wie ein Gespenst.

Sie schnitten das Fleisch und steckten es gierig in den Mund.

Kauten.

Sahen sich an.

Sahen zu Bella, die gedankenverloren am Wein nippte.

Sie hatte offenbar die Gewürze verwechselt. *Alle* Gewürze verwechselt. Oder nicht mehr gewusst, welche man nimmt, was vermuten ließ, dass sie nicht nüchtern in der Küche gestanden hatte. Statt Salz hatte sie Zucker genommen. Und wo gewürzt werden musste, fehlte das Gewürz oder war dort, wo es bestimmt nicht hingehörte. Pfeffer, Majoran, Thymian, Salbei, Zimt, Zucker, Salz. Und noch ein paar andere Sachen. Alles drin, nur nicht da, wo es sein sollte. Als hätte sie einfach alles, was sie an Gewürzen besaß, in die Hand genommen und es wie Konfetti über das Essen gestreut. Nur die Sauce war fast perfekt, wenn auch stark alkoholisch. Sherry. Eine Menge davon. Wobei Romy plötzlich klar wurde, was Bella während der Zubereitung offenbar getrunken hatte – als Aperitif.

Das Fatale war, dass das Essen einfach toll aussah und ihre Mägen wie Löwen knurren ließ, die sich um eine gerissene Antilope stritten. So aßen sie weiter, Stück für Stück, fassungslos darüber, dass Bild und Geschmack sich nicht in Übereinstimmung bringen ließen, während Bella nur dasaß und abwesend vor sich hin summte.

Irgendwann sahen sie einander an und konnten sich ein Grinsen nicht verkneifen. Es war furchtbar, aber sie kauten weiter, und das Gesicht des anderen im Moment des Herunterschluckens zu sehen war wirklich komisch. Wie zwei, die eine gemeinsame Strafe auszusitzen hatten und sich über den Verdruss des anderen amüsierten. Was Romy jedoch genauso gute Laune machte, war, dass Bella an sie gedacht hatte.

Nummer drei hatte eben zu ihnen gefunden.

30.

Beschwingt war sie zum Hof zurückgekehrt und fand Artjom auf den Stufen des Hauseingangs sitzend. Er saß dort scheinbar unbeteiligt, kratzte mit einem Stöckchen auf dem Boden herum, doch als er zu Romy aufsah, blitzte etwas Schalkhaftes in seinen Augen auf, bevor er wieder ernst wurde.

»Du kennst eine Menge Leute, scheint mir«, sagte Romy.

»Kann schon sein.«

Ein schwaches Grinsen.

»Möchtest du einen Kaffee?«

»Gerne.«

Er stand auf, betrat mit Romy die Küche, und während sie die Kaffeemaschine befüllte, setzte er sich an den Küchentisch.

»Es hat sich nichts verändert«, sagte er mehr für sich.

»Was meinst du?«

»Hier drin. Es ist alles so wie früher.«

Romy schaltete die Kaffeemaschine ein und setzte sich zu Artjom.

»Warst du oft hier?«

»Früher. Ingrid und ich haben uns in Dresden kennengelernt. In einer Disko. Ich war in der 11. Panzerdivision und hatte Ausgang. Und sie wollte am Wochenende in die große Stadt.«

Romy nickte.

»Das war so 1990. Zu der Zeit löste sich bei uns schon alles auf, wir hatten Kontakt zu Deutschen, vorher war das anders.«

»Und dann?«

Artjoms Gesichtszüge bekamen etwas Sentimentales, er lächelte versonnen: »Ich war verliebt. Sooft ich konnte, bin ich nach Großzerlitsch. Lene war nicht gerade begeistert, aber sie war auch eine andere Generation. Die haben nicht die besten Erinnerungen an Russen. Deine Mutter war anders.«

»Wie war sie?«, fragte Romy.

Artjom hielt inne und dachte nach.

Dann sagte er lächelnd: »Sie hatte Temperament. Einmal haben wir uns gestritten, ich weiß nicht mal, weswegen, aber sie hat mir eine Thermoskanne an den Kopf geworfen … hier siehst du die kleine Narbe? Das war wunderbar!«

»*Das* war wunderbar?«, wunderte sich Romy.

Er grinste selig: »Ja. Sie war etwas ganz Besonderes.«

Die Kaffeemaschine gurgelte, Romy stand auf und goss beiden eine Tasse ein.

»Warum hast du sie dann verlassen?«

Artjom schüttelte den Kopf: »*Sie* hat mich verlassen. Ich musste zurück nach Russland und wollte, dass sie mitkommt, aber sie wollte nicht. Wir haben gestritten deswegen, doch diesmal haben wir uns danach nicht mehr versöhnt.«

»Wusstest du von mir?«, fragte Romy.

»Etwas später, ja. Da war ich schon wieder in Russland. Immer noch bei meiner Einheit. Da hat sie es mir gesagt.«

»Warum bist du nicht nach deiner Dienstzeit zurückgekommen?«, fragte Romy.

»Sie wollte nicht. Sie war da schon krank. Ich glaube, sie hatte Angst, ich könnte dich nach ihrem Tod mit nach Russland nehmen.«

Romy schwieg.

Es klang plausibel. Sie wollte alles glauben, wollte Verständnis haben für ein junges Paar, das sich getroffen und wieder getrennt hatte. Wer hatte sich denn nicht einmal von einer Jugendliebe getrennt? Jemand anderes kennengelernt? Viele brachten es nicht einmal fertig, Kontakt zu halten, obwohl sie in derselben Stadt wohnten. War es nicht verständlich, wenn man sich aus den Augen verlor, wenn zwischen einem ein paar tausend Kilometer und viele Ländergrenzen lagen? Und doch gab es einen kleinen, feinen Unterschied: sie selbst. Das Täubchen, das sich nach dem Tod seiner Mutter nach einem Vater gesehnt hatte. Und es insgeheim noch immer tat.

Einen Vater haben.

Nicht nur viele Großeltern.

War das fair ihren Leuten gegenüber? Sich jemandem zuwenden zu wollen, der zeit seines Lebens nichts für sie getan hatte? Der eben mal vorbeikam und dabei ihr ganzes Seelenleben durcheinanderbrachte, während sie im Gegenzug kein Problem damit gehabt hatte, Großzerlitsch zu verlassen, und dabei auch keine Rücksicht auf das Seelenleben der anderen genommen hatte! Konnte sie ihm wirklich Vorwürfe machen, nachdem ihre Mutter ihn von sich weggestoßen hatte?

»Gibt es jemanden in deinem Leben?«, fragte Artjom.

Romy seufzte: »Nein. Ich dachte, ich hätte jemanden gefunden … aber …«

»Er war nicht besonders zuverlässig. Wie dein Vater«, schloss Artjom.

»So ähnlich.«

»Tut mir leid, Romy. Wirklich.«

»Ist nicht so wichtig«, winkte Romy ab.

War es doch! Und sie fürchtete, sie war doch keine so gute Schauspielerin, denn sie wurde das Gefühl nicht los, dass ihr Vater die Lüge sofort durchschaute.

Das Telefon klingelte.

Romy sprang fast auf, erleichtert darüber, das Thema nicht fortsetzen zu müssen. Dachte sie zumindest. Bis zu dem Moment, in dem sie abhob.

»*Du bist gar nicht leicht zu finden!*«, sagte Ben mit einem Hauch Vorwurf in der Stimme.

»Wie zum Teufel!«, entfuhr es Romy.

»*Hab im Theater nachgefragt. Die hatten noch deine Nummer.*«

»Ben, ich dachte, wir hätten das geklärt?!«

»Na klar, weiß ich doch!«

»Und warum rufst du dann an?«

»Ich wollte einfach nur mal hören, wie es bei dir so läuft?«

»Hervorragend«, antwortete Romy knapp.

»Die große Sache?«

»Ja, die große Sache!«

»Erzähl doch mal!«

»Auf keinen Fall!«

Artjom winkte ihr zu: »Ist das dein Freund?«

»Nein, das ist nicht mein Freund!«, antwortete Romy sauer.

»Wer war das?«

»Niemand!«

»Hast du etwa einen Neuen?«

»Ich hatte nicht mal einen Alten!«, empörte sich Romy.

»Lad ihn doch hierher ein«, sagte Artjom.

»Halt dich da raus, Artjom!«

»Artjom? Ist das etwa dieser russische Beleuchter?«

Jetzt kehrte er auch noch den eifersüchtigen Liebhaber heraus – nicht zu fassen!

»Der hieß Arkadi und war Bühnenarbeiter«, seufzte Romy.

»Wenn du auf Russen stehst: Rogotzki ist auch russisch!«

»Polnisch!«

»Die Russen waren auch in Polen!«

»Du kommst aus dem Ruhrgebiet, Ben!«

»Aber meine Seele ist russisch!«

Artjom fragte: »Ist er Pole?«

»Nein, er ist ein Idiot!«, antwortete Romy.

»Wenn überhaupt: ein russischer Idiot! Außerdem war das nicht sehr nett gerade.«

»Ben, lass mich in Ruhe!«

»Wer ist denn jetzt dieser Artjom?«

»Mein Vater.«

»Dein Vater ist Russe? Wahnsinn! Vielleicht sind wir ja verwandt?«

»Was?!«

Er wechselte das Thema.

»Romy, ich muss ständig an dich denken!«

»Du denkst nicht an mich, sondern immer nur an dich!«

Artjom sagte laut: »Vielleicht hat er eine Chance verdient, Romy. Jeder hat eine Chance verdient!«

»Hör auf deinen Vater! Ein weiser Mann! Ach, diese Russen! So viel Herz! So viel Seele! Genau wie ich!«

Romy atmete tief durch: »Ben, zum letzten Mal. Es ist vorbei!«

Ben schwang um auf honigsüß.

»Das sagst du doch nur. In Wirklichkeit möchtest du, dass ich vorbeikomme …«

»Ben, versteh das jetzt nicht falsch, aber: Eher friert die Hölle zu, als dass ich möchte, dass du hierherkommst!«

»Was war denn daran falsch zu verstehen?«

Maulig.

»Mach's gut, Ben!«

»Wehe, du legst auf! Sonst schenke ich dir nichts zum Geburtstag!«

Sie legte auf.

Atmete tief durch.

Noch so einer, der sie ständig durcheinanderbrachte. Bei dem sie nicht wusste, was sie fühlen sollte oder durfte. Bei dem sie nicht wusste, ob sie ihm trauen konnte oder nicht. Das Leben war sehr kompliziert für einen Menschen wie sie.

Artjom war aufgestanden und räusperte sich: »Ich geh dann mal lieber …«

Romy nickte: »Ja.«

Sie begleitete ihn zur Tür und sah ihm nach.

»Artjom?«

Er drehte sich um.

»Seit wann bist du hier in der Gegend?«

Artjom zuckte mit den Schultern und fragte zurück: »Warum?«

»Weil vorgestern Nacht jemand den ganzen Müll aus der Scheune entsorgt hat. Das waren nicht zufällig deine russischen Freunde?«

Artjom grinste breit: »Ich finde, jetzt sieht die Scheune viel besser aus, nicht?«

»Ja, sieht sie.«

Er deutete einen militärischen Salut an, dann ging er.

Romy schloss lächelnd die Tür.

31.

Den Tag verbrachte sie damit, Investitionen rauszurechnen beziehungsweise sie zuerst reinzurechnen, um sie danach als zu teuer wieder zu streichen. Aber ganz gleich, wie sie es drehte und wendete, die Summen blieben astronomisch. Es sei denn, Emil fand einen Weg, die Preise zu drücken, oder sie einen Schatz im Wald.

Trotzdem behielt sie ihre gute Laune und ging abends ins *Muschebubu*, um auf den erfolgreichen Tag mit einem Gläschen Sekt anzustoßen. Vielleicht trank ihr Vater mit ihr, und sie konnten noch etwas reden.

Artjom war nicht da, als sie eintrat. Theo schüttelte den Kopf, als Romy nach ihm fragte. Er schien überhaupt nicht im Dorf zu sein. So setzte sich Romy zu Anton, der gerne mit ihr anstieß.

Elisabeth betrat die Schänke und wirkte überaus glücklich.

Der Grund dafür hatte sich bei ihr eingehakt: Roman, ihr Sohn. Ihr Kummer über den verpassten Kaffeenachmittag schien völlig verflogen. Sie strahlte und plauderte angeregt mit ihm in einer Ecke der Wirtschaft, etwas abseits der anderen. Roman hingegen redete wenig, nickte seiner Mutter dann und wann zu, lächelte abwesend und wirkte irgendwie befangen. Elisabeth schien es nicht zu bemerken – sie war bester Dinge.

Romy konnte nicht anders, als den beiden immer mal wieder einen Blick zuzuwerfen, froh über Elisabeths gute Laune und zunehmend misstrauisch Roman gegenüber, der gelangweilt wirkte, wie jemand, der gezwungen war, Zeit abzusitzen. Als sie wieder einmal hinüberschielte, bemerkte sie in einem Moment, in dem sich Elisabeth unbeobachtet fühlte, wie sie ihrem Sohn ein Kuvert über den Tisch schob. Roman nickte zufrieden, steckte den Umschlag ein, stand wenige Sekunden später auf und gab seiner Mutter einen Kuss auf die Wange. Dann verließ er die Kneipe.

Sein Teller war zur Hälfte unangerührt.

Elisabeth sah ihm mit einem seltsamen Ausdruck im Gesicht nach, als würde ihr Sohn in die lichtlose Tiefe eines Meeres sinken, aus der es kein Zurück mehr gab. Sie pickte noch ein wenig unschlüssig auf ihrem Teller herum, legte langsam die Serviette daneben, stand auf und zahlte an der Theke.

»Hast du das gesehen?«, flüsterte Romy Anton zu.

»Nein«, antwortete Anton und starrte auf sein Glas.

Sie schwiegen.

Später verabschiedete sich Anton. Mit einem Zwinkern sagte er, dass er noch etwas fertigstellen musste.

Romy setzte sich noch zu Bertram an die Theke, der dort friedlich sein Bier trank. Sie plauderten ein wenig über das Theater, wobei Bertram nicht erkennen ließ, was er davon hielt. Kurz darauf gesellten sich Hilde und Luise zu ihnen, ein wenig später auch Bertha.

»Elisabeths Sohn war da …«, begann Luise vorsichtig.

Hilde nickte: »Habt ihr gesehen, wie glücklich sie war?«

Bertha sagte: »Ja, ich freue mich für sie. Wo Roman sie doch das letzte Mal so hat hängen lassen.«

Eine dieser seltsamen Pausen stellte sich ein, bei denen zu spüren war, dass es ein Thema gab, das niemand so recht ansprechen wollte. Und vielleicht hätte es auch niemand angesprochen, wenn Theo nicht gepoltert hätte: »Roman ist ein Scheißkerl! Meine Meinung!«

Luise räusperte sich: »Das ist jetzt aber sehr hart!«

Theo schüttelte den Kopf: »Kommt nur, wenn er was will! Und Elisabeth, das Schaf, gibt es ihm auch noch!«

Bertha nickte: »Er hat recht!«

Hilde konterte: »Quatsch!«

Es klang nicht überzeugt, eher reflexhaft, nur um eine Haltung einzunehmen, die in jedem Fall nicht die Berthas war.

Romy sagte: »Ich hab's gesehen …«

»Was gesehen?«, fragte Luise.

»Er war nur so lange da, bis sie ihm Geld rübergeschoben hat. Dann ist er abgehauen.«

»Ist das wahr?«, fragte Hilde.

»Scheißkerl, sag ich doch!«, fluchte Theo laut.

»Das ist aber nicht schön …«

Bertha sagte: »Sie hatte sich so gefreut, ihr Enkelkind zu sehen. Sie waren Weihnachten schon nicht da.«

»Nicht mal Weihnachten?«, fragte Luise und bekam prompt einen Hustenanfall.

Hilde klopfte ihr auf den Rücken, bis sie sich beruhigt hatte.

»Dabei hat sie wirklich nicht viel Rente«, sagte Bertha.

»Arbeitet er denn?«, fragte Romy vorsichtig.

Theo lachte kurz auf: »Roman? Der hat noch nie gearbeitet!«

Hilde verteidigte ihn: »Er hat viel Pech gehabt, sagt Elisabeth!«

»Elisabeth ist ein Schaf!«

Bertha mahnte: »Theo!«

»Ist doch wahr. Ich würde ihm jedenfalls nichts geben!«

Luise nickte: »Dabei hat sie immer alles für ihn getan.«

Bertha stimmte zu: »Vielleicht hat sie ihn zu sehr verwöhnt? Er ist ihr einziges Kind.«

Hilde antwortete: »Noch lange kein Grund, sich so zu benehmen. Ich würde ihm auch nichts geben.«

»Scheißkerl!«

Bertram, der die ganze Zeit geschwiegen und irgendwie teilnahmslos gewirkt hatte, trank sein Bier aus und stand auf: »Kann sein, dass er ein Scheißkerl ist. Aber er ist sicher nicht der einzige …«

Die anderen sahen ihn überrascht an.

Nichts an seinem Gesicht verriet, dass er einen Witz gemacht hatte, er, der die Lacher immer auf seiner Seite hatte, schien mit einem Mal müde und schwermütig, als er seine Zeche auf dem Tresen abzählte.

»Wisst ihr, ich würde alles geben, was ich habe, wenn ich nur noch einmal mit meiner Tochter sprechen könnte. Wenn ich ihr sagen könnte, wie leid mir alles tut und wie dumm ich war. Wenn Marlies noch leben würde, würde ich ihr mein ganzes Geld geben, und sie müsste nicht einmal danke sagen. Ich würde ihr nur sagen, dass ich sie liebhabe und dass ich mich schäme, ihr das nie gesagt zu haben. Ich würde ihr sagen, dass ich alle ihre Pläne unterstütze, egal wie verrückt sie sind, und dass sie nicht leben muss, wie ich gelebt habe, nur weil ich nichts anderes gekannt habe. Und ich würde ihr sagen …« Er schluckte schwer. »Dass sie nicht mit dem Auto fahren soll, wenn sie mit einem Scheißkerl wie mir gestritten hat.«

Er blickte auf und sah jedem an der Theke ins Gesicht.

»Ja, ich würde ihr alles geben. Genau wie Elisabeth. Weil man nie weiß, ob man sein einziges Kind jemals wiedersieht. Und weil man nie weiß, ob man ihm sagen kann, dass man als Vater versagt hat. Und dass es nicht richtig ist, dass ein Scheißkerl wie ich noch lebt und sie nicht. Das alles würde ich ihr gerne sagen. Weil es nichts sonst gibt, was ich noch sagen möchte. Aber jetzt ist es zu spät.«

Er schob den Hocker zurück und versuchte sogar ein Lächeln: »Die Damen ... meine Empfehlung.«

Dann ging er.

32.

Romy schlief schlecht in dieser Nacht.

In einem Traum saß sie in dem Bus, der zweimal täglich nach Großzerlitsch ging – Bertram am Steuer. Sie schossen geradezu halsbrecherisch die schmale Straße nach Großzerlitsch hinab, und sie bat Bertram, etwas langsamer zu fahren.

Er nickte und sagte: »Alles klar.«

Seine Brille rutschte.

Sie rasten weiter, aber sie kamen niemals in Großzerlitsch an. Es gab immer noch eine Biegung, noch eine Kurve, und immer dann, wenn das Tal hätte auftauchen müssen, begann der Weg von vorne. Nur noch schneller.

Dafür hatte Romy so fantastischen Handyempfang, dass sie ganz erfreut im Internet surfte und nur am Rande wahrnahm, dass die Reifen des Busses laut quietschten und sie in den engen Kurven umzukippen drohten. Wieder bat sie Bertram, langsamer zu fahren, ohne sich vom Display losreißen zu können, weil es einfach faszinierend war, wie schnell sich die Seiten im Netz aufbauten. Als sie dann endlich aufschaute, flogen sie bereits durch die Luft und bohrten sich explosionsartig in den Stamm einer mächtigen Fichte.

Sie war wach!

Hörte sich selbst keuchen.

Nur ein Traum.

Sie drehte sich zur Seite und schlief wieder ein.

Am Morgen erwachte sie vollkommen gerädert und mit schmerzenden Muskeln und Gelenken, als hätte sie tatsächlich in dem Bus gesessen, und war doch wie durch ein Wunder unverletzt.

Am Vormittag verließ sie das Haus.

Emil war heute wieder im Dorf, und Romy musste feststellen, dass ihr vor lauter Theaterplänen kaum noch Vorräte geblieben waren. So marschierte sie wie die anderen auch zum Löschteich, wo er seinen Supermarktbomber geparkt hatte, und reihte sich gut gelaunt in die Warteschlange. Es war, als fühlte sie das Ende einer Glückssträhne in ihren Fingern, und sie war fest entschlossen, sie festzuhalten und sich von ihr durch dieses Abenteuer ziehen zu lassen. Und kaum hatte sie sich angestellt, da winkte Anton aus dem Fenster seines Hauses und kam ihr wenige Minuten später mit einem gut gefüllten Jutebeutel entgegen.

»Wie geht es voran?«, fragte er neugierig.

»Sehr gut. Die Scheune ist leer. Wir können bald loslegen.«

»Ich wollte mal deine Meinung zu etwas hören, was ich gemacht habe …«

»Klar, was ist es denn?«

Er bedeutete ihr mit einer Geste, dass sie hineingreifen sollte. Zu ihrer Überraschung war darunter die Scheune. Genau genommen die geschnitzte Abbildung davon, jedoch mit Fenstern, Notausgängen und einer Fahne auf dem Dach. Romy war entzückt: Wie detailgetreu das Modell doch war! Alles entsprach dem realen Vorbild, außer den Fenstern und der Fahne auf dem Dach. Es sah aus wie ein … ein …

»Heb es an!«, forderte Anton.

Romy nahm das Dach ab, und im Innern erschien ein kleines elisabethanisches Theater. Tribünen an drei Wänden, Sitzbänke in langsam aufsteigenden Reihen, damit man gut hinabsehen konnte. Logen. Alles gehalten von Stützpfeilern, die aus dem Boden schossen und sich mit der Dachkonstruktion verbanden. Dazwischen filigrane Treppen. Eine große Bühne mit einem Baldachin und in der Mitte eine Fläche für das Publikum im Parkett. Bereits mit kleinen Stühlen bestückt. Sogar einen roten Vorhang hatte er angebracht.

»Gefällt es dir?«, fragte Anton.

»Es ist schöner, als ich es mir je erträumt habe …«

»Sieh mal!«, sagte Anton. »Du kannst alles herausnehmen. Die Tribünen, sogar die Bühne … weil …«, er hob die Bühne und den Baldachin aus dem Innern, »hinter der Bühne die Räume für die Schauspieler sind. Requisite und so was.«

Von Bühne und Baldachin befreit, konnte man an der vierten Wand der ehemaligen Scheune die beiden Zimmer sehen: eingerichtet mit Schminktischen und Spiegel.

Alles geschnitzt.

Jede Einzelheit, bis hin zu den Stühlen und Bänken.

»Ich habe mal deine Fotos als Vorbild genommen. Es ist nicht ganz maßstabsgetreu, aber ich habe mit Karl gesprochen, ob er aus der Vorlage zusammen mit seinen Maßen die Materialienmenge berechnen kann. Ich denke, morgen weißt du, was du insgesamt brauchst. Emil kann sicher vieles davon billiger besorgen.«

Romy umarmte Anton: »Ich weiß nicht, wie ich dir danken soll!«

»Nicht nötig, mein Täubchen. Vielleicht ist das mit dem Theater eine Schnapsidee, aber weißt du, es *ist* eine Idee. Und was haben wir schon zu verlieren?«

»Danke! Danke! Danke!«

»Ich habe zu danken, meine Kleine. Ich hab lange nicht mehr geschnitzt. Und ich kann mich nicht erinnern, wann ich das letzte Mal so einen Spaß hatte!«

Sie umarmte ihn erneut.

Anton hatte absichtlich ziemlich laut gesprochen, alle vor Emils Supermarktbomber hatten es mitbekommen. Sein Wort hatte im Dorf großes Gewicht, mit ihm an ihrer Seite könnte das Projekt gelingen.

Romy war glücklich. Alles lief gerade so wunderbar! In diesem Moment war sie sich sicher, dass ihr Theater genau so werden würde wie das geschnitzte Modell in ihren Händen. Vielleicht sogar noch schöner! Zusammen mit Karl waren sie jetzt schon zu fünft!

Was konnte da noch schiefgehen?

Bertha bog auf den kleinen Platz vor dem Löschteich, und schon von weitem konnte man sehen, dass sie ziemlich aufgeregt war.

»Romy! Komm schnell!«

»Was ist denn los?«, rief sie erschrocken zurück.

»Bertram! Er hat den Verstand verloren!«

Selbstredend ließen alle Großzerlitscher, die vor Emils Supermarkt standen, alles stehen und liegen und hasteten Bertha und Romy hinterher, die zurück zu Lenes Hof eilten. Auch Emil lief den beiden nach.

Sie erreichten die Wiese, auf der die Scheune stand, und konnten es bereits von weitem sehen: Bertram war aufs Dach geklettert und balancierte waghalsig wie ein Seiltänzer auf dem Giebel hin und her!

Romy lief zu ihm, gefolgt von Emil, der als Einziger mit ihr Schritt halten konnte. Dahinter in entsprechendem Abstand die Alten.

»BERTRAM! BIST DU VERRÜCKT GEWORDEN!?«

Romy war wütend und besorgt in einem. Es war ruhig um Bertram geworden, er hatte sich weder Emil noch dem Linienbus in den Weg gestellt und war auch sonst nicht mit exzentrischen Suizidversuchen auffällig geworden.

Aber gestern Abend dann dieser Schmerz!

Sie hätte mit ihm sprechen sollen.

»Romy!«, rief er fröhlich zurück. »Komm hoch! Die Aussicht ist herrlich!«

»Nein, du kommst runter, Bertram. Und zwar sofort!«

»Ich war ewig nicht mehr auf einem Dach!«

»Komm sofort runter!«

Bertram spazierte weiter den Giebel entlang, während Romy ihm unten folgte. Auch die anderen Großzerlitscher waren mittlerweile angekommen und beobachteten gebannt das Spektakel.

Emil flüsterte: »Er muss irgendwo eine Leiter hingestellt haben …«

Dann lief er los.

Romy rief: »Bertram, ich bitte dich! Komm runter!«

»Nein!«

»Warum nicht?«

Er wandte sich ihr zu und stemmte die Hände in die Hüften: »Weil ich Dachdecker bin! Wusstest du das nicht?«

Romy runzelte verwundert die Stirn: »Nein, wusste ich nicht!«

Bertram lachte: »Ich auch nicht! Nicht mehr!«

»Was redest du denn da nur?!«, rief Romy, die langsam das Gefühl hatte, dass Bertram wirklich den Verstand verloren hatte!

Bertram stellte sich auf ein Bein und jonglierte auf dem Giebel: »Ich bin ein Dachdecker! Ich habe nur vergessen, wie es ist, wenn man die Welt von oben betrachtet! Jetzt weiß ich es!«

Er wackelte bedenklich, aber er hielt das Gleichgewicht.

»Bertram, komm runter. Wir reden hier unten über alles, ja?«

»Über was willst du denn reden, mein Täubchen?«

»Über was du willst!«

Bertram schien darüber nachzudenken.

Dann rückte er die dicke Hornbrille zurecht und antwortete: »Wenn du das Theater wirklich baust, musst du das Dach reparieren!«

»Das weiß ich!«

»Am besten von einem Dachdecker!«

»Ja, natürlich!«

»Ich *bin* Dachdecker!«

»Bertram, komm bitte runter!«

Emil tauchte am anderen Ende des Daches auf. Offenbar hatte er die Leiter gefunden und war Bertram nach oben gefolgt.

»Du brauchst Dachziegel, Steinwolle zum Dämmen, eine Dampfsperre, Sparren, Dachlatten, Rigips und Spachtel. Willst du Fenster ins Dach?«

»Komm runter!«

»Nein!«

Romy wurde so wütend, dass ihre Stimme noch im Ortskern zu hören war: »Eins sag ich dir, Bertram. Wenn du dir den Hals brichst, dann kannst du nicht nur den Friedhof in Großzerlitsch vergessen! Du kommst nicht mal auf den von Kleinzerlitsch! Ich schwöre bei Gott: Wenn du da jetzt runterfällst, vergrab ich dich irgendwo in Tschechien!«

»Ich falle nicht runter, Romy. Verstehst du das nicht? Ich habe das gelernt!«

Emil war auf allen vieren den Giebel entlanggekrochen und bot Bertram jetzt die Hand an: »Komm schon. Romy macht sich große Sorgen!«

Einen Moment sah es so aus, als würde Bertram dankend abwinken, dann jedoch nickte er: »Okay, ich komme!«

Langsam bewegten sie sich zurück und verschwanden schließlich zusammen hinter dem Giebel.

Zwei Minuten später bog Emil mit Bertram um die Scheune.

Unversehrt.

Romy fiel ihm erleichtert um den Hals: »Mach das nie wieder, du dummer Kerl!«

Sie war fast den Tränen nahe.

Bertram hielt sie im Arm, immer noch selig lächelnd: »Aber, aber, mein Täubchen. Weißt du: Du hast mit allem recht gehabt. Deiner Idee, dem Friedhof, uns. Aber da oben … Da kann man alles ganz genau sehen. Da kannst du dich nicht mehr verstecken! Ach, meine Kleine, du hast einen alten Mann sehr glücklich gemacht!«

Dann wandte er sich den Großzerlitschern zu: »Auf was wartet ihr noch? Bauen wir dieses verrückte Theater!«

DAS GOLDENE HERZ

33.

Man konnte nicht behaupten, dass alle Alten mit einem Schlag für das Projekt gewonnen waren, aber am Morgen, an dem Emil das Baumaterial liefern lassen wollte, standen alle wie *zufällig* auf Hauptstraße herum und gaben sich mehr oder minder geschäftig.

Karl hatte mit Antons Modell und den eigenen Maßen berechnet, was sie als absolutes Minimum für Bühne und Tribünen an Eichenbalken und Bohlen brauchen würden, und allein dieser Posten hätte bereits deutlich mehr gekostet als das, was Oma Lene Romy vererbt hatte. Eine Begegnung mit der Realität, die wie ein Eimer eiskaltes Wasser anmutete, den man mit Schwung ins Gesicht geschüttet bekam: Man schnappte nach Luft, und die schöne Frisur war auch hin.

Ihre einzige Hoffnung war Emil.

Und er hatte sie nicht im Stich gelassen, war mit Anton und Karl die Posten Stück für Stück durchgegangen, hatte auch besprochen, was sie an Bolzen, Winkeln, Zangen, Profilen, Trägern, Schrauben, Muttern und Nägeln brauchten. Dann hatte er eine finale Liste erstellt und versprochen, sich in Tschechien einmal umzuhören. Vielleicht gab es ja jemanden, der Teile davon gebraucht verkaufen würde, jemanden, der eine alten Scheune, ein altes Bauernhaus besaß und sich von allem brauchbaren Holz trennen würde.

Ein paar Tage hatte er sich nicht blicken lassen, dann endlich war der erlösende Anruf gekommen: Er hatte alles zusammentragen können. Ein buntes Sammelsurium aus Neuem, Gebrauchtem und einiges auch von, nun ja, fragwürdiger Herkunft.

Romy stand auf dem kleinen Platz vor dem Löschteich und blickte nervös auf die Uhr. Emil hatte bereits eine halbe Stunde Verspätung und war auf dem Handy nicht zu erreichen. Das war nicht Emils Art, aber vielleicht war er betrogen worden, oder die versprochene Ware hatte nicht die nötige Qualität.

Endlich jedoch hörte sie aus der Ferne ein mächtiges Horn, fast wie das eines Schiffes. Einen Motor, der sich hoch drehend mit dem Gefälle ins Großzerlitscher Tal abmühte, Bremsen, die kreischend kundtaten, dass sie schwere Last daran hinderten, im Ortseingang ein Inferno anzurichten.

Emil kam!

Er hatte einen Lkw mit Anhänger gemietet und fuhr damit schnaubend und quietschend in das Tal ein. Die Alten erwarteten ihn am Straßenrand und winkten ihm zu. Emil grinste breit und antwortete abermals mit einem mächtigen Hupen des Lkw. Das Ganze hatte etwas von einer Parade, so wie die Queen sie in London schon mal abfuhr, allerdings ohne Kutsche, sondern mit einem alten tschechischen Lkw und vor allem mit deutlich weniger Pomp. Dafür aber mit fröhlichen Gesichtern, sogar bei denen, die dem Projekt immer noch sehr skeptisch gegenüberstanden. Dennoch wussten sie die Aufregung in letzter Zeit sehr zu schätzen, und keiner konnte eine gewisse Neugier verhehlen.

Romy lief neben dem Lkw her und überholte ihn auf der Wiese, wo sie vor der Scheune auf Emil wartete, der den schaukelnden Lkw vorsichtig steuerte und vor dem schiefen Tor anhielt. In seinem Schlepptau näherte sich das Dorf, um die Ladung zu inspizieren und die Meinung von Anton, Karl und Bertram zu hören, die alles mit geschultem Blick untersuchen würden.

Emil sprang aus dem Führerhaus und umarmte Romy.

»Ich hoffe, du bist gut bei Kasse.«

Romy grinste: »Wenn du abgeladen hast, nicht mehr.«

»Komm, schau es dir an!«

Sie schlugen die Planen zurück und blickten auf mächtige

Eichenbalken und Unmengen von Bohlen, ein paar Betonsäcke, Sand und das ganze Material, das nötig war, um die Balken mit Dachstuhl, Wänden und Böden zu befestigen. Anton, Bertram und Karl waren schon auf den Anhänger geklettert und hoben einzelne Bretter an, wogen Profile und Klammern in den Händen oder zählten die Schraubenpakete.

Dann sprangen sie wieder vom Lkw herab und schüttelten Emil die Hand: »Tolles Material, Emil! Wirklich!«

Emil freute sich über das Lob.

Und auch die umstehenden Alten nickten ihm bewundernd zu, auch wenn sie keinen Schimmer hatten, an was man tolles Material wohl erkennen konnte.

»Dann wollen wir mal!«, rief Anton, stieg erneut auf den Anhänger und hob einen ersten Balken an.

Rasch hatte sich eine kleine Menschentraube vor der Ladekante gebildet, und die Alten begannen, nach und nach die Ladung in die Scheune zu tragen. Jeder so, wie es ihm sein Körper erlaubte.

Auch Artjom war gekommen, und da er und Emil die Jüngsten waren, trugen sie am meisten, wobei Romy das Gefühl nicht loswurde, dass sie beide in gewisser Konkurrenz zueinander standen. Ihr war, als hofften sie, dass sie ihren Fleiß zur Kenntnis nahm. Aber das konnte auch täuschen, denn Romy fand, dass auch die anderen verändert wirkten.

Straffer.

Entschlossener.

Zielstrebiger.

Sie brauchten fast den ganzen Tag, um alles in der Scheune abzuladen. Und den meisten taten danach die Knochen und Gelenke weh, aber sie wirkten nicht unzufrieden, als sie sich wieder auf den Weg nach Hause machten.

Im Bauch der Scheune lag etwas, das wachsen wollte.

Jetzt lag es an ihnen, es auch wachsen zu lassen.

34.

Dass Strom ein Problem werden würde, wurde Romy schneller klar, als ihr lieb war. Das Einzige, für das sie kein elektrisches Werkzeug brauchen würden, war das Ausheben der Fundamente für die Stützbalken, auf denen später die Tribünen und Logen errichtet werden sollten. Schon das Zusägen eines einzigen Eichenbalkens mit einer Kantenlänge von vierundzwanzig Zentimetern war auch für einen jungen, kräftigen Mann mit bloßer Muskelkraft und einer Bügelsäge harte Arbeit. Dabei brauchten sie alleine zwanzig davon für die Vertikale und noch mal zwanzig für die Horizontalen. Nicht eingerechnet waren die Unterkonstruktion der Bühne, die schweren Bohlen für die Böden, die Tribüne und die Treppen.

Artjom und Emil sägten einen Balken zu, brauchten dafür eine Ewigkeit und waren so schweißgebadet, dass sie nicht nur das T-Shirt wechseln mussten, sondern Romy auch versicherten, dass sie keinen weiteren Balken mehr von Hand sägen würden.

Romy nickte und starrte auf den silbernen Anhänger einer Kette, die Artjom um den Hals trug und der jetzt auf der entblößten Brust glitzerte, als ihn ein Sonnenstrahl traf. Da war etwas an diesem Glitzern, das sie geradezu magisch anzog. Für einen Moment war es, als würde sie sich einer Jalousie nähern, durch die das Licht einer anderen Welt schien. Hier und da blitzte auf, was sie bis dahin nicht hatte sehen können oder wollen. Sie musste nur noch näher heran, die Lamellen anheben und hinausschauen …

»Was ist, Romy?«, fragte Emil und runzelte die Stirn.

Auch Artjom blickte irritiert an sich herab auf den Anhänger: ein galoppierendes Pferd. Nicht besonders wertvoll. Nicht einmal besonders schön. Vor Jahren hatte er es einmal gegen

Zigaretten getauscht. Seitdem brachte es ihm Glück. Jedenfalls sollte es das.

Romy starrte auf das kleine Pferd: »Nichts … es ist nur … «

»Gefällt es dir?«, fragte Artjom.

Romy schüttelte den Kopf: »Es ist nur … ich dachte … es erinnerte mich an etwas …«

Dann riss sie sich endlich los und lächelte Artjom an: »Es ist sehr hübsch!«

Artjom hielt es zwischen zwei Fingern: »Ja …«

Er schien selbst in Erinnerungen versunken zu sein, dann schüttelte er kurz den Kopf und fragte: »Was machen wir jetzt mit den Sägearbeiten?«

Emil sagte: »Anton hat alle Geräte, die man für Holz braucht.«

Romy nickte: »Ich frage ihn.«

Sie kehrte zurück ins Dorf, aber da war plötzlich etwas, dass sich vom Grund ihres Bewusstseins gelöst hatte und jetzt auftrieb, eine Erinnerung, die wie eine Kiste aus einem Schiffswrack aufstieg, dem Licht entgegen. Im nächsten Moment durchbrach sie die Wasseroberfläche und kam schaukelnd zur Ruhe.

Da wusste Romy, was es war.

Artjom hatte sie in den letzten Tagen öfter besucht, und sie hatte sich jedes Mal über die Treffen gefreut. Er war die einzige Verbindung in die Vergangenheit, der Einzige, der die vielen Erinnerungsscherben zusammensetzen konnte, damit sie wieder ein Bild von ihrer Mutter hatte. Vieles von dem, was er über seine gemeinsame Zeit mit Ingrid in Großzerlitsch sagte, war ihr fremd, einiges hatte sie von Oma Lene ganz ähnlich gehört. Aber *alles* hatte etwas in ihr in Schwingung versetzt und sie hoffen lassen, dass sich Erinnerungen aus der Gefangenschaft ihrer untergegangenen Kindheit mit ihrer Mutter lösen würden.

Am Löschteich bog Romy ab, wählte einen Weg den Hang hinauf, an den letzten Häusern Großzerlitschs vorbei, dem Fichtenwald entgegen. Sie trat in die Schatten, würziger Nadelholzgeruch stieg ihr in die Nase. Es war hier deutlich kühler und dunkler, die Bäume standen so eng zusammen, dass kein Sonnenstrahl mehr durchdrang. Der Boden war weich, sie versank förmlich in braunen, abgestorbenen Fichtennadeln.

Sie brauchte eine Weile, um sich zu orientieren, doch endlich entdeckte sie den Baum, den sie gesucht hatte. Das eingeritzte Herzchen war mit dem Stamm in die Höhe gewachsen, aber noch gut zu erkennen. Romy kniete sich auf den Boden, fand einen scharfkantigen Stein und begann, damit den Boden aufzugraben. Viel tiefer, als sie dachte, dann stieß sie auf etwas Hartes, der Stein kratzte über Metall. Schnell grub sie aus, was sie hier als Kind einmal vergraben hatte: eine kleine Kiste aus Blech, umhüllt mit einer Plastiktüte, die den Inhalt trocken gehalten hatte.

Die Kiste war angerostet, aber noch intakt, ein winziges Vorhängeschloss baumelte an einem einfachen Verschluss. Ein einziger Schlag mit dem Stein genügte, und das Schloss sprang auf.

Sie öffnete es.

Es lag nur ein Blatt Papier darin.

Darauf: eine Kinderzeichnung.

Ein Pferd auf einer Sommerwiese. Glitzer ließ es auch nach all den Jahren funkeln. Oben neben der Sonne stand mit krakeliger Schrift: *Für Mama.* Und unten rechts: *Romy, 6 Jahre.*

35.

Sie war krank, aber ihrer Tochter wollte sie nichts sagen. Romy sollte in den letzten Wochen ihres Lebens nicht durch dieselbe Hölle gehen, in der sie seit der Diagnose bei lebendigem Leib verbrannte. Geschwollene Lymphknoten. Eine Lappalie, eigentlich, denn kurz zuvor hatte sie eine Grippe erwischt. Die Knoten waren geblieben, und als sie aus dem Krankenhaus entlassen wurde, wusste sie, dass sie nur noch ein paar Wochen hatte. Und es gab nichts und niemanden, der daran etwas ändern konnte. Eine aggressive Form von Knochenmarkskrebs, sie selbst war jung, fatal bei dieser Form der Erkrankung, weil ausgerechnet ihre Jugend den Verfall nur noch beschleunigen würde. Wie absurd! Wäre sie grau und alt, würde die Krankheit sehr viel langsamer verlaufen. Aber sie war jung, stark und schön, und alles, was sie noch tun konnte, war, auf die Schmerzen zu warten.

Und auf das Ende.

Die Tage hetzten vorbei.

Sie stand am Fenster und sah Wolkenfetzen im Zeitraffer über den Himmel eilen, im Westen die Dämmerung, im Osten die Dämmerung, Regen, Wind, Sonne, Mond. Nichts konnte das Rasen stoppen. Dabei war der Sommer ausgesprochen schön, allein es würde ihr letzter sein. Deutschland war gerade Europameister im Fußball geworden, das Land jubelte, niemand verschwendete einen Gedanken an den Tod.

Fast niemand.

Wie hatte sich die Welt seit Romys Geburt verändert! Ein ganzer Staat war verschwunden, eine Grenze gefallen, ein Kind geboren worden. Sie hatte den Wechsel in die neue Zeit gut überstanden, hatte einen guten Job in Kleinzerlitsch, ein Heim in Großzerlitsch und viele liebe Menschen in ihrem Umfeld, die sie unterstützten.

Was würde im Herbst sein?

Im Winter?

In den Jahren, die folgten?

Sie musste auf Lene hoffen. Auf die Alten von Großzerlitsch. Auf Romy. Dass sie gute Entscheidungen treffen würde, dass ihre Tage nicht dahinrasten, sondern erfüllt waren von Liebe und Glück.

Sie hörte Gepolter im Eingangsbereich, Romys helle Stimme. Sie ging noch in den Kindergarten von Kleinzerlitsch, schon seit gut zwei Jahren. Da war sie noch nicht krank gewesen. Oder vielleicht doch? Zumindest hatte sie keine Symptome gezeigt.

Lene hätte die Kleine gerne auf dem Hof behalten, aber sie war der Meinung, Kinder brauchten Kinder – und in Großzerlitsch gab es keine in ihrem Alter, mit denen Romy hätte spielen können. Jetzt war sie es, die Romy gerne den ganzen Tag bei sich gehabt hätte, sie aber aus dem Kindergarten herauszunehmen, den Romy über alles liebte, hätte sie nicht verstanden. Und ihr auch sicher nicht verziehen, wenn sie ihr im Gegenzug nicht verraten hätte, *warum* sie bei ihrer Mutter hätte bleiben sollen.

Was sollte sie nur tun?

Romy hatte ein Recht darauf, zu wissen, was mit ihr geschah. Und doch: Wäre es fair ihr gegenüber? Sie in einen Abgrund zu stoßen, in dem ihre Mutter bereits hockte und sich nichts sehnlicher wünschte, als sich in ihrer Angst an ihre Kleine zu klammern, um nicht mehr so alleine zu sein?

Romy stürmte die Treppen hinauf und umarmte sie fröhlich. Sie redete unablässig von dem, was sie heute unternommen hatten, welche Spiele sie gespielt und welches Essen sie zu Mittag hatten. Auch darüber, dass sie einen Jungen, der sie ständig ärgerte, gehauen hatte. Sie lächelte: Romy war mutig.

Die ließ sich nichts bieten, ging stolz und selbstsicher ihren Weg! Das Leben machte ihr keine Angst.

Sie musste alles tun, damit das so blieb!

»Du hast gestern gesagt, du hast eine Überraschung für mich!«, rief Romy.

Sie nickte und antwortete: »Wir werden heute im Wald übernachten!«

»Wirklich?«

Sie hüpfte bereits vor Aufregung.

»Ja, Anton leiht uns ein kleines Zelt. Wir machen uns draußen ein Lagerfeuer, kochen da unser Essen und erzählen uns Gruselgeschichten …«

Romy kreischte vor Glück und rannte runter zu Lene, um ihr die Neuigkeiten zu überbringen. Dann packte sie bis zur Dämmerung einen Koffer mit all den Sachen, die sie unbedingt mitnehmen wollte, und als die beiden loszogen, hätte man meinen können, sie wären unterwegs in einen mehrwöchigen Urlaub.

Unter Fichten bauten sie ein Zelt auf, machten ein Lagerfeuer, kochten Ravioli in der Dose. Die Nacht war lau, die Geräusche im Wald irritierend: Wind, Vögel, Tiere, Insekten. Überall rauschte und krauschte es – Romy konnte gar nicht genug davon kriegen und fragte unentwegt, was dieses, was jenes Geräusch sein könnte.

Ihr Blick fiel auf ein Küchenmesser, das sie zum Essen benutzt hatten.

»Ich hab eine Idee!«, sagte sie.

Romy, die sich in ihren Arm gekuschelt hatte, blickte neugierig zu ihr auf.

»Komm mal mit!«

Sie stand auf und nahm ihre Tochter an die Hand.

Ein paar Meter weiter erreichten sie eine kräftige Fichte. Sie hockte sich hin und sagte: »Das hier soll unser Baum sein, Romy. Deiner und meiner. Wie findest du das?«

»Jaaaaa!«

Sie nahm das Messer und begann, in die Rinde zu schnitzen. Möglichst tief, damit es nicht einfach wieder zuwachsen konnte. Romy beobachtete fasziniert, wie sich ein helles Herz aus dem Holz herausschälte. Als es fertig war, fühlte sie mit dem Finger darüber.

»Es ist ganz feucht«, sagte sie.

»Noch. Aber es wird bald verheilt sein. Versprichst du mir etwas?«

»Ja!«

»Immer, wenn du Sorgen hast. Immer, wenn dich etwas bedrückt und ich nicht da bin, dann kommst du hierher, ja?«

Romy sah sie fragend an: »Aber du bist doch immer da, Mama!?«

Sie schluckte: »Natürlich bin ich immer da, mein Täubchen. Aber vielleicht bin ich ja mal auf der Arbeit oder … woanders. Dann kommst du hierher und sprichst mit dem Herz. Ich kann dich dann hören.«

»Wirklich?«

»Ja, wirklich.«

»Und du schwindelst auch nicht?«

»Nein, meine Kleine, ich schwindele nicht.«

»Großes Ehrenwort?«

»Großes Ehrenwort!«

Romy nickte: »Gut, dann ist das jetzt unser Baum. Und keiner sonst weiß davon, ja?«

Sie streichelte ihr Gesicht: »Nein, nur wir beide.«

Sie gingen zu ihrem Zelt zurück, und Romy starrte noch lange das im Schein des flackernden Lagerfeuers golden schimmernde Herz im Baum an, bis ihr die Augen zufielen und sie eingeschlafen war.

Vielleicht stimmte es ja wirklich!

Vielleicht würde sie ihre Kleine tatsächlich hören können,

wenn sie hierherkam? Vielleicht würde es noch eine Verbindung geben, und sie könnte ihrem Täubchen beistehen in den Jahren, die kommen würden.

Sie lächelte: ein schöner Gedanke!

Sie blickte zu Romy herab: Es gab nichts Schöneres als ein schlafendes Kind.

Diese Zuversicht.

Dieser Frieden.

Dieses Vertrauen.

Nein, sie würde ihr nichts sagen.

36.

Es war erstaunlich, wie viele Gerätschaften zur Holzverarbeitung Anton besaß, und entsprechend lange dauerte es, sie alle in die Scheune umzusetzen. Aber Emil, Artjom, Karl und Bertram waren sehr zufrieden, da sie jetzt die Arbeiten angehen konnten. Wenn auch mit wenig Strom, denn den musste Romy aus dem Hof mit mehreren ellenlangen Verlängerungskabeln ziehen.

Immerhin: Es reichte für die Sägearbeiten.

Artjom und Emil gruben Fundamente für die Stützpfeiler, die später mit Beton ausgegossen werden würden. Beim Ausrichten und Fixieren der Balken würden sie ein wenig mit Standhilfen improvisieren müssen, um einen exakten Neunzig-Grad-Winkel beizubehalten. War der Beton erst einmal ausgehärtet, wären Korrekturen nicht mehr möglich.

Anton sägte die Balken zurecht.

Karl kontrollierte den Bauplan und gab die Maße vor.

Bertram klugscheißerte.

Sehr zum Leidwesen der anderen, aber solange sie keine provisorische Decke einziehen und er das Dach nicht auskleiden konnte, hatte Bertram wenig zu tun, außer hier und da zu helfen. Und alles, wirklich alles, zu kommentieren.

Gegen Mittag kam Bella mit Mittagessen vorbei.

Emil und Romy hatten spontan keinen Hunger, aber die anderen stürzten sich auf ihre köstlich aussehenden und wunderbar duftenden Speisen. Bertram rieb sich derweil zufrieden die Hände, als er das Essen auf der Picknickdecke betrachtete, und sagte nur: »Ihr seid Idioten, dass ihr euch das entgehen lasst!«

Romy und Emil saßen auf einem Stapel Eichenbohlen und beobachteten, wie die anderen sich über das Essen hermachten. Artjom biss herzhaft in ein Stück Fleisch, Bertram schaufelte sich einen Berg Gemüse rein, während Karl erst einmal Ordnung auf seinem Teller schaffte.

Artjom reagierte als Erster.

Er hörte auf zu kauen.

Mit einem Gesichtsausdruck, als wäre er gerade barfuß in einen Kuhfladen getreten.

Bertram brauchte einen Moment, in dem sich seine Wangen blähten, dann aber schielte er nach links und nach rechts, fand aber keinen Ort, an dem er das Gemüse hätte unauffällig ausspucken können.

Er blickte auf zu Romy und Emil, die ihn breit angrinsten.

Ob aus Schreck oder aus Ärger – er schluckte alles runter.

Doch als er den Mund öffnete, um sich lautstark zu beschweren, schüttelte Romy den Kopf und bedeutete ihm so, einfach mal die Klappe zu halten. Was er auch tatsächlich tat.

Jetzt blickten alle zu Karl, der sein Essen endlich ordnungsgemäß zurechtgemacht auf dem Teller hatte und es nun Stück für Stück in den Mund steckte.

Sie warteten auf eine Reaktion.

Nichts.

Ohne mit der Wimper zu zucken, verputzte Karl alles, was er sich auf den Teller geschaufelt hatte, und nahm sich sogar noch einmal einen Nachschlag. Bella lächelte ihn selig an, tätschelte seine Hand und goss ihm zur Belohnung noch ein Glas Wein ein, den sie während der ganzen Zeit getrunken hatte.

Sie prosteten sich zu, dann aß Karl weiter.

Emil flüsterte: »Es muss ihn härter erwischt haben, als wir dachten …«

Romy nickte.

Der Stromschlag hatte offensichtlich seine Geschmacksnerven gekillt.

Aber er sah glücklich aus.

Und Bella auch.

37.

In den folgenden Tagen verliefen die Arbeiten sehr harmonisch, ohne Zwischenfälle, und selbst Bertram wurde das Kommentieren irgendwann zu langweilig. Stützbalken um Stützbalken erhob sich senkrecht in die Höhe, wurde im Beton lotrecht verankert und mit Klammern und Bolzen an den Dachbalken angebracht, sodass bald schon die erste von vier Wänden vorgerichtet war, aus denen später die Tribünen hervorgehen sollten.

Komplizierter dagegen waren die Treppen in den Ecken.

Karl und Anton berieten lange über Maße, Anzahl der Auftritte, Vorhaltefläche, Geländer. Dann suchten sie Romy und präsentierten ihr, als Bauherrin, ihr Ergebnis.

Anton zeigte ihr den Plan und sagte: »Hier, sieh mal, jeweils fünf Tritte, doppelläufig. Wir fräsen Schwalbenschwänze in die Wangen, 1,20 Meter in der Breite sollte reichen. Beim

Podest sind wir uns nicht ganz einig. Wir haben nicht viel Platz, aber 1,80 auf 2,40 Meter ist eigentlich genug. Karl will lieber 2,00 auf 2,60 Meter. Was denkst du?«

»Unbedingt!«

Anton runzelte die Stirn: »Unbedingt was?«

Romy tippte auf den Plan: »Na, das, was du gesagt hast … Schwalbenschwänze und so.«

Anton lächelte: »Du weißt, worum es geht?«

»Natürlich! Ihr baut ein Podest!«

»Wir bauen eine Podesttreppe.«

»Klar, eine Podesttreppe. Wusste ich.«

Anton grinste: »Und was denkst du?«

»Ähm, dass es eine sehr schöne Treppe wird?«

»Es wird eine schöne Treppe, mein Täubchen. Es geht um die Maße …«

»Ach so, natürlich. 1,80 mal 2,40 oder 2,00 mal 2,60, richtig?«

»Richtig.«

Romy dachte einen Moment nach und antwortete dann: »Wie wäre es mit einem Kompromiss? 1,90 mal 2,50?«

Anton seufzte leise.

»Ach, entscheide einfach du, okay?«

»Okay, mein Täubchen.«

Mittags kam wieder Bella mit Essen, doch diesmal hatten alle bis auf Karl keinen rechten Hunger und baten sie, für die nächsten Tage einfach weniger zu kochen. Bella zuckte nur mit den Schultern und aß zusammen mit Karl, der zwar in ihrer Gegenwart auch nicht mehr sagte als sonst, aber irgendwie weniger mürrisch wirkte. Romy lotste die anderen währenddessen zu sich auf den Hof und schmierte Brote.

Artjom schien es indes ernst zu sein in seinem Bemühen, Romy besser kennenzulernen und ihr vielleicht der Vater zu sein, den sie zeit ihres Lebens vermisst hatte. Mit der Beurteilung ihrer Idee, ein elisabethanisches Theater zu bauen, hielt er sich zurück, aber obwohl er der Sache weder zustimmte noch sie ablehnte, half er fleißig mit, erwies sich als geschickter Handwerker.

Jedenfalls war das Antons Meinung. Und eigentlich auch die Emils, obwohl zu spüren war, dass er Artjom nicht mochte. Er schien in dauerhafter Konkurrenz zu ihm zu stehen, denn kaum hatte Artjom etwas begonnen, suchte Emil bereits nach der besseren Lösung, nach der neuen Idee, die den Bau verschönern oder beschleunigen würde. Artjom zahlte mit gleicher Münze zurück: Einfälle Emils konnte er kaum annehmen, ohne wenigstens zu versuchen, einen anderen, noch besseren Weg vorzuschlagen. Anton nahm den Wettstreit mit einem Lächeln zur Kenntnis, unterband ihn aber nicht, denn aus der Reibung ließen sich tatsächlich Funken schlagen, aus denen neue Ideen aufflackerten.

Zuweilen fragte sich Romy, warum Emil Artjom nicht traute, sie zumindest war dazu mittlerweile bereit. Er interessierte sich für sie, aber buhlte nicht um ihre Gunst, er bot sich an, forderte aber nichts. Und schleichend reifte in Romy die Überzeugung, dass ihm möglicherweise die anderen zu Unrecht Böses unterstellten. Jedenfalls erzeugte es in ihr zunehmend einen Reflex, ihn zu verteidigen, schließlich hatte er bisher nur Gutes getan. Hatte er es da nicht verdient, dass man ihm in seinem Bemühen ein wenig entgegenkam?

In den darauffolgenden Tagen schauten immer öfter Großzerlitscher vorbei, neugierig auf den Fortschritt der Arbeiten. Einige boten sogar ihre Hilfe an. Romy vertröstete die meisten auf einen späteren Zeitpunkt, denn solange die vertikalen Streben nicht standen, konnten sie alles andere nicht in Angriff nehmen.

Aber lange dauerte es nicht.

Eine gute Woche später waren die Pfeiler gesetzt, sie standen kerzengerade wie Soldaten beim Appell und waren fest verschraubt mit der Dachkonstruktion. Nun konnten sie die horizontalen Balken anbringen und anschließend die Böden verlegen. Der Platz für die Bühne, die dem Scheunentor gegenüberstehen und somit erster Blickfang beim Betreten des Theaters sein würde, war ausgespart worden, genau wie die Treppen, sie würden folgen, wenn sie mit dem Dach fertig wären.

Romy blickte in den Raum und fand, dass man sich mit etwas Fantasie schon jetzt vorstellen konnte, wie die Tribünen einmal aussehen würden. Wie wunderbar! Zur Feier des Tages lud Romy Anton, Emil, Artjom, Karl, Bella und Bertram ins *Muschebubu* ein. Und natürlich kamen auch alle anderen Großzerlitscher, denn wann gab es schon mal Grund zum Feiern?

Dort ging es am Abend hoch her.

Bier und Schnaps flossen in Strömen, schon bald ließen laute Gespräche und Gelächter die Wände im *Muschebubu* zittern. Theo musste den Fernseher aus- und die Stereoanlage einschalten, sodass es im Schankraum so laut wie in einer Schlager-Diskothek wurde. Singen, Lachen, Grölen – keiner der Anwesenden konnte sich erinnern, wann sie das letzte Mal eine solche Stimmung hatten.

Emil und Artjom pflegten auch beim Trinken ihre Rivalität, keiner von beiden wollte als Erster zugeben, nicht mehr stehen zu können. Nach hartem Kampf und redlichem Bemühen, auch die letzte Körperzelle mit Alkohol volllaufen zu lassen, ging das Gelage unentschieden aus: Sie kippten fast zeitgleich vom Stuhl.

Romy und Theo schleppten Emil in ein freies Zimmer und holten schließlich Artjom. Im Flur zögerte Romy einen Moment und sagte: »Weißt du, vielleicht sollten wir ihn zu mir auf den Hof bringen.«

Theo sah sie erstaunt an: »Bist du sicher?«

Romy nickte: »Na ja, er ist mein Vater …«

»Das hat man in den letzten fünfundzwanzig Jahren aber nicht gemerkt!«

»Ich weiß, aber wenn ich auf dem Standpunkt beharre, dann werde ich nie einen haben.«

»Ich versteh dich ja, Romy, aber …«

Sie schüttelte den Kopf: »Hilfst du mir jetzt oder nicht?«

Theo seufzte und antwortete: »Na gut. Ich hoffe, er hat dein Vertrauen verdient.«

»Er hat in den letzten Tagen viel guten Willen gezeigt. Jeden Tag gearbeitet, und die Scheune hat er auch ausgeräumt.«

»Du meinst den Trecker?«

»Nicht nur den Trecker. Auch die anderen Sachen.«

Theo ließ Artjom ab.

»Hat er das gesagt?«, fragte Theo scharf.

»Was ist denn los?«, fragte Romy erstaunt zurück.

»Ob er das gesagt hat?«

Romy zuckte mit den Schultern: »Na ja, schon, irgendwie.«

Theo fauchte: »Ich hab dir gesagt, du kannst ihm nicht trauen!«

»Was ist denn auf einmal mit dir los, Theo?«

»Ich weiß nicht, was er vorhat, aber eins ist sicher: Artjom war ein Scheißkerl und wird auch immer einer bleiben!«

»Theo, ich will nicht, dass du so über ihn …«

»ICH HAB DIE SCHEUNE AUSGERÄUMT!«

Theo war früher schon wie ein Marschflugkörper hochgegangen, doch diesmal hatte Romy das Gefühl, sie stünde mitten im heißen Raketenschweif. Im Schankraum hatte man Theo nicht gehört, dort übertönte gerade Ute Freudenbergs *Jugendliebe* alles, was lebte.

»W-was?«

Theo verschränkte die Arme vor der Brust und sagte laut:

»Ich habe die Scheune ausgeräumt! Weil es mir leidgetan hat, wie ich dich angeraunzt habe, als du mit dieser Theateridee um die Ecke gekommen bist. Jetzt weißt du's!«

»Du?«

»Du hättest das nie erfahren sollen …« Er beugte sich zu dem schlafenden Artjom herunter und rief: »Vielen Dank, du blöder Arsch!«

Dann wandte er sich ab und sagte: »Du kannst ihn selbst nach Hause tragen, wenn du unbedingt meinst. Ich muss arbeiten!«

Die Tür zum Schankraum flog auf, die Musik wurde schwallartig laut … *Haha, Lachen trägt die Zeit, die unvergessen bleibt* … dann war's wieder ruhig. Romy blickte auf den schlafenden Artjom, der leise zu schnarchen begonnen hatte.

Er hatte sie also angelogen.

Bei was noch?

38.

Anton und Bertram hatten Artjom in sein Zimmer geschleppt, während Romy nachdenklich nach Hause gelaufen war – schlagartig nüchtern. Sie hätte es sich eigentlich denken können, dass Theo heimlich geholfen hatte, Entschuldigungen gingen ihm nur sehr schwer über die Lippen. Aber sie hatte Artjom geglaubt, weil sie ihm glauben *wollte.*

Zu Hause wühlte sie in einem von Lenes Schränken, in dem sie vieles dessen, was Lene einmal gehört hatte, aufbewahrte. In einer Schachtel fand sie auch ein paar Bündel Briefe, und tatsächlich lagen dazwischen auch zwei von Artjom.

Der erste noch aus dem letzten Jahr mit freundlichen Weihnachtsgrüßen und der vorsichtigen Anfrage, ob Lene die

Kontaktadresse von Romy hätte. Der zweite kurz bevor sie im Theater gefeuert worden war. Was immer Lene ihm zurückgeschrieben haben mochte, es schien nicht besonders freundlich gewesen zu sein, denn Artjom schwor, sich geändert zu haben und nicht mehr der leichtfertige Halunke zu sein, den Lene offenbar in ihm sah. Er schloss den Brief mit der Ankündigung, sich auf den Weg nach Deutschland zu machen, egal, ob Lene das guthieß oder nicht. Er wollte seine Tochter kennenlernen und hoffte, Lene würde ihn dabei doch noch unterstützen.

Bei Artjom hatte das alles anders geklungen. Zwar hatte er zugegeben, dass Lene skeptisch gewesen war, dann aber betont, dass sie sein Vorhaben unterstützt hätte. Sein eigener Brief bewies das Gegenteil: Lene wollte keinen Kontakt. Sie hatte seinen Beteuerungen nicht geglaubt und war der Meinung gewesen, dass Romy ohne ihren Vater besser dastehen würde. Auch hier hatte Artjom gelogen.

Bei was noch?

Hatte Romys Mutter ihn wirklich verlassen, oder war es umgekehrt gewesen? Hatte er sich einfach nach Russland abgesetzt und sie alleine gelassen mit ihren Problemen? Sich nicht nur nicht für Romy, sondern auch nicht für Ingrid interessiert? Nicht einmal, als sie starb? Hatte er den Tod ihrer Mutter wirklich in aller Seelenruhe in Russland ausgesessen? War es vorstellbar, dass er so kaltherzig gewesen war? Es gab nur drei Personen, die ihr dazu etwas hätten sagen können, zwei davon waren tot.

Sie schlief schlecht, schreckte dann und wann mit Antworten auf, von denen sie hoffte, sie würden nicht wahr sein. Und doch: Sprach nicht alles gegen Artjom? Betrachtete man ganz nüchtern die Fakten, ohne Sentimentalität, ohne Beschönigung, ohne jeden Bonus, was blieb dann übrig? Ein Vater, der keiner war, der aus dem Nichts aufgetaucht war und dem niemand traute. Und von dem sie nicht wusste, was er tatsächlich von ihr wollte.

Sie stand früh auf, mit hämmernden Kopfschmerzen, die sich auch mit Aspirin nur schwer unter Kontrolle bringen ließen. Heute würde sicher niemand am Theater weiterbauen wollen, sie war sich ziemlich sicher, dass sie nicht die Einzige war, die ein schwerer Kater zurück in die Kissen drückte.

So vergammelte sie den ganzen Vormittag, bis sie ein Klopfen an der Haustür vom Sofa scheuchte.

Man sah Artjom das Gelage vom Vorabend kaum an, wenn man auch noch Restalkohol in seinem Atem wahrnehmen konnte. Romy bat ihn in die Küche, machte ihnen Kaffee und servierte ihm eine Tasse.

»Bauen wir heute nicht weiter?«, fragte er.

»Nein«, antwortete Romy und setzte sich ihm gegenüber.

Wie begann man ein Gespräch, das unvermeidlich war, das man aber am liebsten nicht führen wollte? Worauf achtete man bei einem Gegenüber, das mehr Rätsel als Lösungen aufgab?

Romy räusperte sich.

»Du hast die Scheune nicht räumen lassen, richtig?«

Artjom sah sie überrascht an.

Dann antwortete er: »Nein, das habe ich auch nie gesagt.«

»Du hast es mich glauben lassen, Artjom. Wollen wir jetzt über das Wesen der Lüge philosophieren?«

»Nein, schon gut. Es war ein Fehler. Ich hätte das nicht tun sollen.«

»Warum hast du es dann getan?«

Artjom seufzte: »Ich weiß es nicht. Vielleicht dachte ich, es könnte meine Position verbessern.«

»Wieso glaubst du, dass eine Lüge deine Position verbessern könnte? Wieso glaubst du nicht daran, dass nur Aufrichtigkeit dich mir näher bringen könnte?«

Artjom schwieg.

Romy rieb sich über die Stirn: diese Kopfschmerzen. Unerträglich! Das Sprechen fiel ihr schwer.

»Weißt du, es ist eine Sache, sich mit fremden Federn zu schmücken, eine andere, dass ich auf die Idee kommen könnte, dass nichts, was du gesagt hast, wahr sein könnte. Warum bist du hier, Artjom?«

»Das weißt du doch: Ich wollte dich kennenlernen.«

»Warum wirklich?«

Artjom stutzte: »Was meinst du?«

»Lene wollte nicht, dass du hierherkommst. Sie war strikt dagegen!«

Artjom sah wieder überrascht aus, dann strich er sich verlegen über die Jeans: »Sie war nicht begeistert, ja.«

»Sie hielt dich für einen Halunken, Artjom. Warum wohl?«

»Ich hab viele Fehler begangen in meinem Leben, aber ich habe mich geändert!«

Romy nickte und antwortete: »Das hast du Lene auch schon gesagt. Sie hat dir nicht geglaubt. Warum sollte ich dir glauben? Bisher hast du noch nicht sehr oft die Wahrheit gesagt!«

Artjom sah sie mit großen Augen an: »Ich habe dich sonst nicht angelogen, Romy. Ich schwöre es!«

Romy lächelte und antwortete: »Du schwörst!«

Es klang höhnisch.

»Alles, was ich dir sonst gesagt habe, ist wahr.«

»Warum wollte Lene nicht, dass du kommst?«

Artjoms Finger bewegten sich nervös, Daumen und Zeigefinger rieben hektisch gegeneinander.

Romy spießte ihn mit Blicken förmlich auf: »Warum, Artjom? Warum wollte Lene nicht, dass du kommst?«

»Sie hat mir nicht verziehen …«

Er hatte es sich förmlich abgepresst.

»Was hat sie dir nicht verziehen?«

»Das mit Ingrid. Sie hat es mir nicht verziehen.«

Romy atmete schwer: Worauf lief das gerade hinaus?

Nach einem Moment sagte Artjom: »Dass ich nicht da war, als sie starb. Dass ich nicht bei ihrer Beerdigung dabei war. Sie hat gesagt, dass Ingrid sich nichts sehnlicher gewünscht hätte, als dass ich sie noch einmal besuche. Dass es ihr letzter Wunsch gewesen sei.«

Romy schluckte, dann schrie sie: »Du bist ein Scheißkerl, Artjom! Das bist du!«

Er wagte kaum, sie anzusehen. Zum ersten Mal hatte sein Gesicht nichts Verschmitztes, strahlten seine Augen nicht blau und schelmisch. Er wirkte leblos, schwer geschlagen.

»Sie ist gestorben! Verstehst du das? Und dir war das scheißegal!«

Sie hatte auf den Tisch geschlagen und stand kurz davor, ihm ihre Kaffeetasse an den Kopf zu werfen.

»Du hast mir gesagt, wie sehr du sie geliebt hast! Und dann erfüllst du ihr nicht einmal ihren letzten Wunsch. Du mieses Schwein!«

»Es ist nicht so, wie du glaubst, Romy!«

»Oooh, was kommt jetzt, Artjom?! Hattest du keinen Ausgang? Durfte der kleine Soldat nicht aus der Kaserne? Oder warte! Du hast sicher noch für die Reise gespart! Nicht Artjom? Du hast brav gespart, damit du pünktlich da bist! Ist es so?!«

Seine Nase lief, er wischte sich mit dem Ärmel darüber.

»Ich hätte alles gegeben, um Ingrid noch einmal zu sehen, Romy. Alles!«

»LÜGNER!«

Er blickte auf, ganz grau, verheult.

»Ich saß im Gefängnis.«

Gerade eben hatte sie nicht übel Lust gehabt, sich wie eine Furie auf ihn zu stürzen, jetzt aber hielt sie inne. Dieser Mann, der vorgab, ihr Vater zu sein, war wie eine Matrjoschka: Kaum glaubte man zu wissen, was man vor sich sah, sprang auch schon die nächste Puppe heraus.

»Wie bitte?«

Artjom rieb wieder die Hände über die Jeans: »Damals war alles in Bewegung in Russland. Man konnte mit ein bisschen Glück ein Vermögen machen.«

Sie war völlig aus dem Konzept gebracht, wusste nicht, ob sie wütend sein sollte oder irgendwie beruhigt, dass es tatsächlich eine gute Erklärung für seine Abwesenheit gegeben hatte. Wenn auch eine, über die man kaum begeistert sein konnte.

»Was ist passiert?«, fragte sie konsterniert.

Artjom zuckte mit den Schultern: »Wir haben Lkws gestohlen und die Ladung verkauft. Container im Hafen. Später sogar einen ganzen Zug. Du musstest nur die richtigen Leute beteiligen, und dann konntest du haben, was du wolltest. Leider wurde einer der Beamten, die wir bestochen hatten, zu gierig. Er hat Waggons des Zuges umgeleitet und wollte dafür extra Geld. Aber die Typen, mit denen ich damals zusammenhing, gehörten nicht zu der Sorte Männer, mit denen man gut verhandeln konnte. Ob sie ihn wirklich umbringen oder ihm nur eine Lektion erteilen wollten … ich weiß es nicht. Ich war nicht dabei. Es gab eine Untersuchung. Sie kamen uns auf die Schliche. Wir sind alle ins Gefängnis gewandert.«

Romy starrte ihn an: »Wie lange?«

»Ich habe vier Jahre gesessen. Die anderen viel länger. Als ich entlassen wurde, war Ingrid schon tot. Und ich hatte nichts mehr.«

»Du hättest es Lene sagen können.«

Artjom lachte kurz auf – es klang nicht belustigt: »Lene? Die hielt mich immer für einen Halunken. Und ausgerechnet ihr sollte ich sagen, dass sie damit die ganze Zeit recht gehabt hatte? Dass ich Ingrids letzten Wunsch nicht erfüllen konnte, weil ich gesessen habe? Dass ich meine kleine Tochter sehen wollte, und sie Angst haben musste, ich würde dich vielleicht mit nach Russland nehmen? Nein, ich habe ihr nichts gesagt.«

Eine Weile schwieg Romy.

»Weißt du eigentlich, wie schwer es ist, dir zu vertrauen?«, fragte sie.

Artjom nickte: »Darum wollte ich dir auch noch nichts über meine Vergangenheit erzählen. Ich bin nicht gerade stolz drauf. Und ich dachte, wenn wir uns ein bisschen besser kennenlernen, käme vielleicht ein günstiger Zeitpunkt, dir alles zu sagen.«

»Dafür gibt es keinen günstigen Zeitpunkt, Artjom.«

»Vielleicht. Aber ich habe Angst, dass du mich wegschickst. Ich habe so viel falsch gemacht, es wird Zeit, dass ich auch mal was richtig mache.«

»Und du hast diesen Mann nicht umgebracht?«, fragte Romy.

»Gott, nein, Romy! Ich hatte damit nichts zu tun! Du musst mir glauben! Bitte!«

Sie suchte in seinem Gesicht nach Anzeichen für eine Lüge, aber er schien wirklich aufrichtig zu sein. Von Schauspielerei verstand sie etwas, oder Artjom war besser als jeder Darsteller, den sie je getroffen oder eher: der je existiert hatte. Und doch blieb Unbehagen.

»Ich werde drüber nachdenken«, sagte sie und erhob sich langsam.

Artjom folgte ihr bis zur Tür.

»Schick mich nicht weg, Romy! Du bist alles, was ich noch habe.«

Sie nickte schwach: »Geh jetzt.«

Er verließ ihr Haus.
Die Tür fiel leise ins Schloss.

39.

Da war der schöne Blumenstrauß, der ihr Zimmer mit Farbe und Duft erfüllt hatte. Orangegelbe, rote und schwarzrote Rosen, gelbe Gerbera, leuchtend rote Stirlingia Latifolia standen vor dem Fenster und hatten im Sonnenlicht gefunkelt, strotzend vor Leben. Ein Triumph der Kraft, Schönheit und Jugend. Alle hatten diesen Blütenzauber bewundert, sich förmlich vor seinem Stolz verbeugt. Nichts konnte dieser Pracht etwas anhaben, nicht einmal die Zeit, die klein und schmutzig vor ihr auf dem Boden gelegen hatte.

Aber dann hatte es nachgelassen.

Zunächst nur ein bisschen, dann jeden Tag rascher, und jetzt war es jede einzelne Blüte, die ihren Kopf senken musste, besiegt von dem schmutzigen kleinen Ding, das eben noch zu ihren Füßen gekrochen war und ihnen jetzt langsam die Luft abdrückte. Das Leben schwand in ihren eisernen Fäusten, es gab keine Rettung. Sie waren weder unverwundbar noch unbesiegbar noch unsterblich. Und sie würden genügend Zeit haben, ihren Hochmut zu bereuen.

Seit einigen Tagen konnte sie das Bett nicht mehr verlassen. Eine Chemotherapie hatte keinen Erfolg gebracht, und irgendwann hatte man ihr schonend eröffnet, dass man nichts mehr für sie tun konnte, als ihre Schmerzen zu lindern. Sie hatte genickt und gebeten, nach Hause entlassen zu werden.

Auf dem Hof hatten sie Normalität geprobt.

Sie hatte mit Romy gespielt in der wenigen Zeit, in der sie nicht schlief, weil die Schmerzmittel sie regelrecht betäubten. Lene kümmerte sich um den Rest und schaffte es, genauso wie sie selbst, vor dem Mädchen nicht zu weinen. Nur abends, wenn Romy in ihrem Bettchen lag, saßen sie zusammen und besprachen, was zu tun war, wenn das Unvermeidliche eintreffen würde. Sie hätte sich gewünscht, Artjom noch einmal zu sehen, aber Lene hatte ihn nicht erreicht. Er war wie vom Erdboden verschluckt, und so blieben ihr nur die Erinnerungen an die Zeiten, in denen sie einmal glücklich gewesen waren.

Der Kindergarten hatte wieder geöffnet, Romy sprach schon seit Tagen von nichts anderem mehr, als ihre Freundinnen wieder zu treffen, um sich wechselseitig von all ihren Sommererlebnissen zu berichten. Sie hätte sie gerne den ganzen Tag um sich gehabt, aber was wären das für Tage für den kleinen Wildfang gewesen? Sitzend, am Bett einer Sterbenden?

Schon am ersten Tag war sie nach Hause gestürmt und hatte mit leuchtenden Augen verkündet, dass der ganze Kindergarten am Wochenende ein Fest veranstalten würde, auf dem sie und einige ihrer Freundinnen sogar ein Lied vortragen sollten. Sie hatte Romy daraufhin in jeder freien Minute irgendwo im Haus singen hören, und ihre Stimme hatte sich selbst in ihre unruhigen Träume geschlichen und sie zum Lächeln gebracht.

Am Tag, an dem sie starb, schreckte sie am Morgen hoch, denn sie war auf einem Auge blind geworden. Schmerzen hatte sie keine mehr, aber Angst. Wie würde es sein, nicht mehr zu atmen? Was würde mit ihr geschehen, wenn ihr Herz nicht mehr schlug? Die Geräusche verstummten? Das Licht erlosch? Was wartete in den ewigen Schatten, deren Kühle sie bereits spüren konnte?

Sie rief Romy zu sich und nahm ihre Hand: »Mein Täubchen, kannst du mir einen Gefallen tun?«

»Klar! Welchen denn, Mama?«

»Bleibst du bei mir?«

»Den ganzen Tag?« Romys Gesicht verriet Empörung: »Aber heute ist doch mein Auftritt!«

»Ich weiß, aber wenn du hier bist, geht es mir besser.«

Sie schwieg einen Moment.

Dann schlug sie vor: »Ich könnte doch nur kurz zum Fest gehen. Und dann wiederkommen.«

»Ich fände es schön, wenn du hierbleiben würdest.«

»Das geht doch ganz schnell!«

»Tu mir doch den Gefallen.«

»Aber warum darf ich denn nicht zu dem Fest? Alle Kinder gehen zu dem Fest!«

»Es kommen noch viele Feste, Romy. Es wäre so wichtig für mich.«

»Aber ich habe meine Freundinnen den ganzen Sommer nicht gesehen!«

»Es kommen noch viele Sommer für dich, mein Täubchen.«

Sie konnte sehen, wie sich Romys Augen mit Tränen füllten.

»Ich will aber zu dem Fest!«

»Bleib ein bisschen bei mir, ja?«

»Nein!«

»Bitte!«

Sie stampfte auf den Boden: »Du bist gemein!«

Dann lief sie fort und ließ die Zimmertür krachend ins Schloss fallen. Es tat weh, aber sie konnte es ihr nicht einmal verübeln. Das war der Preis dafür, dass sie nichts wusste.

Romy indes war nach draußen gelaufen und hatte Schutz in der Scheune gesucht. Hier im Halbdunkel, zwischen all den Gerätschaften und dem Kram der vergangenen Jahrzehnte hatte sie vor Enttäuschung geweint, aber irgendwann auch angefangen, mit den Dingen, die dort herumstanden, zu spielen. So selbstvergessen, dass sie sogar das Kindergartenfest verdrängte und auf den alten Trecker geklettert war, in der Hoffnung, ihn irgendwie starten zu können.

Schließlich hatte sie die Scheune verlassen, immer noch betrübt über das verpasste Kinderfest, das Lied summend, das sie eigentlich hatte vortragen wollen. Sie bog auf den Hof und sah Onkel Theo auf den Stufen vor der Haustüre sitzen, herzzerreißend weinend. Sein ganzer Oberkörper zuckte und bebte, das Gesicht hatte er zwischen seinen Armen versteckt, die er auf den Oberschenkeln abstützte. Instinktiv suchte sie Deckung, damit er sie nicht sah.

Da wurde ihr zum ersten Mal wirklich klar, dass etwas nicht stimmte. Dass Mama krank war, wusste sie, dass sie im Krankenhaus gelegen hatte, auch, aber sie war davon ausgegangen, dass sie sich irgendwann wieder erholen würde. Doch jetzt fühlte sie, dass nichts mehr gut werden würde. So weinte nur jemand, der alle Hoffnung verloren hatte.

Sie nahm allen Mut zusammen und verließ ihr Versteck, trat lauter auf als nötig und machte so auf sich aufmerksam. Theo blickte auf und wischte sich erschrocken über das Gesicht. Dann wandte er sich schnell von ihr ab und eilte davon, ohne ein Wort. Romy betrat das Haus und lief in das Zimmer ihrer Mutter.

»Mama?«, fragte sie leise in das Halbdunkel.

Oma Lene saß an ihrem Bett.

Mama lag ganz still da.

Nichts rührte sich.

»Mein Täubchen«, sagte ihre Mutter schwach und machte eine Geste, sich zu ihr ans Bett zu setzen. Oma Lene hingegen stand auf und verließ das Zimmer leise.

»Tut mir leid, dass ich eben so böse war.«

»Das macht doch nichts, mein Täubchen.«

»Und es ist auch nicht so schlimm, dass ich nicht auf dem Fest bin.«

»Das freut mich.«

Sie griff nach der Hand ihrer Mutter und sagte: »Soll ich dir ein Bild malen?«

Sie lächelte schwach: »Sehr gerne.«

Romy war sofort Feuer und Flamme: »Ich male dir ein ganz Tolles! Das beste Bild aller Zeiten!«

»Ich freue mich schon drauf!«

Romy rutschte vom Bett, lief zur Tür, drehte sich noch mal um: »Du wartest aber hier, oder?«

»Ja, natürlich.«

»Und du gehst bestimmt nicht weg?«

»Nein, ich geh nicht weg.«

»Bestimmt?«

»Ganz bestimmt, mein Täubchen!«

Romy grinste, dann sprang sie in den Flur und rannte in ihr Zimmer. Suchte ihre Buntstifte heraus und begann, das beste Bild aller Zeiten zu malen. Dafür brauchte es Zeit und Genauigkeit, und Romy nahm sich vor, nicht eher aufzugeben, bis sie mit jedem Detail zufrieden war. Die ersten beiden Versuche zerriss sie unzufrieden, dann zeichnete sie erst alles ganz genau vor und schmückte es aus.

Zum Schluss bestrich sie Alufolie mit dem *Action Effekt Mascara mit Gold- und Silberflitter* ihrer Mutter und stanzte mit einem Locher kleine Glitzerkreise aus. Perfekt! Genau so, wie sie es hatte haben wollen! Es hatte lange gedauert, aber es hatte sich gelohnt. Sie fand, es war das beste Pferdebild aller Zeiten.

Sie lief zurück zum Zimmer ihrer Mutter und fand es verschlossen vor.

Sie klopfte, aber niemand antwortete.

Sie lief nach unten in die Küche.

Lene hatte Kaffee gemacht und saß in sich zusammengefallen am Küchentisch. Den Kaffee hatte sie nicht angerührt, starrte nur auf die Tischdecke. Ihre Augen waren rot unterlaufen, die Hände zitterten leicht. Trotzdem versuchte sie ein ermutigendes Lächeln, als Romy mit ihrem Bild eintrat.

»Wo ist Mama?«, fragte sie.

Lene zögerte mit der Antwort und brachte dann nur ein Krächzen heraus: »Weg …«

»Weg? Wohin denn?«

Lene schwieg.

»Aber sie hat gesagt, sie wartet auf mich!«, beharrte Romy.

»Tut mir leid, mein Täubchen.«

»Und wann kommt sie wieder?«

Lene hatte keine Antwort.

Nur Tränen.

Sie sah ihre Mutter nie wieder.

Romy erinnerte sich noch, dass es nach ihrem Tod ganz still im Haus gewesen war. Kein Radio, kein Fernseher, kein Besuch. Sie hatte den Abend auf ihrem Zimmer verbracht und nur einmal Geräusche gehört, Schritte auf der Treppe. Anschließend hatte sie aus dem Fenster ein großes schwarzes Auto vom Hof fahren sehen. Sonst nichts.

Am Morgen darauf hatte sie Onkel Anton besucht. Auch Onkel Bertram und alle anderen aus dem Dorf. Sie hatten freundlich mit ihr geredet, Onkel Bertram sogar ein paar Witzchen versucht, aber so richtig gelacht hatte niemand. Wann sie das erste Mal wirklich begriffen hatte, was passiert war, wusste Romy nicht. Vermutlich bei der Beerdigung, als sie das erste Mal den Sarg sah.

Später, als alle ins *Muschebubu* gegangen waren, um noch etwas zu essen und zu trinken, hatte sich Romy davongeschlichen. Hatte in der Scheune nach einer alten Kiste mit einem Schloss geschaut, die sie beim Spielen zuvor dort entdeckt hatte. Sie hatte ihr Bild genommen, alles in eine große

Plastiktüte gepackt und war zu ihrem geheimen Versteck gelaufen. Hatte vor dem Baum gestanden, das goldene Herz befühlt, dass jetzt ein wenig braun geworden war, und leise gesagt: »Hallo, Mama! Bist du da? Hier ist Romy!«

Geantwortet hatten nur die Vögel.

Und der Wind, der die Wipfel rauschen ließ.

Sie hatte eine kleine Schaufel mitgebracht und begonnen, ein großes Loch zu graben. Mühselig war es, aber schließlich war es tief genug für die Kiste, die sie versenkte und mit Erde bedeckte.

»Das ist dein Bild, Mama. Wenn du vorbeikommst, dann schau es dir doch mal an. Und wenn es dir nicht gefällt, mal ich dir noch eines, ja?«

Romy erinnerte sich, dass sie immer mal wieder zu dem Baum gegangen war, um mit ihrer Mutter zu sprechen. Und nachzusehen, ob sie ihr Bild ausgegraben hatte. Irgendwann hatte sie damit aufgehört.

Sie hatte gesagt, dass sie nicht weggehen würde.

Sie hatte gesagt, dass sie immer bei ihr sein würde.

Sie hatte gesagt, dass sie ihr alles erzählen konnte, und sie würde ihr zuhören.

Alles Lüge.

Sie würde das goldene Herz vergessen.

Und alles andere auch.

40.

Als hätte man ihr einen frisch geschienten, just angewachsenen Knochen an derselben Stelle noch einmal gebrochen. Der Schmerz war so überwältigend, die Erinnerung so heftig, dass sie sich hatte übergeben müssen.

Jetzt lag sie wie gelähmt auf ihrem Bett und versuchte, die Bilder aus jener Zeit fortzuscheuchen. War sie deswegen Schauspielerin geworden? Nicht nur einer Veranlagung wegen, sondern weil sie in Wirklichkeit jemand anderes sein wollte? Ein anderer Mensch mit anderen Erinnerungen? Oder weil sie gerne log? Logen Schauspieler denn nicht ständig, indem sie vorgaben, jemand anderes zu sein? Und je besser ihnen das gelang, je aufrichtiger sie in ihrer Lüge versanken, desto mehr wurden sie dafür bewundert.

Was würde sein, wenn die Alten von Großzerlitsch eines Tages nicht mehr sein würden? Und dieser Tag würde kommen, denn sie würden einer nach dem anderen vor ihren Augen verschwinden, so wie die, die ihr am nächsten standen, die das Fundament ihres Seins gegossen hatten, vor ihren Augen verschwunden waren: Mama. Lene. Artjom. Wenn er auch als Einziger den Weg aus den Schatten zu ihr zurückgefunden hatte. Und vielleicht wieder dahin zurückkehren würde.

Was würde sein, wenn sie alle nicht mehr wären?

Worauf sollte sie dann etwas errichten? Sie fühlte nichts in sich, das stabil genug war, um darauf etwas so Schweres wie Vertrauen zu setzen. Weder in andere noch in sich selbst. Zweifel zogen wie Risse durch den Grundstein und konnten früher oder später alles zum Einsturz bringen.

Aber bedeutete dies gleichsam, dass es immer so bleiben musste? Dass es keine Möglichkeiten gab, das Schicksal zu korrigieren? Konnte man nicht auch mit schlechteren Karten ein Spiel gewinnen, da man gelernt hatte, ein besserer Spieler zu sein?

Noch viele solcher Fragen segelten wie Schneeflocken auf ihr Gesicht. Sie spürte sie kalt auf ihrer Haut, sie schmolzen, bildeten schmale Rinnsale, die in kleine schimmernde Pfützen der Ratlosigkeit mündeten. Irgendwann schlief sie vor Erschöpfung ein.

Als sie erwachte, war es Morgen.

Sie fühlte sich überraschend erfrischt und unternehmungslustig. So schmerzhaft die Konfrontation mit ihrer frühen Jugend gewesen war, so frei fühlte sie sich jetzt. Gut möglich, dass sie niemals Vertrauen in sich selbst finden würde, dass es ihr niemals gelingen würde, ohne Angst auf jemanden zu bauen, aber eines würde sie schaffen: das Theater. Sie würde es bauen. Und niemand würde sie davon abhalten.

Dachte sie zumindest.

Und die folgenden beiden Wochen liefen diesbezüglich auch ausnehmend gut. Artjom erschien jeden Tag auf der Baustelle und bot seine Hilfe an, die Romy gerne annahm. Es ergab sich keine Gelegenheit, über das zu sprechen, was zwischen ihnen stand, auch wenn Romy wusste, dass sie sich in diesem Punkt nur selbst belog. Es hätte genügend Gelegenheiten gegeben, allein, sie ließ sie alle absichtlich verstreichen. Was hätte noch gesagt, welche Versprechungen noch gemacht werden können? Auf schönen Worten errichtete man kein Haus. Romy fand, es war Zeit, Taten sprechen zu lassen. Artjom schien das zu begreifen. Er hielt sich in ihrer Nähe auf, arbeitete und stellte darüber hinaus weder Forderungen, noch bedrängte er sie auf die eine oder andere Weise.

Die horizontalen Balken konnten mit einiger Mühe gesetzt und verankert werden. Ihnen folgte zunächst ein provisorischer Boden, der auch die gesamte Mitte der Scheune überspannte und somit eine Decke einzog, wo vorher keine war. Statt in die ramponierte Überdachung zu blicken, sah man jetzt gegen Eichendielen, die von schlanken Deckenstützen abgesichert wurden.

Endlich konnte Bertram mit der Sparrendämmung beginnen. Sie schafften Glaswolle, Dachlatten und Rigips in den oberen Stock und stießen auf ein weiteres Problem. Weniger die Löcher, die im Dach klafften, sondern die vielen Pfannen, die abgebrochen oder gerissen waren. Bertram schaute sich die Schäden an und rief Romy zu sich.

»Das ist nicht wenig, Romy. Eigentlich müssten wir komplett neu decken.«

Sie schüttelte den Kopf: »Können wir uns nicht leisten, Bertram.«

»Dachte ich mir schon.«

»Können wir die Löcher nicht einfach mit Plane schließen und dann dämmen?«

»Nein, mein Täubchen. Bei Regen und Schnee würde Wasser eindringen. Du hättest sofort Schimmel.«

Emil war hinzugekommen und sah sich das Dach an.

»Ich könnte versuchen, gebrauchte Dachziegel zu organisieren.«

Romy umarmte ihn: »Ach, Emil, ohne dich hätten wir keine Chance.«

Er lächelte geschmeichelt. Im Augenwinkel konnte sie sehen, dass Artjom das Gesicht verzog. Es gefiel ihm nicht, dass sie Emil lobte, ihn dagegen kaum. Aber er schwieg. Romy nahm es als ein gutes Zeichen und bemerkte nicht, dass sie mit ihrem Verhalten die Konkurrenz der beiden nur befeuerte.

Emil kehrte drei Tage später mit Dachziegeln zurück. In allen erdenklichen Farben: Indischrot, Korallrot, Teakbraun, Kristallschwarz, Kobaltschwarz, Shintograu, Waldgrün, Atlantikblau, Lemongelb, Dunkelbraun, rustikal Toscana, Anthrazit und Steingrau. Von einigen Farben nur ein paar Dutzend, von anderen ein paar Quadratmeter. Es schien, als wäre er mit seinem Supermarktbomber halb Tschechien abgefahren, um seine Kunden zu befragen, ob sie im Keller noch Dachziegel ihrer Häuser übrig hätten. Ganz offensichtlich mit Erfolg.

Bertram war von der Qualität ganz angetan, von der bunten Vielfalt weniger. Er legte alle Dachpfannen nebeneinander und zeigte sie Romy: »Das Dach wird aussehen wie die Häkelmütze eines Hippies!«

»Das könnte doch ganz lustig wirken, meinst du nicht?«, fragte Romy zurück.

»Nur wenn du ein Kasperletheater willst.«

»Und jetzt?«, fragte Romy ratlos.

»Ich weiß es nicht. Es gibt ja bloß zwei Möglichkeiten: alles neu oder Pippi Langstrumpf.«

»Und wenn wir die Pfannen anmalen?«

»Wie bitte?«

»Na, wenn wir die Dachpfannen alle runterholen und sie in der gleichen Farbe anmalen.«

Bertram blickte auf das Dach der Scheune: »Rein theoretisch ginge das …«

»Wenn alle Großzerlitscher anpacken, müssten wir das doch schaffen, oder?«

Bertram dachte nach, dann sagte er: »In Ordnung. Wir brauchen einen Hochdruckreiniger, Haftgrund, Beschichtungsfarbe, viele Farbroller und einen Aufzug für die Dachziegel. Und Bella darf nicht kochen. Außer für Karl.«

»Kannst du das besorgen?«, fragte Romy.

»Ja, welche Farbe willst du für das Dach?«

Romy dachte einen Moment und sagte dann: »Rot. Ein knallrotes Dach!«

Bertram nickte: »Eine gute Wahl!«

Nur einen Tag später standen die Großzerlitscher, auch Theo, vor dem Scheunentor artig in einer Schlange, während Bertram, Emil und Artjom auf dem Dach den Lastenaufzug befüllten und ihn anschließend nach unten schickten. Dort nahm sich jeder so viele Ziegel, wie er tragen konnte, reihte sie auf der Wiese auf, wo Romy bereits mit dem Hochdruckreiniger wartete und alle Pfannen säuberte. Theos Mutter hatte ein paar Extraziegel bekommen, die sie nach Lust und Laune mit Farbe bemalen konnte. Was sie so ausgiebig tat, dass Romy versucht war, sie am Abend ebenfalls mit dem Hochdruckreiniger zu säubern.

Da für die ganze Woche stabiles Wetter angekündigt war, ließen sie die Dachziegel über Nacht trocknen. Mittlerweile hatten Bertram, Artjom und Emil das Dach komplett abgedeckt, alle beschädigten Ziegel aussortiert und sie in einem bestellten Container entsorgt. Romy reinigte alles, was ihr vor die Spritzdüse gelegt wurde, und bereits am nächsten Tag konnte in Schüben Haftgrund und knallrote Beschichtungsfarbe aufgerollt werden.

In nur zwei Tagen waren alle Dachpfannen umgefärbt. Bertram, Artjom und Emil deckten das Dach neu ein, und da auch an diesem Tag die Sonne schien, glaubte Romy, dass ihr wunderbar leuchtendes Dach bis an die Wolken strahlte und sich die Kleinzerlitscher möglicherweise fragten, ob Großzerlitsch gerade in Flammen aufging.

Das war ein herrliches Dach, das der Welt verkündete, dass hier ein ganz besonderes Theater entstand. Schon im Taleingang sah man es leuchten, niemand konnte es verfehlen.

Was auch für den Mann vom Amt galt.

Dem fiel es leider auch auf.

41.

Und dabei hatte er noch Glück, dass er es überlebte. Oder besser gesagt ohne Verletzung überstand, denn der Mann vom Amt neigte zum Pathos und auch ein bisschen zum Größenwahn. So gesehen verlief sein erster Kontakt mit den Großzerlitschern nicht sehr glücklich, was seine ohnehin schon schlechte Laune eine lange, dunkle Kellertreppe herunterstürzen ließ.

Dabei hatte es lediglich ein erstes neues Fenster geben sollen.

Im Innern der Scheune war es durch das *neue* Dach ziemlich dunkel geworden, sodass ein paar Fenster unumgänglich geworden waren. Jedenfalls hatten Artjom und Emil gleich über dem windschiefen Eingangstor ein Viereck in das Fachwerk gesägt und dann von innen dagegen gedrückt, sodass es im Ganzen aus der Wand gekippt war, direkt vor die Füße des Mannes vom Amt, der zunächst geschockt, dann furchtbar wütend hinaufschaute zu den beiden, natürlich erst, nachdem sich die Staubwolke gelegt und er aufgehört hatte zu husten.

»Wer ist hier der Bauherr?«, kreischte er und hustete eine kleine Dreckwolke aus. Vor seinen Füßen lag das herausgebrochene Viereck der Wand wie ein zerbrochener Spiegel.

Romy hatte Bertram beim Positionieren der Glaswolle in die Sparren des Daches geholfen und stieg jetzt zusammen mit ihm die Leiter hinab, hinaus ins Freie. Vor ihr stand der mit einer feinen Staubschicht bedeckte Leiter des Kleinzerlitscher Bauamtes, der wütend versuchte, seine Brillengläser frei zu pusten.

»Ihre Baugenehmigung, bitte!«, blaffte er.

Romy sah von Bertram hinauf zu Artjom und Emil.

Dann antwortete sie: »Welche Baugenehmigung?«

»Sie bauen, also brauchen Sie eine Genehmigung.«

»Aber ich baue doch nur um.«

»Das ist egal.«

»Auf meinem Grundstück.«

»Das hoffe ich doch. Wenn Sie das nämlich auf einem fremden oder gar städtischen Grundstück machen würden, stünde jetzt noch ein Anwalt neben mir. Also, was ist jetzt? Haben Sie eine Baugenehmigung?«

»Nein.«

Er setzte seine Brille wieder auf und straffte sich: »Ich weiß, dass Sie keine Genehmigung haben!«

Romy runzelte die Stirn: »Warum fragen Sie dann danach?«

Dies brachte ihn kurz aus dem Konzept: »Weil … das … Egal. Mir ist zur Kenntnis gebracht worden, dass Sie hier bauen. Darf ich fragen, was das hier werden soll?«

»Ein Theater.«

»Wie bitte?«

»Ein Theater. Ein elisabethanisches Theater.«

Der Mann vom Amt starrte sie an: »Das ist nicht Ihr Ernst!«

»Doch. Warum?«

Er zückte aus seiner Aktentasche ein Klemmbrett mit Papier und begann, Notizen zu machen: »Sie brauchen schon für einen Carport eine Baugenehmigung. Und dann bauen Sie ein elisabethanisches Theater und sind der Meinung, dass das Ihr Privatvergnügen ist?«

»Na ja …«, begann Romy.

»Das war eine rein rhetorische Frage«, unterbrach sie der Mann vom Amt. »Also, dann: Gehen wir es mal durch. Gibt es eine Bauzeichnung?«

»Ja.«

»Wo ist sie?«

»Nicht hier.«

Er seufzte genervt, als würde er mit einem Kind sprechen: »Dann holen Sie sie!«

Romy schickte nach Karl, der wenige Minuten später mit der Bauzeichnung zur Scheune kam.

Dem Mann vom Amt langte ein Blick.

»Dacht ich's mir schon. Nicht unterzeichnet!«

»Was meinen Sie?«, fragte Romy.

»Um überhaupt genehmigungsfähig zu sein, muss es von jemandem unterzeichnet sein, der vorlageberechtigt ist. Wer vorlageberechtigt ist, regelt § 65 der SächsBO.«

Karl beugte sich zu Romy herab und nuschelte ihr etwas ins Ohr.

Romy seufzte: »Ja, ich weiß, dass du das gesagt hast …«

»Kommen Sie mit!«, befahl der Mann vom Amt.

Und dann schlug seine Stunde.

Ob Theater seine Spezialität war, ließ sich nicht sagen, die SächsBO hingegen war es in jedem Fall. Er kannte nicht nur alle Paragraphen der Sächsischen Bauordnung, sondern hatte auch keine Skrupel, sie einzusetzen. Beginnend mit den Paragraphen 11, 12, 13, 14, 15 und 16 zur allgemeinen Bauausführung wie Standsicherheit, Brandschutz oder Verkehrssicherheit. Bei den Paragraphen 26, 27, 28, 29, 30, 31 und 32 lief er zu großer Form auf, denn was Wände, Brandwände, Decken und Dächer betraf, schoss er im Schnellfeuermodus Paragraphen, Absätze und die jeweiligen Unterpunkte heraus. Auch die Paragraphen 40, 41, 42, 43, 44, 45 und 46 gerieten zu einem wahren Schlachtfest, denn Leitungsanlagen, Lüftungsanlagen, Feuerungsanlagen, sanitäre Anlagen oder Blitzschutzanlagen hatten schon bei einer hohen Gebäudeklasse hohen Stellenwert, bei einer hohen Gebäudeklasse, die obendrein ein Sonderbau war – und Theater, auch elisabethanische, waren ohne jeden Zweifel Sonderbauten –, stellten sie das Alpha und Omega der baulichen Liturgie dar. Und wie zum Beweis überreichte er Romy ein Merkblatt zum Thema Sonderbauten, in dem sie auch alle 23 Unterpunkte des § 51 fand, der ebendiese regelte.

Zum Nachtisch servierte er mit den Paragraphen 63 bis 77 allgemeine und gesonderte Belehrungen zum Genehmigungsverfahren. Das schien ihn selbst so zu erschöpfen, dass er von den übrigen Paragraphen nur noch § 87 behandelte: Ordnungswidrigkeiten. Romy verstand schlussendlich nur, dass so ziemlich alles, was eine Ordnungswidrigkeit war, mit bis zu fünfhunderttausend Euro bestraft werden konnte.

Aber möglicherweise hätte das alles noch glimpflich ausgehen können, wenn man dem Mann vom Amt – trotz des miesen Starts – nur den nötigen Respekt entgegengebracht hätte. Vielleicht eine kleine Geste der Unterwerfung, ein winziges Zeichen von Demut vor jemandem, der immerhin den Staat repräsentierte. Eine reumütige Schmeichelei, glaubhaft präsentiert, oder wenigstens das Zugeständnis, dass hier jemand nur seine Pflicht tat, in einem Job, der nun wirklich schwer genug war.

Stattdessen: Bertram.

Schweigend war er mitgelaufen und hatte sich das großspurige Gemecker des Mannes vom Amt angehört, die übertriebenen Gesten hingenommen, mit denen er sein Entsetzen vor den Umbauten unterstrichen hatte, bis sie wieder vor der Scheunentür gelandet waren und er zum großen Finale verkündete: »Hiermit stoppe ich den Umbau! Die Arbeit hat zu ruhen, bis alle erforderlichen Genehmigungen und Nachweise zur Prüfung bei mir eintreffen! Sollten Sie in der Zwischenzeit weiterbauen, riskieren Sie eine Ordnungsstrafe und möglicherweise einen Teilabriss der illegal errichteten Gewerke. Haben Sie das verstanden?«

Romy nickte.

Er zückte seine Visitenkarte: »Rufen Sie mich an, und vereinbaren Sie mit meiner Sekretärin einen Termin, wenn Sie so weit sind!«

Als Romy die Visitenkarte entgegennehmen wollte, schnappte Bertram sie sich und las den Namen: *Wagner, Referat für Stadtordnung und Bauleitung. Amtsleiter.*

»Hermann Wagner? Hermann-Josef Wagners Sohn?«

»Sie kennen meinen Vater?«

»Aber natürlich! Jeder kennt Ihren Vater!«

»Freut mich!«, antwortete Wagner. »Er war selbst Leiter der Kleinzerlitscher Verwaltung.«

»Ja, und berühmt war der!«, rief Bertram.

»Tatsächlich?«, fragte Wagner interessiert.

Romy schluckte. Sie wusste nicht, worauf das hinauslief, aber Bertrams Brille rutschte schon wieder verdächtig.

»Der Erfinder des Kleinzerlitscher Echo!«

»Das wusste ich gar nicht«, wunderte sich Wagner junior.

Bertram nickte munter: »Normalerweise gab's erst die Musik aus dem Politbüro, und dann kam das Echo. Bei Hermann-Josef gab's das Echo schon vor der Musik.«

»Wovon zum Teufel …?!«

»Er war die größte Blockflöte Sachsens!«

»Was erlauben Sie sich!«, schrie Wagner junior.

»Ähm, Bertram …«, wand Romy ein.

»Und Sie scheinen sein Talent geerbt zu haben. So eine schöne Stimme! Bei Ihnen im Amt wird bestimmt viel gesungen, was?«, grinste Bertram.

»Das werden Sie bereuen!«, tobte Wagner.

»Ach, wissen Sie, in meinem Alter bereut man dauernd was. Da gewöhnt man sich dran!«

Wagner schien noch etwas sagen zu wollen, drehte sich dann aber abrupt um und stapfte davon. Bertram sah ihm immer noch grinsend nach: »Der war gut mit dem Echo, nicht Romy? Ist mir gerade so eingefallen!«

Ihre Blicke glichen spitzen kleinen Nadeln, die gerade eine Voodoo-Puppe durchbohrten.

»Was denn? Nicht gut?«

»Spinnst du, Bertram!«, zischte Romy.

Der winkte ab: »Ach, komm, der beruhigt sich schon wieder. Jetzt machen wir erst mal das Dach fertig!«

42.

Ob ihm Anweisungen eines Amtes im Allgemeinen oder nur Anweisungen vom Sohn einer Blockflöte im Besonderen völlig gleichgültig waren, konnte Romy schwer einschätzen, jedenfalls ließ sich Bertram wenig einschüchtern und arbeitete den ganzen Tag weiter an der Dämmung des Daches. Nach einer kurzen Debatte ließ sich Romy von Artjom und Emil überzeugen, dass eine Dachdämmung bestimmt keine Genehmigung brauchte, daher trieben sie zu viert die Arbeiten voran und schafften es immerhin, die Glaswolle fachgerecht einzufügen und eine Dampfsperre darüber zu befestigen. Jetzt fehlten eigentlich nur die Rigipsplatten und der abschließende Putz, und das Dach wäre tatsächlich fertig. Und ihre Arbeit vorerst beendet. Und wütend, wie Herr Wagner vom Amt war: für immer beendet.

Ein Thema, das im *Muschebubu* am selbigen Abend seine Fortsetzung fand, denn selbstredend hatte sich Bertrams Auftritt in Windeseile herumgesprochen und war jetzt Gegenstand einer lebhaften Diskussion. Die meisten stimmten Bertram zwar in seiner Blockflöten-Einschätzung zu – alle kannten Herrn Wagners Vater und hatten früher oft heimlich über ihn gespottet –, aber sie schimpften auch mit Bertram, da sein, gelinde gesagt, undiplomatisches Auftreten Romy in eine unmögliche Lage gebracht hatte.

Nur Theo schien zu Bertram zu halten: »Der Vater war ein Idiot. Der Sohn ist ein Idiot. Und du bist auch einer, aber wenigstens sympathisch. Hier, dein Bier.«

»Das ist nicht witzig!«, mahnte Anton. »Er ist der Leiter der Baubehörde. Wenn er sich stur stellt, ist es vorbei mit dem Theater!«

»Der hat auch Vorgesetzte«, hielt Theo dagegen.

»Ja, irgendwo vielleicht. Aber glaubst du wirklich, die pfeifen den zurück wegen eines Haufens verrückter Alter, die ein Theater bauen wollen?«

Bertram trank einen großen Schluck Bier und winkte dann ab: »Der beruhigt sich schon wieder. Werdet sehen!«

Romy schüttelte den Kopf: »So wie der rumgegockelt ist? Nein, Bertram, der genießt, dass er uns in der Hand hat!«

Hilde sagte: »Sein Vater war auch so einer! Alle mussten vor dem buckeln. Und wer es nicht gemacht hat, der bekam keinen Fuß mehr auf die Erde!«

»Und wo haben sie den feinen Herrn erwischt? Im Puff!«, warf Bertram ein.

Die Alten grinsten.

»Hat behauptet, dass er 'ne Razzia vorgenommen hat – allein.«

Das sorgte dann doch für allgemeine Heiterkeit. Auch Romy lachte mit: *Diese* Geschichte kannte sie noch nicht.

»Und weil es allen so peinlich war und sie es irgendwie umdeuten wollten, haben sie ihm dafür einen Orden verliehen. Das Abzeichen für *Vorbildliche Arbeit*. Ich hätte ihm ja die *Ehrennadel für Verdienste auf dem Gebiet der sozialistischen Heimatkunde* gegeben. Geglaubt hat es eh keiner.«

»Er hat's geglaubt!«, sagte Bertha.

Noch mehr Gelächter.

»Seine Karriere war trotzdem vorbei. Wisst ihr noch? Der wollte ganz nach oben, der Klotzkopf!«, rief Theo.

Bertram drehte sich zu den Großzerlitschern: »Wollen wir uns von so einem Trottel wirklich rumkommandieren lassen? Wir haben ganz andere Zeiten durchgestanden, Leute! Und ihr regt euch wegen so einem auf?«

»Kann ja sein, Bertram. Aber er kann Romy bestrafen, dass es nur so rauscht. Wir kommen nicht an dem vorbei«, wendete Bertha ein.

»Jetzt bauen wir erst einmal das Theater«, beharrte Bertram.

»Sei vernünftig, Bertram!«, mahnte Anton. »Selbst wenn wir es fertigstellen, kann er es wieder abreißen lassen.«

»Du musst dich bei ihm entschuldigen!«, forderte Bertha.

»Was?!«

»Sie hat recht«, stimmte Hilde überraschend bei, obwohl sie sonst schon aus Trotz anderer Meinung als Bertha war.

»Niemals!«

»Dann ist unser kleines Abenteuer vorbei!«, schloss Anton.

Stille.

Blicke wanderten vom einen zum anderen.

Und landeten schließlich alle bei: Bertram.

»Was?! Was seht ihr mich denn so an?«, fragte er gereizt.

Niemand antwortete.

Bertram stand unschlüssig da.

Wand sich zunehmend unter den tonnenschweren Vorwürfen.

Dann knallte er sein Glas auf den Tresen: »Bitte! Entschuldige ich mich eben bei ihm!« Nun sah er Romy an und fuchtelte mit dem Zeigefinger vor ihrer Nase: »Ich baue dieses Theater, mein Täubchen. Und so eine kleine Flöte hält mich nicht davon ab!«

Erhobenen Hauptes verließ er das *Muschebubu*. Und Romy dachte nur: Für jemanden, der sich bis vor kurzem noch von

Emil überfahren lassen wollte, steckt aber eine Menge Tatkraft ihn ihm. Überhaupt hatte in letzter Zeit keiner mehr versucht, sich selbst zu entleiben.

Sie bauten nicht nur ein Theater.

Sie bauten sich ein neues Leben.

43.

Das Kleinzerlitscher Bauamt war nicht gerade ein architektonisches Kleinod. Ein funktionaler Neubau mit einigen modernistischen Extravaganzen, die das ungeschulte Auge als potthässlich empfand. Herr Wagner hatte glücklicherweise das Amt selbst abgenommen, denn wenn die Öffentlichkeit darüber hätte bestimmen dürfen, wäre wohl Christo mit einer Komplettverhüllung beauftragt worden.

Als Bertram nun auf dem Parkplatz stand, erinnerte er sich lebhaft daran, wie sie früher Obrigkeiten wie Herrn Wagner vom Amt beschwichtigt hatten und aufpassen mussten, sich dabei nicht gleich zu übergeben. Oder anschließend die Stasi am Hals zu haben. Es war auf seltsame Art und Weise leichter, wenn man *wusste*, welche Möglichkeiten der Feind hatte und wie man sie unterlief. Man konnte dabei trotzdem kleine Siege feiern, ohne sich selbst in Gefahr zu bringen.

Wie jedoch verhielt man sich jemandem gegenüber, der einem nicht bedrohlich werden konnte, aber bei dem kleine Siege nicht weiterhalfen, sondern nur ein einzelner großer?

Wie sollte er nur beginnen?

Gleich vorne vor den Eingangsstufen stand Wagners Auto, selbstverständlich mit den Initialen des Besitzers auf dem Kennzeichen: KZE-HW-69. Und selbstverständlich wies ein kleines Schildchen den Parkplatz als den des Amtsleiters aus. Und hinten auf der Ablage: Klopapier. Unter einem

Häkelmützchen. Bertram seufzte: Das wurde ja immer schlimmer.

Im Eingang standen auf einem Schild die Zimmernummern und Namen der Bediensteten, und er fand den Wagners an oberster Stelle. Schweren Schrittes stieg er die Treppen hinauf und hatte eine Idee: Er würde Wagner sagen, er hätte gestern vergessen, seine Medikamente einzunehmen. Das könnte funktionieren! Er würde ihm sagen, dass er dann wie von Sinnen wäre und sich daher nicht erinnern konnte, was passiert war. Und dass es ihm jetzt aber wahnsinnig leidtun würde. Klang das plausibel? Bertram zuckte mit den Schultern: Das, was plausibel klang, hatte er schon gesagt. Und es war nicht besonders gut angekommen.

Er bog auf den Flur und hörte schon von weitem Wagners Stimme.

Tobend!

Ein einziger gewaltiger, cholerischer Anfall. Und je näher er kam, desto lauter wurde es. Wer auch immer dort gerade gefaltet wurde, man würde ihn unter der Tür durchschieben können, wenn Wagner mit ihm fertig war.

Plötzlich öffnete sich eine Tür, ein junger Bursche stolperte auf den Flur hinaus, verlor dabei seine Aktenpapiere, die allesamt auf den Boden segelten und von einer knallenden Tür noch einmal hochgewirbelt wurden. Dann wurde es endlich ruhig, und der Junge auf dem Flur begann, die verstreuten Papiere einzusammeln.

Bertram bückte sich zu ihm herab und half ihm.

»Wagner?«, fragte er ihn.

Der Junge nickte.

Er war vielleicht achtzehn oder neunzehn Jahre alt. Ordentlich gekleidet, Pickel im Gesicht und die Haare modisch rasiert und gescheitelt.

»Azubi?«, tippte Bertram.

»Ja.«

»Ist jetzt wohl kein guter Zeitpunkt, da reinzugehen?«, fragte er.

»Haben Sie einen Termin?«, fragte der Junge.

»Nein.«

»Dann hauen Sie lieber ab!«

Bertram überreichte ihm die gesammelten Papiere und fragte: »Ist der immer so?«

Der Junge seufzte: »Heute hat er sogar noch einen guten Tag!«

»Der ist wie sein Vater«, sagte Bertram und ließ sich von dem Jungen auf die Beine helfen. »Der war auch so ein Armleuchter!«

Der Junge kicherte, sah sich aber gleichzeitig um, ob es auch keiner mitbekommen hatte.

Bertram lächelte: »Hat dir eigentlich schon mal jemand erzählt, wie sein Vater zu einem Orden gekommen ist?«

Der Junge schüttelte den Kopf.

»Na, komm, ich geb dir 'ne Limo aus!«

Bertram tat dies nicht allein aus purer Menschenliebe – obwohl er schon das Gefühl hatte, den Jungen ein wenig trösten zu müssen –, sondern auch, weil er ahnte, dass er heute ganz sicher nichts erreichen würde, außer sich selbst zu demütigen. Vielleicht hatte der Junge ja eine Idee, wie man Wagner umgehen konnte. Irgendeinen bürokratischen Kniff. Allemal besser, als zu Kreuze zu kriechen.

Sie verließen das Bauamt, traten in ein naheliegendes Café ein, und Bertram erzählte ihm die Geschichte von dem Puff und der Razzia und dem Orden. Das munterte den Burschen sichtlich auf, grinsend sagte er: »Wie der Vater, so der Sohn!«

Bertram sah ihn aufmerksam an: »Wie meinst du das?«

Wieder blickte er um sich, ob ihn jemand beobachtete, dann beugte er sich zu Bertram rüber und flüsterte: »Ich hab mal gesehen, was der sich während der Dienstzeit im Internet angeschaut hat …«

Bertram zwinkerte unschuldig.

»Wirklich?«

»Ja.«

Pause.

Bertram fragte: »Was denn?«

Wieder dieses nervöse Umsichblicken, dann flüsterte er: »Er hat sich mal ein Computervirus eingefangen, und ich hab das für ihn erledigt, weil er das nicht der Haustechnik überlassen wollte. Als ich mir die Verläufe angesehen habe, war mir auch klar, wieso …«

Bertram beugte sich vor: »Und, wieso?«

»Poppen.de«

»Aha.«

Bertram verstand kein Wort.

»Das ist eine … äh … Pornoseite. Da sucht man sich Leute zum … ähm … Treffen.«

»Verstehe. Und da ist er drauf?«

»Ja, aber Sie müssen nicht glauben, dass er mir gedankt hat, dass ich ihm die interne Haustechnik erspart habe.«

Bertram nickte und dachte nach.

Dann sagte er: »Sag mal, Junge, kannst du mir zeigen, wie ich da reinkomme?«

44.

Bertram ließ sich nicht aufhalten, und Romy blieb nichts anderes übrig, als ihm zu assistieren. Er baute genauso beharrlich das gedämmte Dach mit Rigipsplatten aus, wie er alle Proteste Romys abwehrte, die ihn vor dem Mann im Amt warnten.

Ein paar Tage später war der Dachstuhl verkleidet – Bertram verklebte die Fugen mit Gewebeband und begann, die komplette Fläche zu verspachteln. Das war harte körperliche Arbeit, erst recht für einen Mann seines Alters, aber er klagte nicht, und vier Tage später war es tatsächlich so weit: Die Scheune war gedämmt, das Dach sah perfekt aus.

Romy und Artjom übernahmen den Anstrich. Mittlerweile hatte sich ihr Verhältnis beruhigt. Sie waren nett zueinander, plauderten über dies und das, vermieden allerdings tunlichst alle Themen mit emotionalen Untiefen, sodass immer eine gewisse freundliche Distanz blieb. Von außen betrachtet hätte man in ihnen nicht Vater und Tochter vermutet, sondern eher eine Art Freund und Freundin.

Am Ende des Tages strahlte die Decke polarweiß. Als Nächstes wollte Bertram die Bühne vorbereiten, denn auch hier mussten Pfeiler in die Erde betoniert werden, um darauf die Eichenbohlen zu befestigen. Anton wehrte sich wie Romy gegen den ungenehmigten Fortschritt der Arbeiten, doch Bertram winkte herrisch ab: »Entweder du hilfst mir, oder ich mache das alleine!«

Anton half.

Karl hatte in der Zwischenzeit einen alten Bekannten aus ehemaligen Arbeitstagen angerufen, der seine Bauzeichnung absegnen sollte. Er ging mit ihm alles durch und freute sich über das Lob des Architekten, dass an der Zeichnung nichts zu beanstanden sei. Selbst Brandschutz und Fluchtwege waren berücksichtigt; nicht vorgesehen waren lediglich sanitäre Anlagen, für sie sollte es eine mobile Lösung geben. Insgesamt befand der Architekt, dass es keinen schwerwiegenden Grund gäbe, das Bauvorhaben nicht zu genehmigen, und so reichten sie es offiziell beim Bauamt in Kleinzerlitsch ein, mit der Bitte um beschleunigte Genehmigung.

Die Antwort darauf ließ nicht lange auf sich warten: abgelehnt!

Bertram störte sich nicht daran.

Zusammen mit Emil sägte er die Pfeiler für die Bühne zurecht und betonierte sie lotrecht in den Boden ein. Gleichzeitig nahmen sie den provisorischen Boden, der die Scheune in ihrer Mitte überspannte, heraus und sägten die Dielen auf Maß. Der Boden für den ersten Rang wurde gelegt, und obwohl Romy fürchtete, alles wieder abreißen zu müssen, nahm ihr Theater so langsam Gestalt an: An den Wänden entlang lief in etwa drei Meter Höhe das Podest, auf dem später die Tribünen montiert würden. Die Ecken für die Treppen waren noch ausgespart, aber auch die Bühne bekam ihren Boden, und die Decke strahlte gleißend hell. Selbst mit wenig räumlichem Vorstellungsvermögen konnte man schon ahnen, was hier gerade aufblühte: ein elisabethanisches Theater.

Es war einfach herrlich!

»Das muss gefeiert werden!«, sagte Bertram zufrieden.

»Was meinst du?«, fragte Romy.

»Richtfest! Dach ist fertig, und innen sieht's schon ziemlich gut aus. Wird höchste Zeit, nicht?«

Romy nickte.

Was war denn nur mit Bertram los? Keine Klugscheißereien, keine Witzchen, stattdessen konzentrierte Arbeit. Entschlossenheit, die an Besessenheit grenzte. Dennoch hatte er recht: Eine kleine Feier hatten sie alle verdient.

Es wurde ein denkwürdiges Richtfest.

Der Tag war strahlend schön, das ganze Dorf auf den Beinen. Sie hatten Tische und Stühle aufgestellt, Essen und Trinken vorbereitet. Bertram hatte in Kleinzerlitsch sogar einen Richtkranz gekauft, der jetzt den Giebel schmückte, daneben flatterten bunte Bänder in der milden Brise.

Jetzt stand er ganz oben mit einem Glas Sekt in der Hand und blickte auf die Großzerlitscher hinab, die ihn erwartungsvoll ansahen. Er grüßte in die Runde und versprach, es kurz zu machen. Dann segnete er das Theater mit den Worten:

»Nun nehme ich froh das Glas zur Hand,
gefüllt mit Sekt bis zum Rand.
Das Glas zerschmettere im Grund,
geweiht sei dieses Haus zur Stund!«

Er trank einen Schluck und warf das Glas auf den Boden, wo es in tausend Scherben zerbrach. Unten jubelten ihm die Alten zu und applaudierten wild. Bertram starrte ins Sonnenlicht und genoss die Wärme: Was für ein Moment! Wie lange hatte er kein Haus mehr eingeweiht? Wie lange nicht mehr auf dem Giebel gestanden und sich darüber gefreut, dass bald schon eine neue Familie in ihr Heim ziehen konnte? Wie lange hatte er das vermisst!

Er blickte über Großzerlitsch hinweg auf die einzige Straße, die ins Tal führte und sah einen Wagen herabrasen, den er nur allzu gut kannte. Er stieg in aller Ruhe vom Dach, nahm sich eine Flasche Bier und spazierte zu Bella hinüber, die mit Karl an einem der Tische saß und zu seiner Überraschung Wasser trank.

»Bella? Kannst du mir einen Gefallen tun?«, fragte er.

»Natürlich«, antwortete sie.

»Wenn ich irgendwann gleich auf dich zeige, winkst du dann zurück?«

Bella runzelte die Stirn: »Einfach winken?«

»Ja, einfach winken. Fröhlich, wenn es geht.«

»In Ordnung.«

»Danke. Welches Essen ist deins?«

Bella zeigte auf eine grüne Schüssel.

Bertram tippte zum Gruß mit dem Finger gegen die Schläfen und nahm sich etwas aus den anderen Schüsseln.

Wenige Momente später bog Bauamtsleiter Wagner auf die Wiese und stieg wutentbrannt aus.

»Wo ist die Bauherrin?«, brüllte er.

Romy schluckte und trat aus dem Pulk der Alten vor.

»Haben Sie meinen Bescheid nicht bekommen?!«

»Ähm, schon, nur …«

»Nur was?!«

»Ich dachte …«

»GAR NICHTS HABEN SIE GEDACHT!«

Wutschnaubend stand er da, während ihn alle anderen wie gelähmt anstarrten. Nur einer aß in aller Seelenruhe sein Essen und trank dazu Bier, als wäre ihr kleines Fest nicht unterbrochen worden: Bertram. Romy hingegen verspürte den dringenden Wunsch, sich in Luft aufzulösen. Warum nur hatte sie sich auf diesen Irrsinn eingelassen?

»Haben Sie etwa weitergebaut?«, schrie Wagner, wartete indes die Antwort gar nicht erst ab und marschierte schnurstracks durch das Scheunentor ins Innere. Von dort hörten sie einen weiteren Wutschrei, und schon stampfte er wieder heraus und giftete Romy an: »Sie werden das alles abreißen! Und zusätzlich werde ich ein Ordnungsgeld gegen Sie erwirken, dass es nur so rauscht. Vielleicht hilft *das* Ihnen ja, staatliche Anordnungen zu respektieren!«

Romy schwieg betreten.

Herr Wagner sah sich zufrieden um: Hier würde niemand mehr einen Aufstand wagen. Nicht einmal der verrückte Alte, der da gerade auf ihn zuwatschelte.

»Herr Wagner!«, rief Bertram freundlich. »Auf ein Wort!«

»SIIIIEEE! GEHEN SIE WEG!«

»Keine Angst. Es geht nicht um Ihren Vater. Ich interessiere mich nur für Ihr Auto!«

Herr Wagner war offensichtlich verwirrt.

Und alle anderen auch.

Bertram legte ihm die Hand auf die Schulter und führte ihn ein Stück von ihnen fort.

»Sie haben ein sehr schönes Auto, Herr Wagner.«

»Wenn Sie glauben, dass Ihnen Schmeicheleien nützen, dann ...«

»Wissen Sie, was mir daran am besten gefällt?«

»Was?«, fragte Herr Wagner verwirrt zurück.

»Ihr Nummernschild.«

Herr Wagner starrte Bertram an, und es war ihm deutlich anzusehen, dass er dachte, Bertram wäre ein Fall fürs Heim.

»Und wissen Sie auch, warum?«, fragte Bertram weiter.

»Nein, und es interessiert mich auch nicht!«

Bertram blieb völlig unbeirrt: »Man kann es ganz wunderbar als Pseudonym nutzen.«

»Wovon reden Sie denn da?«

Die beiden hatten Wagners Auto erreicht und blickten auf das Nummernschild: KZE-HW-69.

»Na, sagen wir, wenn man im Internet anonym sein möchte. Machen doch viele, nicht? Zugegeben, die meisten nehmen nicht ihre Initialen und meistens auch ihr Geburtsjahr, aber wenn man gewisse Vorlieben hat, dann nimmt man eben die 69 ...«

Herr Wagner schluckte: Das Gespräch lief gerade etwas eigenartig.

»Ach, egal, für mich ist das nichts, wissen Sie. Wir sind ja früher auf Dorffeste gegangen oder Tanzveranstaltungen. Da hat man sich getroffen, und wenn man sich sympathisch fand, telefoniert. Heute macht man das alles mit Chats. Heißt doch so, oder?«

Herr Wagner nickte zögerlich.

»Ist auch ganz interessant, man weiß nur nie, wer am anderen Ende der Leitung sitzt, nicht wahr?«

Wieder ein zögerliches Nicken.

»Vor allem, wenn man ein paar Fotos von sich schickt ...«

Herr Wagner wurde rot.

Dann weiß.

Dann wieder rot.

Bertram klopfte ihm auf die Schulter: »Kommen Sie, ich möchte Ihnen jemanden vorstellen ...«

Er zeigte auf Bella.

Die stand auf und winkte, als hätte sie den Verstand verloren. Bertram grinste: dass die immer so übertreiben musste!

Herr Wagner rührte sich nicht vom Fleck.

»Nicht?«, fragte Bertram. »Na gut. Nicht so schlimm. Ich bin sicher, Sie tun das Richtige.«

Damit ging Bertram zurück zu seinem Tisch und widmete sich wieder seinem Essen. Da standen sie nun: die Alten auf der einen, Hermann Wagner auf der anderen Seite, und sahen sich an.

Vögel zwitscherten.

Bunte Bänder flatterten.

Sonst rührte sich nichts.

Wie in einem Western, in dem sich niemand traute, als Erster zu ziehen.

Dann, endlich, rührte sich Herr Wagner.

Räusperte sich.

Blickte in Romys Richtung und sagte kleinlaut: »Kann ich Sie mal sprechen?«

Sie ging ihm zögerlich entgegen, geradeso als ob sie eine weitere Gemeinheit erwartete, wurde aber freundlich in Empfang genommen, um anschließend ein paar Schritte von den Alten weg zu tun. Die sahen Romy nach und fragten sich, was hier gerade vor sich ging. Ein paar Momente später trennten sich Romy und der Bauamtsleiter, und während Romy zu ihnen zurückkehrte, setzte sich Herr Wagner in sein Auto und fuhr davon.

»Was ist los?«, fragte Anton.

Romy sah völlig irritiert aus und antwortete fast tonlos: »Wir haben die Genehmigung.«

»Was?«

Sie grinste so, als ob sie es selbst nicht glauben konnte: »Es gibt ein paar kleinere Auflagen, aber unser Theater ist gerade genehmigt worden!«

Jubel brach aus.

Applaus. Und viele Glückwünsche. Emil umarmte Romy, genau wie Artjom und alle anderen. Fast alle, denn einer umarmte sie nicht, und den suchte Romy unentwegt in dem Geknuddel und Geknutsche. Endlich rang sie sich durch die Alten durch und lief zu Bertram, der es sich in einem Campingstuhl bequem gemacht hatte und alle selig anlächelte.

»Was hast du ihm nur gesagt, Bertram?«, fragte Romy.

Bertram antwortete nicht, lächelte nur.

Romy ging auf ihn zu und fragte: »Komm schon, Bertram. Was war es?«

Bertram saß ganz still.

Dann rutschte seine Brille ein Stück herab.

Ein allerletztes Mal.

45.

Hatte er insgeheim gespürt, dass seine Zeit abgelaufen war? War er deswegen so besessen vom Bau des Theaters gewesen, weil er geahnt hatte, dass er die Fertigstellung möglicherweise nicht mehr erleben würde? Oder war es die harte körperliche Arbeit des Dachausbaus, die sein Herz überanstrengt hatte?

Romy stellte sich viele dieser Fragen, auch, weil sie sich eine Mitschuld gab: Sie hätte Bertram bremsen müssen. Hätte dafür sorgen müssen, dass er größere Pausen einlegte, auch wenn er sich bestimmt nicht daran gehalten hätte.

Ausgerechnet Bertram.

All seine Versuche, sich von Emil überfahren zu lassen, ad absurdum geführt. All seine Bemühungen, sich eines der beiden verbliebenen Gräber zu sichern, in einem Moment gekrönt, als er gar nicht mehr daran gedacht hatte. Er war mit einem Lächeln gestorben. Hatte sicher noch den Jubel mitbekommen und sich darüber gefreut.

Jetzt lag er in einem Eichensarg und wurde mit einem Wagen zu seinem Grab gerollt, in seinem Schlepptau alle Großzerlitscher, die ihm die letzte Ehre erwiesen. Die Arbeiten am Theater ruhten, und ironischerweise traf am Morgen seiner Beerdigung der Brief vom Bauamt mit der endgültigen Freigabe ein. Romy hatte Bella gefragt, was Bertram nur mit Herrn Wagner vom Amt angestellt hatte, aber die wusste nichts. Und die anderen auch nicht.

Der Pfarrer wartete bereits mit zwei Messdienern am Grab, segnete den Sarg und sprach ein paar allgemeine, aber freundliche Worte über das Leben, den Tod und das Himmelreich, das Bertram nun erwartete. Der Glaube an das ewige Leben war den Alten aus Großzerlitsch zwar ein tröstlicher Gedanke, aber letztlich fremd, genau wie der Pfarrer, dessen Dialekt den gebürtigen Bayer verriet.

Sie hatten den Sarg auf zwei Balken gestellt, die quer über dem Grab lagen, und starke Seile würden ihn gleich auf seinem Weg in die Erde halten. Anton trat vor, kniete ab und legte die Hand auf den Sarg. Eine Weile hockte er dort, scheinbar in Gedanken versunken. Und für einen Moment sah es so aus, als würde er sogar lächeln.

Dann stand er auf und sagte: »Sieh dich nur um, alter Freund, sie sind alle gekommen, um dir die letzte Ehre zu erweisen. Ich bin sicher, wenn du könntest, würdest du das jetzt kommentieren, auf deine Art. Du hättest sicher gespottet, und wir hätten darüber gelacht, aber ich weiß, dass es dir doch gefallen hätte. Humor war deine Art, mit der Welt klarzukommen. Es hat dir dein Leben leichter gemacht, und du hast unser Leben damit leichter gemacht. Und du hast über alles deine Witze gemacht: den Staat, das Politbüro, die Arbeit, die Nachrichten, den Sport, das Fernsehen, auch der Herr Pfarrer hat Bekanntschaft machen dürfen mit deinem Humor …«

Er blickte auf und nickte dem Pfarrer zu, der ihn ein wenig fragend ansah.

»Als Romy geboren wurde und unser Pfarrer wollte, dass sie getauft werden sollte, da hast du mit ihm diskutiert. Über Religion, Taufe, Kirche. Du konntest damit nicht sehr viel anfangen, aber einem schönen Streit bist du nie aus dem Weg gegangen. Irgendwann habt ihr auch über das Leben an sich gesprochen. Wann es beginnt und wann es endet. Der Herr Pfarrer sagte: *Menschliches Leben beginnt mit der Zeugung*. Und Theo sagte: *Menschliches Leben beginnt mit der Schwangerschaft.* Und du hast beide angesehen und geantwortet: *Menschliches Leben beginnt, wenn die Kinder aus dem Haus sind* …«

Die Alten kicherten.

Selbst der Pfarrer grinste verstohlen.

»Alle haben gelacht, und du hast deinen Treffer sehr genossen, aber jeder, der dich näher kannte, wusste, wie viel Schmerz hinter deiner Bemerkung steckte. Wie sehr du dir gewünscht hättest, dein Kind wieder *im* Haus zu haben. Wie sehr das dein Leben war, deine Tochter, nachdem deine Frau so früh von uns gegangen war.

Jetzt ist alles vorbei. Du bist gestorben, wie du gelebt hast: mit einer letzten großen Pointe. Ich danke dir dafür, dass ich dein Freund sein durfte. Dass du unser aller Freund warst. Dass du uns zum Lachen gebracht hast. Du wirst uns sehr fehlen.«

Eine Weile stand er einfach nur da.

Starrte auf den Sarg.

Doch wenn man genauer hinsah, konnte man erkennen, wie ihm Tränen über die Wangen liefen. Wie allen anderen, die um Bertram weinten.

Der Sarg wurde hinabgelassen, Anton nahm sich ein Schäufelchen Erde und warf sie auf den Sarg. Die anderen folgten seinem Beispiel: Hilde, Emil, Artjom, Romy, Bertha, Elisabeth. Und alle anderen nach ihnen.

Dann war es vorbei, und die Alten gingen ins *Muschebubu*. Romy blieb zurück, stand noch eine Weile am offenen Grab und hoffte inständig, dass Bertram die Sache mit seiner Tochter vielleicht jetzt klären konnte. Wäre ja schön, wenn es das ewige Leben gäbe, allein, sie glaubte genauso wenig daran wie die anderen, denen das katholische Fundament fehlte, um sich Ewigkeit, Paradies oder Hölle vorzustellen. Man starb einfach. Und damit alles, was man je gewesen war. Diesbezüglich gab es keine Hoffnung. Für ihn nicht und für sie auch nicht.

Sie wandte sich dem Ausgang zu.

Passierte Grabstein um Grabstein.

Leben um Leben.

Hielt an der einzig freien Stelle. Ein leerer Platz zwischen Marmor, Stein und Jahresendflügelfigur. Bürokraten hatten lange versucht, religiöse Begriffe aus der Sprache herauszustemmen, aber letztlich kaufte auch der treuste Sozialist einen Engel, wenn er etwas für Weihnachten oder den Friedhof brauchte.

Ein Grab war noch frei.

Ein Leben übrig.

Aber wessen?

46.

Die Stimmung im *Muschebubu* war so gedrückt, dass Theo den Fernseher laufen ließ, allerdings ohne Ton, um wenigstens für ein wenig Ablenkung zu sorgen. Es wurde wenig geredet und wenn, dann nur leise.

Als Romy eintrat, verstummten die wenigen Stimmen.

Da war keine Feindseligkeit spürbar, aber doch eine fühlbare Distanz zwischen ihr und den Alten. Ihr wurde schnell klar, dass Bertrams Tod nicht nur ein Schock war, sondern auch alles in Frage stellte, was sie mit so viel Engagement angegangen war.

Sie bestellte ein Bier und blickte in die Runde: niemand, der ihr zulächelte. Niemand – außer Emil und Artjom –, der zwinkerte oder ihr eine kleine Geste des Trostes schenkte. Tatsächlich niemand, der ihren Blick hielt, viele, die ihn sogar mieden. Und niemand, der sprach.

Aber auch ohne ein Wort war die Botschaft überdeutlich: Bertram würde noch leben ohne dieses Theater. Ein Gedanke, der sie fast alle vereinte, der so deutlich im Raum stand, als hätte ihn jemand als Graffito über die Theke gesprüht.

Bertram hätte die Situation mit ein paar witzigen Bemerkungen lösen können, aber Bertram war nicht mehr, sodass der Vorwurf schwelte, die Stille nach und nach unerträglich wurde. Bis Karl versehentlich ein Glas umstieß, das klirrend zu Boden ging und alle vor Schreck zusammenzucken ließ.

Theo fluchte: »Karl, verdammt noch mal. Es kommt der Tag, da kriegst du dein Bier in einer Schnabeltasse!«

Er hatte nicht besonders laut gesprochen, aber in der Totenstille dröhnte jede Silbe in der Luft.

Theo wischte die Pfütze auf, kehrte das Glas zusammen und stellte den Eimer demonstrativ auf die Theke: »Das ist doch ein totaler Irrsinn!«

Diesmal war nicht Karl gemeint – und jeder wusste es.

Bertha legte Romy die Hand auf den Arm und sagte vorsichtig: »Vielleicht sollten wir damit aufhören, bevor noch mehr passiert.«

»Es war ein Unglück!«, gab Romy zurück.

»Natürlich war es das! Aber womöglich auch ein Zeichen. Verstehst du?«

Romy schluckte, dann sah sie vom einen zum anderen und fragte: »Ist das auch eure Meinung?«

Elisabeth sagte: »Es kostet doch auch so viel Geld, mein Täubchen. Vielleicht kommen noch einmal schwere Zeiten für dich, und dann bist du froh, wenn du etwas auf der hohen Kante hast.«

Romy schüttelte den Kopf: »Ich habe das Meiste schon ausgeben!«

»Vielleicht kannst du ja das, was noch nicht verbaut ist, wieder verkaufen«, schlug Hilde vor. »Oder Emil nimmt es zurück?«

Emil schüttelte energisch den Kopf: »Es war wirklich nicht leicht, die Dinge zu diesem Preis zu besorgen, Leute!«

»Ich weiß, Emil. Aber das hier ist eine Ausnahmesituation!«

Emil runzelte die Stirn: »Wieso?«

»Weil jemand gestorben ist!«, beharrte Hilde.

»Dann bin ich also doch schuld an Bertrams Tod!«, sagte Romy bitter.

»Aber nein, mein Täubchen!«, beeilte sich Anton, sie zu beruhigen.

»Ihr sagt *Nein*, aber eigentlich denkt ihr, dass Bertram tot ist, weil wir dieses Theater bauen. Und dass er noch leben würde, wenn wir es nicht bauen würden. So ist es doch?«

Sie blickte in die Runde.

Niemand antwortete.

»Wisst ihr, ich kann euch sogar verstehen. Ich hab Bertram schon lange nicht mehr so lebendig gesehen. So entschlossen. Ich bin sicher, er wollte nicht sterben.«

Die Alten schwiegen.

»Aber vor ein paar Wochen, da wollte er genau das. Jeder von euch wollte das. Erinnert ihr euch noch daran?«

Einige Gesichter hellten sich erstaunt auf.

»Vielleicht seid ihr ja deswegen wütend auf mich. Weil ihr nicht mehr versucht euch umzubringen. Weil ihr plötzlich eine Aufgabe habt und der Tod euch plötzlich ungerecht und schmerzhaft vorkommt. Seht euch doch mal an! Hilde! Wie lange hast du dein Dachfenster nicht mehr »geputzt«?

Hilde war die Aufmerksamkeit der anderen unangenehm, ihre Wangen verfärbten sich rosarot, während sie sich räusperte: »Ist schon was her …«

»Also doch!«, giftete Bertha.

»Halt du dich da raus! Du stehst doch abends in der Kälte!«, fauchte Hilde zurück.

»Das stimmt überhaupt nicht! Ich war ewig nicht mehr draußen abends!«

Romy zeigte auf Bertha: »Seht ihr! Das meine ich! Bertha steht nicht in der Kälte!«

Und zu Hilde: »Hilde putzt keine Fenster mehr!«

Sie zeigte auf Luise: »Luise raucht nicht mehr!«

Und wandte sich zum Tresen um, wo sie Bella gesehen hatte, und triumphierte: »Und Bella trinkt nicht mehr!«

Die stürzte gerade ein Glas Wein auf ex hinab.

»Äh … meistens jedenfalls!«

»Entschuldige, Täubchen. Beerdigungen machen mich immer so traurig.«

Romy ließ sich nicht beirren: »Versteht ihr denn nicht? Ihr seid wütend auf mich, weil ihr euch lebendig fühlt. Ihr habt euch verändert. Das Theater hat euch verändert!«

Emil nickte: »Finde ich auch. Ist doch egal, ob ihr an das Theater glaubt oder nicht. Es tut euch gut!«

Ihre Argumente verfingen, Romy konnte es in ihren Gesichtern sehen. Vor Wochen noch war der Tod eine unumgängliche Gewissheit, traurig zwar, aber nicht tragisch. Jetzt jedoch hatten sie, ohne sich dessen gewahr zu werden, begonnen, sich gegen ihn zu wehren. Sie warteten nicht mehr auf ihn, und er war ihnen nicht mehr willkommen. Sie hatten in der kurzen Zeit häufiger diskutiert, gestritten, gelacht und gefeiert als in all den Jahren zuvor.

Vielleicht hatte das Täubchen ja recht? Mochte das Theater eine verrückte Idee sein, es hatte in ihnen etwas bewirkt. Und sei es auch nur, dass sie wütend und traurig über Bertrams Tod waren. Denn das bedeutete: Sie waren wieder lebendig.

Romy blickte vom einen zum anderen und wusste, dass sie ihre Leute erreicht hatte.

Bis Theo fragte: »Was wird eigentlich, wenn das Theater fertig ist?«

»Was meinst du?«, fragte Romy zurück.

»Na, irgendwann ist das Theater ja fertig. Und dann? Wir lassen es doch nicht einfach da rumstehen, oder?«

Romy zuckte mit den Schultern: »Na, dann: spielen wir!«

Ein Satz, der quälend langsam wie die Murmel einer Kugelbahn durch die Köpfe der Beteiligten lief, und als sie endlich laut klackernd ins Körbchen fiel, hielten praktisch alle die Luft vor lauter Empörung an, bevor sich der Protest schließlich Bahn brach.

»Was meinst du damit? *Wir* spielen?«, fragte Theo alarmiert.

»Also, Leute, was habt ihr denn gedacht, was wir mit dem Theater machen? Wir führen ein Stück auf. Sonst brauchen wir ja kein Theater bauen.«

»WIR?«, kreischte Theo beinahe. Und mit ihm eine ganze

Reihe Großzerlitscher, die die Augen vor Schreck aufgerissen hatten.

»Warum denn nicht?«, fragte Romy zurück.

»Warum? Weil ich mich nicht vor der ganzen Welt blamieren will? Vielleicht deswegen?!«

»Ähm, Täubchen!«, begann Anton. »Hast du dir das auch gut überlegt? Wir sind nun wirklich keine Schauspieler!«

»Das macht doch nichts! Dann lernt ihr das eben!«

»Also, ich mach mit!«, rief Bella begeistert.

»Die kriegt keinen Schluck mehr!«, beschied Elisabeth.

»Ich bin nicht betrunken!«, empörte sich Bella.

»Verrückt reicht auch!«

Karl, der neben Bella stand, nuschelte etwas, was Bella abwinken ließ: »Ach, die ist nur sauer wegen Roman!«

»Das nimmst du zurück!«, rief Elisabeth wütend.

»Stopp!«, ging Romy dazwischen. »Hört sofort auf damit! Wovor habt ihr denn Angst?«

Anton antwortete: »Romy, das geht nicht. Wir können so etwas nicht!«

»Ihr habt auch geglaubt, ihr könnt kein Theater bauen. Und seht, was wir schon geschafft haben!«

»Das mag ja sein, aber jetzt verlangst du zu viel!«

»Nein, ihr könnt das! Wir zusammen können das!«

»Warum engagierst du nicht ein paar deiner Kollegen? Es gibt doch bestimmt viele Schauspieler, die hier gerne spielen würden.«

»Die können wir nicht bezahlen«, seufzte Romy. »So ein Ensemble kostet einfach viel Geld. Und das haben wir nicht.«

»Nur mal so aus Neugier. Was würden wir denn spielen?«, fragte Emil.

»*Romeo und Julia*«, erwiderte Romy.

»Mit uns?«, rief Theo. »Das sind doch Teenager!«

»Schon …«

»Die meisten sind über siebzig, Romy! Du kannst doch Romeo nicht mit dem Rollator über die Bühne schicken.«

»Also, jetzt übertreibst du wirklich!«

»Und was ist mit dieser Balkonszene? Da brauchen wir ja einen Treppenlift!«

»Täubchen, wirklich«, sagte Anton, »wir sind da nicht die Richtigen für. Das Theater war eine gute Idee, ich glaube, alle stimmen mittlerweile zu, aber wir sind nun mal keine Schauspieler.«

»Jetzt seid doch nicht so ängstlich! Es gibt überall in Deutschland Laientheater. Genau wie es Laienchöre gibt. Oder Laienmusiker! Das ist doch ... das ist doch charmant!«

»Ich bin dabei!«, rief Bella und prostete ihr zu.

Karl nuschelte etwas, das sie übersetzte: »Karl auch.«

»Danke!«

»Ich auch!«, sagte Emil.

Artjom, der die ganze Zeit geschwiegen hatte, zeigte ebenfalls auf.

Die anderen aber starrten sie entgeistert an.

»Na, kommt schon, gebt euch einen Ruck!«, lockte Romy. »Das wird ein Erfolg!«

Theo schüttelte den Kopf: »Ein Erfolg? Wirklich, Romy, ich will nicht schon wieder damit anfangen, aber das wird bestimmt kein Erfolg!«

Romy verschränkte die Arme vor der Brust und fauchte fast: »Und warum nicht?«

»Warum? Weil das niemand sehen will. Niemand will uns alte Trottel auf der Bühne sehen. Hab ich recht?«

Theo blickte in die Runde, und fast jeder schien ihm zuzunicken. Für einen Moment war es so leise, dass man den Fernseher in der Ecke summen hören konnte. Er hatte die ganze Zeit stumm vor sich hin geflackert, irgendein Nachmittagsprogramm, das niemanden interessiert hatte. Doch jetzt tauchte auf der Mattscheibe ein bekanntes Gesicht auf: Ben, der *Frischedoktor.* Ausgerechnet Ben, der sonst ein untrügliches Gespür für mieses Timing hatte, präsentierte strahlend weiße Wäsche, und plötzlich blitzte eine blütenreine Idee in Romys Kopf auf.

Sie sagte: »Ihr habt recht. Wenn wir einfach nur so auftreten würden, würde vielleicht niemand kommen. Aber nicht, wenn jemand Berühmtes das Theater bekannt machen würde.«

»Tja!«, maulte Theo. »Wenn! Aber nach Großzerlitsch kommt niemand Berühmtes!«

Romy zeigte mit dem Finger auf den Fernseher: »Doch! Der da!«

Alle wandten sich wie auf Kommando um und sahen in das strahlende Lachen Bens. Er schien jeder der anwesenden Damen apart zuzuzwinkern, und Romy konnte sehen, wie sie zurücklächelten. Das hatte geradezu etwas Hypnotisches, denn als er von der Mattscheibe verschwand, erlosch auch das verträumte Grinsen auf den Gesichtern.

Hilde fragte ungläubig: »Der kommt nach Großzerlitsch?«

»Der kommt! Ich habe ihn nämlich engagiert!«, behauptete Romy.

»Ist das wahr?«, fragte Anton erstaunt.

Romy nickte bestimmt: »Ja. Er kommt hierher und spielt mit uns. Mit ihm wird unser Theater rappelvoll sein. Versprochen!«

Ehrfürchtiges Schweigen.

Natürlich hatten sie immer noch Angst vor einem Auftritt, aber die Aussicht, dass jemand wie Ben in ihr kleines Dorf kommen könnte, verführte sie förmlich zu Träumereien. Das wäre ja mal eine tolle Sache! Das Größte, was dieses Dorf je erlebt hatte: der *Frischedoktor* in Großzerlitsch!

Romy sah zufrieden in die Runde.

Sie war im Vorteil. Hatte sich eine Atempause herausgearbeitet. Jetzt musste sie nur noch diesen Trottel nach Großzerlitsch locken. Und anschließend, wenn das alles hier vorbei war, schwor sie sich, eine Therapie zu beginnen: Diese Schwindeleien mussten einfach aufhören.

DER FRISCHEDOKTOR

47.

Bei ihrer Rückkehr vor ein paar Wochen mit nichts als zwei Koffern und ein paar zerstörten Träumen war ihr der Bahnhof von Kleinzerlitsch wie ein Hafen erschienen, der sie aus rauer See gerettet hatte. Schon beim Anblick des maroden Bahnhofsgebäudes, der antiken Überdachung des Bahnsteigs und des alten Ortsschilds hatte sie wieder Mut gefasst und denselben Trost verspürt, den ein Kind empfand, wenn es sich das aufgeschlagene Knie von seiner Mutter mit aufmunternden Worten verpflastern ließ. Der Schmerz war noch da, aber auch die Gewissheit, dass er bald verflogen sein würde. Heimat war nicht objektiv, alles verschwamm in Sentimentalität und Idealisierung.

Ein Umstand, der einem erst wirklich klar wurde, wenn man an derselben Stelle auf jemanden wartete, der die Dinge möglicherweise sah, wie sie tatsächlich waren: alt und ein wenig verwahrlost. Jemand, den man in einer schicken Hamburger Bar gefunden hatte, wo er mit einem jungen, hübschen Ding und seinem Agenten gesessen und Champagner getrunken hatte.

Jemand wie Ben.

Der es fertiggebracht hatte, ihr zu versichern, die Kleine auf seinem Schoß sei seine Cousine. Dabei war es nicht einmal die freche Lüge, die sie auf die Palme brachte, sondern das, was er ihr an Intelligenz zutraute. Das war einfach niederschmetternd.

»Romy!«, rief er erfreut. »Komm zu mir!«

Er tätschelte den Platz neben ihm, aber Romy verschränkte die Arme vor der Brust, bis ihm endlich dämmerte, dass seine *Cousine* möglicherweise störte.

»Minni, lass uns doch einen Moment allein …«

»Milli!«, korrigierte sie.

Ben strahlte Romy an: »Ist sie nicht zauberhaft? Studiert Pädagogik.«

»Kosmetik.«

Ben runzelte die Stirn: »Das kann man studieren?«

»Idiot!«

Milli verschwand.

Ben zuckte mit den Schultern, klopfte wieder auf den Platz neben sich und sagte bestens gelaunt: »Du siehst auch bezaubernd aus!«

»Idiot!«

Bens Agent seufzte.

Dann stand er auf und bot Romy seinen Platz an: »Setzen Sie sich doch, Frau …«

»Romy.«

Er nickte und nahm neben seinem Schützling Platz.

»Was kann ich für dich tun?«, fragte Ben.

Sie ärgerte sich über die Frage und musste sich gleichzeitig eingestehen, dass es auch noch so war: Sie brauchte seine Hilfe.

»Erinnerst du dich noch an deinen letzten Anruf?«, fragte Romy.

»Wo du vom Baum gefallen bist?«

»Nein.«

»Du bist gar nicht vom Baum gefallen?«

»Ben … konzentrier dich! Wir haben über mein Projekt gesprochen!«

Er schnippte mit den Fingern und rief: »Die große Sache!«

»Genau.«

Ben beugte sich zu seinem Agenten rüber: »Romy hat da eine echt große Sache laufen!«

»Was für eine große Sache?«, fragte der Agent.

»Eine äh, große?«

Seiner Miene war nichts anzusehen, dennoch hatte Romy

das Gefühl, dass sich der Agent, wenn er gekonnt hätte, jetzt ohne Zögern eine Klippe herabgestürzt hätte. Sie wusste, dass er Ben schon einige Jahre betreute und dass es früher irgendwie besser ausgesehen hatte.

»Wollen Sie es mir erklären, Romy?«, fragte er höflich.

»Wir bauen ein Theater!«

»Wow! *Das* ist groß!«, staunte Ben.

»Genauer gesagt: ein elisabethanisches Theater!«

Ben stieß seinen Agenten an: »Hab ich's nicht gesagt! Riesig!«

Der Agent ging nicht weiter darauf ein: »Das klingt toll, Romy. Nur: Wie können wir da helfen?«

Romy nickte: »Wir sind schon recht weit im Baufortschritt und stellen gerade ein Ensemble zusammen …«

»Und ich dachte, vorher friert die Hölle zu?«, fragte Ben skeptisch.

»Es hat getaut!«, gab Romy zurück.

Ben war überrascht, witterte aber schnell seinen Vorteil, setzte sein Pokerface auf, zumindest das, was er dafür hielt, verschränkte die Arme lässig hinter dem Kopf und sagte: »Du … ich weiß nicht … Das klingt ja alles ganz reizvoll. Aber im Moment habe ich da selbst ein paar große Sachen am Laufen und …«

»Er nimmt es!«

Sein Agent reichte Romy bereits die Hand.

»Was?!«, rief Ben.

»Er nimmt es!«

»Solltest du nicht erst ein bisschen verhandeln?«, protestierte Ben.

»Sie zahlen doch ein Honorar?«, fragte der Agent.

»Ja.«

»Er nimmt es!«

»Moment!«, rief Ben. »Ich will erst wissen, worum es geht.«

Der Agent nickte: »Meinetwegen. Aber er nimmt es auf jedem Fall!«

»Wir wollen *Romeo und Julia* aufführen! Und du sollst den Romeo übernehmen.«

Der Agent sah entsetzt aus.

Selbst Ben schien sich nicht wohlzufühlen. So unerschütterlich seine Selbsteinschätzung auch sein mochte, hier zeigten sich dann doch ein paar Risse, die er auf seine Art überspielte: »Ich weiß nicht, Romy. Der Romeo ist künstlerisch gesehen keine Herausforderung …«

»Für dich ist künstlerisch gesehen *alles* eine Herausforderung!«, schnippte Romy zurück. »Also, was denkst du?«

»Gibt es denn nichts anderes?«

Romy schüttelte den Kopf: »Nein, die Rollen sind alle besetzt.«

»Wer inszeniert denn?«, fragte Ben.

Romy zögerte: Mist, daran hatte sie noch gar nicht gedacht. Sie hatten keinen Regisseur! Eigentlich wollte sie ja das selbst übernehmen, aber es gab so viel anderes zu tun. Und eine ganze Gruppe zu kommandieren lag ihr auch nicht besonders.

»Also, im Moment haben wir noch niemanden, aber …«

»Ich!«, rief Ben.

»Was?«

»Ich mach's! Das ist genau die Art künstlerische Herausforderung, die ich brauche! Regie! Genial!«

»Ben, ich will dir ja nicht zu nahe treten, aber …«, begann Romy.

»Die Alternative wäre, dass er den Romeo gibt«, warf der Agent ein.

Die Warnung war nicht zu überhören.

Ben ergriff Romys Hand und schüttelte sie: »Abgemacht! Ich inszeniere! Perfekt. Details klärst du mit ihm!« Er deutete auf den Agenten. »Ich brauch was zu trinken …«

Er stand auf und ging zur Bar.

Der Agent gab ihr seine Karte und sagte: »Glauben Sie mir. Es ist besser so.«

Sie seufzte.

Knibbelte ein wenig an der Visitenkarte herum und akzeptierte schließlich ihr Schicksal: besser Ben als Regisseur als gar kein Ben. Vielleicht ließ es sich ja werbewirksam ausschlachten, dass der *Frischedoktor* Shakespeare durch die Mangel drehte.

»Ich rufe Sie an!«

Sie wollte schon gehen, als sie der Agent am Arm festhielt. Er blickte sich um, konnte Ben aber nirgendwo ausmachen, dann beugte er sich zu ihr herab und flüsterte: »Behalten Sie ihre weibliche Belegschaft im Auge!«

Romy lächelte: »Machen Sie sich da mal keine Sorgen. Die weibliche Belegschaft kann es gar nicht erwarten, Ben kennenzulernen …«

Danach hatte sie rasch die Bar verlassen, bevor Ben mit Getränken und möglicherweise auch Milli zurückkehren konnte, und jetzt stand sie hier, am Bahnhof von Kleinzerlitsch, und knabberte nervös an ihren Fingernägeln. Weniger wegen des prominenten Besuchs, dessen Zugankunft die Bahnhofsdurchsage bereits ankündigte, sondern weil hinter ihr fast alle Großzerlitscher standen, um den *Frischedoktor* mit einem großen Strauß Blumen und einer Flasche Vogelbeerschnaps zu begrüßen. Romy hatte dringend vom Schnaps abgeraten, aber man war allgemein der Meinung, dass Pralinen wohl kaum das passende Geschenk sein würden. So standen ein paar Dutzend Großzerlitscher dicht aneinandergedrängelt, und während die Frauen aufgeregt schnatterten und kicherten, schwiegen die Männer.

Die Bahn fuhr ein, kam quietschend zum Stehen.

Die Herrschaften aus Großzerlitsch reckten die Hälse.

Hüstelten.

Raschelten.

Flüsterten.

Endlich stieg Ben aus und winkte der Gruppe auf der Stufe stehend zu. Sie watschelten ihm entgegen, grinsend wie Teenager, die ihren Lieblingsstar begrüßen durften.

»Romy!«, rief Ben, und sie musste zugeben, dass der Scheißkerl ein Lachen hatte, dem sich niemand entziehen konnte.

Sie hörte die Alten hinter sich ehrfürchtig flüstern, dass der *Frischedoktor* ihre Romy beim Vornamen genannt hatte. Und schon standen sie vor ihm, der sie von den Stufen herab huldvoll ansah. Elisabeth trat vor und überreichte ihm den Blumenstrauß und machte einen Knicks! Romy konnte es nicht glauben. Die war über siebzig und knickste vor jemandem, der die sittliche Reife eines Bonobos hatte!

Anton präsentierte ihm die Flasche Schnaps, die Ben mit einem wohligen Schnalzer entgegennahm.

»Vielen Dank für die schönen Geschenke! Wenn ich gewusst hätte, welch charmantes Empfangskomitee hier auf mich wartet, hätte ich mich ein bisschen mehr in Schale geworfen!«

Er kniepte den Ladies zu, die ihn kichernd anstrahlten.

Elisabeth sagte, bevor ihr jemand zuvorkommen konnte: »Wir sind alle ganz große Fans!«

»Und ich bin jetzt schon ein Fan von euch!«

Ben strahlte, und Romy verdrehte heimlich die Augen: Schleimer! Und doch schaffte er es spielend, eine ganze Gruppe lebenserfahrener Seniorinnen um den Finger zu wickeln. Die hingen ja förmlich an seinen Lippen!

»Und wie schön, meine gute Freundin Romy wiederzusehen!«

Sie wandten sich Romy zu und lächelten stolz.

Ihr blieb nichts anderes übrig, als zurückzulächeln.

Da breitete Ben die Arme aus und rief: »Wollen wir?«

Die Alten machten kehrt.

Und Ben legte seine Hand auf Romys Po.

Sie hätte ihm gerne eine geknallt, aber das traute sie sich dann doch nicht: zu viele Zeugen. So rammte sie ihm nur kurz den Ellbogen in die Rippen.

Sie verließen den Bahnhof und traten auf den Vorplatz.

Und was Romy bei ihrer Heimkehr so geschäftig, städtisch und mobil angemutet hatte, schien ihr jetzt, neben Ben stehend, ein wenig klein geraten. Einem flüchtigen Seitenblick auf sein Gesicht nach zu urteilen, fragte sich Ben wohl auch gerade, wo er hier gelandet war.

»Wie finden Sie es hier?«, wollte Anton wissen.

Ben verzog etwas den Mund und antwortete vorsichtig: »Sehr hübsch. Ein putziges kleines Städtchen.«

»Ja, hat ganz schön was zu bieten!«

»Ist ein bisschen weit weg vom Schuss, oder?«, fragte Ben vorsichtig.

»Das täuscht. Es gibt viel Tourismus hier. Die Leute kommen von überall her.«

»Oh, das ist gut! Touristen sind immer gut. Da kann man was machen!«

»Warten Sie erst, bis sie Großzerlitsch sehen!«

»Ach, das ist gar nicht Großzerlitsch?«

»Nein, das ist Kleinzerlitsch!«

»Cool!«

Ben nickte erfreut: Im ersten Moment war er doch ein wenig erschrocken gewesen über das Provinznest am Rande des Universums. Zufrieden beugte er sich zu Romy rüber und raunte: »Ich dachte schon …«

»Hm«, machte die.

48.

Sie teilten sich auf.

Die Alten nahmen den Bus, während Romy Ben mit Karls Auto kutschierte, so wie sich das für eine Berühmtheit gehörte. Um Ben zu unterhalten, verwickelte Romy ihn in eine Plauderei, sodass er nur am Rande mitbekam, wie sie die schmale Straße den Berg hinauf durch einen Finsterwald fuhren, um sich auf der anderen Seite wieder hinabzuschlängeln, ohne dass ihnen sonstiger Verkehr begegnet wäre. So erreichten sie den Taleingang von Großzerlitsch, passierten das Ortsschild, das Ben nicht sah, weil er gerade wortreich erklärte, warum sie beim letzten Mal alle gefeuert worden waren, nicht nur Romy. Constanze hatte das Ensemble praktisch gesprengt; nicht nur ein ausbleibendes Publikum, sondern auch eine heillose Zerstrittenheit hatte dazu geführt, dass das Stück binnen kurzem vom Spielplan genommen worden war. Zwischen den Zeilen jedoch wurde ziemlich deutlich, dass Constanze nicht das einzige Problem gewesen war, wobei Ben betonte, dass nicht *er* für miese Stimmung gesorgt hatte, sondern ausschließlich Constanze, dieses Biest, die aus Rache gleich etwas mit Graf Paris begonnen hatte.

»Wieso Rache?«, fragte Romy. »Die hatte sie doch schon, als sie mich feuern ließ.«

»Schon, aber … ich habe dich auch gerächt!«, gab sich Ben ritterlich.

»Du hast *mich* gerächt?«

»Allerdings. Die sollte ja nicht glauben, dass ich das auf dir sitzen lasse!«

»Wovon zum Teufel redest du da?«

»Erinnerst du dich noch an die niedliche Regieassistentin …?«

Romys Kopf wirbelte herum, die Augen zu Schlitzen verengt.

Ben schluckte: »Ah, o.k., offensichtlich …« Er zeigte mit dem Zeigefinger auf die Straße. »Würdest du bitte nach vorne sehen?«

Sie kannte den Weg im Schlaf und dachte nicht im Traum daran, den Fuß vom Gas zu nehmen.

»Romy, da vorne kommen Häuser …«

Dieser Scheißkerl war sensibel wie eine Hantel, die einem auf den Fuß fiel. Sie sollte sich herüberbeugen, die Beifahrertür öffnen und ihn aus dem fahrenden Auto stoßen! Vorher allerdings würden sie in Luises Haus landen, das sich, wie sie wusste, am Dorfeingang bedrohlich vor ihrem Kühler aufbaute.

Sie bremste.

Dann blickte sie wieder nach vorne und fuhr schweigend weiter.

»Ich hab das nur gemacht, weil ich nicht wollte, dass sie mit ihren Bosheiten durchkommt …«

»Halt die Klappe, Ben!«

»O.k.«

Wenig später hielten sie vor dem *Muschebubu.*

»Was machen wir hier?«, fragte Ben.

»Mittag«, antwortete Romy knapp.

Eigentlich hätte sie mehr als froh sein können, dass sie der ersten *Romeo und Julia*-Produktion entkommen war. Warum nur war sie schon wieder so wütend auf Ben? Sie wusste doch, wie er war: Schürzenjäger. Trunkenbold. Dilettant. Das konnte ihr doch alles gleichgültig sein. Und dass er ihr den Hof gemacht hatte? Geschenkt. Und dass er ihr das Gefühl gegeben hatte, die schönste Frau auf der Welt zu sein? Geschenkt. Und dass das offensichtlich bei jeder funktionierte und sie da keine Ausnahme war? Scheißkerl.

Das Schlimmste jedoch war, dass sie nicht einmal wütend

auf ihn, sondern auf sich selbst war. Weil sie nicht besser war als Constanze Strasser oder die Regieassistentin oder Milli oder die, von denen sie lieber nicht wissen wollte, dass es sie gab. Und wie viele davon …

Theo empfing sie für seine Verhältnisse herzlich und bot ihnen einen Tisch an, nicht ohne Ben zu versichern, dass es seit Tagen kein anderes Thema mehr gab als den *Frischedoktor*. Ben freute sich so sehr über so viel Begeisterung, dass er sich gar nicht fragte, warum er in diesem winzigen Nest seit Tagen Thema war.

Sie bestellten Essen, und kurze Zeit später trudelten auch alle Alten ein. Die ganze Busladung. Theo hatte ein kaltes Buffet vorbereitet, für Ben und Romy jedoch kochte er à la carte. Was in seinem Fall hieß: Schnitzel. Der Rest war aus.

Man aß zusammen, und bald schon tauchten die ersten Biere und in ihrem Schatten die kleinen Schnäpse auf, und Ben ließ keinen von ihnen stehen. Mit dem steigenden Alkoholpegel stieg auch Bens Sendungsbewusstsein, und mit Feuereifer erzählte er über die Welt der Werbung und des Theaters, als er jedoch bemerkte, dass das ein bisschen realitätsfern für die lauschenden Alten war, nur noch Klatsch. Der kam immer gut an, und er hatte viele Lacher auf seiner Seite. Nicht lange und er musste die Waschmittelwerbung nachspielen, alle wollten den *Frischedoktor* einmal live erleben. Ben zierte sich erst ein wenig – natürlich nur zur Schau –, dann ließ er sich »überreden« und gab den *Frischedoktor* auf einem Tisch stehend zum Besten:

»Weich wie Seide,
sternenklar.
Weiße Weide
wunderbar.«

Es gab tosenden Applaus, und Ben wurde gleich auf ein paar Runden eingeladen. Damit begann das große Brüderschaftstrinken, in dessen Verlauf bald alle auf »Du« miteinander waren. In den frühen Abendstunden musste Ben noch einmal den *Frischedoktor* geben, weil seine mittlerweile ebenfalls angeheiterten Fans nicht genug davon bekommen konnten.

»Weischeseide, sternhagelklar. Weischeweidewunnebar.«

Applaus.

Ben stürzte beim Verbeugen vom Tisch, wurde aber von Anton und Artjom aufgefangen, die große Freude an ihrem neuen Kumpel hatten. Nur eine nicht, und die saß immer noch mit verschränkten Armen am Tisch und starrte schlecht gelaunt in das freudige Treiben: Romy. Wie sollte jemand wie Ben ein Ensemble führen? Wie sollte er das Theater mit *weischeweidewunnebar* zum Erfolg führen? Wer hatte ihr nur diese beknackte Idee eingeblasen? Die alte Hollywoodregel für Filme bekam hier eine ganz neue Dimension: Beginne mit einem Erdbeben, und dann steigere dich langsam. Das hier war jetzt schon eine Katastrophe! Ein Erdbeben war nichts gegen einen besoffenen Auftritt Bens in Verbindung mit einem ehrwürdigen elisabethanischen Theater.

Theo drehte die Musik auf.

Schon wieder Ute Freudenberg. Ben kannte den Text zwar nicht, er kam aus dem Westen, aber nach einmaligem Hören schmetterte er ihn mit, als hätte er seine ganze Jugend in der DDR verbracht. Romy reichte es jetzt, sie ging zur Musik und zog den Stecker. Eine Weile sang noch die Kneipe, bis alle endlich bemerkten, dass die Musik fehlte, und zu Romy sahen.

»Wie schön!«, lächelte sie. »Ich hab eure Aufmerksamkeit!«

»Romy!«, rief Ben begeistert und riss die Arme hoch, als würde er sie gerade zum ersten Mal sehen.

»Eigentlich sind wir wegen des Theaters hier!«

»Richtisch!«, rief Ben. »Dss Theata! Freunde, dss wird toll! Fantaschtisch. Wir wer'n Geschischteschreib'n. Alle!«

Applaus.

»Kann ich dich einen Moment sprechen?«, lockte Romy Ben.

»S'lbst-ver-schtändlich!« Er wandte sich den Alten zu: »Freunde! Et warmireine Ehre!«

Er schüttelte Hände, nahm Abschiede, Glückwünsche und noch einen Schnaps entgegen, bevor ihn Romy aus dem *Muschebubu* bugsieren konnte.

»Romyschatz, ich glaub, du musst fahr'n. Knn sein, dss ich en bisschn wat intus hab …«

»Wir gehen zu Fuß!«

»Zu Fuß? Nach Großserlitsch? Na, bis dahin bin ich beschtimmt nüschtern …«

»Du bist in Großzerlitsch.«

Es brauchte ein wenig, bis sich das Gesagte die eingeseiften Terpentinen zu den Resten seines Verstands hochgeschlängelt hatte, dann aber traf ihn die Erkenntnis wie den Kneipenzecher die Frischluft.

»WAS?!«

»Das hier ist Großzerlitsch«, nickte Romy.

»Du verarschtmisch! Dss hier ist kleiner als ein Atomm!«

»So klein nun auch wieder nicht.«

»Aber, aber … Kleinserlitsch …«

»… ist größer. Die haben die Hauptstraße. Ist 'ne lange Geschichte …«

»Achja? IchhabSzeit!«

Sie packte ihn am Arm und zog ihn mit sich: »Na, komm, wir sehen uns jetzt erst mal das Theater an.«

Es war mittlerweile dunkel geworden und auch ziemlich frisch, was Ben immerhin dergestalt ablenkte, dass er sich irgendwann nicht mehr über den Etikettenschwindel Groß-

und Kleinzerlitsch beschwerte, sondern über die Kälte im Allgemeinen und seinen empfindlichen Gesundheitszustand im Besonderen. Romy hörte sich klaglos alles an und versicherte ihm, dass er so viel Alkohol im Blut habe, dass ein Erfrieren schon rein physikalisch nicht möglich wäre.

»Doch!«, rief Ben. »Wohl möglisch! Mein Oppa! Erfror'n! Auffer Parkbank. Hatsich besoffen hingesetzt und zack: Steif wie'n Lolli! Abba sie habn ihn wieder aufgetaut, weil dss Enkelschen Kommunion hatte. Also: *ich*. Achja, der Oppa. War'n bissken komisch danach, abba immer gut drauf!«

Romy stoppte, und der palavernde Ben lief beinahe in sie hinein. Sie standen mittlerweile vor dem Fachwerkbau mit dem leuchtend roten Dach. Romy machte eine präsentierende Geste und rief: »Tattaaaaa!«

Ben kniff die Augen zusammen und sagte: »Meine Fresse, binnich besoff'n. Dss sieht ja aus wie 'ne Scheune.«

»Ist noch nicht ganz fertig …«, lächelte Romy entschuldigend.

»Die Scheune?«

»Das Theater!«, berichtigte Romy kühl.

»Dss is doch kein Theata … dss … dss … Is dss da ein Loch?«

Romy folgte seinem Finger und blickte auf den Durchbruch, den Artjom und Emil in die Wand gestemmt hatten und der dem Mann von Bauamt fast auf den Kopf gefallen wäre.

»Ein Fenster!«

»Verstehe. Dss Loch issen Fensta und die Scheune ein Theata.«

»Das Fenster kommt noch.«

»Hoffntlisch. Dss zieht nämlisch wie Sau!«

Romy zog ihn zum Tor, das bedauerlicherweise wirklich wie ein sehr schiefes Scheunentor aussah, öffnete es weit, sodass ein wenig Mondlicht ins Innere fiel, und zeigte ihm den Rest.

»Siehst du? Da vorne kommt die Bühne hin. Und hier eine Tribüne. Und da und da noch eine. Und dazwischen Treppen. Und wenn du nach oben siehst: alles schon fertig. Sieht noch ein bisschen wüst aus hier unten, aber wenn auch das geschafft ist, wird es einfach umwerfend sein.«

Sie sah zu Ben hinüber, der immer noch schwankend gegen das Dach starrte.

»Was hältst du davon?«

Ben senkte den Blick und fragte: »Ehrlisch?«

»Klar.

»TAXI!«

Er marschierte nach draußen.

Romy seufzte und lief ihm über die Wiese nach. »Wo willst du denn jetzt hin?«

»N'ch Hause! Ruf mir'n Taxi!«

Romy verdrehte die Augen: »Pfft, als ob es sowas in Großzerlitsch geben würde. Oder Kleinzerlitsch.«

»Dann geh ich eb'n zu Fuß!«

»Durch den Wald? Du bist mutiger, als ich dachte!«

»Wieso?«

»Hier in der Gegend gibt's noch Wölfe.«

»WAS?«

Romy lächelte: »War'n Witz! So, komm, ich bring dich ins *Muschebubu*, und morgen sieht das alles ganz anders aus!«

»Nixda! Ich fahr nach Hamburg. Wiederseh'n!«

Romy verschränkte die Arme vor der Brust: »Also, ich möchte dich ja ungern an deinen Vertrag mit mir erinnern …«

»Lös'n wir auf!«, beharrte Ben. »Kriegst die Kohle wieda.«

»Du hast da nicht reingeguckt, oder?«

»Dafür habbich nen Agenten.«

»Weil du, wenn du einfach abhaust, nicht nur die Kohle zurückgeben musst, sondern auch noch 'ne Konventionalstrafe zahlst.«

»Ne Konv'ntionalstrafe? Sowas würde mein Agent nie sulassen!«

»Es war *seine* Idee!«

Ben schüttelte sich wie eine Katze, der man Wasser ins Gesicht gespritzt hatte: »WIE BITTE?!«

»Ich glaube, er war ein bisschen ungehalten, weil du bei deinem letzten Puffbesuch mit seiner Kreditkarte gezahlt hast!«

»Dss war doch kein Puff! Dss war 'ne sehr geschm'ckvolle tänserische Darbietung!«

»Wie auch immer. Dem Betrag nach hast du das ganze Bolschoi zu Schampus eingeladen.«

»Ja, s'llte ich etwa Limmo bestell'n?! In so 'm Etablissement?«

Romy zuckte mit den Schultern: »Jedenfalls hast du jetzt keine Kohle mehr, die du zurückgeben könntest. Die hat er gleich einbehalten.«

»Der is so 'n Geizhals …«

»Und wenn du abhaust, wird zusätzlich die Konventionalstrafe fällig.«

»Wie hoch?«

»Sagen wir es so: Privatinsolvenz …«

Ben schwieg.

Ob er über seine Situation nachdachte oder nur gegen einen Schwindel ankämpfte, ließ sich nicht so genau sagen, denn eine Weile stand er nur schwankend da und starrte auf das Theater. Genauer: auf das Dach. Denn das schien ihm zu gefallen.

»Sieht hübsch aus …«, murmelte er.

»Finde ich auch!«, lächelte Romy.

Er wandte sich ihr zu.

Romy gefiel der Blick ganz und gar nicht.

»Ich meinte dich«, lächelte er charmant und machte einen Schritt auf sie zu.

Romy seufzte: Subtil wie eh und je!

»Weißt du, wenn du ein bisschen netter wärst …«

»Wie nett denn?«, fragte Romy sanft.

»Du weißt schon …«

Er beugte sich zum Kuss herüber.

Sie knallte ihm eine, dass man das Klatschen bestimmt noch in Kleinzerlitsch hören konnte. Zumindest aber im *Muschebubu.*

»AUA!« Ben rieb sich heftig die Wange. »Herba Charme hier im Osten.«

»Wir sehen uns morgen!«, zischte Romy. »Und wehe, du bist nicht pünktlich!«

Dann wandte sie sich ab und stapfte wütend davon.

»Ich nehme an, das war ein *Nein*, oder?«

Sie antwortete nicht.

49.

Er hatte gegen Wölfe gekämpft.

Mit den bloßen Händen und einem ziemlich kurzen Lendenschurz. Gegen ein ganzes Rudel, angeführt von einem riesigen, bösartigen Tier mit Löwenzähnen und Adlerkrallen. Und unheimlichen Augen. So wie in *300*, dem Film.

Sie hatten sich gegenübergestanden und sich belauert.

Romy war auch da gewesen.

Gefesselt an einen Baum.

Von den anderen Wölfen.

Sie hatte auch nur einen knappen Lendenschurz an. Und Ahornblätter auf den Brüsten. Genauer gesagt: Die kleinen Propellerfrüchte, die auch jetzt aufgeregt rotierten.

Der Mond schien hell auf die kleine Lichtung, auf der er

dem bösen Wolf gegenüberstand. Ben fiel es ein wenig schwer, auf seinen Gegner achtzugeben, weil er die Propeller auf Romys Brüsten so super fand.

»Konzentrier dich, Ben!«, ermahnte ihn Romy.

»Ja, sicher!«, rief Ben zurück.

Aber da hatte ihn der böse Wolf schon angesprungen. Sie rangen miteinander, und plötzlich war da GEMA-freie Porno-Musik, und der Mond hatte sich in eine Diskokugel verwandelt. Ben besiegte den Wolf in einem entzückenden Tanzduell und wurde neuer Anführer des Rudels. Er befreite Romy und fragte: »Na, wie sieht's aus? Kuscheln?«

Sie langte ihm eine, dass er davon wach wurde.

Ein strahlend schöner Tag blitzte durch die schweren Vorhänge in das Zimmer. Lichtstreifen schnitten durch das Halbdunkel und bildeten auf Boden und Bettdecke kleine gleißende Seen. In Bens Schädel hämmerte der Schmerz, die Augen ließen sich, klebrig, wie sie waren, nur schwer öffnen. Das Einzige, das ihn an seinem verkaterten Zustand tröstete, war eine prächtige Erektion, auf der man einen Teller hätte jonglieren können.

Der Versuch, sich an den gestrigen Abend zu erinnern, fühlte sich an, als ob man mit bloßen Händen eine Kutsche aus einem Schlammloch ziehen müsste: Nur zentimeterweise offenbarten sich die Geheimnisse. Und es war ungeheuer anstrengend.

Wo war er hier?

Kleinzerlitsch. Nein, Großzerlitsch.

Richtig, die hatten ihn angeschissen mit diesem *Klein* und *Groß*. Er war in dieser Kneipe gewesen … das war lustig. Und da war noch die Scheune mit dem Loch. Angeblich ein elisabethanisches Theater. Romy, das Luder! Und dann auch noch die Tugendhafte gespielt. Von wegen! Er war ihr gestern noch nachgelaufen und dann?

Wo war er denn jetzt? Er wagte einen vorsichtigen Blick.

Offenbar ein Schlafzimmer.

Er drehte sich zur Seite … da lag ja jemand! Unter dem Plumeau zeichneten sich sanft die Konturen einer Frau ab, die sich die Decke über den Kopf gezogen hatte und schlief. Ben grinste zufrieden: so viel zu ihrem Jane-Austen-Getue. Er rutschte ein Stück zu ihr heran, legte sanft seinen Arm um ihre Taille und raunte: »Weißt du, wozu ich jetzt Lust hätte …?«

Und damit das Rätsel nicht allzu schwer wurde, schob er sein Becken vor und gab ihr einen Tipp.

Er spürte, wie sie wach wurde.

Wie sie ihm ihren Po entgegenstreckte und offenbar die Lösung seines kleinen Quiz erraten hatte.

Wie sie sich langsam umdrehte.

Und dann hörte er nur noch: »Ei verbibbsch!«

Ben blickte in das Gesicht einer alten Frau.

Und die blickte in das Gesicht eines fremden Mannes.

Dann schrien beide.

Oh, und wie sie schrien!

Das ganze Zimmer zitterte davon! Ben schoss in die Höhe, die Alte genauso. Und sie praktisch nackt zu sehen ließ ihn kreischen wie ein kleines Mädchen!

Die Tür flog auf – Theo stürmte ins Zimmer.

»Oh, Gott, Mutter!«

Er lief zu ihr und legte das Plumeau um ihre Schultern, während er sich gleichzeitig bei Ben zu entschuldigen versuchte: »Tut mir leid, Ben. Wirklich! Tut mir leid!«

Ben riss seine Decke in bester Doris-Day-Manier ans Kinn und rief mit zitternder Stimme: »Sie hat nichts an, Theo. Sie hat nichts an!«

»Sie muss sich in der Nacht rübergeschlichen haben. Sie ist … also, … sie ist ein bisschen neben der Spur … Tut mir leid. Kommt nicht wieder vor!«

Er führte seine Mutter hinaus.

Die war wieder ganz ruhig, und als sie sich zu Ben umdrehte, winkte sie ihm fast schon kokett mit den Fingerspitzen zu. Draußen hörte er Theo mit seiner Mutter schimpfen, aber auch das verlor sich bald. Er wagte einen Blick unter seine Decke und atmete erleichtert auf: Er hatte seine Boxershorts noch an.

Gott sei Dank!

Er war also in Großzerlitsch.

Im *Muschebubu*.

»Das ist ein verdammter Alptraum hier!«

Mehr fiel ihm dazu nicht ein.

50.

Romy wartete mit Artjom und Emil an der Scheune und war ganz beeindruckt von sich selbst, dass sie es geschafft hatte, Ben zur Pünktlichkeit zu animieren. Er wirkte zwar angeschlagen und leicht schwankend, aber er immerhin: Er stapfte über die Wiese, die Hände in die Hosentaschen vergraben. Was so eine Ohrfeige doch alles bewirkte! Und eine bisschen herrische Ansprache! Der Kerl war doch tatsächlich früh aufgestanden, und ihn jetzt auf der Wiese rumstolpern zu sehen, gab ihr das gute Gefühl, zu wissen, wie man am besten mit ihm umging.

Artjom und Ben begrüßten einander herzlich, wie alte Kumpel. Romy staunte immer wieder, wie sehr Männer sich nach nur einem Gelage verbrüdern konnten. Emil wollte da nicht nachstehen und schüttelte Bens Hand überschwänglich: »Ich freue mich, Sie kennenzulernen! Mann, der *Frischedoktor*! Ist mir eine Ehre!«

»Sag Ben zu mir!«

»Emil!«

Emil wandte sich Romy zu: »Toller Typ, dein Freund!«

Romy verkniff sich einen Kommentar.

Ben klatschte zufrieden in die Hände und sagte: »Na, wie steht's? Gehen wir einen trinken?«

»Ihr geht nirgendwo hin!«, fauchte Romy. »Wir sehen uns jetzt das Theater an, damit du auch mal bei Tageslicht und nüchtern unser Projekt siehst!«

Diesmal fiel Bens Urteil deutlich gnädiger aus, denn Romy malte ihm das Theater in den schillerndsten Farben aus, sodass er schnell eine Vorstellung vom Potential bekam, das in der ehemaligen Scheune schlummerte. Vieles musste noch gebaut werden, viele Probleme schienen selbst für einen Optimisten schier unüberwindbar, aber möglich war es. Und Ben musste zugeben, dass die Großzerlitscher bisher wirklich gute Arbeit geleistet hatten. Ob sich allerdings je Zuschauer in das kleine Dorf verirren würden, das wusste niemand. Auch Romy nicht, die sich Mühe gab, diesen Umstand zunächst einmal außen vor zu lassen.

Nach einer halben Stunde Führung und Erklärungen landeten sie wieder vor dem Scheunentor.

»O.k., ich denke, ich habe alles kapiert. Bleibt nur noch eine Frage: Wo ist das Ensemble?«

Ganz automatisch wanderten alle Blicke zu Romy.

»Das Ensemble …«, wiederholte sie, um Zeit zu gewinnen.

»Ja, wenn das hier ein Theater wird, brauchen wir Schauspieler, die darin spielen. Wo sind sie?«

Romy räusperte sich verlegen: »Nun, die sind ganz in der Nähe. Wir müssen sie nur noch, ähm, einsammeln …«

Ben nickte: »Perfekt. Hau rein. Wir treffen uns dann im *Muschebubu*.«

Romys Augen wurden zu Schlitzen: »Du glaubst doch nicht, dass ich dich alleine in der Nähe eines Bierhahns lasse!«

»Also, wenn wir hier eine gute Stimmung haben wollen, müssen wir lernen, uns gegenseitig zu vertrauen!«

Sie verschränkte die Arme vor der Brust und schenkte ihm Blicke, die wie Pfeile einer Armbrust aus seinem Kopf und Oberkörper einen Käseigel machten.

Ben zuckte mit den Schultern: »Bitte, wenn du unbedingt schwierig sein möchtest …«

»Es ist *dein* Ensemble. Du bist der Regisseur!«

Ben lächelte: »Stimmt, ja. Also gut, sammeln wir sie ein!«

Sie zogen los und mussten schnell feststellen, dass es in Großzerlitsch einfacher war, Einhörner zu schwängern, als Schauspieler für ein Theaterstück zu engagieren.

Obwohl es zunächst gar nicht schlecht begann.

Sie besuchten zunächst Bertha, die nur Augen für Ben hatte, der sie umgarnte und komplimentierte, dass es Romy schlecht wurde. Aber es schien zu funktionieren, denn sie kicherte wie ein Teenager und tätschelte Bens Hand.

»Du wirst der hellste Stern am Theaterfirmament sein!«, schmeichelte Ben und deutete einen Handkuss an.

»Wie könnte ich da nicht mitmachen? Kaffee?«

»Gerne.«

Er sah ihr lächelnd nach, wandte sich Romy zu, die ihn mit verschränkten Armen und reichlich zitronenmündig fixierte.

»Was?«

Sie zischte: »Das hast du zu mir auch gesagt!«

»Und? Hat dich doch gefreut, oder?«, fragte er unschuldig zurück.

Romy sah sich nach etwas um, was sie ihm an den Kopf werfen konnte, fand aber nichts, weil Bertha schon wieder zurückkehrte.

»Eine Frage hätte ich aber noch.«

Ben lächelte sie an: »Welche, meine Liebe?«

»Spielt Hilde mit?«

»Alle spielen mit!«

Bertha schüttelte den Kopf: »Dann nicht. Wenn Hilde mitspielt, spiele ich nicht mit!«

Und da half auch kein Charmieren mehr. Bertha blieb in diesem Punkt völlig unnachgiebig, und nach einer halben Stunde gaben Romy und Ben auf. Die Gegenprobe bei Hilde verlief ebenso ernüchternd, außer dass Ben versuchte herauszufinden, was zwischen den beiden vorgefallen war und ob es keine Möglichkeit gab, zu vermitteln. Doch weder die eine noch die andere wollte überhaupt darüber reden, warum sie einander spinnefeind waren. Und so blieb jeder Versuch, einen Kompromiss herbeizuführen, fruchtlos.

Auch in den nächsten Häusern hatten die beiden wenig Erfolg. Bestenfalls erreichten sie ein vages *Vielleicht*, meist jedoch eine höfliche Absage, weil man sich einfach als zu alt empfand. Und sicher war, sich ganz furchtbar zu blamieren.

Die Erste, die tatsächlich zusagte, war Elisabeth, doch anstatt sich darüber zu freuen, empfand es Romy als absoluten Tiefpunkt ihrer Suche. Dabei hatte sie zunächst – wie die meisten anderen auch – freundlich abgelehnt. Dann aber hatte Ben in ihrer Wohnung Fotos ihres Sohnes Roman, des Schnorrers, und auch ihrer Enkelin entdeckt, die sie gut sichtbar überall im Wohnzimmer drapiert hatte.

»Hübsches Kind!«, sagte Ben und nahm eines der Fotos in die Hand.

Elisabeth strahlte: »Ja, nicht wahr!«

»Du musst sehr stolz auf sie sein«, sagte Ben.

»Ja!«, bestätigte Elisabeth.

Sie strahlte.

Man konnte Ben vieles vorwerfen: zum Beispiel Oberflächlichkeit oder dass er ohne jedes Feingefühl und zudem manchmal ziemlich kaltschnäuzig war. Und wie zum Beweis dessen hatte er plötzlich eine Idee, wie man das alles in einem Satz zusammenfassen konnte.

Er fragte: »Weißt du was? Wir laden sie zur Premiere ein! Da lernt sie ihre Oma mal ganz anders kennen. Was denkst du?«

Elisabeth war sichtlich überrascht, schon im Begriff, reflexhaft abzulehnen, dann aber hielt sie inne und fragte vorsichtig: »Meinst du wirklich?«

»Unbedingt! Die wäre total stolz auf dich!«

»Ben, kann ich dich mal kurz sprechen?«, fragte Romy.

Mit einem Unterton, der nichts Gutes ahnen ließ.

Ben jedoch war gerade so richtig in Fahrt: »Denk mal drüber nach, Elisabeth! Du, dein Sohn, deine Enkelin. Alle zusammen bei der Premiere … wäre das nicht toll?«

Romy zog ihn zur Seite und flüsterte: »Hör auf damit!«

»Warum?«, flüsterte er zurück.

»Weil es … es ist falsch!«

»Willst du jetzt ein Ensemble oder nicht?«

»Schon, nur nicht *so*.«

Elisabeth hatte auf ein Foto mit der Enkelin gestarrt, dann gelächelt und sich den beiden wieder zugewandt.

»Ich mach's!«

Ben schenkte ihr sein schönstes *Frischedoktor*-Lächeln und nahm sie in den Arm: »Wunderbar! Du wirst der hellste Stern am Theaterfirmament sein!«

»Du bist so ein guter Junge, Ben!«

Ben drückte sie an sich und antwortete versonnen: »Ich weiß.«

Da standen sie nun – ein Herz und eine Seele.

Und Romy daneben.

Schweigend.

Sie hätte energischer dazwischengehen können, hätte Ben abhalten müssen, an Elisabeths Wunde zu rühren. Aber sie hatte es nicht getan. Und jetzt schämte sie sich ein wenig dafür.

Sie verließen ihr Haus.

Romy weigerte sich, mit Ben zu sprechen. Sie gab ihm die Schuld und wusste genau, dass sie selbst auch nicht besser war. Oder doch? Vielleicht färbte er nur ab? Wie eine rote Socke alles rosa machte, wenn man sie zur Weißwäsche packte. *Weischeweidewunnebar*. Was beschwerte sie sich eigentlich? Sie wusste doch, wie er war! Er war die rote Socke.

Und sie jetzt rosa.

Sie besuchten Bella.

Ben bewunderte ihre Wohnung mit all ihren seltsamen Einrichtungsgegenständen, wie dem geflügelten Sofa oder den Stühlen mit den Hundeschwänzen oder den als Schäfchen drapierten Heizkörpern. Bella stand gerade in der Küche und kochte, als die beiden sie fragten, ob sie noch Lust hätte, beim Theater mitzumachen.

Bella lächelte: »Aber natürlich, Täubchen. Versprochen ist versprochen!«

»Danke, Bella!«

Ben breitete seine Arme aus und rief: »Du wirst der hellste Stern …«

»Halt bloß die Klappe!«, zischte Romy.

»Habt ihr Hunger?«, fragte Bella.

»Nein«, antwortete Romy.

»Ja«, antwortete Ben.

Es roch einfach zu verführerisch.

»Karl kommt auch gleich«, antwortete Bella und goss sich ein Gläschen Wein ein. Natürlich bemerkte sie den strafenden Blick Romys, aber sie winkte: »Ist mein erstes, Täubchen. Wie sieht's mit dir aus, Ben? Ein Gläschen?«

»Nein«, antwortete Romy.

»Ja«, antwortete Ben.

Und bekam ein Glas Wein. Er prostete Romy triumphierend zu und trank es in einem Zug aus. Bella schüttete gleich nach – Romy verließ aus Protest die Küche.

Zu ihrer Überraschung saß Karl schon am Esstisch, nickte Romy freundlich zu und band sich eine Serviette um den Hals. Romy stutzte ein wenig, nicht nur, weil er sie alle beim Betreten von Bellas Haus nicht begrüßt hatte, sondern auch, weil er sich hier so ungezwungen bewegte. Das war nicht unbedingt seine Art. Früher hatte er seine eigenen vier Wände kaum verlassen, allenfalls um im *Muschebubu* dienstags, donnerstags und sonntags Schnitzel zu essen. Und jetzt war er hier und, so wie er auftrat, ganz sicher nicht das erste Mal.

Romy sprach ihn auf das Theater an, aber Karl schüttelte den Kopf: *nein* zu ihrer Bitte mitzuspielen, *nein* zu Theater im Allgemeinen und *nein* zu Shakespeare im Besonderen. Dabei hatte er im *Muschebubu* noch zugesagt. Doch jetzt wollte er davon nichts mehr wissen. Störrisch wie ein Muli.

Bella kam mit einer dampfenden Schale Gulasch aus der Küche und stellte sie auf den Tisch, während ihr Ben folgte und noch im Gehen eine Flasche Wein öffnete. Offenbar hatte sie Romys Fragen mitbekommen, denn mit ein paar beschwichtigenden Gesten versicherte sie, dass sie sich um Karl kümmern würde. Romy nickte ihr dankbar lächelnd zu: Bella würde Karl auf ihre Seite bringen.

Dann wandte Romy sich Ben zu und fragte: »Was hast du denn vor?«

Der goss sich gerade einen Wein ins Glas und sagte ungerührt: »Jetzt essen wir erst einmal gemütlich.«

»Kommt nicht in Frage!«

Er nahm das Glas und prostete ihr zu: »Halt mich auf!«

Romy sah ihn wütend an, doch diesmal war sie gar nicht wütend.

Ben rieb sich zufrieden die Hände und sah auf das Gulasch: »Mann, wie das duftet!«

Romy stand auf, verabschiedete sich scheinbar eingeschnappt von Bella und Karl, warf Ben noch einmal einen vernichtenden Blick zu, drehte sich um und ging hinaus.

Breit grinsend.

51.

Am Ende des Tages trafen sich Romy und Anton im *Muschebubu* – mit ernüchternder Bilanz: Romy hatte nur vier feste Zusagen. Dazu ein paar, die *vielleicht* noch zu überzeugen waren. Und sie hatte einen jammernden Ben, der behauptete, er hätte sich den Magen verdorben und müsste dringend ins Krankenhaus.

Anton nickte und sagte: »Ich hab dir ja gesagt, dass das schwierig wird. Und vielleicht ist es auch ein bisschen viel verlangt …«

Romy schüttelte den Kopf: »Ihr habt so viel geschafft, ihr könnt noch mehr, wenn ihr eure Angst überwindet!«

»Ist nicht so leicht, Romy.«

»Doch, eigentlich schon. Man macht es halt. Was ist mit dir, Anton? Machst du mit?«

Er zögerte spürbar mit der Antwort.

Dann seufzte er.

»War das ein *Ja*?«, fragte Romy.

Wieder ein Zögern.

»Lass mich nicht hängen, Anton! Ohne dich werde ich die anderen nie erreichen. Du bist die Seele dieses Dorfes, ohne dein Wort geht gar nichts.«

»Pass auf, ich mach dir einen Vorschlag: Ich glaube, ich kann dir helfen, aber Grundvoraussetzung wird sein, dass alle mitmachen. Alle. Ohne Ausnahme. Wenn sich auch nur einer drückt, werden die anderen automatisch sagen, dass sie nicht mitspielen. Wenn sie sich *alle* blamieren, dann ist es weniger schlimm.«

»Ihr werdet euch nicht blamieren!«, protestierte Romy.

»Wie auch immer. Wenn wir als Gemeinschaft auftreten, dann wird sich jeder durch den anderen geschützt fühlen. Schert einer aus, haben wir keinen Handel. In Ordnung?«

Er hielt ihr die Hand hin.

Romy schlug ein: »In Ordnung!«

Theo servierte den beiden ein Bier.

»Was sagst du dazu, Theo?«, fragte Romy.

»Du weißt, was ich von deiner Idee halte, Romy. Aber wenn es keine Ausnahme gibt, werde ich auch keine sein.«

»Gut, dann sind wir im Geschäft!«

Theo zuckte mit den Schultern: »Es wird trotzdem nicht funktionieren, weil du Bertha und Hilde niemals zusammenbringen wirst.«

»Was ist denn nur mit den beiden? Ich versteh das nicht!«

»Eine alte Geschichte …«

»Welche denn? Die beiden wollten nichts rausrücken.«

Anton und Theo sahen sich an und schwiegen.

»Jetzt sagt schon!«

Anton schüttelte den Kopf: »Wenn sie nicht drüber reden wollen, muss man das akzeptieren. Was passiert ist, ist passiert. Manche Dinge sollte man ruhen lassen.«

»Das sehe ich ein bisschen anders …«, begann Romy, aber weiter kam sie nicht, weil die Tür zum Schankraum aufflog und Ben eintrat, zusammen mit Artjom und Emil. Allerbester Laune.

»Ich dachte, du müsstest ins Krankenhaus?!«, fragte Romy skeptisch. »Eine Magentransplantation oder so?«

»Emil hatte ein Wundermittel dabei!«, rief Ben. »Ein tschechischer Magenbitter! Teuflisches Zeug! Schmeckt wie *Rohrfrei* und wirkt auch so!«

Er setzte sich neben Romy. »Wie geht's denn jetzt weiter? Kriegen wir die Schauspieler zusammen oder nicht?«

Romy nickte: »Natürlich kriegen wir die!«

»Sonst kann ich nicht inszenieren. Und das ist dann zur Abwechslung nicht meine Schuld!«

»Schon klar.«

»Keine Konventionalstrafe …«

»Jahaaaa …«

»Du könntest aber das Theater zu Ende bauen und ein Museum daraus machen.«

»Wir werden spielen! Okay?!«, erwiderte Romy gereizt.

Ben hob beschwichtigend die Hand: »Schon gut. Hast du 'ne Laune heute … Theo?«

Theo wandte sich ihm zu.

»Was kannst du denn heute empfehlen?«

»Vogelbeerschnaps. Wie gestern. Und vorgestern.«

»Dann mal ran!«

Romy verdrehte die Augen, rutschte vom Tresenhocker, verabschiedete sich von den anderen mit einem kurzen Gruß und machte sich auf den Heimweg.

»Romy?«

Jemand hatte ihr leise nachgerufen, sie drehte sich um.

Emil winkte sie zu sich und sagte leise: »Ich hab das von Hilde und Bertha gehört …«

»Weißt du, was da passiert ist?«

»Nicht genau. Aber ich weiß, dass es um Georg ging.«

»Wer ist das?«, fragte Romy neugierig.

»Hildes Ehemann. Also, ihr Ex-Ehemann. Soweit ich weiß, hatte Bertha ein Verhältnis mit ihm.«

Romy runzelte die Stirn: »*Deswegen* haben die sich in der Wolle? Wegen einer Liebelei?«

»Mehr weiß ich auch nicht.«

Romy gab Emil einen Kuss auf die Wange: »Danke!«

Sie lief beschwingt nach Hause. Eine kleine Affäre, ein Streit, der sich verselbständigt hat. Da brauchte es nur eine gute Mediatorin. Es würde eine Entschuldigung geben, und dann würden die beiden sich wieder versöhnen.

Ein Kinderspiel.

52.

Ben tauchte nicht zur vereinbarten Zeit auf.

Romy machte sich einen Kaffee, frühstückte und marschierte dann rüber ins *Muschebubu*, wo sie Theo im Schankraum fand, der mit einem Notizblock bewaffnet nachrechnete, was er an Bier und Spirituosen noch im Bestand hatte. In letzter Zeit hatten sich seine Umsätze sehr erfreulich entwickelt, weshalb er sogar mit einer gewissen Leichtigkeit seiner Arbeit nachging. Immer noch unfreundlicher als der Durchschnittsbürger, aber für die Großzerlitscher war die kleine Veränderung spürbar.

»Wo ist er?!«, herrschte Romy ihn an.

»Ben? Der schläft noch«, antwortete Theo in aller Seelenruhe.

»Es ist zehn Uhr!«

Theo grinste: »Weißt ja, wie das ist in dem Alter … da brauchen sie noch viel Schlaf.«

»Dann wirf ihn aus den Federn!«

»Er ist Gast hier, Romy.«

»Und?!«

»Na ja, wir werden schon warten müssen, bis er wach wird …«

Wie aufs Stichwort setzte Geschrei ein.

»Schätze mal: Jetzt ist er wach!«

Theo lief nach oben, wo Bens Stimme mal wieder in den Sopran umschlug.

Romy blieb zurück und konnte durch die geöffnete Tür des Schankraums hören, was oben vor sich ging.

»Sie ist durchs Fenster, Theo!«

»Was?!«

»Als ob sie die verdammte Oma von Spiderman wäre!«

»Tut mir leid, Ben.«

»Und warum hat sie nie was an?!«

»Ich weiß es nicht, Ben.«

»Ich mach die Augen auf und gucke genau auf ihre … ihre … sie ist über siebzig, Theo, okay?!«

»Ich verstecke die Leiter, einverstanden?«

»Zieh ihr einen Taucheranzug an!«

»In Ordnung. Stehst du jetzt auf? Romy wartet unten auf dich.«

»Na toll … hey, weißt du was, schenk ihr doch die Leiter!«

Romy rief die Treppen hinauf: »Ich kann dich hören!«

»Scheiße!«

Dann wurde es ruhig.

Wenige Momente später kam Theo mit seiner Mutter an der Hand die Treppen runter. Er hatte ihr die Tagesdecke des Betts umgelegt und verschwand mit ihr in der gemeinsamen Wohnung im Erdgeschoss.

Ben brauchte eine halbe Ewigkeit, kam dann aber gut gelaunt und frisch geduscht in den Schankraum, wo ihn Romy empfing und gleich mit nach draußen zerrte. Romy klärte ihn kurz über den aktuellen Stand der Dinge auf: Sie mussten die beiden Streitenden versöhnen. Und sie wüsste auch schon, wie. Nur eines wäre ungeheuer wichtig und von entscheidender Bedeutung …

»Was?«, fragte Ben.

»Dass du den Mund hältst!«

»Ich kann gut mit Frauen!«, protestierte Ben. Romys Miene konnte er jedoch entnehmen, dass das womöglich ein wenig unglücklich formuliert war.

»Halt einfach den Mund! Ich mach das auf meine Weise: einfühlsam!«

»Bitte!«, maulte Ben, »dann eben ein-fühl-sam …«

Sie suchten Hildes Haus auf und wurden von ihr auch eingelassen. Hilde führte sie in die gute Stube und fragte: »Kann ich euch was Gutes tun? Ben?«

»Ich hab Hunger!«, beklagte sich Ben. »Romy hat mich nicht frühstücken lassen!«

Hilde knuffte ihn in die Wange und sagte: »Dann mach ich dir schnell was, ja?« Sie blickte Romy tadelnd an: »Schäm dich, Täubchen. Du kannst ihn doch nicht ohne Frühstück aus dem Haus lassen!«

Schon verschwand sie in der Küche.

Romy blitzte ihn an.

»Ich dachte, wenn sie Mitleid hat, macht sie das vielleicht zugänglicher«, verteidigte sich Ben.

»Halt-die-Klappe!«

»Du bist der Boss …«

»Schön wär's«, murrte Romy.

Wenig später trat Hilde auch schon wieder ein und stellte einen Teller mit geschmierten Broten vor ihm ab. Ben bedankte sich und fiel hungrig über das Essen her. Romy verzog das Gesicht: Das war kein schöner Anblick, aber immerhin war er beschäftigt und konnte sie nicht in Verlegenheit bringen.

»Wann hat er denn das letzte Mal etwas zu essen bekommen?«, fragte Hilde besorgt.

»Achte nicht auf ihn!«, befahl Romy, um dann viel freundlicher anzufügen: »Ich wollte noch einmal mit dir über das Theater sprechen.«

Hilde wandte sich ihr wieder zu.

»So wie es aussieht, werden bei dem Projekt alle mitmachen. Außer dir und Bertha. Und ich wünsche mir nichts mehr, als dass du und Bertha mitspielen. Damit wir alle zusammen sind. Ohne Ausnahme.«

Hilde seufzte: »Das ist alles nicht so einfach, mein Täubchen …«

»Es ist wegen Georg nicht?«

Sie sah sie überrascht an, dann nickte sie: »Ja, wegen Georg.«

»Vielleicht ist es an der Zeit, sich die Hände zu reichen, Hilde? Ihr seid jetzt so lange verfeindet. Wollt ihr das wirklich bis an euer Lebensende durchziehen? Wäre es nicht an der Zeit, sich zu versöhnen?«

Sie ließ sich mit der Antwort Zeit.

»Es ist viel Zeit vergangen, das stimmt schon …«

Romy spürte einen kleinen Riss in der Mauer und setzte nach: »Ich verstehe dich doch, Hilde. Bertha hat einen Fehler begangen. Aber willst du sie für immer dafür bestrafen? Ihr wart doch mal wie Schwestern. Wollt ihr das denn nicht wieder sein?«

Hilde saß ganz still.

Rieb sich nervös die Hände und starrte ins Leere.

Plötzlich schimmerten Tränen.

»So viel Zeit, die nicht mehr zurückkommt …«, flüsterte sie vor sich hin.

Mit einem Mal war es ganz still geworden, die Geräusche aus dem Zimmer geflohen, und in ihrem Schatten breitete sich eine seltsame Atmosphäre aus: friedlich, sanft, mit dem süßen Geschmack nach Vergebung. Ja, Erlösung. Nur ein wenig noch! Sie konnte sehen, wie Hilde mit sich rang, dann hob sie an, etwas zu sagen.

Romy hielt die Luft an.

Und war damit offenbar nicht die Einzige.

Denn genau in diesem Moment hörten sie beide ein Krächzen, ein unterdrücktes Husten, und blickten zu Ben, der sich offenbar ein komplettes Schnittchen in den Mund gesteckt und versucht hatte, es, ohne zu kauen, runterzuschlucken. Jetzt würgte er es gerade wieder hervor, wobei ihm kleine Brotbröckchen aus der Nase schossen.

»Ben?!«, rief Hilde alarmiert.

»Der wird schon wieder!«, rief Romy zurück. »Lass uns noch mal wegen …«

»Der arme Kerl erstickt ja?!«

Hilde war aufgesprungen, um in der Küche ein Glas Wasser zu holen.

Romys Mund verzog sich zu einem Strich: Der schaffte es sogar ohne Worte, ihr Ärger zu machen. Er aß, als hätte er die letzten sechs Wochen in einem nordkoreanischen Arbeitslager verbracht, und gerade als sie Hilde die Hand gereicht hatte, um sie aus der Dunkelheit ihres Grolles ins Licht zu ziehen, hatte Ben beschlossen, sein Essen wie ein Python zu sich zu nehmen: mit ausgeklapptem Unterkiefer und ohne nennenswerten Zerkleinerungsvorgang. Das machte der doch absichtlich! Dieses Baby konnte es nicht ertragen, *nicht* im Mittelpunkt zu stehen.

Sie stand auf und trat hinter ihn: »Moment, ich helfe dir!«

Dann haute sie ihm so fest auf den Rücken, dass ein kompletter Bissen auf dem Esstisch landete.

»Aua!«, rief Ben.

Hilde kam mit einem Glas Wasser zurück.

»Soll ich noch weitermachen?!«, fragte Romy gereizt.

»Äh, nein, geht schon wieder!«

»Ach was! Damit ist nicht zu spaßen … und zack! Und zack!«

»Aua!«

Ben rückte von Romy weg, suchte Deckung vor ihrer *Hilfe*.

Romy ließ erst von ihm ab, als sie ihn nicht mehr erreichen konnte. Dann setzte sie sich wieder auf ihren Stuhl, während Hilde ihm das Wasser reichte: »Wirklich, Romy, du musst ein bisschen besser achtgeben, dass der Junge ausreichend isst!«

Sie tätschelte sein Haar und sagte mütterlich: »Hier, mein Großer! Trink ein bisschen, dann wird es gleich besser!«

Ben lächelte ihr dankbar zu: »Romy ist immer so streng zu mir!«

Hilde sah sie vorwurfsvoll an.

Romy atmete tief durch: bloß nicht kommentieren! Wenn sie sich auf Bens Niveau herabließ, würde sie unweigerlich den Kürzeren ziehen. Sie musste retten, was noch zu retten war! Daher wandte sie sich wieder Hilde zu und fragte: »Können wir noch mal über dich und Bertha sprechen?«

Hilde schüttelte den Kopf: »Lass mal, mein Täubchen. Es ist zu viel passiert. Und wenn es so sein soll, dann soll es so sein.«

Der Moment war vorbei.

Und Romy leider noch ziemlich aufgebracht wegen Ben. Und anstatt ihn am Ohr aus dem Haus zu ziehen, um ihn draußen vor der Tür übers Knie zu legen, fuhr sie Hilde viel zu forsch an: »Hilde, jetzt lass mal gut sein. Das, was Bertha gemacht hat, war nicht schön. Aber so etwas passiert! Wir sind doch alle nur Menschen!«

»Romy, du weißt wirklich nicht, wovon du da sprichst!«

»Natürlich weiß ich das!«, rief sie hitzig. »Und ich finde, du hast ein Recht darauf, sauer zu sein, aber jetzt ist es genug. Sieh endlich nach vorne!«

Hildes Gesicht zeigte nichts als Bestürzung.

»Du meine Güte, Hilde! Reich Bertha die Hand und gut ist. Es macht wirklich keinen Sinn, sich wegen eines Mannes derart zu zerfleischen! Sieh dir Ben an! Kriegt nichts auf die Reihe, und am Ende sammelst du das Essen vom Boden auf …«

»Oh, klar, schieß auf den Klavierspieler, wenn dir die Musik nicht gefällt«, maulte Ben.

Hilde stand auf und sagte bestimmt: »Du gehst jetzt bitte!«

Doch diesmal schimmerten nicht nur Tränen, sie liefen ihr über die Wangen.

Romy schluckte erschrocken.

In ihrer kleinen Wutrede hatte sie nicht bemerkt, dass Hilde kreidebleich geworden war und sie jetzt wie eine Fremde ansah, die den Hausfrieden zerstört hatte.

»Es tut mir leid, Hilde, ich wollte nicht …«

»Bitte geh!«

Sie warf sie aus dem Haus!

Romy war schockiert und beschämt in einem. Sie war noch nie aus einem der Häuser in Großzerlitsch rausgeworfen worden. Was immer zwischen den beiden vorgefallen war: Es ging viel tiefer, als sie geahnt hatte.

Hilde dirigierte sie stumm an die Haustür. Hinter den beiden fiel die Tür ins Schloss, und es klang so, als würde sie sich für Romy nie wieder öffnen.

Und Ben?

Der stand neben ihr, stemmte die Hände in die Hüften und sagte nur: »Jetzt stell dir nur mal vor, was passiert wäre, wenn du nicht so *ein-fühl-sam* gewesen wärst!«

53.

Es herrschte tagelang Funkstille zwischen Hilde und Romy, die immer mal wieder versucht hatte, sich zu entschuldigen. Hilde hatte es akzeptiert, blieb aber dennoch spürbar verletzt. Für Romy ein schwer zu ertragender Zustand, denn nichts konnte sie weniger aushalten als eine ungelöste Situation innerhalb ihres Dorfes. Ihrer Familie.

Einstweilen stürzte sie sich in die Arbeit, die seit Bertrams Tod ruhte.

Obwohl die Schauspielerfrage nicht geklärt war, gab es doch auch positive Nachrichten: Anton hatte es immerhin geschafft, die anderen Alten hinter sich zu bringen. Sie würden spielen – unter der Voraussetzung, dass auch Bertha und Hilde mitmachten. Uneingeschränkt solidarisch waren sie beim Ausbau der Scheune. Mochte sein, dass es niemals Theater im Theater geben würde, zu Ende bauen würden sie es allemal. Sie standen im Wort, und sie hielten sich dran.

Die Bühne nahm rasch Form an, die Bohlen zuzusägen und zu verschrauben war vergleichsweise leichte Arbeit. Der Baldachin und die Kulissen einer italienischen Renaissancestadt mit den dazugehörigen Fenstern, Balkonen und Bögen hingegen deutlich herausfordernder. Das begann mit den tragenden Säulen, die vorne auf den Bühnenecken stehen sollten und die Anton zunächst aus einem leichten Holz formen wollte, weil er das Gewicht von Fertigsäulen aus Beton fürchtete. Romy hingegen rief den Bühnenbildner ihrer letzten *Romeo und Julia*-Produktion an, aber so sehr sie auch ihren Charme spielen ließ, so wenig konnte sie ihn überzeugen, ihr ein paar drei Meter hohe Säulen anzufertigen.

Schließlich improvisierten Anton und Emil und gossen die Säulen aus Gips mit Hilfe eines Abwasserrohres, das sie im Baumarkt kauften. Darauf verrieben sie einen venezianischen

Glanzputz und stellten das Ganze auf einen quadratischen Gipssockel. Das Ergebnis war erstaunlich: Die Säulen sahen Säulen aus Marmor täuschend ähnlich, waren jedoch leicht und verglichen mit echtem Marmor geradezu absurd preiswert.

Das Dach war ein einfaches Gerüst aus Holzlatten, das sie anschließend mit weinrotem Brokat überzogen samt Goldborten als Bordüre. Es sah schlicht, aber sehr wertig aus. Die Fassaden und Bögen im rückwärtigen Teil waren nichts anderes als Trockenbauwände, die von außen gestaltet wurden. Die Rückseite blieb den Zuschauern glücklicherweise verborgen, denn ihre Wirkung war überaus ernüchternd, wie ein Platz, auf dem einen der Rohbau angähnte.

Es gab auch einen Balkon, zu dem eine Leiter auf ein kleines Plateau hinaufführte. Dass man von dort wie aus dem ersten Stock eines Patrizierhauses hinaus auf Bühne und Zuschauerraum blickte, war allein Artjoms Verdienst. Er verwandelte mit jedem Pinselstrich gespachtelten Rigips in ein architektonisches Kleinod der Renaissance, übertrug Fotos der Originale geradezu meisterlich, mit Liebe zum Detail und Sinn für Perspektive und Dramatik. Bis man tatsächlich das Gefühl hatte, nicht auf eine Bühne, sondern auf eine Fassade des mittelalterlichen Veronas zu blicken. Eine Täuschung wie ein Potemkin'sches Dorf.

Romy war mehr als erstaunt darüber. Warum hatte er nie in Erwägung gezogen, sein Glück als Grafiker oder gar als Künstler zu versuchen? Warum hatte er sich nach dem Militär Gangstern angeschlossen, anstatt sein Talent zu formen und es vielleicht zu etwas zu bringen?

Sie lud ihn abends zu sich auf den Hof ein.

Sie stellte ihm diese Fragen, aber Artjom winkte gleich ab: »Weißt du, wie viele talentierte Künstler Russland hat? Viel talentierter, als ich es bin? Musiker, Tänzer, Schriftsteller,

Maler, Bildhauer. Und wie wenig man sich dafür interessiert? Jedenfalls verglichen mit dem Westen. Bei uns zählen Geld, Macht, Patriotismus. Glaub mir, Romy, in Russland arm zu sein ist nicht dasselbe, wie hier arm zu sein.«

»Aber deswegen muss man keine Verbrechen begehen, oder?«

»Nein, deswegen nicht. Aber du möchtest auch nicht ständig den Fuß eines reichen Mannes im Nacken spüren und am Ende trotzdem ins Gefängnis gehen. Ich war jung, ich wollte so ein Leben nicht für mich.«

»Und doch hast du es bekommen, Artjom.«

»Ja, vielleicht. Aber es gab auch gute Zeiten. Dafür hat es sich gelohnt, ein freier Mann zu sein.«

Romy seufzte: »Ich versteh dich einfach nicht, Artjom. Du warst ein Krimineller. Hast gesessen. Wie kannst du da frei gewesen sein?«

»Du musst das nicht verstehen. Aber für eine kurze Zeit war ich jemand. Und vielleicht werde ich ja wieder jemand sein ...«

»Wie meinst du das?«

»Vielleicht werde ich eines Tages wieder Geld haben. Möglichkeiten. Vielleicht werde ich dir dann mehr bieten können als ein paar Pinselstriche für eine Kulisse.«

»Es würde mich mehr freuen, wenn du versuchen würdest, aus deinem Talent etwas zu machen«, antwortete Romy.

Artjom winkte ab: »In meinem Alter? Wer nimmt mich denn schon?«

Romy antwortete: »Ich würde dich nehmen.«

Artjom lächelte zurück: »Dann hätte ich tatsächlich viel erreicht.«

Während Artjom also die Fassaden gestaltete, der Baldachin entstanden war, gingen die anderen unter Antons Führung daran, die Tribünen auszubauen, zunächst ebenerdig, als vierstufige Treppe ansteigend, die dann an der Außenwand der Scheune abschloss. Später würde dieselbe Konstruktion für das obere Stockwerk folgen, dessen Boden bereits eingezogen worden war. Es würden dann nur noch die Podesttreppen in den Ecken fehlen. Und die Bestuhlung im Innenraum vor der Bühne.

Und Strom.

Und Sanitäranlagen.

Und Licht.

Und Wasser.

Und Fenster.

Und Kostüme.

Und noch ein paar tausend andere Dinge.

Romy stöhnte auf. Es fiel zuweilen schwer, sich über das zu freuen, was sie schon hatte, wenn es noch so vieles gab, das fehlte, und ihr bereits jetzt schon das Geld ausging. Da konnte sie noch so idealistisch daherreden und Artjom heimlich Vorwürfe machen, dass er sein Lebensglück in Euro oder Rubel hochrechnete, in einem Punkt hatte er jedenfalls recht: Geld machte vielleicht nicht glücklich, aber es machte in jedem Fall frei. Man konnte die Entscheidungen treffen, die man treffen wollte, nicht die, die man treffen *musste*. Ganz gleich, ob sie gut oder schlecht waren. Sie jedenfalls hatte alle eigenen Ersparnisse, das kleine Erbe, ihre restlichen Gehälter fast verbraucht. Und die Liste der Notwendigkeiten war länger als der Weg eines Ketzers zu Gott.

Wenigstens Ben fand sich nach und nach in die Gemeinschaft des Dorfes ein, trank mit jedem, lachte mit jedem, kreischte am Morgen, weil Theos Mutter einen Narren an ihm gefressen hatte, und half sogar dann und wann bei den Arbeiten mit. Was bei ihm bedeutete: Er nutzte jede Gelegenheit, die Anwesenden mit ein paar kleinen Einlagen zu unterhalten. Und die Alten ließen sich ausgesprochen gerne von ihm aufheitern und spendeten ordentlich Beifall, was Ben sehr genoss.

Selbst an Theos Mutter hatte er sich gewöhnt.

Sie applaudierte am heftigsten, wenn er die halbfertige Bühne für einen Monolog aus einem Shakespearestück nutzte. Es störte sie auch nicht, dass er die Verse miteinander mischte, um darüber hinwegzutäuschen, dass er mal wieder hing. Jedenfalls gefiel ihm ihre Zuneigung, und er vertraute Romy an, dass sie vielleicht den Verstand verloren haben mochte, aber Geschmack hatte sie, das konnte nun wirklich niemand bestreiten. Romy hatte nur genickt und sich die Bemerkung verkniffen, dass sie seiner Schauspielkunst nur deswegen verfallen war, *weil* sie den Verstand verloren hatte.

Romy ertrug also seine Eitelkeiten stoisch, denn eigentlich war sie froh, dass er da war und sich nicht heimlich verdrückte. Sie hatte ihm zwar mit Klage gedroht, aber sie würde nicht klagen, allein schon deswegen, weil sie sich das finanziell nicht leisten konnte. Und auch, weil sie nicht der Typ dafür war, selbst wenn sie das Ben gegenüber natürlich niemals zugegeben hätte.

Was sie aber auch mit zunehmendem Erstaunen und, ja, manchmal mit Eifersucht beobachtete, war, wie schnell Ben die Alten für sich gewonnen hatte, wie sehr sie *ihren Jungen* praktisch adoptiert hatten. Eigentlich waren sie gar nicht so leicht für Neues zu gewinnen, was auch für Bekanntschaften galt. Dass sie ihn so schnell in ihr Herz schlossen, war ungewöhnlich. Und natürlich entging es Romy auch nicht, dass sie sie erwartungsfroh anlächelten, wenn sie die beiden auf der Straße oder im Theater sahen. Oder ihr mit einem Zwinkern zu verstehen gaben, dass sie soooo ein schönes Paar wären …

Und dann war plötzlich die Bühne fertig.

Erhob sich elegant aus festgetretener Erde, bildete einen

wunderbaren Baldachin und im Hintergrund die Fassade eines Veroneser Hauses aus dem Mittelalter samt Balkon, Bögen und Ein- beziehungsweise Ausgängen. Die ersten Tribünen waren ebenfalls fertig, wenn auch sonst noch vieles fehlte.

Aber diese Bühne!

Romy stand mit den Alten davor und blickte sie ehrfürchtig an. Und sie ließ es auch zu, dass Ben sie in den Arm nahm, ihr einen Kuss auf die Wange drückte und sagte: »Du hattest recht!«

Sie nickte.

Die Bühne war schöner geworden, als sie es sich hatte vorstellen können. Vor ihren Augen erhob sich Verona, die Stadt, beherrscht von der Fehde der Montagues und der Capulets. *Zwei Häuser, beide gleich an Rang und Stand, entfachen alten Hass zu neuem Brand, bis Bürgerblut an Bürgerhänden klebt.*

Dazwischen ein Liebespaar, dessen Schicksal die Jahrhunderte überdauerte. Hier konnten sie alles zum Leben erwecken! Die Idee von Liebe. Und die Erinnerung daran, dass es nichts gab, was mächtiger war.

Ben klatschte in die Hände und rief: »Das müssen wir feiern!«

Und diesmal stimmte sie ihm zu: Sie waren so weit gekommen!

Sie konnten es wirklich schaffen.

54.

Diesmal feierten sie nicht im *Muschebubu*, sondern im Theater, wobei bald schon offensichtlich wurde, was das nächste Problem werden würde: die Stromversorgung. Zwar hatte Romy per Verlängerungskabel eine Ader in die Scheune gelegt, aber die reichte gerade mal für die Sägearbeiten. Und selbst da flog dann und wann die Sicherung heraus, sodass sie immer mal wieder in den Hof zurückmusste, um sie wieder reinzudrücken.

Jetzt, mit zunehmender Dämmerung, zeigte sich schnell, dass eine wie auch immer geartete Vorstellung unter schlechten Lichtbedingungen gar nicht möglich sein würde. Denn schon ein paar Lichterketten und etwas laute Musik reichten vollkommen aus, dass alles in sich zusammenfiel. Sie standen im Dunkeln, und statt Musik war nur das aufgeregte Geplauder der Alten zu hören.

Die uralten Stromleitungen des Hofes waren einfach nicht für solche Belastungen ausgelegt – eigentlich waren sie für so gut wie gar keine Belastungen ausgelegt. Romy fragte sich, wie man nur einen einzigen Scheinwerfer für eine Theatervorstellung mit Strom versorgen sollte. Vom Saallicht, das man dringend brauchte, damit Zuschauer unfallfrei ihre Plätze erreichen konnten, ganz zu schweigen.

Sie zog Emil zur Seite.

»Wir müssen reden!«

Sie ging mit ihm zum Hof zurück und teilte ihm ihre Bedenken mit. Die ursprünglichen elisabethanischen Theater hatten kein Dach und damit allenfalls meteorologische, aber keine Lichtprobleme. Die Scheune hingegen war einfach zu dunkel.

»Wir könnten noch etwas erreichen, wenn wir die Fenster setzen. Und natürlich tagsüber spielen. Dann wäre vielleicht genug Licht da …«

Romy schüttelte den Kopf: »Tagsüber? Wer soll denn da kommen? Die Leute müssen doch arbeiten.«

»Sonntags«, antwortete Emil.

»Sonntags, nicht im Winter, nur bei schönem Wetter … vergiss es!«

Sie waren am Hof angelangt und traten ein. Romy führte

Emil in die Küche und machte Kaffee. Schon hörten sie ein leises Klopfen an der Tür, kurz darauf traten Artjom und Anton ein.

»Was gibt's denn so Geheimes?«, fragte Anton lächelnd.

Romy erklärte es den beiden in knappen Worten.

»Du brauchst einen Stromgenerator!«, sagte Artjom.

»Und wo kriege ich den her?«, fragte Romy zurück.

»Aus dem Baumarkt«, sagte Anton.

»Nein, da steht nur Schrott!«, antwortete Emil. »Du brauchst einen, der auch Starkstrom liefert.«

»Und was kostet so etwas?«

Emil zuckte mit den Schultern: »Wenn es etwas Vernünftiges sein soll, das nicht sofort kaputtgeht … zweitausend Euro?«

Artjom schüttelte den Kopf: »Mehr, viel mehr!«

Anton nickte: »Ja, das kostet eher sechs- oder siebentausend Euro.«

»Nur der blöde Generator?«

»Und einen Verteilerkasten wirst du auch brauchen. Das könnten ein paar Hunderter zusätzlich werden. Dazu eine Reihe Kabel, die sind nicht so teuer, aber das summiert sich alles.«

Romy seufzte, dann ging sie zum Küchenschrank, holte eine Kaffeekanne aus dem hinteren Teil heraus, öffnete sie und entnahm ihr ein Kuvert. Sie setzte sich an den Küchentisch und präsentierte den Anwesenden das, was sie noch an Geld zur Verfügung hatte: dreitausendfünfhundertundfünfzig Euro.

»Das ist alles …«, sagte sie.

»Ich könnte versuchen, einen Gebrauchten in Tschechien zu finden, aber du brauchst schon etwas Gutes. Wenn da Menschen im Theater sind, darf nicht einfach das Licht ausgehen. Das ist gefährlich.«

»Könntest du, Emil?«

Er lächelte: »Ich schau mal, was sich machen lässt!«

»Danke!«

»Schon gut.«

Romy packte gerade das Geld zurück ins Kuvert, als wieder Schritte im Flur zu hören waren und schon im nächsten Moment Ben in die Küche trat, Theos Mutter an der Hand: »Die Sicherung ist wieder rausgeflogen. Und Theos Mama muss mal aufs Klo!«

»Ich mach schon«, antwortete Romy, verstaute die Kanne, nahm Theos Mutter an die Hand, während der Rest den Hof wieder verließ.

Es wurde ein rauschendes Fest.

Ben verführte die Alten zu albernen Trinkspielchen, und zu Romys Entsetzen musste sie feststellen, dass sich nicht nur die Alten von ihm bezirzen ließen, sondern auch sie selbst bald begeistert mitmachte. Mit gefährlichen Nebenwirkungen. Denn plötzlich gefiel ihr, wie Ben mit ihren Leuten umging, wie er ihnen zulächelte und ihre Blicke auf sich zog. Mochte sein, dass er nur für den Moment lebte, aber in *diesem* Moment lebte er für sie.

Und für Romy.

Wenn er doch nur mehr wie Romeo Montague wäre und weniger wie Ben Rogotzki! Oder sie wenigstens öfters betrunken. War es eigentlich gerecht, zu verlangen, dass er sich zu ändern hatte, weil sie von sich selbst glaubte, es nicht zu müssen? War Romeo nicht ein wankelmütiger Jüngling, gerade noch verzweifelt wegen Rosalinde, im nächsten Moment schon verliebt in Julia? Das klang doch schon ziemlich nach Ben.

Und wie wäre das Stück wohl weitergegangen, wenn den beiden die Flucht vor ihren Familien gelungen wäre? Hätten sie glücklich in einem kleinen Dorf irgendwo in Venetien gewohnt? Hätte Julia den Haushalt besorgt, obwohl sie als höhere Tochter weder kochen konnte noch je einen Fußboden gewischt hatte? Und wäre er morgens zur Arbeit gegangen, obwohl er als verwöhntes Bürschchen aus reichem Haus nicht mal theoretisch wusste, wie man einen Hammer hielt?

Hätten sie Kinder bekommen? Hätten ihre Kinder ADHS gehabt oder Laktoseintoleranz? Hätte sie ihm vorgeworfen, dass die Geburten ihre Figur ruiniert hätten? Hätte er dasselbe von ihrem Essen behauptet? Hätte er gerne im Wirtshaus gesessen und der Bedienung auf den Hintern gestarrt, während sie Trost in den Armen des Gärtners suchte?

Was wäre, wenn das Liebespaar nicht drei Tage, sondern dreißig Jahre miteinander verbracht hätte? Hatte Shakespeare der Welt verschwiegen, dass Selbstmord weit weniger Mut erfordert als ein Leben zu zweit zu führen?

Sie stieg auf Wasser um.

Es war spät geworden. Sie ging unbemerkt von den anderen ins Bett, hörte noch eine ganze Weile die Musik, dann die herausfliegende Sicherung, leise Schritte im Flur, Musik. Im steten Wechsel, bis das Gejohle nach und nach leiser wurde, genau wie die Lieder.

Irgendwann kotzte jemand ins Klo.

Bestimmt Ben.

Auch so etwas, worüber Shakespeare nichts geschrieben hatte.

Übermorgen hatte sie Geburtstag.

Sie wäre dann fünfundzwanzig.

Älter als Julia, betrunken, aber immerhin noch am Leben.

55.

Sie erwachte mit hämmernden Kopfschmerzen und einer Frisur, als säße eine wütende Katze auf ihrem Kopf. Alles, was sie in diesem Zustand zuwege brachte, war, sich die Zähne zu putzen und wieder ins Bett zu gehen, im stillen Flehen, der Herrgott möge sie zu sich rufen, womit dann auch abschließend geklärt gewesen wäre, wer sich das letzte Grab im Dorf gesichert hätte.

Sie war zu müde zum Schlafen, zu schwach, um aufzustehen, und verbrachte Stunden damit, sich selbst zu bemitleiden. Gegen Mittag nickte sie endlich ein, und als sie am späten Nachmittag erwachte, hatte sie Hunger, was sie als gutes Zeichen wertete. Ihr Körper hatte sich offenbar entschlossen weiterzumachen.

Sie wankte in die Küche, briet sich Spiegeleier und Speck, brühte sich einen starken Kaffee und nahm alles mit zunehmendem Appetit zu sich. Es gab noch so viel zu tun, so vieles zu bezahlen, wofür sie kein Geld mehr hatte. Was würden die Alten sagen, wenn es nicht mehr weiterging, weil sie sich finanziell übernommen hatte? Und was noch wichtiger war: Würde das Dorf, sobald die Arbeit dauerhaft ruhte, wieder in jenen tiefen Schlaf fallen, aus dem sie es gerade erst erweckt hatte? Würden die Alten erstarren und alle Hoffnung fahren lassen, dass es im Leben mehr gab, als in Heimaterde beerdigt zu werden? Würde das halbfertige Theater zur Ruine verkommen, als weithin sichtbares Menetekel dafür, dass niemand sich gegen sein Schicksal aufzulehnen hatte?

Würden sie wieder aufhören, die zu sein, die sie gerne gewesen wären?

Sie stand auf, nahm die Kaffeekanne aus dem Schrank, öffnete das Kuvert und begann, wieder einmal das Geld zu zählen: Was brauchten sie am nötigsten? Neben dem Generator und dem Verteiler? Auf was konnte sie am ehesten verzichten? Wie viel blieb ihr überhaupt … sie schüttelte den Kopf.

Verzählt.

Sie begann von vorne, doch auch dieses Mal kam sie nur auf dreitausend Euro. Das war doch nicht möglich?! Ein dritter Durchgang brachte dasselbe Ergebnis: Es fehlten fünfhundertfünfzig Euro!

Sie schüttelte den Kopf, weigerte sich zu akzeptieren, was offensichtlich war. Jemand hatte fünfhundertfünfzig Euro aus dem Kuvert genommen. Sie sprang auf, räumte den Küchenschrank aus, aber auch hier lag das fehlende Geld nicht.

Jemand hat dich bestohlen!

Wie in einer Seifenblase war der Satz aufgestiegen. Und als sie zerplatzte, regnete dieser Satz hundertfach auf sie herab: Jemand hat dich bestohlen! Jemand hat dich bestohlen! Jemand hat dich bestohlen!

Sie war so schockiert, dass sie gar nicht bemerkte, dass sie die Scheine in ihrer Hand zerknüllt hatte. Was war jetzt zu tun? Was konnte sie überhaupt tun?

Sie packte das Geld zurück in die Kanne, duschte, versuchte, eine logische Begründung zu finden, warum Geld fehlte. Vielleicht hatte es Emil für den Generator gebraucht? Aber würde er das tun, ohne sie zu fragen? Emil? Ihr Emil? Unvorstellbar. Vielleicht hatte Anton Geld gebraucht, um Material zu bezahlen … aber auch hier dieselbe Frage und dieselbe Antwort: unvorstellbar. Und Ben? Für einen kleinen Ausflug in die Stadt? Aber hatte er überhaupt mitbekommen, dass sie das Geld dort aufbewahrte? Und würde er so etwas wirklich tun? Er war ein Kindskopf, aber war er ein Dieb? Nein, Ben war kein Dieb.

Blieb einer.

Und die Antwort auf die selbst gestellte Frage wollte sie nicht hören, denn der, der übrigblieb, *war* ein Dieb.

Sie brauchte Rat.

Ging ins Dorf und klopfte an Antons Tür.

Wurde eingelassen und setzte sich ins Wohnzimmer.

Betrachtete das herrliche Schnitzwerk und sagte nur: »Es ist etwas passiert.«

Anton schaltete den Fernseher aus und bat seine Frau, sie einen Moment allein zu lassen. Noch bevor Romy ihren Verdacht aussprach, fragte er leise: »Es ist Artjom, richtig?«

Romy schluckte: »Woher wusstest du das?«

»Er ist verschwunden.«

»Was?«

»Ich war eben im *Muschebubu*. Theo sagt, er wäre gestern nach dem Fest nicht nach Hause gekommen. Sein Zimmer ist leer.«

»Alles weg?«, fragte Romy ungläubig.

»Er hatte ja nur einen Seesack dabei. Seine Rechnung hat er auch nicht bezahlt. Du kannst dir vorstellen, was für eine Laune Theo hat.«

»Das kann nicht wahr sein!«

»Tut mir leid, mein Täubchen.«

Sie versuchte, tapfer zu sein, und ärgerte sich geradezu darüber, dass ihr die Tränen in die Augen schossen. Anton reichte ihr ein Papiertaschentuch und schwieg, bis sie sich einigermaßen gefasst hatte.

Dann fragte er: »Hat er alles mitgenommen?«

Romy schüttelte den Kopf: »Fünfhundertfünfzig.«

»Nicht alles?«, fragte Anton erstaunt zurück. »Das überrascht mich.«

»Jetzt sag bitte nicht, dass er das nur aus Respekt vor mir nicht getan hat …«

»Nein, natürlich nicht.«

Romy schnäuzte sich.

»Was mach ich denn jetzt, Anton?«

Er zögerte mit der Antwort.

Dann aber sagte er: »Du bist bis heute ohne ihn klargekommen, du wirst auch in Zukunft ohne ihn klarkommen.«

»Er hat gesagt, er hätte sich geändert. Er hat gesagt, er wollte wiedergutmachen, was er versäumt hat. Und ich blöde Kuh habe ihm auch noch geglaubt.«

»Wir wissen nicht, wie sein Leben wirklich verlaufen ist, meine Kleine. Offenbar kriegst du einen Mann aus dem Gefängnis, aber das Gefängnis nicht aus einem Mann. Mir schien, dass er es wirklich versucht hat, aber das hat wohl nicht gereicht.«

»Aber ich bin doch seine Tochter, Anton! Wie konnte er das nur tun?«

Anton schwieg.

Eine Weile saßen sie nur still da, dann schnäuzte sich Romy noch einmal und raffte sich trotzig auf: »Egal, soll er mit dem Geld glücklich werden. Wenn das sein Preis ist, dann ist er verdammt billig. Ich bin mehr wert!«

Anton stand ebenfalls auf und streichelte lächelnd ihre Wange: »Recht so, mein Täubchen. Du bist viel mehr wert!«

»Morgen machen wir weiter! Wir bauen dieses Theater. Und wir werden spielen. Wir alle zusammen!«

»Einverstanden, meine Kleine!«

Sie umarmte ihn und verabschiedete sich.

Morgen würde sie eben von vorne beginnen.

Ohne Vater. Mutter. Oma.

Aber mit Menschen, die sie liebte.

Und Ben.

56.

Den traf sie auf dem Weg nach Hause am Löschteich, wenn auch nicht allein. Im fahlen Licht eines großen, runden Mondes nahm sie eine schmale Person neben ihm wahr, Händchen haltend, der Silhouette nach eine Frau. In ihrem Bauch grummelte eine kurze, aber irritierende Eifersucht, bis sie die Frau mit der Kapuzenjacke an seiner Seite erkannte: Theos Mutter.

Sie lehnte mit ihrem Kopf an seiner Schulter, während er mit ihr am Rand des Wassers saß und redete. Die beiden sahen ulkig aus, fand Romy. Er ziemlich groß, athletisch in den Schultern, sie fast wie ein Kind, geborgen an seiner Seite und vertraut in seiner Hand. Worüber Ben plauderte, konnte Romy nicht verstehen, daher schlich sie sich leise an und hörte erste Wortfetzen, dann ganze Sätze, die von Bens Abenteuern als Schauspieler und Werbeikone erzählten.

Romy verdrehte die Augen, konnte sich aber ein amüsiertes Grinsen nicht verkneifen, denn Theos Mutter schienen Bens Geschichten zu gefallen. Zumindest machte sie den Eindruck, als würde sie ihm andächtig zuhören, wenn man bei ihr auch nie wusste, was sie wirklich wahrnahm und was nicht.

Plötzlich sagte er zu Theos Mutter: »Du hast nicht zufällig einen Tipp für mich, was ich Romy zum Geburtstag schenken könnte?«

Theos Mutter schwieg.

»Ach, Blumen kann doch jeder. Nein, das müsste schon was Besonderes sein!«

Theos Mutter schwieg.

»Nicht wahr? Ist gar nicht so leicht bei ihr. Und am Ende ist sie wieder sauer auf mich, weil es was Falsches war.«

Theos Mutter schwieg.

»Nein, ich glaube, sie hat niemanden.«
Theos Mutter schwieg.
»Ja, finde ich auch komisch. Sie müsste doch jede Menge Verehrer haben.«
Theos Mutter schwieg.
»Anspruchsvoll? Hm, könnte sein. Und sowas von bossy! *Trink nicht so viel, iss nicht so viel, schlaf nicht mit der Hauptdarstellerin* … ganz schön viele Regeln, was?«
Theos Mutter schwieg.
»Dein Sohn meckert ja auch ständig mit dir rum. Ist nicht schön sowas, ich weiß.«
Theos Mutter schwieg.
»Die zwei sollten zusammen zum Bowlen gehen! Dann könnten sie sich den ganzen Abend anschreien. Ha!«
Theos Mutter schwieg.
»Nein, das darfst du nicht denken. Dein Sohn liebt dich!«
Theos Mutter schwieg.
»Ja, manchmal haben Leute ’ne komische Art, das zu zeigen, ich weiß.«
Theos Mutter schwieg.
»Mit dir kann man unheimlich gut reden, weißt du das eigentlich?«
Theos Mutter schwieg.
»Ja, finde ich auch.«
Jetzt schwiegen beide und sahen auf den Teich hinaus. Romy war gerührt und empört in einem: Er hatte an ihren Geburtstag gedacht! Wie süß!! Aber bossy?! Sie war doch nicht bossy! Oder doch? Sie wollte doch nur, dass die Dinge funktionierten! Dass sie vorankamen … Er hatte wirklich an ihren Geburtstag gedacht! Das war aber wirklich sowas von süß …
Sie schluckte: Seinen Geburtstag kannte sie nicht. Sie wusste überhaupt wenig von ihm! Ob er Familie hatte? Ge-

schwister? Freunde? Warum hatte er überhaupt hierherkommen wollen? Warum blieb er? Denn dieser Vertrag hielt ihn nicht, das wusste Romy. Wenn er hätte gehen wollen, wäre er gegangen, ganz gleich, ob sie ihn verklagt hätte oder nicht. In solchen Dingen war er ziemlich sorglos, um nicht zu sagen: geradezu selbstzerstörerisch. Über Konsequenzen dachte er so gut wie nie nach und wenn, dann kümmerte er sich nicht um sie.

Warum blieb er?

Wegen ihr? Wegen des Theaters? Weil ihm die Alten gefielen? Weil es niemanden gab, zu dem er gehen konnte? Weil er so alleine war, dass er sich mit einer verrückten Alten gut unterhalten konnte?

Das war doch traurig!

Und noch trauriger war, dass sie nichts über ihn wusste, nicht einmal, wann er Geburtstag hatte.

Sie machte ein paar gut vernehmbare Schritte auf die beiden zu. Ben drehte sich um und lächelte: »Hallo, Romy!«

Sie lächelte zurück: »Hallo, Ben!«

»Gute Laune?«, fragte er mit einem Zwinkern.

»Was macht ihr hier?«

»Ich geh mit Theos Mama spazieren. Theo ist ganz froh, wenn sie mal an die frische Luft kommt.«

»Lieb von dir.«

»Hast du nochmal mit Bertha oder Hilde gesprochen?«

Sie schüttelte den Kopf: »Hilde ist immer noch sauer auf mich. Und Bertha geht mir ein bisschen aus dem Weg.«

»Die kriegst du schon rum«, lächelte er und blickte wieder auf den Teich.

Romy zögerte.

Dann fragte sie: »Vielleicht hilfst du mir ja dabei?«

Ben wandte sich ihr überrascht zu: »So richtig mit Reden?«

»Jahaaaa …«

Sie mussten beide grinsen.

Dann sagte Romy ernst: »Meine Leute ... mögen dich wirklich gerne.«

Er nickte: »Ist wirklich schön hier. Bisschen weit weg vom Schuss vielleicht ... wann, denkst du, ist das Theater fertig?«

Sie seufzte: »Kann ich dir ein Geheimnis anvertrauen?«

»Klar.«

»Ich fürchte, mir geht langsam das Geld aus.«

Ben schwieg einen Moment.

Dann winkte er ab: »Mach dir keinen Kopp! Irgendwas geht immer!«

Romy war versucht zu antworten, dass sich mit dieser Einstellung nicht mal ein Hühnerstall bauen ließe, geschweige denn ein elisabethanisches Theater, aber sie bremste sich selbst: Nicht! Immer! Meckern!

Stattdessen sagte sie nur: »Wäre schön.«

Er stand auf: »Wir müssen wieder zurück. Theo macht sich sonst Sorgen.«

»Okay.«

Sie zogen los, Hand in Hand, zurück ins *Muschebubu*. Ben wusste wirklich nicht, warum Romy die Dinge immer so verbissen anging. Wenn einmal das Geld wirklich knapp wurde, dann ging man zum Briefkasten und freute sich über den Scheck, den Gott einem geschickt hatte. Man musste nur dran glauben. So wie Ben. Der hatte gerade nämlich den Briefkasten geöffnet und darin das perfekte Geschenk für Romy gefunden!

57.

Die Wolken segelten so tief, dass die Wipfel der Fichten sie an ihren Bäuchen kitzelten. Es regnete in Strömen, und der einzige Trost an diesem Geburtstag war, dass das Dach der Scheune hergerichtet und vor allem dicht war. Niemand würde nass werden, wenn drinnen die Arbeiten weitergingen.

Draußen wie drinnen war es mehr als muschebubu: Trüb, trostlos, grau kam der Tag daher, und selbst auf Romys Hof, der genügend Fenster hatte, brannte überall Licht. Hinzu kam, dass niemand Romy angerufen oder besucht hatte! Nicht einmal Bella, und die hatte noch nie ihren Geburtstag vergessen, auch nicht, als Romy ihr Glück in der Ferne gesucht und gedacht hatte, sie würde die Bühnen der Welt im Sturm erobern.

Keiner da.

Das war noch deprimierender als das Wetter.

Romy zog sich an, spannte den Regenschirm auf und stapfte über die Wiese zur Scheune, deren schönes rotes Dach nass glänzte, die aber ansonsten dastand, als würde man sie durch ein angelaufenes Glas betrachten. Wasser lief in ihre Stiefel, fluchend zog sie das Scheunentor auf.

»Verdammte Kacke!«

»ÜBERRASCHUNG!«

Sie schaute auf, und da waren sie: ihre Alten! Allesamt. Einige hielten Sektflaschen und Gläser in den Händen, andere waren im Begriff, Konfetti und Luftschlangen in die Höhe zu werfen, zögerten aber verunsichert, weil Romy schimpfte wie ein Brauereikutscher.

So blickten sich beide Parteien einen Moment überrascht an.

Dann jedoch brach Jubel aus, und Romy umarmte ihre Leute lachend und glücklich darüber, dass sie ihr einen so schönen Empfang bereitet hatten. Anton öffnete eine Flasche Sekt und goss Romy und auch anderen ein Gläschen ein: »Auf dich!«

Man prostete ihr zu, dann reihten sich alle zum Gratulieren auf. Emil war einer der Ersten, und Romy drückte ihn an sich: »Du auch, Emil?! Ich freu mich so, dass du dir Zeit genommen hast!«

»Für dich immer, Romy!«

Hilde folgte ihm, die beiden sahen sich einen Moment unsicher an, schließlich machte Hilde den ersten Schritt und nahm Romy in den Arm.

»Es tut mir so leid, Hilde!«, flüsterte Romy.

Und die flüsterte zurück: »Ist schon gut, mein Täubchen. Alles ist vergeben und vergessen, ja?«

Es folgte Bella, die ihr ein herrlich komisches Diorama schenkte, das sie aus Alltagsgegenständen gebastelt hatte: Kochlöffel, Streichholzschachteln, aber auch Erdnüsse oder Eier, die Beine und Arme aus Draht hatten und dabei auf wundersame Weise lebendig wirkten. Sie standen in kleinen Szenen beisammen, wie Menschen oder kleine Monster, die miteinander spielten oder rangen oder mit dem Boot segelten.

Einer nach dem anderen kam, auch Karl, Luise, Bertha. Bis Ben an der Reihe war, der sich auffällig zurückgehalten hatte. Diesmal hatte er nicht Theos Mutter an der Hand, sondern Elisabeth.

»Ich habe lange überlegt, was ich dir schenken könnte, aber du weißt ja, wenn man zu sehr sucht, dann findet man nichts. Also hab ich mich entspannt, und zack! hatte ich eine Idee … Und ehrlich: Es ist das beste Geschenk ever!«

Romy lächelte: »Vielleicht sollte ich dein System auch mal versuchen!«

Er schob Elisabeth vor sich und sagte: »Tataaaaa!«

Romy sah ein wenig verwirrt aus.

Aber sie lächelte.

Noch.

Elisabeth strahlte Romy an und sagte: »Ben ist noch gestern Abend bei mir vorbeigekommen und hat mir gesagt, dass wir das Theater vielleicht nicht zu Ende bauen können, weil wir nicht genügend Geld haben …«

In Romys Gesicht zog Sturm auf.

Sie versuchte, Fassung zu bewahren, aber ihr Augenlid zuckte plötzlich unkontrolliert, und sie bemerkte, dass sie die Backenzähne gerade so fest zusammenbiss, dass ihr jeden Moment eine Füllung herausbrechen musste.

»Und das wäre doch so schade, weil wir dann nicht spielen können und Roman mit der Kleinen nicht kommt, und da dachte ich, was soll ich mein Geld auf dem Konto herumliegen lassen, wenn ich es auch für eine gute Sache einsetzen kann.«

Sie überreichte ihr feierlich ihr Sparbuch: »Hier, es gehört dir, Romy!«

Ben jubelte: »Kracher, oder?! Na, was sagst du?«

»Was ich sage?«, presste Romy heraus.

Sie mühte sich ein Lächeln ab und sagte zu Elisabeth: »Entschuldigst du uns einen Moment?«

»Aber natürlich, mein Täubchen!«

Hinter Elisabeth stand noch Theo mit seiner Mutter und rief: »Warte, Romy, ich muss dir noch was geben!«

»Bin gleich bei dir, Theo! Sekunde!«

Dann packte sie Ben am Arm und zerrte ihn von den anderen fort.

Außer Hörweite.

»Aua!«, protestierte Ben. »Warst du in deinem früheren Leben mal Hufschmied?«

Sie standen mittlerweile in einer Ecke der Scheune. Vorne am Tor tummelten sich die Alten und prosteten sich zu. Romy wandte sich Ben zu und tippte ihm mit spitzem Zeigefinger auf die Brust: »Buchstabier Geheimnis!«

»Ach, komm, das hier ist doch Familie …«

»BUCHSTABIER ES!«

Eine Mischung aus verzweifeltem Flüstern und Tobsuchtsanfall.

»G – e – h …«

»HALT DIE KLAPPE!«

»Was denn jetzt?«, fragte Ben verwirrt.

»Gibt es eigentlich irgendetwas, was dich aufhält?«, fauchte sie leise. »Ein Pflock durchs Herz? Eine silberne Kugel? Irgendetwas?«

»Was ist denn bloß los?«

»Was los ist? Ich hatte dich gebeten, ein Geheimnis zu bewahren. Und du leierst damit einer alten Frau sämtliche Ersparnisse aus dem Kreuz und fragst mich, was los ist?«

»Aber sie freut sich doch so über das Theater!«

»Sie sehnt sich nach ihrem Sohn und ihrer Enkelin. Und du hast das auf infame, schamlose, hinterhältigste Weise ausgenutzt!«

»Jetzt chill mal, okay?«

»Ich sag dir, was ich tue …« Neben ihr stand Antons Kreissäge, die sie mit einem kurzen Druck auf den Einschalter in Gang setzte. »Ich steck jetzt deinen Kopf da rein. Und *dann* chill ich!«

Ben verdrehte die Augen: »Pffft, und du wunderst dich, dass du keine feste Beziehung hast …«

»Du … Du … Du …«

Er hob beschwichtigend die Hände: »Jetzt komm mal runter! Was ist denn passiert?! Elisabeth gibt dir Geld für das Theater. Sie ist glücklich, ich bin glücklich, alle sind glücklich. Und du wärest es auch, wenn du mal endlich den Stock aus deinem Hintern ziehen würdest!«

Ihre Augen wurden zu Schlitzen.

Ben seufzte und sagte: »Bitte! Dann gib es ihr wieder zurück, okay? Geh hin, und brich der armen Frau das Herz! Ist es das, was du willst?«

»Nein, natürlich nicht!«

»Klingt aber so.«

»Scheißkerl!«

»Na, dann sind wir uns ja einig. Du nimmst das Geld, freust dich drüber und bedankst dich dafür. Los, los! Geh rüber zu ihr, und benimm dich mal wie 'ne Erwachsene!«

»ICH? WIE NE ERWACHSENE?!«

Sie hatte das Gefühl, die Tobsucht würde ihr gleich den Verstand wie einen Sektkorken durch die Schädeldecke jagen, und begann tief ein- und auszuatmen: Nicht mit ihm diskutieren! Nicht dis-ku-tie-ren.

Dann schaltete sie die Kreissäge wieder ab und marschierte schnurstracks zu Elisabeth, die ihr das Sparbuch wieder überreichte. Diesmal nahm Romy an: »Ich schwöre, ich zahle dir alles zurück. Auf den letzten Cent. Mit Zinsen!«

Elisabeth nickte: »Es sind 8 457,34. Das ist nicht so viel, ich weiß, aber mehr habe ich nicht. Und du kannst damit machen, was du willst, mein Täubchen!«

Sie umarmten sich.

»Ich danke dir, Elisabeth!«

Endlich war Theo dran: »Herzlichen Glückwunsch, Romy!«

Er griff in seine Gesäßtasche und sagte: »Ich hab da übrigens etwas für dich …«

Draußen vor der Scheune hupte jemand wild und rief Romys Namen. Die Alten wandten sich dem Geräusch neugierig zu, während Anton das Scheunentor aufschob: Artjom! Er hatte die Beifahrertür eines Kastenwagens geöffnet und stand auf dem Trittbrett. Hinter dem Steuer saß ein unrasierter Typ mit finsterem Blick und löchrigem T-Shirt, aus dem eine Menge

Brusthaar quoll, um den Hals eine dicke Goldkette. An der Anhängerkupplung des Transporters hing ein kastenförmiges Gerät auf Rädern, augenscheinlich uralt, klobig wie ein alter Bauernschrank und mit kyrillischen Buchstaben verziert.

Romy und Theo gingen zum Scheuneneingang und standen jetzt neben Anton.

»Herzlichen Glückwunsch zum Geburtstag!«, rief Artjom freudestrahlend.

Romy verschränkte die Arme vor der Brust.

»Weißt du, was das ist?«, rief Artjom. »Ein Generator! Für dich!«

Er sprang aus dem Kastenwagen und koppelte den Generator ab.

Romy zischte: »Ich glaube das nicht! Erst macht er sich mit meinem Geld davon, dann kauft er damit einen Generator und *schenkt* ihn mir zum Geburtstag.«

»Immerhin ist er zurückgekommen«, antwortete Anton leise.

»Klar, um sich feiern zu lassen! Um den liebevollen Vater zu geben, der er nicht ist …«

Artjom rief im strömenden Regen dem Fahrer des Wagens etwas auf Russisch zu. Der startete den Wagen und fuhr ein Stück vor. Der Generator stand jetzt frei. Artjom klopfte auf die Hecktür des Transporters, der Fahrer gab Gas, kehrte über die Wiese wieder auf die Straße zurück und verschwand.

»Na, was sagst du?!«, strahlte Artjom.

Anton berührte Romy am Arm: »Er hat es gut gemeint, Romy …«

Romy zischte: »Klar! Lass mich nur gerade meine ganze Dankbarkeit zum Ausdruck bringen! Bin grad in der richtigen Stimmung dafür!«

»Bevor du jetzt was ganz Blödes tust«, unterbrach sie Theo, »nimm bitte das!«

Er gab ihr ein Kuvert, in das sie hineinblickte: ein paar Hunderter und ein paar Fünfzig-Euro-Scheine lagen darin. Romy sah Theo verwundert an.

»Ich habe das heute Morgen bei meiner Mutter in der Nachttischschublade gefunden. Sind fünfhundertfünfzig Euro.«

»Oh …«

»Artjom hat mich vor einer Stunde angerufen und gesagt, dass er wieder auf dem Weg zurück ist. Er hat einen Typen gesucht, der ihm einen Generator verkaufen wollte, und hat deswegen auch seine Klamotten mitgenommen, weil er nicht wusste, ob er ihn so schnell finden würde.«

»Oh …«

Anton schob sie ein Stück vor: »Na, geh schon!«

Romy stolperte ihm förmlich entgegen, während der Regen auf sie trommelte, als wollte er sie für ihren Irrtum bestrafen. Artjom hingegen ahnte davon nichts, sondern stand immer noch lachend da, nass bis auf die Haut, und reichte Romy die Hand: »Komm, sieh ihn dir an!«

Er klappte ein Schutzblech hoch, legte ein Hebelchen um, zog an einem anderen und führte ihre Hand schließlich zu einem kleinen Zündschlüssel: »Ist nicht mehr das neueste Gerät, aber es funktioniert einwandfrei und liefert jede Menge Strom!«

Romy drehte den Schlüssel, der Generator kam spuckend und sprotzend in Aufruhr, stieß eine schwarze Rauchwolke aus und sprang dann endgültig an. Der Lärm, den er dabei entwickelte, ließ alle Beteiligten, außer Artjom, automatisch die Hände an die Ohren pressen. Romy konnte sehen, dass ihr Vater weiter auf sie einredete, aber sie verstand kein Wort. Die Maschine sprengte jedes Geräusch im Umkreis von dreißig Metern fort und war so laut, dass sogar die eigenen Gedanken zu Bröckchen pulverisiert im hohen Boden durch die Luft flogen.

Romy machte Artjom mit Gesten deutlich, den Generator abzustellen. Offenbar brauchte das Gerät ein paar Sekunden, bis bei ihm angekommen war, dass es nicht mehr zu laufen hatte, dann starb es stotternd und knallend ab.

»Mit diesem Generator kannst du im Theater Licht machen, sägen und Scheinwerfer anschließen. Der hält alles aus!«

»Woher hast du ihn?«, fragte Romy neugierig.

»Der ist aus alten Armeebeständen. Ich kenne jemanden, der jemand kennt, der jemand kennt, der ihn loswerden wollte. Läuft mit Diesel und ist praktisch unzerstörbar!«

Romy lächelte: »Der Zweite Weltkrieg hat ihn jedenfalls nicht kleingekriegt …«

Artjom tätschelte die Maschine: »Ja, damals wurden noch richtig gute Sachen gebaut in Russland! Also, was sagst du?«

Romy drehte sich zu den Alten um, die sie immer noch im Schutz der Scheune anstarrten. Sie war unglaublich erleichtert, dass ihr Vater sie nicht bestohlen hatte, dass er sie nicht im Stich gelassen und sich geändert hatte und nach Kräften zeigte, dass man auf ihn bauen konnte. Ja, sie war sogar ein bisschen stolz auf ihn, und im Überschwang der Gefühle rief sie ihren Leuten freudestrahlend zu: »Wir haben Strom! Dank meinem Vater, dem besten Beschaffer aller Zeiten!«

Es gab Applaus, Romy umarmte Artjom.

Und so konnte sie auch nicht Emil sehen, der ein wenig zurückgetreten war, sich dem Applaus der Alten nur zögerlich anschloss und der mit einem gequälten Lächeln versuchte, sich seine Verletzung nicht anmerken zu lassen. Er, Emil, der Erste, der dieses Theater mit bauen wollte, derjenige, der fast alles herangeschafft und fast jeden Tag mitgearbeitet hatte, der seit fast fünfundzwanzig Jahren nach Großzerlitsch kam, war kein Teil dieses Dorfes.

Er war nur Emil.
Der fliegende Händler aus Tschechien.
Sonst niemand.

58.

Nach der ersten Freude wurde schnell klar, dass der Generator ihnen zusätzliche Arbeit bescheren würde. Er war so laut, dass sie um ihn herum ein Häuschen bauen mussten, innen mit dickem Schaumstoff gedämmt, denn niemand hätte gegen diesen soliden Kriegsveteranen anspielen können. Geschweige denn etwas vom Gesprochenen verstanden.

Aber das hatte erst einmal keine Eile.

Jetzt hatten sie genügend Strom für Licht und diverse Maschinen, und die anstehenden Arbeiten konnten unter Antons Aufsicht auf verschiedene Schultern verteilt werden. Die Tribünen wurden zugeschnitten, und in der Mitte des Theaters würden lange Sitzbänke eine aufwändige Bestuhlung ersetzen. Gleichzeitig bereitete Anton die Fensterrahmen vor, sodass Öffnungen aus den Scheunenwänden herausgebrochen werden konnten, denen nach und nach einfache Fenster folgen würden. Dazu setzten sie eine Tür hinter der Bühne ein, denn Umkleide, Maske und Requisite würden draußen in einem Zelt stehen. Von dort aus konnten sie von den Zuschauern unbemerkt die Bühne betreten oder sie wieder verlassen.

Romy erreichte eine gute Nachricht: Karl würde mitspielen. Bella hatte ihm offenbar klargemacht, dass sie nicht mehr für ihn kochen würde, wenn er sich weiterhin bockig verhielt. Das hätte jeden anderen Großzerlitscher jubeln lassen, bei Karl allerdings verfehlte es seine Wirkung nicht. Er konnte und wollte auf das Essen nicht verzichten, nicht nur, weil er seit dem Stromschlag wohl keinen Geschmackssinn mehr besaß, sondern auch, weil ihm die neue Tagesstruktur und vor allem die neue Gesellschaft ausnehmend gut gefielen. Shakespeare war ihm weiterhin herzlich gleichgültig, Bella hingegen nicht. Er sagte also zu und zuckte nicht einmal mit der Wimper, als Ben ihm dafür die Hauptrolle versprach: Romeo!

Romy und Ben hatten die meisten Großzerlitscher, außer Hilde und Bertha, ins *Muschebubu* beordert. Ben schäkerte mit den Damen und trank mit den Herren. Er hatte einen Plan! Etwas, was Romy zittern ließ, denn Ben hatte schon oft bewiesen, dass Planung und Organisation, Verantwortung und Disziplin nicht zu seinen Stärken gehörten. Diesmal jedoch setzte er sich durch: Er wollte vollendete Tatsachen schaffen, für den Fall, dass Hilde und Bertha sich nicht überzeugen ließen mitzuspielen. Und das bedeutete, dass er die Rollen an die Alten vergab, und hoffte, sie würden ihre Texte lernen, bis sie sich so mit dem Stück identifizierten, dass sie in jedem Fall auftreten würden. Mit oder ohne die beiden.

So trank Ben den ganzen Abend mit den Großzerlitschern, während Romy sich zurückhielt und ihn machen ließ, denn wenn er tatsächlich irgendetwas gut konnte, dann war es trinken und sich verbrüdern. Ben nutzte die ansteigende Tide dafür, Rollen zu verteilen und anschließend mit Vogelbeerschnaps zu begießen. Anton wurde der Prinz von Verona, schließlich war er auch so etwas wie der Bürgermeister von Großzerlitsch, auch wenn es diese Position in Wirklichkeit gar nicht gab. Julias Amme wurde Bella, die ohnehin die beste Freundin Romys war, und weil die Julia an Romy ging, schien das am besten zu passen.

Ganz leicht war die Rolle des Tybalt zu besetzen, die konnte nur an Theo gehen. Die beiden teilten eindeutig ein hitziges, um nicht zu sagen, cholerisches Gemüt. Bruder Lorenzo übernahm Emil, Elisabeth würde Lady Capulet sein. Die kleineren Rollen wie der Apotheker, die Verwandten und Diener der Capulets und Montagues gingen an die, deren Gedächtnis nicht mehr allzu gut funktionierte. Und Graf Paris strich Ben kurzerhand komplett. Niemand interessierte sich für den Trottel – er würde den Text umarbeiten, damit klar wurde, dass Julia mit ihm vermählt werden sollte. Das reichte vollkommen aus, schließlich war seine Rolle allenfalls dramaturgisch von Bedeutung, darüber hinaus jedoch so willkommen wie ein Zeuge Jehovas an der Haustür.

Ben hatte für jede Rolle die entsprechenden Passagen kopiert und verteilt, doch als die Alten das gewaltige Ausmaß an Text sahen, das sie auswendig zu lernen hatten, hob er beschwichtigend die Hände: »Nur die Ruhe, ich werde kürzen. Ihr braucht nicht alles zu lernen. Ihr sollt euch jetzt nur einmal mit der Sprache und dem Rhythmus vertraut machen.«

»Kann ich nicht den Mercutio geben?«, fragte Theo. »Der geht schneller drauf!«

»Nein!«, antwortete Ben entschieden.

»Was ist mit Hilde und Bertha?«, fragte er.

»Sind dabei! Die werden Mercutio und Benvolio übernehmen!«

Eine sehr optimistische Behauptung, aber die Anwesenden schluckten es. Und da sie alle schon ein wenig angetüdelt waren, fiel ihnen nicht mal auf, dass die beiden gar nicht anwesend waren.

»Und die anderen Rollen?«, fragte Anton.

»Vielleicht werden wir ein paar streichen. Andere zusammenkürzen. Ich verspreche: Es wird nicht zu viel sein.«

Karl, der neben Bella am Tisch saß, flüsterte ihr etwas ins Ohr. Sie nickte und fragte: »Karl würde Graf Paris spielen!«

»Den habe ich gerade gestrichen!«

»Eben drum.«

Ben lächelte: »Netter Versuch, Karl. Aber glaub mir: Du

wirst ein toller Romeo sein. Und danach schneller reden als Eminem.«

»Wer ist das?«

»Der amerikanische Dieter Thomas Heck!«

Karl nickte zufrieden.

Offenbar gefiel ihm die Vorstellung.

Sie saßen noch bis tief in die Nacht zusammen, unterhielten sich angeregt über ihre Rollen und wie das wohl werden würde, wenn sie tatsächlich auf der Bühne stünden.

Romy beobachtete sie zufrieden und musste zugeben, dass Ben für Menschen ein Händchen hatte. Zumindest für betrunkene Menschen. Er kam ihnen nahe, ohne sie zu bedrängen. Konnte begeistern, ohne zu verschrecken. Und zu ihrem Erstaunen stellte sie fest, dass ihre Alten in der Fantasie bereits durchspielten, was bis vor kurzem für sie noch gar nicht vorstellbar gewesen war. Sie kicherten über mögliche Pannen und amüsierten sich über die Vorstellung, den jeweils anderen in einer Shakespeare-Rolle zu erleben. Ja, sie malten sich bereits einen rauschenden Premierenabend aus und was das Publikum wohl sagen würde.

Romy spürte dieselbe Aufregung wie bei einem ganz normalen Ensemble von Schauspielern, vielleicht sogar noch mehr, denn die gutgelaunte Unruhe ihrer Leute hatte etwas Kindliches, Unschuldiges. Jetzt waren sie so alt geworden und hatten tatsächlich etwas gefunden, dass sie zum *ersten Mal* tun wollten.

Sie blickte zu Bella, die gerade amüsiert lachte: Nein, meine Liebe, du lagst falsch! Es gibt immer etwas Neues! Und es gibt immer einen Grund, weiterzuleben. Das Leben verbraucht den Geist, das ist wahr, aber es kann ihn auch mit neuer Kraft befeuern. Und ihre Alten waren der Beweis: Die Energie, die von ihnen abstrahlte, erfüllte den Raum mit Vorfreude und Trubel!

Ja, das war es: Sie lebten!

Und wie sie lebten.

Romy verabschiedete sich bei Ben.

Der nickte ihr zu und sagte: »Ich trink noch einen mit Theo, ja?«

»Ja, hast du dir verdient!«, antwortete sie.

Dann verließ sie das *Muschebubu* und ging ins Bett

Hatte noch lange das aufgeregte Gelächter der Alten im Ohr.

Schlief zufrieden ein.

Und wurde mitten in der Nacht durch wildes Getrommel an der Haustür geweckt. Erschrocken fuhr sie hoch, warf sich einen Morgenmantel um und eilte nach unten.

Ben stand vor der Tür.

Abgefüllt wie eine Regentonne nach einem Tsunami.

»Durätstesnich!«

Romy hob verärgert die Augenbrauen: »Du hast den Saufrekord in Sachsen gebrochen?«

»Nein … dassheißt: vielleischt. Aber ischweiß gezz, waschmit Georg ist …«

Romy sah ihn neugierig an: »Was ist passiert?«

»Er ist tot.«

»Wirklich?«

Ben nickte: »Gestorm. Vor viersich Jahren … Da warer noch ganz jung …«

»Er hat hier kein Grab. Ich hab auf dem Friedhof nachgesehen.«

Wieder nickte Ben: »Nein, hatter nich.«

»Und wo ist er dann?«

»Dasweischkeiner.«

»Das kann doch nicht sein?!«

»Doch, und weissu, warum?«

»Nein.«

»Weil er ermordet wurde …«

DIE AKTE JANINSKY

59.

Den Rest der verbleibenden Nacht hatte Romy versucht, Ben irgendwelche Details zu entlocken, was sich als eine Geduldsprobe herkulischen Ausmaßes herausstellte, denn Ben verzettelte sich immer wieder in Anekdoten aus dem Saufgelage, das er mit Theo abgehalten hatte. Sie hatten *Bauernlegen* gespielt, ein denkbar simples Trinkspiel, bei dem man nur ein Skatblatt auf den Tisch legte und so lange die Karten umdrehte, bis die Bauern erschienen. Der Rest war ebenso einfach wie fatal in seiner Wirkung: Der erste Bauer bestimmte das Getränk, der zweite trank an, der dritte aus, der vierte bezahlte. Ben war stolz, berichten zu dürfen, dass er selten bezahlen, dafür aber oft austrinken musste. Selbst wenn die bestellten Drinks abenteuerliche Mischungen aus diversen Bieren, Likören oder Schnäpsen waren, die man nicht mischen sollte.

Romy versuchte, ihn immer wieder zurück zum Thema zu führen, bekam aber nur heraus, dass Theo wenig verraten hatte. Eine hässliche Geschichte sei das gewesen, über die niemand reden wollte und von der es besser war, man würde sie für immer vergessen. Einen Toten hatte es gegeben, wobei nicht gesichert war, ob er wirklich ermordet wurde oder auf eine andere Art und Weise ums Leben gekommen war. Vielleicht wollte es aber auch niemand aussprechen. Zumindest so viel war sicher: Georgs Tod hatte die beiden Freundinnen Bertha und Hilde für immer entzweit.

Romy hatte während seiner Ausführungen Bens Annäherungsversuche immer wieder abgewiesen und ihn irgendwann auf das Sofa ins Wohnzimmer gepackt, auf dem er förmlich ohnmächtig geworden war und wenig später ein Schnarchkonzert gestartet hatte, dem Romy in ihrem Zimmer folgen durfte, weil sie nach diesen Nachrichten nicht mehr einschlafen konnte. Was war zwischen den dreien vorgefallen? Hatte wirklich eine von beiden Georg umgebracht? Sei es im Affekt oder vorsätzlich? Und wenn eine der beiden eine Mörderin wäre, wollte sie das wirklich wissen? Sie mochte beide, sie kannte sie ihr ganzes Leben. Wollte sie wirklich erfahren, was vor vierzig Jahren geschehen war? Hatten die Alten nicht recht, dass man manche Geschichten einfach vergraben und vergessen sollte? Auf der anderen Seite: Konnte sie mit dem Wissen an ein großes Unrecht, ganz gleich, wie lange es her war, einfach weiterleben?

Im Morgengrauen schlief sie endlich ein und erwachte kurz vor Mittag von Bens Geschnarche. Sie stand auf, machte Kaffee und weckte Ben, der sich an das Meiste, was er gestern von sich gegeben hatte, nicht erinnern konnte. Nur an ein paar lustige Vorkommnisse beim Saufen.

»Und der Mord?«, fragte Romy.

»Was für ein Mord?«, fragte Ben zurück.

»Das kann doch nicht sein, dass du noch weißt, wann Theo sich übergeben hat, aber nicht, dass er dir erzählt hat, dass Georg umgebracht worden ist?«

»Das war aber sehr lustig, weil er in seiner Verzweiflung ein Weizenbierglas …«

»Shhh!«

Sie hatte die Hand zum Zeichen gehoben, dass er diesen Teil nicht auszuschmücken brauchte. Ben quittierte es mit einem Schulterzucken.

Dann fragte er ungläubig: »Und Georg wurde wirklich ermordet?«

»Das hast *du* mir gestern Nacht erzählt!«

Ben dachte nach: »Jetzt, wo du es sagst … Theo hat da was angedeutet. Kann sein, dass ich mit dem Mord ein kleines bisschen übertrieben habe, aber es klang irgendwie geheimnisvoll.«

»Aber Georg ist tot?«

»Ja, das auf jeden Fall!«

»Und man weiß nicht, wie er gestorben ist?«

»Nein, glaube nicht.«

Romy rührte in ihrer Kaffeetasse und sagte entschlossen: »Dann finde ich das heraus!«

»Fantastische Idee! Wir werden dem Geheimnis auf den Grund gehen!«

»Wir? Du wirst auf keinen Fall irgendetwas oder irgendjemandem auf den Grund gehen!«

»Entschuldige mal, wer hat denn das mit Georg rausgefunden? Du oder ich?«

»So? Was genau hast du denn rausgefunden?«

»Na … dass er tot ist. Und dass es ein Geheimnis gibt. Und einen Mord. Vielleicht.«

»Das Einzige, was du herausgefunden hast, ist, wann Theo kotzt!«

»Stimmt doch gar nicht … nicht nur, jedenfalls. Außerdem habe ich mal in einem *Tatort* mitgespielt!«

»In dem, wo du nach fünf Minuten tot warst?«

»Na und? Ich habe das Drehbuch gelesen. Und wenn du mich fragst, stimmte an dem Plot gar nichts. Ich hätte das viel besser gelöst.«

Romy nickte: »Wie schade, dass du nach fünf Minuten tot warst …«

Ben winkte ab: »Jedenfalls bin ich gut in so etwas. Du solltest auf meinen kriminalistischen Spürsinn nicht verzichten.«

»Ich verzichte.«

»Das kannst du nicht machen! Ich helfe dir die ganze Zeit, und kaum gibt es etwas Spannendes, lässt du mich hängen!«

Romy seufzte: »Das ist kein Spiel, Ben. Vielleicht ist es die letzte Chance, wieder Frieden zwischen den beiden zu stiften. Das ist mir wichtig, verstehst du?«

»Verstehe. Und *ich* ruiniere natürlich alles«, antwortete Ben mit einem hörbar beleidigten Unterton.

»Ist ja nicht so, dass du der einfühlsamste Mensch auf dieser schönen Erde bist!«

»Oh, natürlich, Madame ist ja die Lady Di unter den Feinnervigen. Ich meine, wir haben ja alle mitbekommen, wie sensibel du verhören kannst ... Dann erzähl mir doch mal, wie du das Rätsel lösen willst. Wie willst du vorgehen? Willst du die Alten in die Mangel nehmen? Oh, warte: Verzeihung! Ich meinte zartfühlend hypnotisieren, damit sie dir die geheimsten Geheimnisse verraten?«

»Idiot!«

»Jetzt mal ernsthaft: Was ist dein nächster Schritt?«

Romy schwieg.

Sie wusste es nicht. Mit den Alten zu sprechen machte keinen Sinn. Sie hatten vierzig Jahre nicht über die Sache geredet und würden jetzt sicher nicht damit anfangen, nur weil sie neugierig war. Die Einzigen, die zur Wahrheit beitragen könnten, wären Hilde und Bertha. Aber die hatten ihren Standpunkt unmissverständlich klargemacht

Andererseits hätte sie ohne Ben nie von Georgs Tod erfahren. Sie hielt damit den Schlüssel in der Hand, der ein Tor in die Vergangenheit öffnen konnte. Was immer damals geschehen war, war nicht nur der Grund für die Feindschaft, es barg möglicherweise auch die Lösung. Erst wenn sie wusste, worum es wirklich ging, gäbe es vielleicht die Chance auf Versöhnung.

Oder Vergebung.

»Nehmen wir an, ich würde dich mitmachen lassen ...«, begann Romy vorsichtig. »Wie würdest *du* vorgehen?«

Ben lehnte sich zufrieden grinsend zurück: »Oh, Miss Marple hängt ein wenig?«

»Willst du jetzt helfen oder nicht?«, antwortete Romy ärgerlich.

»Klar, ich verrate dir meine besten Tricks, und du bootest mich dann aus!«

Romy spottete: »Deine Tricks!«

Ben schwieg.

Romy saß ihm gegenüber. Was, wenn er doch eine gute Idee hatte? Oder bluffte er nur? Was, wenn sie ihm zusagte, und seine Idee würde sich anschließend als haarsträubend beknackt erweisen? Was, wenn sie selber keine Idee entwickeln würde, wie man hinter das Geheimnis um Georg kam?

Sie begann an einem Daumennagel zu kauen.

Er sah ziemlich siegessicher aus. Wenn sie *Ja* sagte, hatte sie ihn am Hals in dieser Sache. Sagte sie *Nein*, würde sie es womöglich nie herausfinden. Sie war bei so etwas einfach nicht gut.

»Also schön: Wie lautet dein Trick?«

Sie hatte es herrischer ausgesprochen als geplant.

»Haben wir einen Deal?«, fragte er süffisant.

Sie seufzte: »Ja.«

Er beugte sich vor und strahlte: »O.k., wir sind uns darüber einig, dass wir aus den Alten hier nichts rauskriegen werden, richtig?«

»Richtig.«

»Pass auf …«

Eine dramatische Kunstpause, die Romy Zeit ließ, sich innerlich gegen etwas zu wappnen, über das sie sich möglicherweise den Rest des Tages ärgern würde.

»Wenn es keiner von hier ist, dann muss es jemand von außerhalb sein, der die Leute hier kennt. Und das ist … der Pfarrer!«

»Der ist aus dem Westen!«

»Dann fragen wir ihn nach seinem Vorgänger. Was immer passiert ist: Er weiß es!«

Romy nickte: keine schlechte Idee.

Wer hätte das gedacht?

Vielleicht hätten sie ihn im *Tatort* doch nicht nach fünf Minuten umbringen sollen.

60.

Die Arbeit ruhte nicht an diesem Tag, Anton sägte weiterhin fleißig Bestandteile der Tribüne zurecht, während Artjom und Karl die Fenster setzten. Auch hier hatte Anton bereits die Vorarbeit geleistet, aus Massivholz die Maße des Fensters gehobelt und zugeschnitten, die Profile gefräst und alles miteinander verleimt.

Glas hatten sie sich beim Glaser vorfertigen lassen und setzten es in die Rahmen ein. Es mussten nur noch die Leisten aufgeschraubt und mit einer Dichtungsmasse versiegelt werden.

Alle Durchbrüche bekamen Stürze, die Karl vorher berechnet und vermessen hatte. Und endlich konnte das Fenster eingepasst, verdübelt und die Hohlräume mit Bauschaum ausgefüllt werden.

Romy und Ben fuhren derweil nach Kleinzerlitsch, wurden vom Pfarrer der Gemeinde St. Marien, die auch den Friedhof von Großzerlitsch verwaltete, freundlich empfangen. Was das Rätsel um Hildes Ehemann Georg jedoch anging, war er überfragt. Er hatte die Gemeinde erst vor etwa zehn Jahren übernommen und merkte nicht ohne Vorwurf in seiner Stimme an, dass die Schäfchen von Großzerlitsch ziemlich störrischer Natur waren, was ihre Hingabe an Gott im Allgemeinen und zu dessen irdischem Vertreter in Kleinzerlitsch im Besonderen betraf.

»Sie sind nicht gerade die gläubigsten Menschen in Sachsen«, meinte er bedauernd. »Aber ich gebe die Hoffnung nicht auf, dass ich sie für Gott doch noch begeistern kann.«

Romy lächelte und dachte nur an das Neue Testament und die vielen Kamele, die auch dort nicht durchs Nadelöhr gingen.

Sie fragte: »Können Sie uns sagen, wo wir Ihren Vorgänger finden? Vielleicht kann der uns ja helfen. Pfarrer Schmidt war schon in den Siebzigern zuständig für Großzerlitsch.«

Er nickte, stand auf und kehrte mit einer Visitenkarte zurück: »Soweit ich weiß, lebt er in einem Altenheim. Grüßen Sie ihn doch von mir, ja?«

Sie verabschiedeten sich und fuhren zum St.-Heribert-Seniorenstift, idyllisch gelegen am Rand der Kreisstadt Annaberg-Buchholz mit ihren schönen historischen Häusern und Gässchen, dem großen Marktplatz und der alles überragenden St. Annenkirche. Romy kaufte dort einen Strauß Blumen, während Ben Autogramme gab: Der *Frischedoktor* war überall bekannt. Auch in der schönsten Stadt des Erzgebirges.

Das Seniorenstift selbst hatte nichts Historisches.

Romy und Ben traten in einen Neubau, fragten am Empfang nach Pfarrer Schmidt aus Kleinzerlitsch und wurden in einen freundlichen Gemeinschaftsraum geführt, in dem die Bewohner Fernsehen sahen, lasen oder Tee tranken.

Die Schwester, die sie begleitete, führte sie an eine Fensterfront, wo in einem Sessel Pfarrer Schmidt sitzend nach draußen starrte. Für einen Moment dachte Romy, er würde die Aussicht genießen, aber als sie näher kam und sein Gesicht besser deuten konnte, wusste sie, dass ihr Gespräch sinnlos sein würde. Und die Schwester bestätigte es auch: »Er freut sich sicher über die Blumen, aber gehen Sie bitte nicht davon aus, dass er Sie wiedererkennt.«

Sie nahm ihnen das Gebinde ab und suchte eine Vase dafür, während Romy und Ben sich an die Seite des Gottesmannes setzten und ihn begrüßten. Pfarrer Schmidt blickte sie lächelnd an und segnete sie. Möglicherweise wusste er nicht mehr, wer er war, aber ritualisierte Handlungen rief sein Gehirn weiterhin ab. Ob er sich ihrer Bedeutung noch bewusst war?

»Herr Schmidt?«, fragte Romy.

Er sah sie an, erweckte aber nicht den Eindruck, als wüsste er mit seinem Namen noch etwas anzufangen.

»Ich bin Romy. Aus Großzerlitsch. Kennen Sie Großzerlitsch noch?«

Keine Antwort.

»Kleinzerlitsch vielleicht? Ihre Gemeinde war in Kleinzerlitsch?«

Keine Antwort.

Ben drängte sich vor.

»Kennen Sie vielleicht Hamburg? Ich komme aus Hamburg!«

»Ben!«, mahnte Romy.

»Was denn?«, fragte der zurück. »Hamburg ist eine schöne Stadt!«

»Es geht aber nicht um Hamburg, sondern um Großzerlitsch.«

»Ich kenne Hamburg«, antwortete der Alte.

Ben warf ihr einen triumphierenden Blick zu – Romy lehnte sich sprachlos zurück: Das war doch nicht zu fassen!

»Ich bin da geboren«, sagte der Pfarrer.

Ben nickte: »Schöne Stadt, finden Sie nicht auch?«

»Oh ja!«

»Übrigens, kennen Sie einen Georg? Ist wohl ermordet worden?«

Romy riss entsetzt die Augen auf.

»Der Ehemann von Hilde. Hatte was mit Bertha. Blöde Sache, das. Georg und Bertha? Klingelt da was?«

Romy zog Ben von seinem Stuhl und führte ihn ein Stück weg.

»Klingelt da was?!«, zischte sie wütend. »Bei dir klingelt gleich was! Nämlich dann, wenn ich dir eine knalle! Der arme Mann ist krank!«

»Du solltest echt mal einen Antiaggressionskurs belegen!«

»Ich bin nicht aggressiv!«

»Neeeiiiin, natürlich nicht. Wie wär es mit Yoga? Soll auch helfen.«

»Nicht bei dir …«, seufzte Romy. Und fügte ruhiger an: »Bitte geh ihn nicht so an, okay? Du erschreckst ihn mit deinen Geschichten von Mord und Totschlag!«

»Immerhin wissen wir schon mal, dass er aus Hamburg kommt!«, beharrte Ben.

»Er kommt aus Dresden!«

Ben runzelte verwundert die Stirn: »Ehrlich? Ich dachte schon, er hätte den sächsischen Akzent hier gelernt.«

»Du meinst, er kommt aus der BRD in die DDR, um hier Gott zu suchen?«

»Jetzt mach mich nicht so an! Missionare gab's auch in Afrika. Verglichen damit liegt Sachsen gleich um die Ecke!«

Romy atmete tief durch und ermahnte sich wieder, keine längeren Diskussionen mit Ben anzuzetteln.

»Sonst noch einen *Trick* auf Lager, Sherlock?«

Ben zog einen Flunsch: »Brauchst jetzt gar nicht ironisch zu werden. Mit dir hat er nicht geredet. Mit mir schon.«

Pfarrer Schmidt murmelte etwas.

Sie blickten beide zu ihm hinüber. Er war in dumpfes Brüten verfallen, jetzt jedoch bewegten sich seine Lippen. Er flüsterte etwas vor sich hin.

Die beiden schlichen sich näher zu ihm heran.

Ben beugte sich zu ihm vor und fragte: »Ich hab Sie leider nicht verstanden. Können Sie es noch mal sagen?«

Pfarrer Schmidt packte plötzlich seine Hand und sah ihn durchdringend an. Für einen Moment wirkte er vollkommen klar, fokussiert, geradezu beängstigend.

Er sagte: »Janinsky. Akte.«

Dann wandte er sich wieder dem Fenster zu.

Und sagte gar nichts mehr.

61.

Der Einzige, dem man einen Schreck eingejagt hatte, war Ben.

Fand Ben.

Und er wurde nicht müde, es Romy wieder und wieder zu erklären, wie unheimlich er den Alten fand, wie durchdringend er ihn angesehen hatte, quasi bis in den hintersten Winkel seiner Seele.

»Dann war es ja nicht besonders tief«, antwortete Romy und versuchte, sich aufs Fahren zu konzentrieren.

»Das war geradezu dämonisch!«, beharrte Ben. »Das hättest du sehen sollen!«

»Hab ich. Ich stand neben dir.«

»Das war wie bei *Psycho*. *Alien*. Oder *E.T.*«

Romy dachte einen Moment nach, was diese drei Filme miteinander gemein hatten, und kam zu dem Ergebnis: nichts.

»Ich frage mich echt, wer dieser Jablinksy ist.«

»Janinsky.«

»Der auch. Heißt im Dorf einer so?«

»In Großzerlitsch gibt es keine Janinskys. Hilde heißt mit Nachnamen Müller.«

»Also hieß Georg auch Georg Müller?«

Romy nickte. »Wenn die beiden verheiratet waren, ja. Zu der Zeit hat die Frau immer den Namen des Mannes angenommen.«

»Vielleicht heißt Hilde mit Mädchennamen Jablinsky?«, fragte Ben.

»Wie gesagt: Es gibt und gab meines Wissens keine Janinskys in Großzerlitsch. Und auch keine Jablinskys.«

Ben lehnte sich in den Beifahrersitz zurück: »Wie geheimnisvoll! Genau das Richtige für mich!«

Romy verkniff sich eine Bemerkung.

»Vielleicht gibt es bei der Polizei eine Akte? Wenn Georg umgebracht worden ist, dann muss das doch irgendwo stehen?«

»Möglich, ja. Aber früher war hier DDR. Und ob die heutige Polizei noch Akten der Vopo hat? Und vor allem, wer? Keine Ahnung.«

Ben dachte einen Moment nach und schnippte dann mit den Fingern: »Georgs *Mörder* heißt Janinsky! Es ist seine Akte!«

»Vielleicht …«

»Fall gelöst. Gehen wir was essen.«

Romy seufzte.

Aber Hunger hatte sie schon.

Sie aßen in Kleinzerlitsch im *Roten Hirsch*, der Romy an Oma Lene und ihr dort bestelltes Essen erinnerte. Sie sprach nicht mit Ben darüber und dachte nur, dass sie erst vor drei Monaten zurückgekehrt war, es ihr aber wie eine Ewigkeit vorkam. Und wie viel sich verändert hatte in der Zeit, ohne dass jemand von außerhalb auch nur ahnte, was in Großzerlitsch vor sich ging. Ob es Lene gefallen hätte? Ob sie mit allem einverstanden gewesen wäre? Warum war sie nur gegangen, ohne sich zu erklären? Ohne ein Wort zu sagen oder zu schreiben? Das passte doch gar nicht zu ihr!

Sie sah zu Ben hinüber, der mit großem Appetit seine Klöße genoss und mit vollem Mund grundzufrieden kaute. Wie ein Junge, dem man sein Lieblingsessen vorgesetzt hatte und der mit der Welt gerade völlig im Einklang war. Ob er auch stille Momente hatte? Verzweiflung spürte? Angst hatte? Oder konnte er tatsächlich alles beiseitedrängen, konnte er wirklich einem Schmetterling nachsehen und alles vergessen, was ihn bis dahin bedrängt hatte?

»Ich weiß eigentlich ganz schön wenig über dich …«, begann sie freundlich.

»Was willst du denn wissen?«, fragte er zurück.

Romy zuckte mit den Schultern: »Hast du Geschwister?«

Er schüttelte den Kopf: »Nein, Einzelkind.«

»Das erklärt einiges …«

Ben grinste: »Du bist auch ein Einzelkind.«

Romy zuckte zusammen: richtig.

»'tschuldige …«

»Schon okay. Was willst du noch wissen?«

Romy dachte einen Moment nach und fragte: »Was ist mit deinen Eltern? Leben die noch?«

»Nur meine Mutter.«

»Und?«

Ben runzelte die Stirn: »Und was?«

»Hast du ein gutes Verhältnis zu ihr?«

»Ja.«

»Und dein Vater?«

Ben schwieg eine Weile.

Sehr ungewöhnlich, fand Romy. Für jemanden, der über alles und jeden scheinbar schwerelos hinwegschwebte, schien sie zum ersten Mal an einem Punkt angelangt zu sein, den er nicht einfach so überspielen konnte.

»Der war Kaufmann. Sonst nichts.«

»Sonst nichts?«

»Es war sehr schwierig mit ihm.«

»Was war sehr schwierig?«

»Er hat mich nicht verstanden. Nichts von dem, was ich mir wünschte. Weißt du, ich wusste schon als Kind, dass ich

Künstler werden wollte. Ich wollte sein wie *Peter Pan* oder *Kevin allein zu Haus*. Das war mein größter Traum.«

Er starrte auf seinen Teller und pickte in seinem Essen herum.

»Aber er hat doch auch Fernsehen geguckt. Und ist vielleicht ins Theater gegangen? Da gab es doch auch Künstler. Oder Schauspieler?«

»Mein Vater machte sich nicht das Geringste aus Theater oder Film. Hätte ich ihm meinen sehnlichsten Wunsch anvertraut, zu sein wie Tatum O'Neal oder Macaulay Culkin, hätte seine Antwort geheißen: Warum willst du einen dressierten Affen aus dir machen? Wie hätte ich ihm nur klarmachen können, was die Bühne mir bedeutete?«

Romy nickte.

»Sonntags gingen wir in die Kirche. Und während mein Vater hingebungsvoll zu Gott betete, den Handel zu beschützen, schickte ich in aller Heimlichkeit das stolzeste Gebet, das man sich von einem Jungen denken konnte: Herr, mach aus mir einen großen Schauspieler. Gib, dass auch ich gefeiert werde. Mach mich auf der ganzen Welt berühmt!«

»Und dann?«, fragte Romy neugierig.

Ben blickte auf.

Und plötzlich strahlte er über das ganze Gesicht: »Und dann? Dann geschah ein Wunder!«

Bens Gesicht leuchtete angesichts der Erinnerung, die ihn gerade übermannte. Was auch immer geschehen war, er musste es geschafft haben, seinen Vater zu überzeugen. Etwas hatte ihn bewogen, seinem Sohn doch noch die Karriere zu ermöglichen, nach der er sich so sehnte. Und immerhin: Weltberühmt war er zwar nicht geworden, aber in Deutschland ziemlich bekannt. Und das war doch auch schon was!

»Was ist passiert?«, fragte Romy lächelnd und führte ihren Löffel in die deftige Kartoffelsuppe, die sie bestellt hatte.

»Er ist erstickt!«, berichtete Ben freudestrahlend. »An einer Fischgräte. Beim Mittagessen. Gleich nach der Messe!«

Romys Unterkiefer klappte herunter.

Ihre Kartoffelsuppe tropfte langsam zurück in ihren Teller.

Ben erinnerte sich voller Wonne: »Ich meine, in einem Moment war ich noch ein unzufriedener Junge in einem obskuren Nest, im nächsten Moment war ich in Hamburg. Der Stadt der Medien!«

Er spießte einen Kloß auf, tunkte ihn in Soße, stopfte ihn sich in den Mund und kaute so genüsslich, als hätte ihn gerade die beste Nachricht der Welt erreicht.

Romy starrte ihn immer noch an.

Hatte sie gerade alles richtig verstanden? Hatte er ihr eben wirklich freudestrahlend berichtet, dass sein Vater vor seinen Augen an einer Fischgräte gestorben war? Was für eine Jugend musste er durchlebt haben, um eine solche Geschichte auf diese Art zu erzählen? Oder war er ein Autist? Borderliner? Ein Narzisst mit einer ödipalen Psychose?

Sie hielt den Löffel immer noch auf halbem Weg zum Mund, und ihr wurde bewusst, wie dämlich das aussehen musste. Also legte sie ihn wieder in den Teller und tupfte sich den Mund ab. Wie sollte sie jetzt reagieren? Sollte sie überhaupt etwas sagen? Ben machte nicht den Eindruck, als würde er einen Kommentar erwarten. Sollte sie ihn weiter ausfragen? Doch was würde dann kommen? Wer fragte, musste auch die Antwort aushalten können! Vielleicht hatte er seine Mutter in Scheiben geschnitten und in Formalin aufbewahrt … ach nein, die lebte ja noch. Ein Glück!

Für Romy drängten sich nur zwei Erklärungen auf: Ben hatte eine dramatische Kindheit gehabt. Oder er hatte sie nicht mehr alle. Obwohl: Wie ein Wahnsinniger kam er ihr nicht vor. Nicht so richtig jedenfalls.

Er sah sie zufrieden an und sagte: »Das war echt lecker hier. Besser als bei Theo. Wollen wir zahlen?«

Sie nickte.

»Ich lad dich ein! Zur Feier des Tages!«

Er winkte nach der Kellnerin – bester Laune.

Romy lehnte sich zurück und dachte nur: Feier?

Was um Himmels willen gab es denn zu feiern?

62.

Auch auf der Rückfahrt nach Großzerlitsch fand Romy keine Antworten auf ihre Fragen, aus dem schlichten Grund, weil sie sich nicht traute zu fragen. Ben hingegen schien die Episode schon wieder vergessen zu haben, er sinnierte über die Akte Janinsky und was sie wohl darin lesen würden, wenn es ihnen gelänge, sie zu finden. Kein Wort mehr über seinen Vater, kein Zeichen der Nachdenklichkeit. Aber auch keines von Wahnsinn. Immerhin.

Sie beschloss, vorerst nicht mehr darauf einzugehen. Vielleicht würde sich ja ein Moment ergeben, in dem sie das Thema noch einmal anschneiden konnte, denn es musste ja einen Grund geben, warum Ben sich so verhielt. Sie würde noch mal auf seine Kindheit zurückkommen, um zu erfahren, was wirklich vorgefallen war. Den Grund dafür finden, warum er sich beharrlich weigerte, erwachsen zu werden, Verantwortung zu übernehmen, Bindungen aufzubauen.

Was sie nicht ahnte, war, dass sie dazu bald schon Gelegenheit haben würde. In einer lauen Sommernacht voller Romantik. In der die Fichten leise rauschten, die Nachtigallen lieblich sangen und Ben Glück hatte, dass allein Romys gute Erziehung sie davon abhielt, ihn umzubringen …

Vorerst jedoch widmeten sie sich wieder dem Theater.

Artjom und Anton trieben den Ausbau voran, während Emil nur sporadisch auftauchte. Einige der Alten konnten bei der Durchführung helfen, der Rest jedoch schien sich in seine Häuser zurückzuziehen, was Romy nicht gefiel. Sie wollte sie aktiv halten und drängte darauf, mit den ersten Sprechproben zu beginnen, um ein Gefühl dafür zu entwickeln, woran ihre Leute noch arbeiten mussten.

Drei Tage grübelte Ben über *Romeo und Julia*, kürzte, fasste zusammen, ergänzte in drei Fällen sogar selbst etwas Text, um die Lücken zu kaschieren. Dann hatte er eine Spielfassung, die die Alten nicht überfordern würde. Er kopierte die Texte, vergrößerte sie und verteilte sie an die jeweiligen Schauspieler.

Die Proben konnten beginnen.

Ben bat Karl und Romy noch vor allen anderen auf das Podium, denn sie sollten Romeo und Julia sein, sie *mussten* einfach harmonieren.

Nachdem die Tagesarbeit erledigt war, erschien Karl in Begleitung von Bella in der Scheune, die Textblätter in der Hand. Romy war voller Vorfreude und begrüßte beide herzlich.

»Womit sollen wir beginnen?«, fragte Romy.

»Dritter Akt, fünfte Szene«, antwortete Ben.

»Das ist doch die Liebesnacht, nicht wahr?«, sagte Romy.

»Ja, die ist kurz. Und man sieht sofort, ob ihr gut miteinander könnt oder nicht.«

Er hatte im Laufe des Tages eine alte Matratze herbeigeschafft, die bereits mitten auf der Bühne lag. Ein weißes Betttuch ließ das Requisit nicht ganz so jämmerlich wirken. Ben führte die beiden hinauf und bat sie, sich auf die Matratze zu legen, sich aufzurichten, dem Publikum zugewandt.

»Wenn ihr wollt, könnt ihr schon etwas spielen, sonst lest einfach vom Blatt ab. Ich will nur einen Eindruck von euch bekommen!«

Er hatte in erster Linie zu Karl gesprochen, der nickte und auf seinen Text blickte. Ben sprang von der Bühne herab und stellte sich neben Bella.

»Also dann, ich bin bereit, wenn ihr es seid!«, rief er.

Romy begann als Julia:

»*Willst du schon gehn? Es ist noch lang nicht Tag.*
Es war die Nachtigall und nicht die Lerche,
die eben dein banges Ohr durchdrang.
Sie singt des Nachts auf dem Granatbaum dort.
Glaub mir, Lieber: es war die Nachtigall!«

Ben nickte erfreut: Romy war gut! Sie hatte nicht einmal alles gegeben, aber man konnte ihr Glück, ihre Emotion schon spüren. Wenn das Theater erst fertig sein würde, die Schauspieler in den nötigen Kostümen, würde die Illusion perfekt sein.

Dann Karl.

Er begann seinen Text, doch Ben unterbrach ihn nach wenigen Momenten: »Karl? Du musst lauter sprechen! Viel lauter! Stell dir vor, hier sitzen dreihundert Zuschauer. Die wollen alle was hören, okay?«

Karl nickte.

»*De Lärsche wors, de Dageswäschdorinn, nisch de Nachdigoll.*
Guggse an de neidschse Funnsl, de im Osdn an de frühn Wolgn bammlt.
De Nachd hade Kärzn vorblembord.
Dor munddre Daach grachsld uffn Bärsch.
Nor's Gerrenne redded misch, rummärn is dor Dod.«

Ben starrte auf die Bühne.

Karl sprach ein Sächsisch, dass es einem die Schuhe auszog!

Bisher hatte Karl selten gesprochen und wenn, dann so leise, dass andere seine Sätze laut wiederholen mussten. Alle außer Romy hatten in Großzerlitsch einen Akzent, der Ben zu Anfang noch etwas fremd vorgekommen war, an den er sich aber schnell gewöhnt hatte. Aber Karls Sächsisch brauchte eine Simultanübersetzung! Genau genommen hatte Ben nur die Vokale verstanden, verzerrt im typisch nasalen und gleichzeitig kehligen Idiom des tiefen Ostens. Die Konsonanten waren so butterweich gesprochen worden, dass sie Karl ineinander übergegangen über die Unterlippe liefen. Und offenbar hatte er sich den Text auch ein wenig zurechtgelegt. Wenn da nur einer im Publikum saß, der nicht Sächsisch sprach, konnten sie das Stück gleich auf Klingonisch aufführen. Das Ergebnis wäre dasselbe.

Mittlerweile hatten beide ihren Text vorgetragen und sahen erwartungsvoll zu den beiden hinab. Bella applaudierte wild und rief: »Söőö scheen, Gaaarl! Bin dodaal vorliebt!«

Ben fuhr zu ihr herum: War das etwa ansteckend?! Bella hatte doch bisher nicht gesächselt? Jedenfalls nicht so! Jetzt hüpfte sie vor Freude auf der Stelle und klatschte wie wild Beifall. Karl und Romy waren vom Lager aufgestanden und verbeugten sich grinsend.

»Und? Wie fandest du es?«, fragte Romy.

Ben suchte nach Worten, dann sagte er: »Also, *so* habe ich das noch nie gehört! Ehrlich!«

»Söőö schnugglisch! Meen Gliewärmschn!«, rief Bella.

Karl grinste breit und winkte Bella zu.

Ben hatte Karl noch nie lachen oder wenigstens lächeln sehen. Es machte ihn glatt ein paar Jahre jünger.

»Romy? Kann ich dich einen Moment sprechen?«, rief Ben und machte ein paar Schritte zum Scheunentor, während Bella zur Bühne eilte und Karl weiter beglückwünschte.

Romy kam Ben grinsend entgegen und flüsterte: »Die sind sooo süß die beiden, nicht?«

»Ähm, ja!«, nickte Ben und zog Romy noch ein Stückchen weg von der Bühne.

»Und Karl hat nur abgelesen. Stell dir vor, der spielt das jetzt noch!«

»Ich stelle es mir gerade vor …«

Romy kicherte gut gelaunt: »Bella schmeest glodd ehrn Schlübbor!«

»Was?«

»Sie wirft ihren Schlüpfer auf die Bühne!«

Bens Augen wurden zu Schlitzen: »Oh, vielen Dank für das Bild! Das ist genau das, was ich jetzt noch gebraucht hab!«

»Sieh mal an, wer hat jetzt den Stock im Hintern?! Das war doch gut! Für den Anfang!«

Ben blickte kurz zur Bühne, wo sich Bella und Karl miteinander unterhielten. Dann wandte er sich wieder Romy zu: *»De Lärsche wors, de Dageswäschdorinn?* Spinnst du?! Und vom Rest will ich gar nicht reden, weil ich nämlich kein einziges Wort verstanden habe! Und ich halte den Text in den Händen, okay?!«

»Du weißt doch, wie er redet!«, verteidigte Romy Karl.

»Nein, wusste ich nicht!«

Romy sah zu den beiden rüber: Bella schälte Karl gerade einen Apfel und reichte ihm ein Schnitz hinauf.

»Und was jetzt?«, fragte Romy ratlos.

Ben seufzte: »Ich weiß es nicht. Aber: Es *ist* Shakespeare. Kann ja sein, dass er den Plot von Ovid geklaut hat, aber es ist die berühmteste Geschichte der Welt. Und die lebt auch von ihrer unsterblichen Sprache.«

Die beiden schwiegen einen Moment.

Dann fragte Ben: »Und wenn jemand anderes den Romeo gibt?«

Romy sah richtiggehend erschrocken aus: »Das kannst du nicht tun, Ben! Es war schwer genug, Karl überhaupt in dieses Stück hineinzubekommen. Und Bella hat mir gesagt, dass er sich mittlerweile darüber freut!«

Ben blickte zu den beiden und antwortete: »Mir scheint, Bella freut sich darüber noch ein bisschen mehr …«

Romy nickte: »Sie ist ziemlich stolz auf ihn, ja.«

»Spricht er denn überhaupt kein Hochdeutsch?«

»Weiß nicht. Ich hab's noch nie bei ihm gehört.«

»Na toll.«

Romy sah ihn eindringlich an: »Du kannst ihm die Rolle nicht wegnehmen, Ben. Mal davon abgesehen, dass er der Einzige ist, dem ich zutraue, dass er sich den ganzen Text merken kann. Er hat ein großartiges Gedächtnis. Ich glaube, von den anderen wird das keiner hinkriegen.«

Ben nickte nachdenklich: »Okay, vielleicht können wir das anders lösen …«

Er ging auf die beiden zu und klatschte in die Hände: »Das war toll! Danke! Bella, wie wär's, wenn wir heute zusammen essen?«

»Tolle Idee, Ben! Um acht Uhr bei mir?«

Ben nickte: »Gerne. Ich bring Romy mit, ja?«

Sie grinste und kniepte verschwörerisch mit den Augen: »Glor, ihr zwo Hiebbschn!«

Romy starrte ihn sauer an und flüsterte: »Wieso ich?!«

Ben zuckte mit den Schultern: »Weils schnugglisch weed, du Gliewärmschn, deswegen!«

63.

Sie kamen etwas vor der Zeit und wurden von Karl in Bellas Haus hineingelassen. Amüsiert bemerkte Romy, dass er sich zwar für das Essen mit dunklem, nicht mehr ganz modischem Anzug, weißem Hemd und Fliege fein gemacht hatte, aber dennoch Pantoffeln trug. Ganz offenbar fühlte er sich in Bellas Haus pudelwohl.

Sie setzten sich an den Esstisch mit den Hundestühlen und den festgeklebten Tellern. Aus der Küche duftete es herrlich, Ben fragte, ob sie eine Flasche Wein noch vor dem Essen öffnen könnten, wobei ihm Romy ausnahmsweise einmal zustimmte: Sie wusste ja um Bellas Kochkünste, da konnte ein kleiner Schwips nur helfen.

Sie tranken gerade ihr zweites Glas, als Bella die Vorspeise auf den Tisch stellte. Es sah gut aus, es roch gut, und Romy hatte Furcht, es zu probieren, dabei war es nur Suppe vom Leipziger Allerlei: junge Erbsen, Karotten, Spargel, Morcheln, grüne Bohnen und Blumenkohl. Auch ein paar Flusskrebse tauchten zwischen dem Gemüse herum.

Bella gab Karl zuerst und sagte: »So, mein Großer, *Feenbötchen* an *Drachenzähnchen*, dazu *Meerjungfrauschwämmchen*, *Gartenartillerie* und *weiße Wölkchen*.«

Karl rieb sich zufrieden die Hände: »Sind aa Zwiggor drinne?«

»Aber natürlich!«

Dann tat sie auch Romy und Ben von der Suppe auf, zum Schluss sich selbst.

»Guten Hunger!«

Karl und Bella aßen mit großem Appetit, Romy und Ben sahen in die Suppe und fragten sich, was wohl ein *Feenbötchen* sein könnte? Oder ein *Meerjungfrauschwämmchen*? Oder *Gartenartillerie*? Bella hatte es mit so großem Selbstverständnis ausgesprochen, dass man das Gefühl hatte, alle Welt müsste wissen, wie *Drachenzähnchen* oder *Zwicker* schmeckten. Selbst der Dienstags-donnerstags-sonntags-Schnitzel-Karl wusste es. Wobei Romy sich sicher war, dass sie Karl in den letzten Wochen kein einziges Mal hatte Schnitzel essen sehen.

Romy atmete tief durch, dann probierte sie von der Suppe und spülte sofort mit Wein nach. So würde sie dieses Essen kaum ohne Alkoholvergiftung überstehen. Also fragte sie nach Wasser, auch wenn das gegen den pelzigen Geschmack auf der Zunge nicht wirklich half. Ben hingegen blieb bei Wein.

Sie plauderten über das Theater, wobei Karl sich für seine Verhältnisse überraschend lebendig beteiligte.

Der Hauptgang, eigentlich nur ein sächsischer Sauerbraten in Reibekuchensauce mit Apfelrotkraut und Klößen, wurde von Bella aber als *Mondputzer mit Nonnenknoten* vorgestellt. Und zum Nachtisch servierte sie Sächsische Quarkkäulchen mit Zucker und Zimt, die genauso ungenießbar waren wie der Sauerbraten und *Butzemänner* hießen. Für Ben und Romy erschloss sich die Bedeutung des Essens erst, als sie es sahen, für Karl und Bella hingegen waren die Namen so real, dass Karl schon strahlte, wenn sie ihm aus der Küche zurief, was es als Nächstes gab.

Nach dem Hauptgang fragte Bella, wer Kaffee wollte. Alle nickten. Karl stand auf und ging in die Küche, um beim Auftragen zu helfen.

Ben grinste: »Immerhin: Kaffee haben sie noch nicht umbenannt. Ich wär für *Rotzensteiner Arschbömbchen,* und du?«

»Warum sind wir eigentlich hier?«, fragte Romy zurück.

Ben machte eine beschwichtigende Geste: »Nur die Ruhe …«

Romy verzog das Gesicht: »Ich hoffe, das Opfer hier war es wert …«

Als Karl und Bella mit Tassen und Kaffeekanne zurückkehrten, sagte Ben: »Karl, ich hab da 'ne Idee, die ich gerne mit dir ausprobieren würde.«

Karl nickte.

»Okay, pass auf. Ich finde, du hast einen wunderbaren Romeo gegeben, aber ich glaube, wir sollten noch etwas an deiner Aussprache feilen. Wir wollen doch, dass dich jeder verstehen kann, nicht?«

Karl nickte.

»Perfekt, das ist die Einstellung, die wir am Theater brauchen! Also, unter Schauspielern gibt es ein paar Übungen, die helfen, die Aussprache zu verbessern. Die würde ich gerne mit dir mal durchgehen, einverstanden?«

Karl nickte.

»Die erste Übung ist: Blaukraut bleibt Blaukraut. Brautkleid bleibt Brautkleid! Versuch's mal!«

Karl versuchte es.

Ben war sich nicht sicher, ob sie denselben Satz übten.

»Noch mal!«, forderte er. »Und bitte nicht so nuscheln. Mund weit aufmachen!«

Karl wiederholte es.

Ben runzelte die Stirn: Da waren eine Menge *au* drin. Immerhin.

»Okay, das war hervorragend! Aber vielleicht war das ein wenig zu theoretisch. Versuchen wir mal was anderes, ja?«

Karl nickte.

»Konzentrieren wir uns auf ein Wort: Romeo. Einverstanden? Sag: Romeo!«

»Römeö!«

»Sehr gut, gleich noch mal: Rooooomeoooo!«

»Röööömeööööö!«

»Roooo …!«

»Röööö …!«

»Ro!«

»Rö!«

Er fixierte Karls Augen und wedelte mit den Händen, als könnte er ihm so einen schönen umlautlosen Vokal entlocken: »Ro-Ro-Roooo!«

»Rö-Rö-Röööö!«

Ben atmete tief durch: Glücklicherweise musste Karl in diesem Stück seinen eigenen Namen nicht laut sagen, unglücklicherweise blieben noch eine Menge andere Worte mit O. Sie alle aus dem Drama zu entfernen und durch andere zu ersetzen, die kein O enthielten, würde Wochen dauern. Außerdem: Er konnte doch keinen Vokal aus einem Theaterstück entfernen, nur weil er Angst vor dessen Umlaut hatte! Alle verwendeten Vokale! Selbst Serben oder Kroaten verwendeten Vokale, wenn auch nur sehr sparsam. Vokale waren eine gute Sache! Eine Errungenschaft der Evolution! Ohne Vokale hieße das Stück Rm nd Jl. Von Wllm Shkspr.

Vrrckt.

»Okay, vielleicht stört das R. Versuch mal das hier: Ooooooooo ...«

»Öööööööö ...«

Das R war es nicht – so viel stand fest.

»Meeeeee ...«

»Mööööö ...«

Ben stutzte: Hatte er aus dem E tatsächlich auch ein Ö gemacht? Der verarschte ihn doch gerade?! Obwohl er ihn so treuherzig ansah, dass er sich sicher war, dass Karl sein Bestes gab. Mal davon abgesehen, dass er auch sonst des Humors völlig unverdächtig war.

»Eeeeee!«

»Eeeeee!«

Ben strahlte: »Fantastisches E. Jetzt: O-o-o-oooo ...«

»Ö-ö-ö-ooooo ...«

Ben klatschte in die Hände: »Das war's, Karl, perfekt! Tolles O! Du hast es!«

Auch Romy und Bella klatschten und gratulierten zum ersten sauberen O. Es klang zwar wie ein Stein, den man in den Sand plumpsen ließ und der sich dort nicht mehr rühren würde, bis Zeit und Wind ihn zu Staub zermahlen würden, aber immerhin: Es war ein O!

»Und jetzt: Romeo!«

Und Karl antwortete stolz: »Römeö!«

Ben sah ihn lange an.

Dann kratzte er sich am Kopf und sagte: »Besser!«

Der Unterricht war beendet.

Ben nahm sich vom Wein und trank einen Schluck. Karl half Bella beim Abräumen des Kaffeegeschirrs, während Romy sich zu ihm beugte und flüsterte: »Das kriegt er schon hin! Ganz bestimmt!«

Ben nickte abwesend und sah die beiden durch die offene Küchentür: Sie räumten die Tassen in die Spüle, während Bella ihm ermunternd auf die Schulter klopfte. Karl würde niemals *Romeo* sagen können. Er würde auch niemals hochdeutsch sprechen. Und keine Übung würde das je ändern!

Die beiden kehrten zurück.

Karl rückte Bella den Stuhl zurecht.

Er lächelte sie an, so wie sie ihn anlächelte.

Und plötzlich lächelte Ben auch, denn er hatte eine Idee!

64.

Der nächste Tag war strahlend schön und brachte bereits am frühen Morgen relativ hohe Temperaturen. Anton musste schon zeitig mit den Arbeiten begonnen haben, denn Romy konnte die Säge durch ihr geöffnetes Schlafzimmerfenster hören. Und nicht nur die. Auch der russische Generator ließ die Luft erzittern.

Sie beschloss, aufzustehen und ihn mit einem Imbiss und Kaffee zu überraschen – sein Fleiß bescherte ihr ein schlechtes Gewissen, da es im Moment wenig für sie zu tun gab, solange die Handwerksarbeiten nicht abgeschlossen waren.

Wenn sie wenigstens in der Janinsky-Sache weiterkommen würde, aber es stand zu befürchten, dass sie in einer Sackgasse gelandet war, aus der sie selbst nicht herausfinden würde. Ihr kriminalistischer Spürsinn war schlicht unterentwickelt, und sie hatte keine Ahnung, wie sie ohne die Hilfe der Alten hinter das Geheimnis kommen könnte. Sollte sie den aktuellen Pfarrer nach einem Janinsky befragen? Oder einen Journalisten der heimischen Presse nach einem Georg Müller? Der würde ihr doch raten, es mit einer Dating-Plattform zu versuchen, wenn sie an Männern interessiert sei. Wobei Janinsky auch eine Frau sein könnte. Nicht einmal das wusste sie.

Gedankenversunken balancierte sie ein Tablett mit einem zweiten Frühstück über die Wiese zur Scheune. Sie öffnete das Tor und trat in eine angenehme Kühle und einen Raum, der nach frischgeschnittenem Holz roch. Anton sägte gerade eine Bohle auf Maß, als er Romy sah und die Maschine abstellte.

»Hast du Hunger?«, rief Romy.

Anton nickte: »Ein Kaffee wäre toll!«

Romy platzierte alles auf einem Stapel Holz und runzelte lächelnd die Stirn: »Heute wird der heißeste Tag des Jahres, und du hast Handschuhe an?«

Anton blickte auf seine Hände: Er hatte sich schwarze, dünne Lederhandschuhe übergezogen.

»Ach das, eine Allergie. Wahrscheinlich vom Holz!«

»Dann schon dich bitte.«

Anton schüttelte den Kopf: »Nicht weiter schlimm, Täubchen. Ich hab Salbe dafür. Und die Handschuhe schützen den Rest.«

Er setzte sich und goss sich Kaffee in eine Tasse.

»Ich mein's ernst, Anton. So dringend ist das hier nicht!«

»Lass nur, meine Kleine. Die Arbeit erledigt sich nicht von alleine. Außerdem macht es mir Spaß!«

»Du tust so viel, Anton. Ich möchte nicht, dass du davon krank wirst.«

Er winkte ab und führte die Tasse zum Mund: »Hm, der ist gut, Täubchen.«

Sie setzte sich neben ihn und blickte durch den Raum. Langsam nahm alles Gestalt an, aber es gab noch so viel zu tun, dass sie glaubte, sie würden niemals mit dem Theater fertig werden.

»Kann ich dich mal was fragen?«

Anton sah sie aufmerksam an.

»Kennst du jemanden mit dem Namen Janinsky?«

Anton schwieg.

Sehr lange.

Dann antwortete er: »Nein.«

»Wirklich nicht?«

»Warum willst du das wissen?«

»Weil ich glaube, dass es mit Bertha und Hilde zu tun hat.«

Anton trank einen Schluck von seinem Kaffee und murmelte dann: »Ich mach mal weiter …«

»Bitte, Anton, wer ist dieser Janinsky?«

Anton schaltete die Säge ein und sagte nur: »Das ist alles lange her. Und das ist auch gut so.«

Romy hob an zu antworteten, aber das Kreischen des Sägeblatts machte jede weitere Konversation unmöglich. Seufzend stand sie auf, verließ die Scheune und lief Emil fast in die Arme.

»Da bist du ja wieder!«, rief Romy erfreut. »Viel Arbeit?«

Emil nickte zögerlich: »Ja, musste ein paar Sachen erledigen!«

»Wir haben dich schon vermisst!«

»Wirklich?«, fragte Emil ungläubig.

»Aber natürlich, Emil. Das weißt du doch!«

Emil lächelte schief: »Ist manchmal schön, es auch zu hören …«

Romy kniff ihm leicht in die Wange: »Och, Emil, wer ist jetzt das Mädchen von uns beiden, hm?«

Emil lachte kurz und nickte: »Schon gut.«

»Drinnen ist Kaffee und etwas zu essen, bedien dich, bitte. Und ich müsste noch einkaufen. Bist du heute Nachmittag im Dorf?«

»Ja.«

Sie nickte und ging, drehte sich aber nach ein paar Schritten wieder um: »Ach, Emil, du kennst doch einen Menge Leute hier in der Gegend, oder?«

»Ja, warum?«

»Kennst du einen Janinsky?«

»Oberst Janinsky?«

Romy sah ihn überrascht an: »Du kennst ihn?«

»Ich kenne nur einen Janinsky. Und das ist der Oberst.«

»Er ist beim Militär?«

Emil schüttelte den Kopf.

»Nein?«

»Nach der Wende war für ihn Schluss!«

Romy brauchte einen Moment, um zu verstehen, dann nickte sie: »Oh.«

»Was willst du denn von ihm?«

»Ich möchte ihn etwas fragen. Weißt du, wo er wohnt?«

»Ja, aber er wird nicht mit dir reden. Jedenfalls nicht über seine Arbeit von früher.«

Romy nickte: Die wollten alle vergessen. Und vergessen werden. Das war nach dem Zweiten Weltkrieg nicht anders gewesen.

»Ich muss es dennoch versuchen«, antwortete sie entschlossen.

Emil nannte ihr eine Adresse.

Und wünschte ihr Glück.

Sie würde es brauchen.

65.

Sie fand das Haus des Obersts ohne Probleme und wunderte sich, wo Emil überall herumfuhr und seine Sachen verkaufte. Er lebte am Rand einer kleinen Stadt, vielleicht fünfzig Kilometer von Großzerlitsch entfernt, in einem Bungalow mit Vorgarten. Ein frisch gestrichener Jägerzaun, ein penibel gepflegter Rasen und Rosen. In allen Farben, Formen und Größen. Die meisten standen in voller Blüte, und der Duft, der von ihnen ausging, war betörend.

Dort, zwischen den Blüten und Büschen, stand der Oberst, als Romy durch das Gartentörchen sein Grundstück betrat und sich immer noch unschlüssig war, wie sie das Gespräch beginnen sollte.

»Herr Janinsky?«, fragte sie vorsichtig.

Er drehte sich kurz zu ihr herum und nickte. Dann wandte er sich wieder seinen Rosen zu. Er musste über siebzig sein, wirkte aber jünger. Immer noch trainiert, groß und schlank. Ein Mann mit Disziplin. Einer, der es gewohnt war, zu befehlen, und dessen Befehlen widerspruchslos Folge geleistet wurde.

Romy stellte sich vor.

Er winkte sie zu sich heran und fragte: »Wollen Sie ein paar?«

Romy nahm die Rosen an, die er ihr angeboten hatte, und lächelte: »Sehr gerne. Allerdings bin ich nicht sicher, ob ich sie auch behalten darf, Herr Oberst.«

Er sah sie ausdruckslos an.

Klare, blaue Augen.

Sehr schön, aber auch sehr kalt.

»Früher«, sagte er schließlich, »wäre mir das nicht passiert.«

»Was passiert?«, fragte Romy zurück.

»Früher konnte ich Menschen besser einschätzen. Ich wusste immer, wen ich vor mir habe. Aber das ist lange her.«

»Ich würde Sie gerne etwas fragen, Herr Oberst.«

»Ich spreche nicht mit der Presse.«

»Ich bin nicht von der Presse.«

»Behalten Sie die Rosen. Sie stehen Ihnen gut. Und kommen Sie gut heim.«

Er machte eine Geste, die ihr den Weg zur Gartentür wies, aber Romy bewegte sich keinen Schritt.

»Ich bin nicht hier, um über Sie zu urteilen. Und ich kann auch nicht einschätzen, was Sie zu verantworten haben und was nicht. Ich bin zu jung dafür.«

»Tatsächlich? Und doch sind Sie hier, nicht wahr?«

Romy nickte: »Ja.«

»Ich habe mit meiner Vergangenheit abgeschlossen. Ich bin nicht mehr Oberst Janinsky.«

»Sehen Sie, in meinem Dorf gibt es zwei alte Damen, die nicht mehr miteinander sprechen, weil vor über vierzig Jahren etwas passiert ist, was sie einander nicht verzeihen können. Ich möchte, dass sie Frieden schließen, und dazu brauche ich Ihre Hilfe.«

»Wie könnte ich da helfen?«, fragte der Oberst zurück.

»Es geht um Georg Müller. Aus Großzerlitsch. Etwas ist mit ihm passiert vor vierzig Jahren. Und ich muss wissen, was.«

Er sah sie an, und Romy spürte, wie er in ihren Kopf einzudringen versuchte. Diese kalten blauen Augen blickten tief, man konnte sich ihnen nicht entziehen. Romy sah ihn plötzlich in seiner Uniform, in einem kahlen Raum mit einem Tisch und zwei Stühlen. Er war jung und stark, und wer immer ihm gegenübergesessen hatte, hatte irgendwann gewusst, dass es nichts gab, was man vor ihm verbergen konnte. Der Oberst hatte Geduld. Er wartete auf die Müdigkeit, auf die Verzweiflung, auf die Lücke in der Verteidigung. Dann stachen seine blauen Augen hinab in die dunklen Verstecke und fanden alles, was man sich zu schützen geschworen hatte.

Genau wie er es jetzt tat.

Doch plötzlich ließ er ab und wandte sich wieder seinen Rosen zu.

»Wissen Sie, Pflanzen haben mich früher nie interessiert. Sie erfüllen ihren Zweck im Kreislauf der Natur. Sie wachsen, sie blühen, sie sterben. Aber darüber hinaus? Um wie viel komplizierter ist da der Mensch mit all seinen Wünschen und Trieben. Mit seinen Lügen und Wahrheiten. In seinem Streben nach Glück, Macht oder Freiheit.«

Er nahm eine Blüte in die Hand, streichelte sanft die Blätter. Obwohl die Geste Zärtlichkeit verriet, hatte Romy für einen Moment das Gefühl, er würde sie im nächsten Augenblick packen und zerquetschen.

»Seit fünfundzwanzig Jahren pflege ich jetzt meine Rosen. Ich sehe sie wachsen, blühen und sterben. Sie kehren zur Erde zurück, und alles beginnt von vorne. Und wissen Sie was? Sie sind wie Menschen. Kompliziert *und* langweilig. Beides, verstehen Sie? Es gibt keinen Unterschied. Wir erfüllen alle nur den einen Zweck: leben, sterben, leben, sterben. Mehr gibt es nicht.«

»Ich fände es traurig, wenn es nicht mehr gäbe«, antwortete Romy.

»Sie sind jung. Es ist Ihr Privileg, das anders zu sehen.«

»Können Sie sich an Georg Müller erinnern?«, fragte Romy. »Was mit ihm passiert ist?«

»Leben, sterben, leben, sterben. Es spielt keine Rolle, ob ich mich erinnere oder nicht. Es ist nicht wichtig.«

»Es ist aber wichtig für mich. Vielleicht haben Sie ja recht mit Ihrer Theorie über Rosen und Menschen, aber ich möchte so nicht leben, verstehen Sie? Und Sie sollten so auch nicht leben.«

Er drehte sich zu ihr um und sagte: »Die beiden Damen wollen die alten Geschichten nicht erzählen, richtig? Jede hat beschlossen, mit ihrer Sicht der Dinge zu leben. Und eines Tages zu sterben. Sie haben längst aufgegeben, nach dem *Warum* zu fragen. Wenn es für die beiden genügt, wieso genügt es da nicht für Sie?«

»Weil manchmal genug eben nicht genug ist.«

Er lächelte, ohne dass Romy einschätzen konnte, ob es amüsiert oder mitleidig war.

»Es war schön, Sie kennenzulernen, aber ich fürchte, ich kann nichts für Sie tun«, sagte er schließlich.

Romy blickte sich um und sagte melancholisch: »Sie haben einen wunderbaren Garten, Herr Oberst! Schade, dass es niemanden gibt, der sich darüber freut. Nicht mal Sie selbst.«

Sie drehte sich um und verließ das Grundstück.

Als sie in Karls Auto stieg, blickte sie noch einmal zu Oberst Janinsky hinüber. Er war wieder mit seinen Rosenbüschen beschäftigt. Versunken in seine Arbeit. Als hätten sie nie miteinander gesprochen.

Sie blickte auf die Rosen neben sich auf dem Beifahrersitz. Sie waren herrlich, sie dufteten, aber die Fahrt zurück nach Großzerlitsch würden sie nicht überstehen. Romy lächelte: An der ersten Ampel würde sie sie jemandem schenken. Jemand würde sich darüber freuen, sie ins Wasser stellen und daran denken, dass da eine junge Frau Rosen verschenkt hatte.

Einfach so.

66.

Romy hatte in Kleinzerlitsch gegessen, und als sie schließlich nach Großzerlitsch zurückkehrte, um Karl das Auto zurückzugeben, fand sie sein Haus verschlossen vor. Und auch in Bellas Haus war niemand, daher fuhr sie auf ihren Hof und wunderte sich, warum der Generator immer noch lief, wo doch Anton zuvor mit ihr auf dem Platz vor dem Löschteich gestanden hatte, um wie sie noch bei Emil einzukaufen. Rasch lief sie über die Wiese und schaltete den knatternden Motor ab. Die Stille danach war geradezu paradiesisch, wenn auch nicht von allzu langer Dauer, denn aus der Scheune hörte sie Protest. Offenbar wurde das Licht gebraucht, weshalb Romy das russische Ungetüm wieder anschaltete.

Sie trat durch das Scheunentor und fand Karl und Bella in … eindeutiger Situation vor. Mitten auf der Bühne. Auf der Matratze vom Vortag. Recht luftig bekleidet.

Romy brauchte einen erschrockenen Moment lang, um zu begreifen, dass sie die beiden nicht in flagranti erwischt hatte, sondern dass sie sich offenbar mitten in einer Spielprobe befanden. Ben hatte etwas abseits im Schatten der Lampen gestanden und winkte Romy aufgeregt zu sich heran.

»Komm, her, Romy! Sieh dir das an!«

Sie lächelte: »Was ist denn los?«

»Das musst du dir ansehen!«

Sie stellte sich neben Ben, und bevor sie erneut fragen konnte, was das alles zu bedeuten hatte, rief Ben den beiden auf der Bühne zu: »Bereit, wenn ihr es seid!«

Die beiden sammelten sich einen Moment, dann begannen sie mit der fünften Szene des dritten Aktes. Die mit der Nachtigall und der Lerche.

Sie sprachen beide ihren Text frei, ganz offenbar übten sie an dieser Szene schon eine ganze Weile, sodass sie sie flüssig vortragen konnten. Mehr als das. Man glaubte sie ihnen. Zwar waren sie beide alles andere als hitzige Teenager, sprachen beide ein strenges Sächsisch, aber man nahm ihnen das Liebespaar ab. Da war nichts Lächerliches an ihnen, nichts Indezentes oder gar Würdeloses. Im Gegenteil: Es hatte Charme!

Karl sagte: »*Hell würds un hellor: schworz un schwerzor unsor Leid.*«

Bella antwortete: »*Donn, Fensdor, lass Dach ein, s Leben lass naus.*«

Und Karl: »*Isch steich nundor. Lebwohl. Een Kuss un ford.*«

Bis gestern noch glaubte Romy, diese Szene zu kennen. Die Emotion, die Freude, die Angst vor dem Morgen. Jetzt blickte sie Karl und Bella an und hatte das Gefühl, dass dieselbe Szene plötzlich eine ganz andere Bedeutung hatte. Die Dynamik der Jugend, die Hitze des Verliebtseins war einer tiefen Liebe gewichen, einer vertrauten Bedächtigkeit zweier Menschen, denen nur noch wenig Zeit blieb. Und die dennoch keine Angst empfanden, sondern eher stille Freude. Karls Kuss vollendete diese Szene: Sie trennten sich und blieben doch vereint.

Romeo und Julia.

Karl und Bella.

Das gleiche Bild, gemalt von einem anderen. Und genauso schön.

Romy stimmte lächelnd in Bens Applaus ein: Wie erstaunlich! Das hatte sie immer schon am Theater geliebt: Wie sehr sich ein immergleicher Text verändern konnte, wenn ihn ein anderer sprach. Karl und Bella standen von ihrem Lager auf und verbeugten sich grinsend.

»Ganz toll, ihr beiden! Schluss für heute!«

Sie nickten ihm zu, winkten Romy und stiegen seitlich von der Bühne, wo sie auch Teile ihrer Kleidung gelassen hatten.

Romy grinste: »Die beiden sind wirklich süß!«

»Ja, eine Entdeckung!«

Romy runzelte die Stirn. »Das ist nicht dein Ernst, oder?«

Ben winkte noch einmal Bella und Karl zu, die Händchen haltend die Scheune verließen.

Dann wendete er sich Romy zu und seufzte: »Pass auf, Romy. Das wird jetzt nicht leicht für dich, aber …«

»Das kommt überhaupt nicht in Frage!«, rief Romy sauer.

»O.k., wir beruhigen uns jetzt mal, dann …«

»Einen Scheiß werden wir! Du kannst mich doch nicht einfach feuern?«

»Niemand will dich feuern!«

»Schön, weil ich mich nämlich nicht feuern lasse! Was hast du den beiden gesagt?«, fragte Romy gereizt.

»Wir haben die Szene geprobt, und als ich gemerkt habe, wie gut die beiden harmonieren, habe ich ihnen gesagt, dass sie Romeo und Julia *sind*! Irgendwie anders, aber auch ganz besonders.«

»Und weiter?«

»Ich habe Bella gefragt, ob sie die Julia sein möchte.«

»Und was hat sie gesagt?«

»Dass du die Julia bist. Und sie die Amme.«

Romy nickte beruhigt: »Bella würde mir so etwas nie antun.«

Ben zuckte mit den Schultern: »Ich habe ihr gesagt, dass du damit einverstanden bist, dass sie die Julia wird.«

»WAS? DU HAST SIE DOCH NICHT ALLE!«

»Da ich hier Regie führe, muss ich das tun, was richtig für das Stück ist. Nicht, was richtig für den Einzelnen ist.«

Romy tippte ihm wütend mit dem Zeigefinder auf die Brust: »Ach so?! Dann sag ich dir was: Ich bin hier auch die Produzentin. Und als solche kann ich den Regisseur feuern, wenn ich glaube, er ist seiner Aufgabe nicht gewachsen …«

Ben seufzte wieder.

»O.k., lassen wir die Emotionen mal raus, und sehen wir uns die Sache ganz nüchtern an, ja?«

Romy verschränkte die Arme vor der Brust: »Bitte, ganz emotionslos ...«

»Sehr gut. Ein wahrer Profi.«

Romy nickte: »Du bist gefeuert!«

»So kommen wir nicht weiter, Romy.«

»Ich schon.«

»Hör dir wenigstens meine Gründe an, o.k.?«

Sie schwieg einen Moment, unsicher, ob sie Bens Gründe hören wollte. Dann aber nickte sie.

»Karl und du im Bett. Das sieht einfach krank aus!«

»Wie bitte?«

»Du bist bildhübsch und ...«

»Glaub ja nicht, dass dir Schmeicheleien hier raushelfen!«, unterbrach sie ihn.

»Also gut: ein alter Sack und eine offensichtlich kurzsichtige und verwirrte junge Frau, die gerade eben Sex mit einem Greis hatte. Das ist es, was die Leute sehen werden, wenn sie euch da oben beobachten.«

»Ich glaube, der Teil mit der Schmeichelei hat mir doch besser gefallen ...«

»Ernsthaft, Romy. Karl und du – das sieht schlimm aus. Und es hört sich noch schlimmer an, weil Karl Dialekt spricht und du nicht. Da fällt der Unterschied erst richtig auf!«

»Ich könnte doch vielleicht auch Dialekt sprechen?«, fragte Romy schwach.

»Du weißt, dass ich recht habe, Romy. Du und Karl – das funktioniert nicht. Bella und Karl hingegen – das passt. Du hast es doch selbst gesehen. Die beiden sind ein Paar. Die gehören zusammen. Mit ihnen bekommt das Stück plötzlich eine ganz andere Note. Es ist ... ist ...«

»... charmant«, vollendete Romy seufzend.

»Das ist es! Und es hat eine gewisse Lebensweisheit. Die beiden sind so süß zueinander, dass man das Gefühl hat, dass man das, was Romeo und Julia haben, in *jedem* Alter erreichen kann. Und dass sie dabei Dialekt sprechen, macht es nur umso glaubwürdiger. Wenn alle so spielen wie die beiden, wird niemand nach dem Original fragen. Sie werden den Alten folgen.«

Romy schwieg.

Sie wusste, dass sie geschlagen war, denn sie spürte mit jeder Faser, dass Ben richtiglag. Sie hatte immer die Julia spielen wollen, aber mit Karl zusammen ging es nicht. Das Publikum würde sich an sie beide als Liebespaar nicht gewöhnen, und das würde die ganze Aufführung belasten. Sie würde alle der Lächerlichkeit preisgeben, weil sie jung war. Und hochdeutsch sprach.

»Ich hab mir die Rolle so gewünscht ...«, flüsterte Romy matt.

»Ich weiß, aber sieh das Positive. Sieh dir deine Leute an! Und sieh dir das Theater an! Das hast alles du geschafft! Und ich bin sicher, dass du die Julia spielen wirst. Hier, in deinem Theater. Aber nicht dieses Mal.«

»Ach, Ben ...«

»Du tust das doch alles auch für sie, Romy! Für deine Leute! Du bekommst deine Chance! Ganz sicher. Aber dieses Mal musst du zurückstehen, Romy. Bitte!«

Sie senkte den Kopf und nickte.

Dann sagte sie: »Also übernehme ich Bellas Rolle? Die Amme?«

Ben schüttelte den Kopf: »Die übernimmt Luise.«

»Und Luises Rolle?«

»Streichen wir.«

Romy sah ihn misstrauisch an: »Welche Rolle bleibt denn dann noch übrig?«

Ben packte sie an ihren Schultern und sah sie beschwörend an: »Die wichtigste von allen Rollen! Gerade bei diesem Stück. Und gerade mit diesen Schauspielern!«

Romy runzelte die Stirn: »Welche soll das sein?«

Ben blickte ihr tief in die Augen.

Und da verstand Romy plötzlich.

»Oh nein, sag, dass das nicht wahr ist!«

»Es gibt niemand Besseren als dich. Dir vertrauen sie hier alle!«

»Es muss noch eine andere Möglichkeit geben!«

Ben schüttelte den Kopf: »Du bist die Beste, Romy! Die Seele dieses Theaters!«

Romy blickte auf die Bühne, und erst jetzt fiel ihr auf, dass vorne, am Bühnenrand, bereits mit Kreide ein Viereck aufgezeichnet worden war. Morgen würden sie es aussägen. Ein Dach darüberbauen: fünfundzwanzig Zentimeter hoch. Darin würden nur ein Tisch und ein Stuhl stehen. Und ein wenig Licht. Sie würde in den Maschinenraum des Theaters zurückkehren. Sie würde weinen, lachen und leiden wie keine vor ihr. Sie würde Julia Capulet aus Verona sein, eine Gigantin des Theaterspiels. Die niemand sah.

Sie würde sein, weswegen sie schon einmal gefeuert worden war: die Souffleuse.

67.

Ob Artjom die Nachricht im *Muschebubu* zugesteckt worden war oder ob er instinktiv Romys Nähe suchte, blieb sein Geheimnis, aber an jenem Abend, als für Romy eine Theaterwelt zusammengebrochen war, klopfte er an die Tür ihres Hofes und hielt eine Flasche Wodka in der Hand. Romy ließ ihn herein, und gemeinsam saßen sie im Wohnzimmer auf dem

Sofa und tranken. Artjom pur aus einem Wasserglas, Romy gemischt mit Lemon.

Eine Weile sagten sie nichts, dann begann Artjom: »Wusstest du eigentlich, dass deine Mutter auch Schauspielerin werden wollte?«

Romy sah ihn überrascht an.

Artjom lächelte: »Sie hat es Lene nie verraten. Sie war sicher, dass Lene wollte, dass sie etwas Anständiges lernte.«

»Nein, hab ich nicht gewusst. Die anderen haben auch nie etwas gesagt. Ist sie mal aufgetreten?«

»Nicht direkt ...«

Romy runzelte die Stirn: »Was heißt das?«

»Sie hat keine Bühne gebraucht. Oder alles war ihre Bühne. Ganz wie du willst.«

Die Erinnerung ließ ihn schmunzeln.

»Manchmal, wenn ihr danach war, dann sind wir ausgegangen, und sie hat eine Rolle übernommen. Und sie den ganzen Abend durchgehalten.«

»Wie meinst du das?«

»Na ja, das war immer sehr verschieden. Worauf sie gerade Lust hatte. Mal war sie ein aufstrebendes Musiksternchen oder die Tochter eines Vopo-Kommandeurs. Oder sie machte die Leute glauben, dass sie ein Bordell eröffnen wollte.«

»Wie bitte?«

Artjom kicherte: »Ja, einmal hat sie das gemacht. Es war sehr lustig, die Reaktionen der anderen zu beobachten. Sie dachte sich eine Figur aus, mit allem, was dazu gehörte: Vita, Dialekt, Charakter. Alles Mögliche. Und das erzählte sie dann wildfremden Menschen, und die haben ihr immer geglaubt. Sie hat mit Anwälten gesprochen, Kaufleuten, Soldaten, Musikern oder Sportlern. Ganz egal wer: Selbst wenn sie etwas diskutierte, wovon sie nichts verstand, haben sie ihr geglaubt. Sie hatte etwas Unwiderstehliches. Es war, als wollten die Leute ihr glauben.«

Romy dachte an das goldene Herz und das Versprechen, dass sie da sein und ihr immer zuhören würde. Sie hatte ihr auch geglaubt …

»Einmal sind wir in ein Hotel in Dresden gegangen, und sie hat vorgegeben, ein Zimmer reserviert zu haben. Sie war die verwöhnte Tochter eines russischen Diplomaten, der im Kreml ein und aus ging, und ich war ihr Fahrer von der Botschaft. Natürlich gab es die Reservierung nicht, aber ich schwöre dir, sie hat einen Aufstand gemacht, dass die Wände gewackelt haben, und geflucht wie ein U-Boot-Matrose in Murmansk. Natürlich alles auf Russisch. Oder in sehr gebrochenem Deutsch oder Englisch. Ich weiß nicht, ob du weißt, wie übergriffig und arrogant reiche Russinnen auftreten können, aber sie hat sie übertroffen!«

»Und? Wie ist es ausgegangen?«, fragte Romy ebenso atemlos wie amüsiert.

»Sie hat getobt und das Personal beschimpft, hat gedroht, das Hotel von der Botschaftsliste runternehmen zu lassen. Glaub mir, sie war härter als Stahl und alles andere als höflich … was soll ich sagen? Sie haben ihr das beste Zimmer gegeben, das sie hatten. Dazu Krim-Sekt und eine Entschuldigung des Direktors.«

Romy lachte: »Und es hat niemand bemerkt?«

»Oh, glaub mir, sie war vorbereitet. Kleidung, viel Schmuck, sehr elegant. *Ich* habe ihr geglaubt, und ich wusste, dass sie lügt.«

»Und dann?«

»Wir sind auf das Zimmer, haben den Krim-Sekt getrunken, ein paar wirklich wilde Dinge gemacht und sind dann wieder gegangen. Sie ist hochnäsig am Concierge vorbeistolziert, ich drei Schritte hinter ihr. Ich glaube, ich habe sie nie mehr geliebt als in diesem Augenblick.«

Sie tranken beide.

Romy dachte, dass sie ihrer Mutter vielleicht Unrecht getan hatte. Vielleicht wartete sie wirklich am Baum auf sie, um ihr zuzuhören. Sie konnte jeden überzeugen, warum nicht den Tod? Vielleicht hatte sie ihn überredet, ihr dieses Fenster zu öffnen. Dann wäre es nicht zu spät, sie dann und wann zu besuchen, um sie an ihrem Leben teilhaben zu lassen.

»Ich habe ihr später gesagt, dass ich eines Tages dieses Hotel kaufen werde. Nur für sie. Ich wollte ihr alles kaufen, aber sie hat nur gesagt: Das Hotel reicht!«

Er lachte.

Romy stimmte ein, dann sagte sie: »Ich vermisse sie so sehr.«

»Ich auch.«

»Was sie wohl zu diesem Theater gesagt hätte?«

Artjom stellte sein Glas auf den Tisch und sagte: »Sie hätte es geliebt. Wahrscheinlich hätte sie einen reichen Trottel gefunden, der es prächtiger hätte ausbauen lassen als dieses Theater in London!«

»Das Globe? Ja, wahrscheinlich hätte sie es besser gemacht …«

Artjom schüttelte den Kopf: »Nein, nicht besser. Nur anders. Ich finde, das Theater wird etwas Besonderes. Und vielleicht werde ich eines Tages der sein, der es ausschmückt wie das Globe. Damit du darin spielen kannst. Jeden Tag. So wie sie jeden Tag gespielt hat.«

Romy lächelte: »Ach, Artjom …«

Sie nahm ihn in den Arm, und er drückte sie an sich: »Du hast alles verdient, was du dir wünschst. Und eines Tages werde ich es dir schenken, ich schwöre es.«

»Willst du immer noch reich sein?«

»Ich will frei sein!«

»Du bist frei, Artjom.«

»Nein, моя дочь, ich bin nicht frei. Aber ich werde es sein. Und dann wirst du wissen, was ich meine.«

Romy wunderte sich etwas über die seltsame Prophezeiung, aber mehr noch freute sie sich darüber, dass er sie moya dotsch genannt hatte, meine Tochter. Es schien ihm wirklich ernst mit dem Wunsch zu sein, eine Rolle in ihrem Leben zu spielen. Die eines Vaters.

Ihres Vaters.

Sie lösten sich voneinander, Artjom erhob und streckte sich: »Es ist schon spät.«

Sie begleitete ihn zur Tür.

Öffnete sie.

Als er hinaustrat, sagte sie: »Artjom?«

»Ja.«

»Geh und hol deine Sachen. Du wohnst jetzt bei mir.«

68.

Der Umzug dauerte genauso lange, wie es brauchte, einen Seesack in ein leeres Zimmer im ersten Stock zu bringen und die darin eingepackten Sachen in einem leergeräumten Schrank zu verstauen.

Ungewohnter hingegen, dass jetzt abends jemand fernsah, wenn sie das Wohnzimmer betrat, oder Kaffee kochte wenn sie morgens in die Küche kam. Es war jemand im Haus, und Romy stellte nach einer kurzen Zeit der Irritation fest, dass sie dieses Gefühl mochte.

Den Schock, nicht mitzuspielen, verdaute Romy nicht ganz so schnell, aber mit jedem Tag, an dem sie dem einen oder anderen bei einer Spielprobe zusah, wusste sie, dass es ohne eine Souffleuse nicht gehen würde. Und die war jetzt sie.

Was die Ankündigung der Alten betraf, nicht mitzuspielen,

wenn nicht alle im Dorf an dem Stück teilnehmen würden, schien es eine unausgesprochene Wende gegeben zu haben. Niemand machte Anstalten, wegen Bertha und Hilde nachzuhaken, nicht einmal Theo, und Romy hatte sich mit dem Gedanken abgefunden, niemals klären zu können, warum Georg gestorben war und warum die beiden sich offensichtlich wechselseitig die Schuld dafür gaben.

Dann, ein paar Tage später, bekam Romy – völlig unerwartet – Besuch von Oberst Janinsky. Sie hatte das Frühstück mit Artjom gerade beendet, als sie seinen Wagen auf den Hof einfahren und ihn aussteigen sah. Auch ohne Uniform wirkte er schlank und dynamisch, sein Alter konnte man weder an seinem Äußeren noch an seinen Bewegungen ablesen.

»Soll ich bleiben?«, fragte Artjom, der neben ihr am Fenster stand.

»Nein, geh nur. Ich will wissen, warum er hier ist«, antwortete Romy.

Artjom verabschiedete sich und öffnete beim Hinausgehen Oberst Janinsky die Tür. Romy führte ihn in die Küche und bot ihm Kaffee an, was der Oberst mit Dank, aber bestimmt ablehnte.

»Ich nehme an, Sie sind überrascht, mich zu sehen?«, fragte er Romy.

Die setzte sich zu ihm an den Tisch und antwortete: »Ja, tatsächlich. Ich hätte nicht gedacht, jemals wieder von Ihnen zu hören.«

»Vielleicht hätten Sie das auch nicht … aber …«

»Aber was?«

Der Oberst sah sie an und verzog die Lippen zu einem schmalen Lächeln: »Sehen Sie, ich habe eine Frau, die mir einmal die Woche hilft, mein Haus ein wenig in Schuss zu halten. Sie kocht auch vor und bringt mir dann die Tupperware, damit ich sie ich einfrieren kann. Einerlei. Gestern jedenfalls war sie wieder bei mir. Und wie wir so plaudern, sagt sie plötzlich, dass ihr vor ein paar Tagen etwas Seltsames passiert sei. Sie hatte an einer Ampel gestanden, als eine junge Frau aus dem Auto ausgestiegen sei und ihr einen Strauß Rosen schenkte. Einfach so.

Diese junge Frau, sagte sie, war überaus freundlich, und es schien ihr, als hätte sie die Blumen aus vollem Herzen verschenkt. Das Eigenartige, sagte sie, wäre, dass sie sich sicher war, dass es meine Rosen gewesen seien. Ich habe sehr seltene Sorten, wissen Sie. So etwas gibt es in dieser Gegend nirgendwo sonst. Und da fragte sie mich, ob mir jemand vielleicht Rosen gestohlen hätte.«

Romy nickte und sagte: »Ja, das war ich. Aber ist es nicht schade, dass sie annahm, ich hätte sie gestohlen?«

»Das ist mir in diesem Moment auch aufgefallen. Offenbar habe ich vorher noch nie Rosen verschenkt. An niemanden. Und da habe ich mich daran erinnert, was Sie mir gesagt haben: dass es niemanden gibt, der sich über meinen Garten freut. Nicht mal ich selbst.«

»Eine haben Sie jetzt gewonnen! Sie hat sich gefreut.«

Der Oberst lehnte sich zurück und sagte: »Deswegen bin ich hier. Sie haben mir eine Wahrheit geschenkt, jetzt will ich Ihnen eine schenken …«

»Georg Müller?«

Der Oberst nickte und sagte dann: »Ich erinnere mich gut an diesen Fall. Es war einer meiner ersten. Im Jahr '76 fanden auf Mielkes Anweisungen einige Veränderungen innerhalb des Ministeriums für Staatssicherheit statt. Ausreisewillige hatte es bis dahin viele gegeben, auch Fluchtversuche, aber in den Siebzigern nahmen vor allem die Republikfluchten so zu, dass die Zentrale Koordinierungsgruppe und die unterstellten Bezirkskoordinierungsgruppen gegründet wurden. Diese Gruppen sollten durch entsprechende Maßnahmen die Fluchtbewegungen in den Westen unter Kontrolle bringen. Ich gehörte zu den Gründungsmitgliedern der ZKG. Und Georg Müller war in vielerlei Hinsicht ein interessanter Fall.«

»Was ist passiert?«, fragte Romy hastig.

»Bitte lassen Sie mich ein wenig ausholen. Das MfS und insbesondere die ZKG waren ein großer Teil meines Lebens. Ich habe meine Arbeit immer mit großem Stolz gemacht, auch wenn, wie es sich im Nachhinein herausgestellt hat, alles vergeblich war. Damals aber habe ich an meine Aufgabe innerhalb unseres Staates geglaubt.«

»Für mich sind das Geschichten aus einer anderen Welt.«

Der Oberst nickte: »Ja, das sind sie auch. Die Welt damals war leichter zu verstehen. Es gab den Eisernen Vorhang. Es gab den Westen und den Osten. Es gab Feinde und Freunde. Und es gab uns. Die darüber wachten.«

Romy schwieg.

Sie war zwar im vereinigten Deutschland geboren worden und kannte die alte Grenze nicht mehr, aber sie wusste, dass das MfS nicht nur über seine Feinde wachte. Es wachte über alles und jeden. Es war praktisch umzingelt von Feinden und gleichzeitig jedermanns Feind.

»Georg Müller war deswegen so interessant, weil er eigentlich einer von uns war. Er war Mitarbeiter des MfS. Ein kleines Licht zwar, aber wie wir später feststellten, ein Mann, der uns mit Mut und Geschick herausgefordert hat wie kaum einer vor oder nach ihm.

Jedenfalls nahm er zunächst von uns unbeobachtet Kontakt mit dem Westen auf. Mit Organisationen, die wir für Feinde des Sozialismus hielten. Vereinen wie der *Internationalen Gesellschaft für Menschenrechte* oder *Hilferufe von drüben*. Er traf sich mit deren Mitarbeitern in Ost-Berlin. Da aber auch wir so unsere Leute im Westen hatten, wurden wir auf Georg

Müller aufmerksam. Und mit Gründung der ZKG stellten wir erstaunt fest, dass sich bereits eine ganze Reihe Mitarbeiter des MfS mit Georg Müller beschäftigten: die Hauptabteilungen A, VI, VII, VIII, IX und X, selbst die XXII zur Terrorabwehr. Nach und nach richtete sich unser Interesse auf Georg Müller, wobei die Berichte koordinierend auf meinem Schreibtisch landeten.«

»Hat er davon gewusst?«, fragte Romy.

»Wir gingen davon aus, dass er nichts mitbekommen hat, aber wie gesagt: Georg Müller war ein interessanter Mann. Er blieb äußerlich völlig ruhig, aber insgeheim hatte er bereits begonnen, seine Flucht vorzubereiten.«

»Warum haben Sie ihn nicht einfach verhaftet?«

»Oh, das haben wir natürlich diskutiert. Aber Georg Müller hatte anscheinend ausgezeichnete Kontakte in den Westen. Und auch in die Ständige Vertretung in Ost-Berlin. Eine ganze Weile haben wir versucht, ihn für unsere Zwecke zu nutzen. Wissen Sie: Spione gab es zu dieser Zeit viele! Und nützlich waren sie nur, wenn sie im Verborgenen arbeiteten. Oder wenn man wusste, wer sie waren und man ihnen Informationen für den Feind zuspielen konnte. Desinformation, natürlich.

Und manchmal war es so, dass man wartete, an welcher Stelle diese Desinformation auf der gegnerischen Seite wieder auftauchen würde. Auf diese Weise konnten wir feststellen, welche Wege sie gegangen war. Das ist ein bisschen, als ob man Rauch in einen Kaninchenbau bläst und dann beobachtet, wo er wieder rauskommt.«

»Sie wollten herausfinden, ob es neben Georg Müller noch mehr Spione gab, richtig?«

»Ja, das wollten wir. Wir wollten wissen, bei wem sonst die Information hier im Osten ankam, wenn sie wieder ihren Weg über die Grenze zurückfand. Wessen Hände wurden schmutzig, wenn sie etwas anfassten und weiterleiteten. Das war für uns sehr interessant, klar. Unsere Gegner machten es natürlich auch so. Es war ein Spiel.«

»Aber eines, bei dem Menschen umgebracht wurden!«

»Bitte nicht so dramatisch! Alle Beteiligten wussten, auf was sie sich einließen. Wer entdeckt wurde, konnte getötet werden, ja. Oder für lange Zeit im Bau verschwinden. Viele wurden aber auch ausgetauscht. Wie gesagt: Es war ein Spiel. Eines mit hohem Einsatz für die Beteiligten.«

»Und was passierte dann mit Georg?«

»Im Nachhinein muss man sagen: Er hätte uns fast ausgetrickst. Wir waren überzeugt, dass er völlig ahnungslos war, dass wir ihn entdeckt hatten, aber wir hatten uns geirrt. Ich weiß nicht, wie, aber es gibt Menschen, die haben einen siebten Sinn für so etwas. Also hat er alles auf eine Karte gesetzt ...«

»Was hat er getan?«, fragte Romy gespannt.

»Er war einer von uns. Unter einem Vorwand ist er nach Ost-Berlin in die Normannenstraße gekommen und hat es tatsächlich geschafft, in einen Bereich mit sensiblen Informationen vorzudringen. Er hat, wenn Sie so wollen, vor Mielkes Augen, vor unser aller Augen, Informationen gestohlen. Wichtige Informationen. Allein dieser Umstand hätte ihm die Todesstrafe eingebracht.

Er ist aus dem Hauptquartier des MfS herausspaziert und war bereits auf dem Weg zur Ständigen Vertretung der BRD, bevor wir es bemerkt haben. Denn das, was er entwendet hatte, war sein Ticket in den Westen. Er konnte sicher sein, dass die BRD ihn mit allen Mitteln schützen würde, solange er ihnen bieten konnte, was sie unbedingt wollten.«

»Was hatte er denn entwendet?«, fragte Romy neugierig.

»Namen. Er hatte Namen. Unangenehm für uns. *Sehr* unangenehm!«

»Und wie ging es dann weiter?«

»Wir haben die Ständige Vertretung abgeriegelt, sodass er sie nicht betreten konnte. Er saß in der Falle. Allerdings in einer sehr großen Falle. Das ganze Land, wenn Sie so wollen. Er musste über die Grenze. Das war seine einzige Chance. Nur …welche Ironie! Er hat sein Leben lang mitgeholfen, diese Grenze dichtzumachen, und jetzt musste er ein winziges Loch finden, das ihn durchließ. Wir jagten ihn!«

»Und Sie haben ihn erwischt!?«, fragte Romy.

»Ja, wir bekamen unerwartete Hilfe, aber wir haben ihn erwischt. Es war sehr knapp. Wie gesagt: Er hatte Mut. Georg Müller. Unter anderen Umständen hätte Großes aus ihm werden können. Er war ein Spieler nach unserem Geschmack. Nur dass er auf der falschen Seite gestanden hatte.«

»Wer hat Ihnen denn geholfen?«, fragte Romy.

»Das ist wirklich nicht so wichtig. Jetzt wissen Sie jedenfalls, was passiert ist. Das ist die Wahrheit. Georg Müller ist tot, weil er ein Spion war. Und ich habe ihn zur Strecke gebracht. Damals war ich stolz darauf. Heute bin ich es nicht mehr. Ich wünschte, er wäre noch hier und wir könnten uns über das unterhalten, was unser Leben einmal war. Ich hatte immer Hochachtung vor ihm, so seltsam das klingen mag. Aber wenn ich ihn selbst hätte erschießen müssen, hätte ich es getan. Genau wie er. Das waren die Spielregeln. Er wusste das.«

Romy nickte: »Ich danke Ihnen, Oberst. Ich kann nicht sagen, dass mir gefallen hätte, was Sie da erzählt haben, aber immerhin weiß ich jetzt, was passiert ist.«

Er stand auf und gab ihr förmlich die Hand: »Wir sind quitt, Romy. Ich hoffe, wir sehen uns vielleicht einmal unter anderen Umständen. Und wenn nicht, wünsche ich Ihnen viel Glück.«

»Danke.«

Sie begleitete ihn zur Haustür, sah ihm nach auf dem Weg zu seinem Auto. Er blickte sich nicht um und bog auf die

Hauptstraße. Passierte eine alte Frau, der er keine Beachtung schenkte, und fuhr davon. Diese alte Frau jedoch hatte ihn erkannt und stand steif und bleich, als hätte sie gerade einen Geist gesehen, in der Einfahrt zu Romys Hof.

Bertha.

69.

Sie hatte geradezu versucht, vor Romy zu fliehen, war auf dem Absatz umgekehrt, als sich ihre Blicke getroffen hatten, und nach Hause geeilt. Doch Romy hatte schnell reagiert und sie noch vor der Kurve, hinter der Bertram Emil immer aufgelauert hatte, erreicht und sie am Arm festgehalten.

»Warte Bertha, bitte!«

»Was macht er hier?«, fragte sie gehetzt.

»Ich habe mit ihm gesprochen. Das ist alles.«

»Das ist alles?! Kind, du weißt nicht, was du da tust! Du weißt gar nichts!«

»Doch, ich weiß von Georg. Und ich weiß auch, warum er tot ist.«

Bertha starrte sie an.

»Dann hast du ja jetzt, was du wolltest!«

Sie machte sich los und ging rasch weiter.

Romy folgte ihr, schloss auf und sagte: »Bitte, Bertha, lass uns darüber reden. Das Ganze muss ein Ende haben. Vierzig Jahre sind genug. Findest du nicht auch?«

Für einen Moment sah Bertha wütend aus, geradeso als hätte sie Lust, Romy anzugehen, dann aber blieb sie stehen.

Und alles an ihr schien zu erschlaffen: Ihre Schultern fielen herab, die Gesichtszüge wurden weich und traurig. Es war, als wäre sie des Widerstands müde geworden, als hätte sie nicht mehr die Kraft, das Tor zu ihrem eigenen Verlies zuzuhalten.

Schließlich sagte sie: »Lass uns ein paar Schritte gehen, ja?«

Romy nickte, und zusammen spazierten sie durch das Dorf mit seinen winkligen Straßen und krummen Wegen und den Häusern, die immer noch aussahen, als hätte sie Gott zufällig in dieses Tal hineingewürfelt.

»Ausgerechnet *Romeo und Julia* …«, begann Bertha.

»Was meinst du?«

»Du kommst zurück und willst ausgerechnet dieses Stück aufführen. Georg und ich – das war auch ein bisschen *Romeo und Julia*. Eine Liebe, die nicht sein durfte.«

Romy schwieg, ging einfach neben ihr her.

»Weißt du, Täubchen, ich habe früh geheiratet. Mit neunzehn schon und gleich den ersten Mann, mit dem ich zusammen war. Manfred war ein netter Junge aus Kleinzerlitsch, den ich auf irgendeiner FDJ-Versammlung kennengelernt hatte. Er hat sich sofort in mich verliebt, und das hat mir auch gefallen. Er hat mir Blumen geschenkt, Gedichte geschrieben …« Sie lächelte. »Schrecklich ungelenke Gedichte, aber ich fühlte mich geschmeichelt. Wir kamen zusammen. Und kurz darauf wurde ich schwanger.«

Romy runzelte die Stirn: Sie hatte nicht gewusst, dass Bertha Kinder hatte. Aber sie unterbrach sie auch nicht.

»Das war Anfang der Siebziger. Seine Eltern hatten noch ein Baugrundstück in Kleinzerlitsch. Wir haben gebaut und sind dort eingezogen. Zwei Jahre lebten wir glücklich in Kleinzerlitsch, dann traf ich Georg. Auf dem Lichterfest, das es damals noch in Kleinzerlitsch gab. Ich sah ihn an einer Bar, und ich wusste sofort: Er ist es! Mit diesem Mann wollte ich mein Leben verbringen.

Glaub mir, Kindchen, ich war auch mal jung, so wie du jetzt, und ich kann sagen: Ich stand in Flammen! Von einem Moment auf den anderen. Und ihm ging es wohl auch so. Du kannst dir vorstellen, wie enttäuscht ich war, als plötzlich Hilde dazukam und mir ihren Verlobten vorstellte. Sie sagte, dass sie bald heiraten würden und dass ich und Manfred natürlich eingeladen wären. So endete dann der Abend: Meine beste Freundin würde die Liebe ihres Lebens heiraten. Und die meine dazu.«

»Und wie ging es weiter?«, fragte Romy.

»Wir waren jung, Täubchen. Was glaubst du wohl? Georg und ich begannen unser Verhältnis noch vor der Hochzeit. Und am Tag, als er Hilde vor den Traualtar führte, brach er mir das Herz. Und ich ihm. Nur Hilde strahlte überglücklich. Ich habe mich geschämt für das, was ich ihr angetan habe, das kannst du mir wirklich glauben, aber wie hätte ich anders handeln können? Wie kann man sich gegen das eigene Herz schützen?«

Romy schwieg und nickte.

»Wir lebten mit der Lüge. Georg wahrscheinlich viel besser als ich, denn dass er ein Spion war, das wusste ich zu diesem Zeitpunkt nicht. Mir war klar, dass er bei einem Ministerium angestellt war, und da er nie über das sprach, was genau sein Job war, dachte ich mir schon, dass er für das Ministerium für Staatssicherheit arbeitete. Wir hatten damals alle eine Witterung für so etwas. Wenn einer beim MfS war, wussten wir das über kurz oder lang. Für mich spielte das keine Rolle: Ich wollte nur ihn! Für Georg wäre ich ans Ende der Welt gegangen.«

»Und dein Mann hat nichts gemerkt?«

»Anfangs nicht. Ich war die brave Hausfrau. Hab mich um das Haus und meine Tochter gekümmert, kam meinen ehelichen Pflichten nach. Aber es fiel mir zunehmend schwerer, und so begann auch Manfred irgendwann zu ahnen, dass da vielleicht ein anderer sein könnte. Er wusste nur nicht, wer.«

»Und Hilde?«, fragte Romy.

»Die hat viel früher gemerkt, dass etwas nicht stimmte.

Georg konnte ihr eine Weile etwas vormachen, aber Hilde fühlte, dass sie ihren Mann an eine andere verloren hatte. Es war schlimm für sie, denn sie war genauso in Georg verliebt, wie ich es war. Sie hat versucht, mit mir darüber zu sprechen, aber ich habe es abgeblockt, weil ich mich so geschämt habe.

Im April '76 fragte Georg mich, ob ich mir vorstellen könnte, mit ihm die Republik zu verlassen. Ich sagte sofort: ja. Er war glücklich über meine Antwort und meinte, ich sollte mich bereithalten. Er würde ein paar Wochen Vorbereitung brauchen, aber dann würde alles schnell gehen müssen.«

»Und deine Tochter?«

»Die wollte ich natürlich mitnehmen. Ich legte ein paar Dinge in einem alten Koffer zurecht, den ich auf dem Speicher versteckt hielt, und wartete auf Georgs Zeichen. Das kam am 25. Mai 1976. Ein Dienstag. Er rief mich am frühen Morgen an und sagte, ich sollte sofort nach Ost-Berlin fahren. Er würde in der Ständigen Vertretung der BRD auf mich warten. Manfred war auf der Arbeit. Ich packte mein Mädchen bei der Hand, holte den Koffer vom Speicher und setzte mich in den nächsten Zug nach Ost-Berlin.«

Romy nickte: Georgs Versuch, die Namensliste zu stehlen und über die Ständige Vertretung in den Westen zu kommen.

»Ich fuhr in die Hannoversche Straße, meine Kleine an der Hand, doch ich sah bereits von weitem, dass etwas nicht stimmen konnte: Vopos hatten das Haus komplett umstellt. Niemand konnte die Vertretung betreten, ohne von ihnen angehalten und durchsucht zu werden. Eine Weile wusste ich nicht, was zu tun war, ich hatte keine Nachricht von Georg. Handys gab es ja damals nicht. Und auch kein Internet. Ich kehrte also wieder nach Kleinzerlitsch zurück.«

»Und Manfred hat nichts bemerkt?«

»Ich war erst am späten Abend zurück. Klar hat er es gemerkt. Den Koffer habe ich natürlich versteckt. Ich habe ihm gesagt, dass ich einen Ausflug mit der Kleinen gemacht habe. Wir gingen ins Bett, und in der Nacht kamen sie …«

»Oberst Janinsky?«, fragte Romy.

»Oh, damals war er noch nicht Oberst. Er war Hauptmann. Aber ja: Seine Männer hämmerten gegen die Tür. Und als Manfred sie öffnete, haben sie mich verhaftet und mitgenommen.«

»Und dann?«

»Sie schafften mich nach Berlin-Hohenschönhausen, was ich aber erst im Nachhinein erfuhr. Du weißt in solchen Momenten nicht, was passiert. Die Linie XIV leistet in diesen Dinge ganze Arbeit, mein Täubchen. Sie bringen dich in einem Gefangenentransportwagen weg. In Hohenschönhausen dann geht die Tür auf, und du findest dich in einer Schleuse wieder, ohne zu wissen, wo du bist. Sie prüfen deine Identität, machen Fotos von dir, nehmen Fingerabdrücke. Niemand spricht mit dir, niemand gibt dir Auskunft. Du erhältst eine Nummer, und von diesem Moment an hast du auch keinen Namen mehr: Du wirst mit deiner Nummer angesprochen und hast gefälligst zu antworteten.

Dann kommst du in deine Zelle: eine Holzpritsche, eine Matratze, eine Decke, ein Tisch, ein Hocker, ein Waschbecken, ein Spiegel, eine Toilette, ein kleiner Wandschrank. Die Fenster mit Blenden versehen, sodass du nicht nach draußen schauen konntest. Alle fünf Minuten guckt jemand durch den Türspion in die Zelle. Nachts alle zwanzig Minuten. Wobei jedes Mal das Licht angemacht wird. Keine Besucher, kein Kontakt zu anderen. Nichts. Du bist vollkommen isoliert. Über viele Wochen.«

»Das ist ja schrecklich!«, schluckte Romy.

»Dann die Verhöre. Immer wieder Verhöre. Dieselben Fragen. Das Bohren nach mehr. Glaub mir: Hauptmann Janinsky war ein Meister darin. Nichts blieb ihm verborgen. Er hat dich so lange bearbeitet, bis du bereit warst, alles zu gestehen, selbst Dinge, die du nicht getan hast.«

Romy erinnerte sich an seine schönen, aber kalten blauen Augen, die so tief in den eigenen Kopf eindringen konnten.

»Sie wollten alles über Georg wissen. Verbindungsleute, Kontakte, Sympathisanten. Aber ich wusste doch nichts. Er hatte mir nie wirklich etwas gesagt, war immer vage geblieben. Alles, was ich wusste, war, dass er mit mir in den Westen wollte. Und das über die Ständige Vertretung. Mehr nicht. Aber das reichte Janinsky nicht. Er bohrte immer weiter. Wollte mehr und mehr. Und ich …«

Bertha rang mit den Tränen.

Dann begann sie zu weinen: »Ich habe ihm alles gesagt. Alles, was Georg mir je zugeflüstert hatte, und war es noch so intim. Ich hab mich so schmutzig gefühlt …«

Romy schwieg.

Nach einer Weile hatte Bertha sich wieder gefasst: »Ein paar Wochen später durfte Manfred mich besuchen. Er teilte mir nur mit, dass er sich scheiden ließe. Und dass unsere Tochter bei ihm bleiben würde. Ich wollte ihm alles erklären, aber er wollte nichts hören. Er stand einfach auf und ging. Ich habe ihn nie wieder gesehen. Ich kam vor Gericht und wurde nach § 213 des DDR-Strafgesetzbuchs wegen versuchten ungesetzlichen Grenzübertritts zu zwei Jahren Haft verurteilt.«

»Zwei Jahre?«, rief Romy entsetzt.

Bertha nickte: »Die Strafe hätte auch noch höher ausfallen können, aber Janinsky hatte meine Kooperation gelobt, und so gab es nur zwei Jahre. Und das alles habe ich Hilde zu verdanken.«

»Wieso?«

»Sie hat Georg und mich verraten.«

»Bist du sicher?«

»Die haben es mir irgendwann gesagt. Als alles vorbei war,

und noch bevor ich ins Gefängnis musste. Sie konnte es nicht ertragen, dass wir füreinander bestimmt waren. Und ich kann verstehen, dass sie verletzt war. Aber sie hätte wissen müssen, was passieren würde, wenn sie uns an das MfS verrät. Sie hätte es wissen *müssen*!«

Romy schluckte: Sie hatten unerwartete Hilfe bekommen, hatte Janinsky gesagt.

Hilde.

»Georg starb, ich ging ins Gefängnis. Sie blieb unbehelligt!«

Sie hatten Berthas Haus erreicht, standen vor der Tür.

Romy stammelte: »Es tut mir so leid ... aber ... was ist mit deiner Tochter? Sie hat dich doch sicher besucht?«

Berthas Augen füllten sich erneut mit Tränen: »Glaub mir, das MfS ist sehr gründlich in diesen Dingen. Du kommst aus dem Gefängnis und hast nichts mehr. Das Haus war verkauft worden, Manfred ist mit meiner Kleinen weggezogen. Und ich hatte keine Möglichkeit zu erfahren, wohin. Ich bin dann zurück nach Großzerlitsch, ins Haus meiner Eltern. Der alte Pfarrer von Kleinzerlitsch war damals eine große Stütze für mich. Mit ihm konnte ich über all die Dinge reden, die mir passiert waren. Und auch darüber, dass ich meine Tochter nicht sehen durfte. Er hat versucht, Manfred zu finden, aber ohne Erfolg. Das MfS hielt seinen Aufenthaltsort geheim.

Erst nach der Wende erfuhr meine Tochter, dass ich gar nicht tot war, wie Manfred es ihr erzählt hatte. Wir haben uns dann getroffen, aber sie ist ohne mich aufgewachsen. Ich war eine Fremde für sie. Sie hat einen Australier geheiratet und lebt jetzt dort. Ab und zu schreibt sie mir, schickt mir Fotos von den Enkeln. Gesehen habe ich sie noch einmal vor ein paar Jahren, als sie zu Besuch in Deutschland war.«

Romy stand vor ihr mit gesenktem Kopf und dachte an das, was Anton ihr geraten hatte, nämlich dass man bestimmte Geschichten besser ruhen lassen sollte. Das hier war so eine.

»Ich habe teuer bezahlt, mein Täubchen. Ich habe den Mann verloren, den ich geliebt habe, mein Kind dazu. Ich war im Gefängnis und habe danach nie wieder versucht, jemand anderes kennenzulernen. Ich habe vierzig Jahre in Einzelhaft gelebt. Darum werde ich Hilde niemals verzeihen, verstehst du?«

Romy nickte.

Sie spürte, wie sich ihr Magen zusammenzog, wie wütend sie gerade war. Nicht auf die Diktatur, nicht auf das MfS, nicht auf Oberst Janinsky.

Sie war wütend auf Hilde.

70.

Sie verabschiedeten sich, und Romy konnte die Erschöpfung spüren, die Kraft, die es Bertha gekostet hatte, über etwas zu sprechen, was sie am liebsten vergessen wollte, aber niemals würde.

Romy kehrte zurück zu ihrem Hof, hatte es zumindest vor, doch ohne dessen gewahr zu werden, marschierte sie stattdessen schnurstracks zu Hildes Haus, bis sie vor ihrer Tür stand, die Fäuste ballte, tief durchatmete und klingelte.

Hilde öffnete und sah Romy erstaunt an: »Was kann ich für dich tun, mein Täubchen?«

Romy schnaubte: »Ich muss mit dir reden. Jetzt!«

Sie stampfte ohne ein weiteres Wort an Hilde vorbei ins Haus und setzte sich in die Küche. Hilde folgte ihr und fragte völlig entgeistert: »Romy, was ist denn los? Was gibt es denn so Dringendes?«

Romy antwortete: »Ich weiß, dass du nicht über Georg

sprechen willst, aber jetzt müssen wir. Ich habe Oberst Janinsky kennengelernt, und auch Bertha hat mir ihren Teil der Geschichte erzählt. Jetzt möchte ich deinen hören.«

Hilde setzte sich an den Tisch und sah sie lange an.

»Hast du eigentlich mal darüber nachgedacht, dass dich das Ganze wirklich nichts angeht?«, fragte sie schließlich.

»Ihr seid wichtig für mich. Ihr alle. Wenn ihr euch gegenseitig hasst, dann geht mich das schon was an.«

»Ich hasse Bertha nicht. Aber ich kann ihr auch nicht verzeihen.«

»Ich glaube, sie hat mehr Grund, dir nicht verzeihen zu können, Hilde.«

»Du weißt nicht, wovon du redest, Kind!«

»Doch, ich weiß, wovon ich rede, Hilde. Du hast sie verraten!«

Hilde schossen die Tränen in die Augen: »Hat sie das erzählt? Dass ich sie verraten habe?«

»Ja.«

»Ich habe sie nicht verraten. *Sie* hat Georg verraten. Und dafür den Preis bezahlt.«

»Wovon redest du denn da?«, fragte Romy verwirrt.

»Ich rede von der Nacht, als Georg fliehen wollte. Aber nicht mit ihr, sondern mit mir!«

Romy lehnte sich zurück und sagte: »Ich glaube, ich … ich brauch jetzt einen Schnaps.«

Hilde stand auf und schenkte ihnen beiden einen Vogelbeerschnaps ein.

Sie tranken, dann begann sie: »Ich wusste, dass er ein Verhältnis hatte, aber ich wusste lange Zeit nicht, mit wem. Dass es Bertha sein könnte, hätte ich nie für möglich gehalten. Sie schien doch so glücklich zu sein mit Manfred, hatte eine kleine Tochter. Ein Haus. Sie hatte doch alles. Aber das war ihr wohl nicht genug, sie musste auch noch Georg haben.«

»Sie war von Anfang an in ihn verliebt. Genau wie du.«

Hilde lächelte ein wenig und sagte: »Ich kann es ihr nicht mal verdenken. Georg war etwas Besonderes. Da war was an ihm, das man nicht erklären konnte. Nicht mal, dass er ein besonders schöner Mann gewesen wäre, aber er hatte eine Anziehungskraft … du hättest sehen sollen, wie sie sich nach ihm umgedreht haben. Da war etwas Geheimnisvolles an ihm. Er hätte sie alle haben können, aber er war meiner. Mein Mann.«

Romy nickte: Georg, der Spion. Der Mann, der Großes hätte erreichen können, wenn er auf der richtigen Seite gestanden hätte. Offenbar hatten sich weder Männer noch Frauen seinem Charisma entziehen können.

»In der Nacht, als er fliehen wollte, habe ich schon geschlafen, als ich ein Geräusch gehört habe und aufgestanden bin. Er hatte sich ins Haus geschlichen und den Autoschlüssel gesucht. Und Geld. Ich hatte immer etwas für den Haushalt zurückgelegt, versteckt in einer alten Blechdose. Ich wollte wissen, was los ist, aber er sagte nur, dass ich wieder schlafen gehen sollte …«

Sie stockte bei der Erinnerung.

Dann: »Ich sagte: *Georg, sag, was los ist! Bitte!* Da antwortete er nur: Er müsse jetzt gehen. Für immer. Und dass er mich um Verzeihung bittet. Ich bin dann zum Schrank und hab das Geld aus der Dose geholt. Ich hab es ihm gegeben und gesagt: *Nimm mich mit! Ich geh mit dir fort, Georg, aber bitte, nimm mich mit!*«

Romy versuchte, sich die Situation vorzustellen: Georg, hinter dem die Stasi her war, Bertha verhaftet, Hilde verzweifelt. Der Druck, der auf allen Beteiligten gelastet haben muss.

Unerträglich.

»Er hat einen Moment gezögert, dann hat er mir gesagt, dass es wirklich gefährlich wird und dass ich mir das gut überlegen soll, denn es gäbe kein Zurück mehr. Ich hab ihn umarmt, geküsst und gesagt: *Ich komme mit dir!*«

»Wie ging es weiter?«, fragte Romy.

»Wir sind zu Fuß los. Querfeldein. Georg erzählte mir, dass sie ihm auf der Spur sind. Ein paar Ortschaften weiter stiegen wir in einen Barkas B-1000. *Elektro-Müller* stand auf der Seite von dem Transporter. Georg hat gegrinst und gesagt: *Mein Geheimversteck*. Wir haben uns umgezogen, sahen aus wie Monteure. Dann sind wir weiter. Georg meinte, er würde eine Stelle kennen, bei der wir gute Chancen hätten, die Grenze zu durchbrechen. Da erst wusste ich, was er vorhatte. Mir wurde ganz anders. Aber ich sagte nichts.«

Romy schwieg und knabberte nervös an ihrem Daumennagel.

»Je näher wir der Grenze kamen, desto angespannter wurde ich. Jeder wusste, dass wir erst durch die Sperrzone mussten, und ich konnte mir nicht vorstellen, wie wir die ersten Posten passieren sollten, ohne dass die Alarm geben würden. Der Weg von dort bis zur Grenze war immerhin noch fünf Kilometer. Wenn man unter Beschuss genommen wird, sind fünf Kilometer eine Ewigkeit.

Dann erreichten wir den Kontrollposten des Sperrgebiets. Georg ließ die Scheibe herunter und zeigte dem Soldaten einen Passierschein. Er erklärte dem Mann, dass es einen Stromausfall in einem Dorf im Zonengrenzgebiet gegeben hatte, den wir jetzt beheben mussten. Der Mann nickte und ließ uns durch. Ich fragte Georg, wie er den Passierschein bekommen hatte, und er lächelte nur und sagte: *Plan B*.«

Romy erinnerte sich an Janinsky, der gesagt hatte, dass Georg ihnen fast entwischt wäre. Dass er sich trickreich und mutig mit dem ganzen Apparat angelegt hatte und es um ein Haar geschafft hatte.

»Wir fuhren durch ein menschenleeres Sperrgebiet, und ich

hatte das Gefühl, tausend Augen starrten uns an. Ein einzelner Transporter auf einer einsamen Straße, ein paar Scheinwerfer in der Nacht von jedem auf Kilometer zu entdecken. Wir waren ein leichtes Ziel, und ich bat Georg: *Lass uns anhalten, Schatz! Egal, was passiert, ich werde immer für dich da sein, aber bitte lass uns anhalten!*

Er fuhr noch ein Stück weiter, zu einem kleinen Waldstück auf einer Anhöhe, schaltete die Scheinwerfer aus. Von hier konnten wir die Grenzanlage gut sehen. Ein vorgelagerter Zaun, der hell erleuchtete Todesstreifen mit den Minen und Selbstschussanlagen. Die Wachtürme. Der Grenzzaun. Und dahinter Bayern.

Georg zeigte mit dem Finger auf eine Stelle, und ich konnte einen Transporter des Grenzschutzes der BRD erkennen. Er schien in der Dunkelheit zu warten. Und so war es auch, denn Georg sagte: *Wenn wir es durch den Zaun schaffen, sind wir in Sicherheit. Die da werden uns holen.*

Ich fragte: *Und was, wenn wir es nicht bis dahin schaffen?*

Und er antwortete: *Dann werden wir sterben. Du musst nicht mitkommen, Hilde. Wirklich nicht. Es ist mehr als riskant.*

Ich habe Angst, Georg. Ich kann kaum atmen, solche Angst habe ich.

Dann bleib hier.

Ich möchte aber mit dir kommen!

Wenn ich es schaffe, finden wir einen Weg, dich rüberzuholen.

Wirklich?

Bestimmt. Steig jetzt aus!

Und du holst mich wirklich, ja?

Ja, ich verspreche es. Steig aus!

Ich stieg aus und sah ihn noch ein letztes Mal. Er sah nach vorne, schätzte den Weg zur Grenze ein.

Dann grinste er.

Ich schwöre, er hat gegrinst und gesagt: *Schätze, das wird jetzt ein bisschen wehtun!*

Er startete den Wagen und gab Vollgas.

Die Anhöhe hinab, auf den vorgelagerten Zaun zu.

Plötzlich flammten überall Scheinwerfer auf und nahmen ihn ins Visier.

Dann die ersten Schüsse.

Auf der anderen Seite des Zauns stiegen drei oder vier Soldaten aus, bewaffnet.

Georg durchbrach den ersten Zaun, raste auf den Todesstreifen zu.

Überall schlugen die Geschosse in seinen Wagen.

Er erreichte den Todesstreifen.

Eine Mine ging hoch und erwischte das Hinterrad. Er stieg in die Luft, legte sich quer und schlug im nächsten Moment in den Grenzzaun ein.

Funken sprühten aus den elektrischen Leitungen.

Soldaten liefen von den Wachtürmen heran.

Andere beschossen den Transporter.

Georg kletterte aus dem Seitenfenster, überall blutend, während die bundesdeutschen Soldaten auf der anderen Seite ihre Gewehre hochrissen und auf die DDR-Grenzer zielten.

Ich konnte einen schreien hören: *Wie lautet Ihr Befehl, Oberstleutnant?!*

Schüsse.

Der Befehl, Oberstleutnant? Was soll ich tun?

Der westdeutsche Offizier stand nur am Grenzstein.

GEORG!, schrie er. *KÄMPF!*

Immer mehr Schüsse. Schreie. Scheinwerferlicht. Funken. Befehle der Grenzer.

Da war ein Loch im Zaun. Georg kroch darauf zu, zog sich mit den Händen vorwärts, ein Arm war schon auf der anderen Seite. Der Offizier hätte ihn erreichen und durch das Loch ziehen können, aber dann hätten sie auch auf ihn geschossen. Und seine Männer auf die Grenzer. Ich konnte sehen, wie er mit sich rang. Der Grenzstein war die Grenze, nicht der dahinterliegende Zaun. Einen Schritt auf Georg zu, und die Situation würde eskalieren. Eine Schießerei am Eisernen Vorhang.

Dann trafen sie Georg.

Viele Treffer.

Und ich stand nur da und habe geschrien.

Nur geschrien.«

Hilde hielt inne, wischte sich die Tränen aus den Augen.

Auch Romy weinte.

»Sie haben ihn dann aus dem Loch gezogen und mitgenommen. Und die bundesdeutschen Soldaten sind in ihren Transporter gestiegen und weggefahren. Irgendwann fühlte ich eine Hand auf meiner Schulter. Es war Hauptmann Janinsky. Er sagte nur: *Sie sind verhaftet.*«

Eine ganze Weile sagte niemand etwas.

»Niemand wusste von dem Geheimversteck. Außer mir und Bertha. Ich habe es denen nicht gesagt. Bleibt nur noch Bertha. Sie hat ihn verraten, weil sie enttäuscht darüber war, dass er mich und nicht sie mitgenommen hatte. Wir hatten wahnsinnig Glück, dass sie uns nicht schon vorher geschnappt haben, es war jedes Mal knapp. Sie haben der gesamten Grenze Bescheid gegeben, worauf sie achten mussten. Auch den Kontrollposten der Sperrgebiete. Wir sind nur Minuten vor dem Anruf an unserem vorbei. Trotzdem wussten sie, dass wir kommen würden.

Wegen ihr musste ich zusehen, wie mein geliebter Mann wie ein Hund abgeknallt wurde. Elendig verreckt in einem Grenzzaun. Sie hat dafür bezahlt? *Ich* habe auch dafür bezahlt!«

Sie hatte die letzten Worte voller Bitterkeit geradezu ausgespuckt.

Jetzt hielt sie die Hände vors Gesicht und weinte.

Romy schluckte: Eine von beiden log. Und zwar so, dass sie sich eine neue Lebensgeschichte daraus gebaut hatte. Bertha hatte nichts davon gesagt, dass sie unmittelbar nach ihrer Verhaftung vernommen worden war. War es vorstellbar, dass das MfS sie wirklich nicht sofort unter Druck gesetzt hätte, um Georg zu finden? Dass sie sie in aller Seelenruhe nach Hohenschönhausen gekarrt hatten, um sie *dort* zu verhören?

Romy schluckte: Das konnte nicht sein! Sie mussten Georg unter allen Umständen aufspüren. Sie hatten keine Zeit zu verlieren, weil er ihnen fast durch die Lappen gegangen wäre. Janinsky sagte, sie hätten unerwartet Hilfe bekommen. Doch von wem: Bertha oder Hilde?

Romy stand auf und umarmte Hilde: »Danke, dass du mir alles erzählt hast.«

Sie verließ Hildes Haus und eilte zum Hof.

Griff zum Telefonhörer.

Fragte die Auskunft nach der Telefonnummer Janinskys.

Er nahm ab.

»Ich bin's. Romy. Herr Oberst, ich hab eine letzte Bitte!«

»Welche Bitte?«

»Ich weiß jetzt fast alles, was geschehen ist. Nur eines fehlt mir noch.«

»Was?«

»Ich brauche einen Namen!«

Der Oberst schwieg.

Dann sagte er ihr den Namen.

71.

Romy verbrachte eine unruhige Nacht, schlief schlecht, weckte auch Artjom, als sie ruhelos im Haus herumgeisterte. Sie wollte nicht mit ihm über das reden, was sie umtrieb, und so ließ er sie in Ruhe.

Sie stand früh auf, begrüßte einen schönen Sommertag, aber freuen konnte sie sich nicht darüber. Das entzückende Dorf, die herrliche Natur, der blaue Himmel – nichts konnte ihre Stimmung aufheitern.

Sie trank Kaffee und griff dann zum Telefonhörer.

Rief Bertha an.

Rief Hilde an.

Verabredete sich jeweils mit beiden um elf Uhr im Theater, weil sie angeblich ihre Hilfe brauchte. Und irgendwie stimmte das ja.

Gegen neun Uhr hörte sie Anton in der Scheune sägen. Sie ging gleich zu ihm, um ihm mitzuteilen, dass sie die Scheune ab halb elf Uhr für sich brauchte. Niemand sonst sollte anwesend sein.

Anton fragte: »Was ist denn los, Täubchen?«

»Ich erklär's dir nachher, ja?«

Er nickte.

Als sie ging, sagte sie noch: »Wenn das ein heißer Sommer wird, dann hast du aber was vor mit deinen Handschuhen!«

Sie verließ die Scheune.

Anton starrte auf seine Hände.

Kurz vor elf Uhr kehrte sie mit zwei Stühlen zurück in die Scheune. Anton war wie versprochen gegangen, die Scheune war leer.

Sie stellte die Stühle auf die Bühne und fand in einer Ecke einen kleinen Tisch, auf dem Anton hin und wieder Werkzeug ablegte und an dem er aß oder Kaffee trank. So standen dann vor italienischer Renaissancekulisse zwei Stühle und ein Tisch. Und vor der Bühne Romy, fest entschlossen, eine Geschichte, die vor vierzig Jahren begonnen hatte, heute enden zu lassen.

Bertha trat als Erste ein, etwas vor der Zeit.

Kurz nach ihr Hilde.

Beide beäugten sich argwöhnisch, ohne sich zu grüßen.

Romy stand bereits auf der Bühne und rief den beiden zu hochzukommen.

Sie folgten der Aufforderung und setzten sich, nach einer einladenden Geste Romys, auf die Stühle, den Tisch zwischen sich.

»Ich weiß, dass das hier nicht leicht für euch ist. Erst recht nicht, weil ihr so lange nicht miteinander gesprochen habt. Heute aber werdet ihr miteinander sprechen. Und wir werden hier so lange sitzen, bis alles geklärt ist. Auf die eine oder andere Weise.«

»Ich möchte das nicht!«, sagte Hilde.

»Ich weiß, und ich bin sicher, Bertha möchte das auch nicht. Aber ihr müsst!«

»Warum können wir die Vergangenheit nicht ruhen lassen, Romy?«, fragte Bertha. »Warum müssen wir etwas klären, was längst geklärt ist?«

»Weil es eben nicht geklärt ist!«, antwortete Romy. »Weil ihr seit vierzig Jahren im Krieg lebt. Und heute werden wir diesen Krieg beenden!«

Beide verschränkten die Arme vor der Brust und schwiegen demonstrativ. Offensichtlich waren sie da ganz anderer Meinung.

»Bertha, warum erzählst du Hilde nicht, was du mir erzählt hast?«, forderte sie Romy auf.

Bertha schüttelte den Kopf: »Nein. Sie weiß genau, was sie gemacht hat!«

Hilde fauchte: »*Ich?* Ich habe gar nichts gemacht! Du hast mir meinen Mann gestohlen. Und du hast ihn umgebracht!«

Bertha schossen Tränen in die Augen. »Da-das … ist nicht wahr!«, stammelte sie.

Romy ging dazwischen: »Stopp! So geht das nicht! Bitte wartet!«

Sie hatte fast schon mit so einer heftigen Reaktion gerechnet. Vierzig Jahre stiller Hass explodierten im Moment eines ersten Rechtfertigungversuches. Sie hatten beide zu lange Zeit gehabt, sich im Recht zu fühlen.

»Passt auf! Wir versuchen etwas anderes. Etwas, was wir im Schauspiel oft machen. Was wir eigentlich immer machen. Der Kern unseres Berufes!«

»Ich bin aber keine Schauspielerin!«, rief Hilde wütend.

»Jetzt hör mich doch erst mal an, in Ordnung?«

Hilde schwieg trotzig.

Romy nickte: »Wir *spielen* das durch. Manche Dinge sind so schmerzhaft, dass es leichter ist, wenn man sich vorstellt, sie wären jemand anderem passiert. Einer anderen Person. Dann hat man selbst ein wenig Abstand zu seinen Erinnerungen und vielleicht sogar die Möglichkeit, auch die Position der anderen zu verstehen.«

»Wie soll denn so etwas funktionieren?«, fragte Bertha unruhig.

»Es ist eigentlich ganz einfach. Ihr gebt euch andere Namen. Ihr stellt euch vor, das, was euch passiert ist, ist nicht Bertha und Hilde, sondern, sagen wir, Michaela und Susanne passiert. Wollen wir das mal probieren?«

Hilde zuckte mit den Schultern als Zeichen dafür, dass es ihr egal war, ob sie dieses Spiel probierten oder nicht. Sie hatte ihre Meinung. Ganz gleich, ob sie Hilde oder Michaela hieß. Bertha nickte zwar, aber die Skepsis stand ihr ins Gesicht geschrieben.

»Okay, Hilde, dann bist du jetzt *Michaela*. Und Bertha, du bist jetzt *Susanne*. Einverstanden?«

Jetzt zuckten sie beide mit den Schultern und sahen sich über den Tisch hinweg an.

Beide schwiegen.

»Michaela!«, begann Romy und sah Hilde an. »Du hattest eine beste Freundin: Susanne. Beschreib mir doch mal deine beste Freundin, als ihr noch ein Herz und eine Seele wart!«

Hilde zögerte, dann sagte sie, langsam nach Worten suchend: »Wir sind zusammen groß geworden, Susanne und ich. In einem kleinen Dorf. Wir sind zusammen zur Schule gegangen und haben jede freie Minute zusammen verbracht. Wir haben uns alles erzählt, waren immer füreinander da. Ich war sehr stolz darauf, ihre beste Freundin zu sein.«

Bertha sah sie erstaunt an. Sie hatten sich Jahrzehnte lang ignoriert, hatten nichts als Schlechtes übereinander gedacht. Und dann das.

Romy wandte sich Bertha zu: »Nun zu dir. Susanne, du hattest eine beste Freundin: Michaela. Bitte beschreib sie mir auch einmal, als ihr euch noch gut verstanden habt.«

Bertha räusperte sich, starrte auf den Boden vor sich und sagte dann, als spräche sie zu sich selbst: »Es gab niemanden, dem ich so vertraut habe wie Michaela. Sie war so ein Freigeist! Hatte so viele Ideen. Wir sind in einem Land groß geworden, wo es wenig Menschen gab wie Michaela. Die anders denken konnten! Die anders sein wollten! Ich hab immer versucht, so zu sein wie sie.

Ich erinnere mich noch an einen Tag in der Schule, als der Lehrer morgens die Tafel aufklappte und dort groß das Wort KALIFORNIEN stand. Alle haben sofort Michaela verdächtigt, aber geschrieben hatte ich es! Als sie ihr deswegen die Hölle heiß gemacht haben, wollte ich mit der Wahrheit herausrücken, aber sie hat gesagt, ich solle bloß den Mund halten. Die Strafarbeiten! Die Vorladung zum Direktor, der ihr stundenlang die Vorzüge des Sozialismus gepriesen hat. Die Ohrfeigen ihrer Eltern zu Hause. Sie hat das alles auf sich genommen und mit Stolz ertragen. Das habe ich ihr nie vergessen!«

Die beiden sahen sich an. Und das erste Mal seit vierzig Jahren lagen weder Enttäuschung noch Ablehnung in ihren Blicken. Eher Traurigkeit.

Romy hörte, wie hinter der Bühne eine Tür ins Schloss fiel, maß dem aber keine weitere Bedeutung zu.

Sie nickte: »Susanne, wie war die Zeit ohne Michaela für dich?«

Bertha schluckte und sagte leise: »Ich habe sie sehr vermisst. Ich hätte über so vieles reden müssen, aber es gab keinen Weg. Mein Mann war weg, mein Kind auch. Ich kam aus dem Gefängnis und hatte nichts mehr. Ich war so wütend. Und so verletzt. Ich wollte reden, aber ich konnte einfach nicht!«

Romy drehte sich wieder zu Hilde: »Und du, Michaela, wie war für dich die Zeit ohne deine beste Freundin Susanne?«

»Ich war allein. Alles, was mein Leben ausgemacht hatte, war fort. Meine Freundin. Mein Ehemann. Es gab niemanden mehr.«

Bertha sagte: »Du warst allein? Ich war allein. Ich habe zwei Jahre in Isolationshaft gesessen. Ich habe mein Kind verloren und den Mann, den ich liebte.«

Hilde fauchte zurück: »Den Mann, den du liebtest?! Der Mann, den du hättest lieben sollen, war Manfred. Warum musstest du Georg auch noch haben? Warum hast du alles zerstört?!«

»Ich wollte das nicht, das musst du mir glauben. Ich wollte es wirklich nicht.«

»Trotzdem hast du es getan! Du hättest doch alle haben können! Warum ihn?«

»Weil ich ihn geliebt habe!«, rief Bertha wütend.

»Er war die Liebe meines Lebens! Nach seinem Tod habe ich nie wieder einen anderen auch nur angesehen!«, rief Hilde ebenso wütend zurück.

»Und warum bist du dann noch hier? Warum bist du nicht bei ihm geblieben?!«

Hildes Stimme überschlug sich: »Du wärest natürlich bei ihm geblieben!«

Bertha begann zu weinen: »Ich wäre nicht aus dem Auto gestiegen!«

»Er hat dich aber nicht gefragt! Er hat *mich* gefragt!«

Die beiden Damen waren außer sich vor Schmerz.

»Du hast ihn im Stich gelassen«, schrie Bertha. »Mir wäre es egal gewesen, ob sie mich totschießen. Ich wäre bei ihm geblieben, bis zum letzten Atemzug!«

Auch Hilde brach in Tränen aus: »Was glaubst du, wie oft ich mir das vorgeworfen habe. Ich hatte Angst! Verstehst du! ANGST! Ich war feige, ja. Wie oft habe ich mir gewünscht, dass ich an seiner Seite gestorben wäre!«

»Stattdessen hast du ihn verraten. Und mich auch!«

»Ich habe ihn verraten, weil ich nicht bei ihm geblieben bin. Aber dich habe ich nicht verraten!«

Romy machte einen Schritt zwischen die beiden: »Ihr habt beide Unrecht. Jemand anderes hat euch verraten. Jemand, den ihr kennt ...«

Sie sahen sie beide überrascht an.

»Was redest du da?«, fragte Hilde konsterniert.

»Er hat es aus Enttäuschung getan, aus verletzter Eitelkeit, aus Neid ...« Sie wandte sich Bertha zu: »Manfred war's. Er hat dich verraten. Er kannte das Geheimversteck auch.«

Die beiden starrten sie an.

»Es war Manfred. Man hat euch beide belogen, um ihn zu schützen.«

Bertha hob entsetzt die Hände vor den Mund.

Hilde war wie erstarrt.

Stille.

Plötzlich klatschte jemand in die Hände.

Romy wirbelte herum und sah Ben aus der Kulisse treten, ebenfalls mit Tränen in den Augen: »Das war … so … so … emotional!«

Er winkte Bertha und Hilde in seine Arme, drückte sie an sich und schluchzte: »Oh, Mädels, das war der Wahnsinn! Ihr seid so talentiert!«

Sie umarmten einander und heulten wie die Schlosshunde, während Romy ein wenig fassungslos vor dem Trüppchen stand und nichts mehr sagen konnte.

»Und diese Sache mit dem Auto! So bewegend! Seht mich an: Ich flenne wie ein Baby!«

Romy wollte erwähnen, dass das eben kein Improvisationstheater gewesen war, aber Ben winkte sie zu sich heran: »Komm zu uns, Romy! Wein mit uns! Das tut so gut!«

Romy verdrehte die Augen und verließ die Scheune.

Genug Theater für heute.

Vorhang.

72.

Es dauerte eine Weile, bis Romy Ben klarmachen konnte, dass die beiden Damen nicht gespielt, sondern sich eine große Last von der Seele gesprochen hatten. Dann aber verzog Ben beleidigt den Mund und fühlte sich von Romy hintergangen. Sie hatte versprochen, dass sie den Fall Janinsky zusammen lösen wollten, denn nur durch Ben – wie er nicht müde wurde zu betonen – waren sie überhaupt auf die richtige Spur geraten.

Romy versuchte, sich damit zu verteidigen, dass sich die Ereignisse überschlagen hatten und sie ihn somit nicht hatte zu Rate ziehen können, aber selbst in ihren Ohren klang das wie eine ziemlich schwache Ausrede. Eines wollte sie auf keinen Fall: Ben sollte dies nicht für einen Racheakt halten, weil er sie wieder ins Souffleusendasein zurückbeordert hatte.

»Pass auf!«, sagte sie schließlich. »Ich mache es wieder gut. Wie wäre es, wenn ich für dich koche? Heute Abend.«

»Ein Date?«

»Kein Date.«

»Klingt aber wie ein Date.«

»Na-hein! Nur ein Essen.«

»Aber wir sind alleine?«, fragte Ben.

»Ja«, seufzte Romy. »Wir sind alleine …« Sie dachte kurz nach und fügte dann hinzu: »Wir könnten einen Film zusammen gucken. Heute Abend läuft ein schöner.«

Das klang schon weniger … eindeutig.

»Dann bring ich Wein mit zu unserem Da… Essen. Einverstanden?«

Romy war einverstanden.

Sie fuhr nach Kleinzerlitsch einkaufen.

Sie war keine überragende Köchin, aber ein paar Gerichte beherrschte sie ganz gut, und ehe sie sich's versah, hatte sie teure und exklusive Lebensmittel gekauft. Und nicht nur das.

Für ein Date, das keines war …

Sie kehrte zurück und machte sich an die Vorbereitungen.

Stunden später kam Artjom hungrig aus dem Theater, folgte wie hypnotisiert dem verführerischen Duft von Ente à l'orange in die Küche, fing sich einen Klaps auf die Finger ein, als er der Ente einen Flügel abbrechen wollte, und wurde gleich ins *Muschebubu* geschickt. Wo er den Abend verbringen sollte.

»Kannst dir ruhig Zeit lassen!«, sagte Romy.

»Hast du ein Date?«, fragte Artjom.

»Nein, ich habe kein Date.«

»Verstehe. Neues Kleid?«

»Ja«, antwortete Romy und drehte sich vor ihm.

»Neue Frisur?«, fragte Artjom.

»Nur ein bisschen die Spitzen geschnitten. Und Strähnchen«, antwortete Romy.

»Neue Schuhe?«, fragte Artjom.

»Schick, nicht?«, antwortete Romy.

»Und das Parfum? Auch neu?«, fragte Artjom.

»Mal was anderes«, antwortete Romy.

»Aber kein Date«, grinste Artjom.

»Raus«, sagte Romy lächelnd.

Er gab ihr einen Kuss auf die Wange und wünschte ihr einen schönen Abend.

Ben war pünktlich, zu Romys Freude stocknüchtern und blendend aussehend. Obwohl er eigentlich immer blendend aussah. Er hatte zwei Flaschen Rotwein mitgebracht und einen selbst gepflückten Blumenstrauß, den Romy in eine Vase ins Wohnzimmer stellte.

Später saßen sie am Küchentisch und aßen. Ben bemerkte den Aufwand, den Romy betrieben hatte, sah das neue Kleid, die neue Frisur, die neuen Schuhe, ja selbst das neue Parfum nahm er wahr. Das hier war doch ein Date, und als es ihm klar wurde, freute er sich darüber und fühlte gleichzeitig Befangenheit über die aufkommende Nähe.

Romy bemerkte es und musste verlegen zugeben, dass sie nicht nur den Boden für eine Romanze bereitet hatte, es knisterte bereits ein bisschen. Irritiert versuchte sie ein unverfängliches Gesprächsthema und kam auf Bertha und Hilde zu sprechen.

Ben sagte: »Ich hätte nicht gedacht, dass Oberst Janinsky dir den Verräter nennt. Nicht, so wie du ihn beschrieben hast.«

»Ich glaube, er mag mich. Vielleicht deswegen. Bertha hat Manfred das mit dem Transporter mal gesagt. Er war zutiefst beeindruckt davon. Jeder Bürger der DDR musste zehn Jahre und länger auf einen Trabbi warten. Und Georg hatte einen Transporter. Er ist Georg dann mal nachgeschlichen, um zu sehen, ob es wirklich wahr ist.«

»Beeindruckt ist gut. Ich glaube, neidisch trifft es eher.«

»Ja, wahrscheinlich. Er war wohl die ganze Zeit schon neidisch auf Georg. Und als er schließlich ahnte, dass er was mit Bertha angefangen hatte, hat er nur darauf gewartet, es ihm heimzuzahlen.«

»Aber gleich so?! Es musste ihm doch klar gewesen sein, dass er Georg so oder so zum Tod verurteilt.«

»Dass er Spion war, wusste er nicht. Aber es hat sich für ihn gelohnt. Das MfS hat ihm und seiner Tochter eine schöne Wohnung in Ost-Berlin besorgt. Einen guten Arbeitsplatz. Und natürlich hat er weiter als IM für sie gearbeitet. Bis zur Wende.«

»Scheißkerl!«

»Ja, es war ihm egal, was aus Bertha und Hilde wurde.«

Sie leerten die erste Flasche und beendeten das Mahl.

Sie zogen auf die Couch um.

Das Licht gedimmt, das Gespräch verstummt, der Wein vorzüglich und bereits ein wenig zu Kopf gestiegen. Jetzt konnte eigentlich nur noch eines folgen, doch Romy zögerte, denn sie wusste nicht, ob sie sich wirklich einem gedankenlosen Schürzenjäger hingeben sollte.

Sie rückte ein wenig auf dem Sofa herum und erwischte versehentlich die Fernbedienung ihres Fernsehers mit dem Po.

Das Bild flammte auf, der Ton zerstörte förmlich die gespannte Stille. Ein Film hatte gerade begonnen: *Amadeus*. Von Miloš Forman, nach dem Theaterstück von Peter Shaffer.

»Oh!«, rief sie. »Den wollte ich mit dir heute sehen!«

»Wirklich?«, maulte Ben. »Der ist langweilig!«

»Der hat acht Oscars bekommen!«

»Vielleicht hören wir ein bisschen Musik?«

»Nur mal reingucken, ja?«

Sie lehnte sich an ihn und spürte, wie er seinen Arm um ihre Schulter legte.

Es hatte gerade begonnen: Salieri, Mozarts Gegenspieler im Film, hatte versucht, sich umzubringen, und erzählte in einer Nervenheilanstalt einem jungen Priester aus seinem Leben. Und von dem Zweikampf, den er gegen Mozart ausgetragen hatte. Und von dessen Tod, für den er sich die Schuld gab.

Plötzlich fühlte sie seine Lippen auf ihrem Hals. Ben dachte offenbar nicht daran, den Abend mit einem Film ausklingen zu lassen, und Romy fand, dass sie sich gerade wie eine Klosterschülerin benahm. Das war doch albern! Sie hatten einen wunderbaren Abend miteinander verbracht und beide offenbar nur an das gedacht, was hier gerade ins Rollen kam. Warum also nicht?

Sie schloss die Augen.

Spürte ein Kribbeln, das ihren Nacken hinablief, und wandte sich seinem Gesicht zu.

Ben beugte sich zu ihr herüber.

Näherte sich zum Kuss, und sie ließ ihn gewähren.

Bestimmt hätte der Abend eine ganz andere Wendung genommen, wäre ein anderer Film gelaufen. Oder wenn sie den Ton abgestellt hätte. So aber war das Drama nicht aufzuhalten. Denn trotz aufkeimender Leidenschaft hörte sie die Stimme des alternden Salieri, der dem jungen Priester von seiner unglücklichen Kindheit erzählte.

Salieri sagte: »*Mein Vater machte sich nicht das Geringste aus Musik. Hätte ich ihm meinen sehnlichsten Wunsch anvertraut, zu sein wie Mozart, hätte seine Antwort geheißen: Warum willst du einen dressierten Affen aus dir machen? Wie hätte ich ihm nur klarmachen können, was die Musik mir bedeutete?«*

Seine Lippen berührten beinahe die ihrigen.

Ihre Augen, schon geschlossen, öffneten sich.

Sie drehte Ben ein wenig zur Seite und schielte auf den Bildschirm.

Dort sprach Salieri weiter, unterlegt mit Bildern, die ihn als Knaben zeigten, der darauf hoffte, ein großer Musiker zu werden: »*Während mein Vater hingebungsvoll zu Gott betete, den Handel zu beschützen, schickte ich in aller Heimlichkeit das stolzeste Gebet, das man sich von einem Jungen denken konnte: Herr, mach aus mir einen großen Komponisten. Gib, dass auch ich gefeiert werde. Mach mich auf der ganzen Welt berühmt!*«

Romy drehte sich langsam zu Ben, der ein entschuldigendes Lächeln versuchte. Das war fast wortwörtlich die Geschichte, die Ben ihr über seinen Vater erzählt hatte. Als sie nach dem Besuch bei dem dementen Pfarrer im *Roten Hirsch* zu Mittag gegessen hatten.

Der Film lief unbarmherzig weiter. Und mit ihm Salieris Erzählstimme: »*Und dann? Dann geschah ein Wunder!*«

Auf dem Bildschirm erschien der Vater des Knaben Salieri beim Mittagessen. Er verschluckte sich an einer Fischgräte, ächzte, stöhnte, hustete und starb schließlich. Er wurde beerdigt, und der Weg für Salieri zum Musiker war frei.

»*Ich meine, in einem Moment war ich noch ein unzufriedener Junge in einem obskuren Nest, im nächsten Moment war ich in Wien. Der Stadt der Musiker!*«

Romy sprang auf: »DU … DU … DUUUU …!«

Ben sprang auch auf und hob beschwichtigend die Hände: »Lass es mich erklären!«

»Da bin ich aber gespannt!«

Ben schluckte.

Suchte nach Worten.

»Die … die …«

»Ja?!«

Dann zeigte er auf den Bildschirm und rief: »Die haben mir die Story geklaut!«

»Was?!«

»Ja, Shaffer, diese Elster. Und Forman!«

Vor Romys Netzhaut blitzten vor lauter Wut kleine Sternchen auf, dann wirbelte sie herum, suchte das Zimmer ab.

»Also, komm schon, reg dich nicht auf! Sowas passiert in unserem Geschäft jeden Tag. Ich reg mich ja auch nicht … was willst du denn mit der Vase?«

Romy wog das gute Stück aus Kristall in der Hand, stellte es wieder ab und hielt nur noch den Strauß Blumen in der Hand.

»Dein Vater ist erstickt?! Und ich blöde Kuh denk drüber nach, was für eine entsetzliche Kindheit du gehabt hast?!«

Sie kam auf ihn zu.

»Was ist mit deinem Vater? Ist er tot oder nicht?«

»Mein Vater? Äh, der lebt noch!«

»Der ist also nicht vor deinen Augen erstickt?!«

»Äh, nein. Der arbeitet bei der Post.«

Romy holte mit den Blumen aus und haute sie Ben rechts und links um die Ohren. Blüten und Blätter flogen durch die Luft: »Das ist dafür, dass du mich angelogen hast! Und das dafür, dass du im ganzen Dorf Blumen geklaut hast, und das dafür, dass du ein Scheißkerl bist, und das dafür, dass du mich angelogen hast …«

»Aua! Das hattest du schon!«

»SORRY, MEIN FEHLER!?!«

Ben hatte, vor ihr fliehend, die Haustür erreicht und sprang nach draußen. Romy warf ihm wütend die Reste des Straußes an den Kopf, dann fiel die Haustür krachend ins Schloss.

Er stand draußen.

Reglos.

Blumenreste im Haar und auf den Klamotten.

»Du solltest wirklich einmal einen Antiaggressionkurs machen!«, rief er empört.

Wenigstens hatte er das letzte Wort!

Erst jetzt bemerkte er, dass auch Artjom vor der Tür stand, offenbar hatte er gerade klopfen wollen, um einzutreten.

Er grinste und sagte: »Na? Ärger im Paradies?«

»Sie ist ein wenig reizbar …«

Artjom lächelte in sich hinein: Seine Tochter!

Dann ging er an ihm vorbei, klopfte und rief leise: »Ich bin's, Artjom! Ich komm jetzt rein!«

Er wartete einen Moment, dann trat er ein.

73.

Ein Mann war aufgefallen.

In einem Dorf wie Großzerlitsch, in dem jeder jeden kannte, und das seit Jahrzehnten, fielen alle auf, die nicht Teil der Gemeinschaft waren. Zumal es in den letzten Jahren nur wenige gegeben hatte, die sich dorthin verirrt hatten, meist solche, die in den falschen Bus gestiegen und versehentlich hier gelandet waren. Manchmal kam verwandtschaftlicher Besuch, aber auch den kannte man mit der Zeit.

Wenn auch nicht in dem Maße, wie das noch vor ein paar Wochen der Fall gewesen wäre. Denn verglichen mit früher ging es in dem Dorf geradezu drunter und drüber. Man sichtete plötzlich immer wieder Fremde im Dorf, nicht nur Bauamtsleiter oder verschollene Väter, sondern auch tatsächlich einmal eine kleine Delegation aus Kleinzerlitsch, die Romy gefragt hatte, ob sie sich das Theater mal ansehen dürfte, von dem im Nachbarort immer häufiger die Rede war. Romy hatte sie vertröstet: Es würde bald fertig werden. Und dann dürften es alle sehen.

Der Mann jedoch interessierte sich nicht für Theater. Und auch nicht für das Dorf oder die Alten. Er schien etwas zu suchen, aber er fragte niemanden, sondern stromerte herum, bis er irgendwann wieder verschwand, nachdem ihn Anton gefragt hatte, ob er ihm behilflich sein könnte.

Wahrscheinlich ein Tourist, hatte Anton dann im *Muschebubu* gesagt, wobei er sich Theos Ärger zugezogen hatte, weil er diesen Mann nicht in seine Wirtschaft geschickt hatte.

Ein paar Tage später war der Mann kein Thema mehr.

Romy sprach nicht mehr mit Ben. Obwohl er es mit Blumen versuchte, Pralinen und vielen guten Worten der Entschuldigung – Romy dachte nicht daran, von ihrem Groll gegen ihn abzulassen. Was auch daran lag, dass ihr kleines erotisches Handgemenge ohne diesen Film ganz sicher in ihrem Schlafzimmer geendet hätte.

Idiot.

Was sie mit einschloss, denn sie war auch eine Idiotin.

Obendrein eine, die wieder einmal den Platz unter der Bühne eingenommen hatte, nachdem das Loch in die vorgesehene Stelle hineingesägt und ein kleines fünfundzwanzig Zentimeter hohes Dach über ihrem Kopf errichtet worden war. Da saß sie nun und sah ihren Alten beim Proben zu und war ausgelastet damit, ihnen die Texte zuzuflüstern, da sie sie nur mit Mühe lernten.

Immerhin: Karl und Bella waren wirklich hinreißend. Ihr Spiel war zwar etwas unbeholfen, aber da war Magie zwischen ihnen, die über die Bühne hinausstrahlte. Und ihr Sächsisch störte tatsächlich nicht, Romy hatte sich so schnell dran gewöhnt, dass sie das *Römeö* und *Jülia* richtiggehend vermisste, wenn es zufällig hochdeutsch ausgesprochen wurde.

Eher zufällig machte Elisabeth Romy auf eine Sache aufmerksam, um die sie sich dringend kümmern mussten. Sie stand gerade in ihrer Szene als Lady Capulet auf der Bühne, im Gespräch mit Bella als Julia, als sie plötzlich abbrach und Romys Augen im Bretterkasten suchte.

»Täubchen? Sollen wir eigentlich so, wie wir sind, auftreten?«

Ben unterbrach die Proben.

Wenige Momente später tauchte sein Gesicht bildfüllend vor dem Souffleusenkasten auf: »Haben wir noch nicht drüber nachgedacht, oder?«

Romy seufzte: »Doch, schon, aber bisher war keine Zeit.«

»Es spricht!«, rief Ben erfreut.

»Nicht mit dir!«, schnippte Romy zurück.

»Och, komm schon! Ich hab mich doch entschuldigt!«

Sie kletterte unter der Bühne hindurch nach draußen.

»Ich weiß ehrlich gesagt nicht, woher wir Kostüme bekommen können. Vielleicht von einem Kostümverleih, aber das sieht meistens nicht besonders gut aus«, sagte sie zu Elisabeth.

Elisabeth schüttelte den Kopf: »Ach was! Die machen wir einfach selbst. Wir haben früher doch auch alles selbst gemacht. Und Luise und ich sind gelernte Schneiderinnen. Wir brauchen nur Stoffe und Schnittvorlagen.«

Romy dachte einen Moment nach und sagte dann: »Ich hab da vielleicht eine Idee! Wir sehen uns heute Abend alle im *Muschebubu*.«

Sie eilte davon.

Ben rief ihr nach: »Ich auch?«

Aber da war sie auch schon draußen.

74.

Romy konnte sich nicht erinnern, dass jemals zuvor im *Muschebubu* ein Filmabend stattgefunden hatte. Aber niemand wunderte sich mehr über Neuerungen oder Premieren. Und niemand sah ihnen mehr skeptisch entgegen.

In Kleinzerlitsch hatte Romy tatsächlich Schnittmuster im Internet gefunden, die der Mode des elisabethanischen Zeitalters nahe kamen: enge Korsagen, Reifröcke, Halskrausen, Kniebundhosen und noch einiges mehr. Dazu jedoch wollte sie die Alten auf die Spielzeit des Stücks einstimmen: *Romeo und Julia* von Franco Zeffirelli. Eine werkgetreue, aber gekürzte Verfilmung des Stoffes aus dem Jahr 1968. Im Prinzip das, was sie selbst vorhatten. Und als Adaption *Shakespeare in Love* aus dem Jahr 1998. Romy gab die Losung aus, sich nicht nur am Spiel der Leinwandgrößen zu erfreuen, sondern sich auch und vor allem die Kostüme anzusehen.

Hilde und Bertha waren auch gekommen. Und anstatt wie üblich weit voneinander entfernt Platz zu nehmen, saßen sie während der Vorführung nebeneinander, und dann und wann flüsterten sie einander etwas zu. Ob als Kommentar zum laufenden Film oder etwas ganz anderes, war für Romy aus der Ferne nicht zu erkennen, aber sie wieder vereint zu sehen machte sie glücklich. Sie hatten ein paar Tage gebraucht und in dieser Zeit viel miteinander geredet. Kurz vor dem Filmabend versprachen sie Romy mitzuspielen. Selbst wenn sie das Theater nicht fertigstellen würden, allein deswegen hatte es sich schon gelohnt.

Ben dagegen sah die ganze Zeit bloß sie an.

Sie spürte seine Blicke und gab sich allergrößte Mühe, sie zu ignorieren. Nur wenn er gerade wegschaute oder durch ein kurzes Gespräch abgelenkt war, spinkste sie zu ihm hinüber und sah, dass er unter ihrer Nichtbeachtung litt. Was ihr ebenso leidtat, wie es sie darin bestätigte, streng mit ihm zu sein, denn das schien die einzige Möglichkeit, ihn von weiteren verrückten Einfällen abzuhalten. Und auch vom Trinken. Sie hatte ihn in den letzten Tagen sehr diszipliniert, sehr fleißig erlebt. Und auf gewisse Weise auch langweilig, weil seine Gedankenlosigkeiten, sein zuweilen galoppierender Wahnsinn sie sonst auf Trab hielten.

Anton saß mit seiner Frau, die nie etwas sagte, in einer Ecke und lachte herzlich über *Shakespeare in Love*, der den meisten anderen zu schnell geschnitten und zu pointiert schien. Immer dann, wenn er sich unbeobachtet glaubte, rieb er sich ein wenig die Hände, die auch jetzt in schwarzen Lederhandschuhen steckten. Seine Allergie schien ihm mehr zu schaffen zu machen, als er vor Romy zugeben wollte, und Romy fragte sich, wie man ihn in der täglichen Arbeit entlasten konnte. Das Problem war: Anton war unentbehrlich. Sein Wissen, seine Geschicklichkeit, sein Können waren nicht zu ersetzen. Auch nicht durch Artjom oder Emil, der am Tresen stand und trotz der schönen Komödie irgendwie traurig schien. Nachdenklich. Und das seit einiger Zeit schon. Es war, als hätte er an Begeisterung eingebüßt, an Spontaneität, an Entschlussfreude. Er wirkte ein wenig verloren, wie eine Flaschenpost, die einsam auf Ozeanwellen tanzte.

Romy hatte zuweilen das Gefühl, den Menschen um sie herum nicht mehr gerecht zu werden. Sie forderte ihnen viel ab – möglicherweise zu viel. Und vielleicht hatte sie ihnen nicht genügend versichert, wie stolz sie auf sie war, wie sehr sie ihre Hilfe schätzte und wie sie das schlechte Gewissen plagte, wenn sie zu wenig Rücksicht auf sie nahm. Wie konnte sie ihnen je zurückgeben, was sie ihr schenkten?

Artjom hatte sich an sie herangeschlichen und stieß mit ihr leise an.

»Du solltest ihm vergeben«, flüsterte er leise.

»Diesmal hat er es wirklich übertrieben!«, flüsterte sie zurück.

»Er ist ein Schauspieler. Wie du. Wie deine Mutter. Ihr seid immer jemand anderes. Und immer seid ihr es mit ganzer Seele. Und manchmal verschwimmen dabei Fantasie und Wirklichkeit. Ihr könnt über diese Grenze gehen, ohne verrückt zu werden.«

Romy schwieg und schielte zu Ben hinüber, der gerade in sein Bierglas starrte. Er sah wirklich leidend aus.

»Wenn ich ihm verzeihe, stellt er bloß wieder was Neues an!«, wisperte sie.

»Hast du mal eine Katze gesehen, die im Begriff ist, eine Maus zu schnappen?«

Romy nickte.

»Sie starrt sie an, ist ganz ruhig, ganz konzentriert …«

»Und?«

»Ihr Schwanz! Er schlägt vor lauter Jagdfieber nach allen Richtungen aus. Darüber hat sie keine Kontrolle. So ist Ben.«

»Seinem Schwanz habe ich meine letzte Entlassung zu verdanken …«

Sie kicherten beide darüber.

Unterdrückten nur mühsam ihr Gelächter, um die anderen beim Film nicht zu stören. Romy fand es erstaunlich, in welch kurzer Zeit ihr Vater ihr so vertraut geworden war. Es dauerte eine Weile, bis sie sich wieder unter Kontrolle hatten. Dann stießen sie wieder miteinander an.

»Denk drüber nach, ja?«, fragte Artjom leise.

Romy nickte: »O.k.«

Er war im Begriff, sich abzuwenden, besann sich aber und raunte ihr zu: »Sag mal, hat in letzter Zeit jemand nach mir gefragt?«

Romy schüttelte den Kopf: »Nein, nicht dass ich wüsste. Warum?«

Artjom winkte ab: »Ach, nicht so wichtig.«
Der Film lief weiter.
Romy vergaß die Frage.
Sie hätte es besser nicht getan.

75.

Zwei Tage lang ließ Anton niemanden in die Scheune außer Artjom und Emil. Zwei Tage konnten auch keine Proben stattfinden, und als Ben die Langeweile nicht mehr aushielt, überlegte er hin und her, wie er sich gewinnbringend für die Sache einsetzen konnte. Zwei Tage brütete er, und dann war sie da: die geniale Idee!

Romy bat Emil währenddessen, Luise und Elisabeth mit nach Tschechien zu nehmen, in der Hoffnung, sie würden dort den Stoff finden, den es in Deutschland natürlich auch gab, aber eben zu höheren Preisen. Denn Geld war weiterhin ein erhebliches Problem, und es war immer noch nicht klar, wie sie die Kosten für Beleuchtung, Sanitäranlagen oder Zuwegung von den Parkplätzen zum Theater mit dem wenigen stemmen sollte, das ihr noch geblieben war.

Dann endlich, am Morgen des dritten Tages, ließ Anton Romy in die Scheune, die spätestens jetzt keine mehr war: Die Tribünen waren fertig. Die Bühne war fertig. Und eine der vier Podesttreppen war es auch.

Sie stand in der Mitte und blickte um sich, und es sah aus wie ein Theater. Wie ein wunderbares, kleines elisabethanisches Theater. Im Oberrang stach die Morgensonne durch die neuen Fenster und malte helle Vierecke dorthin, wo sie den Boden berührte. Es roch nach frischem Holz, und fast nichts mehr erinnerte an die Zeit, als unter einem löcherigen Dach der Schrott von Jahrzehnten gelagert worden war. Drei

Treppen in den Ecken als Auf- und Abgänge zu den Oberrängen fehlten noch. Und die Bänke vor der Bühne im Parkett. Und Sitzpolster für jeden Platz. Damit wäre es wirklich fertig.

Dann hätten sie es tatsächlich geschafft.

»Anton!«, sagte Romy und gab ihm einen Kuss auf die Wange. »Du bist ein Zauberer. Und du, Emil, auch!«

Sie gab ihm ebenfalls einen Kuss.

»Und natürlich du, Artjom … Papa!«

Artjom nickte ihr zu und nahm sie in den Arm.

»Trotzdem, mein Täubchen«, mahnte Anton, »wir brauchen Strom. Wir brauchen Licht auf allen Ebenen. Scheinwerfer für die Bühne. Wir müssen über Sanitäranlagen nachdenken. Wir könnten welche bauen und die Rohre an das öffentliche Netz anschließen. Dazu müssten wir Gräben ziehen und Rohre verlegen. Den Anschluss selbst muss die Stadt machen. Das dauert alles und kostet viel.«

»Ich dachte mir, dass wir am Tag der Aufführung mobile Klos aufstellen. Besser noch einen Sanitärcontainer. Das ist zwar nicht schön, aber es würde ein Problem lösen«, sagte Romy.

»Ja, das wäre besser. Ist trotzdem teuer. Aber Strom ist jetzt das Wichtigste. Jemand muss Kabel verlegen, Lampen anschließen, Scheinwerfer anbringen. Wir brauchen einen Verteiler für den Generator und einen Schaltkasten, wo alles zusammenläuft. Und zwar so, dass das Theater nicht bei erster Gelegenheit Feuer fängt, nur weil die Leitungen überhitzen. Sowas muss man können, und ich kann es leider nicht. Niemand aus dem Dorf kann das, weil niemand Elektriker ist.«

»Verstehe …«

»Und zum Schluss sollten wir befestigte Wege vom Parkplatz zum Theater anlegen. Stell dir vor, es regnet an dem Tag und die Damen und Herren kommen in ihren feinen Sachen und müssen über eine matschige Kuhwiese ins Theater. Ich könnte einen Pflasterer fragen, aber Steine und vor allem das Verlegen werden nicht billig.«

Romy nickte.

»Wie viel Geld haben wir noch?«, fragte Anton.

»Knapp achteinhalbtausend, die Elisabeth gespendet hat. Und noch dreieinhalbtausend von mir. Das ist alles.«

Artjom sagte: »Ich könnte etwas versuchen. Zwölftausend Euro ist nicht viel, aber ich könnte mich umhören …«

Emil sagte: »Wir brauchen etwa tausend für die Stoffe. Elisabeth und Luise haben alles gefunden und mir gesagt, was ich einkaufen muss.«

»Meinst du, du findest für elftausend Elektriker? Und alles andere, was wir dazu brauchen?«, fragte Romy.

Artjom nickte: »Ich kenne da jemanden, der mir noch einen Gefallen schuldig ist.«

Romy bat Emil und Artjom ins Haus, wo sie aus der geheimen Kasse alles Geld entnahm, das ihr noch blieb. Sie gab Emil tausend Euro und Artjom genau 10 957,34 Euro. Sie wünschte beiden Glück, vor allem ihrem Vater, dann rief sie Ben an, um zu sagen, dass die Proben ab sofort weiterliefen.

»Ich hab 'ne tolle Überraschung!«, rief er.

»Oh nein!«

»Nichts Schlimmes! Wirklich nicht!«

»Was ist es?«, fragte sie misstrauisch.

»Verrat ich nicht!«, flötete er zurück. »Noch nicht!«

»Was hast du angestellt?«

»Nichts, ehrlich!«

Sie legte auf und hatte plötzlich ein ganz mieses Gefühl.

Den restlichen Tag verbrachte sie bei den Proben und sah ihren Leuten beim Spiel zu, runzelte die Stirn, wenn Ben ihr verschwörerisch zublinzelte, und hatte ein mieses Gefühl.

Sie verbrachte den Abend alleine vor dem Fernseher und hatte ein mieses Gefühl.

Sie verbrachte eine unruhige Nacht, von Alpträumen geplagt, und erwachte am Morgen und hatte ein mieses Gefühl.

Sie ging in Artjoms Zimmer und öffnete seinen Kleiderschrank.

Er war leer.

Leichenblass rief sie Anton an, der zu ihr eilte und sie damit zu beruhigen versuchte, dass sie schon einmal gedacht hatte, er wäre mit ihrem Geld durchgebrannt. Romy saß nur blass auf Artjoms Bett und sagte: »Diesmal nicht, Anton. Diesmal ist es anders. Ich fühle es.«

Sie sollte sich nicht getäuscht haben.

Artjom war fort.

Für immer.

Im Gegensatz zu Ben, der irgendwann ins Zimmer stürmte und mit der *Freien Presse Kleinzerlitsch* vor ihrer Nase herumwedelte.

»Na?! Was sagst du jetzt?«, rief er entzückt.

Romy las nur die Schlagzeile: *Frischedoktor inszeniert ›Romeo und Julia‹*.

Und darunter: *Premiere am dritten Oktober – Tag der Deutschen Einheit*.

Es war der fünfzehnte Juli.

Keine drei Monate.

Und sie hatten nichts mehr, um das Theater fertig zu bauen.

ABSCHIED

76.

Bella und Karl waren die Ersten.

Was nicht nur daran lag, dass Elisabeth und Luise die Kostüme für Romeo und Julia zuerst fertig geschneidert hatten. Und auch nicht daran, dass Bella Karl davon überzeugt hatte, sich in Renaissancetracht besser in Shakespeares Welt einfühlen zu können. Nein, die Wahrheit war: Sie liebte ihr Julia-Kostüm! Das geschnürte Mieder, den pludrigen Rock und das hübsche Dekolleté, das Elisabeth ihr auf ihren Wunsch gegönnt hatte. Es wurde so schnell Bestandteil ihrer Welt, dass sie sich wunderte, warum sie nicht schon viel früher auf die Idee gekommen war, nicht nur ihre Wohnung zu verkleiden, sondern sich selbst gleich mit. Jedenfalls bestand sie darauf, es die ganze Zeit zu tragen, gab ein paar weitere Kostüme in Auftrag, denn sie wollte nie wieder etwas anderes anziehen, und versicherte darüber hinaus Karl, dass er in Tricothose und Wams mit bauschigen Ärmeln einfach hinreißend aussah.

Und was Bella gefiel, gefiel auch Karl.

So kam es, dass sie die Ersten waren, die in voller Montur durch Großzerlitsch wandelten und ihren Text übten, indem sie einfach nichts anderes als die Dialoge aus *Romeo und Julia* miteinander sprachen. Und hingen sie an bestimmten Stellen, improvisierten sie im Stil des Stückes.

Das erregte natürlich Aufsehen.

Selbst für die mittlerweile in Neuerungen erprobten Großzerlitscher war der Anblick der beiden im Dorf gewöhnungsbedürftig, kein Wunder also, dass einige mit sanftem Spott auf das seltsame Paar reagierten.

Bella focht das nicht an.

Sie verharrte in ihrer Rolle, und das so konsequent, dass schon nach wenigen Tagen niemand mehr sie oder Karl neckte. Und nicht nur das: So wie ein tropfender Hahn nach und nach ein Becken füllte, so sickerte bei den anderen nach und nach die Erkenntnis durch, dass Bella zwar ein wenig verrückt war – für die meisten keine Neuigkeit –, ihre Methode aber vielleicht Sinn ergab. Einen Text zu lernen war eine spröde Angelegenheit. Warum sie nicht ein wenig aufpeppen? Allein der mürrische Theo fand die Verkleidung albern und schwor jedem, der es hören oder auch nicht hören wollte, dass er bei diesem Quatsch niemals mitmachen würde.

Romy beobachtete den Umschwung sehr wohl, sie konnte sich daran indes kaum erfreuen, so tief saß die Enttäuschung über ihren Vater. Über Wochen hatte er sich ihr Vertrauen im wahrsten Sinne des Wortes erarbeitet, über Wochen hatten sie sich angenähert, waren tatsächlich so etwas wie Vater und Tochter geworden – nur damit er im erstbesten Moment mit ihrem Geld abhaute.

Das Schlimmste war: Sie hatte ihm geglaubt. Sie hatte wirklich daran geglaubt, dass er wegen ihr hier war. Dass er sein Leben ändern wollte. Dass sie ihm etwas bedeutete. Wie konnte sie sich so täuschen? Warum verhielt er sich so? Sie versuchte ihn zu verstehen, aber welches Argument sie auch ins Feld führte, es wurde geradezu von einer berittenen Kompanie enttäuschter Gefühle zur Strecke gebracht. Aufgespießt von spitzen Lanzen der Frustration und des Schwermuts.

Vier Tage war er jetzt schon fort.

Immerhin sprach sie wieder mit Ben.

Was weniger Artjoms Verdienst war als das von Bens Agent. Er hatte sie angerufen und ihr zu der bevorstehenden Aufführung gratuliert, was Romy ziemlich erstaunt hatte.

»Woher wissen Sie davon?«, hatte sie gefragt.

»Ben hat mir den Zeitungsartikel gemailt. Ich hätte ehrlich gesagt nicht gedacht, dass Sie es so weit bringen würden«, hatte er daraufhin geantwortet.

»Ich bin nicht sicher, ob wir es schaffen werden. Jetzt nicht mehr.«

»*Was ist passiert?*«

»Mir … uns … ist das Geld ausgegangen.«

»*Wie ärgerlich. Ben hat mir gesagt, dass Sie schon sehr weit sind.*«

»Nicht weit genug.«

Eine Pause war entstanden, in der beide nicht wussten, was sie sagen sollten.

»*Bitte versuchen Sie es weiter. Ben hat noch nie so lange an etwas gearbeitet, ohne gefeuert worden zu sein. Es ist das erste Mal, dass er für etwas wirklich brennt.*«

»Tut er das?«, hatte Romy erstaunt zurückgefragt.

»*Ja. Er spricht es nicht aus, aber ich weiß, dass es so ist. Ist Ihnen nicht aufgefallen, wie lange er schon bei Ihnen ist?*«

»Schon …«

»*Dieses Projekt tut ihm gut. Dieses Projekt oder …*«

»Oder?«

»*Sie.*«

»Sagt er das?«

»*Nein, aber er redet sehr respektvoll von Ihnen.*«

»Fällt mir schwer zu glauben, bei den Sachen, die er hier so loslässt.«

»*Was hat er angestellt?*«

»Mir von seiner *Familie* erzählt. Sie können ihn ja gerne mal zu seinem Vater interviewen. Mal sehen, was er Ihnen dann erzählt.«

Wieder eine Pause.

»*Ich kenne seine Stiefeltern. Die sind eigentlich ganz nett.*«

»Seine Stiefeltern?«

»*Er ist adoptiert. Er verbrachte die ersten fünf Lebensjahre im Heim, bis er in eine Pflegefamilie kam. Wie gesagt: ganz nette Leute. Sehr bürgerlich. Sie wollten eigentlich, dass er bei der Post beginnt, was er aber nicht getan hat. Sein Vater war sauer deswegen. Ich weiß aber, dass sie im Grunde stolz auf ihn sind. Es fällt ihnen nur schwer, ihm das auch zu zeigen. Und ihm fällt es schwer, ihnen zu zeigen, dass sie seine wahren Eltern sind. Vielleicht war er schon zu alt, bevor er Anschluss bei ihnen gefunden hat.«*

»Was ist aus seinen richtigen Eltern geworden?«

»Sein Vater ist unbekannt. Er hat aber versucht, seine Mutter zu finden, weil er wissen wollte, warum sie ihn weggegeben hatte. Er hat sie auch gefunden …«

»Und?«

»Es war wohl sehr traumatisch. Sie ist immer noch drogenabhängig, genau wie zu seiner Geburt schon. Mittlerweile ein komplettes Wrack.«

»Du meine Güte …«

»Seitdem bin ich so etwas wie seine Familie. Wissen Sie, Ben ist ein guter Junge. Es fehlt ihm nur an Orientierung. Er braucht ein Zuhause. Einen Ort, an den er zurückkehren kann. So etwas, was Sie anscheinend haben. Eine Heimat.«

»Da wird man aber hineingeboren. Das kann man nicht einfach herstellen.«

»Das sehe ich anders. Menschen verändern sich. Manche verlassen ihre Heimat und finden woanders eine neue. Es gibt nicht die eine Liebe, die alles festlegt. Die Welt hat viel zu bieten. Und manchmal muss man länger suchen, bis man findet, was das Herz berührt.«

»Für einen Agenten sind Sie ein ganz schöner Philosoph. Nennt man Sie in der Branche nicht den Hai?«

»Glauben Sie wirklich, dass Ben bei mir ist, weil er mir viel Geld einbringt?«

Romy dachte an Bens Auftritt in einem Stripclub, bei dem er die Kreditkarte seines Agenten hatte glühen lassen. Bis auf den Werbespot hatte Ben ihm so gut wie kein Geld eingespielt. Eher das Gegenteil.

»Die Branche ist das, was sie ist. Ich spiele nach ihren Regeln. Das heißt nicht, dass ich bin wie sie.«

»Offensichtlich«, hatte sie gelächelt.

»Machen Sie weiter, Romy! Versuchen Sie es!«

»Ist nicht so leicht ohne Geld.«

»Vielleicht kann ich auf meine Weise helfen. Es ist Sommer, da machen Politik und Fußball Pause. Journalisten suchen nach Geschichten. Und Ihr Theater, Ihre Alten, das ist eine Geschichte. Ganz sicher!«

»Das bringt Publicity, aber kein Geld.«

»Publicity ist Geld. Machen Sie was draus!«

Sie verabschiedeten sich und legten auf.

Das war vor zwei Tagen.

Sie hatte sich daraufhin mit Ben auf ein Bier im *Muschebubu* getroffen und festgestellt, dass Ben ganz reizend zu ihr war. Und sogar ein sensibler Zuhörer, als sie ihm anvertraute, wie sehr sie nicht nur von Artjoms Diebstahl, sondern auch seiner heimlichen Flucht verletzt war. Er machte keine Witzchen, keine Mätzchen, versuchte auch nicht sie aufzumuntern, sondern hörte einfach nur zu.

Als sie schließlich endete, sagte er: »Ich habe ihm auch geglaubt.«

»Wirklich?«

»Wirklich.«

Romy war überrascht, ihn so zu erleben, so ernsthaft, so zugewandt, ohne den Drang, sich selbst in irgendeiner Weise ins Licht zu rücken.

»Vielleicht hat er selbst auch dran geglaubt. Aber wir sind, was wir sind, nicht? Es setzt sich irgendwann doch durch.«

»Vielleicht, ja.«

Seine Miene hellte sich auf: »Dafür machen wir das Theater jetzt fertig, ja?«

»Das wäre schön, aber …«

»Kein Aber. Sieh mich an! Wir werden dieses Theater zu Ende bauen! Und dann werden wir *Romeo und Julia* aufführen!«

Sie sah ihn erstaunt an: »So kämpferisch, wie kommt's?«

»Weißt du, ich habe in meinem Leben nichts wirklich auf die Reihe gekriegt. Ich fange was an, dann lasse ich es liegen. Ich weiß selbst nicht, wieso. Aber diesmal nicht! Diesmal bringen wir es zu Ende! Und weißt du, warum?«

»Warum?«

»Wegen Bella. Und Anton. Und Emil. Und Karl. Bertha, Hilde und all der anderen. Die haben dieses Theater verdient!«

Sie lächelte: »Das ist lieb von dir.«

Er stand auf und sagte: »Wir bauen dieses Theater! Ich will einmal im Leben was Richtiges machen. Und das mache ich auch!«

Damit schob er den Thekenhocker zur Seite und verließ das *Muschebubu*.

Romy sah ihm nach und wünschte sich, dass er recht haben mochte. Denn er war nicht der Einzige, der noch nie wirklich etwas zu Ende gebracht hatte. Sie zahlte, ging nach Hause und wusste nicht, wie es weitergehen sollte. Sie rief ihre Hausbank an und fragte, ob sie ihren Hof beleihen könnte, und bekam einen Termin. Der Banker war freundlich zu ihr, plauderte über das Dorf und seine Bewohner, über Lene, die er immer gemocht hatte, und eröffnete ihr schließlich die Situation, wie sie sich für ihn darstellte.

Er sagte: »Die Zeiten sind gar nicht schlecht, Häuser zu verkaufen. Die Zinsen sind niedrig, die Mieten hoch. Das gilt vor allem für die Städte. Hier auf dem Land sieht das schon ein bisschen anders aus. Ihr Hof ist rein theoretisch mit dem Grundstück vielleicht hundertzwanzigtausend Euro wert. Vielleicht auch ein bisschen mehr. Oder wie mein Chef immer sagt: Eine Immobilie ist das wert, was ein Narr bereit ist für sie zu zahlen.

Und da liegt auch das Problem: Es gibt keine potentiellen Käufer für Ihre Immobilie. Ohne Ihnen zu nahe treten zu wollen: Niemand will nach Großzerlitsch. In Kleinzerlitsch sieht das ein bisschen anders aus. Es gibt die Hauptstraße, Geschäfte, sogar eine Schule. Aber Großzerlitsch? Was auch immer unsere Bank als Kredit im Gegenzug zu einem Eintrag im Grundbuch geben würde, die Sicherheit wäre nur theoretischer Natur. Wenn Sie nicht zurückzahlen und wir den Hof zwangsversteigern müssten, würde sich immer noch kein Käufer finden.

Und leider haben Sie kein regelmäßiges Einkommen. Wir müssen also fast damit rechnen, dass es zu einem solchen Fall kommen wird. Verstehen Sie, was ich meine?«

Romy verstand.

Sie verließ die Bank noch deprimierter, als sie zuvor schon war. Bei der Einfahrt ins Dorf, sah sie Bella und Karl in ihren Kostümen paradieren, als ob nichts gewesen wäre. Sie mussten doch längst wissen, was passiert war!

Sie näherte sich ihrem Hof und hörte Anton im Theater sägen und runzelte die Stirn: Der machte auch weiter? Dachte denn niemand daran, dass sie ohne Geld nicht mehr handlungsfähig waren? Dass ihr Bankrott nur noch demütigender wurde, je länger sie seine Verkündung hinauszögern würden? Irgendwann mussten alle erfahren, dass sie und ihre völlig verrückte Idee, in diesem Kuhdorf am Ende des Universums ein elisabethanisches Theater zu errichten, nur das Hirngespinst einer Traumtänzerin war. Sie würde das Gespött all derer werden, die es immer schon besser gewusst hatten, und wenn die Alten es nicht endlich zur Kenntnis nahmen und aufhörten, in Kostümen durch die Gegend zu laufen, anstatt sich in stiller Würde auf das Unausweichliche vorzubereiten, würden auch sie sich in aller Öffentlichkeit lächerlich machen.

Sie saß in der Küche, den Kopf auf die Hände gestützt, als es an der Haustür klingelte. Sie öffnete und stutzte, als sie sah, wer sich da auf ihrem Hof versammelt hatte. Sie waren alle gekommen: Bella, Karl, Hilde, Bertha, Emil, Theo, Elisabeth, Luise, Anton und all die anderen. Ben stand an ihrer Spitze und sagte: »Ich habe die letzten Tage mit allen gesprochen und Ihnen die Lage erklärt. Ich habe ihnen auch gesagt, dass wir nicht aufgeben dürfen. Alle sind überzeugt, dass wir das schaffen können. Alle, ohne Ausnahme. Darum haben wir etwas für dich …«

Er griff in seine Hosentasche und zückte ein prall gefülltes Kuvert: »Wir haben alle zusammengelegt. Außer Elisabeth natürlich, die ja schon ihren Teil beigetragen hat.«

Er gab ihr das Kuvert: »Es ist etwas weniger zusammengekommen als das, was du verloren hast, aber ich denke, es ist ein guter Anfang. Na, was sagst du?«

Romy sagte nichts.

Tränen stiegen ihr in die Augen.

Sie umarmte Ben.

Sie umarmte alle anderen.

Und weinte vor Glück.

77.

Das Dorf wandelte sich.

Wie Herbstlaub, das auf grauen Asphalt segelte, tauchten immer öfter Alte in bunten, wuchtigen Kostümen auf.

Sie gingen nicht, sie schritten.

Sie redeten nicht, sie rezitierten.

Und ihre Umgangsformen, die auch vorher schon kaum

Grund zur Klage geboten hatten, trieben geradezu höfische Blüten.

Das Erstaunliche daran war, dass es irgendwie zu dem mittelalterlichen Dorf passte, da die Zeit hier eh stehengeblieben zu sein schien. Und wer sich jetzt hierherverirrte, weil er versehentlich in den falschen Bus gestiegen war, mochte denken, dass er sein eigentliches Ziel nicht um Kilometer, sondern um Jahrhunderte verpasst hatte.

Nach nur ein paar Tagen hatten wirklich alle – außer Theo – ihre neuen Kleider angezogen, auch Theos wirre Mutter. Für sie gab es zwar keine Rolle in dem Stück, aber auch sie sollte nicht außen vor bleiben. Sie suchte, wie schon in den Wochen zuvor, meist Bens Nähe, und man sah die beiden oft Hand in Hand durchs Dorf gehen. Die beiden wirkten ein wenig schräg, aber nicht so schräg wie Anton, der in der Montur eines Landsknechts weiter an den Treppen werkelte. Selbst er hatte Spaß an der Verkleidung gefunden, obwohl ihn im Innern des Theaters kaum jemand sehen konnte.

Am witzigsten von allen jedoch war Emil, der sein Kostüm nicht nur während seiner Arbeitszeit in seinem himmelblauen Supermarktbomber trug, sondern es auch nicht auszog, wenn er seine anderen Kunden aufsuchte. Er trug zu einem nicht unerheblichen Teil dazu bei, dass bald schon Gerüchte auf spitzen Zehen durch das Erzgebirge schlichen, ein Flüstern und Raunen hinter vorgehaltenen Händen, dass es da draußen ein paar verrückt gewordene Alte gab, die die Zeit zurückgedreht hatten. Und die offenbar ein Theater bauten, um darin zu spielen.

Zumindest war das der Klatsch, der der Wahrheit am nächsten kam. Auf dem Weg durch die Dörfer, Straßen, Wege, Felder und Wälder veränderten sich die Geschichten, wurden blumiger oder geheimnisvoller oder einfach nur konfus, je nachdem, wer gerade seine eigene kleine Interpretation wie ein zerriebenes Gewürz beigab, damit die Suppe ein wenig kräftiger schmeckte.

Ob Emil auch im Kostüm einen Elektriker gesucht hatte, wusste niemand so genau, aber eine knappe Woche später brachte er zwei Männer mit ins Dorf, die ausschließlich Tschechisch sprachen und von denen Emil behauptete, dass sie Elektriker wären.

Romy war entzückt.

Zusammen standen sie vor dem Theater, im Theater, hinter dem Theater, und sie erklärte zusammen mit Anton, was sie an Anschlüssen brauchten. Emil übersetzte. Die beiden sprachen nicht viel, nickten mal hier, grübelten mal da. Manchmal sahen sie sich auch nur an, als ob sie telepathisch miteinander verbunden wären, immer dann, wenn einer der Alten im Kostüm vorbeigerauscht kam. Oder Emil einen Federhut aufsetzte und ihn fabelhaft fand. Oder Anton seine Handschuhe anbehielt, auch wenn sie Hände schüttelten.

Sie kritzelten unentwegt etwas in einen Notizblock, rechneten durch, was sie an Material brauchten, wie hoch der Arbeitsaufwand wäre und möglicherweise auch, ob sie sich in diesem Panoptikum überhaupt betätigen wollten. Schließlich sagten sie doch noch etwas. Sogar auf Deutsch:

»Kein Problem.«

Und hielten ihren Notizblock hoch, wo unter vielen Berechnungen, Gekritzel und Maßeinheiten eine Zahl doppelt unterstrichen war: achteinhalbtausend Euro.

Für alles.

Romy schlug sofort ein und lächelte: »Díki!«

Sie nickten, wandten sich Emil zu, murmelten etwas.

Emil nickte und übersetzte: »Sie haben aber eine Bedingung!«

»Und die wäre?«

»Keine Kostüme!«

78.

Die Elektriker fuhren am nächsten Morgen vor und packten aus ihrem kleinen Transporter jede Menge Kabel und Material aus, während die meisten Großzerlitscher nach und nach dazukamen und neugierig beobachteten, wie ihrem Theater langsam das Licht aufging. Alle waren optimistisch, ja beinahe schon euphorisch, denn illuminiert wäre ihr Theater beinahe spielfertig, und sie hätten wirklich geschafft, was niemand zuvor für möglich gehalten hätte.

Der Konjunktiv jedoch war das Glitzerpapier auf dem Geschenk namens Leben, und riss man es ab, um zu nachzusehen, was es für einen bereithielt, ahnte man, dass Gott den Wunschzettel mal wieder nicht hatte richtig entziffern können.

Die beiden schweigsamen Tschechen räumten also den Transporter gerade aus, als jemand Großzerlitsch einen Besuch abstattete, der dem Dorf schon lange nicht mehr seine Aufwartung gemacht hatte. Jedenfalls nicht so, dass es die Alten oder Romy bemerkt hatten. Schon von weitem war sein in die Jahre gekommener VW im Taleingang zu sehen, und als Elisabeth ihn entdeckte, hüpfte sie beglückt auf der Stelle und grinste von einem Ohr zum anderen.

Roman, ihr Sohn.

Er fuhr bis kurz vor das Theater vor und stieg aus. Genau wie seine Frau, die neben ihm gesessen hatte, und seine fünfjährige Tochter Justine, die ihrer Oma entgegenlief und sie fest umarmte.

»Oma, was hast du denn für komische Sachen an?«, fragte die Kleine, als sie sich wieder von ihr losgemacht hatte.

»Das ist ein Kostüm aus der Renaissance. Gefällt es dir?«, fragte Elisabeth zurück.

»Jaaaaa!«

Roman griente schief und sagte: »Stellt euch doch mal zusammen! Ich mache ein Foto!«

Justine und Elisabeth lächelten in die Kamera.

Und alle anderen um sie herum lächelten auch.

Roman machte ein paar Fotos mit dem Handy.

»Das ist also das Theater?«, fragte er schließlich.

Elisabeth nickte: »Soll ich es dir mal zeigen?«

Er zuckte mit den Schultern, was wohl heißen sollte, dass er nichts dagegen hätte. Elisabeth führte ihn, während sich die meisten anderen wieder mit den Elektrikern und deren Arbeit beschäftigten, genau wie die kleine Justine, für die das Theater ein faszinierender Abenteuerspielplatz war. Nur Romy und Ben blieben bei den beiden und folgten ihnen mit ein wenig Abstand.

Elisabeth zeigte Roman die Bühne, die Tribünen, die Fenster und die Decke. Und sie stellte ihm Anton vor, der ihm die Hand gab. Offenbar drückte Roman so fest zu, dass Anton das Gesicht vor Schmerz verzog.

Romy hatte plötzlich kein gutes Gefühl mehr.

Sie traten durch die Tür hinter der Bühne wieder nach draußen, und Elisabeth erklärte ihrem Sohn gerade, dass sie noch eine Zuwegung bauen müssten, damit die Leute trockenen Fußes von den Parkplätzen zum Theater kommen konnten.

Roman blieb stehen und sah in die Richtung, in die Elisabeth zeigte, dann drehte er sich um und sagte zu Romy: »Und das alles von dem Geld meiner Mutter, ja?!«

Alle Freundlichkeit war aus seinem Gesicht verschwunden. Selbst seine Frau, die bisher nichts gesagt hatte, funkelte Romy jetzt böse an.

»Wie meinst du das?«, fragte Romy verdattert.

»Damit meine ich, dass ihr die Gutgläubigkeit meiner Mutter ausnutzt, um an ihr Geld zu kommen!«

»Aber Roman, so ist das nicht richtig!«, warf Elisabeth ein. »Sie haben mich nicht ausgenutzt!«

»Das kannst du wirklich nicht mehr beurteilen, Mutter!«

»Natürlich kann ich das beurteilen! Ich kenne meine Leute! Keiner hier würde mich ausnutzen!«

Roman wurde laut: »Ach ja? Wer, außer dir, hat denn hier noch Geld investiert in diesen Irrsinn?«

Elisabeth, mittlerweile sehr blass, antwortete: »Was ist denn los mit dir, mein Junge?«

Roman schrie: »Was mit mir los ist? Hier wird mein Erbe verprasst, das ist mit mir los!«

Elisabeth schaute ihn mit offenem Mund an.

Ihr war die Szene entsetzlich peinlich, sie wand sich zusehends vor Scham. Ihr Sohn hingegen kam jetzt erst so richtig in Fahrt.

Er fauchte Romy an: »Wie kannst du es wagen, dich so an meine Mutter ranzuwanzen und ihr Geld zu stehlen?«

»Du spinnst wohl! Ich habe nichts gestohlen!«, empörte sich Romy.

Anton trat, vom Geschrei angelockt, aus dem Theater.

»Natürlich hast du das! Du hast dir ihr Vertrauen erschlichen und dann ihr Geld genommen!«

»Moment mal«, schaltete sich Ben ein, »Romy hat gar nichts gemacht! Wenn, dann ist das meine Schuld!«

»Halt du dich da raus, Waschmittelmann!«, schrie Roman.

»Roman, was ist denn das für ein Ton?!«, fragte Anton völlig entgeistert.

»Wo. Ist. Das. Geld. Meiner. Mutter?«, fragte Roman scharf.

Romy, Ben und Anton starrten ihn an, während Elisabeth nur betreten auf ihre Füße blickte.

Romy antwortete: »Das … das ist ein bisschen kompliziert …«

»Ach, ist es das? Versuch's doch mal. Ich hab gerade Zeit!«

»Es wurde gestohlen.«

»WAS?!«

»Wir haben es fast wieder zurück!«, beeilte sich Romy zu sagen, aber Romans Gesicht war anzusehen, dass er genug gehört hatte.

»Jetzt reicht es mir aber! Ich will das Geld meiner Mutter! Und zwar sofort! Bevor es in diesen Scheiß hier verbaut wird!«

Ben sagte: »Das ist kein Scheiß, okay?!«

»Ach nein?! Ihr baut mitten im Niemandsland ein Theater, und das ist kein Scheiß? Wer soll denn hierherkommen?«

Anton antwortete ruhig: »Das ist nicht so wichtig.«

»Hä? Was soll denn ein Theater, wenn keiner reingeht?«

»Es geht nicht um das Theater!«, sagte Anton ruhig. »Es ging nie um das Theater.«

»Worum geht es dann?«

Anton seufzte und sah Elisabeth an: »Weißt du, Elisabeth, ich hab's dir nie sagen wollen, aber die Wahrheit ist: Roman war schon als Kind blöd. Und da hat sich leider nichts mehr dran geändert.«

Ben machte ein seltsam schnorchelndes Geräusch anstelle eines Lachens. Romy verzog unwillkürlich den Mund zu einem Grinsen, das umso breiter wurde, je mehr sie versuchte, es einzudämmen.

Roman lachte falsch.

Dann schrie er: »Schön, dass ihr alle euren Spaß habt! Aber jetzt hab ich meinen! Wo ist das Geld meiner Mutter?!«

Elisabeth sagte leise: »Roman, was ist denn nur mit dir los?«

»Sie nehmen dich aus wie eine Weihnachtsgans, Mutter!«

»Aber das stimmt doch gar nicht!«

Romans Frau versuchte zu schlichten: »Elisabeth, dein Geld ist weg. Und Roman sorgt sich um dich. Sei vernünftig. Du willst doch auch mal Blümchen aufs Grab, wenn der Tag kommt, oder?«

Romy klappte angesichts dieser Unverfrorenheit der Mund auf.

Elisabeth hingegen nickte ergeben.

»Jetzt versteh bitte, dass ich mich um dich sorge, Mutter!«, rief Roman. »Die hier nehmen dich aus, und du bist nicht in der Verfassung, dass du das merkst!«

Anton runzelte die Stirn: »In der Verfassung? Was meinst du denn damit?«

»Damit meine ich, dass meine Mutter nicht mehr einschätzen kannst, was gut und was schlecht für sie ist.«

Er wandte sich ihr zu und legte eine Hand auf ihre Wange. Eigentlich eine zärtliche Geste.

»Und darum mache ich das jetzt für dich!«

Romans Frau nickte ihr aufmunternd zu und flötete mit süßlicher Stimme: »Es ist nur gut für dich, glaub uns. Roman ist wirklich in Sorge!«

»Aber … er muss sich doch nicht um mich sorgen!«, antwortete Elisabeth verdattert. »Es ist alles in Ordnung!«

»Nichts ist in Ordnung, Mutter! Und darum bin ich jetzt hier!«

Er kramte einige Papiere aus seinem Jackett und hielt sie Romy hin: »Das ist eine Vorsorgevollmacht, die ich für meine Mutter übernommen habe. Im Fall einer Beeinträchtigung ihrer Urteilsfähigkeit übernehme ich alle ihre Geschäfte.«

Romy starrte auf das von einem Notar beurkundete Papier, das Elisabeth unterschrieben hatte.

»Elisabeth ist aber nicht eingeschränkt in ihrer Urteilsfähigkeit!«, wandte Romy ein.

»Das hättest du wohl gerne. Ihr braucht sie doch nur anzusehen: im Kostüm! Am helllichten Tag. Und ihr Geld: verschenkt! Aber damit kommt ihr nicht durch! Ich habe ein Foto davon. Und ich kann beweisen, was ihr gemacht habt!«

»Ich bin auch im Kostüm!«, protestierte Anton.

»Dein Geisteszustand ist mir egal!«, fauchte Roman. »Der meiner Mutter nicht!«

Er zückte ein Kuvert, das er ebenfalls Romy gab.

Sie zog den Inhalt heraus.

Roman sagte: »Da ist das Gutachten einer Neurologin drin, das meiner Mutter eine eingeschränkte Geschäftsfähigkeit attestiert. Letzte Woche war eine Vormundschaftsrichterin bei ihr. Der Beschluss ist gestern gekommen. Ich bin ihr gesetzlicher Vormund. Und als solcher fordere ich das Geld meiner Mutter zurück. Sofort!«

Romy starrte auf die Papiere in ihrer Hand.

Anton sagte: »Elisabeth, ist das wahr?«

Sie sah vom einen zum anderen mit einem Ausdruck der Überforderung im Gesicht.

»Natürlich ist das wahr!«, triumphierte Roman.

Seine Frau wandte sich Elisabeth zu und legte ihr beruhigend die Hand auf den Arm: »Keine Angst, Roman kümmert sich jetzt um dich. Jetzt wird alles gut!«

Anton fragte Elisabeth: »Warst du wirklich bei einem Arzt?«

Sie nickte: »Roman hat gesagt, dass es eine Routineuntersuchung wäre.«

»Und war da eine Richterin bei dir?«

Wieder nickte sie: »Ja. Ich hab ihr gesagt, was wir so machen. Und dass Artjom mein Geld gestohlen hat und dass jetzt alles wieder da ist und wir ein Theater bauen und spielen würden. Und ich hab ihr mein schönes Kostüm gezeigt. Sie hat gesagt, dass sie es ganz wunderbar findet. Dann ist sie wieder gegangen.«

Romy schloss die Augen: Wie musste sich das für jemanden anhören, der nichts über Elisabeth, das Dorf oder das Theater wusste? Wie etwas, was sie jetzt in den Händen hielt: Entzug der Geschäftsfähigkeit und der Einsatz eines Betreuungsbevollmächtigten.

»Und jetzt«, sagte Roman, »will ich endlich das Geld meiner Mutter.«

Romy sah hilfesuchend zu Anton, dann zu Ben, aber sie wussten alle, dass sie rechtlich auf verlorenem Posten standen. Roman würde nicht zögern, sie zu verklagen, wenn sie ihm nicht gab, was er wollte. Und er würde ohne Zweifel gewinnen. Und würde es ihnen gelingen, Elisabeths Geschäftsfähigkeit wieder herzustellen? Und vor allem: Wie ginge Elisabeth damit um, wenn sich das Dorf gegen ihren Sohn wandte? Was würde eine Mutter tun, wenn ihr Sohn angegriffen würde? Vor welche Wahl würden sie Elisabeth damit stellen?

Da nickte sie und sagte: »Okay.«

Sie begleitete Roman und dessen Frau zum Hof, öffnete ihr Bargeldversteck und zahlte Roman aus, was sie einst von Elisabeth bekommen hatte: 8 457,34 Euro. Roman steckte alles ein, drehte sich um, stapfte zurück zu seinem Auto und rief nach seiner Tochter.

»Justine? Sag Oma tschüss! Wir fahren jetzt!«

Die Kleine verzog enttäuscht den Mund, lief zu Elisabeth, umarmte sie kurz und rief: »Das Theater ist einfach toll, Oma!«

Dann sprang ins Auto.

Roman startete den Wagen.

Hupte höhnisch zum Abschied und fuhr davon.

79.

Es gehört zu den letzten Rätseln der Menschheit, warum ein angeblich neutrales Schicksal ständig schlechte Nachrichten sammelt, um sie dann alle zusammen loszuschicken. Und warum es das mit guten Nachrichten nie tut. Selbst ein durch und durch wissenschaftlicher Geist muss zugeben, dass der Hinweis auf eine pure Anhäufung von unglücklichen Zufällen eine wirklich fade Erklärung für ein Phänomen ist, das so vielen Menschen im Leben widerfährt. Unglück scheint unwiderstehlich für noch mehr Unglück: Immer eilt es heran, um ein Desaster möglichst noch zu verschlimmern. Hiob konnte auf eine Glaubensprüfung verweisen, doch was ist mit den Atheisten und Andersgläubigen? Wie Romy? Denn sie würde bald feststellen, dass die schlechten Nachrichten für sie gerade erst begonnen hatten.

Roman hingegen hatte seine Mutter ausgetrickst, ihre Sehnsucht nach Familie ausgenutzt und ein Netz geknüpft, das sie für den Rest ihres Lebens zu seiner Gefangenen machte. Sie lebte in ihrem Haus, konnte aber darüber nicht mehr verfügen. Hatte Erspartes, durfte es aber nicht verwenden. Und lebte von ihrer Rente, war aber über die Ausgaben Rechenschaft schuldig.

Schlicht: Sie war ein unmündiges Kind von über siebzig Jahren.

Sie schien es mit Fassung zu tragen, wobei sich Romy fragte, ob ihr überhaupt bewusst war, in welcher Lage sie sich befand. Vielleicht redete sie sich sogar ein, dass sich Roman wirklich um sie kümmerte, um ihr Wohl besorgt war und schützend über sie wachte. In jedem Fall wäre es die angenehmere Wahrheit als die, die sich für die Umstehenden offenbart hatte, dachte Romy.

Sie kehrte auf den Hof zurück, saß in der Küche und hatte auf dem Tisch ausgebreitet, was von dem gesammelten Geld noch übrig war: 123,75 Euro. Tausend hatte Emil für die Stoffe benötigt, knapp achttausendfünfhundert hatte Roman. Und zweitausend waren an die Elektriker als Anzahlung gegangen. Was würde passieren, wenn sie bemerkten, dass sie die nächste Rate nicht zahlen konnte?

Es klopfte an der Haustür.

Sie öffnete und blickte in das Gesicht eines Fremden.

Schlecht rasiert, lauernder Blick, spöttisches Lächeln. Romy schob alarmiert die Tür ganz automatisch ein wenig zu, als ob sie das Innere vor seinen neugierigen Blicken zu schützen versuchte.

»Hallo«, sagte der Mann.

»Was kann ich für Sie tun?«, fragte Romy förmlich.

»Oh, eine ganze Menge. Aber vielleicht sollten wir das lieber drinnen besprechen.«

Romy starrte ihn an und machte dann Anstalten, die Tür zu schließen. Doch der Mann hatte schon einen Fuß dazwischen gestellt und sagte: »Seien Sie vernünftig, Romy!«

»Woher kennen Sie meinen Namen?«, fragte Romy erschrocken.

»Von Artjom.«

Etwas stach in ihrer Brust, als sie den Namen ihres Vaters hörte, und nahm ihr fast die Luft.

»Also, ich müsste etwas mit Ihnen besprechen. Dabei geht es um Ihren Vater. In Ordnung?«

Romy wusste nicht, wie sie reagieren sollte, und ehe sie eine Entscheidung treffen konnte, drängte sich der Mann an ihr vorbei und ging ins Haus. Sie eilte ihm nach und dirigierte ihn in die Küche, wo er sich an den Tisch setzte und sie aufmerksam musterte. Das Geld lag noch darauf, aber er würdigte es mit keinem Blick.

»Was wollen Sie?«, fragte Romy.

»Gerechtigkeit.«

Romy runzelte die Stirn und antwortete: »Ich verstehe nicht …«

Der Mann am Tisch lächelte.

Er war nicht im Geringsten nervös – im Gegensatz zu Romy.

»Sehen Sie, Artjom, Ihr Vater, ist ein zerstörerischer Charakter. Aber das haben Sie ja sicher selbst längst bemerkt …«

Romy suchte Halt und lehnte sich an die Arbeitsplatte ihrer Küche. Er gab sich freundlich, aber sie witterte förmlich, dass er das nur vorschob. Dieser Mann, schien ihr, kannte jede Form von Gewalt, und es erschreckte ihn nicht im Geringsten. Er sprach sehr gut Deutsch, aber wenn man genau hinhörte, konnte man einen leichten Akzent heraushören. Denselben, den auch Artjom hatte: einen russischen.

»Artjom kommt und geht, wie es ihm passt. Und wenn er geht, nimmt er Dinge mit, die ihm nicht gehören. Verstehen Sie?«

»Nein«, log Romy.

»Wissen Sie, es ist weniger der wirtschaftliche Schaden, der entstanden ist. Es ist eher zerstörtes Vertrauen. Das Gefühl, dass man benutzt worden ist. Das ist kein schönes Gefühl, finden Sie nicht auch?«

Romy schwieg.

Sie wusste genau, wovon er sprach.

Dann fragte sie: »Wer sind Sie?«

»Nur jemand, der Gerechtigkeit will.«

»Artjom ist nicht hier.«

Der Mann nickte: »Das weiß ich mittlerweile. Ich war schon mal hier im Dorf, aber da dachte ich, dass ich auf der falschen Spur wäre. Ein bedauerlicher Irrtum. Denn dass Sie seine Tochter sind, weiß ich erst seit gestern.«

Romy schluckte: Anton hatte ihr von jemandem erzählt, der durchs Dorf geschlichen war und den er für einen versprengten Touristen gehalten hatte. Wie konnte er sich nur so irren? Artjom hingegen hatte die Gefahr gewittert. Sie erinnerte sich plötzlich an seine seltsame Frage im *Muschebubu*, ob jemand nach ihm gefragt hätte.

»Ich weiß nicht, wo Artjom ist. Er ist verschwunden.«

»Ja, das passt zu ihm. Er enttäuscht die Menschen in seiner Umgebung, und dann stiehlt er sich davon.«

»Ich kann Ihnen nicht helfen«, antwortete Romy fest.

Doch der Mann schüttelte nur lächelnd den Kopf: »Sehen Sie, ich hatte gehofft, dass Sie ein wenig entgegenkommender wären. Nicht so wie Ihr Vater.«

»Ich weiß nicht, wie ich Ihnen helfen soll«, sagte Romy hilflos.

»Ich will es Ihnen gerne verraten. Ihr Vater schuldet mir Geld. Er hat es sich geliehen, und dann ist er verschwunden. Ein Mann in meiner Position kann es sich aber nicht leisten, dass man ihn betrügt, verstehen Sie?«

»Ich weiß wirklich nicht, wo mein Vater ist!«

»Das glaube ich Ihnen sogar. Sie sehen wie ein ehrlicher Mensch aus. Von daher fällt es mir etwas schwer, Sie darum zu bitten, die Schuld Ihres Vaters zu begleichen.«

Wieder lächelte er. Aber Romy sah ihm an, dass er sie nicht um einen Gefallen gebeten hatte.

»Mein Vater hat mir selbst Geld gestohlen. Alles, was ich hatte.«

»Da sehen Sie, was für ein Mensch er ist. Das ändert aber nichts an der Tatsache, dass er mein Geld auch gestohlen hat. Weiß der Teufel, was er damit gemacht hat, es geht mich ja auch nichts an, aber klar ist auch: Ich will es zurück. Mit Zinsen!«

Romy dachte an die Russen, die die Scheune ausgeräumt hatten. Und an den Stromgenerator. Und auch an Theos Rechnung für das Zimmer. Hatte er dafür das Geld gebraucht? Aber warum war er dann davongelaufen? Romy hätte ihm geholfen, wenn er ihr davon berichtet hätte. Oder war es eine alte Rechnung, die da beglichen werden sollte? Aus seinen Zeiten in Russland? Als er gesessen hatte?

»Sind Sie einer der Männer, die mit ihm ins Gefängnis gegangen sind? Wegen dieser Sache mit dem … Zug?«, fragte Romy vorsichtig.

Der Mann sah sie mitleidig an: »Mein armes Kind, es tut mir richtig weh, zu sehen, wie er Ihr Vertrauen missbraucht hat. Aber Sie müssen sich bitte eines merken: Ihr Vater ist ein Betrüger. Um seine Ziele zu erreichen, würde er Ihnen alles versprechen, Ihnen jede Lüge erzählen.«

Romy wurde blass.

Sie griff sich erschrocken an den Hals und fragte: »Dann hat es diesen Beamten nie geben, der … umgekommen ist?«

»Es hat keinen Beamten gegeben. Und keinen Zug. Es hat immer nur eines gegeben: Artjom, den Lügner. Verstehen Sie doch endlich: Ihr Vater ist ein Spieler. Immer auf der Suche nach dem schnellen Geld. Er spielt, und wenn er verliert, verschwindet er. Das ist die ganze Geschichte. Es gibt nicht mehr.«

Romy schluckte schwer. Sie war sich sicher, dass der Mann, der vor ihr saß, die Sache mit der Lüge auch ganz gut beherrschte, aber jetzt gerade glaubte sie ihm. Er hatte einfach keinen Grund, sie anzulügen. Sie wussten es beide.

»Und wie soll es jetzt weitergehen?«, fragte Romy mit zittriger Stimme.

»Das ist ganz einfach. Artjom ist verschwunden, und es ist gut möglich, dass ich ihn niemals finde. Daher werden Sie seine Schuld begleichen. Sie können es sich ja wieder von ihm zurückholen, sollte er hier wieder auftauchen. Denn bei mir wird er sich ganz sicher nicht melden.«

»Wie viel schuldet er Ihnen denn?«

Der Mann zuckte mit den Schultern: »Es ist eigentlich nicht so viel. Knapp dreitausend Euro. Aber die Zinsen! Und der Ärger, ihn aufzuspüren. Sehen Sie, Sie sind ein netter Mensch. Und Sie können auch nichts dafür, dass Ihr Vater ein verkommener Bastard ist, daher will ich Ihnen entgegenkommen. Sagen wir … achttausend Euro.«

»WAS?«

»Ich denke, Sie brauchen ein wenig Zeit, das Geld aufzutreiben. Drei Tage?«

»Ich kann Ihnen das Geld nicht geben! Sehen Sie das Geld neben Ihnen auf dem Tisch? Das ist alles, was ich noch habe?«

Der Mann sah auf die 123,75 Euro, als würde er sie zum ersten Mal bemerken, und strich sie mit einer Handbewegung ein: »Tja, das ist nicht viel, aber für ein Taxi sollte es schon reichen.«

Er stand auf und sagte: »Achttausend Euro, in drei Tagen.«

»Und wenn ich das Geld nicht habe?«

»Das wäre nicht gut, Romy. Wirklich nicht gut.«

»Aber ich habe keine achttausend Euro.«

Der Mann sah zum Küchenfenster hinaus. Über die Wiese zum Theater. Dann nickte er: »Wie ich gesehen habe, bauen sie dort drüben ein Theater. Ich liebe Theater! Und was sie dort geleistet haben, ist wirklich beeindruckend. Und alles aus Holz! Echte Handarbeit! Es wäre eine Schande, wenn es nicht eröffnet werden könnte …«

Romy folgte seinem Blick nach draußen.

»So ein schönes Theater, aber stellen Sie sich vor, wie schnell sowas brennt …«

Der Mann kam auf sie zu, packte sie hart im Gesicht an und sagte: »Und es wird brennen, wenn das Geld nicht da ist. Oder wenn plötzlich Polizei auf dem Hof steht. Dann wäre all die Arbeit umsonst gewesen. Das Theater würde in Rauch aufgehen, und Sie würden jeden Tag auf die Ruine sehen und sich vorwerfen, dass Sie nicht alles dafür getan hatten. Glauben Sie mir: Das wird kein schönes Gefühl sein!«

Er ließ sie los und wandte sich zum Ausgang, drehte sich noch einmal um: »Wir werden uns so oder so nicht mehr wiedersehen. In drei Tagen wird jemand nach dem Geld fragen, und wir beide werden wissen, wie es weitergeht. Leben Sie wohl!«

Sie hörte ihn hinausgehen.

Die Haustür fiel ins Schloss.

Erst jetzt löste sich Romys Verkrampfung, erst jetzt spürte sie seine Finger schmerzhaft im Gesicht.

Sie setzte sich mit weichen Knien und begann zu zittern.

80.

Wie lange sie dasaß, um wieder zu sich zu finden, bemerkte sie erst, als die Sonne über den Wipfeln unterging und lange Schatten nach den Häusern Großzerlitschs griffen und sie unter sich begruben. Dann erst raffte sie sich auf, machte Kaffee und dachte nur darüber nach, was nun werden sollte. Das Theater würde brennen, sie hatte keine Zweifel, dass die Drohung wahr werden würde. Alles würde verbrennen und zu Asche zerfallen. Das einzig Positive daran, wenn man es denn positiv sehen wollte, war, dass der Brand ihre Pleite in der Öffentlichkeit erträglicher machen würde. Es wäre dann für jedermann ersichtlich, warum das Theaterstück nicht stattfinden konnte.

Aber nein! Sie durften nicht aufgeben! Sie mussten eine Lösung finden und wenn sie Nacht für Nacht Wache halten müssten. Sie brauchte Rat und wusste nur einen, der ihr helfen könnte: Anton.

Sie lief rüber zum Theater und hörte ihn immer noch werkeln. So bemerkte er auch nicht, wie sie eintrat, weil er gerade ein Brett über die Kreissäge schob und es anschließend zu ein paar anderen legte. Er rieb sich die Hände und verzog das Gesicht. Als er sich wieder umwandte, bemerkte er Romy.

»Hallo, Täubchen, willst du helfen?«

»Was machst du gerade?«

»Stufen.«

Romy sah sich um: Eine Treppe stand, eine weitere war bereits vorbereitet. Nicht auszudenken, wenn das alles hier zerstört werden würde.

»Hast du einen Moment Zeit?«, fragte sie.

Er nickte und bot ihr einen Platz auf dem Stapel Stufen an. Sie setzte sich neben ihn und überlegte, wie sie am besten beginnen konnte.

»Wir haben ein Problem, ein ziemlich großes …«

»Na ja, ist nicht das erste. Die beiden Tschechen arbeiten gut, und bis sie die nächste Rate wollen, haben wir bestimmt etwas Geld aufgetrieben.«

»Das ist leider nicht alles.«

»Was denn noch?«, fragte Anton.

»Artjom.«

Er schwieg.

Romy erzählte ihm vom Besuch und auch von der Drohung. Anton hörte ruhig zu, dann dachte er nach und antwortete schließlich: »Wenn sie das Theater abfackeln wollen, werden wir das nicht verhindern. Selbst wenn wir Wache halten würden. Und wer weiß, was passiert, wenn wir versuchen, sie daran zu hindern. Diesen Menschen sind wir nicht gewachsen, mein Kind.«

»Aber was soll ich denn jetzt tun? Ich habe das Geld nicht!«

Anton kratzte sich am Kopf.

»Ich habe noch etwas Erspartes …«

»Nein, Anton, das geht nicht! Ihr habt so viel für mich getan … es geht wirklich nicht!«

Anton lächelte: »Wir haben das nicht nur für dich getan, Täubchen.«

»Trotzdem …«

»Pass auf, ich geb dir das Geld, und sobald wieder etwas reinkommt, zahlst du es mir zurück. Zug um Zug. Ich muss nur sehen, dass meine Frau es nicht mitbekommt. Sie hat Angst, dass wir irgendwann völlig pleite sind.«

»Hast du denn noch Reserven?«

»Nein.«

»Das kann ich nicht annehmen, Anton. Wirklich nicht!«

»Doch, das wirst du. Ich habe hier viel Arbeit reingesteckt. Ich will nicht, dass alles zerstört wird.«

Romy zögerte.

Dann beeilte sie sich zu sagen: »Ich geb dir alles, was ich bekomme. Ich verspreche es!«

»Das weiß ich doch, meine Blume. Jetzt müssen wir zusehen, dass alles bis Oktober fertig wird …«

Romy grinste: »Na gut, mein Ritter in der Not! Hand drauf! Du bekommst dein Geld zurück. Mit Bonus!«

Er lächelte und schlug ein: »Auch ohne Bonus.«

Romy sah an seinen Augen, dass er einen Schmerz unterdrückte. Seine Hand lag in ihrer und fühlte sich trotz Handschuh seltsam an. Da drückte sie ein wenig zu und sah, dass Anton zusammenzuckte und gleichzeitig einen Witz versuchte: »Vorsicht, du hast einen Händedruck wie ein Bauarbeiter …«

Sie ließ ihn los und antwortete: »Zeig mir deine Hände, Anton!«

»Ach, lass, Täubchen. Die Allergie sieht wirklich nicht schön aus.«

»Zeig mir deine Hände!«

»Wirklich, das ist nichts für dich.«

»Die Hände, Anton! Zeig sie mir! Jetzt!«

Er zögerte, dann zog er die Handschuhe langsam aus.

Romy riss die Augen auf und hob vorsichtig seine Hände etwas an: Alle Knöchel waren geschwollen. Eine schwere Arthritis. In beiden Händen. Der bloße Anblick tat schon weh –

Romy konnte nicht glauben, dass er damit die ganze Zeit gearbeitet hatte.

»Mein Gott! Anton!«

»Das sieht jetzt schlimmer aus, als es ist«, versuchte er sie zu beruhigen.

»Du musst furchtbare Schmerzen haben!«

»Ich nehme Tabletten. Damit geht es ganz gut. Wirklich!«

Romy sah ihn an: »Damit kannst du nicht weiterarbeiten, Anton.«

»Wer soll es denn sonst machen, Täubchen?«

»Dann müssen wir jemanden finden, der für dich einspringt. Oder unter deiner Anleitung arbeitet. Du brauchst Ruhe! Bitte!«

»Wir werden sehen«, antwortete Anton und zog die Handschuhe wieder an. »Ich werde es ein bisschen ruhiger angehen lassen.«

»Warst du damit beim Arzt?«

»Ich habe das schon lange. Es ist leider nicht heilbar. Mach dir keine Sorgen, ich kann gut damit umgehen. Versprochen!«

Sie wusste nicht, was sie sagen sollte. Dieses Theater hatte bereits zu viel gefordert: Bertram war tot, Elisabeth entmündigt, Anton krank und sie selbst bestohlen, verlassen und vollkommen pleite. Das war ein hoher Preis dafür, dass sie sich ins Leben zurückgekämpft hatten.

Rechnungen mit dem Schicksal jedoch kann man nicht verhandeln. Weder über die Höhe noch über die Notwendigkeit, sie zu begleichen. Und immer wenn man glaubt, das Schlimmste überstanden zu haben, offenbart sich das wahre Ausmaß des Schreckens. Das ist Teil des letzten großen Rätsels, der Heimsuchungen, denen sich Menschen auf die eine oder andere Weise unterziehen müssen. Für Romy bedeutete dies, dass sie schon bald erkennen musste, dass das Konto noch lange nicht ausgeglichen war.

Der Preis war höher als vermutet.

Viel höher.

81.

Genau drei Tage vergingen, als am frühen Nachmittag ein zwielichtiges Bürschchen an Romys Haustür klopfte und fragte, ob sie etwas für ihn hätte. Romy übergab ihm ein Geldkuvert.

»Wollen Sie nicht nachzählen?«, fragte sie.

Der junge Mann schüttelte den Kopf und steckte das Kuvert ein: »Du bist nicht so dumm, uns zu bescheißen.«

Sagte es und verschwand.

Zwei weitere Tage dauerte es, bis die schweigsamen Tschechen bei Romy vorstellig wurden und eine weitere Rate verlangten. Romy bat um etwas Aufschub und sah nur, wie die beiden sich auf diese seltsame telepathische Art ansahen und dann kehrtmachten.

Am nächsten Tag erschienen sie nicht zur Arbeit.

Anton hatte tatsächlich zwei Tage pausiert, sich dann aber wieder an die Kreissäge gestellt, Romy vertröstend, dass die Schwellungen deutlich abgenommen hätten. Seine Hände allerdings zeigte er ihr nicht mehr. Einen Kontakt zu den beiden Elektrikern hatte er nicht, nicht einmal eine Handynummer. Eigentlich konnte nur noch einer vermitteln: Emil.

»Wo ist Emil?«, fragte Romy.

Anton schüttelte den Kopf: »Er ist seit zwei Tagen nicht mehr da gewesen.«

Sie zückte ihr Handy und wählte Emils Nummer, doch niemand nahm ab. Sie sprach ihm auf seine Mailbox und bat dringend um Rückruf, aber Emil rief nicht zurück.

Am Nachmittag versuchte sie es erneut, aber wieder sprang

nur die Mailbox an. Eine Weile hockte sie noch in der Souffleusenkammer, folgte den Proben der Alten, hörte die Anweisungen Bens, wählte in jeder kleineren Pause Emils Nummer. Dass Emil nicht zurückrief, war mehr als ungewöhnlich. Dann wurde es ihr zu viel, sie stieg hinauf auf die Bühne und unterbrach die Proben.

»Kann ich euch mal was fragen?«

Karl und Bella auf der Bühne, Anton, Ben, Hilde, Bertha und ein paar andere daneben sahen sie neugierig an und hielten mit dem, was sie gerade taten, inne.

»Weiß jemand von euch, wo Emil wohnt?«

Die Frage schien sie ziemlich zu überraschen, Blicke wanderten vom einen zum anderen und hinterließen in allen Gesichtern einen Ausdruck der Verwunderung, denn niemand schien sich das je gefragt zu haben.

»Irgendetwas?«, fragte Romy. »Hat er mal erwähnt, woher er kommt oder wo er sich oft aufhält?«

»Er hat mal von Litvínov gesprochen. Ich glaube, seine Eltern waren von da«, antwortete Bella.

»Sonst nichts?«

Sonst nichts.

»Dann ruft doch mal bitte die anderen an. Vielleicht weiß jemand etwas, Ben?«

»Meine Königin?«

Romy verdrehte die Augen, dann sagte sie: »Wir müssen ihn finden. Karl? Bekomme ich dein Auto?«

Karl nickte.

Ben klatschte in die Hände und sagte: »Gut, das war's dann für heute! Gute Arbeit, meine Lieben. Morgen dritter Akt, erste Szene. Hilde, Bertha und Theo.«

Sie trafen sich wenig später vor dem *Muschebubu* und waren nicht viel schlauer. Theo wusste, dass er nicht in Litvínov wohnte, sondern in einem kleinen Dorf in der Nähe, aber mehr hatte er nicht in Erfahrung bringen können. Ben und Romy starteten den Wagen und fuhren los.

In der Nähe von Seiffen fuhren sie über die Grenze und erreichten bald schon Litvínov. Sie hielten nach einem blauen Supermarkttransporter Ausschau, was aber, wie sie schnell bemerkten, ziemlich sinnlos war. Es gab eine Menge Autos und Lkws in Litvínov, einen himmelblauen unter ihnen auszumachen hätte schon an ein Wunder gegrenzt.

»Halt mal da vorn!«, verlangte Ben und zeigte auf eine Bushaltestelle, an der eine Gruppe von Menschen wartete.

Ben stieg aus und fragte die Wartenden, ob jemand Deutsch sprach. Einige nickten und antworteten, dass sie ihn zumindest verstanden. Er fragte nach einem Händler namens Emil mit einem blauen Transporter, erntete aber nur Schulterzucken.

»Gibt es denn einen Großhandel hier? Oder einen billigen Supermarkt? Wo Händler ihre Waren kaufen?«

Einer wusste es und schrieb ihm die Straße auf. Es war nicht weit und glücklicherweise leicht zu finden. Ein paar Minuten später fuhren sie auf einen großen Parkplatz, und Ben eilte ins Gebäude, das aussah wie eine alte Markthalle. Ein paar Minuten später verließ er es wieder, rannte zurück zu Romy und stieg in den Wagen.

»Wir müssen zurück. Nicht weit von hier gibt es ein kleines Kuhdorf, Sedlo. Da soll er wohnen. Er heißt übrigens Němec. Wusstest du das?«

Romy schüttelte den Kopf: »Nein.«

Sie fuhren wieder zurück, folgten Serpentinen hinauf durch dichten Fichtenwald und erreichten nach einigen Fehlversuchen Sedlo in der beginnenden Dämmerung. Wieder hielten sie im Dorf, wieder fragte Ben nach Emil und erhielt zur Antwort, dass er auf einem einsamen Hof etwas außerhalb Sedlos wohnen würde. Sie folgten der Beschreibung, verließen das Dorf und bogen in einen Feldweg, an dessen Ende ein altes Bauernhaus wartete.

Davor: Emils himmelblauer Supermarktbomber.

Romy hupte, um ihr Kommen anzukündigen, aber im Haus rührte sich nichts. Sie stiegen aus, gingen bis zur Haustür und klopften, aber niemand öffnete.

»Und jetzt?«, fragte Romy hilflos.

»Er muss hier sein«, sagte Ben. »Oder er hat noch ein zweites Auto. Aber zu Fuß ist er sicher nicht unterwegs. Dafür liegt das alles hier zu weit draußen.«

Sie umrundeten das Haus, linsten durch die Fenster, sahen in einfache, aufgeräumte, aber unpersönliche Räume. Nichts schien darauf hinzudeuten, dass jemand da war. Sie wollten gerade aufgeben, als Ben an der Hintertür ruckelte und sie überraschenderweise offen vorfand.

Er trat ein und rief: »Emil?! Bist du da?«

Sie schlichen wie Diebe durchs Haus, leise, als ob sie jederzeit Emils Ankunft befürchteten und ihm dann peinlich berührt erklären müssten, was sie so ungefragt in seinem Haus taten.

Sie stiegen eine Treppe hinauf in den ersten Stock.

»Emil?«, rief Romy.

Sie öffneten die Türe zum Schlafzimmer.

Emil lag auf dem Boden.

Romy stürzte sich zu ihm hinab und schrie: »EMIL?!«

Er antwortete nicht.

»Was ist mit ihm?«, rief Ben erschrocken. »Ist er …«

Er wagte nicht, den Satz zu vollenden, während Romy ihre Finger auf seine Halsschlagader drückte.

»Er lebt noch!«, rief sie erleichtert. »Wir brauchen einen Krankenwagen!«

»Ich kenn die Nummer dafür nicht. Wir sind in Tschechien!«, antwortete Ben.

Er kniete kurzerhand ab und hob Emil auf die Arme. Er war viel leichter, als er es erwartet hätte. Dann stürmte er mit ihm und Romy die Treppen hinab zum Auto.

Sie rasten zurück ins Dorf und klingelten an der ersten Haustür.

Riefen den Notarzt.

Und hörten bald in der Ferne die Sirenen.

82.

Die Krušnohorská poliklinika in der Žižkovastraße war ein wenig inspirierender Kastenbau, in dem aber genügend Ärzte arbeiteten, die Emil das Leben retteten. Er war nicht nur dehydriert, er war vor allem dramatisch überzuckert, was zu einem hyperglykämischen Koma geführt hatte.

Emil hatte nie jemandem verraten, dass er Diabetiker war. Offenbar hatte sich die Überzuckerung über Nacht so stark aufgebaut, dass er am Morgen nicht mehr in der Lage war aufzustehen. Er schlief erneut ein, aus Schlaf wurde Koma, und die Ärzte versicherten Romy und Ben, dass er wenige Stunden später daran gestorben wäre.

Einstweilen war er über den Berg und ruhte jetzt – angeschlossen an Überwachungsgeräten in der Intensivstation. Ein paar allgemeine Tests sollten sicherstellen, dass man ihn bald schon wieder entlassen konnte. Man empfahl Ben und Romy, nach Hause zurückzukehren, was sie schließlich auch taten.

Emil war am selben Abend natürlich das Topthema im *Muschebubu*. Die Alten nahmen großen Anteil an dem Drama und versicherten, ihn bald schon zu besuchen.

Romy indes saß auf einem Tresenhocker und starrte in ihr halbvolles Glas Bier, bis Hilde sie fragte, was mit ihr los war.

Sie drehte sich zu ihren Alten und sagte: »Ich hab nicht mal seinen Nachnamen gewusst …«

Augenblicklich verstummten die Gespräche.

»Ich kenne ihn, seit ich Kind bin, er kommt seit fünfundzwanzig Jahren zu uns, ist immer freundlich, immer hilfsbereit, immer da, wenn man ihn braucht. Er war der Erste, der das Theater mit mir bauen wollte, hat fast alles beschafft, hat geschuftet wie ein Tier, und ich kannte nicht mal seinen Nachnamen.«

Die Alten sahen betreten aus.

Auch Theo, der nie um einen Einwand verlegen war, hatte aufgehört, Gläser zu polieren, und starrte auf sein Spülbecken, als ob von dort Emils Gesicht an die Wasseroberfläche gestiegen wäre und zu ihm rübersah.

»Und warum haben wir ihm das Leben gerettet? Weil wir uns Sorgen gemacht haben? Nein, weil wir ihn mal wieder gebraucht haben. Er hätte *uns* aber gebraucht. Zwei Tage hat er auf dem Boden gelegen, und nur der Zufall hat ihn gerettet. Weil die Elektriker, die er uns vermittelt hat, nicht mehr zur Arbeit erschienen sind. Was, wenn sie einen Tag später nicht mehr gekommen wären? Dann wäre Emil jetzt tot.«

»Du nimmst dir das zu sehr zu Herzen, Romy«, sagte Luise beruhigend. »Auch wenn wir Emil alle gern haben und er uns oft geholfen hat: Er ist nicht von hier.«

»Muss man denn hier geboren sein, um von hier zu sein?«, fragte Romy zurück.

»Ich finde schon.«

Theo schüttelte den Kopf: »Romy hat recht. Wir haben ihn nicht gut behandelt. Er hat mehr verdient, als nur Emil ohne Nachnamen zu sein.«

Er sah vom einen zum anderen.

»Die Frage ist doch, können wir das wiedergutmachen?«

»Ich könnte einen Kuchen backen«, schlug Bella vor.

»Lieber was anderes«, antwortete Anton schnell.

»Hast du etwa was gegen meine Kuchen?«

»Nein, nein, aber Emil ist doch zuckerkrank. Da ist sowas bestimmt nicht gut.«

Ben lehnte sich zu Romy rüber und flüsterte: »In dem Kuchen wird bestimmt alles Mögliche sein, bloß kein Zucker …«

Bella gab nicht auf: »Dann vielleicht einen schönen Braten? Das Essen im Krankenhaus ist doch bestimmt scheußlich.«

»Kein Essen!«, bestimmte Anton.

»Pöh!«, machte Bella beleidigt und bestellte einen Wein.

Bertha fragte: »Vielleicht machen wir ein schönes Foto von uns? Mit Rahmen? Und wenn er wieder gesund ist, geben wir ihm zu Ehren ein kleines Fest?«

»Das ist eine schöne Idee!«, fand Anton.

Und auch die anderen stimmten zu.

Sie schossen das Foto am nächsten Tag im Theater. Alle hatten sich auf der Bühne versammelt, und dreizehn von ihnen hielten jeweils ein DIN-A 4-Blatt mit einem Buchstaben in die Höhe: GUTE BESSERUNG. Romy fuhr damit nach Kleinzerlitsch, ließ die digitale Aufnahme auf dreizehn mal achtzehn vergrößern und kaufte dazu noch einen schönen Rahmen. Zusammen mit ein paar Luftballons und einem Strauß Blumen machte sie sich mit Ben auf den Weg nach Litvínov.

Am Empfang sagte man ihnen, dass Emil auf eine normale Station verlegt worden war, was sie als gutes Zeichen werteten. Im zweiten Stock bogen sie auf die Station Innere Männer und fragten im Schwesternzimmer nach Emil Němec. Ein Arzt hatte offenbar gerade die Visite beendet, und als er Ben und Romy sah, sprach er sie erst auf Tschechisch, dann auf Deutsch an.

»Sind Sie mit Herrn Němec verwandt?«

Bevor Romy verneinen konnte, antwortete Ben: »Ich bin sein Neffe. Aus Deutschland.«

Romy sah ihn scharf an: Offenbar bekam Ben seine kleinen und großen Schwindeleien immer noch nicht in den Griff.

»Bitte folgen Sie mir.«

Ben zuckte mit den Schultern und begleitete den Arzt ins Sprechzimmer. Ein paar Minuten stand Romy unschlüssig auf dem Flur. Als Ben zurückkehrte, sah er blass aus, geradezu schockiert.

»Was ist los?«, fragte Romy erschrocken.

Er zögerte mit der Antwort.

Dann sagte er: »Emil wird sterben.«

Romy war, als würden alle Geräusche um sie herum verstummen. Als würde die Luft aus dem Flur entweichen und sie in einem Vakuum zurücklassen.

Da standen sie beide, Luftballons und Blumen in den Händen.

Und ein Foto mit lachenden Alten: Gute Besserung.

83.

Sie standen lange dort auf dem Flur und wussten nicht, was sie sagen sollten. Ihre Geschenke fühlten sich so falsch an, so unangemessen, dass sie sich unsicher waren, ob sie sie mit in Emils Zimmer nehmen sollten. Schließlich entsorgte Romy zumindest die Luftballons und hoffte, dass Emil sich trotzdem über das Foto freuen würde, selbst mit den Besserungswünschen darauf, die in seiner Situation wie blanker Hohn klingen mussten.

Sie fanden ihn in recht aufgeräumter Stimmung vor, was Romy befürchten ließ, der Arzt hätte ihm die schlechten Nachrichten gar nicht mitgeteilt, aber als Ben damit herausplatzte, dass er sich als seinen Neffen ausgegeben hatte, sagte er nur: »Dann wisst ihr es also …«

Sie schwiegen eine ganze Weile.

Romy vergrub ihre Finger in den Blumenstängeln, während Ben unschlüssig das Bild in den Händen drehte.

»Wie geht es dir denn?«, fragte Ben, um die Stille zu durchbrechen.

Emil runzelte die Stirn: »Es ist schon eine Ironie. Da funktioniert meine Bauchspeicheldrüse mein halbes Leben lang nicht. Und dann bekommt das unnütze Ding auch noch Krebs.«

»Es tut mir so leid, Emil«, sagte Romy leise.

»Tja …«

Wieder schwiegen sie.

Was sagte man in einem solchen Moment? Welche Worte des Trostes hörten sich nicht fad an? Gab es im Angesicht dessen, was unumkehrbar war, etwas, was Mut machen konnte? Romy dachte angestrengt darüber nach, aber es fiel ihr nichts ein, was das Niveau eines Kalenderspruchs überstieg.

»Vielleicht ist es besser so«, seufzte Emil. »Ich hatte nie viel Glück im Leben.«

»Das darfst du nicht sagen, Emil!«, protestierte Romy.

Er winkte müde ab und sagte: »Weißt du, ich war immer nur Emil, der Händler. Emil, der zu allen fährt, aber niemals ankommt. Weißt du noch, als ich dir mal gesagt habe, dass ich im Taxi geboren wurde und deswegen nie nach Hause finden kann?«

»Ja, na klar.«

»Es ist wahr. Ich bin wirklich in einem Taxi geboren worden. Meine Mutter starb dabei. Mein Vater folgte ihr, als ich vierzehn war. Und ich habe einfach angefangen zu arbeiten.«

»Hast du noch Verwandte? Gibt es jemanden, den wir für dich anrufen sollen?«, fragte Ben.

»Nein, es gibt niemanden mehr. Ich bin der Letzte.«

»Der Arzt sagt, du könntest eine Chemotherapie beginnen. Das hat in der Regel doch guten Erfolg?«, fragte Ben hoffnungsvoll.

Emil schüttelte den Kopf: »Der Krebs ist schon in der Leber und in den Lymphknoten. Und ich will keine Chemo. Ich habe Menschen gesehen, die das gemacht haben … das will ich nicht. Ich kann den Tod damit ohnehin nur ein bisschen hinauszögern. Aufhalten kann ich ihn nicht.«

»Bist du sicher, Emil? Ein paar Monate, vielleicht ein Jahr mehr ist doch ein Gewinn!«, sagte Romy.

»Ein Gewinn für wen? Für mich?«

Er schüttelte den Kopf.

»Nein, es ist, wie es ist. Ich muss es akzeptieren. Und ich akzeptiere es auch.«

Romy wollte erst widersprechen, schwieg dann jedoch. Emil machte einen gefestigten Eindruck, und sie wollte ihn nicht mit einer unnötigen Diskussion nerven.

»Wie soll es denn jetzt weitergehen?«, fragte Ben schließlich.

»Na ja, eine Weile werde ich wohl noch gut klarkommen. Aber ich werde Gewicht verlieren, Verdauungsstörungen und Schmerzen haben. Es gibt ganz gute Medikamente dagegen, wie ich hörte, sodass es wohl nicht ganz so schlimm werden wird. In jedem Fall werde ich irgendwann wieder ins Krankenhaus müssen. Und es nicht mehr verlassen.«

Romy saß still neben seinem Bett und versuchte, sich Emil in diesem Krankenzimmer vorzustellen.

Langsam dahinsiechend.

Grundversorgt von einer Schwester, für die er nur jemand war, der bald sterben würde. Er konnte aus dem Fenster blicken, würde dort aber nur auf die grauen Betonwände vom Nachbargebäude starren. Es gab nicht einmal einen Fernseher zur Unterhaltung.

Doch das Schlimmste würde sein, dass er alleine war. Niemand, der an seinem Bett säße und ihn fragte, wie es ihm ginge. Er würde hier liegen, in diesem weiß gestrichenen Zimmer und sterben. Und keinen würde es weiter interessieren.

Sie stand auf und setzte sich zu ihm ans Bett: »Zieh zu mir, Emil!«

Er sah sie ganz verdutzt an.

»Wie?«

Romy nickte und sagte dann bestimmt: »Du ziehst zu mir!«

»Wirklich?«, fragte er.

»Ja, wirklich. Ich werde mich erkundigen, ob du auch bei mir zu Hause gepflegt werden kannst. Aber eines ist sicher: *Hier* wirst du nicht sterben!«

»Ich … ich … weiß nicht, was ich sagen soll, Romy!«

»Täubchen!«, lächelte Romy. »Alle meine Leute sagen das.«

Er lächelte: »O.k., mein Täubchen.«

»Gib mir ein paar Tage. Dann hol ich dich hier raus, einverstanden?«

Emil nickte.

Er rang sichtbar mit seiner Fassung, und als Romy zu Ben blickte, sah sie, dass auch der sich die Augen rieb. Sie drückte kurz Bens Hand, dann wandte sie sich wieder Emil zu: »Ich möchte, dass du mir eines versprichst …«

»Wa … was?«

»Du wirst mit uns spielen.«

»Wenn ich kann …«

»Natürlich kannst du!«, rief Ben euphorisch. »Du bist ein fantastischer Bruder Lorenzo. Der Beste, den ich je gesehen habe!«

Emil lächelte geschmeichelt: »Jetzt übertreibst du aber …«

»Nein, tue ich nicht. Ohne dich ist es nicht dasselbe.«

»O.k., ich geb mir Mühe, nicht vorher zu sterben.«

Ben lächelte: »Das ist die Einstellung, die wir brauchen.

Also, wir spielen. Und du wirst die Vorstellung deines Lebens geben!«

Sie gaben sich die Hände.

Verließen das Zimmer mit neuem Mut.

Ben hielt das Foto mit Rahmen in den Händen und warf es im Vorübergehen in einen Mülleimer.

Emil brauchte kein Foto.

Er brauchte die Alten darauf.

84.

Bürokratie war nicht nur ein deutsches Phänomen, sie war auch in Tschechien nicht ganz unbekannt. Das Anfordern von Pflegeleistungen ins Ausland erwies sich als ziemlich schwierig, nicht nur aufgrund sprachlicher Probleme, sondern auch weil die verwaltungstechnischen Vorgänge Zeit brauchten, die Emil schlicht nicht mehr hatte.

Schlussendlich war ein freundlicher Arzt der Krušnohorská poliklinika – ausgerechnet der, der Ben die schlimme Nachricht übermittelt hatte – die Rettung. Sie könnten die Medikamente bei ihm abholen, und er würde sie über Emils Krankenversicherung abrechnen. Im Notfall würde ein ambulanter Palliativdienst gegen ein kleines Entgelt nach Großzerlitsch fahren und Spritzen oder Tropfe setzen.

Wenige Tage nach seiner Einlieferung kam Emil nach Großzerlitsch, diesmal jedoch, um zu bleiben. Romy gab ihm Artjoms Zimmer, das er sich ziemlich rasch einrichtete. Allzu viele persönliche Dinge hatte er aus seinem Haus nicht mitgebracht, es gab sie schlichtweg nicht, aber es reichte, um das Zimmer einigermaßen heimelig zu machen.

Am selben Tag erreichte Romy ein Anruf.

Eine junge Frau redete hektisch auf sie ein, wobei Romy

erst nach und nach verstand, was sie eigentlich wollte: Ein kleines Fernsehteam für einen regionalen Sender wollte wissen, ob die Gerüchte um das schöne Mittelalterdorf und das elisabethanische Theater wahr wären. Es stellte sich heraus, dass Bens Agent ihr von dem Dorf vorgeschwärmt und versprochen hatte, dass sie dort sensationelle Bilder schießen konnten.

Romy antwortete: »Ja.«

Und die Frau vom Sender sagte, sie würde gleich morgen ein Fernsehteam vorbeischicken und dass es schön wäre, wenn alle in ihrer Tracht erscheinen würden.

Als sie Ben davon erzählte, schnippte der mit den Fingern und sagte: »Ich hab da eine Idee ...«

Am nächsten Morgen empfing er das Fernsehteam und gab ihnen bereitwillig Interviews. Sie machten Aufnahmen von den schönen Fachwerkhäuschen, von den Alten, die in ihren Renaissancekostümen über die Straßen flanierten, und schließlich auch vom Theater, das noch nicht fertig war, aber schon jetzt wie ein Schmuckstück aussah.

Er stellte ihnen Romy als die ausführende Produzentin vor, die ihnen von Stratford und ihrem Wunsch erzählte, *Romeo und Julia* mit den Alten aufzuführen, was sie auch am Tag der Deutschen Einheit tun würden.

Die Fernsehleute waren begeistert!

Ein schönes Dorf, ein schönes Theater, pfiffige Alte, ein Theaterstück über die Liebe und dazu noch die Starpower des *Frischedoktors* ... daraus ließ sich ein schöner Dreiminüter für die regionalen Nachrichten machen.

Ben grinste in die Kamera und sagte: »In Kürze wird die Homepage fertig sein, auf der man auch Eintrittskarten vorbestellen kann: www.roemeoe.de«

Nach der letzten Einstellung gaben sie sich die Hände und winkten dem Team zum Abschied.

Romy fragte: »Was für eine Homepage?«

Ben antwortete: »Jeder braucht eine Homepage. Ohne geht es heutzutage nicht mehr.«

»Schon klar, aber du erinnerst dich noch, dass wir pleite sind?«

Ben winkte ab: »Kostet uns keinen Cent.«

»Nicht?«

»Ach, bevor ich es vergesse. Hier!«

Er drückte ihr fünfhundert Euro in die Hand.

»Was ist das?«, fragte Romy.

»Anzahlung für die Elektriker. Ich bin sicher, wir holen noch mehr raus.«

»Wo raus?«

Ben sah sie verwundert an: »Sponsorengelder!«

Erst jetzt fiel ihr das T-Shirt auf, das er die ganze Zeit getragen hatte. Vorne auf der Brust prangte groß das Emblem des *Roten Hirschen* aus Kleinzerlitsch. Samt Werbespruch: *Heimatküche genießen!*

»Sie bauen für uns die Homepage, und fünfhundert gab's noch obendrauf. Dafür hab ich ihnen zwei Eintrittskarten und einen Promo-Auftritt im Gasthaus versprochen.«

»Wow!«, staunte Romy.

Ben lächelte: »Nicht schlecht, was?«

Dann ging er gut gelaunt davon.

Die Proben gingen weiter.

85.

Auch die Elektriker kehrten zurück.

Emil redete beruhigend auf sie ein und verwies auf einen Link im Internet, der den Bericht des Fernsehteams über Großzerlitsch in der Mediathek zeigte und der ganz erstaunliche Auswirkungen hatte. Möglicherweise, weil Bens Agent im Hintergrund ein paar Strippen gezogen hatte, aber auch weil die Story über die Shakespeare-Alten tatsächlich eine willkommene Sommerlochgeschichte war.

Eine mit einer ebenso überraschenden wie ungeplanten Pointe, denn kurz nachdem das erste Kamerateam das Dorf gefilmt hatte, verkündeten Bella und Karl, dass sie heiraten wollten. Was die angekündigte Journaille in Entzücken versetzte, denn im Gegensatz zum Shakespeare-Stück erlebten Romeo und Julia auf dem Dorfe offenbar ein romantisches Happyend.

Private wie öffentlich-rechtliche Sender tauchten auf, filmten, befragten Bella und Karl. Was bedeutete, dass Bella redete und Karl nickte, während Ben ihre Klamotten munter mit Bannerwerbung pflasterte, was seltsam aussah, aber nicht so seltsam, wie sie beim Interview vor einem Plakat der Kreissparkasse im Renaissancekostüm stehen zu sehen, weil Ben sie unauffällig dorthin platziert hatte.

Unumstrittener Höhepunkt für die Großzerlitscher selbst aber war ein Auftritt des Kleinzerlitscher Bauamtsleiters Hermann Wagner, der nicht nur das Engagement der Großzerlitscher Alten lobte, sondern sich auch als eifriger Kulturaktivist und unermüdlicher Förderer der schönen Künste in Sachsen präsentierte und dafür große Sympathien einheimste. Ganz im Gegensatz zu seinem Kollegen aus dem Kulturreferat, dessen Zusage von Fördergeldern auf sich warten ließ und der sich vom Kleinzerlitscher Bürgermeister fragen lassen musste, was er eigentlich den ganzen Tag so mache.

Das brachte keine Unsummen, aber stetig frisches Geld, das Romy nutzte, Anton und in gleichem Maße die beiden schweigsamen Tschechen zu bezahlen.

Die Schulden schmolzen dahin.

Auch die Homepage ging online, und als Romy eine knappe

Woche später endlich Zeit hatte, in einem Kleinzerlitscher Internetcafé nach möglichen Bestellungen für die erste Vorstellung zu schauen, musste sie verblüfft feststellen, dass sie mehr Kartenwünsche als Plätze hatten.

Sie waren ausverkauft!

Sieben Wochen vor der Premiere.

Und sie hatte nicht einmal Eintrittspreise festgelegt!

Die besprach sie mit Ben, dessen Vorstellungen in Romys Augen zu hoch waren, genau wie ihre in seinen Augen zu niedrig angesetzt waren. Sie einigten sich auf die Mitte.

Romy richtete ein Konto ein, benachrichtigte die Besteller und sah zu, wie Geld hereinströmte wie Luft in einen Rettungsring. Bald schon war so viel zusammengekommen, dass Romy Anton auszahlen konnte und dennoch genügend Geld für die Elektriker, einen Toilettenwagen und Pflastersteine für die Zuwegung übrigblieb.

Es bedeutete aber auch, dass es jetzt keinen Weg mehr zurück gab. Sie mussten spielen! Was sie eingenommen hatten, war reinvestiert worden, eine Absage war undenkbar, da sie die entrichteten Eintrittsgelder nicht würden zurückzahlen können.

Die Berichterstattung über das romantische, nicht mehr ganz junge *Römeö-und-Jülia-Paar* schlug sich allerdings nicht nur in Kartenbestellungen für die erste Vorstellung nieder, sondern hatte auch eine weitere Premiere zur Folge: An einem schönen Augusttag erschien ein Bus in Großzerlitsch. Und zwar nicht der, der das kleine Dorf zweimal am Tag anfuhr, sondern ein Bus voller Touristen. Menschen, die sich nicht etwa verfahren hatten, sondern absichtlich gekommen waren, und die ins *Muschebubu* einkehrten, weil sie Hunger hatten.

Das erwischte Theo völlig unvorbereitet, sodass er Ben bat, die Theke zu übernehmen, während er Schnitzel für alle briet. Ben wiederum, ganz der charmante *Frischedoktor*, verführte alle zu übermäßigem Alkoholkonsum und sorgte auf diese Art für eine Mordsstimmung in der Kneipe. Theos reichlich angebratene Schnitzel fielen da nicht weiter auf. Theo hatte seit langem nicht mehr einen solchen Stress gehabt, eigentlich mehr als genug für einen gewaltigen cholerischen Anfall, aber er blieb auffällig ruhig.

Er zapfte Bier und dachte nach.

86.

Nach der Welle der Berichterstattung zog die Medienmeute weiter, hinterließ aber in ihrem Schatten tatsächlich so etwas wie ein florierendes Geschäft. Zwar konnte man nicht von Touristenströmen sprechen, aber es trafen jetzt regelmäßig Fremde im Dorf ein, um sich das Theater und die Alten anzusehen.

Emil hatte ein paar gute Wochen, in denen er Anton konzentriert bei der Arbeit in der ehemaligen Scheune half. Sie sägten und hämmerten und schraubten sich förmlich in jeder der noch verbliebenen freien Ecken in die Höhe, bis die zweite und dritte Podesttreppe vollendet waren. Es fehlte nur noch eine, dann war das Theater fertig, bis auf die Bänke direkt vor der Tribüne, die aber handwerklich keine größere Herausforderung darstellten.

Etwa zur selben Zeit, vier Wochen vor der Premiere, beendeten auch die beiden Elektriker ihre Arbeit, und Romy konnte noch am selben Abend Licht machen! Überall im Theater brannten kleine Lampen, es gab zwei Scheinwerfer für die Bühne und ein großes Licht für den ganzen Saal, das auch die hintersten Ecken ausleuchtete. Alle Kabel mündeten in einen kompliziert aussehenden Schaltkasten, der wiederum von Artjoms Generatormonster mit Strom gespeist wurde.

Zu hören war der Kriegsveteran kaum noch: Ein mit den Resten der Dachdämmung gepolstertes Häuschen verbarg ihn vor Blicken, und vor allem senkte er den Lärm fast auf null.

Doch dann ging es Emil zunehmend schlechter; zunächst musste er die Handwerksarbeiten, wenig später auch die Proben aussetzen. Er blieb im Bett, weil seine Füße anschwollen, und wurde aufopfernd von den Alten versorgt, die ihm nicht nur das Essen brachten, sondern auch darauf bestanden, dass er wenigstens ein bisschen davon zu sich nahm.

Ohnehin schon schlank, magerte er rapide ab. Seine Wangen fielen noch weiter ein, seine Kleidung schlotterte ihm am Körper. Auch die tägliche Toilette gestaltete sich als schwierig, aber die Alten gingen ihm zur Hand und sprachen ihm gut zu, in der Hoffnung, er würde dann das Ganze als weniger demütigend empfinden.

Anfang September musste das erste Mal der ambulante Palliativdienst kommen und einen Tropf legen.

Anton hingegen schuftete weiter an der letzten verbliebenen Treppe und probte während der Arbeit seinen Text. Seine Rolle war verhältnismäßig klein, sodass er viel weniger Zeit auf der Bühne als daneben hatte.

Romy hockte im Souffleusenkasten und half, falls nötig. Das Publikum würde sicher gnädiger sein als seinerzeit der Rezensent der Premierenvorstellung, nach der sie gefeuert worden war. Dennoch hoffte sie inständig, dass sich die Ensembleleistung deutlich verbessern würde. Allein Bella und Karl machten ihr große Freude, nicht nur, weil sie ihre Texte gut beherrschten, sondern auch, weil man spürte, dass sie sich wirklich ineinander verliebt hatten. Das tröstete sie ein wenig darüber hinweg, dass sie ihren Traum nicht verwirklichen konnte.

Eine Sache allerdings lag ihr schon seit längerer Zeit im Magen, und als Emil an den Tropf musste, berief sie eine Versammlung ins *Muschebubu* ein.

Am frühen Abend betrat sie Theos Kneipe und stellte verwundert fest, dass kein Einziger der Alten an einem der Tische saß. Stattdessen hatten sich ein paar Touristen zum Abendessen eingefunden und waren im Begriff zu zahlen. Und noch etwas hatte sich verändert: Theo trug das Renaissancekostüm eines Schankwirtes, was in seinem Fall hieß: bordeauxrote Mütze, schneeweißes Schnürhemd, eine samtige, weinrote Weste. Dazu eine leichte Kniehose, darunter lange weiße Stümpfe. Seine neu eingestellte Aushilfskraft trug eine schulterfreie Carmen-Bluse, darüber ein geschnürtes Stoffmieder. Ein langer lila Rock mit bordeauxfarbener Schürze und Kordelzug rundeten das Bild ab. Das und ihre ausladende Oberweite ließen Theos Kasse klingeln, und die Investition aus einem Kostümgeschäft hatte sich bereits am ersten Abend amortisiert.

Romy sah Theo verwundert an.

»Ich dachte, du wolltest bei dem Kostümquatsch nicht mitmachen?«

Theo grinste bloß und sagte: »Marketing!«

»Marketing?«

Er zuckte mit den Schultern: »Was soll ich sagen? The trend is your friend.«

»Was?«

»Heißt das nicht so?«, fragte Theo unsicher zurück.

»Hast du getrunken?«, wunderte sich Romy.

»Schön wär's! Ich komm seit Wochen nicht mehr dazu …«

Sie setzte sich an den Tresen und wartete bei einem Bicr, bis sich die letzten Gäste verabschiedet hatten und nach und nach die ersten Alten das *Muschebubu* betraten. Seit sein Geschäft lief, hatten sich die Einheimischen mit derselben Begründung zurückgezogen, mit der sie auch den *Roten Hirsch* in Kleinzerlitsch mieden: Sie hatten nicht vor, Theo noch reicher zu machen.

Mochten sie sich in den letzten Monaten auch verändert haben, es gab Dinge, die im Erzgebirge unabänderlich waren. Wie die Schwerkraft. Oder der Lauf der Gestirne. Und dazu gehörte auch, dass man großem Erfolg eher skeptisch gegenüberstand.

Als sie endlich unter sich waren, klopfte Romy mit einem Löffel gegen ihr Glas und bat um Ruhe.

»Wie ihr alle wisst, hat sich Emils Gesundheitszustand ziemlich verschlechtert. Er wird die nächsten Tage an einen Tropf gehängt und noch mal neu medikamentös eingestellt. Ich hoffe sehr, dass er sich wieder erholt, aber trotzdem ist seine Krankheit so ernst, dass wir grundsätzlich mit dem Schlimmsten rechnen müssen.«

Einige nickten, alle schwiegen.

»Ich weiß, wie sehr er sich über eure Anteilnahme freut. Wie sehr er zu schätzen weiß, dass ihr ihn aufgenommen habt und ihm helft. Aber der Tag wird kommen, an dem wir uns von ihm verabschieden müssen, und darüber wollte ich mit euch sprechen.«

Sie sahen sie aufmerksam an.

»Wir haben lange nicht mehr über den Friedhof gesprochen. Und ich wünschte, wir müssten niemals wieder darüber sprechen, aber es nützt ja nichts: Es gibt nur noch ein Grab. Und ich wollte euch bitten, Emil dieses Grab zu schenken.«

Niemand sagte etwas.

Sie sahen auch nicht überrascht aus. Und wenn, dann eher über die Tatsache, dass sie die Sache mit dem letzten Grab völlig vergessen hatten.

»Hat er denn keine Verwandten oder Freunde in Tschechien?«, fragte Hilde.

»Er hat niemanden. *Ihr* seid seine Freunde.«

»Und will er denn nicht bei seinen Leuten liegen? In seiner Heimat?«, fragte Bertha.

»Die Gräber seiner Eltern existieren nicht mehr. Sie wurden eingeebnet.«

Wieder Schweigen.

Dann sagte Luise: »Ich weiß nicht, mein Täubchen. Wir mögen ihn alle sehr, aber ich finde, du verlangst da ein bisschen viel.«

Bella wandte ein: »Von mir aus kann er es haben. Wenn die Zeit für mich oder Karl kommt, dann wollen wir zusammen beerdigt werden. Und das geht hier nicht.«

Karl nickte bestätigend.

Romy fragte: »Jetzt mal ehrlich: Wer hat sich in den letzten Wochen und Monaten denn mit dem Grab beschäftigt?«

Sie blickte in die Runde und fand niemanden.

»Meint ihr nicht auch, dass das etwas zu bedeuten hat?«

Sie schwiegen.

Anton sagte: »Weißt du, das kommt jetzt etwas plötzlich. Lass uns ein bisschen drüber nachdenken, ja?«

Romy nickte: »Ja, natürlich. Ich wollte es euch auch nur vorschlagen. Emil hat uns nie um etwas gebeten. Und tut das auch jetzt nicht. Es ist allein meine Idee gewesen, weil ich finde, dass Emil einer von uns ist.«

Sie erhob ihr Glas.

»Auf Emil!«

Sie sahen einander an und hoben zögerlich ihr Glas.

87.

Sie probten jetzt zweimal täglich, immer in wechselnden Besetzungen und Szenen, während Anton und Emil, dem die rasche Behandlung gutgetan hatte, mit Hochdruck die Treppe fertigstellten. Und tatsächlich wurden die Aussetzer im

Text immer seltener, die schauspielerischen Leistungen immer besser, wenn sie Laientheater auch nicht übertrafen.

Etwa zwei Wochen vor der Aufführung hatte Romy das erste Mal das Gefühl, dass das alles doch noch klappen könnte. Dass sie zusammen spielen und sich dabei nicht blamieren würden, dass sie ihr Publikum erreichten und von ihm mit Applaus belohnt werden würden. Es lief gut, bis zu jenem Tag, an dem es nicht mehr gut lief, und Romy erfuhr es als Erste. Am frühen Vormittag klingelte das Telefon, das sie arglos abnahm. Und als sie auflegte, wusste sie, dass sie ein gigantisches Problem hatten.

Sie eilte aus dem Haus, direkt ins *Muschebubu*, wo sie Sturm klingelte, bis ein sichtlich genervter Theo ihr öffnete. Sie lief die Treppen hinauf, klopfte an Bens Zimmertür und trat unmittelbar darauf ein.

»Ben, du musst sofort …«, sie stockte mitten im Satz.

Vor ihr lagen Ben und Theos Mutter nebeneinander im Bett, mit Kissen in den Rücken und jeweils einem Frühstückstablett vor sich. Darauf Kaffee, Aufbackbrötchen, Aufschnitt, Käse, Marmelade und Orangensaft.

»Was ist denn hier los?«, fragte Romy verwundert.

»Wie? Was meinst du? Wir frühstücken.«

»Äh …«

Ben schnitt Theos Mutter ein Brötchen auf und belegte es mit einer Scheibe Käse. »So, Margit, bitte schön! Aber aufpassen mit den Krümeln, ja?«

Sie nahm es und biss zufrieden hinein.

»Sie bringt jeden Morgen Frühstück. Und dann essen wir zusammen. Nur mit dem Brötchenaufschneiden klappt's noch nicht so richtig«, sagte Ben. »Sie kann Kaffee machen, aber keine Brötchen schneiden. Die Welt ist voller Rätsel!«

Romy starrte die beiden an, dann schüttelte sie sich kurz und sagte: »Bitte steh auf! Es ist etwas passiert!«

Ihr Ton alarmierte ihn.

Er legte sein Tablett zur Seite und fragte: »Was ist los?«

»Heute Nacht ist Bella gestürzt.«

»Und?«

»Karl hat gerade angerufen. Sie hat sich das Bein gebrochen und darf sechs Wochen nicht gehen!«

»Das kann doch nicht wahr sein!«, rief Ben entsetzt.

Romy nickte: »Wir haben keine Julia mehr.«

88.

Wenig später eilten sie zu Bellas Haus und fanden dort einen übernächtigten, sorgenzerfurchten Karl vor, der ihnen öffnete und sie ins Wohnzimmer bat. Sie nahmen auf den Hundesitzen Platz und warteten auf Karl, der Kaffee aufgesetzt hatte. Romy fand ihn erstaunlich selbständig, offenbar hatte Bella ihm einiges beigebracht, denn auf dem Herd köchelte Essen, das er augenscheinlich selbst zubereitet hatte.

»Was ist passiert, Karl?«, fragte Romy.

Er saß einfach nur da und starrte in seinen Kaffee, dann zog er die Nase hoch und schnäuzte sich in sein Taschentuch.

»Karl?«, fragte Romy erneut.

Er seufzte und nuschelte, dass es seine Schuld gewesen wäre.

»Wie meinst du das?«, fragte Romy vorsichtig.

Die Antwort wurde zur Hör- und Geduldsprobe, zumindest für Ben, da er Karl kaum verstand, zumal dieser für jeden Satz mehr Zeit als ein Regentropfen brauchte, der an einer Fensterscheibe von ganz oben nach ganz unten herablief. Schlussendlich konnten sie sich in etwa ein Bild machen: Karl hatte Bella vorgeschlagen, all die wunderlichen Gegenstände in ihrer Wohnung nur noch morgens und abends vor dem

Schlafengehen zu grüßen. Alle zusammen, nicht jeden einzeln. Bella hatte zunächst befürchtet, einige ihrer Lieblinge könnten darüber gekränkt sein, dann aber festgestellt, dass es ohne die zeitraubende Grüßerei doch viel leichter ging.

Gestern Abend allerdings war sie im Dunkeln über den Hundestuhl gestolpert, auf dem Ben gerade saß, und nun war sich Karl sicher, dass Bella recht gehabt hatte. Der Hund war enttäuscht über Bellas Verhalten, und jetzt lag sie im Krankenhaus. Wegen ihm. Karl.

Ben und Romy sahen sich an: Karl meinte das wirklich ernst. Und er war wirklich verzweifelt darüber.

»Es war ein Unfall, Karl! Ganz sicher!«, sagte Romy schließlich.

Er stand auf, ging in die Küche, blickte in den Topf und rührte darin herum.

Ben flüsterte: »Ich frage mich gerade, ob er vielleicht auch über einen Stuhl gefallen ist und sich den Kopf gestoßen hat.«

Romy seufzte leise.

Der mürrische, wortkarge Karl war zwar immer noch mürrisch und wortkarg, aber sie hatte ihn noch nie so in Sorge um jemanden erlebt. Er war aus seiner Dienstag-Donnerstag-Sonntag-Schnitzel-Welt hinausgestoßen worden in Bellas fabelhafte Welt der Verkleidungen und war darin anscheinend vollständig aufgegangen.

Sie stand auf und folgte ihm in die Küche, wo er in einen Topf guckte und darin rührte. Seit wann kochte der denn? Er hob einen Löffel an Romys Mund und forderte sie auf zu kosten.

»Oh, das schmeckt bestimmt!«, sagte sie schnell. »Ganz sicher!«

Karl ließ sich nicht beirren und schob Romy den Löffel förmlich zwischen die Lippen. Das Schlimmste erwartend, kniff Romy die Augen zu, nur um sie gleich wieder überrascht zu öffnen.

»Das ist ja toll!«, rief sie. »Ben, das ist der Knaller! Wirklich!«

Ben runzelte die Stirn, nahm Karl misstrauisch den Löffel aus der Hand und probierte selbst. »Wehe, du verarschst mich gerade…«

Das schmeckte hervorragend! Ein Gulasch! Perfekt gewürzt! Wenn es noch ein wenig einköchelte, würde das ein Festmahl werden.

»Wie zum Teufel hast du das gemacht?«, rief Ben erstaunt. »So ganz ohne Geschmackssinn?«

Karl runzelte irritiert die Stirn.

»Na, der Stromschlag! Wir dachten alle, du hättest dabei deinen Geschmackssinn verloren?«

»Mein Geschmackssinn ist völlig in Ordnung!«, antwortete er scharf.

»Tatsächlich? Ich erinner mal nur an die *Feenbötchen* und die *Meerjungfrauschwämmchen*! Die waren echt schlimm!«, sagte Ben.

»Woher willst du das wissen?«, fragte Karl

»Woher will ich was wissen?«

»Woher weißt du, wie *Feenbötchen* schmecken? Hast du vorher schon mal welche gegessen?«

»Äh, nein.«

»Und *Meerjungfrauschwämmchen*?«, fragte Karl.

»Auch nicht.«

»Dann hast du also keine Ahnung, wie das schmecken muss, richtig?«

»Äh, nein, aber …«

»Wenn du nicht weißt, wie das schmecken muss, wie kannst du dann darüber urteilen?«

Ben schwieg verwirrt.

So viele schnelle Sätze hintereinander!

Dazu noch stinksauer, nur weil er gewagt hatte, Bellas Kochkünste in Frage zu stellen. Er sah Romy hilfesuchend an, doch die lächelte still: Wer hätte das gedacht? Der schrullige Karl war ein Romantiker!

»Wann kommt Bella denn wieder aus dem Krankenhaus?«, fragte sie.

»In ein paar Tagen«, murrte Karl nur. Er hatte sich wieder dem Gulasch zugewandt und rührte gedankenverloren darin rum.

»Und es ist sicher, dass sie nicht spielen kann?«

Karl nickte.

»Was ist mit dir?«, fragte Ben.

Karl schüttelte den Kopf: Er musste sich um Bella kümmern.

Ben und Romy sahen sich an.

Jetzt hatten sie auch keinen Romeo mehr.

89.

Die Lösung des Dilemmas lag zwar auf der Hand, was Ben und Romy jedoch Sorgen bereitete, war die zuvor noch als erfreulich ausufernd empfundene Berichterstattung über das romantische Römeö-und-Jülia-Paar. Die Verkündung ihrer späten Liebe und die Aussicht auf eine Hochzeit in Weiß hatten die Schlagzeilen beherrscht. Jeder freute sich für Karl und Bella, und man wurde das Gefühl nicht los, dass sie alle zur Premiere wollten, nur um die beiden in Shakespeares Liebesdrama zu sehen. Wie würden jetzt die reagieren, die genau deswegen Eintrittskarten erworben hatten? Würden sie ihre Bestellungen stornieren? Und wie viele würden das tun?

»Wir können ihnen das Geld nicht zurückgeben!«, sagte Romy. »Es ist so gut wie alles aufgebraucht.«

»Sie werden nicht stornieren!«, beruhigte sie Ben.

Romy schüttelte den Kopf: »Die beiden standen in jeder Zeitung. In jedem Bericht! Was machen wir denn jetzt?«

»Wir könnten es einfach verschweigen. Die Leute kommen zur Premiere, und kurz vorher sagen wir ihnen, was passiert ist. Im richtigen Theater spielen auch schon mal die Zweitbesetzungen.«

»Das ist was anderes. Wenn du in eine Show mit Frank Sinatra gehst und für Frank Sinatra bezahlt hast, dann willst du auch Frank Sinatra sehen!«

»Wenn du wirklich für Frank Sinatra bezahlt hast, dann findet die Show entweder auf dem Friedhof statt, oder du bist ein Idiot!«

»Du weißt, was ich meine ...«

Ben schwieg.

Dann sagte er: »Ich frag meinen Agenten.«

In der Zwischenzeit hatten Anton und Emil die letzte Treppe fertiggestellt. Romy nahm beide in die Arme und dankte ihnen für alles. Als sie Anton losließ, warf sie einen kurzen Blick auf seine behandschuhten Hände und konnte durch das Leder die geschwollenen Knöchel sehen. Sie hatte ihn in den Tagen und Wochen zuvor immer wieder auf seine Arthritis angesprochen, aber er hatte sie vertröstet oder war nicht weiter darauf eingegangen. Irgendwann hatte sie es einfach aufgegeben. Anton war schließlich alt genug, seine Kräfte selbst einzuschätzen, und offenbar auch zu stur, um sich von einem jungen Ding wie ihr noch etwas sagen zu lassen.

Er begann, die Bänke für das Parkett zurechtzusägen, und nachdem er die erste verschraubt hatte, nahmen Elisabeth und Luise Maß für die maximale Anzahl der Sitzkissen darauf.

Es musste nur noch Holzschutzmittel aufgetragen werden, dann war der Innenraum tatsächlich fertig. An die Zuwegung draußen allerdings dachte Romy mit Schrecken: Der Sommer war herrlich gewesen, aber jetzt kippte das Wetter langsam. Es gab immer noch den einen oder anderen schönen Tag, aber es wurde zunehmend diesig, regnerisch, und die Nächte waren bereits empfindlich kalt. Romy hatte das unbestimmte Gefühl, dass die Zeit für das Pflastern eines Weges von den geplanten Parkplätzen bis zum Haupteingang nicht mehr reichen würde. Zumal sie auch tatsächlich kaum noch Geld hatten, um alles zu bezahlen.

Für Emil war die Kraftanstrengung zu groß gewesen. Er zog sich geschwächt auf sein Zimmer zurück. Romy musste ein zweites Mal den ambulanten Palliativdienst anrufen, der wieder einen Tropf legte, ihn mit neuen Medikamenten versorgte und ihn so zumindest schmerzfrei stellte. Er war die meiste Zeit müde, schlief viel und freute sich über jeden Besuch. Ließ es das Wetter zu, begleiteten ihn die Alten vor die Tür, wo er im Hof auf einer kleinen Bank saß, auf das Theater mit dem leuchtend roten Dach schaute und dabei ganz versonnen wirkte.

Bens Agent hatte in der Zwischenzeit ganze Arbeit geleistet: Auf die von ihm einberufene Pressekonferenz kamen tatsächlich eine ganze Reihe von Journalisten ins Krankenhaus, wo Bella und Karl mitteilten, dass sie leider nicht würden spielen können. Gleichzeitig verkündeten sie – auf Anraten des Agenten – den Termin der Hochzeit im November in der Kleinzerlitscher Kirche. Die Journalisten sprangen sofort auf die Hochzeitsneuigkeiten an, und Bella, gefragt nach ihren Plänen, schmückte sie entsprechend romantisch aus: weißes Kleid, Kutsche, Tauben, feierliche Messe. Und eine zweiwöchige Hochzeitsreise.

»Wohin soll es gehen?«, fragte eine Zeitungsfrau neugierig.

»Sächsische Schweiz«, antwortete der ansonsten schweigsame Karl.

Die einheimischen Reporter waren begeistert, der Rest wunderte sich ein bisschen, denn die Sächsische Schweiz lag mehr oder weniger vor der Haustür. Es würde wohl die kürzeste Hochzeitsanreise aller Zeiten werden. Darauf angesprochen, zuckte Karl nur mit den Schultern und sagte: »Weit genug, um sich nahe zu sein.«

Und Bella strahlte ihn dabei glücklich an.

Die anschließende Berichterstattung konzentrierte sich auf die bevorstehende Hochzeit, sorgte bei Leserinnen wie Zuschauerinnen für viele wohlige Seufzer und vor allem dafür, dass niemand seine Eintrittskarte für das Stück stornierte. Es war genau das eingetreten, was Bens Agent geplant hatte; es war geradezu ein Lehrstück für clevere Pressearbeit. Romy bewunderte ihn nicht nur dafür, sondern war ihm auch dankbar, dass er ihr keine Rechnung stellte.

Etwa eine Woche vor der Premiere lagen sie wieder auf Kurs.

Sie probten unentwegt, lebten nur noch für das Stück und trafen sich abends im *Muschebubu* auf ein paar Bier. Dort zog Anton Romy zur Seite und flüsterte ihr ins Ohr: »Sag Emil, er kann das Grab haben. Wir machen's noch ein bisschen …«

Sie lächelte und kehrte auf den Hof zurück.

Es war schon dunkel in Emils Zimmer, als Romy am Türrahmen stehend leise seinen Namen rief. Der Mond schien kühl durch ein Fenster, und Konturen der Einrichtungsgegenstände tauchten aus der Finsternis auf wie Gespenster aus ihren Gräbern.

»Ja?«, antwortete er schläfrig.

Romy trat ein und setzte sich zu ihm ans Bett.

»Es gibt da etwas, was ich dir sagen möchte.«

»Was denn, mein Täubchen?«

Sie griff nach seiner Hand und flüsterte: »Wir haben beschlossen, dass du für immer bei uns bleibst.«

»Was meinst du damit?«

Romy schluckte.

»Wenn es so weit ist, dann sollst du das letzte Grab bekommen.«

Sie konnte sein Gesicht nicht sehen, aber die Silhouette seines Kopfes, die sich ihr zuwandte.

»Ist das wahr?«

»Ja.«

Eine ganze Weile schwieg er, und dann spürte Romy, dass er weinte.

Sie saß ganz still bei ihm und hielt seine Hand im Dunkeln.

»Ihr seid … ihr seid wie eine Familie«, brachte er schließlich heraus.

»Du bist für uns Familie, Emil.«

Er drückte ihre Hand: »Ich weiß nicht, wie ich euch danken soll.«

Romy nickte, fühlte einen rauen Kloß im Hals. Dann stand sie auf und flüsterte: »Schlaf jetzt! Ruh dich aus! Nächste Woche wollen wir zusammen spielen, ja?«

»Ja.«

Sie verließ das Zimmer und schloss die Tür hinter sich.

90.

Ben begann, ihr Sorgen zu machen.

Seit sie wussten, dass sie die Rollen von Bella und Karl übernehmen mussten, brach sich sein alter Aberglaube wieder Bahn. Den ganzen Sommer lang hatte er nicht einmal von schwarzen Katzen, schlechten Omen oder bösen Geistern gesprochen, es nicht einmal angedeutet, doch schon mit den ersten Proben fiel er immer heftiger in alte Verhaltensweisen zurück.

Dabei hatte Romy tatsächlich begonnen, sich ihm zuzuwenden.

Sie stritten nicht mehr, und Romy hatte auch nicht das Gefühl, Ben dauernd korrigieren zu müssen, nur weil ihr etwas nicht in den Kram passte. Seit Wochen schon war er konzentriert, legte bemerkenswerte Managerqualitäten an den Tag, die allen weitergeholfen und vor allem Geld in die Kasse gebracht hatten. Sein Alkoholkonsum hielt sich in Grenzen, und er schien vollkommen im Dorf angekommen zu sein.

Er war erwachsen geworden.

Nicht mehr der blendend aussehende Hallodri mit der Aufmerksamkeitsspanne einer an ADHS leidenden Stubenfliege, sondern ein Mann, dem die Alten bedingungslos vertrauten und gerne folgten.

Jetzt jedoch brachen sich wieder alte Muster Bahn, die Romy an die Zeit erinnerten, als er die weibliche Belegschaft des ganzen Theaters aufgemischt hatte und sie auch deswegen gefeuert worden war. Es begann mit einer an sich harmlosen Vergatterung aller Schauspieler, sich den abergläubischen Gepflogenheiten des Theaters anzupassen, damit man ja keine bösen Geister anlockte. Er brachte den Alten also bei, *Toitoitoi* zu sagen und diesen Wunsch mit *Hals- und Beinbruch* oder *Wird schon schiefgehen* zu beantworten, um eine Aufführung formvollendet und ohne Schaden zu überstehen. Auch das Spucken über die Schulter wurde geübt, denn er wollte nichts dem Zufall überlassen.

Anfangs amüsierte es Romy noch, doch Bens Angst vor den bösen Theatergeistern nahm Ausmaße an, die ihr bald schon nicht mehr gesund erschienen. Mochte das Verbot, auf der Bühne zu essen, weil es wie so vieles andere Unglück brachte, noch durchgehen, war sein nächster Ausfall schon ziemlich bedenklich. Draußen tobte ein erster Herbststurm mit Regen und empfindlicher Kälte, aber als die Alten zum Proben eintrafen, raufte er sich verzweifelt die Haare und rief: »Die Mäntel aus! Schnell! Und die Hüte!«

Elisabeth und Luise, die nass geregnet und frierend in der Tür standen, baten, erst einmal hereinzukommen.

»Auf keinen Fall!«, kreischte Ben. »Das bringt Unglück mit dem eigenen Mantel!«

Es blieb ihnen nichts anderes übrig, als sich im Toreingang die Mäntel auszuziehen, woraufhin sie endgültig durchnässt waren. Romy, die gerade auf dem Weg über die Wiese das Schauspiel aus der Entfernung wahrgenommen hatte, stürmte empört ins Theater und stellte Ben zur Rede. Als der sich zu verteidigen versuchte, fuhr sie ihn an: »Weißt du, was Unglück bringt? Eine Lungenentzündung bringt Unglück!«

Dagegen war schwer zu argumentieren, aber Ben brachte es fertig, einen Kompromiss auszuhandeln: Die Mäntel wurden unter den Schauspielern getauscht. Jeder trug den Mantel eines anderen, sodass niemand den eigenen anhatte. Und weil man gerade dabei war: den jeweiligen Schmuck gleich mit. Romy stimmte um des Betriebsfriedens willen zu.

Anton begann, die Tribünen und Bänke mit einer Schutzlasur einzustreichen, wobei ihm diejenigen halfen, die gerade nicht probten. Sie spielten bei offenen Fenstern, denn die Dämpfe waren alles andere als gesundheitsförderlich und benebelten auf Dauer die Sinne.

Am Samstagabend vor der entscheidenden Woche der Premiere klatschte Ben am Ende der Proben in die Hände und rief zufrieden: »Das war ganz toll, Leute! Wir sehen uns dann Montag!«

Romy hob verwundert die Augenbrauen und fragte: »Montag? Du meinst Sonntag!«

Ben schüttelte den Kopf: »Sonntag zu proben bringt Unglück!«

»Du spinnst wohl?! Dienstag ist der dritte Oktober! Wir fangen morgen mit den Durchlaufproben an!«

»Ein Tag Pause wird uns guttun. Ist sowieso schlechte Luft hier drinnen!«

»Kommt nicht in Frage. Wir brauchen jede Minute!«

»Aber …«

»Nichts aber!« Sie klatschte jetzt ebenfalls in die Hände und rief den Anwesenden zu: »Durchlaufprobe morgen. Wir fangen um neun Uhr an!«

Ben schwieg.

Aber mit einer Bittermiene des Protestes.

Einen Streit wollte er darüber nicht vom Zaun brechen, denn das zog ebenfalls nur Unglück an. So ziemlich alles zog für ihn mittlerweile Unglück an. Er konnte kaum noch einen Schritt tun, ohne sich nach allen Seiten umzutun, ob irgendetwas einen bösen Geist ködern konnte. Und in gewisser Weise sollte er auch recht behalten, da der Sonntag eine böse Überraschung brachte.

91.

Emil hatte es zur ersten Durchlaufprobe aus dem Bett geschafft, saß ruhig in einer Ecke und wartete auf seinen Einsatz. Er sah schlecht aus, sein Bauch war aufgeschwemmt und seine Füße wie Klumpen. Die Robe des Pater Lorenzo verdeckte diesen Umstand, aber die Großzerlitscher wussten, wie es um ihn bestellt war. Trotzdem schenkte er jedem, der an ihm vorüberging, ein Lächeln.

Die Durchlaufprobe begann.

Und sie dauerte genau drei Minuten und fünfunddreißig Sekunden.

In der gekürzten Szene des ersten Aktes, gleich nachdem

der Chor das Unheil der beiden großen Häuser Veronas heraufbeschworen hatte, traten der hitzköpfige Tybalt alias Theo und Benvolio alias Hilde im Schwertkampf gegeneinander an, bis Anton weisungsgemäß als Prinz die Bühne betrat und den Streitenden Einhalt gebot.

»*Räbellsche Wassalln! Friednsfeinde!'s Schwärt endweihn, mid Nochborsblud befläckn …*«

Er schien innezuhalten.

Romy zischte ihm leise den Text zu: »*… will keiner hören? Halt! He, Männer! Viecher!*«

Anton sah irritiert aus.

Blickte um sich, als sähe er die Bühne zum ersten Mal.

Er sagte: »Schokolade. Im Sommer gibt's immer Schokolade …«

Ben sah fragend zu Romy hinüber: »Was hat er gesagt?«

»Ich glaube, ich leg mich mal ins Bett!«

Er schwankte, taumelte einen Schritt nach links, suchte mit einer Hand Halt in der Luft, dann fiel er um.

»ANTON!«, schrie Romy.

Sie stürmten auf die Bühne.

Anton war bewusstlos.

Romy öffnete seinen Kragen, schlug ihm gegen die Wangen und rief: »Anton! Was ist?!«

Schon im nächsten Moment riss Antons Frau sie von ihm weg. Und sie, die kaum ein Wort sprach, die sich immer im Hintergrund aufgehalten hatte, deren Namen Romy immer mal wieder vergaß, weil sie so unsichtbar war, schrie jetzt völlig aufgelöst: »Das ist alles deine Schuld!«

Sie fiel dem ohnmächtigen Anton um den Hals und beschwor ihn aufzuwachen. Romy war bleich zurückgewichen und sah auf die Menschentraube, die sich um Anton gebildet hatte. Sie heißt Inge, dachte Romy, sie hieß schon immer Inge.

Ben sprintete aus dem Theater zu Romys Hof, um einen

Krankenwagen zu rufen, die anderen standen wie paralysiert um den liegenden Anton und seine Frau herum, bis sich einer nach dem anderen zu Romy herumdrehte.

»Glaubt ihr das auch?«, fragte sie leise.

Niemand antwortete.

Es dauerte endlose Minuten, bis der Notarzt endlich Großzerlitsch und das Theater erreichte, Anton notversorgte und auf eine Trage packte. Er war mittlerweile wieder bei Bewusstsein und versicherte mit schwacher Stimme, dass er wieder in Ordnung sei. Dann wurde er in den Krankenwagen geschoben, seine Frau an seiner Seite.

Romy bat Karl um sein Auto, und Ben nutzte den Moment, die Durchlaufprobe abzusagen. Er ersparte Romy den Kommentar, dass er ja gewusst habe, dass Sonntagsproben Unglück brachten, dann verlangte er von allen, den Tag mit dem Textbuch zu verbringen und sich entsprechend vorzubereiten.

Romy folgte Anton nach Kleinzerlitsch ins Krankenhaus, in dem jetzt schon Bella und Karl ihre Zeit verbrachten, und hätte man Emil dazugerechnet, wären es drei gewesen. Sie wartete im Bereich der Notaufnahme auf einer der Bänke und fragte sich, wie sie es vor sich selbst würde rechtfertigen können, wenn Anton etwas Schlimmes passierte. Würde sie sich dann immer noch damit trösten, dass er ihre Ratschläge, sich zu schonen, abgelehnt hatte? Dass die Idee, mit den Alten ein Theater zu bauen, eine gute gewesen war? Nach allem, was passiert war? Bertram, Elisabeth, Anton, Emil?

Oder war es nicht vielmehr so, dass sie das alles nur getan hatte, um endlich selbst auf der Bühne zu stehen? Um der Welt zu zeigen, was für eine talentierte Künstlerin sie doch war? Bestätigung um jeden Preis?

Zwei Stunden saß sie schweigsam da, während in ihrem Kopf viele hässliche Fragen tobten und ihr Herz mit Krieg überzogen. Als endlich die Tür zu einem der Behandlungszimmer aufging und Antons Frau Inge heraustrat, hatte Romy die Schlacht gegen sich selbst verloren und war bereit, die Vorstellung abzusagen. Besser, man zog jetzt die Reißleine, bevor noch jemand zu Schaden kam.

Sie suchte nach Inges Hand, aber die zog sie zurück.

»Es tut mir so leid!«, stammelte Romy.

Inge sah grau aus, erschöpft, und antwortete nur: »Anton möchte dich sprechen.«

Romy trat in das Behandlungszimmer und sah Anton auf einer Liege, an einen Tropf angeschlossen. Auch er sah müde aus, doch als er Romy entdeckte, winkte er sie mit einem matten Lächeln zu sich.

»Anton, wie geht es dir?«, fragte Romy.

»War schon mal besser«, antwortete Anton.

»Was ist passiert? Weißt du schon was?«

Anton seufzte: »Tja … ich dachte ja, es ist vielleicht wegen der Holzschutzdämpfe. Dass ich vielleicht ein bisschen viel davon abbekommen habe …«

Romy schöpfte Hoffnung: »Ja, das könnte doch sein, oder?«

»Leider nicht.«

»Was ist es dann?«

Anton seufzte: »Ich fürchte, ich hab da ein bisschen Unsinn gemacht.«

Romy griff nach seiner Hand und wünschte, er würde nicht weiterreden. Oder nur sagen, dass alles wieder gut werden würde.

»Vielleicht hätte ich mich ein bisschen mehr schonen sollen, genau wie du es gesagt hast, aber jetzt ist es eh zu spät, sich darüber Gedanken zu machen. Man muss es nehmen, wie es ist.«

Romy nickte, wagte nicht aufzusehen.

»Weißt du, meine Hände haben mir so wehgetan. Und es war so leicht, dagegen Schmerzmittel zu nehmen. Dass ich mit der Zeit immer mehr schlucken musste, damit die Wirkung hält, habe ich erst gar nicht so richtig bemerkt. In den letzten Tagen hatte ich dann immer öfter Aussetzer, aber ich dachte, das käme von der Lasur. Jedenfalls … meine Nieren arbeiten nicht mehr richtig. Und mein Herz hat auch was abgekriegt. Ich werde heute noch an die Dialyse kommen. Und dann wohl immer mal wieder.«

»Inge hat recht. Es ist alles meine Schuld«, sagte Romy mit brüchiger Stimme.

Er drückte ihre Hand: »Na, meine Kleine, du traust mir aber nicht viel zu, was? Wir sind alle erwachsen, mein Täubchen. Es war unsere Entscheidung. Und sie war richtig.«

»Wie kann sie denn richtig gewesen sein? Siehst du denn nicht, was alles passiert ist?«

»Ja, ich sehe, was alles passiert ist. Die Alten sterben, weil sie das sowieso tun. Aber vorher hatten wir so viel Spaß wie seit Jahren nicht mehr. Das ist passiert.«

Romy schüttelte den Kopf: »Ich sage die Premiere ab! Das ist es nicht wert!«

»Das wirst du nicht tun!« Anton schien richtig wütend zu werden: »Wir haben so viel eingesetzt, jetzt werden wir es zu Ende bringen!«

»Dann werde ich die anderen fragen, was sie wollen«, antwortete Romy.

»Sie werden dir nichts anderes sagen.«

Sie schwiegen einen Moment.

»Was machen wir denn jetzt?«, fragte Romy. »Du musst doch bestimmt eine Weile im Krankenhaus bleiben?«

Anton zuckte mit den Schultern: »Zur Not komme ich Dienstag mal auf ein paar Stunden vorbei …«

»Das kannst du doch nicht machen! Die Ärzte verbieten das doch bestimmt?!«

Anton winkte ab: »Ich bin fünfundsiebzig. Und ich lass mir

von so einem naseweisen Arztjüngelchen nicht sagen, was ich zu tun und zu lassen habe.«

»Du bist sowas von stur!«

»Willst wohl den Applaus ganz für dich alleine abstauben, was?«

Romy prustete ein wenig und sagte dann grinsend: »Blödmann.«

»Wir sehen uns spätestens Dienstag. Dann spielen wir. Und jetzt muss ich erst mal ein bisschen mein Blut waschen lassen, in Ordnung?«

Sie nickte, beugte sich zu ihm herunter und gab ihm einen Kuss auf die Wange.

92.

Der Tag der ersten Durchlaufprobe war gleichzeitig auch der Tag der Generalprobe, und es war vor allem eines: ein einziges Chaos. Was nicht nur daran lag, dass Romys Alte mit jedem Texthänger zunehmend nervöser wurden und sie ihnen die Sätze aus der Kulisse oder gleich auf der Bühne zuflüstern musste, und auch nicht daran, dass Anton noch nicht aus dem Krankenhaus gekommen war, oder etwa daran, dass Emil das Bett an diesem Tag nicht verlassen konnte und wieder den Palliativdienst in Anspruch nehmen musste, nein, es lag vor allem daran, dass Ben und Romy kaum miteinander spielen konnten, denn sie waren damit beschäftigt, Kies mit Harken zu verteilen, weil sich der Anlieferer trotz anders lautender Absprache rundweg weigerte.

Sie hatten keine Zeit mehr gehabt, ein Bett für die Zuwegung auszuheben, und waren daher gezwungen, das schmückende Geröll schlicht auf dem Boden auszubreiten. Grund genug für den Handwerker, sich auf eine alte Tradition zu berufen: Er könne keine Gewährleistung geben, daher könne er auch nicht arbeiten. Worauf es eine Gewährleistung geben sollte, ließ er unerwähnt, es reichte jedenfalls, um nicht mit anpacken zu müssen. Was weniger mit der Gewährleistung zu tun hatte als mit dem Wetter. Denn kurz nach dem Abladen begann es zu regnen, und es hörte für die nächsten vierundzwanzig Stunden auch nicht mehr auf.

Romy war vor Erschöpfung und Wut den Tränen nahe: Statt die Szenen durchzuspielen harkte sie Kies. Sie verbot den Alten, ihnen zu helfen, da sie Angst hatte, dass der kalte Regen und die anstrengende Arbeit für noch mehr Unfälle oder Krankheiten sorgen würden.

Am Nachmittag endlich konnten sie eine einzige Durchlaufprobe starten, nachdem der Kies mehr schlecht als recht auf der Wiese zu einem schmalen Weg zusammengeschoben worden war. Morgen würde die Wiese ein Sumpfgebiet sein, aber die Besucher würden wenigstens halbwegs trockenen Fußes das Theater betreten.

Durchnässt und frierend spielten sie das Stück einmal durch.

Und es war grauenhaft.

Der Einzige, der damit tatsächlich zufrieden war, war Ben. Schließlich war er der festen Überzeugung, dass nur eine verpatzte Generalprobe eine gelungene Premiere nach sich zog. Und ihre Generalprobe fiel derart miserabel aus, dass die Aufführung wohl die bewegendste, emotionalste, ja geradezu sensationellste Vorstellung in der Geschichte des Theaters werden musste.

So nahm er strahlend jeden in den Arm und sagte: »Endlich mal ein gutes Zeichen! Das haben wir uns aber auch sowas von verdient!«

93.

Bis auf Ben verbrachten alle eine unruhige Nacht. Mit wüsten Träumen vom totalen Untergang, von Buhrufen und Pfiffen und harschen Geld-zurück-Forderungen. Sie hatten Angst, dass die Romanze um Bella und Karl sie nicht würde vor Kritik schützen können, und als sie dann schon am frühen Morgen erwachten, fühlten sie sich zerschlagen und deprimiert.

Romy hatte die Vorstellung auf fünfzehn Uhr angesetzt, trotzdem war sie bereits ab fünf Uhr morgens auf den Beinen. Sie machte Kaffee und studierte ihr Textbuch. Sie wusste, was zu tun war, aber das wusste sie eigentlich immer, dennoch hatte sie bisher, wenn es darauf ankam, immer versagt.

Eine Weile stand sie am Fenster und blickte auf das Dorf. Alle Fenster waren erleuchtet – niemand schlief. Sie war sich sicher, dass ihre Leute ebenfalls über ihren Textbüchern brüteten oder bereits in Kostümen rezitierend durch die Räume liefen.

Endlich wurde es hell.

Sie verließ den Hof, sah zuvor noch einmal nach dem schlafenden Emil, stapfte dann über die nasse Wiese zum Theater und sah mit Schrecken, dass das Haupttor nicht repariert worden war. Ausgerechnet das Tor! Das sie jeden Tag gesehen hatten, das sie jeden Tag geöffnet und wieder geschlossen hatten. Das würde ja einen tollen Eindruck bei den Besuchern hinterlassen, wenn die in feiner Ausgehrobe erst über Kies balancieren und dann auf schiefe Bretter sehen mussten.

Aus dem Dorf kamen die Alten, bereits im Kostüm, und bauten kleine Stände auf, an denen sie Kaffee und Sekt und kleine hölzerne *Romeo & Julia*-Figuren verkaufen wollten, die Anton im Krankenhaus geschnitzt hatte. Er hatte Bella und

Karl als Vorlage genommen. Und die beiden Teenager aus Verona als Rentner zu sehen entbehrte nicht einer gewissen Komik. Der Regen ließ nach und hörte mit der Zeit endlich auf. Die Sonne riss die schwere graue Decke auf und tauchte das Theater in ein wildes Spiel aus Licht und Schatten.

Ben kam mit Theos Mutter an der Hand und verbreitete zunehmend Nervosität. Er beschwor den Ensemblegeist, ohne zu bemerken, dass dieser Zuspruch einzig und allein ihm selbst galt, denn die anderen waren konzentriert und eigentlich guter Dinge. Er umarmte jeden und wünschte *Toitoitoi*, obwohl die Vorstellung erst in Stunden beginnen würde und er bis dahin wahrscheinlich jeden noch weitere drei Male umarmt hätte. Als er Luise um ein Haar auf die Finger trat, als die ihr Textbuch aufheben wollte, zog ihn Romy beiseite.

»Schluss damit! Du machst alle verrückt!«

»Wenn man nicht dreimal drauftritt, bevor man es aufhebt, dann …«

»… bringt das Unglück, ich weiß! Trotzdem ist jetzt Feierabend, bevor du noch jemanden verletzt! Komm!«

Sie öffnete das Tor und schob es ganz auf.

Das Theater lag vor ihnen!

Sie blickten auf die große Bühne mit dem Baldachin, auf die Tribünen, auf die Treppen und die Bänke im Parkett. Aus den Fenstern im ersten Rang stachen Lichtfinger hinab auf den Boden, und alles roch frisch und neu. Sie gingen durch den Mittelgang, betraten die Bühne und verschwanden durch das Bühnenbild, das Artjom seinerzeit entworfen und gemalt hatte, nach draußen. Das Zelt für die Schauspieler hatten sie bereits gestern aufgebaut, Stühle, Tische, Spiegel und Schminke waren hergerichtet.

Romy öffnete das Gartenhäuschen und warf den Motor des Generators an. Schnell schloss sie die Tür wieder, der Radau fiel zu einem dumpfen Grummeln zusammen.

Sie machten Licht.

Rund um die Wände des Theaters, an den Treppen und Stützbalken flammten kleine Lampen auf und schimmerten ruhig. Romy probierte die beiden Scheinwerfer, das Saallicht: Alles funktionierte tadellos. Das schien auch Ben zu beruhigen.

Vorerst.

Dann kehrte Romy zum Hof zurück.

Sie machte Frühstück und trug es zu Emil ans Bett.

Er schlief immer noch.

Er wirkte grau und eingefallen, und man musste kein Mediziner sein, um zu erkennen, dass er begonnen hatte, mit dem Tod zu ringen.

Sie weckte ihn sanft und bot ihm zu essen an, was er ablehnte. Wenigstens ließ er sich überreden, etwas Tee zu trinken, den er jedoch wenig später wieder erbrach. Romy half ihm bei der Morgentoilette, das kurze Intermezzo im Bad erschöpfte ihn allerdings so sehr, dass er zum Bett zurückgeführt werden musste.

Romy lächelte ihn an, strich ihm ein paar Strähnen aus der Stirn und wusste, dass er nicht würde spielen können.

»Ruh dich aus, Emil! Ich komme später wieder.«

»Du holst mich doch ab?«, fragte er müde.

»Natürlich!«

»Gut«, sagte er zufrieden und drehte sich zur Seite: »Heute werden wir spielen.«

Er schlief sofort ein, als er den Satz beendet hatte, und Romy verließ leise das Zimmer. Im Türrahmen zögerte sie einen Moment und strich mit den Fingern über die Türklinke: In diesem Zimmer war ihre Mutter gestorben. Es war ihr vorher gar nicht so bewusst gewesen. Doch mit dem Unausweichlichen tauchten auch die Erinnerungen wieder auf: Die Tür war für sie verschlossen gewesen, als sie damals zurückgekehrt war, um ihrer Mutter ihr Bild zu zeigen.

Was würde sein, wenn sie heute zu ihm zurückkehren würde?

Sie versuchte, es Ben so schonend wie möglich beizubringen, aber als er ihre vorsichtigen Andeutungen nicht verstand, weil er mit seinen Gedanken ganz woanders war, sagte sie ruhig: »Emil kann nicht spielen.«

»WAS?!«

»Shhh, bitte etwas leiser, ja?«

Ben sah sich um, die Alten hatten sich nicht zu ihm umgedreht. Es hatte auch Vorteile, wenn man vorher alle mit seinem Lampenfieber angesteckt hatte. Sie waren inzwischen an Bens kleine und große Panikattacken so gewöhnt, dass sie ihnen keine weitere Beachtung schenkten.

»Er hat keine Kraft mehr.«

»Und jetzt?«

»Ich weiß es nicht, Ben!«

»Seine Rolle ist nicht gerade klein. Und es gibt niemanden, der sie spielen kann.«

»Doch, einen schon: mich.«

»Du?«

»Ja, ich werfe mir die Mönchskutte um, Perücke und Bart. Ich bin die Einzige, die den Text kann.«

»Und was ist mit zweiter Akt, sechste Szene? Und vierter Akt, erste Szene? Und fünfter Akt, dritte Szene? Willst du da mit dir selbst spielen?«

»Wir müssen kürzen und streichen.«

»Wenn wir noch mehr kürzen, dann beginnen wir mit dem Chor und enden direkt mit dem Prinzen: *Kein Leidensweg war schlimmer irgendwo als der von Julia und Romeo*. Und Vorhang!«

Romy sah ihn ruhig an.

»Was?«, fragte Ben gereizt.

»Ich habe Anton noch nicht erreicht …«

Ben schloss die Augen und wurde bleich.

»Ich sag dir was: Romeo braucht gleich kein Gift mehr. Er stirbt einfach an einem Infarkt!«

»Ich wünschte mir auch, dass alles ein bisschen reibungsloser über die Bühne gehen würde«, seufzte Romy.

»Hier geht gar nichts über die Bühne, wenn wir keine Lösungen finden. Gib mir das verdammte Textbuch!«

Er rupfte es ihr aus der Hand, zog sich in eine Ecke zurück und begann wie wild darin herumzustreichen.

Gegen zwei Uhr tauchten die ersten Autos im Eingang des Tales auf und kurvten langsam durch das Dorf. Romy winkte sie von weitem heran und wies ihnen die Wiese hinter der Scheune als Parkgelegenheit zu. Wie erwartet hatten sich die Besucher schick gemacht, und gerade die Damen hatten auf hohen Hacken Mühe, den Weg unfallfrei bis zum Theater zurückzulegen.

Immerhin spielte das Wetter mit: Es war mild geworden, und man konnte sich gut vor dem nun wieder geschlossenen, windschiefen Tor zum Theater aufhalten. Man trank Sekt und Kaffee, machte unzählige Fotos von und mit Bella und Karl, die beide an einem Stand die vielen Neugierigen bedienten. Die *Romeo & Julia*- Figuren waren innerhalb zwanzig Minuten ausverkauft, und es gab viele Bestellungen. Karl schrieb zufrieden die Namen in ein Notizbuch und versprach baldige Lieferung.

Anton hatte sich gemeldet und beteuert, spielen zu wollen, was Bens Nerven einigermaßen beruhigte. Das Lorenzo-Problem jedoch blieb, und es war dramatisch. Sie würden Spiel- und Sinnlücken haben, so schnell ließen sich keine Übergänge schreiben oder Texte lernen. Mit professionellen Schauspielern hätte man vielleicht improvisieren können, doch sie waren keine professionellen Schauspieler. Niemand von ihnen, wie Ben unangenehm berührt feststellen musste.

Eine halbe Stunde vor Beginn öffneten sie die Tore und ließen die Menschen herein. Sie hatten Platz für fast dreihundert Besucher, und die waren auch gekommen. Bella und Karl rissen am Eingang die Eintrittskarten ab, während Ben das Ensemble im Umkleidezelt auf der Rückseite des Theaters für eine letzte Besprechung versammelte. Dort verkündete er ihnen auch, dass Emil nicht würde teilnehmen können, und erklärte, welche Szenen wegfielen beziehungsweise gekürzt werden würden.

Es trug nicht zur allgemeinen Beruhigung bei.

Die Alten waren nervös wie Rennpferde vor dem Start, und jeder versuchte, die Spannung in ihm auf seine Weise abzubauen: Die einen redeten unentwegt, andere wurden ganz still und zogen sich zurück.

Ben hingegen stand kurz vor einem Nervenzusammenbruch.

Er haderte mit sich: seinem Leben im Allgemeinen, seiner Berufswahl im Besonderen, mit dem Theater im Allgemeinen, mit dem frisch gebauten im Besonderen, mit Shakespeare, Emil und der Aussicht, von einem wütenden Lynchmob an einer der vielen Fichten gehängt zu werden.

Presse war auch da.

Großartig!

Die Journalisten würden eine Menge zu berichten haben. Das würde eine Beerdigung erster Klasse werden, ein Schlag, von dem sich seine ohnehin schon ins Stocken geratene Karriere niemals wieder erholen würde. Er haderte auch noch mit ein paar anderen Dingen, wie der Weltpolitik, dem Hunger, dem Krieg und warum er nicht gerade irgendwo in der Südsee am Strand lag, anstatt sich hier im tiefsten Erzgebirge selbst zu entleiben.

Er hatte Angst.

Und die steigerte sich minütlich, weil er sich sicher war, seinen Text zu vergessen. Weil er stark sein musste, es aber nicht konnte. Weil es nichts gab, was ihm im Leben je Halt gegeben hatte.

Panik machte sich breit, sprang wie ein wilder Affe auf seiner Brust herum. Er wurde bleich, begann zu hyperventilieren, sah sich hektisch um.

Romy!

Sie musste helfen! Sie wusste Rat! Sie wusste immer Rat!

Sie sah ihn und erkannte ohne weitere Erklärung, was mit ihm los war, lief zu ihm, nahm sein Gesicht in beide Hände und sah ihm fest in die Augen: »Du darfst jetzt nicht umkippen!«

»Romy, ich … kann …«

»Doch du kannst! Du bist unser Käpt'n! Du hast uns bis hierhin geführt, jetzt bleib bei uns!«

»Ich … ich …«

Sie zog ihn zu sich heran und küsste ihn.

Es wurde ein langer, intensiver, zärtlicher Kuss.

Und sie spürte, wie sich seine Muskeln entspannten, wie er nachgab und sich ihr anvertraute.

Sie trennten sich voneinander und sahen sich an. Bens Herz raste, aber nicht wegen der beginnenden Panikattacke. Die Angst war weg, hatte sich wie eine Katze durch eine angelehnte Tür nach draußen geschlichen und ihn allein zurückgelassen.

Hinter ihnen kicherten die Alten.

Und als sie sich umdrehten, grinsten sie amüsiert.

Ben nickte ihnen zu: »Also gut, wir gehen jetzt da raus und zeigen es ihnen, okay?!«

Sie nickten.

Draußen wurde das Gemurmel der Zuschauer langsam leiser.

Karl schloss die Tore.

Die Lichter verloschen.
Die Scheinwerfer flammten auf.
Das Spiel begann.
Vorhang auf.

Mit bangen Blicken beobachtete Ben die ersten Schritte auf der Bühne.

Luise, Elisabeth und Inge in einfache weiße Roben gekleidet als Chor.

»Zwee Häusor, beede gleisch an Rang un Stand,
Hior in Ferona, wie iors gleisch orläbt,
Entfachen aldn Hass zu neum Brand
Bis Bürgorblud an Bürgorhändn kläbt …«

Ein wenig zittrig, dann jedoch zunehmend sicherer. Amüsiertes Kichern des Publikums, als es hörte, dass die Alten sächsisch sprachen.

Anton machte seine Sache gut, sehr gut sogar. Für einen Moment erwischte sich Ben bei dem Gedanken, dass er gleich wieder nach Schokolade fragen und dann umkippen würde, doch nichts dergleichen geschah.

Die Zuschauer hatten sich mittlerweile an den für Shakespeare mehr als ungewohnten Dialekt gewöhnt, und man merkte, dass sie bereit waren, sich auf das Spiel einzulassen. Sie folgten ihm gebannt.

Jemand tippte ihn an die Schulter.

Ben drehte sich um.

Emil.

Schwer gezeichnet, blass, aber um Haltung bemüht, lächelte er sogar und sagte: »Spielen wir, mein Freund!«

Es wurde eine denkwürdige Vorstellung.

Und das lag nicht nur daran, wie ungeheuer wacker Emil spielte und wie ernsthaft und konzentriert die Alten waren, es lag vor allem an Romy. Vor aller Augen wuchs sie zu Julia

Capulet empor, ihre Liebe, ihr Schmerz, ihre Sehnsucht, ihre Verzweiflung, ihr Hoffen, Ringen und Bangen riss alle Beteiligten mit, bis niemand mehr die Blicke von ihr lassen konnte, am wenigsten Ben. Unter ihrer Obhut entwickelte sich sein Spiel, sie entfachte ein Feuer, dessen Hitze alle spürten, und knüpfte das Band zwischen zwei Liebenden, das nur der Tod durchtrennen konnte.

Niemand amüsierte sich mehr über den Dialekt, den die Alten sprachen, niemand wähnte sich mehr in einem Theater, denn sie waren alle in Verona und wurden Zeuge einer bittersüßen Liebesgeschichte, die sie so noch nicht erlebt hatten.

Julia: »*Wer hat dich hergeführt an diesen Platz?*«

Romeo: »*Die Liebe, die mich trieb, dir nachzuforschen.*
Sie lieh mir Rat und ich ihr Augen.
Seefahrer bin ich nicht, doch wärst du fern
Wie ferner Strand, den fernste Meere spülen –
Für solche Ware würd ich alles wagen.«

Mühelos umschifften sie jede Klippe im Stück, ein Publikum gab es nicht mehr, für beide wurde aus dem Spiel Wirklichkeit. Für die Dauer des Dramas liebten sie einander. Es war, als hätte nicht Shakespeare ihnen die Dialoge vor über vierhundert Jahren geschrieben, sondern als kämen sie aus ihnen hier und jetzt hervor, weil sie sie so empfanden.

»*Komm, Nacht. Komm, Romeo. Komm du Tag bei Nacht,*
Denn du wirst weißer auf den Fittichen der Nacht
Als neuer Schnee auf Rabenflügeln ruhn.
Und sterb ich einst, nimm ihn, zerteile in kleine Sterne ihn,
Er wird des Himmels Antlitz so verschönern,
Dass alle Welt sich in die Nacht verliebt …«

All das und mehr hörte Ben, und sein Herz raste vor Liebe, er sehnte sich nach ihr, litt an jeder Sekunde, die sie nicht zusammen sein konnten. Er sah Julia, aber Romy sah er auch, sie voneinander trennen konnte er nicht mehr. Dass ihnen das Publikum atemlos folgte, hatte er längst vergessen, und alles, was er je an Ängsten ausgestanden hatte, konzentrierte sich nur noch auf ein Gesicht, einen Menschen, einen Namen.

Und als das Drama seinem bitteren Ende entgegenlief, als klar war, dass sie nicht wieder in einen sicheren Hafen würden zurückkehren können, konnte er an nichts anderes mehr denken, als ihr in den Tod zu folgen.

»*Mein Herz! Mein Weib!*
Der Tod, der deines schönen Odems Balsam sog,
Hat über deine Schönheit nichts vermocht.
Noch bist du nicht besiegt: der Schönheit Fahne
Weht purpurn noch auf Lipp und Wange dir.
Dies auf dein Wohl, wo du auch stranden magst!
Dies meiner Liebe! (Er trinkt das Gift.) *O wackrer Apotheker!*
Dein Trank wirkt schnell!
Und so im Kusse sterb ich.«

Sie starben aus Liebe. Und sie starben *richtig*, weil Romy sich nicht vorher den Kopf zerbrochen hatte, wie man wohl *richtig* starb auf der Bühne und was andere wohl dazu sagen würden, denn sie starben, weil sie nicht ohne einander leben konnten.

»*Ich will deine Lippen küssen.*
Ach, vielleicht hängt noch ein wenig Gift daran
Und lässt mich an einer Labung sterben.
(Sie küsst ihn.) *Deine Lippen sind warm.*
(Sie greift den Dolch.)
O willkommener Dolch! Dies wird deine Scheide (sie ersticht sich),
Roste da. Und lass mich sterben.«

Das Publikum war zutiefst berührt.

Und dann brandete der Applaus auf.

Die Leute standen und jubelten ihnen zu. Romy sah sich um, blickte in die vielen Gesichter, die vollbesetzten Tribünen, bis alle Geräusche für sie verstummten und sie dastand und nichts spürte als einen Moment, der nie wieder kommen würde.

Der Moment, an dem sie Julia Capulet hinter sich ließ und zu einer großen Schauspielerin wurde.

94.

Sie waren alle euphorisch und lagen sich schon im Umkleidezelt in den Armen, während sich das Theater rasch leerte und die Zuschauer wieder nach Hause fuhren. Theo versprach Freibier für alle und gab Romy einen dicken Knutscher, weil sie ihnen allen zu einem unvergesslichen Erlebnis verholfen hatte.

Emil war am Ende seiner Kräfte, aber er musste viele Hände schütteln und Umarmungen erwidern, denn alle hatten die größte Hochachtung vor seiner Leistung. Er bat Romy, ihn nach Hause zu begleiten. Ben führte derweil den Rest der Truppe ins *Muschebubu* an.

Nur eine blieb während der ganzen Zeit sehr reserviert, lächelte säuerlich und hielt sich im Hintergrund: Antons Frau Inge.

Romy half Emil mit der Abendtoilette und brachte ihn dann ins Bett. Er sah schlechter aus denn je, aber seine Augen funkelten immer noch belustigt.

»Wir waren gut, nicht?«, fragte er.

»O ja, wir waren richtig gut!«

Er griff nach ihrer Hand und sagte: »Versprich mir, dass du weitermachst!«

»Bestimmt …«

»Versprich es! Wenn das Theater stirbt, dann stirbt das Dorf!«

Romy sah ihn an und legte eine Hand an seine Wange: »Ich verspreche es!«

»Auch mit Ben!«

Romy lächelte amüsiert: »Mit Ben?«

»Du bist verliebt in ihn. Und er in dich!«

»Waaas?«

»Brauchst gar nicht so zu tun. Wir haben es gesehen. Alle haben es gesehen.«

»Was du da redest …«, wand sich Romy.

Emil grinste: »Du wirst ja rot!«

»Ach, halt die Klappe …!«

»Ihr seid ein schönes Paar, Täubchen. Versieb das nicht.«

Sie deckte ihn zu und sagte: »Schlaf jetzt. Mal sehen, was morgen ist.«

Sie saß noch eine Weile bei ihm und löschte das Licht, als er eingeschlafen war. Dann ging sie rüber ins *Muschebubu*, wo die Stimmung sich bereits dem Siedepunkt näherte mit lauter Musik und frisch gezapften Bieren. Ben winkte ihr zu, drückte ihr ein Bier in die Hand und einen Kuss auf den Mund. Sie lachte und prostete jedem zu, der mit ihr anstieß, bis sie plötzlich vor Antons Frau stand, die sie stumm anstarrte.

»Inge, komm, lass uns anstoßen!«, rief Romy freudig.

Doch die machte keine Anstalten.

Ihr Bier stand neben ihr auf dem Tresen – unberührt.

Dann sagte sie: »Wie könnte ich mit dir feiern, wenn mein Mann stirbt?«

Für einen Moment glaubte Romy etwas falsch verstanden zu haben, es war laut in der Kneipe, die Musik dröhnte, aber ein Blick in Inges Gesicht verriet, dass sie sich nicht verhört hatte.

»W-was sagst du da?«

»ANTON STIRBT!«

Sie hatte es so laut geschrien, dass es in jeden Winkel des *Muschebubu* gedrungen war und alle Gespräche schlagartig verstummten. Nur noch die Musik plärrte überlaut und völlig deplatziert, bis Theo sie schnell abstellte.

Jetzt war es ganz ruhig im Schankraum.

Anton, der an einem Tisch mit Elisabeth und Hilde gesessen hatte, stand auf und drängte sich vor bis zum Tresen, gleich neben seine Frau. Er zog sie am Arm und sagte leise: »Inge, bitte …«

»Nein, nein, sie sollen es ruhig hören!«, rief Inge laut und verbittert. »Du wirst sterben, und alle hier feiern, als ob es kein Morgen gäbe!«

»Das ist jetzt nicht der richtige Zeitpunkt …«

»Das ist genau der richtige Zeitpunkt!«, beharrte sie laut.

Alle starrten sie an.

Schockiert.

Überfordert.

Verlegen.

»Ist das wahr?«, stammelte Romy.

Anton zögerte mit der Antwort und antwortete dann: »Ich glaube, Inge hat etwas übertrieben …«

»Nein, Anton! Habe ich nicht! Seine Nieren sind kaputt. Sein Herz ist angegriffen. Er muss an die Dialyse, aber er kann jederzeit umfallen und tot sein.«

»Inge, bitte …«

»Nein, sie sollen es hören. Sie müssen es hören. Ich habe den Arzt gefragt, und er hat schließlich zugegeben, dass er Anton nicht mehr viel Zeit gibt. Vielleicht ein halbes Jahr. Vielleicht weniger. Mein Mann, Romy, hat sich in deinem Theater zu Tode geschuftet!«

Romy schwankte, als wäre sie von Fausthieben getroffen worden, und suchte Halt am Tresen. Sie spürte, dass Ben hinter ihr stand und sie stützte.

Kein Ton war mehr zu hören.

Nichts regte sich mehr.

»Schluss jetzt, Inge!«, befand Anton. »Ich habe im Theater gearbeitet, weil ich im Theater arbeiten wollte. Was passiert ist, ist nicht Romys Schuld. Es ist meine eigene.«

»Das sehe ich anders!«

»Romy hat keine Schuld!«, sagte Anton jetzt wütend.

Inge schwieg.

Alle schwiegen.

»Bitte, sag, dass das nicht wahr ist«, begann Romy verzweifelt und kämpfte mit den Tränen.

Anton griff nach ihrer Hand und lächelte ein wenig: »Es ist schon gut, Täubchen.«

Ihr Blick fiel auf seine geschwollenen Knöchel, sodass Anton die Hand schnell wieder zurückzog. Sie fiel ihm um den Hals und drückte sich fest an ihn, während er ihren Rücken väterlich streichelte.

Seine Frau trat hinter ihm hervor und stellte sich mitten unter die Alten, damit alle sie sehen konnten: »Es gibt da etwas, was ich mit euch besprechen möchte, weil ich weiß, dass Anton das nicht tun wird. Ganz gleich, welcher Meinung ihr seid, warum Anton jetzt so krank ist, möchte ich, dass er das letzte Grab bekommt!«

Sie sahen sie alle überrascht an.

»Aber … das haben wir doch Emil versprochen?«, fragte Romy und wischte sich die Tränen aus den Augen.

»Ich finde, du hältst dich jetzt mal raus, Romy! Es ist genügend passiert! Und ich finde wirklich, dass du jetzt besser den Mund hältst, denn das hier geht dich wirklich nichts an!«

Romy schluckte und schwieg.

Es tat weh, das zu hören, aber schlimmer noch als das war, dass es etwas in ihr berührte, das schon lange als Wunde schmerzhaft klaffte.

Inge sah vom einen zum anderen: »Also, bitte. Was sagt ihr dazu?«

Sie waren einen Moment lang sprachlos, dann sagte Luise: »Ich war ja ohnehin der Meinung, dass der letzte Platz an einen von uns gehen sollte. Und wenn es einer verdient hat, dann Anton.«

Bella schüttelte den Kopf: »Emil hat es genauso verdient!«

»Er ist aber nicht von hier!«

»Er ist Teil dieses Dorfes. Oder sieht das jemand anders?«, fragte Bella forsch.

»Er ist Teil dieses Dorfes, Bella. Ganz bestimmt sogar. Aber wenn Anton stirbt …«

Elisabeth ließ den Satz unvollendet.

»Anton ist unser Freund!«, sagte Theo in die aufkommende Stille. »Er ist die Seele dieses Dorfes.«

Hilde antwortete: »Bis vor ein paar Tagen hätte ich immer gesagt, dass Anton das Grab bekommt. Aber ich habe Emil gepflegt, genau wie einige andere von euch, und ich habe gesehen, wie dankbar er ist. Er hat dieses Grab genauso verdient wie Anton.«

»Wenn Anton die Seele dieses Dorfes ist, wie könnte er dann woanders sein als hier?«, fragte Inge.

»Aber wenn wir Anton dieses Grab geben … wer sagt es dann Emil?«, gab Bertha zu bedenken. »Ich kann das nicht! Er ist so glücklich, bei uns zu sein. Ich kann ihm das nicht sagen!«

»Außerdem haben wir es ihm schon versprochen«, sekundierte Bella.

»Ich habe auch Mitleid mit Emil«, entgegnete Luise. »Ich finde auch, dass er gut zu uns passt. Aber Anton war sein ganzes Leben bei uns. Er war nie woanders, und darum sollte er auch für immer bei uns sein.«

»Ich werde es ihm sagen«, erklärte Inge. »Er wird es verstehen.«

Luise nickte: »Ich glaube auch, dass er es verstehen wird.«

Theo fragte: »Und was, wenn wir es ihm nicht sagen? Es geht zu Ende mit ihm. Ist es nicht grausam, wenn so ziemlich das Letzte, was er hört, ist, dass wir ihn nicht wollen?«

»Das hat keiner gesagt, dass wir ihn nicht wollen!«, erwiderte Inge.

»Darauf läuft es aber hinaus! Er hat sich nichts mehr gewünscht, als Teil dieser Gemeinschaft zu sein. Und wir haben ihm diesen Wunsch erfüllt. Normalerweise respektiert man die Wünsche eines Sterbenden.«

»Das heißt also, Anton kommt nach Kleinzerlitsch? Ist es das, was ihr wollt?!«

Es war allen Gesichtern anzusehen, dass das niemand wollte. Aber niemand wollte auch Emil sagen, dass er das Grab nicht bekommen würde.

»Darum mein Vorschlag«, begann Theo erneut. »Lassen wir ihn in Frieden sterben. Bei uns. Darum geht es doch, oder? Dass er hier eine Heimat gefunden hat und dieses Gefühl mit in die Ewigkeit nimmt. Zurück bleibt nur sein Körper. Und wenn der in Kleinzerlitsch liegt, ist das doch nicht schlimm.«

»Du willst ihn also anlügen?«, fragte Bella.

»Nicht lügen. Nur nicht alles sagen.«

»Und wo ist da der Respekt vor den Wünschen eines Sterbenden?«

Theo schwieg.

Anton mischte sich ein: »Ich hätte da einen Vorschlag …«

Sie sahen ihn an.

»Wir werden einen Sterbenden weder anlügen noch ihm Informationen vorenthalten. Ich denke, Emil hat mehr verdient als das. Wenn ich euch richtig verstanden habe, beansprucht – zumindest im Moment – niemand von euch das Grab für sich?«

Er blickte sich um, aber niemand hob die Hand oder gab diesbezüglich ein Zeichen.

»Dann geht es bei dieser Sache jetzt nur noch um Emil oder mich, richtig?«

Sie nickten.

»Dann erlaubt mir, die Entscheidung darüber zu fällen, ja? Ich kann niemandem von euch zumuten, Emil das Herz zu brechen. Oder mir. Ich werde entscheiden, und ganz gleich, wie diese Entscheidung ausfällt, werdet ihr sie respektieren. Wir werden, sobald feststeht, was passieren wird, nie wieder über diese Sache sprechen. In Ordnung?«

Sie nickten wieder.

»Gut. Dann werde ich jetzt darüber nachdenken. Und ich werde mit Emil sprechen. Und niemand sonst.«

Er nahm seine Frau an die Hand und verließ mit ihr das *Muschebubu*.

95.

Romy und Ben sahen seit der Aufführung einander mit anderen Augen, aber sie fanden nicht zueinander. Sie hatten sich schöne Dinge gesagt, eines anderen Mannes Worte zwar, aber voller Emotion und Wahrhaftigkeit. Sie waren nicht mehr dieselben, und obwohl das eine gute Sache war, irritierte sie das neue, unbekannte Land.

So umschlichen sie einander, ratlos, denn niemand wusste so recht, wie sie die Empfindungen, die sie im Spiel heraufbeschworen hatten, deuten sollten. Alles war durcheinandergewirbelt worden, das Knistern hatte sich entladen, und jetzt wussten sie nicht, ob sie diesem Gefühl trauen konnten.

Emils Leiden überlagerte eine Aufarbeitung, und vor allem war Romy in Gedanken bei Anton und dem nagenden Gefühl, schwere Schuld auf sich geladen zu haben. Inge hatte mit dem Finger auf sie gezeigt, und es war, als hätte sie damit einen Vorhang zur Seite gerissen, hinter dem all ihre Befürchtungen schon seit einiger Zeit versteckt gelegen hatten.

Anton würde sterben.

Nicht sofort, nicht unbedingt in diesem Jahr noch, aber doch in absehbarer Zeit. Und so sehr er auch versuchte, sie zu beruhigen, so wahr war auch, dass er ohne dieses Theater wahrscheinlich noch lange leben würde. Ben suchte das Gespräch mit ihr, aber sie wich ihm aus, obwohl sie eigentlich bei ihm sein wollte. Aber wie hätte sie sich in seiner Gesellschaft vergnügen können, während in einem anderen Haus wegen ihr getrauert wurde?

Ein paar Tage nach der Aufführung, nachdem die Artikel in der Zeitung kichernd gelesen und eifrig in Alben abgeheftet worden waren und wieder Ruhe ins Dorf einkehrte, klopfte Ben an Romys Tür.

Sie öffnete und sah ihn freundlich mit einer Rotweinflasche winken: »Ich finde, die haben wir jetzt verdient …«

Sie versuchte ein Lächeln und ließ ihn ein.

Im Wohnzimmer saßen sie nebeneinander und stießen an.

»Wie geht es Emil?«, fragte Ben nach einer Weile, in der sie einfach nur dagesessen hatten.

»Nicht gut.«

»Hm.«

Wieder Schweigen.

»Ist komisch jetzt nach dem ganzen Stress, nicht?«, fragte Ben.

»Ja.«

»Vielleicht sollten wir mal was unternehmen?«

Sie sah ihn fragend an.

»Na, vielleicht mal ins Kino gehen. Oder essen. Oder einen Ausflug. Mal raus aus dem Dorf.«

»Jetzt?«

»Ja, warum nicht?«

»Weil Emil stirbt. Und Anton auch.«

»Es wäre doch nur für ein paar Stunden. Oder einen Tag.«

Romy schüttelte den Kopf: »Ich kann nicht …«

»Schade. Ich hätte gern ein bisschen Zeit mit dir verbracht …«

»Ich bin doch hier.«

Ben lächelte schwach: »Bist du das?«

Sie wusste keine Antwort darauf.

Sie flohen in andere Themen, allgemeinere, Dinge, die im Dorf passierten und die unverfänglich waren. Wie Elisabeth und Luise. Sie hatten ein paar Aufträge für Kostüme von Touristen bekommen und verdienten ihr eigenes Geld damit. Da Elisabeth unter der Vormundschaft ihres Sohnes stand, verwahrte Luise ihren Anteil in bar bei sich.

Karl hatte eine Auflistung der Reparaturen gemacht, die Elisabeth über die Jahre verschleppt hatte. Jetzt, fanden er und Luise, war es an der Zeit, alles im Haus wieder instand zu setzen, denn schließlich wollte Roman ja mal erben. Vorher allerdings würde er zahlen. Jede einzelne Rechnung. Und weigerte er sich, war das Kriegskässchen für einen Anwalt aus den Einnahmen der Schneiderei gut gefüllt. Luise und Karl waren entschlossen, Roman von Elisabeths Geld keinen Cent übrig zu lassen. Und die Chancen dafür standen gut.

Ben und Romy lachten amüsiert über den Plan.

»Karl will ihm jede Woche eine neuen Kostenvoranschlag schicken«, grinste Romy.

»Roman wird ausflippen!«

»Oh, sie hatten sogar die Idee, das Haus unter Denkmalschutz zu stellen. Wir haben ja jetzt beste Verbindungen zum Bauamt. Wenn sie das wirklich machen, gibt es Auflagen ohne Ende. Ein einziger Papierkrieg.«

»Scheint, als würde sein mieser Trick das Eigentor des Jahres«, lächelte Ben.

»Nicht schlecht für eine alte Frau, die ihren Verstand verloren hat …«

Sie prosteten einander zu.

Er hätte sie gerne geküsst, wagte es aber nicht.

Und so ging der Abend zu Ende, ohne dass sie über das gesprochen hätten, was wichtiger gewesen wäre.

96.

Der Spätsommer hatte sich nun endgültig verabschiedet. Draußen trieb ein kalter Oktoberwind den Regen fast waagerecht durch das Dorf, ließ abgefallenes Laub durch die Luft wirbeln und Fensterläden klappern. Es wurde früh dunkel, ja, man konnte sagen, es wurde nie richtig hell, sodass die Zimmerlichter jetzt auch tagsüber brannten.

Eine Weile noch hatte Theo gut zu tun, bewirtete im Kostüm Gäste, während die anderen lieber zu Hause blieben und wieder Zivil trugen. Bis auf Bella und Karl, die Gefallen an der Verkleidung gefunden hatten und bei Elisabeth und Luise weitere Kleidung aus der Renaissance bestellten. Sie planten, ihre Hochzeitsreise in ihrer neuen Kluft zu bestreiten, ganz gleich, was die anderen dazu sagen würden.

Ein paar Tage nach der Aufführung klingelte es an Romys Haustür, und ein Postbote überreichte ihr ein Einschreiben, das sie mit ihrer Unterschrift quittierte. Ein einfacher, dünner Brief ohne Absender, den sie neugierig aufriss und dem sie zu ihrem großen Erstaunen einen Barscheck entnahm: fünfzigtausend Euro.

Unterschrieben von Artjom Gulev.

Auf dem Brief entdeckte sie einen Poststempel in kyrillischer Schrift, den sie von Emil übersetzen ließ: Jagodnoje. Sie fuhr nach Kleinzerlitsch, wo sie in einem Internetcafé den Ort recherchierte. Er lag im äußersten Nordosten des Riesenreichs, am sibirischen Kolyma-Fluss und hatte als Teil des Gulag-Systems traurige Berühmtheit erreicht. Gefangene hatten dort in Goldminen für die Sowjetunion geschuftet und waren wie die Fliegen gestorben. Heute gab es dort so gut wie nichts mehr. Außer natürlich verlassene Stollen.

Der verschwundene Zug.

Artjom musste ihn gefunden haben. Sie hatten ihn gestohlen, dann war er von einem korrupten Beamten umgeleitet worden, und bevor der sich seines neuen Reichtums erfreuen konnte, hatten ihn Artjoms Kumpane umgebracht. Wo hätte man ihn besser verstecken können als in einer verlassenen Goldmine am Ende der Welt? Oder der russische Gangster hatte recht, und Artjom war ein Lügner und Spieler und hatte die Summe möglicherweise nach einer Glückssträhne einstreichen können. Beides war möglich.

Romy zückte den Scheck und sah ihn sich an. Auf der Rückseite hatte Artjom handschriftlich geschrieben: »Bitte verzeih mir.« Sie strich mit dem Finger über die Schrift, spürte die Unebenheit des verwendeten Kugelschreibers. Er hatte immer frei sein wollen und wollte niemandem mehr dienen. Dass er irgendwelchen Leuten Geld schuldete, war vielleicht Anlass, aber nicht Grund seiner Flucht. Sie hätten auch das zusammen überwunden, aber sein Traum war ein anderer, und der war stärker, als hier bei seiner Tochter zu bleiben.

Sie stand auf, ging zur Bank und reichte den Scheck ein. Man überprüfte ihre Identität und zahlte ihn tatsächlich aus. Es sah nach überraschend wenig aus, gerade mal fünf Zentimeter in der Höhe ergaben fünfhundert Einhundert-Euro-Scheine. Grün bedrucktes Papier, dem jeder hinterherjagte.

Sie packte es in ihre Handtasche und kehrte zurück nach Großzerlitsch

97.

Es war früh dunkel geworden, in Emils Zimmer brannte nur ein kleines Nachtlicht. Draußen heulte der Wind, und Tropfen schoben sich in Schlieren über das Glas.

Zwei Wochen waren seit der Premiere vergangen, zwei Wochen, in denen die Schmerzmittel immer höher dosiert worden waren und Emil weitestgehend wattiert durch den Tag hatten segeln lassen. Er aß kaum noch, trank zu wenig, und jeder wusste, dass ihm nur noch wenig Zeit blieb. Er selbst nahm es mit großer Gelassenheit hin, war dankbar für jeden Besuch, auch wenn er sich nicht lange auf ein Gespräch konzentrieren konnte.

Jetzt lag er in seinem Bett und starrte aus dem Fenster, hörte dem Fauchen des Herbststurmes zu, dem Trommeln des Regens, und ein Lächeln umspielte seine Lippen, wie das eines Kindes, das sich darüber freute, bei diesem Wetter nicht draußen sein zu müssen. Er war müde, spürte, wie ihm die Augen schwer wurden, und er wusste, dass er sie, einmal eingeschlafen, nicht wieder öffnen würde.

Er hatte keine Angst.

Anton war bei ihm und hielt seine Hand.

»Da sind wir also«, sagte Anton ruhig. »Haben einen langen Weg hinter uns, nicht wahr, mein Freund?«

Emil wandte sich ihm zu: »Deiner war länger …«

Anton zuckte mit den Schultern: »Wir nehmen den gleichen Zug. Du bist nur ein bisschen früher dran.«

»Ja, das ist wahr.«

Sie schwiegen einen Moment.

Dann fragte Emil: »Bist du gläubig, Anton?«

»Nein.«

»Dann glaubst du also nicht, dass noch etwas kommt?«

»Nein.«

»Und das macht dir keine Sorgen?«

»Nein«, antwortete Anton ruhig.

»Warum nicht?«

Anton dachte einen kurzen Moment darüber nach und sagte dann: »Weil ich alles hatte, was ich mir gewünscht habe. Ich habe geliebt und wurde geliebt. Ich hatte Freunde, einen Beruf, der mir Spaß gemacht hat. Ich habe gelacht und geweint, gejubelt und getrauert. Ich hab das Meer gesehen, die Sonne und den Mond. Hab den Geruch des Waldes und der Wiesen genossen und von Quellen im Erzgebirge getrunken. Ich hätte gerne Kinder gehabt, vielleicht auch Enkel, aber wer weiß, wie die geworden wären? Sieh dir Elisabeths Sohn an! Nein, es war gut. Ich hatte Glück, euch alle kennengelernt zu haben. Mehr kann man nicht verlangen.«

»Es klingt nach einem glücklichen Leben.«

»Ja, es war glücklich. Es war nicht schön, eingesperrt zu sein in einem Land, das es nie hätte geben dürfen, aber es hätte auch noch viel schlimmer kommen können. Wie war es bei dir?«

»Es war schön, als meine Eltern noch lebten. Später dann … war es sehr schwer. Ich war sehr einsam, weißt du?«

Anton nickte.

»Mein Vater war sehr liebevoll, sehr fürsorglich. Ich habe mich geborgen gefühlt. Das einzige Kind. Mutter war ja bei meiner Geburt gestorben, aber er hat sehr oft von ihr gesprochen. Und immer hat er dabei gelächelt. Nur an ihrem Geburtstag hat er sich betrunken. Und wenn er betrunken war, hat er geweint und mich in den Arm genommen und gesagt, dass ich ihn nie verlassen dürfte. Wir beide waren eine Familie.

Doch dann … hat *er* mich verlassen. Es ist sehr schwer, von einem Moment auf den anderen alleine zu sein. Niemanden mehr um Rat fragen zu können. Von niemandem mehr beschützt zu werden. Nicht zu wissen, ob man das Richtige tut. Ich war noch so jung, und ich hatte niemanden mehr, der mir die Richtung zeigen konnte.«

»Bist du deswegen so oft zu uns gekommen?«, fragte Anton.

»Jedenfalls nicht, weil du so gut aussiehst«, grinste Emil.

Anton konnte sich ein Kichern nicht verkneifen.

»Ihr hattet etwas, was ich auch einmal hatte. Ihr wart eine Familie. Ihr habt aufeinander aufgepasst und euch gesorgt. Und wenn es Ärger gab, haben sie dich gefragt. Sie haben immer dich gefragt, nicht?«

»Ja, das war wohl so.«

Emil blickte aus dem Fenster, dann wandte er sich wieder Anton zu: »Möchtest du mich auch etwas fragen?«

»Wie meinst du das?«

»Du bist der Einzige, der in den letzten beiden Wochen nicht bei mir war. Ich habe mich gefragt, warum, und dachte, vielleicht gibt es etwas, was zwischen uns steht. Vielleicht habe ich dir Unrecht getan, und jetzt weißt du nicht, wie du es mir sagen sollst?«

Anton schüttelte den Kopf: »Nein, du hast mir kein Unrecht getan …«

»Aber?«

Anton schwieg eine Weile.

»Ahnst du es nicht?«, fragte er dann.

Emil nickte und blickte wieder aus dem Fenster.

»Es ist das Grab, richtig?«

»Ja.«

»Es gehört dir, Anton. Wie könnte ich es beanspruchen?«

Wieder Schweigen.

Der Sturm war heftiger geworden. Man konnte trotz der

Dunkelheit durch das Fenster den Waldrand sehen, die Fichten, die sich unter der Last des Windes beugten.

Anton fragte: »Weißt du noch, als wir vor ein paar Wochen darüber sprachen, dass ich dich nie gefragt habe, woher genau du kommst? Dass dich das niemand gefragt hatte?«

»Ja, ich erinnere mich.«

»Weißt du noch, was du mir geantwortet hast?«

Emil nickte: »Ich habe dir gesagt, dass es nicht wichtig ist.«

»Ja, es hat mir als Antwort gereicht. Aber das war falsch. Es ist wichtig, woher man kommt. Ich weiß, woher ich komme. Hier sind meine Wurzeln. Warum ist es dir nicht wichtig?«

»Weil ich keine Wurzeln habe.«

»Jeder hat Wurzeln, Emil. Denk an dein Zuhause, an deinen Vater!«

»Als er starb, war es nicht mehr mein Zuhause. Es war ein Haus, in dem ich alleine war. Ich wollte bei *ihm* sein, das Haus war mir egal. Schlimmer noch: Das Haus war der Ort, an dem ich entwurzelt wurde, wie du so schön sagst.«

»Und doch kommst du von dort.«

»Es ist nicht wichtig, Anton. Wirklich. Ich war überall. Da spielt es keine Rolle, woher man kommt, viel wichtiger ist, wohin man will.«

Anton runzelte die Stirn: »Wohin wolltest du denn?«

Emil lächelte: »Ich wollte hierher, Anton. Nach Großzerlitsch. Ich wollte immer hier sein.«

»Ich hätte nie gedacht, dass jemand freiwillig hierher will.«

Emil lächelte: »Jetzt bin ich ja da.«

»Ja, jetzt bist du da.«

Dann saßen sie wieder schweigend zusammen.

Alte Freunde.

Oder vielleicht auch wie Vater und Sohn, dachte Anton, denn Emils Vater wäre jetzt in Antons Alter gewesen. Im Alter aller Großzerlitscher, außer Theo.

Sie saßen da und sagten nicht mehr viel an diesem Abend, doch als Anton aufstand, um nach Hause zu gehen, beugte er sich zu Emil herab und flüsterte ihm etwas ins Ohr.

Emil nickte.

98.

Emil starb noch in derselben Nacht.

Romy fand ihn am frühen Morgen, als sie ihm eine Tasse Tee ans Bett bringen wollte, und ihn dort liegen zu sehen, so dürr, so bleich, den Blick gegen das Fenster gerichtet, war für sie trotz aller Vorhersehbarkeit der Umstände ein Schock.

Sie weinte lange um ihn.

Dann irgendwann stand sie von seinem Bett auf und schloss vorsichtig seine Augen. Der Tag war aufgeklart, die Sonne blitzte sogar mitunter durch die Wolken, aber Emil würde sie nicht mehr sehen.

Es war vorbei.

Sie rief Anton an.

Und der rief die anderen an.

Eine Stunde später waren sie alle gekommen, um von Emil Abschied zu nehmen. Romy hatte ihm einen Anzug angezogen, sein Haar gerichtet, die Hände über der Brust zusammengelegt. Wäre er nicht so bleich gewesen, hätte man meinen können, er schliefe nur. Sie kamen an sein Bett, eine schwarze Delegation von Alten, drückten seine Hand oder standen nur still vor seinem Bett mit gesenktem Kopf und in stummer Zwiesprache.

Man traf sich in Romys Küche, trank Kaffee und sprach mit gedämpften Stimmen. Die Stimmung war gefasst, bis auf Ben, der unaufhörlich weinte und von Bella getröstet werden musste. Der Tod hatte für die Alten kaum noch Schrecken, aber sie hatten Verständnis dafür, dass die Endgültigkeit einen Jungen bis ins Mark erschüttern konnte.

Der Bestatter klingelte an der Tür.

Sie gingen nach oben und kehrten anschließend zurück zum Leichenwagen, wo sie den Zinksarg hineinschoben. Anschließend kam der Fahrer zurück und versprach, sich um alle Formalitäten zu kümmern. Nur eines wollte er noch wissen, nämlich, wo Emil beerdigt werden sollte.

Alle Blicke richteten sich auf Anton, der an der Spüle stand und nach draußen auf das Theater mit dem leuchtend roten Dach sah.

Er drehte sich langsam um und sagte: »Er wird hier begraben.«

Niemand sagte etwas.

Auch nicht Antons Frau, die neben ihm stand und auf den Boden blickte. Offenbar war sie die Einzige gewesen, die seine Entscheidung bereits kannte.

Drei Tage später war die Beerdigung.

Romy glaubte bei dem einen oder anderen über die Trauer hinaus eine gewisse Melancholie zu entdecken, als Emils Sarg über dem frisch ausgehobenen Loch auf Balken schwebte, denn das letzte Grab war nun vergeben. Unwiederbringlich. Romy hatte einen schönen Grabstein in Auftrag gegeben, in dessen Mitte eine Bühne eingraviert werden würde. Und mitten auf der Bühne ein Mann, auf einem Stuhl sitzend, die Beine lässig übereinandergeschlagen mit einem freundlichen Lächeln für jeden, der an ihm vorbeikam.

Emil.

So wie ihn die Großzerlitscher kannten. Und alle anderen auch, die er in seinem himmelblauen Supermarktbomber beliefert hatte. Der stand mittlerweile auf Romys Hof, und sie musste immer schmunzeln, wenn sie an ihm vorbeiging. Fast war ihr, als sähe sie Emil auf dem Fahrersitz, schimpfend mit

Bertram, der frech behauptete, er hätte nur rein zufällig auf der Straße gestanden. Er schob dabei seine dicke Hornbrille hoch, die ihm ein Stück die Nase heruntergerutscht war.

Anton hielt eine schöne Grabrede.

Natürlich Anton.

Er erinnerte an Emils schönste Momente, seine Hilfsbereitschaft, an seinen Auftritt als Lorenzo und an seine Sehnsucht, Teil ihrer Gemeinschaft zu sein.

»Du warst lange unterwegs, Emil, und endlich bist du angekommen. Vielleicht hattest du keine Heimat im Leben, aber jetzt hast du eine im Tod, für die Ewigkeit. Und das ist doch gar nicht schlecht, nicht wahr, mein alter Freund? Du wirst uns fehlen, Emil. Und noch eines wird uns fehlen. Und darum will ich mit einem kleinen Shakespeare-Zitat enden. Und ich gebe zu, ich habe es ein wenig abgewandelt, aber falls Shakespeare sich beschwert, sag ihm, er soll nicht so empfindlich sein. Also, dann, Emil: *Ein Supermarkt! Ein Königreich für einen himmelblauen Supermarkt!*«

Die Großzerlitscher grinsten.

Dann trat Anton zurück, der Sarg wurde in die Erde hinabgelassen.

Romy stand neben Anton und flüsterte ihm zu: »Ich hoffe, Inge kann mir irgendwann verzeihen.«

Anton beugte sich zu ihrem Ohr und flüsterte zurück: »Natürlich wird sie das. Es ist, wie Bella gesagt hat: Wenn uns eines Tages der Ruf ereilt, dann wollen wir zusammen sein. Hier geht das nicht. In Kleinzerlitsch schon.«

Sie verließen den Friedhof.

Und verriegelten das Tor.

99.

Romy beschloss, Emils Zimmer, das auch das Sterbezimmer ihrer Mutter gewesen war, auszuräumen und völlig umzugestalten. Der Tod war hier allgegenwärtig, und sie hatte genug davon. Ben half ihr, das Bett, den Schrank und schließlich auch die Spiegelkommode fortzutragen, die einst ihrer Mutter gehört hatten.

Sie rückten sie von der Wand weg, und ein Brief fiel zu Boden.

Er war offensichtlich hinter dem Spiegel mit Tesafilm festgeklebt worden, und als Romy in aufhob, erkannte sie darauf ihren Namen und auch die Handschrift: Oma Lene.

Sie bat Ben, sie einen Moment alleine zu lassen.

Dann setzte sie sich ans Fenster und öffnete den Brief.

Mein geliebtes Täubchen,

ich wünschte, ich hätte dir diesen Brief unter schöneren Umständen schreiben können, und wer weiß, vielleicht findest du ihn auch gar nicht (du hattest als Kind so viele kleine Verstecke!), dann wäre es vielleicht auch nicht schlimm.

Ich will dir sagen, dass ich ein glückliches Leben mit dir hatte, aber seit du fort bist, um die Welt zu erobern (und ich weiß, dass du das schaffen wirst, mein Täubchen!), ist es furchtbar leer geworden in diesem Haus. Ich spüre das Alter, die Müdigkeit und vor allem die Sehnsucht nach meiner geliebten Tochter, deiner Mutter. Sie war alles für mich, genau wie du, doch jetzt, wo ihr beide fort seid, möchte ich bei ihr sein.

Aber da ist noch etwas, was du wissen musst: Artjom hat mir geschrieben. Und ich fürchte, er wird hierherkommen, um dich zu sehen. Er ist dein Vater, ich weiß das, aber ich kann ihm nicht verzeihen, dass er mein geliebtes Mädchen hat alleine sterben lassen.

Es war ihr letzter Wunsch, ihr sehnlichster, und er hat ihn ignoriert.

Vielleicht findet ihr ja zueinander, vielleicht hat er sich geändert. Für mich ist es zu spät. Ich werde ihm nicht mehr begegnen und damit auch nicht zwischen euch stehen.

Ich bin furchtbar stolz auf dich, mein Täubchen, und ich werde es immer sein. Ich hoffe, du kannst mir verzeihen und denkst immer gut über mich. Wenn nach dem Tod wirklich noch etwas kommt, dann werde ich bald wieder mit deiner Mutter zusammen sein.

Und wir werden immer auf dich achtgeben. Und dir zuwinken, immer wenn du in den Himmel siehst.

Ich küsse dich!
Lene

Romy wischte sich die Tränen aus den Augen, las den Brief ein zweites und ein drittes Mal. Sie erinnerte sich wieder an das Versteck hinter dem Spiegel, an die kleinen Botschaften, die sie ihrer Mutter geschickt und die diese entsprechend beantwortet hatte. Ein Spiel zwischen ihnen, ein geheimer Briefkasten, wie bei Spionen. Und jedes Mal spannend nachzusehen, ob es eine neue Nachricht gegeben hatte.

Wie hatte sie das nur alles vergessen können?

Offenbar hatte Lene auch darauf spekuliert. Sie wollte nicht zwischen ihnen stehen, sie wollte aber auch nicht ohne letzten Gruß gehen. Ein geheimer Briefkasten schien ein guter Kompromiss zu sein.

Romy stand am Fenster und blickte auf das Theater.

Ohne ihren Tod hätte es kein Theater geben. Sie wäre nicht zurückgekehrt, Bertram hätte es vielleicht geschafft, sich überfahren zu lassen, Hilde wäre aus dem Fenster gefallen, Elisabeth vom Blitz erschlagen worden, oder Luise hätte sich zu

Tode gequarzt. Der Friedhof hätte sich bis auf den letzten Platz gefüllt, das Dorf wäre in einen tiefen Schlaf gefallen, ohne je wieder daraus zu erwachen. Emil wäre gestorben, ohne dass sie davon erfahren hätte, Anton allerdings auch nicht krank geworden. Und Bertram vielleicht nicht tot.

Es war so vieles passiert.

Ohne es zu ahnen, hatte sie alles in Bewegung gebracht, wie eine Billardkugel, die in einen Pulk anderer Kugeln hineingerast war. Sie hatte das Spiel eröffnet, Kugeln waren in Taschen verschwunden, jetzt stand alles still auf dem grünen Tisch und wartete auf den nächsten Stoß.

War es das wert gewesen?

Wann wurde der eigene Traum zum Alptraum eines anderen?

Wie viel Leben rechtfertigte den Tod?

Romy würde viel Zeit haben, diese Fragen für sich selbst zu beantworten.

Sie packte den Brief zurück in das Kuvert, dankbar, dass sie ihn schließlich doch gefunden hatte. Dann ging sie hinab in die Küche, wo Ben am Küchentisch saß und sie ansah.

»Alles okay?«, fragte er.

Sie nickte: »Ja, alles okay.«

»Es gibt da etwas, was ich mit dir besprechen möchte …«

Sie setzte sich zu ihm und fragte: »Ja?«

»Ich habe gestern einen Anruf meines Agenten bekommen …«

»Ja?«

»Unser Theater hier hat 'ne Menge Wirbel verursacht. Und irgendwie war ich auch ziemlich oft im Bild … jedenfalls hat sich die Waschmittelfirma bei ihm gemeldet. Sie wollen neue Spots mit dem *Frischedoktor* drehen.«

»Oh.«

»Ja, ihnen gefällt dieser Mittelalteransatz. Also, der *Frische-*

doktor im Mittelalter. Frauen, die am Fluss auf Waschbrettern Wäsche reiben. Und dann kommt halt der *Frischedoktor* und sagt *Weich wie Seide, sternenklar. Weiße Weide wunderbar.* Sowas in der Art.«

Romy schluckte: »O-Okay.«

»Na ja, deswegen muss ich dorthin. Um mit denen zu reden. Und so.«

»Und wann musst du los?«

»Morgen.«

»Morgen schon?«, rief Romy erschrocken.

»Ja.«

»Dann ist das heute dein letzter Tag in Großzerlitsch?«

»Hmmm.«

Sie saßen zusammen am Tisch und wussten nicht, was sie noch sagen sollten. Nach einer Weile verabschiedete sich Ben, sie begleitete ihn zum Eingang und gab ihm einen Kuss auf die Wange. Sie würde ihn morgen zum Bahnhof nach Kleinzerlitsch fahren. Ben sah aus, als ob er etwas sagte wollte, dann aber drehte er sich wortlos um und ging. Sie schloss die Tür hinter ihm und flüsterte gegen sie gelehnt: »Warum bleibst du nicht hier?«

Am nächsten Morgen hielt sie pünktlich vor dem *Muschebubu* und hupte kurz zum Zeichen dafür, dass sie da war. Ben verließ Theos Kneipe, verabschiedete sich vom ihm mit einer Umarmung und von dessen Mutter mit einem Kuss auf die Wange. Theo musste sie davon abhalten, mit ins Auto zu steigen, was ihr sichtlich missfiel. Ben packte sein Gepäck in den Kofferraum und fuhr dann mit Romy los.

Er blickte während der ganzen Zeit nach draußen, so als ob er jedem einzelnen Haus in Großzerlitsch *Auf Wiedersehen* sagen wollte und auch jedem einzelnen Baum im Finsterwald, der das Dorf umgab.

Dann schon fuhren sie auf Kleinzerlitsch zu und steuerten

den Bahnhof an. Stiegen aus und gingen über den Vorplatz zum Bahnhofsgebäude. Eine schwarze Katze kreuzte ihren Weg, lief rasch über den Parkplatz und verschwand in einem der Gebüsche, die das Gelände einrahmten.

»Ich hoffe, es bringt kein Pech!«, sagte Romy und schielte zu Ben.

Doch der winkte ab: »Es ist nur eine Katze.«

Sie sah ihn erstaunt an.

Ben, der abergläubischste Mensch auf diesem schönen Planeten, war es offenbar nicht mehr.

Sie gingen zum Bahnsteig.

Ein paar Minuten blieben ihnen noch.

»Tja …«, sagte Romy.

»Tja …«, antwortete Ben.

Sie standen voreinander und waren verlegen.

»Was wird mit dem Theater?«, fragte Ben plötzlich.

»Wir machen weiter. Ich hatte in den letzten Tagen ein paar Anfragen, ob ich es nicht auch als Eventlocation vermieten will. Und auch Kleinzerlitsch hat sich gemeldet und wollte wissen, ob es Landesmittel für das Theater beantragen darf, damit regelmäßig Vorstellungen stattfinden. Und, na ja, vielleicht geben meine Leute und ich auch noch mal eine Vorstellung. Jedenfalls gibt es ein paar Möglichkeiten.«

»Cool«, antwortete Ben.

Wieder Schweigen.

Die Ansage kündigte den Zug nach Dresden an.

Im nächsten Moment hörten sie schon das Summen der Gleise, und kurz darauf rollte ein alter Regionalzug langsam ein.

»Jetzt ist es wohl so weit …«, seufzte Ben.

»Hmmmh …«

Der Zug hielt, Menschen stiegen aus.

Sag was!, dachte Romy. Sag doch was, du dumme Kuh!

Aber sie sagte nichts, und Ben, der gezögert hatte, sagte

auch nichts. Er gab ihr einen kurzen zärtlichen Kuss auf den Mund, dann drehte er sich um und stieg in den Zug.

Da endlich erwachte sie aus ihrer Starre und rief: »Oh, Romeo! Romeo!«

Ben schaute überrascht aus der Tür.

»Was ist ein Name? Das, was Rose heißt, würd gleichsüß unter anderem Namen duften …«

Romy kam ihm einen Schritt entgegen: »Leugne deinen Namen, schwör dich zu meinem Liebsten, und ich bin länger keine Capulet.«

Er sprang aus dem Zug und wandte sich ihr zu: »Ich nehme dich beim Wort. Nenn mich Liebster, so bin ich neu getauft und will hinfort nicht Romeo mehr sein.«

Sie sahen einander an.

»Du hängst!«, grinste sie.

»Diesmal nicht!«

Und küsste sie.

Der Zug setzte sich in Bewegung, nahm Fahrt auf und verließ den Bahnhof von Kleinzerlitsch.

Endlich lösten sie sich voneinander.

»Weißt du, diese schwarze Katze … vielleicht fahr ich doch lieber morgen.«

Sie nickte.

»Und wegen einem Werbespot muss ich ja nicht gleich umziehen. Oder?«

»Sehe ich auch so …«

»Ich geh dann mal zur Info. Da fährt gerade mein Koffer nach Dresden …«

»Okay.«

Er machte auf dem Absatz kehrt und lief zum Schalter. Romy sah ihm nach, blickte dann aber lächelnd in den Himmel.

Und winkte.

DANKE

All denen, die mich durch den Text begleitet und geholfen haben, dass er zu dem wurde, was er jetzt ist:

Romy Fölck, Sibylle Spittler, Meike Vegelahn-Leeser und Martina Schmidt, deren Rat und Zuspruch immer wichtig waren.

Adelheid von Werden, die mir ganz unbürokratisch die Tür zum elisabethanischen Theater Neuss (http://www.shakespeare-festival.de) aufschloss.

Uwe Rink, der mich in allen Fragen der Architektur beriet.

Dr. Pablo Hagemeyer und Dr. Frank Czerlinksy in Fragen der Medizin.

Meinem Lektor Winfried Hörning, der sich immer für diesen Stoff eingesetzt hat, und last not least: meinem Agenten Lars Schultze-Kossack, der in einem schwierigen Moment den richtigen Weg kannte.